공녀의
두 번째 시간

I

공녀의
두 번째 시간

I

Princess's second time

성지혜 장편소설

로맨티카

CONTENTS

1부

바람난 남편의 애인이 된 여자

에르샤 마르아넬.

그녀는 따스한 여자였고, 사랑받는 아내였다. 적어도 둘째의 임신 소식을 알리기 위해 남편의 일터인 황궁에 깜짝 방문하기 전까지는.

황궁에서 그녀가 가장 좋아하는 장소인 붉은 장미가 핀 정원에서 남편은 다른 여자와 달콤한 키스를 나누고 있었다. 에르샤의 푸른색 눈동자가 거세게 흔들렸다. 바르르 떨리는 그녀의 손이 제 치맛자락을 움켜쥐었다.

이쪽을 등지고 있었던 터라 남편의 표정은 제대로 볼 수 없었으나 함께 있던 여자의 얼굴만큼은 똑똑히 볼 수 있었다. 여자는 살짝 상기된 얼굴을 한 채 유혹적인 시선으로 남편을 바라보고 있었다. 하려한 금발과 보랏빛 눈동자를 가진 여자는 에르샤도 아는 사람이었다. 같은 아카데미 출신 후배였고, 사교계에서도 몇 번 본 적이 있었으니까.

로젤 라슈아.

화려하고 아름다운 외모로 사교계의 꽃이라 불리며 현재 황태자의
약혼녀이기도 한 그녀가 지금 제 남편의 목에 손을 두르고 키스를 하
고 있었다.

"으음, 하아."

로젤의 신음이 에르샤의 귓가에 생생하게 울렸다. 그리고 곧 그녀
와 눈이 마주쳤다. 로젤의 보라색 눈동자가 에르샤를 선명하게 응시
하고 있었다. 그녀의 얼굴에는 조금의 당황스러움조차 없었다. 마치
자신은 당연히 해야 할 일을 하고 있다는 듯 뻔뻔하고 태연한 얼굴이
었다. 오히려 비웃음 가득한 눈빛을 보내기까지 했다. 마치 저를 약 올
리는 듯한 그 시선에 에르샤는 이성을 잃었다.

지금 당장 제 남편의 품에 안겨 입술을 맞대고 있는 저 건방진 여자
의 머리채를 잡지 않으면 견딜 수 없으리라. 그런 생각을 하며 에르샤
가 막 장미 정원에 발을 들였을 때, 어디선가 나타난 기사들이 그녀의
앞을 가로막았다.

"비켜요."

에르샤가 싸늘하게 대꾸했으나 기사들은 미동도 하지 않았다. 그중
대장으로 보이는 기사가 나와 그녀에게 말했다.

"공녀님께서 아무도 정원에 들이지 말라 하셨습니다."

"이 정원이 라슈아 공녀의 소유던가요?"

에르샤가 코웃음을 치며 말하자 기사가 입을 다물었다. 그녀는 여

전히 싸늘한 웃음을 머금은 채 말을 이었다.

"한낱 공녀 따위가 황가의 소유인 장미 정원을 제 것처럼 여긴다, 이건가요?"

"공녀님은 황태자 전하의 약혼녀십니다."

"그 대단하신 공녀님께서 지금 제 남편과 뭘 하고 있는지 보고 말씀하시죠."

그 말에 기사의 표정이 싸하게 굳었다. 에르샤의 말처럼 지금 이 상황은 황태자를 대놓고 기만하는 것이나 다름없었다. 하지만 그렇기 때문에 더욱 에르샤를 정원으로 들여보내 일을 크게 만들 순 없었다.

"계속 내 앞을 막을 거라면 마음대로 하세요. 대신 난 저택으로 돌아가자마자 황태자 전하께 서신을 쓰겠어요."

설상가상으로 이어진 에르샤의 말에 기사는 순순히 길을 비켰다. 그녀는 그들이 길을 비키기 무섭게 정원에 발을 들였다. 그러나 에르샤가 한 걸음을 떼기 무섭게 검은 그림자가 그녀를 덮쳤다. '픽' 하는 소리와 함께 에르샤의 몸이 바닥으로 추락했다. 천천히 흐려지는 시야 속에서 그녀는 정신을 잃었다.

다시 눈을 떴을 땐 어둡고 축축한 창고 안이었다. 에르샤의 손과 다리는 묶여 있었고, 입은 두꺼운 천으로 막혀 있었다. 덕분에 도망을 가는 것은 물론이고 그게 소리를 지르는 것조차 할 수 없었다.

"읍, 읍!"

혹시나 하는 마음에 소리 질렀으나 예상했던 대로 효과는 없었다.

공포로 하얗게 질린 에르샤의 앞에 두 남자가 모습을 드러냈다.

"걱정 마. 후작님께서 그래도 나름 자기 아내라고 손은 대지 말라 신다. 그냥 적당히 패기만 할 거니까, 안심해."

"그래도 두들겨 맞는 건 똑같은데, 뭘 안심해?"

"하긴, 그러네."

옆에 있던 남자가 킬킬대며 묻자 먼저 입을 열었던 남자 역시 키득 거리며 답했다. 그 틈에 에르샤는 손을 묶은 밧줄을 풀기 위해 애썼지 만 헛수고였다. 괜히 여린 손에 상처만 날 뿐이었다.

"읍! 으윽!"

절망한 에르샤가 애타게 소리쳐 보았지만, 그들은 뭐가 그리 재밌 는지 실컷 깔깔대다가 눈을 번뜩였다.

"그럼, 슬슬 시작할까?"

지옥의 시작이었다.

정신을 차렸을 때, 에르샤는 저택에 있는 제 침실에 누워 있었다. 주변에 있던 고용인들의 말을 들어 보니 남편이 직접 납치된 그녀를 구해 저택까지 데려왔다고 했다.

남편의 자작극임을 모르는 고용인들에겐 한 편의 로맨틱한 동화와 도 같은 이야기겠지.

'개같은 자식.'

온몸이 무겁고 아팠다. 그리고 눈물이 멈추지 않았다. 조금 전 저택 을 방문했던 의원의 말이 귓가를 맴돌았다.

"어쩔 수 없었습니다."

"정말, 정말……인가요?"

에르샤가 떨리는 목소리로 묻자 의원은 대답을 하는 대신 고개를 숙였다. 배 속에 있던 제 아이가 죽었다.

의원은 지금 그리 말하고 있었다.

에르샤의 몸이 충격으로 휘청거렸다. 주변에 있던 하녀가 여린 그녀의 몸을 받아 냈다.

"내가, 내가. 다시 아이를 가질 수 있나요?"

간절한 에르샤의 물음에 의원은 조용히 고개를 저었다.

"……죄송합니다."

그녀에겐 사형 선고와도 같은 말이었다.

* * *

그 후 이어진 것은 남편인 후작의 이혼 요구였다. 아이를 가질 수 없게 된 에르샤는 더 이상 후작 부인으로서 자격이 없다는 이유였다. 이미 후계자로 결정된 아들, 리오가 있음에도 그의 태도는 완강했다.

"이혼해."

아이를 잃은 지 일주일도 채 되지 않은 부인에게 하는 말치곤 꽤 잔인했다. 이젠 부인도 아니리 이긴기?

"에반. 당신은 아이가 죽었다는데, 아무렇지도 않아요?"

에르샤가 싸늘하게 물었다.

저 혼자만의 아이가 아니다. 남편과 자신 사이의 아이였다. 그런데 그는 슬퍼하는 기색을 보이긴커녕 이혼을 요구하는 데 혈안이 되어 있었다. 어쩌면 자신과 수월하게 이혼하기 위해 일부러 아이를 유산시킨 걸지도 몰랐다.

"그게 나랑 무슨 상관이지?"

서늘한 에반의 말에 에르샤가 헛웃음을 지었다.

'역시.'

일부러 사람을 고용해 아이를 유산시킨 건 모두 남편의 계략이었다. 후작 부인인 자신을 손쉽게 내쫓기 위한.

"더는 당신 같은 여자랑 살 생각 없으니까. 구질구질하게 굴지 마."

"그렇겠죠. 로젤처럼 예쁘고 어린 애랑 즐기기 바쁠 테니까."

에르샤가 자조적으로 웃었다. 그러자 에반이 딱딱하게 표정을 굳히며 입을 열었다.

"세상 모든 사람들이 전부 당신 같을 거라고 생각하지 마."

"하, 미친 새끼."

싸늘한 에르샤의 욕설에 그의 표정이 처음으로 흔들렸다. 사생아 출신이긴 해도 공작의 딸인 그녀가 이런 상스러운 말을 입에 담을 줄은 몰랐기 때문이다.

"……당신이 천한 사생아였다는 걸 내가 잠시 잊고 있었군."

놀란 얼굴로 그렇게 말하는 에반을 보며 에르샤가 냉소적인 웃음을 터트렸다.

"당신은 나처럼 천하지 않아서 아내도 아닌 다른 여자랑 키스하나

보죠? 그것도 황궁의 정원에서?"

"그, 그건……."

"심지어 황태자 전하의 약혼녀인 여자랑."

에반의 얼굴이 순식간에 당황스러움으로 일그러졌다. 아무래도 에르샤가 로젤과 자신의 관계를 알고 있을 줄은 몰랐던 모양이다.

"하하, 하하하."

허탈하게 웃는 에르샤를 에반이 빤히 쳐다보았다. 그는 자신의 외도 사실을 들킨 탓인지 조금 당황한 얼굴을 하고 있었다. 한심하기 짝이 없는 남편의 얼굴을 보며 에르샤는 결심했다. 더는 이따위 한심한 남자를 제 남편이라며 곁에 두지 않기로.

"그래요, 당신 뜻대로 해 줄게요."

조금 슬픈 웃음을 머금은 그녀가 말을 이었다.

"우리 이혼해요."

계속 남편과 함께 산다면 죽은 아이를 볼 면목이 없을 것 같았다.

"할 수 있는 한 빨리."

그런 그녀의 말처럼 그들은 얼마 안 가 이혼 절차를 밟았고, 공식적으로 남이 되었다. 더 이상 후작 부인이 아니었기에 에르샤는 마르아넬 공작의 딸. 즉 마르아넬 공녀로 돌아왔다. 절대 돌려받고 싶지 않았던 이름이었으나 어쩔 수 없었다.

사실 날 때 공녀였시, 공작가에서 그녀는 언제니 컨덕꾸러기였다. 평민 하녀 출신의 모친에게서 태어난 사생아였으니까.

아무도 에르샤를 공녀라 인정하지 않았다. 덕분에 후작과 이혼한 후 그녀는 고된 생활을 이어 갔다. 남편이 위자료랍시고 던져 준 돈은 얼마 안 가 바닥날 것이 분명했기에 일단 모아 두었다.

우선은 일자리를 구하는 게 먼저였기에 발품을 팔고 돌아다니기 시작했다. 하지만 귀족이었던 그녀가 할 수 있는 일은 매우 드물었고, 때문에 일감은 좀처럼 구해지지 않았다. 일자리가 많다고 소문난 시골로 내려가야 하나 고민하며 허름한 식당에서 밥을 먹는데 우연치 않게 남자들의 대화 소리가 들려왔다.

"그때 우리가 실컷 팬 후작 부인, 결국 이혼당했다며?"

"아, 그 갈색 머리 부인?"

그 말에 식사에 열중하던 에르샤의 손이 멈췄다.

갈색 머리의 후작 부인. 제국 전체에 그런 외형을 가진 후작 부인은 자신밖에 없었다. 최근에 이혼한 귀족 역시 그녀가 유일했다.

에르샤가 슬쩍 대화가 들려온 방향으로 시선을 돌렸다. 그러자 예상했던 대로 그때 창고에서 본 남자 둘이 그곳에 있었다. 확인을 마친 에르샤는 다시 아무렇지 않은 척 식사를 하며 그들의 대화에 귀를 기울였다. 남자들은 여전히 큰 소리로 떠들고 있었다. 아무래도 식사를 하며 마신 술 때문인 것 같았다.

"근데 그때 그 의뢰인, 진짜 기가 막히게 예쁘던데."

"맞아. 귀하신 공녀님은 뭐가 달라도 달라."

이어서 들려온 남자들의 대화에 그녀의 손이 다시 한번 멈췄다. 저들은 지금 의뢰인이 에르샤의 전남편인 후작이 아니라 공녀라고 말하고 있었다.

16

공녀. 그녀가 예민하게 굴고 있는 걸지도 모르겠지만 지금 이 순간 떠오르는 인물이 하나 있었다.

"근데 왜 이미 임자가 있는 후작한테 집착하지?"

"글쎄, 들리는 바에 의하면 황태자의 약혼녀라던데."

"더 이해가 안 가는데?"

그 뒤로 남자들의 대화가 조금 더 이어졌으나 에르샤의 귀에는 더 이상 아무것도 들리지 않았다. 괜한 기우일 거라 생각했던 그녀의 예감이 들어맞았다. 저들을 고용한 인물은 로젤 라슈아였다.

분노로 떨리는 두 손을 애써 감춘 에르샤가 서둘러 식사를 마치고 밖으로 나왔다. 눈치를 보며 적당히 주변을 배회하던 그녀는 두 남자가 식당에서 나오자 그들의 뒤를 밟기 시작했다. 술에 취했기 때문인지 그들은 에르샤의 기척을 전혀 눈치채지 못했고 덕분에 그녀는 수월하게 뒤를 밟을 수 있었다. 그런데 이느 순간 남자들이 외진 골목 사이로 움직이기 시작했다. 에르샤는 바짝 긴장한 상태로 그들을 쫓았다.

"오랜만이군."

처음 듣는 목소리였다. 모퉁이 하나를 두고 들려온 목소리에 에르샤는 바삐 걷던 것을 멈추고 서둘러 몸을 숨겼다.

"끄아악!"

"으헉!"

몸을 숨기기 무섭게 두 남자의 것으로 짐작되는 비명이 들려왔다. 동시에 실체를 알고 싶지 않은 소름 끼치는 소리도 들렸다. 공포에 질린 그녀가 양손으로 제 귀를 틀어막았다. 그 후 어느 정도의 시간이 지나자 귀에서 손을 뗐음에도 주변은 고요하기만 했다.

에르샤가 조심스레 고개를 돌리자 그곳에는 두 구의 시신이 늘어져 있었다. 구역질이 날 것만 같았다. 그리고 그 바로 옆에는 익숙한 얼굴로 저를 보며 웃는 이가 있었다.

"오랜만이에요, 공녀. 황궁 정원에서 본 이후로 처음이던가요?"

로젤 라슈아. 그녀는 황궁에서 봤던 그날처럼 비웃음 가득한 얼굴로 에르샤를 쳐다보고 있었다.

"그러게요. 참, 오랜만이네요."

떨어지지 않는 입을 억지로 뗀 에르샤가 그녀의 물음에 답했다. 저를 보는 로젤의 보랏빛 눈동자에 광기가 서려 있는 것만 같았다. 주변에 아무렇게나 방치된 시신을 애써 외면하던 에르샤가 결국 참지 못하고 로젤에게 물었다.

"……대체 왜 이런 거죠?"

"후환은 없애는 게 좋죠."

그렇게 말하며 로젤이 그려 낸 듯한 미소를 지었다. 더없이 상냥한 그 미소가 참으로 소름 끼쳤다. 보기 좋은 붉은색을 띠는 로젤의 입술이 천천히 움직였다.

"하지만 공녀는 건드리지 않을게요."

"……왜죠?"

"당신이 할 수 있는 건 아무것도 없으니까."

의문 가득한 에르샤의 물음에 로젤이 명쾌하게 답했다.

맞는 말이었다. 권력도, 돈도 없이 가진 거라곤 공녀라는 이름뿐인 에르샤가 할 수 있는 일은 아무것도 없었다.

"다음엔 배 속의 아이 정도로 끝나지 않을 거예요."

로젤이 입가에 비웃음을 가득 띤 채로 그녀를 응시했고, 온몸이 싸늘하게 식는 것을 경험한 에르샤가 표정을 굳혔다.

"그러니 오래 살고 싶다면 주제를 아는 게 좋을 거예요, 공녀."

로젤은 말을 마치기 무섭게 타고 온 마차 안으로 모습을 감췄다. 에르샤는 점점 멀어져 가는 그녀의 마차를 바라보며 분노로 떨리는 손을 꽉 쥐었다.

자신이 머물고 있던 여관으로 돌아온 에르샤는 갖고 있던 몇 안 되는 짐 속에서 두꺼운 책 한 권을 꺼내 들었다.

책장을 반 이상 넘기자 책 속에 끼워진 낡은 종이 한 장이 모습을 드러냈다. 모친의 유품이자, 마르아넬 공작가에서 대대로 내려오는 저주의 술식이 적힌 종이였다. 글도 읽지 못했던 모친이 삶의 마지막 순간 에르샤에게 남긴 유일한 물건이었다.

아마 그녀는 종이에 적힌 것이 저주를 거는 방법임을 알지 못했을 것이다. 그저 공작가의 치명적인 약점이라는 것만 짐작했겠지. 이를 빼돌렸다는 사실을 들키는 날엔 죽임을 당할 것임을 알고 있음에도 그녀는 이것을 에르샤에게 남겼다.

여차하면 공작가를 협박해서라도 살 방법을 찾으라는 의미였을 것이다. 하지만 결국 에르샤는 이를 직접 사용하게 되었다. 모친에겐 죄송스러웠으나, 그녀에겐 이미 단 한 줌의 이성도 남아 있지 않았다.

제 아이를 죽인 로젤을 용서할 수 없었다. 거기다가 제게 위해를 가하겠다며 같잖은 협박 따위를 해 온 것 역시 용서할 수 없었다. 자신은 모든 것을 잃은 채 밑바닥으로 추락했는데 혼자만 아무것도 모르는 척, 고귀한 삶을 살게 놔두지는 않을 것이다.

'모두 잃게 해 주마.'

그렇게 다짐한 에르샤는 즉시 의식을 시작했다. 절차가 까다롭거나, 복잡한 저주는 아니었기 때문에 마음만 먹으면 금방 할 수 있었다. 그 대신 지불해야 하는 대가가 치명적이긴 했지만, 저주에 성공할 수 있다면 상관없었다.

그녀는 망설임 없이 의식의 절차를 밟아 나갔다.

그리고 마침내 저주가 완성된 순간. 시야가 뿌옇게 흐려지며 독을 삼킨 것처럼 속이 빠르게 타들어 갔다. 몸에서 힘이 빠져나가고, 울컥 피가 목구멍으로 쉴 새 없이 넘어오기 시작했다.

에르샤가 행한 저주의 대가는 술사의 죽음이었다. 간단한 조건이지만 가장 내놓기 힘든 대가이기도 했다. 서서히 흐려져 가는 의식 속에서 에르샤는 희미하게 웃었다. 이러면 적어도 제 아이를 볼 낯이 조금은 생기지 않을까 싶었던 것이다.

에르샤가 건 저주는 영혼을 육체와 분리하는 흑마법이었다. 이 저주가 성공한다면 로젤의 영혼은 육체를 잃고 방황하게 될 것이다. 그녀가 더 이상 공녀로서의 특권과 권한을 누리지 못하는 것.

그것이 에르샤가 로젤에게 할 수 있는 가장 잔인한 복수였다.

* * *

"공녀님, 공녀님!"

누군가 애타게 저를 부르는 목소리가 귓가를 울렸다. 머리가 아프고, 속이 뒤집히는 고통 속에서 천천히 시야가 밝아졌다.

흐릿했던 시야가 점차 또렷해지면서 보인 것은 웬 젊은 여자의 얼굴이었다. 에르샤와 눈이 마주친 여자가 서둘러 옆에 있던 누군가를 불렀다.

"전하, 공녀님께서 눈을 뜨셨습니다."

자신은 사후 세계에서조차 공녀인가 싶어 에르샤는 쓴웃음을 지었다. 그런데 그때 대뜸 누군가의 손이 제 턱을 쥐고 억지로 고개를 들게 했다. 아직 몸에 힘이 들어가지 않았던 터라 에르샤는 순순히 그에 따라 고개를 들었다. 그러자 익숙한 은발의 남자가 저와 눈을 맞추고 있었다. 남자의 붉은색 눈동자가 뚫어져라 자신을 응시했다. 얼떨결에 그와 눈을 맞추던 에르샤의 얼굴에 당혹스러움이 번졌다.

그는 그녀가 알고 있는 사람이었다.

'대체, 뭐지?'

눈앞에 있는 남자는 적어도 에르샤기 아는 힌 이곳에 있으시는 인 될 사람이었다. 지금 이곳이 사후 세계가 맞는다는 전제하에.

차갑게 다물려 있던 입술이 떨어지며 남자가 물었다.

"제가 누구입니까?"

익숙한 목소리와 함께 들려온 존댓말에 그녀는 사실을 확인하듯 천천히 답했다.

"……황태자, 전하?"

에르샤는 자신이 말하고도 믿을 수 없다는 얼굴을 했다. 어째서 그가 이곳에 있는 걸까.

아르한 리치몬드 시트라.

그는 화려한 은발에 보석처럼 빛나는 붉은색 눈동자, 그리고 뚜렷한 이목구비를 가진 제국의 황태자였다.

아르한은 그녀의 대답이 들리기 무섭게 의자에서 몸을 일으켰다.

"다행히도 몸에 큰 이상은 없으신 듯합니다."

그렇게 말한 아르한이 차분한 걸음으로 문 앞에 도달했다. 문을 열기 직전 살짝 고개를 돌린 그가 입을 열었다.

"그럼, 부디 평안하시길."

약간의 진심도 담기지 않은 인사를 남긴 그가 문밖으로 사라졌다. 주변에 있던 하녀들은 딱딱하기 그지없는 황태자의 태도에 당황한 눈치였으나, 에르샤에겐 오히려 잘된 일이었다. 상황을 파악할 시간이 필요했으니까.

"혼자 있고 싶으니 모두 나가거라."

분명 자신의 입에서 나온 말임에도 그녀는 흠칫 몸을 떨었다. 어디선가 들어 본 적이 있는 목소리였다.

그녀의 짧막한 한마디에 곁에 있던 모든 이들이 순식간에 문밖으로 사라졌다. 덕분에 서늘한 정적이 방 안을 가득 채웠다. 모든 이들이 사라지고 혼자 남은 공간에서 에르샤는 서둘러 몸을 일으켰다. 온몸이 쑤시고, 기운이 없긴 했지만, 전체적으로 멀쩡했다.

저주가 실패해 가까스로 목숨을 건졌다고 하기엔 멀쩡하다 못해 너무 건강했다. 게다가 눈을 뜨자마자 낯선 방 안이었던 것도, 황태자가 제 곁에 있었던 것도 설명이 되질 않았다.

분명 자신이 모르는 뭔가가 있을 것이다. 그렇게 결론을 내린 에르샤가 조심스레 침대에서 내려왔다. 일단은 주변부터 파악할 필요가 있었다.

가장 가까운 창문으로 향하던 그녀가 문득 걸음을 멈췄다. 뭔가 이상한 것을 본 듯했다. 그냥 갈까 싶다가도 왠지 찝찝한 기분이 든 탓에 에르샤는 몸을 돌려 거울 앞으로 향했다.

'어?'

거울에 비친 것은 자신의 모습이 아니었다. 에르샤는 이렇게 화려한 금발을 갖고 있지 않았다. 눈동자도 보라색이 아니었다.

"……로젤, 라슈아."

저도 모르게 중얼거린 말에서 그녀는 답을 찾았다.

자신은 지금 로젤 라슈아의 모습을 하고 있었다. 어깨 아래로 물결치는 금발과 짙은 보랏빛 눈동자가 그 사실을 증명해 주었다.

목숨을 포기하면서까지 로젤이 모든 것을 잃기를 바랐던 에르샤는, 로젤이 되어 있었다.

제1장
단 한 명의 추모객

'아니, 대체 왜…….'

어이가 없어서 말이 나오지 않았다. 목숨을 바쳐 저주하고 싶을 정
도로 미워한 여자가 되다니 당황스럽기 그지없었다. 결국 한참을 거
울 앞에서 멍하니 서 있던 에르샤가 걸음을 옮겼다.

우선은 제 몸이 어떻게 되었는지를 확인해야 했다.

그녀가 침대 옆에 있던 줄을 당기자 바깥에서 대기하고 있던 하녀
들이 신속하게 방 안으로 들어왔다.

"당장 갈 곳이 있어."

"하오나 공녀님께서는 방금……."

"상관없으니 최대한 빨리 준비를 끝내도록 해."

조금은 막무가내인 에르샤의 말에 그들은 더 이상 말을 잇지 못했
다. 그저 그녀의 심기를 거스르지 않도록 최대한 신속하게 외출 준비

를 도울 뿐이었다.

"다 됐습니다."

거추장스러운 치장과 화장을 대부분 생략하고, 수수한 드레스를 입은 덕분에 금세 준비를 끝낼 수 있었다. 에르샤는 곁에 있던 하녀들과 호위 기사 몇을 데리고 저택을 나섰다.

공작가의 마차를 타고 온 에르샤는 자신이 머물던 여관과 조금 떨어진 곳에 마차를 세웠다. 그 후 조금 걷고 싶다며 마차에서 내려 일부러 사람들이 많이 몰려 있는 곳만 돌아다녔다. 덕분에 가까스로 함께 온 하녀들과 호위 기사들을 따돌릴 수 있었다.

화려한 드레스와 장신구 대신 무난하고 단출한 차림새로 나와 훨씬 움직이기 수월했다. 그럼에도 옷 자체는 고급스러운 것이었기에 그녀에게 슬쩍 눈길을 주는 이들도 있었지만, 그녀가 재빨리 자리를 벗어나면 곧 사라질 얄팍한 관심이었다. 그래도 혹시 몰라 여차하면 휘두를 호신용 단검을 챙겨 오긴 했다. 하지만 다행스럽게도 이를 사용할 일은 생기지 않았다.

그렇게 에르샤가 별문제 없이 여관 근처에 다다르자 주변을 엄격하게 통제하고 있는 수사관들의 모습이 보였다. 수사관들의 왼쪽 가슴에는 황가의 문장이 새겨진 배지가 달려 있었다. 아무래도 다들 상당한 권위를 가진 이들인 듯했다.

게다가 그들의 사이엔 에르샤의 전남편인 후작을 비롯한 몇 명의 고위 귀족들까지 자리하고 있었다. 저 정도 지위를 가진 이들이 나설 만한 사건이 흔할 리 없다. 그리고 그 흔하지 않은 일 중에는 법으로 금지된 주술이나 흑마법이 개입된 사건이 포함되어 있었다. 그러니 자신이 행한 저주가 제대로 발현된 덕분에 금지된 주술을 사용한 그녀를 조사하러 왔다고 보는 게 가장 그럴듯했다.

'그렇다면 난, 죽은 건가?'

마음 같아서는 직접 가서 확인해 보고 싶었으나 불가능한 일이었다. 공작의 딸이라고는 하나, 일단은 귀족 영애에 불과한 자신을 저들이 순순히 사건 현장에 들여보낼 리 없었다. 그러니 아무것도 모르는 척 이 길로 일행에게 돌아가는 것이 현명할지도 몰랐다.

'돌아가서 소식이 전해지길 기다려야 하나?'

하지만 이대로 돌아간다면 자신에게 제대로 된 소식이 전해지지 않을 수도 있다는 문제가 있었다. 수사관을 비롯한 관계자들이 그럴듯한 이야기를 꾸며 내 사건을 완전히 덮어 버릴 가능성도 있었으니까.

'그럼, 어쩐다?'

한참 고민에 빠져 있는 에르샤의 지척에서 귀에 익은 목소리가 들려왔다.

"여기서 뭘 하고 계신 겁니까."

정중하지만 싸늘한 목소리에 그녀가 고개를 돌렸다. 그러자 에르샤를 차갑게 내려다보고 있던, 붉은색 눈동자와 눈이 마주쳤다.

"황태자 전하를 뵙습니다."

서둘러 예를 갖춘 그녀의 인사에 아르한은 됐다는 듯 손을 들었다. 그리곤 여전히 서늘하기 그지없는 음성으로 말을 이었다.

"무엇을 하고 계셨냐고 물었습니다."

여전히 정중한 태도로 묻고 있었으나 그곳에 담긴 것은 명백한 적의였다. 그는 저를 향해, 정확하게는 '로젤'을 향해 적대감을 드러내고 있었다. 어차피 자신을 향한 것이 아님을 알기에 에르샤는 태연하게 물음에 답했다.

"잠시, 거리에 나왔다가 일행을 놓쳐 헤매고 있었습니다."

정확하게는 제가 따돌리고 온 것이었지만 하녀나 호위 기사로서는 충분히 그렇다고 여길 수도 있는 일이었다. 만약 그가 믿지 않는다면 나중에 그들을 찾아 증언을 부탁하면 된다.

"일행을 놓치셨다니, 안타깝군요."

하지만 그런 에르샤의 고민이 무색하게도 아르한은 순순히 그 말을 믿는 듯했다. 어느새 아르한은 그녀를 향해 한 걸음 더 다가와 있었다. 부쩍 가까워진 거리에 에르샤가 왠지 모를 불안함을 느끼고 있을 즈음 아르한이 입을 열었다.

"쓸데없는 확인은 하지 않겠습니다."

나직한 저음의 목소리가 부드럽게 귓가를 울렸다.

"영애의 치밀함과 간계는 저도 인정하는 바니까요."

그러나 거기에 담긴 것은 달콤한 호의가 아닌, 명백한 적의였다. 사실 그리 놀라운 일은 아니었으나 그가 왜 이렇게까지 로젤을 싫어하는지 에르샤는 조금 궁금해졌다.

'역시 에반과의 일 때문인가?'

로젤이 제 남편과 정원에서 밀회를 즐기던 모습을 그녀는 잊을 수 없었다. 아직도 그때의 일만 생각하면 화가 나고 눈이 뒤집혔다.

'아마 그도 비슷하지 않았을까?'

대담하게 황궁에서 밀회를 즐겼으니 아마 십중팔구 아르한의 귀에 들어갔을 것이다. 자신의 명예를 떨어트리는 행동을 한 로젤에게 크게 화가 났겠지.

사실 황족을 기만한 죄로 즉결 처형하겠다고 해도 할 말이 없는 일이었다. 그렇다면 로젤은 자신의 목숨을 기꺼이 던질 정도로 남편이 좋았던 걸까? 남편 역시 그 정도로 그녀가 좋았고?

생각이 거기까지 미치자 기분이 썩 좋지 않았다. 중간에 끼어 있는 자신만 바보가 된 것 같았다.

"……그리 입을 다무시면 제가 영애의 거짓말에 속을 것 같습니까?"

꼬리에 꼬리를 물던 생각을 깔끔하게 잘라 내는 목소리였다. 이에 에르샤가 고개를 들어 그를 쳐다보았다.

"오늘, 우연을 가장해 여기에 온 진짜 이유가 무엇입니까?"

에르샤는 조금 전부터 자신이 이곳에 온 이유를 끈질기게 캐묻는 그의 행동을 이해할 수 없었다. 로젤에게 좋지 않은 감정이 있다면 적당히 무시해서 제풀에 지쳐 저택으로 돌아가게 하는 편이 낫지 않나?

"이젠, 흉내까지……."

"네?"

뜬금없는 중얼거림을 들은 에르샤가 어리둥절한 얼굴로 되묻자 아르한이 입을 다물었다. 그에게 뭔가를 더 물으려던 그녀는 지척에서 들려온 발소리를 듣고 입을 닫았다. 누군가가 이쪽으로 오고 있었다.

"······황태자 전하를 뵙습니다."

골목으로 들어가자마자 보이는 아르한의 모습에 에반이 딱딱하게 고개를 숙였다. 그는 그쪽엔 눈길도 주지 않고 손을 들어 이제 됐다는 뜻을 보였다. 이를 조용히 지켜보던 에르샤의 기분은 상당히 불쾌했다. 특히 전남편인 에반이 저를 은근히 사심 가득한 눈으로 쳐다볼 땐 기분이 참 뭣 같았다.

그는 지금 '에르샤'가 아닌 '로젤'에게 저런 눈빛을 보내고 있었으니까.

쓰레기 같은 자식. 마음 같아서는 미친 척하고 당장 뺨이라도 한 대 쳐 주고 싶었으나 이를 행동으로 옮길 수는 없었다. 상당히 아쉬울 따름이었다.

"아델노프 후작님을 뵙습니다."

에르샤가 격식을 갖춰 딱딱하게 인사하자 에반이 입가에 만족스러운 미소를 그렸다.

"오랜만이군요, 공녀."

그런 에반의 말에 에르샤가 별다른 대꾸 없이 살짝 웃어 보였다. 영혼이 담기지 않은 형식적인 미소였으나 그는 나름 만족한 모양이었다.

에반이 흡족하다는 표정을 유지하며 입을 열었다.

"저, 혹시······."

"제 약혼녀께 볼일이 있으십니까. 아델노프 후작?"

순식간에 아르한의 서늘한 음성이 그의 말을 잘랐다. 친절하게 웃는 낯을 하고 있음에도 왠지 모르게 소름이 끼쳤다.

"아닙니다."

에반 역시 비슷한 느낌을 받은 것인지 재빨리 이를 부정했고, 몇 마디 형식적인 대화를 나누다가 사라졌다.

그가 자리를 뜨기 무섭게 아르한이 물었다.

"그녀가 얼마나 비참하게 죽었는지 확인하기 위함입니까?"

아르한의 시선 끝에 있는 것은 에르샤가 아니었다. 그는 여전히 에반이 사라진 방향을 응시하며 말을 이었다.

"제 앞에서 저 남자와 웃지 마십시오."

그제야 고개를 돌린 그가 에르샤를 바라보았다.

"당신은 그럴 자격이 없습니다."

서늘하지만 어쩐지 슬퍼 보이는 음성에 에르샤는 서둘러 입을 열었다.

"그녀라면, 혹시 에르샤……."

"한 번만 더 그 이름을 입에 담으면."

그녀의 입에서 에르샤라는 말이 나오기 무섭게 아르한이 말을 가로챘다. 삐뚜름하게 웃던 그가 차분히 말을 이었다.

"그땐 제가 당신을 어찌할지 장담할 수 없습니다."

단순한 경고가 아니었다. 명백한 진심이 담긴 어조에 에르샤는 조금 당황했다. 생전에 그리 친하지 않았던 황태자가 뒤에서 이런 식으로 자신을 감싸는 것이 이상했기 때문이다.

황태자와 자신은 같은 아카데미를 다녔다는 것을 제외하면 접점이 거의 없었다. 당연한 일이었다. 에르샤는 공작가의 사생아였고, 집안의 천덕꾸러기에 불과했다. 그런 그녀가 훗날 제국의 군주가 될 황태자와 만날 일이 뭐가 있겠는가. 그럼에도 아르한이 자신의 이름을 입에 담지 말라고 한 것은 아마 그가 '로젤'을 너무도 싫어하기 때문일 것이다.

'그래도 기분은 좋네.'

자신을 소중하게 여기기 때문은 아니었지만 그럼에도 제 이름을 지켜 주는 이가 있다는 사실이 에르샤는 기뻤다.

"알겠습니다. 앞으로는 그 이름을 입에 담지 않도록 하죠."

그런 에르샤의 대답에 아르한의 표정이 미세하게 일그러졌다.

"이젠, 작전을 바꾸기로 하신 겁니까?"

"전하께서 뭐라 생각하셔도 상관없습니다."

싸늘한 그의 물음에 짧게 대꾸한 에르샤가 생긋 웃어 보였다.

"진심이니까요."

제 이름을 입에 담지 않는 것 정도야 어려운 일도 아니었다. 오히려 타인의 이름을 부르듯 자신의 이름을 부르는 쪽이 더 어색할 것이다.

에르샤가 여전히 생긋 웃는 얼굴로 입을 열었다.

"더 이상 하실 말씀이 없다면 이만 가 봐도 될까요?"

계속 아르한과 함께 있어 봤자 그가 얼마나 로젤을 싫어하는지만 쉼 없이 보게 될 것 같았다. 자신은 제삼자이니 구경하는 재미가 쏠쏠할 것 같긴 했지만, 굳이 그런 식으로 시간 낭비를 하고 싶진 않았다.

어차피 알아낼 수 있는 게 없다면 지금으로서는 저택으로 돌아가 소식을 기다리는 쪽이 나을 것이다.

"죄송하지만……. 아, 필요 없겠네요."

주변이 상당히 번잡한 탓에 바로 길 건너에 있는 골목까지만 데려다 달라고 하려던 에르샤가 말을 멈췄다. 자신이 따돌리고 온 하녀 한 명과 눈이 마주쳤기 때문이다. 그녀가 놀란 얼굴로 달려오다가 옆에 있던 아르한을 보고는 서둘러 예의를 갖췄다.

"화, 황태자 전하를. 뵈, 뵙습니다."

이마가 거의 땅에 닿을 지경까지 고개를 숙인 하녀의 모습에 그가 말했다.

"인사는 됐다."

짤막한 아르한의 말에 눈치를 살피던 하녀가 조심스레 고개를 들었다. 그런 그녀를 보며 에르샤가 물었다.

"다른 이들은?"

"일단, 흩어져서 아가씨를 찾고, 트라가 1번지에 있는 빵집 앞에서 만나기로 했습니다."

"그래? 그럼 어서 가도록 하자."

당장 안내하라는 듯 그녀를 재촉하는 에르샤의 말에 하녀는 조금 당황했다. 자신의 주인인 로젤이 약혼자인 황태자에게 얼마나 병적으로 집착하는지 저택의 모든 사람들은 알고 있었다. 그의 앞에선 늘 온화한 척, 상냥한 얼굴을 하는 로젤이 황태자가 돌아가고 나면 얼마나 패악을 부리는지 말이다.

비단 황태자 앞에서만이 아니었다. 로젤은 언제나 타인에게 친절하고 상냥했다. 물론 그 타인의 범위에 저택의 고용인들은 포함되어 있지 않았다. 분명 꼬투리를 잡아 제게 벌을 내리려는 것이 틀림없다. 그리 생각하자 자연스레 온몸이 덜덜 떨렸다. 갑자기 온몸을 떠는 하녀의 모습에 에르샤는 의아한 얼굴을 했다.

'추운가?'

확실히, 봄이라고는 하나 아직 쌀쌀한 감이 있긴 했다.

더욱 서둘러 돌아가야겠다고 생각한 에르샤가 제 드레스 자락을 양손으로 쥐고는 그를 향해 인사를 올렸다.

"전하께서 허락해 주신다면. 이만 돌아가 보겠습니다."

"……그리하십시오."

짧막한 아르한의 허락이 떨어지기 무섭게 쥐고 있던 드레스 자락을 살며시 놓은 그녀가 고개를 숙였다.

"그럼, 가 보겠습니다. 부디 다시 뵐 때까지 평안하시길."

말을 마친 에르샤는 뒤도 돌아보지 않고 하녀와 함께 자리를 떠났다. 점차 사라져 가는 그녀의 뒷모습을 빤히 쳐다보던 아르한의 얼굴에 의심이 번졌다.

* * *

그녀가 저택으로 돌아온 다음 날 아침. 신문에 대서특필로 에르샤에 대한 기사가 실렸다.

사라진 마녀의 후손, 에르샤 마르아넬.

에르샤 마르아넬에 대한 충격적인 진실.

금지된 흑마법사 에르샤 마르아넬.

온갖 자극적인 단어로 도배되어 있었으나 기실 따지고 보면 틀린 말은 아니었다. 에르샤가 사용한 마법이 마녀들이 주로 행하는 저주인 것도 맞고, 흑마법인 것도 맞았으니까. 물론 그녀는 마녀가 아니었지만, 저주를 건 전적이 있으니 이젠 아니라고 하기도 뭐했다.

기사 내용을 대충 눈으로 훑은 에르샤가 신문을 한 장 넘겼다. 짐작했던 대로 안에 있는 내용은 죄다 그녀의 이야기였다.

같은 아카데미를 나온 이들과 사교계에서 만났다고 주장하는 이들의 증언. 거기에 한때 남편이었던 에반의 인터뷰까지.

대부분이 에르샤를 비난하고, 죽어도 싼 여자라며 모욕하는 내용이었다. 살아 있을 때 대놓고 모욕과 멸시를 준 이들도 있었으니 새삼스러울 것은 없었지만 입 안이 조금 썼다.

에르샤 마르아넬의 죽음을 슬퍼하는 이가 세상에 단 한 명도 없는 것 같아서.

사건이 터지자마자 부친인 공작과 공작가는 그녀를 완전히 나 몰라라 했다. 이혼을 당했을 때도 그렇고, 그 전에도 항상 천덕꾸러기 취급을 당했으니 놀랍지는 않았다.

남편이었던 에반 역시 마녀로 몰린 자신을 감싸 줄 만큼 너그러운 사람이 아니라는 것을 에르샤는 알고 있었다. 아이를 잃은 자신에게 대뜸 이혼부터 요구했던 남자였다. 그런 사람에게 기대를 걸 만큼 그녀는 바보가 아니었다.

하지만 머리로는 알아도 마음으로는 저도 모르게 기대를 걸었던 걸까? 막상 현실을 접하고 나니 마음이 아린 것은 어쩔 수 없었다.

애써 떠오르는 생각들을 머리에서 지워 낸 그녀가 신문의 다음 장을 넘겼다. 그러자 그곳에는 내일 광장에서 에르샤의 시신을 공개적으로 불에 태울 것이라는 기사가 실려 있었다.

금지된 흑마법을 사용한 여자이니 뼛가루 한 줌 남기지 않고 태워야 한다는 것이다.

'그 에르샤가 멀쩡히 살아서 라슈아 공녀가 되었음을 아는 이는 아무도 없겠지.'

쓴웃음을 지으며 신문을 훑던 에르샤의 시선이 중앙에 대문짝만하게 실려 있는 기사에 고정되었다.

금지된 주술과 흑마법 척결을 위한 법안 발의

황제가 직접 제정한 새 법안의 내용이 딱딱한 글씨체로 적혀 있었다.

이번 사건 이후 금지된 수술이나 흑마법을 행하는 자는 물론 이를 방조한 주변인들까지 발견 즉시 처형할 것이다. 이는 황족부터 평민까지 가리지 않고 해당될 것이며……(중략)

간단히 말해 흑마법이나 저주를 행한 이는 물론 주변에 있는 사람들까지 함께 잡아 죽이겠다는 뜻이었다.

황제의 서늘한 음성이 귓가에 닿는 듯한 착각이 일었다. 무려 황제가 본인의 이름을 걸고 직접 제정한 법인 만큼 이는 보다 강한 효력을 가질 것이다. 만약 지금의 로젤 라슈아가 흑마법을 사용한 에르샤 마르아넬이라는 사실이 발각된다면 처형을 피할 수 없겠지. 그러니 에르샤는 절대로 자신의 정체를 들켜서는 안 됐다.

'솔직히 들킬 가능성은 거의 없을 것 같지만⋯⋯.'

그녀가 있는 시트라 제국은 마법사가 없다고 볼 수 있는 곳이었다. 마법사라는 존재가 실재하기는 하는지조차 알 수 없었다. 그것이 흑마법과 저주를 문제 삼는 이유였다. 황제가 갑자기 저주로 인해 암살을 당해도 이를 알아낼 방법이 없으니까.

그런 와중에 흑마법과 관련된 자를 모두 처형하겠다는 법이 제정된 지금 에르샤의 시신을 제대로 조사할 수 있는 인물이 나타날 가능성은 지극히 낮았다. 오히려 괜히 나섰다가 흑마법사나 위험인물로 몰려 생명을 위협받을 수도 있으니까. 게다가 그 시신마저도 내일이면 불에 타서 아무것도 남지 않을 것이다. 한마디로 말해 그녀가 다시 에르샤로 돌아갈 방법은 없었다.

이젠 완전히 로젤이 되어야 할 시간이다.

똑똑. 그녀의 상념을 깨우는 노크 소리가 방 안을 울렸다.

"들어와."

짤막한 대답에 갈색 머리의 하녀가 조심스레 문을 열고 안으로 들어왔다. 바로 어제 아르한과 함께 있던 저를 발견한 갈색 머리의 하녀였다.

'이름이 세라라고 했던가?'

로젤로 살아가기 위해서는 주변에 있는 이들에 대해 알아 갈 필요가 있었다. 하지만 갑자기 대놓고 물어본다면 수상하게 여길 테니 천천히 조금씩 알아 가는 수밖에.

"무슨 일이지?"

차분한 에르샤의 물음에 조금 머뭇거리던 세라가 입을 열었다.

"황태자 전하께서, 아가씨를 찾아오셨습니다."

"어서 앞장서렴."

에르샤가 곧장 자리에서 일어나며 최대한 상냥한 미소를 지어 보였다. 그러자 세라는 가시방석에 앉은 사람처럼 초조하고, 불안한 얼굴로 그녀를 안내했다. 그런 세라의 모습을 보니 평소 로젤이 고용인들에게 보였을 태도가 훤히 그려지는 듯했다.

'어느 정도 짐작은 했지만, 완전 이중인격자였나 보네.'

사교계의 꽃이나, 천사라는 로젤의 별명을 떠올리고 있자니 웃음이 절로 나왔다. 진짜 천사가 남의 남편과 밀회 따위를 즐길 리 없지 않은가. 그것을 끝으로 쓸데없는 생각을 적당히 구석으로 밀어 넣은 에르샤가 아르한이 있다는 응접실의 문을 열었다.

문이 열리기 무섭게 손님용 소파에 앉아 있는 그의 모습이 눈에 들어왔다. 차분한 걸음으로 응접실에 들어선 그녀가 드레스 자락을 잡고 예의를 갖췄다.

"황태자 전하를 뵙습니다."

아르한은 늘 그렇듯 됐다며 손을 올려 보였고, 인사를 마친 그녀는 그대로 그의 맞은편에 앉았다.

"전하께서 이리도 갑작스럽게 저택에 방문하실 줄은 몰랐습니다."

정적을 깨는 에르샤의 말에 아르한이 무표정한 얼굴로 답했다.

"약혼한 사이이니 되도록 자주 얼굴을 비춰 달라 한 건 영애셨습니다."

"그렇다 해도 이번 방문은 조금 갑작스러워서요. 다음에는 미리 언질 정도는 주셨으면 합니다."

"그리하겠습니다."

짤막한 그의 대구에 에르샤의 표정이 미세하게 일그러졌다. 진짜 '로젤'이었다면 몰라도 그녀에겐 아르한의 방문이 전혀 달갑지 않았다. 괜한 실수로 인해 정체를 들킬 수도 있었으니까.

'사실, 그럴 가능성은 거의 없어 보이지만.'

에르샤와 친분이 없고, 로젤을 싫어하는 그가 두 사람의 세세한 특징을 잡아낼 수 있을 리 없었다. 하지만 그럼에도 그녀의 마음은 편치 않았다.

'그건, 그렇고 대체 왜 온 거지?'

기뜩이나 불안한데 조용히 차만 마시는 아르한의 모습을 보자 괜히 속이 탔다. 결국, 인내심의 한계를 느낀 에르샤가 먼저 입을 떼려던 순간.

"영애에게 묻고 싶은 것이 있습니다."

"하문하십시오."

에르샤의 대답에 굳게 닫혀 있던 아르한의 입이 열렸다. 그의 붉은
색 눈동자가 알 수 없는 빛을 띠며 그녀를 응시했다.

"당신은 정말 로젤 라슈아입니까?"

아르한의 물음 이후로 아주 잠깐의 침묵이 있었다. 그러나 계산된
침묵이었다. 대답이 너무 빠르면 오히려 의심을 살 테니까. 에르샤는
담담하게 되물었다.

"무슨 뜻으로 하신 질문입니까?"

그리고 대답을 들은 아르한 역시 마찬가지로 고요한 얼굴이었다.
그는 그녀의 대답을 곱씹듯, 잠시 침묵을 지키다가 물었다.

"그게 제 물음에 대한 답입니까?"

"무슨 뜻으로 하신 말씀인지 알아야 제대로 된 답을 할 수 있지 않
을까요?"

"영애께서 이해하신 그대로 답하시면 됩니다."

외줄 위를 걷는 듯 불안한 대화가 오갔다. 끈덕지게 대답을 요구하
는 말에 그녀는 결국 답을 주었다.

"제 이름은 분명히 로젤 라슈아입니다. 이를 전하께서 모르실 리
없을 텐데요?"

에르샤가, 아니, 이젠 로젤이 된 그녀가 자연스레 웃어 보였다. 상대
가 뭘 알고 있는지 모르는 상황이니 일단은 모르쇠로 나가는 것이 안
전했다.

"……그렇군요."

짤막한 아르한의 대답에 로젤은 여전히 웃는 낯을 유지하며 앞에 있던 찻잔을 들어 제 입가에 가져갔다. 그러나 태연을 가장한 행동과 달리 손끝이 미세하게 떨리고 있었다. 무표정한 얼굴로 이를 읽어 낸 아르한이 입을 열었다.

"오늘은 이만 가 보겠습니다."

제게 정중히 인사를 건네는 그를 보며 로젤이 물었다.

"새삼, 왜 그런 질문을 하신 거죠?"

여전히 태연함을 가장한 채 찻잔을 내려놓는 그녀를 보며 그가 입을 열었다.

"조사의 일환이었습니다."

"조사, 라고요?"

"에르샤 마르아넬이 죽기 전 마지막으로 만난 상대가 당신임을 알고 있습니다."

"그건……."

"게다가 그녀가 저주를 걸고 죽은 직후 영애께서는 원인을 알 수 없는 두통으로 쓰러지셨고요."

예리한 대답 뒤로 건조한 시선이 이어졌다.

"단순한 우연이라기엔 조금 수상하지 않습니까?"

아르한의 물음에 로젤이 잠시 생각에 잠겼다. 눈앞에 있는 이 남자가 생각보다 많은 걸 알고 있다. 마법사라도 되지 않는 이상 알아낼 방법이 없을 텐데. 대체 어떻게 눈치챈 걸까.

여전히 고요하게 저를 응시하는 붉은색 눈동자를 본 로젤이 입을 열었다. 더 이상의 침묵은 곤란했다. 긍정의 뜻으로 비칠 위험이 있었다.

"하지만 저는……. 지금, 이렇게 멀쩡한걸요. 저주에, 그것도 금지된 흑마법에 걸렸다면 그만한 부작용이 있어야 하지 않나요?"

적당히 목소리를 떨며 말을 이었다. 마치, 스스로가 저주에 걸리기라도 했을까 봐 두려워하는 일반적인 귀족 영애처럼. 황궁에서 자라 권모술수에 능할 황태자를 속일 수 있을지는 모르겠으나 일단은 해야할 일이었다.

아르한은 그런 로젤의 말에 뭔가를 생각하듯 눈을 내리깔았다가 다시 시선을 올려 그녀를 보았다.

"그녀가 건 저주는."

대뜸 입에 올려진 말에 로젤은 초조한 마음을 애써 감췄다. 설마, 그것까지 알아냈을 리는 없다고 믿으며.

"육체와 영혼을 분리하는 것이었습니다."

하지만 그런 로젤의 기대를 배신하듯 차가운 대답이 내려앉았다. 단순히 떠보는 것이라 단정 짓기엔 어딘가 확신을 가지고 있는 태도였다. 이렇게 혼란스러운 시기에 마법이나 주술과 관련된 자가 나타날 가능성은 매우 낮을 거라 여겼는데. 아무래도 로젤의 예상이 보란 듯이 빗나간 모양이었다.

그녀는 착잡한 기분을 애써 감추며 입을 열었다.

"신문에서는 그런 것까지 알려 주지 않던데. 생각보다 외부에 알려지지 않은 사실들이 많은가 보군요."

"극비 사항이니까요."

은근히 그를 떠보려던 로젤의 시도는 순식간에 무산되었다. 이 이상의 정보 제공은 물론, 정보의 출처 역시 밝히지 않겠다는 단호한 태도였다.

"그럼, 육체와 분리된 영혼이 어떻게 되는지 정도는 물어도 될까요?"

그나마 대답을 들을 가능성이 있는 질문으로 노선을 변경한 로젤이 필요한 정보를 얻기 위해 말을 이었다.

"만약 전하의 말씀대로라면 제 몸에 이상이 생길 수도 있다는 건데. 저도 지금 어떤 일이 벌어지고 있는지 정도는 알아야 하지 않을까요?"

"그건, 걱정하지 않으셔도 됩니다."

짤막한 대답에 로젤이 그에게 시선을 고정했다.

"저주는 술사의 죽음과 동시에 그 효력을 발휘하니까요. 그러니 지금 몸에 큰 이상이 없으시다면 효력이 닿지 못했다는 의미겠죠."

"……그렇군요."

짤막하게 대꾸한 로젤이 다시 앞에 있던 찻잔을 들어 제 입으로 가져갔다. 대체 어디까지 알고 있는 건지 가늠하기 힘들었다.

다만 하나만은 확신할 수 있었다.

'확실한 증거가 없구나.'

자신이 시도한 저주는 주술을 행함과 동시에 그려 둔 진과 수식이 모두 사라지도록 설계되어 있었다.

한마디로 말해 마법사나 주술사를 데려와 마나, 즉, 마법의 원동력이 되는 힘의 흐름을 읽지 않는 한 저주에 대해 알아낼 방법이 없다는 뜻이다.

분명 시트라 제국 내에 마법사나 주술사는 존재하지 않는다. 그들이 실제로 존재하는지 그 여부조차 모른다. 게다가 지금은 황제의 이름으로 이를 금지하는 법까지 만들어진 상태다. 함부로 나섰다간 괜히 누명을 쓰고 죽거나, 위험인물로 찍힐 위험이 있다. 그런데 이를 감수하면서까지 나설 만한 누군가가 나타나 마나의 흐름을 읽었다?

너무 가능성이 낮은 이야기였다.

만약 그 낮은 가능성을 뚫고 이를 읽어 냈다면 지금 이 자리에 있어야 하는 것은 아르한이 아니라 저를 잡으러 온 기사들이겠지.

황제의 이름으로 제정된 법이 발표된 게 고작 오늘 아침이었다. 그런데 금지된 주술이자 흑마법을 쓴 사람이 멀쩡하게 살아 있다는 걸 알아내고도 이를 방조한다? 나중에 들켜서 다 같이 죽고 싶은 게 아니라면 다들 저를 잡기 위해 혈안이 되어 있어야 했다. 하지만 결국 저택을 방문한 것은 눈앞에 있는 아르한 혼자였다.

'아니면, 나를 떠보고 있거나.'

아무래도 후자 쪽에 조금 더 가능성이 있었다. 마나의 흐름까지 읽어 낸 상태라면 이는 확실한 증거가 된다. 증거가 있는데 뭐 하러 바쁜 시간까지 쪼개며 저택에 친히 방문했을까. 새삼 중오하던 약혼녀에게 관심이 생긴 것도 아닐 텐데. 그러나 이렇게 생각하고 넘기기엔 그가 말해 준 저주에 대한 정보가 너무도 정확했다.

'대체 뭐지?'

로젤이 쉽사리 나오지 않는 답을 생각하며 열심히 머리를 굴려 보았으나 역시 나오는 건 없었다. 아무래도 좀 더 얘기를 나눌 필요가 있었다.

"그렇다면 전하께서는 왜 저를 찾아오신 거죠? 저주에 대해 알아내셨고, 제가 의심스러우시다면 정식으로 재판을 요청하고 수사관을 파견하면 될 텐데요?"

솔직히 가장 간단하고, 쉬운 방법이었다. 물론 확실한 증거가 있다는 전제하에.

"영애께서는 그것을 원하십니까?"

제 의도를 파악한 듯 적당히 말을 돌리는 그의 모습에 로젤은 작게 감탄했다. 역시 쉽게 걸려들지 않을 모양이다.

"원하고, 원하지 않고를 떠나. 상식적으로 가장 간단한 방법이잖아요."

"물론 틀린 말은 아닙니다만."

말을 꺼낸 후 잠시 한 템포를 쉬던 그가 차분히 말을 이었다.

"조사를 받았다는 것만으로도 영애의 명성에 큰 누가 될 겁니다."

그런 아르한의 말에 로젤은 다소 애매하게 웃었다.

정말 귀족 영애로서의 명예를 지켜 주고 싶다는 건지, 아니면 사신의 약혼녀라는 이름에 먹칠을 하지 말라는 뜻인지 헷갈렸기 때문이다.

'아니면, 그냥 한 말인가?'

이를 고민하던 로젤의 귀에 차분한 아르한의 목소리가 들려왔다.

"더 이상 궁금하신 점이 없다면 이만 가 봐도 되겠습니까?"

어느새 자리에서 몸을 일으킨 아르한이 그녀를 내려다보고 있었다.

확실히 더 이상 붙잡고 있어 봤자 알아낼 수 있는 것도 없었다. 지금까지 했던 질문 중 제대로 된 답을 들은 게 없었으니까.

로젤이 조심스레 자리에서 몸을 일으키며 말했다.

"제가 바쁘신 분을 너무 오래 붙잡은 게 아닌가 싶네요."

"괜찮습니다. 앞으로는 오늘처럼 오래 마주할 일이 없을 테니까요."

로젤은 예의상 건넨 말에 서늘하게 대꾸하는 아르한의 태도를 보며 살짝 짜증이 났으나 이를 내색하지 않았다. 지극히 당연한 반응이긴 했으니까.

"저택 앞까지 배웅을 해 드리기엔 제 옷차림이 너무 가벼운 터라. 이해해 주시리라 믿습니다."

"저도 영애께서 따라 나오시길 원치 않습니다."

갑작스러운 방문으로 인해 제대로 된 옷차림을 갖추지 못했다는 것을 강조하는 로젤의 말에 아르한 역시 지지 않고 대꾸했다. 그렇게 벌어진 잠깐의 신경전을 끝으로 두 사람은 응접실에서 벗어나 각자의 길을 갔다.

방으로 돌아온 로젤은 혼자 있고 싶다며 곁에 있던 하녀와 시종들을 모두 바깥으로 내보낸 후 그대로 침대에 몸을 던졌다.

평소였다면 무척 비싸고, 고급스러운 드레스 때문에 하지 않았을 행동이었지만 이 순간만큼은 아니었다.

아르한이 돌아간 후로 불안감이 배가 된 탓에 그런 세세한 것을 따질 여유가 없었다. 사소한 말실수 한 번에 단두대에 오르는 상황과 직면할 수도 있으니까. 그와 했던 대화들을 끊임없이 되짚어 보며 실수한 것은 없는지 일일이 생각하고 있었다.

딱히 눈에 띄게 실수했다고 여길 만한 것은 없었으나, 진짜 로젤에 대해 잘 알지 못하는 그녀의 입장에선 발견하지 못한 실수가 있을 수도 있었다.

어쩐지 자꾸만 입 안이 바싹 마르는 것 같다. 아르한이 당장 자신을 잡을 만한 증거를 갖고 있지 않음을 알지만 그럼에도 불안했다. 단순히 넘겨짚었다고 하기엔 그의 말이 너무도 명확하게 떨어졌다.

어쩌면 마나의 흐름을 읽어 낸 마법사가 정체를 드러내는 것을 원치 않아 증거를 공개하지 못하고 있는 걸지도 몰랐다. 한마디로 말해 돌아가는 상황을 거의 다 짐작하고 있는데 증거만 없다는 뜻이다. 그러니 뭔가를 더 캐내기 위해 평소엔 방문하지도 않던 약혼녀의 집에 친히 방문한 거겠지.

가장 그럴듯한 가설이었다.

저당히 추측을 미친 로젤이 몸을 일으킨 후 침내에서 내려왔다. 그리곤 방 안 이곳저곳을 뒤지기 시작했다. 이유도 없이 갑자기 쓰러졌던 탓에 요 며칠은 조용히 저택 안에서만 지냈으나 계속 이럴 수는 없을 것이다.

사교계의 꽃이라는 별명과 황태자의 약혼녀라는 이름에 걸맞게 여러 무도회나 티 파티를 다니며 사교 활동을 해야겠지. 꽤 많은 자리를 약혼자인 아르한과 함께 다니게 될 텐데 그때마다 수상한 모습을 보이는 일은 지양해야 했다. 이를 위해서 '로젤'의 간단한 취향이나 성향에 대해 숙지하고 있을 필요가 있었다.

사교계에서 가끔 마주친 적이 있었고, 또 워낙 유명 인사였기 때문에 기본적으로 알려진 정보가 좀 있는 것이 그나마 다행이었다.

대외적으로 알려진 로젤은 매우 아름다우며, 우아하고, 천사 같은 성정을 가진 열아홉 살의 귀족 영애였다. 약혼자인 황태자는 네 살 연상으로 서로에게 큰 애정을 갖고 있는 것은 아니나 그리 나쁘지 않은 사이라고 알려져 있었다.

새삼 이렇게 되새겨 보니 맞는 게 하나도 없었다. 감탄이 절로 나올 만큼 현실과 반대인 대외적 평가에 로젤이 작게 한숨을 내쉬었다. 그리곤 책상 서랍 하나하나까지 뒤적였다. 일기 같은 것이 있다면 도움이 되지 않을까 싶었기 때문이다.

하지만 온 방을 열심히 뒤진 끝에 나온 것은 의미를 이해하기 힘든 몇 장의 찢어진 종이뿐이었다. 그마저도 중간중간이 잉크로 지워져 있었다.

애 같은 ……인에도 거는 안 되는.

…

……에게 눈을 돌리지 마십시오. 그녀는 이미.

...

당신의 약혼녀인 제가 ……를 가만두지 않길 바라십니까?

대충 휘갈겨 쓴 필체에 드문드문 잉크 자국마저 남아 있는 것을 보
니 차마 직접 전하지는 못하고 죄다 찢어 버린 모양이었다.

중요한 부분은 모두 지워져 있었으나 대강의 의미는 파악할 수 있
었다. 아무래도 황태자가 따로 마음에 둔 여인이 있다는 사실을 알고
눈이 뒤집혀 쓴 내용인 듯했다.

편지에 등장하는 여인이 누구인지까지는 모르겠으나 적어도 한 가
지는 확실해졌다. 그녀가 진심으로 황태자를 사랑했다는 것, 에반과의
관계는 잠깐의 불장난에 불과했다는 것. 그렇게 결론을 내리자 절로
불쾌한 기분이 들었다. 자신도, 전남편도 '로젤'이 행한 잠깐의 유흥에
놀아나 이혼한 꼴밖에 되지 않았으니까.

애써 침착함을 되찾으려 노력하던 그녀가 조금 더 방을 뒤적여 보
았지만 더 이상의 수확은 없었다. 그저, 평소 친하게 지냈던 영애들과
주고받은 서신을 모아 둔 상자가 다였다. 그나마도 '로젤'에 대한 정
보는 거의 담기지 않은 오로지 친목을 쌓기 위해 보낸 서신들이었다.

사실 노련한 '로젤'이 자신에게 해가 될 만한 것을 남겨 두었을 리
가 없었다. 찢어진 종이를 발견한 것만으로도 충분한 행운이었다.

하지만 아직 정보가 부족한 건 사실이었다.

갑자기 생전 하지 않던 새로운 취미를 갖거나, 평소 좋아하던 음식
을 먹지 않는다면 어디 아픈 건 아닌가 하며 이상하게 생각할 것이다.

그렇다고 아르한이 저를 수상하게 여기고 있는 판국에 대놓고 고용인들에게 스스로에 대해 묻고 다닐 수도 없었다. 저택 안에 그가 심어둔 스파이가 있을 가능성도 염두에 두어야 하니까.

그리 생각하던 로젤은 침대 옆에 있던 줄을 당겨 세라를 불렀다. 신속하게 문을 열고 들어온 그녀에게 로젤이 물었다.

"앞으로 두 달간 예정되어 있는 일정에 대한 자료. 누가 갖고 있지?"

갑작스러운 로젤의 물음에 세라는 조금 당황한 얼굴로 고민하다가 이내 신속하게 답을 내놓았다.

"보통은, 시녀장님께서 가지고 계십니다."

"그럼, 지금 당장 가서 가져와 줘."

"네. 알겠습니다."

보통은 지금처럼 뜬금없는 명령을 내리면 이유를 묻거나, 최소한 의아해하기 마련인데 세라는 그런 기색이 전혀 없었다. 그저 곧바로 고개를 숙여 예를 갖춘 후 명령을 수행하기 위해 방을 나설 뿐이었다.

아무래도 제 눈치를 너무 심하게 보는 것 같아 로젤은 마음이 불편했다. 이젠 눈치를 보지 않아도 된다고 말해 주고 싶은 생각까지 들었다. 물론 스스로가 수상하다고 광고라도 할 생각이 아니라면 절대 실천할 수 없는 행동이었다. 또한 실천한다 해도 믿지 않을 확률이 크기도 했고.

로젤은 세라의 빈자리를 쳐다보던 시선을 거두고는 '로젤'이 영애들과 주고받은 서신을 하나하나 꼼꼼히 읽기 시작했다. '로젤'에 대한 정보는 거의 담겨 있지 않았으나 평소 친하게 지냈던 영애들의 대략적인 취향, 그리고 관심사가 적혀 있는 만큼 어느 정도 숙지할 필요가 있었다.

이에 앞서 세라에게 앞으로의 일정이 적혀 있는 자료를 가져오라고 한 것 역시 비슷한 이유였다.

음식 취향 같은 건 저택에서 식사를 하면서 반복적으로 나오는 식단을 통해 선호하는 음식과 아닌 음식을 추려 내는 것이 가능했다. 하지만 개인의 취미나, 세세한 취향은 알아내기 어렵다. 그러니 앞으로 있을 두 달간의 일정을 보며 대략적인 스케치를 하는 것이다.

공식적인 일정이 아니고, 별 의미도 없는데 꾸준히 하는 것이 있다면. 이를 선호하거나, 이를 통해 뭔가 이득을 얻을 수 있다는 뜻이니까.

그렇게 대략적인 그림을 그려 나가며 차츰 위화감을 줄여 나가면 된다. 그리 결론을 내린 로젤은 세라가 자료를 가지고 돌아온 후에도 한참을 더 서신을 숙지하다가 늦은 시각에야 잠이 들었다.

이는 에르샤 마르아넬의 시신을 불태우기 하루 전의 일이었다.

* * *

아침부터 신문은 물론이고, 저택 안까지 곳곳이 소란스러웠다. 저녁 무렵에 있을 에르샤의 시신을 불태우는 의식 때문이었다.

좋게 말해 의식이지 로젤의 입장에서는 공개적으로 화형을 당하는 것이었기에 기분이 상당히 좋지 않았다. 불쾌하고, 우울했다. 그리고 그 불쾌함은 원인 모를 두통으로 쓰러진 이후 첫 공식 일정이었던 티 파티에서 정점을 찍었다.

"공녀께서도 저녁에 광장에 갈 예정이신가요?"

함께 파티에 참석해 다과를 즐기던 영애가 로젤에게 한 질문이었다.

정원에서 아직 어린 영애들끼리 조촐하게 갖는 티 파티다 보니 화형에 대한 주제는 나오지 않을 거라 여겼는데 착각이었던 모양이다.

제가 로젤 또래의 귀족 영애들을 너무 만만히 봤다.

로젤이 가볍게 고개를 저으며 말했다.

"아뇨, 전 별로 보고 싶지 않아서요."

완전히 로젤로 살기로 결심한 것은 맞지만 스물여섯 해를 살았던 제 몸이 불에 타는 것을 구경하고 싶진 않았다. 상상만 해도 무섭고, 끔찍했다. 차라리 머리가 아프다고 둘러대고 저택에서 잠이나 자는 편이 나았다.

"하긴, 저도 조금 무서울 것 같긴 해요. 죽었다곤 하지만 사람을 불에 태우는 거니까요."

"그렇다 해도 지금이 아니면 또 언제 마녀를 보겠어요? 당연히 가야죠."

"그건 그래요. 이번이 아니면 평생 못 볼 수도 있잖아요."

로젤을 제외한 대부분의 영애들은 광장에 가는 쪽으로 마음을 정한 모양이었다.

착잡한 기분을 애써 감춘 로젤이 찻잔을 들어 제 입에 갖다 댔다. 조금 전까지만 해도 세상에서 가장 맛있는 차였건만 더 이상 그 맛을 즐길 수 없었다. 덕분에 로젤이 찻잔을 내려놓기 무섭게 귀에 익은 목소리가 들려왔다.

"확실히 에르샤 마르아넬이 용서받을 수 없는 잘못을 했다고는 하지만 전 마음이 조금 안 좋네요."

그렇게 말문을 연 영애의 녹색 눈동자가 서글프게 물들었다. 잘 모르는 사람이 본다면 진심으로 에르샤의 죽음을 안타까워한다고 여겼을 것이다.

녹색 눈동자를 반짝이며 에르샤를 동정하는 척 말을 꺼낸 영애의 이름은 켈리아 조르단이었다. 그녀는 언제나 당연하다는 듯 에르샤에 대한 혐오감을 드러냈다.

그런 켈리아의 말에 주변에 있던 영애들이 나서서 한마디씩 하기 시작했다.

"어머, 그런 마녀를 동정하다니 조르단 백작 영애는 마음이 너무 고우셔서 탈이에요."

"맞아요. 금지된 흑마법을 사용한 마녀라면 동정해서는 안 되죠."

영애들의 말에 웃음이 절로 나올 뻔했다. 로젤이 아는 켈리아는 그럴 사람이 아니었다. 오히려 에르샤의 죽음을 가장 기껍게 여길 만한 인물이었다.

켈리아는 에르샤가 공작의 사생아임을 강조하며 마주치는 족족 은근히 모욕을 주고, 괴롭혔다. 덕분에 가뜩이나 사생아라는 꼬리표로 인해 사교계에 발을 들이기 힘들었던 에르샤의 입지는 더욱 좁아졌다.

그 후 에르샤가 에반과 결혼해 후작 부인이 되었을 땐 켈리아가 아닌 척하며 뒤에서 꽤나 이를 갈았다고 들었다. 그리고 나중에 이혼을 당한 후에는 가장 먼저 축배를 들었고 말이다. 그런데 새삼 이제 와 동정심을 보일 리가 없다. 그리 생각하며 조심스레 켈리아를 주시하자 그녀가 곧 입을 열었다.

"확실히 그렇긴 하지만 그래도 후작 부인이었을 땐 나름 친하게 지냈던 사이라 마음이 영 좋지 않네요."

친하긴 개뿔.

로젤은 절로 나오는 비웃음을 간신히 참아 냈다. 켈리아가 에르샤의 드레스에 쏟은 와인만 해도 이 저택의 분수대를 가득 채우고도 남을 것이다. 또한 켈리아가 직간접적으로 몸에 낸 상처가 나중엔 차마 손으로 다 꼽지 못할 정도로 많아져서 몸에 연고 냄새가 밸 지경이었던 적도 있었다.

그렇게 혐오하고, 괴롭혔던 주제에 이제 와서 후작 부인이었을 땐 친했다며 자신과의 사이가 나쁘지 않았음을 강조하는 꼴이 우스웠다. 아마 이곳에 있는 대부분의 영애들이 켈리아가 얼마나 에르샤를 지독하게 미워하고, 배척했는지 알고 있을 것이다.

하지만 그럼에도 켈리아가 굳이 에르샤의 이야기를 꺼낸 것은 자신이 사교계에 미치는 영향력이 얼마나 대단한지 과시하기 위함일 것이다.

진실을 아무렇지 않게 덮을 수 있을 정도의 힘이 제게 있다는 사실을 똑똑히 알리고 싶었겠지. 이곳에 있는 대부분의 영애들에게 중요한 것은 진실이 아니라 눈앞에 있는 권력자의 마음에 드는 것일 테니까.

"어쩜, 역시 조르단 영애께서는 마음이 넓으시군요."

"맞아요. 영애를 보면 신은 공평하지 않다는 사실을 새삼 깨닫게 된다니까요."

아부 섞인 영애들의 발언에 켈리아가 아니라며 되지도 않는 겸손한 척을 했다. 이를 조용히 속으로 비웃던 로젤이 차갑게 가라앉은 기분을 애써 감추며 입을 열었다.

"과연, 역시 조르단 영애께서는 마음이 참 고우시네요."

부드러운 어조로 이어진 로젤의 말에 열심히 켈리아의 곁에서 아양을 떨던 이들이 슬쩍 눈치를 보기 시작했다.

조르단 백작 영애인 켈리아도 대단한 가문의 딸이었으나 눈앞에 있는 로젤에 비할 바는 못 되었다. 사교계의 꽃이라 불리는 공녀이자, 황태자의 약혼녀. 뭐 하나 대단하지 않은 이름이 없었다. 그 대단한 로젤이 말을 이었다.

"하지만 요즘 같은 시기엔 언행을 조심하심이 옳답니다."

그리 말한 로젤이 진심으로 걱정스럽다는 얼굴로 켈리아를 쳐다보았다.

"자칫 잘못해서 마녀와 연관되어 있다는 오해를 받을 수도 있으니까요."

상당히 선량한 어조였으나 그 뜻은 분명했다. 죽고 싶지 않으면 입 조심하라고. 하지만 로젤이 워낙 순진무구한 얼굴을 가장한 채 뱉은 말이었기에 이를 눈치챈 이들은 거의 없었다. 만약 눈치챘다고 해도 이를 지적할 배짱을 가진 이는 없을 것이다. 여기에 모인 영애들은 모두 지금껏 그리 살아왔으니까.

"……정말, 그럴 수도 있겠군요. 충고 감사해요."

로젤이 저를 향해 은근히 경고했음에도 켈리아의 얼굴에는 크게 분한 기색이 없었다. 속에 담긴 진짜 의미를 눈치채지 못한 것인지, 아니면 절대적으로 로젤을 신뢰한 탓에 정말 충고로 받아들인 것인지 헷갈렸다.

이를 조심스레 가늠하던 로젤이 서둘러 답했다.

"별말씀을요."

선량한 가짜 웃음을 얼굴에 덧그린 로젤은 그리 말한 후 몸 상태가 별로 좋지 않다며 먼저 일어나겠다는 뜻을 내비쳤다. 어차피 소규모였고, 또래의 영애들만 자리한 티 파티니 더 있을 필요가 없었다. 게다가 이미 기분이 바닥을 친 지 오래라 망설임 없이 자리에서 일어났다.

저택으로 돌아가려는 로젤을 보며 대부분의 영애들이 아쉬운 얼굴을 했으나, 붙잡지는 못했다. 아프다는 사람을 붙잡을 마땅한 구실이 없었던 탓이다. 덕분에 한결 쉽게 자리를 뜨려는데 달갑지 않은 목소리가 들려왔다.

"몸이 많이 안 좋으신 것 같은데. 제가 저택까지 모셔다드려도 될까요?"

진심으로 저를 걱정하는 듯한 켈리아의 눈빛을 보며 로젤은 입가에 적당한 미소를 그렸다.

"그리 심한 것은 아니니 그러실 필요 없답니다."

"평소 공녀께서 제게 손을 내밀어 주셨듯 저도 그러고 싶은 것뿐이 니 부담스러워하지 않으셔도 됩니다."

"대가를 바라고 한 일이 아니니 신경 쓰지 마세요."

"저 역시 대가를 바라고 드리는 말씀이 아니니 공녀께서 부담 갖지 말고 받아 주셨으면 좋겠습니다."

의미 없이 이어지는 대화에 지친 로젤은 결국 속으로 항복을 선언 했다. 로젤과의 친분을 과시할 수 있는 절호의 기회를 켈리아가 포기 할 리 없다. 그러니 그냥 이쯤에서 적당히 제안을 받아들이고 저택으 로 향하는 편이 현명했다. 괜히 고민하는 척 뜸을 들이던 로젤이 입을 열었다.

"……정, 그러시다면 부탁을 좀 드려도 될까요?"

"물론이죠."

진심으로 기쁘다는 듯 웃는 켈리아를 보며 속으로 한숨을 삼킨 로 젤이 그녀와 함께 마차에 올랐다. 벌써부터 가슴이 답답해지는 것 같 았다.

마차에 오른 후 켈리아는 한시도 쉬지 않고 떠들어 댔다. 맞은편에 앉아 있던 로젤은 그저 간간이 맞장구를 쳐 주거나, 질문을 던지는 정 도의 반응만 보였다.

환자인 자신을 저택까지 모셔다드리겠다더니 오히려 귀찮게 굴고 있었다. 켈리아가 원래 이렇게까지 눈치 없는 타입은 아니었으니 아마 다른 목적이 있는 모양이었다. 대체 무슨 말을 하려고 이렇게까지 뜸을 들이나 싶어 기다리던 로젤의 인내심이 완전히 바닥을 쳤을 즈음.

"……혹시, 제가 오늘 공녀께 무례를 저질렀나요?"

켈리아의 입에서 조심스러운 말이 들려왔다. 그렇게 말문을 연 그녀가 슬쩍 로젤의 눈치를 보며 말을 이었다.

"꼭, 그게 아니더라도 제게 마음 상한 일이 있으셨다면 지금 말씀해 주세요."

초조함이 잔뜩 섞인 그 얼굴에 로젤은 하마터면 실소를 흘릴 뻔했다. 지금 이 자리에 있는 것이 로젤이 아닌 에르샤였다 해도 켈리아가 이리 고개를 숙였을까 싶은 생각이 들었던 것이다.

물론 답은 뻔했다.

켈리아 조르단은 제가 아무리 크게 다쳐도 눈 하나 깜짝하지 않고 되레 즐겁게 웃던 여자였으니까. 로젤은 절로 나오는 냉소 위에 상냥한 미소를 그려 냈다. 어쩌면 저가 로젤로서 살게 된 것이 그리 나쁜 일만은 아닐지도 몰랐다.

"제가 마음 상할 일이 뭐가 있겠어요. 그런 일은 없으니 염려하지 않으셔도 된답니다."

"저, 정말이신가요?"

인위적인 미소를 알아채지 못할 만큼 켈리아는 정신이 없었다. 그만큼 온 신경을 제 눈치를 보는 데 쏟고 있다는 뜻이기도 했다.

"물론이죠."

로젤이 다시 한번 상냥하게 웃으며 말하자, 켈리아가 안도의 한숨을 내쉬며 입을 열었다.

"저는 공녀께서 에르샤 마르아넬을 동정하는 말을 꺼낸 일로 기분이 상하신 줄 알고. 어찌나 마음이 쓰였는지……."

"아."

무심코 이유를 물으려던 로젤이 다시 입가에 미소를 그리며 덧붙였다.

"그럴 리가요."

로젤로서는 기분 상할 이유가 없었다. 켈리아가 에르샤에게 좋지 않은 감정을 갖고 있다는 것은 진작 알고 있었다. 그러니 새삼 그런 일에 기분이 상할 리가.

그런 그녀의 말에 어느새 화색을 띤 켈리아가 에르샤에 대한 험담을 쏟아 냈다. 로젤 앞에서 했다면 큰 문제가 생기지 않을 말들이었으나 이 자리에 있는 것이 진짜 '로젤'이 아니라는 점에서 변수가 발생했다. 본인 앞에서 본인의 험담을 하는 우스운 상황이 벌어진 것이다. 하지만 이를 꿈에도 짐작하지 못할 켈리아가 과장된 어조로 말을 이었다.

"이제 그 여자가 죽었으니 더 이상 공녀님의 신경을 거스를 이는 없을 겁니다. 더는 그따위 천박한 사생아에게 마음 쓰지 마세요."

발밑에 엎드려 주인의 비위를 맞추는 충직한 개를 보는 것 같았다.

그리고 동시에 눈앞에 있는 여자가 저를 사정없이 물어뜯었던 일이 생각났다. 몸도 마음도 너덜너덜해져 딱 죽고만 싶었던 기억.

"알았어요."

짤막한 로젤의 대꾸에 담긴 의미는 켈리아가 이해했을 그것과 달랐다. 로젤은 지금 자신이 해야 할 일을 찾았다.

에르샤가 아닌 로젤의 손으로 저를 건드렸던 이들을 망가트릴 것이다.

이내 로젤의 입에 삐뚜름한 미소가 걸렸다가 사라졌다.

* * *

어둡고 축축한 기운이 가득한 감옥에 낯선 발걸음 소리가 울려 퍼졌다. 일정한 간격을 두고 울리던 소리는 특히 죄질이 나쁜 죄인을 가두는 곳과 이어진 통로 앞에서 멈췄다.

통로가 창살로 인해 막혀 있었기 때문이다.

"죄인의 상태를 확인하겠다."

서늘한 목소리가 울리며 피처럼 붉은 눈동자가 감옥을 지키던 보초병을 응시했다.

"통로를 열어라."

보초병은 몇 번을 봐도 도무지 적응이 안 되는 비현실적인 외모를 보며 잠시 멍한 얼굴을 했다가 이내 정신을 차렸다. 눈부신 외모고, 뭐고 여기서 죽으면 다 끝이었다.

"아, 알겠습니다!"

재빨리 고개를 숙인 보초병이 서둘러 허리춤에 있던 열쇠로 통로의 입구를 열었다. 끼이익 하는 소리와 함께 창살이 열리고 아르한이 그 안으로 들어갔다.

자신을 따라오려는 보초병을 보며 아르한이 말했다.

"자네는 이곳을 지켜야 하니 지금부터는 나 혼자 가지."

"아, 네! 그렇게 하십시오."

보초병이 허리춤에 있던 열쇠를 건넸다. 통로 안에 있는 감옥의 문을 여는 열쇠였다.

원래는 그가 동행하는 것이 원칙이었으나 눈앞에 있는 사람이 황태자이고, 죄인이 이미 죽은 여자였기에 내린 결정이었다.

아르한은 별다른 말 없이 열쇠를 받아 들고 감옥을 향해 걸음을 옮겼다.

죄가 무거운 죄인일수록 안쪽에 있는 감옥에 갇힌다. 지금 그가 가려는 곳은 가장 안쪽에 있는 감옥이었다. 현재 이곳에 수감되어 있는 죄인은 단 한 명이었기에 주변은 매우 고요했다. 가끔씩 들려오는 자신의 발걸음 소리 외에는 아무것도 들리지 않았다.

세상에 혼자 남겨진 듯한 정적. 이 지독한 정적이 그는 몸서리치도록 싫었다.

그렇게 얼마간을 걷던 아르한의 발걸음이 가장 안쪽에 있는 감옥 앞에서 멈췄다. 그가 조금 전 건네받은 열쇠를 꺼내 문을 열더니 안으로 들어갔다. 감옥 안에 있는 딱딱한 침대 위에 한 여자가 누워 있었다. 긴 갈색 머리를 아무렇게나 늘어트린 채 두 눈을 감고 있는 여자는 마치 인형 같았다.

아르한이 여자의 뺨에 조심스럽게 손을 갖다 댔다가 이내 거두었다. 찰나의 접촉으로도 느껴질 만큼 그녀의 체온은 서늘하게 식어 있었다. 이미 죽은 몸이니 당연한 일이라고 생각하면서도 마음이 아려 왔다.

당신이 대체 왜 여기 있는가.

세상 그 어떤 여인보다 높은 자리에서, 사랑하는 남자와 행복한 삶을 살며 모든 것을 다 누려도 아까울 당신이 대체 왜 이런 모습을 하고 있는가.

에르샤. 에르샤 마르아넬은 목숨을 잃은 걸로도 모자라 마녀로 몰려 시신마저 불태워질 예정이었다.

아르한은 자신이 마음에 두었던 이가 이런 취급을 받고 있다는 사실에 분노가 치밀었다.

에르샤의 갈색 머리카락이 딱딱한 침대 위에 흩어져 있는 것을 보며, 다시는 보지 못할 푸른색의 눈동자를 떠올리며 아르한은 처음으로 자신의 선택을 후회했다.

무엇을 위해 모든 것을 놓았나.

아르한은 에르샤를 지키기 위해서라는 이유로 그녀를 포기했다. 그때의 자신이라면 분명, 에르샤를 위협에 빠트렸을 테니까. 하지만 결국 이리될 줄 알았더라면 그는 절대 에르샤를 포기하지 않았을 것이다.

에르샤가 좋았다. 그녀를 좋아했다. 하지만 그 마음은 에르샤에게 닿지 못했다. 자신이 미처 마음을 전하기도 전에 그녀는 이미 선택을 마쳤다.

제 친우였던 에반 아델노프.

에르샤가 선택한 남자였고, 우습게도 자신이 그녀에게 내민 선택지였다. 하지만 그런 그는 결국 에르샤를 배신하고, 제 약혼녀와 놀아났다.

그가 아니더라도 에르샤가 저를 선택했을 가능성은 없다는 것을 아르한은 알고 있었다. 자신은 에르샤와 조금의 접점도, 친분도 없는 철저한 타인이었으니까. 설사 친분이 있다고 해도 당시의 아르한은 그녀의 선택지가 되어서는 안 됐다.

이를 너무도 잘 알고 있었기에 아르한은 제 누이와 교제 중이던 크리스가 아닌, 에반에게 도움을 청했다.

에르샤의 부친인 마르아넬 공작이 그녀를 적당히 돈 많은 귀족과 결혼시켜 팔아넘기듯 보내려는 것을 알았기에.

자신의 상황이 어느 정도 정리될 때까지 에르샤의 약혼 상대가 되어 시간을 끌어 달라며 그를 그녀에게 보냈다. 제 부탁을 순순히 들어주며 능숙하게 에르샤의 약혼자를 연기하던 에반에게 아르한은 고마움을 느꼈다.

아르한의 목숨을 노리던 1황자가 그를 전쟁터에 보내기 전까지만 해도, 모든 일은 순조롭게 흘러가고 있었다. 전쟁터에서 무사히 살아 돌아온 아르한에게 두 사람이 이미 부부가 되었다는 소식이 들려오기 전까지만 해도.

오랜 친우인 자신을 배신하고, 에르샤와 결혼한 에반을 크리스는 크게 비난하고 있었다. 덕분에 그 일을 계기로 두 사람의 우정은 틀어졌고, 아르한 역시 더는 에반을 제 친우라 여기지 않았다. 하지만 그럼에도 나서서 다른 조치를 취하지 못했던 것은 에반보다 안전하게 에르샤를 지킬 자신이 없었기 때문이다.

황자인 저와 결혼해 계승권을 둘러싼 암투 속에서 사는 것보단 후작 부인으로서 사랑하는 남자와 함께 안정적인 삶을 사는 것이 더 행복할 거라고 생각했다. 게다가 에르샤의 선택을 받은 것은 아르한이 아닌 에반이었으니까. 이제 와 자신이 그녀의 행복을 깰 권리는 없다고 생각했다.

그리 여기며 에르샤를 포기하고 황실에서 정해 준 대로 적당한 이와 약혼했다. 그 상대가 로젤이라는 것은 약혼식 당일에서야 알았다. 그만큼 아르한은 상대에게 관심이 없었다. 반대로 로젤은 그에게 관심이 너무 많았다.

로젤의 관심은 애정에서 비롯된 것이라기엔, 어딘가 비틀린 구석이 있었다.

조금 무서울 정도로 집요하게 곁을 맴도는 그녀에게 아르한은 마음에 둔 이가 따로 있으니 자신의 마음끼기 요구하지 말라며 선을 그었다. 그것만 지켜 준다면 자신의 약혼녀라는 이름에 걸맞은 대우를 해 주겠다고. 하지만 로젤은 끈질기게 매달리며 그가 마음에 둔 상대가 누구냐 물었고, 아르한은 당연히 답해 주지 않았다.

그리고 몇 년 후, 아르한은 황태자가 되었다.

황위 계승권을 두고 경쟁할 이복형과 이복동생이 모두 병으로 죽은 탓이었다. 그들의 죽음을 슬퍼할 겨를도 없이 그는 황태자로 책봉되었다.

딱 그 무렵이었다, 로젤이 그가 마음에 둔 이가 누구인지 알았다고 설쳤던 것은.

당연히 아르한은 이를 무시했다. 늘 그렇듯 제 관심을 끌기 위해 꺼낸 거짓말일 거라 생각했으니까. 하지만 그럼에도 혹시나 하는 마음에 붙여 놓았던 이들이 로젤과 에반의 불륜 사실, 그리고 에르샤가 이를 목격했다는 말을 전했을 땐 온몸이 싸해졌다.

로젤의 불륜에 충격을 받아서가 아니었다. 약혼한 사이라는 것만 빼면 아르한에게 그녀는 수많은 귀족 영애들과 다를 바 없었으니까.

그가 놀란 건 그 장면을 목격했을 에르샤 때문이었다. 사랑하는 이의 배신을 두 눈으로 지켜보았을 그녀가 걱정됐다. 그리고 뒤이어 로젤의 기사들이 에르샤를 데려갔다는 말을 들었을 땐 심장이 멎는 듯했다. 이성적인 사고를 할 시간 따위 없었다.

아르한은 앞뒤 가리지 않고 에르샤가 있는 창고로 향했다. 창고에 도착했을 때 그곳에 있었던 건 온몸이 상처투성이가 된 채 묶여 있는 에르샤였다. 그녀를 납치하고, 일을 벌인 이들은 이미 도주한 후였다.

마음 같아서는 당장 그녀에게 손을 댄 이들을 죄다 잡아 사지를 잘라 내고 싶었다. 그러나 지금 그보다 중요한 것은 다친 에르샤를 치료하는 일이었다.

아르한이 묶여 있던 밧줄을 풀고, 에르샤를 데려가려던 순간. 그녀의 남편이자 모든 일의 원흉인 에반이 나타났다. 서늘한 얼굴로 저를 노려보는 아르한을 보며 그는 주춤하다가 이내 아내를 데려가겠다며 뻔뻔하게 나왔다.

"넌, 하나도 변하지 않았구나."

"너야말로."

싸늘한 몇 마디가 오갔고, 아르한은 무표정한 얼굴로 그를 응시했다.

"나는, 에반 너를 내 친우라 생각했어."

"그래서?"

뜬금없는 그의 고백에 에반은 시큰둥한 반응을 보였다.

"넌 나를 단 한 순간이라도 친우라고 여긴 적이 있어? 만약 없다고 해도. 네가 에르샤한테 이런 식으로 나오면 안 되지!"

일갈에 가까운 아르한의 말에도 에반의 얼굴은 여전히 고요했다. 그저, 잠시 시선을 내리깔았다가 이내 다시 끌어 올릴 뿐이었다.

"너는 결코 나를 이해할 수 없을 거야. 평생이 지나도 주인공은 들러리를 이해할 수 없으니까."

나직한 에반의 말은 싸늘하게 들리기도, 어쩌면 쓸쓸하게 들리기도 했다.

"그런데 그런 내게 처음으로 있는 그대로의 나를 봐 주는 사람이 나타났어."

에반이 말하고 있는 사람이 에르샤라는 것을 아르한은 직감적으로 알 수 있었다.

"하지만 그 모든 것이 착각이었다는 걸 안 순간의 심정을, 네가 알아?"

자조 섞인 웃음과 함께 흘러나온 말에 아르한은 그대로 입을 다물었다. 에반이 하는 말을 이해할 수 없었기 때문이다. 그는 지금, 자신이 에르샤에게 배신을 당했다 주장하고 있었다.

"에르샤는 그럴 사람이 아니야."

조금의 망설임도 없이 흘러나온 아르한의 말에 에반은 조소했다.

"그럴 사람이 아니다?"

나직한 중얼거림 뒤에 이어진 것은 일갈에 가까운 외침이었다.

"그걸 어떻게 확신하지? 나만 해도 그렇잖아. 널 배신하고, 그녀와 결혼했지."

말을 끝맺은 에반의 손이 에르샤에게로 향했다. 아르한이 이를 저지했으나, 에반은 피식 웃으며 말을 이었다.

"에르샤의 법적 남편은 아직 나야. 그러니 그녀를 데려갈 자격이 있는 것도 나지."

"하."

허탈한 웃음이 새어 나온다.

뻔뻔하기 그지없는 에반의 태도에 마음 같아서는 당장이라도 그 반반한 낯짝을 찢어 버리고 싶었다. 하지만 그가 아직 에르샤의 남편이라는 사실이 마음에 걸렸다. 더불어 그녀가 아직 남편인 에반을 사랑하고 있을지도 모른다는 생각도.

결국 아르한은 아무것도 하지 못한 채, 에르샤를 다시 에반에게 보낼 수밖에 없었다. 지금 그녀에게 필요한 것은 자신과 같은 낯선 이의 품이 아니라, 익숙한 남편의 품이었다. 비록 그것이 자신을 배신한 남자라 할지라도.

꼭 그런 이유가 아니더라도 아르한이 에르샤를 데리고 갈 명분은 턱없이 부족했다. 그는 현재 그녀와 조금의 접점이나, 친분도 없는 상태니까.

물론 이대로 끝이라는 생각은 하지 않았다. 이번에는 무슨 수를 써서라도 에르샤를 에반에게서 되찾아 올 생각이었다. 하지만 그런 아르한의 선택은 결국, 에르샤의 죽음이라는 결과로 이어졌다.

그녀가 마지막 힘을 다해 행한 저주는 스스로의 목숨을 대가로 하는 것이었다. 살아생전 남을 해할 줄 몰랐던 에르샤는 자신의 마지막 순간을 남을 저주하는 데 사용했다. 그리고 그 대상이 로젤이라는 것을 아르한은 뒤늦게 알게 되었다.

에르샤의 몸엔 영혼이 없었다. 아마 저주의 부작용일 것이다.

아르한이 이를 눈치챌 수 있었던 것은 그가 현재 마나의 흐름을 읽을 수 있는 유일한 마법사였기 때문이다. 괜히 주변에 알렸다가 심한 견제를 받고, 나아가 목숨까지도 위협받을까 봐 그 누구에게도 말하지 않은 사실이녔나.

아르한의 누이인 샬롯도, 친우인 크리스도 그가 마법사라는 사실을 알지 못했다. 그 사실을 알게 됨으로써 그들이 위험에 처할지도 모른다는 이유에서였다. 덕분에 에르샤가 건 저주가 무엇인지, 그녀가 저주를 건 대상이 누구인지 아는 것은 아르한뿐이었다. 그래서 이를 이용해 에르샤가 극단적인 선택을 하게 만든 원흉인 로젤을 옭아매려 했다. 마녀와 관계된 인물로 적당히 엮어 에르샤가 고통스러워한 것 이상으로 갚아 줄 생각이었다.

그런데 저주의 여파로 인해 한 번 쓰러지고 난 후부터 로젤의 모습에서 이따금 에르샤가 겹쳐 보이기 시작했다.

처음에는 로젤이 에르샤의 흉내를 내는 것이라 생각했다. 진짜 에르샤가 죽었으니 이제 그 빈자리를 채워 보겠다는 뜻인 줄 알았다. 하지만 보면 볼수록 너무 비슷해 오히려 찜찜할 지경이었다. 초조하거나, 생각이 많을 때 자꾸만 차를 마시는 습관부터 깊은 고민에 빠졌을 때 짓는 표정까지. 꽤 많은 것이 에르샤와 닮아 있었다.

말투나 행동은 그나마 원래의 로젤과 비슷했으나 세세한 것들은 자꾸만 에르샤를 떠올리게 만들었다. 또한 언제나 완벽한 모습만 보여 주려고 애쓰다가 갑자기 치장도 하지 않은 채 저를 만나러 내려온 것도 이상했다. 아무리 갑작스러운 방문을 해도 언제나 완벽하게 치장한 모습으로 제 앞에 섰던 그전의 모습과는 너무나 달랐다.

에르샤의 몸에 영혼이 없다는 사실과 로젤이 받은 것이 영혼과 육체를 분리하는 저주였나는 점도 걸렸다. 덕분에 지금의 로젤이 에르샤가 아닐까 하는 생각을 했다가 이내 이를 지워 냈다. 그 가정이 얼마나 에르샤에게 실례되는 일인가를 떠올린 탓이었다.

에르샤는 에르샤였고, 로젤은 로젤이었다.

아르한이 누워 있는 에르샤에게 다가갔다. 미동도 하지 않는 그녀의 모습을 서글프게 바라보던 그가 에르샤의 손에 있던 반지를 빼냈다.

에르샤의 전남편인 에반이 결혼식에서 그녀에게 끼워 주었던 반지였다. 아르한이 빼낸 반지를 그대로 창밖에 던져 버렸다. 그리곤 빈 공간을 채우듯 자신이 가져온 반지를 에르샤의 차디찬 손에 끼워 넣었다.

반지에는 영원을 의미하는 단어가 새겨져 있었다. 이는 평생 그녀 외에 다른 이를 사랑하지 않겠다는 맹세였다.

아르한이 한쪽 무릎을 꿇고, 에르샤의 손등에 가볍게 입을 맞췄다.

보고 싶습니다, 에르샤.

당신이 그립습니다.

보초병의 것으로 추정되는 발소리가 들려온 탓에 그 두 마디는 미처 입 밖으로 나오지 못했다. 더는 전할 수 없는 말이 서글프게 부서졌다. 그럼에도 아르한이 할 수 있는 일은 아무것도 없었다. 고작 이렇게 홀로 그녀를 추모하는 일 외에는.

점점 더 가까워지는 발소리에 그가 어쩔 수 없이 몸을 일으켰다. 이것으로 더는 에르샤를 볼 수 없을 것이다.

몸을 돌리자 바로 지척에 보초병이 있었다. 그에게 열쇠를 돌려주고 감옥을 나서자 그의 슬픔에 동고히듯 온 하늘이 비를 쏟아 내리고 있었다.

아르한의 붉은 눈동자가 고요하게 하늘을 응시했다.

아무리 많은 비가 내린다고 해도 에르샤의 화형은 미뤄지지 않을 것이다. 에르샤를 볼 수 없다는 사실은 변하지 않는다. 이를 깨달은 그가 조용히 주먹을 쥐었다.

'만약 제게 다음 생이 있다면. 그땐 절대 당신을 놓치지 않겠습니다.'

점점 거세지는 빗줄기 속에서 아르한은 맹세했다.

두 달의 유예

화형식 다음 날부터 로젤의 일정은 꽉 차 있었다. 본격적인 사교 시
즌이 시작되어 이른 아침부터 베론 후작가에서 열리는 오찬에 참석해
야 했다.

어린 귀족들도 함께 참석하는 소소한 오찬이었으나 새벽부터 일어
나 씻고, 마사지를 받고, 화장을 하고, 난리도 아니었다. 전에도 종종
참석했던 모임이었기에 이렇게까지 과할 필요가 있나 싶은 생각이 들
면서도 황태자의 약혼녀라는 위치를 생각하며 조용히 납득했다.

그렇게 하녀들의 능숙한 손길에 의해 완전히 준비를 마쳤을 즈
음. 로젤은 자신을 에스코트하러 온 아르한의 마차에 함께 오르게 되
었다.

당황스러울 정도로 고요한 마차 안에서 로젤은 무슨 말이라도 꺼
내야 하나 싶어 몇 번이나 입을 떼려다 말았다. 괜한 말실수로 의심을

사지는 않을까 싶었지만 그렇다고 그냥 입을 다물자니 그건 그것대로 수상해 보일 여지가 있었다.

어찌할까 고민하던 로젤의 귓가에 싸늘한 목소리가 들려왔다.

"제게 할 말이라도 있으십니까?"

마치 저를 눈에 담는 것조차 싫다는 듯 창밖에 시선을 고정한 아르한의 모습에 잠시 망설이던 로젤이 입을 열었다.

"전부터 묻고 싶은 것이 있었습니다."

이젠 정말 아무 증거도 남지 않았다는 사실을 차분히 되새긴 로젤이 말을 이었다.

"전하께서는 왜 저를 곁에 두시는 거죠?"

로젤이 가장 묻고 싶었던 질문이었다. 이렇게 대놓고 저를 싫어하는 티를 내면서 약혼을 파기하지 않는 이유가 궁금했다. 유부남인 에반과 애인 사이였다는 것까지 알고 있을 텐데 대체 무슨 이유로 약혼을 유지하고 있는 걸까.

"저를 싫어하시잖아요."

짧막하게 덧붙인 말에는 감정이 없었다. 마치 남의 이야기를 하듯 지독하게 단조로운 목소리였다. 이에 이상함을 느낀 아르한이 마차에 오른 후 처음으로 고개를 돌려 로젤을 쳐다보았다. 로젤이 생긋 인위적인 미소를 그려 보인다.

"제가 싫으시죠?"

"알고 계셨다니 놀랍군요. 전, 당신이 모르는 줄 알았습니다."

확신에 찬 로젤의 물음에 아르한이 순순히 긍정했다. 사실 로젤은 그가 저를 싫어하든 말든 관심 없었다.

로젤인 자신마저도 로젤이 싫은데 약혼자인 그가 저를 싫어하는 것쯤이야. 그리고 이왕이면 좋다고 매달리는 것보단 싫다고 질색하는 쪽이 더 나았다. 에르샤가 기꺼이 목숨을 던질 만큼 미워했던 로젤이 누군가에게 사랑받는 모습을 보고 싶진 않았으니까. 앞으로 평생 로젤을 사랑하는 이가 나타나지 않기를 진심으로 빌며 입을 열었다.

"전하께 이 약혼을 유지해야 하는 이유가 있나요?"

로젤을 싫어한다는 점이 마음에 들긴 했으나 이를 제외하면 아르한은 제게 장애물밖에 되지 않았다.

황태자의 약혼녀라는 타이틀은 로젤에게 귀찮은 짐이었다. 오늘만 해도 에르샤였을 때 했던 치장 시간의 세 배를 들였다. 앞으로도 이런 소소한 문제들이 자신을 귀찮게 할 것이다. 그러니 서둘러 파혼을 하는 편이 나았다. 물론 이르한이 아니더라도 누군가와 결혼할 생각은 없었다.

남자가 로젤에게 사랑한다며 설치는 꼴을 보고 싶진 않았으니까. 그런 건, 에반 하나로 족했다.

남자 따위 평생 만나지 않고 혼자 살 생각이었다.

공작의 사랑을 한 몸에 받는 공녀님이니 영 불가능한 계획은 아니었다. 작위를 물려받아 공작이 되는 방법도 있으니까. 아니면 조금 번거롭더라도 결혼을 하자마자 이혼을 해서 이혼녀가 되는 방법도 있었다. 하지만 그건 제게는 해당되지 않는 이야기였다.

귀족들의 결혼이 대부분 그렇듯 황실과의 결혼 역시 철저한 이해관계가 얽혀 있을 것이다. 그런데 그런 상황 속에서 결혼을 하자마자 이혼하는 일이 가능할 리 없었다. 그러니 로젤은 무조건 아르한과의 약혼을 파기해야 했다. 마침, 그도 저를 싫어한다니 서로에게 나쁠 것 없는 제안이 아닌가.

"그래서 결국 무슨 말이 하고 싶으신 겁니까. 약혼을 파기하자. 뭐 그런 겁니까?"

당연히 반길 거라 예상했던 것과 달리 아르한의 반응은 차갑기만 했다. 로젤이 조금 의아한 얼굴로 입을 열었다.

"전하께 나쁜 제안은 아니라고……."

"어울리지 않게 말 돌릴 필요 없습니다."

하지만 로젤의 말은 그 끝을 맺지 못했다. 어느새 바로 앞까지 다가온 아르한이 한 손을 로젤의 옆에 있는 벽에 대고 그녀를 노려보고 있었기 때문이다.

"차라리 솔직하게 후작에게 가고 싶다고 말하세요."

"그게 아니……."

"애당초 그러려고 에르샤를 그리 만들지 않았습니까."

아니라고 대꾸하려던 로젤이 그대로 입을 닫았다. 맞는 말이었다. 로젤은 에반을 차지하기 위해 에르샤를 그리 만들었다. 이제 와 이를 부정해 봤자 아르한은 믿지 않을 것이다. 그리 결론을 내리고 입을 다물자 그럴 줄 알았다는 듯 그가 차게 웃었다.

"그래서 당신이 싫습니다."

말을 마친 아르한은 어느새 제자리로 돌아가 있었다. 로젤은 당황한 티를 내지 않으려 노력하며 입을 열었다.

"믿지 않으시겠지만, 후작께 갈 생각은 없어요."

"이제 와 당신이 무슨 말을 해도 저는 믿지 않습니다."

칼 같은 그의 대답에 로젤이 차분하게 말을 이었다.

"제 목숨을 담보로 한 계약서라도 써 드릴까요?"

하지만 그런 로젤의 말에도 아르한은 여전히 시큰둥한 얼굴을 하고 있었다. 고작 계약서 따위를 어떻게 믿느냐고 묻는 듯했다.

"공작가의 인장을 찍는다면 충분하겠죠?"

차분하게 덧붙인 로젤의 말에 그제야 아르한의 표정이 조금 변했다. 그냥 끄적인 계약서라도 라슈아 공작가쯤 되는 가문의 인장이 찍혀 있으면 그 의미가 달라진다. 인장의 진위 여부만 판단하고 나면 효력은 말할 것도 없이 발휘되고, 이를 무효화시킬 방법도 없었다.

이를 알고 있기에 그가 되레 미심쩍은 얼굴을 했다.

"그렇게까지 해서 제게 하고 싶은 말이 뭡니까?"

"파혼하고 싶어요."

로젤이 기다렸다는 듯 말을 이었다.

"전하께 나쁜 제안은 아닐 거라고 생각해요. 절 싫어하시니까."

말을 마친 로젤이 아르한과 눈을 맞췄다. 앞으로의 일을 위해서라도 자신은 그와 파혼할 필요가 있었다. 그 역시 저를 싫어한다고 하니 에반에게 가지 않겠다는 약속만 받아 내다면 굳이 약혼을 유지하려 들지 않을 것이다. 그런 로젤의 짐작대로 아르한은 크게 반대하는 기색을 보이지 않았다. 다만 여전히 그녀의 말을 의심하고 있는 듯했다.

"자세한 이야기는 두 달 후에 다시 나누도록 하죠."

두 달이 지나기 전까지 에반과 함께할 의사가 없다는 것을 증명해 보라는 의미였다. 이를 받아들이겠다는 의미를 담아 로젤이 살짝 웃어 보였다.

"네. 그게 좋겠네요."

두 달이라면 짧지 않은 시간이나, 그다지 길지도 않은 시간이다. 파혼할 수 있다는데 그깟 두 달쯤 얼마든지 견딜 수 있었다. 공적인 자리가 아니면 따로 만날 일도 없는 완벽한 사업적 관계이기에 기다림은 더욱 수월할 것이다. 그리 결론을 내린 로젤은 더 이상 마차 안에 가라앉은 침묵을 깨트리기 위해 노력하지 않았다. 파혼하고 싶다는 의사까지 전해 놓고 억지로 말을 붙이는 것도 우스웠기 때문이다.

로젤은 조금 전 아르한이 그랬던 것처럼 창밖에 시선을 고정했다. 익숙한 풍경들이 스쳐 지나가는 것을 보니 곧 목적지인 저택에 도착할 모양이었다.

* * *

베론 후작가의 저택은 여전히 호화롭고, 아름다웠다.

후작이 아이들을 좋아했던 터라 후작가에서는 종종 어린 귀족들을 동반하는 모임을 열고는 했었다. 로젤 역시 아들인 리오와 함께 후작가에서 열리는 연회나 모임에 몇 번 참석한 적이 있었다. 함께 참석하게 된 사람이 황태자인 아르한이라는 점만 빼면 지금까지와 크게 다를 것 없는 시간이었다.

적어도 겉으로는 그랬다, 전남편인 에반이 아들 리오와 함께 오찬에 참석한 것을 보기 전까지는.

에반을 보았을 때 로젤은 크게 놀라지 않았다. 그가 에르샤의 죽음 따위 아랑곳하지 않고 오찬에 참석하리라는 것을 예상하고 있었으니까. 하지만 설마 리오까지 데리고 참석할 줄은 몰랐다. 그 정도로 최악일 거라곤 생각하지 않았는데 아무래도 자신이 에반을 너무 높게 평가했던 모양이다.

그의 행동이 의미하는 바는 분명했다. 후계자인 리오에게 모친인 에르샤의 존재를 완전히 부정하겠다는 뜻이겠지. 스스로의 불륜 사실을 은폐하고 모든 잘못을 에르샤에게 돌리겠다는 의미이기도 했다. 리오는 아직 어리니까 충분히 가능할 거라 생각한 모양이다.

어쩌다가 로젤과 눈이 마주친 에반이 리오와 함께 이쪽으로 오기 시작했다. 로젤은 눈에 띄게 반가운 얼굴을 하는 에반의 뺨을 한 대 쳐 주고 싶은 심정이었다.

그가 짜증 나고 껄끄러운 것은 둘째 치고, 로젤과 자신이 떳떳하지 못한 관계라는 것을 완전히 망각하고 있는 듯한 태도 때문이었다.

약혼자인 황태자가 바로 옆에 있는데 대놓고 반가운 얼굴을 하다니, 대체 뭐 하자는 걸까. 황족 모독죄로 참수형이라도 당할 생각이라면 세 발 혼사 낭하라고 로젤은 밀하고 싶었다.

로젤이 애써 딱딱하게 굳은 표정을 풀며 가식적인 미소를 입에 올렸다. 양손으로 드레스 자락을 살짝 움켜쥔 그녀가 에반에게 예를 갖취 인사를 건넸다.

"오랜만에 뵙습니다. 아델노프 후작 각하."

"오랜만입니다, 라슈아 공녀. 그리고 황태자 전하."

에반이 미소를 띤 얼굴로 인사를 받았다.

로젤은 눈치 없는 그의 행동에 슬쩍 미간을 찌푸렸다. 왜 하필 지금 제게 아는 척을 해선. 곁에 있는 아르한의 심기가 척 보기에도 불편해 보였다.

속으로 한숨을 내쉰 로젤과 달리 한결같은 눈치 없음을 자랑하던 에반이 생글생글 웃으며 곁에 있던 리오를 슬쩍 앞으로 밀었다.

"리, 리오 아델노프가 황태자 전하와 라슈아 공녀를 뵙습니다!"

얼떨결에 밀려 나왔음에도 목소리를 조금 떠는 것 외에는 흠잡을 데 없는 인사를 한 리오를 보며 로젤이 억지로 웃어 보였다.

대체 어떤 얼굴로 리오를 봐야 하는 건지 가늠하기 힘들었다. 에르샤로서도, 로젤로서도 그녀는 리오에게 당당하지 못했다. 하나뿐인 아들을 두고 멋대로 죽어 버린 어미로서도, 유부남을 독차지하기 위해 어미를 죽게 만든 불륜녀로서도.

"……반갑습니다. 라슈아 공작가의 로젤 라슈아입니다."

로젤이 애써 아무렇지 않은 척 리오의 푸른 눈동자를 응시했다. 리오기 어색하게 웃는 깃을 보며 로젤은 속에서 뭔가가 울컥하는 듯한 기분이 들었다.

리오에게 자신은 더 이상 어미가 아니었고, 에르샤가 아니었다. 로젤이 된 저는 리오에게 철저한 타인이었다.

자신은 앞으로 이런 자리가 아니면 리오를 볼 기회가 없을 것이다. 덕분에 한껏 일그러질 뻔한 표정을 애써 미소로 덮는데, 지척에서 나직한 중얼거림이 들려왔다.

"많이 닮았군요."

아르한의 목소리였다. 워낙 작은 소리로 중얼거렸기에 이를 들은 이는 자신뿐인 듯했다. 많이 닮았다는 말은 아마 리오가 에르샤를 닮았다는 의미로 꺼낸 말일 것이다. 모임에 함께 참석하는 날이면 어김없이 에르샤의 분신이 아니냐는 말을 들을 정도로 리오는 그녀를 닮았으니까.

리오는 에르샤의 갈색 머리카락과 푸른색 눈동자를 고스란히 물려받았다. 에반 역시 푸른색 눈동자를 가졌으나, 붉은색 머리카락 때문에 리오와 에반이 닮았다고 보기엔 무리가 있었다.

"공녀께서도 그리 생각하지 않으십니까?"

갑작스럽게 들려온 아르한의 물음에 로젤이 고개를 돌려 그를 응시했다. 질문의 의도를 묻는 그녀의 시선에 아르한이 차분한 미소를 지으며 입을 열었다.

"후작 영식께서 누군가를 참 많이 닮았다고요."

분명 웃고 있음에도 살벌하기 그지없는 어조에 분위기가 차갑게 가라앉았다. 저가 에반과 붙어 있는 꼴이 그리도 보기 싫었던 걸까 싶어 로젤이 적당히 둘러대기 위해 입을 열었다.

"글쎄요. 저는……."

"참, 뻔뻔하시군요."

로젤의 말은 그 끝을 맺지 못했다. 어느새 바로 옆에 도달한 아르한 이 로젤의 귓가에 속삭였기 때문이다.

"그녀가 어찌 죽었는지 알면서도 그런 말이 나오던가요?"

찰나의 순간 제 귓가에 닿은 싸늘한 한마디에 로젤은 당황스러움을 감추지 못했다. 아르한이 화를 내고 있는 부분이 조금 이상했기 때문 이다.

로젤이 추잡한 스캔들로 제 명성을 떨어트릴까 봐 화를 내는 것이 아니라 에르샤의 죽음에 대한 책임을 지지 않았다는 점에 대해 화를 내고 있는 듯했다.

절대 그럴 리가 없다는 것을 알지만 왠지 그렇게 들렸다.

"이쯤 되면 공녀가 얼마나 밑바닥일지 진심으로 궁금해지는군요."

"조금 전에 하신 말씀. 대체 무슨 뜻입니까?"

두 눈을 크게 뜬 채 묻는 로젤의 말에 주변의 눈치를 슬쩍 살핀 아 르한이 그녀의 손목을 잡았다. 대답을 듣고 싶으면 보는 눈이 없는 곳 으로 자리를 옮기자는 의미였다. 이에 로젤이 망설임 없이 고개를 끄 덕였다. 그러자 아르한이 로젤의 손목을 잡은 채 에반에게 양해를 구 했다.

"약혼녀와 잠시 단둘이 나눌 이야기가 있어 실례하겠습니다."

"하지만……."

잠시 말끝을 흐리던 에반이 결국 마지못해 고개를 끄덕였다. 그는 이를 막을 권리가 없었다. 황태자가 제 약혼녀를 데리고 가겠다는데 그 누가 이를 막을 수 있을까. 아르한이 에반에게 양해를 구한 것은 예의상 꺼낸 말에 불과했다.

로젤은 마치 제 연인을 권력자에게 억지로 빼앗긴 비련의 주인공 같은 얼굴을 한 에반을 속으로 차게 비웃으며 아르한을 따라 돌아섰다. 제 연인이라 여겼던 여자의 몸속에 자신이 버린 아내의 영혼이 들어 있다는 것을 알고 나서도 에반이 지금처럼 매달릴지 의문이었다. 혹시 모르는 일이기는 했다. 로젤의 껍데기라도 좋다고 매달릴지도.

어느새 서늘하게 표정을 굳힌 로젤이 걸음을 멈췄다. 제 손목을 잡고 앞서서 걷던 아르한이 걸음을 멈춘 탓이었다. 슬쩍 주변을 둘러보니 인적이 드물어 이야기를 나누기 적합한 곳 같았다. 어느새 몸을 돌린 아르한이 로젤을 쳐다보았다. 여전히 차게 식은 시선으로 저를 쳐다보는 아르한을 향해 로젤이 입을 뗐다.

"제가 후작님과 있는 게 싫으신 겁니까?"

짤막한 물음에 아르한의 붉은색 눈동자가 의문을 그렸다. 이와 마주한 로젤의 보랏빛 눈동자는 여전히 고요하기만 했다.

마치 남의 이야기를 하는 사람처럼.

"몰라서 물으십니까?"

"알고 있습니다. 그저, 확인하고 싶은 게 있어서요."

로젤이 궁금한 것은 하나였다.

"전하께서 저를 싫어하시는 이유가 그녀……. 때문입니까?"

정확한 이름을 입에 남지 않았으나 아르한은 로젤이 지칭하는 이가 누구인지 알아차렸다. 모를 수가 없는 상황이었다.

덕분에 아르한은 진심으로 분노했다.

"새삼 그런 게 궁금해지셨습니까?"

네가 감히, 무슨 자격으로. 아르한의 눈동자가 로젤을 향해 그리 말하고 있었다.

"제가 그녀와 깊은 관계이기라도 했을까 봐?"

당연히 그럴 리가 없다는 것을 로젤은 알고 있었다. 하지만 이를 알리 없는 아르한이 싸늘한 태도를 거두지 않은 채 말을 이었다.

"착각하지 마십시오."

여전히 냉기를 품은 한마디. 증오로 번뜩이는 붉은 눈동자. 그 모든 것이 로젤을 향하고 있었다.

"당신이 그렇다고 해서 세상에 있는 모든 사람들이 그런 것은 아닙니다."

그녀는 이를 통해 확인을 마쳤다. 아르한은 약혼녀인 로젤 때문에 에르샤의 죽음을 안타까워하고 있다. 그가 로젤에게 배신당했듯 에르샤가 에반에게 배신을 당했기 때문에 동질감을 느낀 것이다.

에르샤였기 때문이 아니라, 자신과 같은 아픔을 겪은 이가 에르샤였기에 그녀의 죽음을 안타까워한 것이다.

"……그렇군요."

확인을 마친 로젤이 짧게 대꾸했다. 비록 그다지 순수한 이유는 아니었으나 제 죽음을 안타까워하는 이가 있다는 사실이 좋았다. 또한 그 사람이 로젤의 약혼자라는 점 역시 마음에 들었다. 모든 것을 다 가진 로젤을 미워하는 이가 에르샤 혼자가 아니라는 사실이 위로가 되었다.

그리고 동시에 눈앞에 있는 이 남자만큼은 절대 로젤을 좋아하지 않기를, 그녀를 사랑하지 않기를 진심으로 빌었다. 만약 그리된다면 로젤을 미워했던 에르샤는 정말 혼자가 되고 말 테니까.

생각을 마친 로젤이 생긋 웃어 보였다. 이에 아르한이 표정을 일그러트렸으나 로젤은 아랑곳하지 않고 입을 열었다.

"한 가지 약속해 주실 수 있나요?"

갑작스러운 로젤의 말에 아르한이 어디 한번 말해 보라는 듯 그녀를 쳐다보았다. 이에 로젤이 느릿하게 입을 뗐다.

"저를 사랑하지 말아 주세요."

뜬금없는 로젤의 말에 아르한이 얼굴을 찌푸렸다. 무슨 말도 안 되는 소리를 하고 있냐고 묻는 듯한 태도에 로젤이 말을 이었다.

"사람 일은 모르는 거니까요."

그리 말하며 슬쩍 웃는 로젤의 얼굴에 언뜻 씁쓸함이 스쳐 지나갔다. 한때 영원히 자신만을 사랑하겠다 말했던 에반이 떠올랐다. 누구보다 빛나는 눈으로 저를 보며 영원한 사랑을 맹세했던 에반이 지금 어떻게 되었는가. 사람이란 누구나 변하기 마련이다.

하지만 그럼에도 로젤은 아르한에게 기대를 걸었다. 두 달. 딱 두 달만이라도 좋으니 로젤을 사랑하지 않겠다고. 그리 약속받고 싶었다.

"그럴 일은 없을 겁니다."

아르한의 단언에 로젤은 어쩐지 마음이 조금 놓였다. 제국의 황태자이기 때문이 아니라 아르한이기 때문에 왠지 그 말을 신뢰해도 될 것 같았다. 그러면 정말 로젤의 외향에 넘어가지 않을 수도 있다. 끝까지 로젤에게 마음을 빼앗기지 않을 수도 있다.

그리 생각하면 남은 두 달이 그다지 길지 않을 것 같은 느낌이 들었다.

"그럼, 남은 두 달 동안 잘 부탁드리겠습니다."

로젤의 차분한 인사에 아르한의 표정이 애매하게 굳어졌다. 이를 눈치챈 로젤이 조금 의아한 얼굴을 하자 그가 입을 열었다.

"갑자기 이러시는 이유가 뭡니까?"

"……그냥. 이렇게 하고 싶어졌습니다."

그 외에는 딱히 이 상황을 설명할 수 있는 말이 없었다. 자신이 에르샤임을 들키지 않기 위해 파혼한다고 할 수는 없으니까.

"전에는 파혼만은 안 된다며 매달리지 않으셨습니까. 그런데 이제와 갑자기 파혼하고 싶어지셨다고요?"

미심쩍은 어조로 묻는 아르한을 보며 로젤은 잠시 뭐라 변명이라도 해야 하나 싶었으나 이내 마음을 바꿨다.

어설픈 변명이나 핑계 따위를 아르한이 간파하지 못할 리가 없다. 오히려 그의 의심만 키우는 꼴이 될 것이다.

"마음이 변했습니다."

완벽하게 속일 자신이 없다면 차라리 적당히 입을 다무는 쪽이 나았다. 그리 결론을 내린 로젤이 짤막하게 덧붙였다.

"그뿐입니다."

로젤의 대답을 듣고도 아르한은 여전히 납득할 수 없다는 얼굴을 하고 있었다. 잠시 생각을 정리하는가 싶던 그가 곧 입을 열었다.

"제대로 된 이유를 말할 생각이 없으신 모양이군요."

"조금 전에도 말씀드렸듯 마음이 변했을 뿐. 다른 이유는 없습니다."

평의한 어조로 덧붙인 로젤의 말에 아르한이 미간을 찌푸렸다. 불쾌한 감정을 여실히 드러내는 아르한의 행동에도 그녀는 태연하게 말을 이었다.

"만약 다른 이유가 있다 한들. 그것이 전하께 해를 끼치는 일은 없을 겁니다. 저는 그리 배포가 크지 않으니까요."

그리 말하며 생긋 웃는 로젤의 모습에 아르한이 이내 찌푸렸던 미간을 폈다. 그리곤 태연하게 마주 웃었다.

"그렇다면 한번 지켜보도록 하죠. 당신의 약혼자로서."

갑자기 돌변한 그의 태도에 로젤은 조금 당황했다. 그저 웃고 있을 뿐임에도 좋지 않은 예감이 들었다.

말을 마친 아르한은 용건을 끝냈다는 듯 몸을 돌려 자리를 떴다. 그 방향이 연회장이 아닌 것을 보니 이대로 돌아갈 생각인 듯했다.

규모가 작은 오찬인 만큼 황태자인 그가 끝까지 자리를 지킬 의무는 없었다. 에반을 만나기 전 주최자인 베론 후작도 만났으니 이대로 돌아가도 상관없을 것이다. 하지만 로젤은 이대로 돌아가고 싶지 않았다.

오랜만에 만난 리오를 조금 더 보고 싶었다. 옆에 붙어 있을 에빈을 생각하면 치가 떨리긴 했지만 에반을 피하고 싶은 마음보다, 리오를 보고 싶은 마음이 더 컸다. 정 안 되면 멀리서 지켜보기라도 하고 싶었다.

"전하."

거기까지 생각하던 로젤이 아르한을 불러 세웠다. 앞서 걷던 그가 몸을 살짝 돌려 로젤을 쳐다보았다.

무심하기 그지없는 얼굴로 저를 응시하는 아르한을 보며 로젤이 말했다.

"조금 더 있고 싶은데. 여기 남아도 될까요?"

"제가 먼저 돌아가면 영애는 어쩌시려고요?"

진심으로 저를 걱정해서 하는 말이라기보다는 혹, 숨겨진 의도가 있는 건 아닌가 싶어 던진 말인 듯했다. 그의 말처럼 함께 마차를 타고 온 탓에 아르한이 먼저 가 버리면 그녀는 타고 갈 마차가 없었다. 하지만 이는 로젤에게 큰 문제가 되지 않았다.

"다른 마차를 부르면 됩니다."

짤막한 로젤의 대답에 아르한이 미심쩍다는 얼굴로 물었다.

"아무 마차나 안 타시지 않습니까."

"이젠 달라질 생각입니다."

그런 로젤의 말에 아르한이 입을 다물었다. 잠시 뭔가를 생각하는가 싶던 그가 이내 다시 입을 뗐다.

"……그리도 서 몰래 후작과 만나고 싶으신 겁니까?"

아르한의 입장에서는 매우 합당한 의심이었다. 방금 후작을 만난후, 갑자기 자신을 먼저 보내려는 로젤의 행동은 누가 보더라도 수상했으니까. 그녀 역시 뒤늦게나마 자신의 행동이 신중하지 못했음을 깨달았고, 빠르게 부정했다.

"그런 게 아닙니다."

"그게 아니면 뭡니까. 대체 저를 보내고 뭘 하시려고요?"

리오를 보려 했다며 진실을 고해 봤자 그는 믿지 않을 것이다. 그리고 만약 아르한이 이를 순순히 믿는다면 그건 그것대로 문제가 된다. 자신이 에르샤임을 스스로 밝히는 거나 다름없으니까. 대체 무슨 말로 둘러대야 할까 고민하던 로젤이 결국 생각을 바꿨다. 자신이 어떤 말을 해도 아르한은 이를 믿지 않을 것이다.

"알겠습니다."

짤막한 로젤의 말에 아르한이 조용히 그녀의 눈을 응시했다. 로젤이 애써 태연한 척 말을 이었다.

"전하께서 그리도 저를 믿지 못하시겠다면. 그냥 함께 돌아가도록 하겠습니다."

리오를 보지 못하고 돌아가게 된 것은 아쉬웠으나 계속 고집을 부릴 수는 없었다. 괜한 의심을 살 수도 있으니까.

"지금, 대답을 피하시는 겁니까? 저는 분명 저를 보내고 무엇을 할 생각이셨는지 물었습니다."

그냥 돌아가겠다고 말했음에도 여전히 대답을 요구하는 아르한의 모습에 로젤은 조금 짜증이 났으나 애써 이를 억누르며 말했다.

"어차피 제가 무슨 말을 해도 믿지 않으실 것 아닙니까?"

"믿고, 믿지 않고는 그다음 문제입니다."

우선 대답부터 하라는 듯 말하는 그의 태도에 로젤이 미간을 살짝 찌푸렸다가 이내 재빨리 폈다. 쓸데없이 끈질기게 구는 아르한을 그녀는 이해할 수 없었다.

"제가 왜 아직 저지르지도 않은 일로 인해 전하께 변명을 해야 하는지 모르겠군요. 저는 분명히……."

조곤조곤 이어지던 로젤의 말이 뚝 끊어졌다. 이를 의아하게 생각한 아르한이 로젤의 시선이 고정된 곳을 향해 고개를 돌렸다. 그러자 그곳에는 푸른색 눈동자를 깜빡이며 어쩔 줄 몰라 하는 에르샤의 아들 리오가 있었다. 로젤에 이어 아르한까지 저를 빤히 쳐다보자 리오가 눈에 띄게 당황한 얼굴을 했다.

"죄, 죄송합니다. 엿들으려던 건 절대 아니었어요."

"됐습니다. 그만 고개를 드세요."

열심히 고개를 숙이며 사과하는 리오의 모습에 아르한은 됐다고 말하며 자상하게 웃어 보였다. 그러자 리오가 슬쩍 그의 눈치를 살피더니 천천히 고개를 들었다.

에르샤를 꼭 닮은 눈동자가 조용히 그를 응시했다. 순간적으로 이에 놀란 아르한이 멍하니 리오를 쳐다보았다. 목을 넘기지 않는 짧은 길이의 갈색 머리카락과 푸른색 눈동자. 머리카락만 조금 더 길었더라면 영락없는 에르샤였다.

에르샤가 나시 태어났다고 믿어도 손색이 없을 정도로 리오는 그녀를 닮았다. 아르한은 저도 모르게 에르샤의 이름을 입 밖으로 낼 뻔한 것을 가까스로 참았다. 그리고는 애써 태연한 척 웃어 보였다. 아무것도 아니라는 듯. 동요하지 않았다는 듯. 그리 웃으며 슬쩍 로젤의 안색을 살폈다. 최소한의 양심이라도 있다면 에르샤의 아들인 리오를 보고도 뻔뻔하게 나오지는 못할 것이다. 그리 생각하며 로젤의 표정을 살피는데, 그녀는 조금 복잡한 얼굴을 하고 있었다. 씁쓸함과 그리움이 뒤섞인 얼굴로 에르샤의 아들을 보고 있었다.

'대체 왜?'

아르한의 머릿속에 의문이 떠올랐다. 에르샤의 아들인 리오와 로젤은 대외적으로 아무런 접점이 없었다. 후작과 로젤이 애인 사이라고는 하나 그것이 리오와 그녀의 연결 고리가 되지는 못한다. 하지만 그럼에도 불구하고 로젤은 꽤나 의미심장한 얼굴로 에르샤의 아들을 보고 있었다. 마치 자신이 에르샤라도 되는 것처럼.

거기까지 생각하던 아르한이 로젤을 외면하듯 완전히 고개를 돌렸다. 자꾸만 로젤에게서 에르샤의 흔적을 찾는 자신을 이해할 수 없었다. 애당초 에르샤를 그리 만든 이가 누구였나. 바로 제 옆에 있는 로젤이었다. 이를 누구보다 잘 알고 있으면서 로젤에게 에르샤를 투영하다니 자신이 드디어 미친 모양이다.

그리 생각한 아르한이 리오를 향해 다정하게 웃으며 입을 열었다.

"저희는 이만 돌아갈 생각이니 혹, 영식의 부친께서 저희를 찾는다면 그리 전해 주세요."

"그리하겠습니다."

살짝 신상한 얼굴도 쌀쌀하게 내뱉은 리오의 앞에서 아르한은 지연스레 로젤의 손목을 잡아끌었다. 생각보다 순순히 제게 손목을 내주는 로젤을 보며 아르한은 그녀의 시선이 리오에게서 떨어지지 않고 있음을 확인했다.

후작가에서 나온 후 나란히 마차에 오른 두 사람은 말이 없었다. 덕분에 들리는 것이라곤 마차가 움직이며 나는 소리뿐이었다.

로젤은 조금 멍한 상태였고, 아르한은 그런 로젤을 불만스러운 얼굴로 쳐다보았다. 숨이 막힐 듯한 정적이 얼마간 계속되었으나 이는 곧 아르한에 의해 깨졌다.

"왜 그리 보셨습니까?"

다소 불친절한 그의 물음에 멍하니 허공을 응시하던 로젤의 눈동자가 이내 아르한에게로 향했다.

"후작 영식을 왜 그리 보셨느냐 물었습니다."

"무슨, 말씀이십니까?"

당황한 기색을 감추며 태연히 말을 잇는 로젤의 모습에 아르한이 잠시 뜸을 들인 후 무심히 답했다.

"마치, 자신의 아들이라도 보는 듯한 눈빛이었습니다."

정중하게 정곡을 찌르는 아르한의 말에 로젤은 재빨리 표정 관리를 했다. 여기서 당황한 티를 내면 정말 돌이킬 수 없게 된다.

"계속 뜻 모를 소리만 하시는군요. 제 표정이 대체 어쨌다는 말씀이십니까?"

모르쇠로 일관하기로 마음먹은 로젤이 태연히 답했으나 이에 순순히 수긍할 아르한이 아니었다.

"에르샤라도 된 것 같은 얼굴이었습니다."

그가 또다시 에르샤를 언급했다. 이쯤 되면 그가 저를 에르샤 본인, 혹은 공범자로 몰아 처벌을 받게 하려는 건 아닌지 의심이 될 지경이었다. 사실 여부와는 관계없이 로젤은 적어도 그런 식으로 당할 생각은 없었다.

"그녀에 대해 그리도 잘 아십니까?"

그래서였다. 로젤이 한껏 비꼬는 듯한 말투를 사용해 아르한의 평정심을 흔들어 보려고 한 것은.

"어설프게 말 돌릴 생각 하지 마십시오. 더는 순순히 넘어가지 않을 겁니다."

하지만 아르한은 겨우 이 정도 도발에 넘어오지 않았다. 어느 정도 예상했던 바였기에 로젤은 차분히 하려던 말을 꺼냈다.

"저를 그녀로 몰아가지 마세요."

단호한 로젤의 말에 아르한이 멈칫하자 그녀는 이를 틈타 더욱 완강한 태도로 말을 이었다.

"제게서 그녀를 찾지 말라는 말씀입니다."

자신은 더 이상 에르샤가 아니었다.

아니어야 했다. 금지된 마법을 사용하고 죽은 에르샤 마르아넬이 아니라 공작가의 사랑받는 공녀 로젤 라슈아여야 했다.

"그게 무슨……."

아르한이 조금 당황한 얼굴을 했다. 아무래도 자신을 에르샤의 공범, 혹은 본인으로 몰 생각이 아닌가 했던 제 예상이 맞은 모양이다.

로젤이 서늘한 냉소를 머금은 표정으로 입을 열었다.

"다시 한번 말씀드리지만 저는 그녀가 아닙니다."

아무래도 방심해서는 안 될 것 같았다. 저를 에르샤로 몰아갈 생각을 하고 있는 아르한의 곁에서는 특히 조심할 필요가 있었다.

"당연히 아이를 낳아 본 적도 없고요."

적어도 로젤은 아이를 낳아 본 적 없는 몸이었다. 그러니 지금 자신이 하고 있는 말은 거짓이 아니다.

그렇게 속으로 적당히 합리화를 한 로젤이 슬쩍 아르한의 반응을 살폈다. 그는 입을 꾹 다문 채 다소 모호한 표정을 하고 있었다. 덕분에 무슨 생각을 하고 있는지 짐작하기 어려웠기에 로젤은 조용히 그가 입을 열기를 기다렸다.

"……죄송하지만, 오늘 저녁에 있을 일정은 취소하겠습니다."

얼마간의 정적 끝에 아르한의 입에서 나온 말이었다. 아무리 봐도 화제를 돌리기 위해 꺼낸 말처럼 들렸으나 로젤은 굳이 이를 지적하지 않았다.

조금 갑작스러운 통보긴 해도 그 내용만큼은 나쁘지 않았으니까. 로젤은 순순히 고개를 끄덕이며 말했다.

"알겠습니다."

많은 사람들에게 둘러싸여 스스로의 가치를 평가당하고, 끊임없이 가식적인 웃음을 지어야 하는 연회 같은 건 지금의 로젤에게 맞지 않았다. 차라리 핑계를 대고 저택에서 쉬는 편이 훨씬 나았다. 그리 생각한 로젤이 적당한 핑계를 떠올리며 입을 열었다.

"제가 아픈 걸로 하겠습니다."

아무래도 황태자인 아르한보다는 귀족 영애인 제 쪽이 아프다고 하는 것이 낫겠지. 약혼자인 황태자는 제 핑계를 대고 적당히 연회에 불참하면 되고 말이다.

"제가 갑자기 몸이 안 좋아져서 오찬도 먹지 못하고 저택으로 돌아간 것으로 하죠."

"그럼 저는 약혼녀의 건강을 염려해 함께 돌아간 것으로 하면 되겠군요."

"네, 그러면 될 것 같네요."

시니컬한 아르한의 대꾸에 로젤이 고개를 끄덕였다. 그렇게 적당히 말을 맞추자 마치 기다렸다는 듯 마차가 움직임을 멈췄다. 창밖에 펼쳐진 익숙한 풍경을 보니 공작가의 저택에 도착한 모양이었다. 아르한이 예의상 내민 손을 잡은 로젤이 마차에서 내렸다.

"그럼, 사흘 후에 뵙도록 하죠."

그의 말처럼 앞으로 사흘 동안은 함께 참석해야 할 연회나 모임이 없었다. 물론 그렇다고 한가한 것은 아니었다. 각자의 일정을 빠듯하게 소화해야 했으니까.

로젤이 얼굴에 적당한 미소를 그리며 양손으로 드레스 자락을 쥐었다.

"부디, 다시 뵐 때까지 안녕하시길."

살짝 고개를 숙였던 로젤이 인사를 마치고 고개를 들자 아르한은 별다른 미련 없이 마차에 올랐다.

로젤은 그가 탄 마차가 완전히 모습을 감출 때까지 그 자리에 우두

커니 서 있었다.

그리고 마차가 완전히 시야에서 사라진 후에야 비로소 저택 안으로 걸음을 옮겼다. 저를 마중 나온 하녀들과 함께 저택으로 들어가는 로젤의 얼굴에는 들뜬 기색마저 엿보였다.

적어도 사흘간은 아르한의 시선에서 벗어나 비교적 자유로울 수 있다. 그 점이 꽤 마음에 들었던 것이다.

* * *

다음 날, 이른 새벽부터 눈을 뜬 로젤은 평소보다 든든하게 아침을 챙겨 먹고 승마장으로 향했다. 첫 일정이 승마 수업이었던 것이다. 게다가 그 뒤엔 곧장 사격 수업을 받으러 가야 했다. 시트라 제국에서는 승마와 사격이 귀족들의 기본 교양 중 하나였다.

로젤 역시 승마와 사격을 배운 적이 있었고, 둘 다 나름 잘하는 편이었기에 큰 걱정은 없었다. 만약 자신이 승마를 잘하지 못했더라면 일이 귀찮아졌을 것이다. 저보다는 아니지만 '로젤' 역시 승마에 꽤 능숙한 편이었으니까.

승마복을 갖춰 입은 로젤이 등자에 발을 디딘 후 가볍게 말 위에 올랐다. 처음 타 보는 말이었으나 순한 성정을 가지고 있음을 단번에 알 수 있었다.

'나를 배려해 순하고, 혈통이 좋은 말을 골라 준 건가.'

덕분에 한결 편한 마음으로 고삐를 쥔 로젤은 천천히 승마장을 돌기 시작했다. 말이 워낙 순했기에 큰 어려움은 없었다.

로젤이 다시 처음 말을 탄 지점으로 돌아오자 제 승마 선생으로 추정되는 알렌이라는 남자가 걱정스러운 얼굴을 했다.

"혹, 어디 안 좋으십니까? 실력 발휘가 제대로 되지 않으신 것 같습니다."

그런 알렌의 말에 로젤은 조금 당황했다.

준비 운동 삼아 가볍게 주변을 돌기만 했을 뿐이다. 실력 발휘니 뭐니 하는 말이 나와야 할 때가 아니라는 뜻이다. 아무래도 다시 한번 제대로 실력을 발휘해야 하나 싶어 갈등하던 로젤이 고민 끝에 생각을 바꿨다. 이제 와 다시 해 보겠다며 설치는 것보다 아픈 척을 하는 쪽이 조금 더 자연스러울 것 같았다.

알렌의 말을 통해 추측했을 때 과거의 로젤은 준비 운동 같은 건 하지 않고 바로 제 실력을 발휘했을 가능성이 높으니까.

갑자기 기침을 해 대던 로젤이 입을 열었다.

"……사실 제가 지금 몸 상태가 좋지 않아서요."

"역시, 그러셨군요."

그럴 줄 알았다는 표정을 한 알렌을 보니 나쁘지 않은 선택이었던 모양이다. 그리 생각한 로젤이 다시 기침과 함께 입을 열었다.

"쿨럭, 오늘은 가볍게 주변만 돌아도 될까요?"

"물론이죠. 제가 도와드리겠습니다."

그리 말하며 제가 타고 있는 말의 고삐를 잡으려는 알렌의 손을 뿌리치며 로젤이 말했다.

"아뇨, 그 정도는 혼자서 할 수 있답니다."

"아닙니다. 꼭 도와드리고 싶습니다."

단호한 거절의 말에도 한사코 도와주겠다며 매달리는 알렌을 뿌리친 로젤이 천천히 승마장을 돌았다. 아무래도 다음부터는 말에 오름과 동시에 제 실력을 발휘하기 위해 빠르게 달려야 할 것 같았다. 못할 것은 없었으나 빠른 속도를 그다지 즐기지 않는 로젤의 입장에서는 조금 마음에 들지 않는 일이었다.

그렇게 어찌어찌 승마 수업을 마치자 곧바로 사격 수업이 그녀를 기다리고 있었다.

사격 수업은 패트릭이라는 남자가 담당했는데, 그의 날카로운 인상을 본 로젤은 저도 모르게 바짝 긴장했다. 제대로 못 하면 한 소리 들을 것 같아 정확하게 목표를 겨냥하던 로젤이 아차 싶어 총구를 살짝 틀었고, 덕분에 총알은 과녁을 완전히 비껴갔다.

제 기억이 맞는다면 아카데미 당시 로젤은 언제나 사격 수업에서 낮은 점수를 받았다. 그만큼 사격 실력이 형편없었다는 뜻이다. 그런 로젤이 갑자기 뛰어난 사격 실력을 보인다면 이를 이상하게 여길 것이다.

"오늘따라 정말 형편없는 실력이군요. 무슨 일이라도 있으셨습니까?"

"……."

거침없는 패트릭의 말에 로젤은 조용히 입을 다물었다.

아무래도 너무 대놓고 총구를 튼 모양이다. 어떻게 상황을 수습해야 하나 고민하던 로젤은 결국 조금 전과 같은 방법을 쓰기로 했다.

"쿨럭! 사실 제가 몸 상태가 조금 좋지 않……. 쿨럭!"

민망함에 얼굴이 붉게 물들자 더욱 실감 나는 환자 행세가 가능해졌다. 덕분에 이에 깜빡 넘어간 패트릭은 어서 저택으로 돌아가 쉬라며 수업을 일찍 끝내 주었다.

이에 로젤은 패트릭이 보이지 않을 때까지 기침을 해 대다가 그가 시야에서 사라지자 서둘러 마차에 올랐다.

그 후 뒤늦게 저를 부르는 마부의 목소리를 들은 것 같아 몸을 돌리려는데 마차 안에서 타인의 기척이 느껴졌다. 기척이 느껴진 곳으로 시선을 돌리자 그곳에는 허리까지 오는 은색 머리카락과 금색 눈동자를 가진 아름다운 여인이 앉아 있었다.

익숙한 여인에게 짧게 눈길을 주기 무섭게 분노가 뒤엉킨 금색 눈동자가 저를 응시했다.

그녀가 누구인지 인지한 로젤이 이름을 부르려던 찰나, 여인이 몸을 일으키더니 들고 있던 작은 나무통을 저를 향해 휘둘렀다. 그러자 통 안에 들어 있던 보랏빛 액체가 로젤의 몸에 뿌려졌다.

"샬롯 황녀……. 아니, 비아노 백작 부인?"

정체 모를 액체를 뒤집어쓴 것에 대한 불쾌함보다는 상대방의 등장에 대한 놀라움이 더 컸다.

"어째서 이곳에!"

"제가 여기 있어서 놀라셨습니까? 영애의 마차 안에 있어서?"

"그것이 아니라……."

수도에 있어서 놀랐다고 말하려던 로젤이 입을 다물었다. 눈앞에 있는 샬롯과 로젤은 그런 말을 나눌 정도로 친밀한 사이가 아니었다. 오히려 매우 적대적인 관계였지.

로젤은 애써 아무렇지 않은 척 태연한 얼굴로 말을 돌렸다.

"그동안 잘 지내셨습니까?"

"그 꼴을 하고도 그런 말이 나오는 걸 보면. 정말 대단하시네요. 역시, 와인을 뒤집어쓴 정도로는 부족한 건가요?"

한껏 저를 비꼬는 샬롯의 말에 로젤은 저도 모르게 웃고 말았다. 타인에게 보이기 위한 가짜 웃음이 아닌 진심이 담긴 웃음이었다. 갑자기 웃어 버리는 로젤을 보며 샬롯이 싸늘한 표정으로 입을 열었다.

"뭐가 그리 우스운 겁니까?"

"부인께서 제게 이리도 싸늘하게 대하시는 이유를 알 것 같아서요."

샬롯이 마냥 온순한 성격은 아니었지만 그렇다고 생각 없이 막 나가는 사람은 아니었다. 아무리 밉고 싫다 해도 이런 식으로 와인부터 끼얹고 보지는 않는다. 차라리 교묘하게 상대를 깎아내리거나, 조롱하는 쪽이 샬롯의 방식에 가까웠다. 그런 샬롯이 앞뒤 가리지 않고 무작정 달려드는 일이 있다면 그건 언제나 에르샤와 관련된 일이었다.

이를 누구보다 잘 알고 있기에 와인을 뒤집어썼음에도 기뻤다. 만약, 이 이상의 일을 당하더라도 기쁠 것이다. 진심으로 에르샤를 걱정하는 이가 아직 세상에 존재함을. 친구인 샬롯만은 에르샤를 마녀라 부르지 않고 있음을 확인받은 것 같아 마음이 들떴다.

"이유를 아신다면 더욱 이리 웃으셔서는 안 되죠."

여전히 차가운 샬롯의 목소리를 들으니 뜬금없지만 아르한이 떠올랐다. 그 역시 저를 대할 때 항상 가시를 세우곤 하니까. 이런 점이 비슷한 것을 보니 역시 남매는 남매구나 싶은 생각이 들었다.

"부인께서는 참으로 대단하신 것 같습니다."

차분히 이어진 로젤의 말에 샬롯의 표정이 일그러졌다. 아무래도 제 말을 비꼬는 것으로 받아들인 모양이다. 그런 의미가 아니라는 것을 표현하기 위해 로젤이 서둘러 입을 열었다.

"비꼬는 것은 아닙니다. 그저, 진심으로 대단하다는 말씀을 드리고 싶은 것뿐입니다."

"조금 전에 제가 뿌린 와인을 뒤집어쓰신 상태에서 그리 말씀하시니 참 설득력 있게 들리는군요."

말이 되는 소리를 하라는 듯 여전히 삐딱한 태도를 보이는 샬롯의 반응에 로젤은 애써 웃음을 참았다. 하나도 변하지 않은 친구의 모습을 보니 새삼 과거의 추억이 떠올랐다.

아카데미에서 열어 준 연회 중간에 함께 도망쳐 나온 기억, 도수가 높은 와인을 잘못 마시고 한동안 함께 숙취로 고생했던 기억 등 과거의 잔상이 스쳐 지나갔다.

모두 가슴속에 묻어 두었던 추억이었다. 다시는 입 밖으로 꺼내지 못할, 영원히 묻어 두어야 하는 추억. 에르사가 아닌, 로젤은 알지 못할 추억을 가슴에 묻은 그녀가 입을 열었다.

"믿지 않으셔도 상관없습니다. 하지만 저는 진정으로 친구를 위하는 부인의 용기가 대단하다고 생각합니다."

그리 말한 로젤이 제겐 악의가 없음을 알리기 위해 웃었으나 샬롯은 여전히 이를 수상하게 여겼다.

"쓸데없는 아부는 관두세요. 어울리지 않습니다."

"제가 뭐 때문에 부인께 쓸데없는 아부를 하겠습니까. 무슨 이득이 있어서?"

냉정하게 현실을 짚어 주는 로젤의 말에 잠시 표정을 굳힌 샬롯이 입을 다물었다. 로젤의 말이 옳다는 것을 알고 있었기 때문이다.

로젤은 라슈아 공작가의 유일한 공녀였다. 그것도 공작의 사랑을 듬뿍 받는, 그런 그녀가 뭐가 아쉬워서 백작 부인인 샬롯에게 아부를 한단 말인가.

샬롯이 황녀고, 황가의 핏줄이기는 해도, 아르한과 결혼해 황태자비가 될지도 모르는 로젤에 비할 바는 못 되었다. 하지만 진심이라 여기며 칭찬을 받아들이기엔 찜찜한 구석이 있었다. 그러한 이유로 인해 샬롯은 순순히 로젤의 칭찬을 받는 대신 화제를 돌리는 쪽을 택했다.

"제가 공녀에게 뿌린 와인이 무엇인지 아십니까?"

갑작스러운 샬롯의 질문은 분명 화제를 돌리기 위한 것이었다. 하지만 로젤은 굳이 이를 지적하지 않았다. 그럴 필요가 없으니까. 대신, 아무것도 모른다는 듯 고개를 젓는 쪽을 택했다. 그러자 샬롯이 여전히 차가운 어조로 말을 이었다.

"당신이 켈리아 조르단을 시켜 에르샤에게 뿌렸던 바로 그 와인입니다."

"……무슨 말을 하시는지 잘 모르겠군요."

로젤은 시치미를 뚝 뗐으나 조금 당황한 척 한 박자 늦게 답했다. 여기서 대놓고 자기가 시킨 게 맞다며 순순히 인정할 수는 없었으니까.

"끝까지 뻔뻔하시군요. 이젠 같은 사람이라 생각하기도 소름 끼칠 지경입니다."

샬롯이 그리 말하며 제 드레스 자락을 꽉 쥐었다. 미처 다 표출하지 못한 분노의 표현인 것 같았다. 고운 드레스 자락이 잔뜩 구겨진 후에야 샬롯이 입을 열었다.

"……에르샤에게 진심으로 사죄하세요."

싸늘하게 진심 어린 사과를 요구하는 샬롯의 모습을 보며 로젤은 뭐라 말하기 힘든 감정에 휩싸였다. 지금 이 순간 누구보다 로젤의 사과를 받고 싶은 건 자신이었다. 이미 사라져 버린 로젤의 영혼과 제 몸뚱이를 되돌리고 사과받고 싶었다.

하지만 그럴 수 없었다.

"그녀는 이미 죽었습니다."

그랬기에 더욱 싸늘한 목소리가 입 밖으로 튀어나왔다. 이미 돌아올 수 없는 강을 건넌 이상 빠져 죽지 않기 위해 이를 악물고 끝까지 건너야 했다.

"이제 와 제가 사과를 한다고 해서 그녀가 들을 수 있으리라 보십니까?"

사과를 들을 수는 있다. 하지만 그건 아무런 의미가 없었다. 본인이 본인에게 하는 사과라니. 우스울 뿐이었다.

"그보다 저는, 조금 더 의미 있는 이야기를 나누고 싶습니다."

그리 말하며 생긋 웃는 로젤을 샬롯은 경멸스럽다는 시선으로 보고 있었다. 새삼 샬롯의 의리에 감동한 로젤이 입을 열었다.

"부인께서 제게 저지른 무례가 어떤 의미인지는 잘 아시겠지요?"

"모르고 이런 일을 벌일 만큼 천치는 아닙니다."

가시 돋친 샬롯의 대꾸에도 로젤은 꿋꿋이 할 말을 이어 갔다.

"압니다. 아마, 이후에 벌어질 일들까지 모두 계산하고 움직이셨 겠죠."

전직 황녀이고, 지금은 백작 부인인 샬롯이라고는 하나 그것이 공녀이자 황태자의 약혼녀인 로젤에게 무례를 범한 일에 대한 면죄부가 되지는 못했다. 게다가 그 무례가 주인의 허락 없이 마차에 앉아 있다가 다짜고짜 와인부터 끼얹은 것이고, 그 이유가 마녀로 처형당한 에르샤 때문이라면 더욱.

죽은 에르샤와 공범이라며 마녀로 몰려 처벌을 받을 수도 있었다. 이를 누구보다 잘 알고 있음에도 샬롯은 망설임 없이 로젤에게 와인을 끼얹었다.

샬롯이 그만큼 에르샤를 소중히 여기고 있나는 증거였다. 이에 새삼 기분이 묘해진 로젤이 애써 감정을 추스르며 입을 열었다.

"아마 오늘의 일을 완전히 은폐할 수는 없을 겁니다. 마차 안에 있던 사람이 저와 부인뿐이라고는 하나, 밖에 있던 이들에게 끝까지 제가 와인을 뒤집어쓴 모습을 숨길 수는 없을 테니까요."

마차를 출발시키기 위해서는 로젤이 직접 마부에게 명을 내려야 했다. 온몸에 와인을 잔뜩 뒤집어쓴 꼴로 말이다. 가뜩이나 제 허락 없이 마차에 타고 있던 샬롯이다. 이런 자신의 모습이 바깥에 드러나면 가장 먼저 의심을 받는 것은 당연히 그녀였다.

하지만 로젤은 이를 원하지 않았다.

"부인께서는 처음부터 이를 숨길 생각이 없으셨겠지만 저는 좀 다릅니다."

"……무슨 말이 하고 싶으신 겁니까?"

갑자기 빙빙 말을 돌리는 로젤을 보며 샬롯이 미간을 찌푸렸다. 어서 본론을 말하라는 의미였다. 이에 조금 더 뜸을 들이던 로젤이 입을 열었다.

"제 편이 되어 주셨으면 합니다."

로젤의 말에 샬롯이 작게 코웃음을 쳤다.

"……뭐라고요?"

어이가 없다는 얼굴로 저를 보는 그녀의 시선에 로젤은 태연하게 말을 이었다.

"어느 부분이 그리도 놀라우셨는지 모르겠군요. 저는 그저 친하게 지내고 싶다. 정도의 말을 했을 뿐입니다."

"…… 공녀의 영악함은 익히 알고 있었으니 이렇게 대놓고 사람 마보 만드는 재주까지 있으신 줄은 미처 몰랐네요."

"비아노 백작 부인께 그리 나쁜 제안은 아닐 텐데요?"

"이보세요, 라슈아 공녀!"

능청스러운 로젤의 말에 샬롯은 진심으로 질린다는 얼굴로 소리쳤다.

"대체 무슨 꿍꿍이로 제게 이러시는지 모르겠으나, 저는 절대 공녀의 편이 될 생각이 없습니다."

"제 편이 되어 달라는 말은 그리 거창한 것이 아닙니다."

"뭐가 되었든, 저는 그리하지 않을 겁니다."

여전히 기세를 꺾지 않는 샬롯을 보며 로젤이 어쩔 수 없다는 듯 웃었다. 그리고는 망설임 없이 몸을 일으켜 문 쪽으로 향했다.

"부인께서 그리 말씀하신다면 하는 수 없지요. 협상은 결렬된 것으로 알겠습니다."

그리 말하던 로젤이 문손잡이에 손을 올렸다. 마부를 불러 마차를 출발시키고, 동시에 샬롯의 무례를 알리기 위함이었다. 이를 알아챈 샬롯이 본능에 가까운 움직임을 보였다. 어느새 몸을 일으켜 손잡이 위에 있던 로젤의 손에 제 손을 겹친 것이다. 스스로조차 인지하지 못한 찰나의 움직임이었던 터라 샬롯은 크게 당황했다.

이 기회를 놓치지 않은 로젤이 손잡이에서 손을 떼며 샬롯을 향해 웃어 보였다.

"아닌 척하고 계시지만 걱정스러우실 겁니다. 낳은 지 얼마 안 된 아이도, 가문의 안위도. 그러니 이를 지키기 위해 잠시 제 곁에 있어 주세요."

본인의 안위를 빌미로 위협을 가하는 것은 샬롯에겐 통하지 않는다. 이를 잘 알고 있었기에 로젤은 꽤나 손쉽게 샬롯의 마음을 흔들 수 있었다.

"그리해 주신다면 오늘의 무례는 그냥 넘어가도록 하겠습니다. 뒤집어쓴 와인 역시 제 실수였다고 말하고요."

그런 로젤의 말에 샬롯이 황당하다는 얼굴로 입을 열었다.

"공녀께서 아니라 말한다고 저들이 이를 순순히 믿을 것 같습니까? 지금 공녀의 꼴이 얼마나 설득력 없는지는 스스로가 더 잘 아실 텐데요?"

"저들이 믿고, 믿지 않고는 중요치 않습니다."

"……"

"중요한 건. 제가 부인을 감쌌다는 사실이죠."

공녀인 로젤이 샬롯의 무례를 문제 삼지 않고 그냥 넘긴 걸로도 모자라 그녀를 제 곁에 두려 한다는 점이 중요했다.

로젤이 샬롯을 아끼고 있다는 뜻이니까.

이와 같은 사실이 알려지면 사교계에 있는 그 누구도 오늘 샬롯이 저지른 일에 대한 책임을 물을 수 없을 것이다. 피해를 입은 당사자인 로젤이 직접 이를 감싸고 넘어가겠다는데 감히 누가 이를 지적할 수 있을까. 그나마 약혼자인 아르한 정도라면 그럴 자격이 있었으나 그가 굳이 제 누나를 곤란하게 할 것 같진 않았다.

샬롯 역시 이를 파악한 것인지 진심으로 이해할 수 없다는 표정을 했다.

"대체 그리해서 공녀가 얻을 수 있는 이득이 뭐죠?"

"이득이라뇨. 저는 부인을 얻은 것만으로도 충분하답니다."

샬롯은 이를 믿지 않겠지만 로젤은 진심으로 한 말이었다. 로젤은 샬롯이 제 곁에 있는 것만으로도 충분했다.

쓸데없는 욕심일지도 모르겠으나 친구인 샬롯을 돕고 싶었다.

공작가의 사생아로서 언제나 무시당하고, 천대받던 에르샤를 샬롯이 도와준 것처럼, 저도 샬롯을 돕고 싶었다.

백작 부인이고, 그 이전에 황녀인 샬롯에게 무슨 도움이 필요할까 싶겠지만 세상은 그리 호락호락하지 않았다.

당장 사교계만 봐도 그렇다. 얼마 전 아이를 낳은 샬롯이 사교계에 보다 순조롭게 복귀하기 위해서는 로젤의 도움이 필요했다.

단순히 지위만 높다고 사교계의 정점에 위치할 수 있는 것은 아니다. 어느 정도 도움이 될 수는 있겠지만 결국 본인의 역량이 가장 중요했다. 괜찮은 이들과 함께 다니며 세력을 형성하는 것이 관건이었다. 한마디로 말해 중심이 되든가, 줄을 잘 서야 했다.

그리고 그 점에서 결혼을 하고 아이를 가진 후 오랫동안 시골에 내려가 있던 샬롯에겐 불리한 상황이었다. 수도 사교계의 동향이나 소식을 거의 알지 못한 채 지냈을 테고, 당연히 세력을 형성하는 데 한계가 있겠지. 하지만 샬롯이 공녀인 로젤과 함께 다닌다면 사교계 복귀는 그리 어렵지 않을 것이다. 로젤은 샬롯의 순조로운 복귀를 도와주고 싶었다.

아카데미 시절부터 제게 손을 내밀어 준 샬롯에게 이번엔 제가 손을 내밀고 싶었다. 물론 샬롯은 이를 믿지 않을 테니 적당히 허울 좋은 구실을 갖다 붙일 필요가 있었다.

"부인처럼 친구를 위하는 마음이 깊은 이는 극히 드뭅니다."

다소 뜬금없는 말에 샬롯은 여전히 경계심 가득한 얼굴로 로젤의 숨겨진 의도를 읽어 내기 위해 애썼다.

"그러니 부인을 제 편으로 만든다면 더없이 온전한 우정을 나눌 수 있겠죠. 부인께서 그녀를 아꼈던 것처럼."

하지만 때론 진실보다 거짓이 더욱 진실처럼 들릴 때도 있는 법이다. 에르샤를 진심으로 아꼈던 당신의 우정이 부럽다. 그런 에르샤가 부러워 당신을 내 곁에 두고 싶다. 로젤은 지금 샬롯을 향해 그리 말하고 있었다.

아마 샬롯에겐 그녀의 복귀를 도와주고 싶은 로젤의 진심보다, 진정한 우정이 탐나기에 저를 곁에 두고 싶다는 로젤의 거짓말이 더욱 그럴싸하게 들릴 것이다.

상당히 못마땅한 얼굴로 저를 쳐다보는 샬롯을 보며 로젤이 생긋 웃었다. 대답을 재촉하는 로젤의 미소에 샬롯이 서늘한 어조로 말을 이었다.

"……공녀께서는 참으로 어리시군요."

로젤이 어리긴 어렸다. 에르샤와 샬롯보다 일곱 살이나 어렸으니까. 물론 샬롯이 한 말은 그런 의미가 아니겠지만.

"겨우 이까짓 일로 저를 얻을 수 있나고 믿으십니까?"

당연히 그리 믿지 않았다. 애당초 그럴 의도로 꺼낸 말도 아니었고, 그저 구실에 불과했으니까.

물론 진짜 그리 말할 수는 없었다.

"제 곁에 있다 보면 제게 마음이 드실지 어찌 압니까?"

제 입으로 직접 말했음에도 조금 묘하게 들리는 대사였다. 마치, 마음에 드는 사내에게 곁에 있다 보면 분명 자신이 좋아질 거라며 떼쓰는 철없는 여인이 된 기분이었다.

"······정말이지 웃기지도 않는군요."

샬롯이 기가 찬다는 듯 대꾸하자 로젤은 슬슬 의미 없이 반복되는 싸움을 끝내기 위해 비장의 카드를 꺼냈다.

"부인께서 말씀하시는 걸 보니. 아무래도 제 사람이 되지 않을 자신이 없으신 모양이군요."

샬롯의 자존심을 살살 건드리는 쪽으로 작전을 바꾼 것이다. 물론 평소였다면 겨우 이 정도에 넘어올 샬롯이 아니었다. 하지만 지금의 상황은 평소와 달랐다. 샬롯이 와인을 쏟으며 에르샤를 감싼 행동으로 인해 로젤은 그녀의 약점을 잡았다.

제 약점을 잡은 상대가 이를 무마시켜 주겠다는 달콤한 제안을 했다. 이를 대놓고 받아들이기엔 자존심이 상하지만 역으로 이를 받아들이지 않을 수 없는 상황을 만든다면 못 이기는 척 받아들일 확률이 높아진다.

"······그렇게까지 말씀하신다면 하는 수 없군요. 공녀의 제안을 받아들이겠습니다."

그러나 너무도 순순히 제안을 받아들이는 샬롯의 모습을 통해 로젤은 제 예상이 조금 빗나갔음을 짐작했다.

샬롯은 지금 자존심 때문에 어쩔 수 없는 척 제안을 받아들인 것이 아니었다. 분명 다른 꿍꿍이가 있었다. 하지만 사실 샬롯이 어떤 마음으로 제 곁에 있든 그건 로젤에게 별로 중요치 않았다. 중요한 건 샬롯이 제 곁에 있기로 했다는 사실이었다.

늘 그녀에게 도움만 받았던 제가 드디어 도움을 줄 수 있는 힘을 가지게 된 것이다. 그 힘이 '로젤'의 것이라는 건 좀 마음에 걸렸지만 아무렴 어떤가.

지금의 로젤은 저인데.

사실, 정체를 완벽하게 숨기고 싶다면 샬롯을 곁에 두지 않는 편이 나았다. 그러나 그럼에도 로젤은 샬롯을 욕심내기로 했다.

에르샤의 죽음을 슬퍼해 준 단 한 사람이니까. 에르샤의 유일한 친구니까.

샬롯에게만큼은 제 정체를 들켜도 상관없을 것이다. 그 정도로 샬롯은 신뢰할 수 있는 사람이었다. 하지만 그렇다고 해서 자신이 에르샤임을 그녀에게 밝힐 생각은 없었다.

혹여, 정체가 탄로 났을 때를 염두에 두어야 한다.

뒷일을 생각하지 않고 에르샤를 위해 공녀인 로젤에게 와인까지 뿌린 샬롯이라면 분명 저를 위해 나설 것이다. 절대 그리 둘 수는 없었다. 그러니 훗날 정체를 들키더라도 샬롯이 행동할 시간을 주지 않기 위해 로젤은 끝까지 로젤이어야 했다.

샬롯은 이를 모르고 마녀에게 농락당한 불쌍한 피해자여야 했고 말이다.

"무슨 생각을 그리하시는 거죠?"

로젤의 침묵을 수상하게 여긴 샬롯의 물음이었다. 별 뜻 없이 습관적으로 생긋 웃은 로젤이 입을 열었다.

"부인과 무엇을 해야 좋을지 고민 중이었습니다."

이젠 숨 쉬듯 자연스레 거짓을 말할 수 있는 지경에 이르렀다. 제 정체를 한층 더 완벽하게 숨길 수 있게 된 것이니 기뻐해야 하는데 어쩐지 마냥 기뻐할 수 없었다.

"그래서, 저와 무엇을 할지는 정하셨습니까?"

샬롯의 물음에 로젤이 생긋 웃으며 짧게 답했다.

"네. 꽤나 재밌는 걸 해 볼 생각이랍니다."

* * *

샬롯을 만난 다음 날. 이른 아침부터 저녁에 있을 연회에 참석하기 위해 시녀에게 몸을 맡긴 로젤은 들뜬 마음을 감추지 못했다. 오늘 참석할 연회를 기점으로 사교계에 작은 변화를 일으킬 생각이었으니까. 이는 꾸준히 에르샤를 괴롭혀 온 켈리아에 대한 복수의 첫걸음이었다.

로젤은 아카데미 때부터 지속적으로 저를 괴롭힌 켈리아를 내버려 둘 생각이 없었다. 자신이 당한 게 있으니 다는 아니더라도 어느 정도 갚아 줄 생각이었다.

아카데미. 말만 그럴듯하지 그곳은 제게 총성 없는 전쟁터나 다름

없었다. 귀족 중의 귀족만 다닐 수 있는 아카데미에서 공작의 딸이라고는 하나 사생아인 에르샤는 먹이 사슬의 가장 아래쪽에 속했다.

똑똑한 머리, 뛰어난 운동 신경은 제 몸을 지킬 방패가 되지 못했다. 오히려 다른 동기들의 질투와 미움을 살 뿐이었다.

그럼에도 대부분의 이들은 에르샤를 직접 건드리지 않았다. 그저 뒤에서 비웃거나 가끔 대놓고 조롱을 하는 정도가 다였다. 그 정도는 공작가에서 자라면서 수도 없이 겪었기에 견딜 수 있었다. 하지만 켈리아를 선두로 한 무리의 괴롭힘은 그 정도에서 그치지 않았다.

과제물을 버리고 망가트리거나 실수인 척 강의실을 다르게 알려 주는 것부터, 각자 가문에서 데려온 하인들을 동원해 폭력을 행사하는 등 꽤나 다양하고, 집요하게 괴롭혔다. 나중엔 점점 더 강도가 심해져 온몸이 만신창이가 될 때까지 때린 후 물품 보관용 캐비닛에 가둔 적도 있었다.

비가 오는 어두운 밤이었고, 천둥까지 쳤던 터라 에르샤의 공포는 배가 되었다. 한참을 캐비닛 안에서 울부짖다가 정신을 잃은 에르샤가 다시 눈을 떴을 땐 제 방 침대였다.

샬롯이 그녀를 구해 준 것이다.

에르샤는 그날의 일로 인해 비 오는 날 혼자 있거나, 좁은 곳에 혼자 있는 것을 극도로 싫어하게 되었다.

그것은 아마 로젤이 된 지금도 마찬가지일 것이다.

"어디 안 좋으세요?"

걱정스러운 얼굴로 물어 오는 시녀의 말에 로젤은 차분히 고개를 저었다. 아무래도 좋지 않은 일을 회상하다 보니 저도 모르게 표정이 굳은 모양이다.

"아냐, 그냥 좀 피곤해서."

애써 표정을 편 로젤이 다시 시녀들의 섬세한 손길에 몸을 맡겼다. 제 얼굴에 하얀 가루를 두드리고, 입술에 붉은색을 입히는 손길이 분주하다.

거울에 비친 제 모습은 평소의 몇 배로 공들인 것이 아깝지 않을 만큼 아름다웠다. 원래도 예뻤지만 꾸며 놓고 보니 더 미인이다.

어깨 아래로 내려앉은 화려한 금발에는 윤기가 흘렀고, 하얗고 투명한 피부는 오늘따라 더욱 빛이 났다. 여기에 신이 공들여 빚은 듯 또렷한 이목구비와 도톰하고 붉은 입술은 로젤의 아름다움을 한껏 강조하고 있었다. 마지막으로 그 어떤 보석을 갖다 붙여도 이를 다 표현하지 못할 만큼 황홀한 색을 띠는 보랏빛 눈동자는 로젤의 탐스러운 금발과 완벽한 조화를 이뤄 냈다.

빤히 거울 속을 응시하던 로젤은 기분이 썩 좋지 않았다.

표면적으로 직접 에르샤를 괴롭힌 것은 켈리아였으나 이를 지시한 이가 로젤이라는 사실은 변하지 않는다. 제 원수가 이리도 아름답다는 사실이, 그리고 이젠 저가 그 몸을 쓰고 있다는 사실이 새삼 마음을 복잡하게 만들었다. 이젠 익숙해져야 함을 알고 있음에도 기분이 가라앉았다. 이럴 줄 알았으면 신경을 조금만 덜 쓸 걸 그랬나 싶다가도 이내 마음을 굳혔다.

오늘 참석할 연회만큼은 작은 모임에 가는 것치곤 과하다 싶을 정도로 화려하게 치장해야 했다. 타인의 이목을 확실히 끌어야 했으니까.

하지만 이를 알면서도 기분이 좋지 않은 것은 어쩔 수 없었다. 아직 로젤은 진짜 로젤에게 그 어떤 것도 갚아 주지 못했으니까.

몸을 빼앗긴 했으나 진짜 로젤은 자신이 몸을 빼앗겼다는 사실조차 모를 것이다. 로젤의 영혼은 육체에서 분리된 순간 소멸했을 가능성이 크니까. 그러니 진짜 로젤이 사라져 버린 지금 자신은 복수의 목적지를 잃었다. 하지만 이를 알면서도 자꾸만 하지 못한 복수에 대한 미련이 남았다.

연회는 매우 지겨웠다. 늘 참석했던 그저 그런 연회들과 다를 바가 없었다.

세간에 떠도는 소문에 대해 얘기하고, 요즘 유행하는 드레스나 장신구에 대해 장장 두 시간에 걸쳐 떠드는 그런 자리였다.

적당히 핑계를 대고 빠지고 싶을 만큼 지루했으나, 정말 자리를 떠날 수는 없었다. 지금까지 자리를 지킨 목적은 따로 있었으니까.

"비아노 백작 부인?"

"어머, 백작 부인 아니세요?"

"수도에 올라오셨다더니 정말이었군요."

바로 뒤쪽에서 들려오는 낯빛 이들의 호들갑스러운 목소리에 로젤이 가볍고 우아하게 몸을 돌렸다.

덕분에 로젤과 눈이 마주친 샬롯이 주변에 있던 이들에게 적당히 인사를 하며 이쪽으로 오고 있었다.

살며시 안면에 미소를 띤 로젤이 주변에 양해를 구하곤 샬롯에게 다가갔다.

갑작스러운 로젤의 접근에 그녀의 바로 앞에서 걸음을 멈춘 샬롯이 양손에 드레스 자락을 쥐고는 인사를 건넸다.

"오랜만에 뵙습니다, 라슈아 공녀."

조금 딱딱하지만 예의가 가득 담긴 샬롯의 인사에 로젤 역시 같은 방식으로 화답했다.

"다시 뵙게 되어 영광입니다. 비아노 백작 부인."

인사를 끝낸 두 사람이 드레스 자락을 놓기 무섭게 주변이 술렁이기 시작했다. 아카데미 시절부터 꾸준히 사이가 좋지 않은 것으로 유명했던 그들이 의외의 모습을 보이고 있기 때문이리라.

특히 샬롯이 먼저 로젤에게 인사를 건넸다는 점이 다른 이들에겐 큰 충격이었을 것이다. 언제나 로젤에게만큼은 때와 장소를 가리지 않고 싸늘했던 샬롯이니까.

이는 로젤이 켈리아를 비롯한 주변 인물들을 동원해 에르샤를 괴롭혔음을 알고 있었기 때문이었다. 바보 같은 저는 그 사실을 최근에야 눈치챘지만. 당사자인 자신도 최근에 알게 된 사실을 다른 영애나 부인들이 눈치챌 리는 당연히 없었다. 덕분에 그들은 샬롯을 이유 없이 로젤에게 못되게 구는 인물 정도로 여겼고, 이는 샬롯이 사교계에서 겉돌게 되는 결과로 이어졌다.

그리고 로젤은 지금, 그 모든 상황을 바꿔 놓을 생각이었다.

인사를 마친 샬롯은 조금 어정쩡한 태도로 로젤의 앞에 서 있었다. 이에 로젤은 최대한 다정한 분위기를 연출하기 위해 얼굴에 환한 미소를 띠었다.

"전에 백작 부인께서 권해 주신 연극이 그리도 재밌다는 얘기를 들었어요. 확실히 부인의 안목은 따라올 자가 없는 것 같더군요."

"……과찬이십니다. 저보다 안목이 좋으신 분들은 사교계에 널리고 널렸답니다."

갑작스러운 로젤의 칭찬에 샬롯이 적당히 장단을 맞춰 주었다. 무슨 꿍꿍이인지 궁금해하는 눈치였으나 순순히 털어놓을 수는 없었기에 로젤이 웃으며 말을 이었다.

"안목이 좋으신 분들이 많은 건 사실이지만. 저와 마음이 가장 잘 맞는 분은 백작 부인이신 것 같아 드리는 말씀이랍니다."

생글생글 웃던 로젤이 건넨 말에 샬롯의 표정이 조금 굳었다. 게다가 주변의 분위기 또한 묘하게 변했다. 나름 공개적인 자리에서 사이가 좋지 않았던 샬롯을 로젤이 제 사람이라 인정하는 듯한 발언을 했다.

이는 로젤이 형성한 세력 안에 샬롯이 새로이 합류했다는 의미였다. 또한 기존에 로젤의 곁에 있던 이들 중 뒤로 밀려나거나, 낙오되는 이가 생길 수 있다는 뜻이기도 했다.

술렁이는 이들 중 내부분이 본인이 믿고 있는 로젤이 추종자들이었다. 그들 중 아주 일부는 로젤에게 다가와 대화를 요구하기도 했다.

"저, 라슈아 공녀님. 대화 중에 정말 죄송하지만. 잠시 따로 뵐 수 있을까요? 꼭 드려야 할 말씀이 있어서요."

켈리아 역시 그들 중 하나였다. 켈리아는 혹 자신의 말에 로젤이 불쾌함을 느끼진 않았을까 싶어 눈치를 보고 있었다.

켈리아의 등장은 그리 놀랍지 않았다. 위기감을 느낄 만한 인물 중하나였고, 어느 정도 예상하고 있었으니까. 하지만 켈리아의 등장을 예상하고 있었던 것과는 별개로 제 눈치를 보는 그녀의 행동은 꽤나 거슬렸다.

항상 에르샤를 깔보고, 무시했던 켈리아다.

늘 오만방자하게 굴고, 언젠가는 에르샤를 억지로 사냥터에 끌고가 대뜸 맹수들 속에 던져두고 가 버린 적도 있는 그녀다.

그런 켈리아가 로젤에게만은 이리도 비굴하게 나오는 것이 거슬리고, 불쾌했다. 하지만 그럼에도 로젤은 태연한 얼굴로 웃어 보였다. 아직은 켈리아에게 나름대로 친근하게 굴어 줄 필요가 있었다.

"조르단 영애께서 그렇게까지 말씀하신다면, 분명 중요한 이야기겠죠."

그리 말문을 연 로젤이 고개를 돌려 샬롯에게 양해를 구했다.

"대화 도중에 죄송하지만, 잠시 자리를 비워도 괜찮을까요?"

"……그리하세요."

진심으로 미안하다는 얼굴을 한 로젤에게 샬롯이 조금 떨떠름한 얼굴로 답했다. 아무래도 갑작스러운 켈리아의 등장에 로젤에 대한 불신의 감정이 고개를 든 것 같았다. 어쩌면 일이 조금 귀찮게 돌아갈지도 모른다는 생각이 들었으나 어쩔 수 없었다. 지금은 적당히 켈리아를 달래 줄 필요가 있었으니까.

"금방 돌아오겠습니다."

짤막한 다짐을 남긴 로젤이 켈리아를 따라 연회장을 나섰다. 귀빈용 휴게실과 연회장을 잇는 복도는 고요하기 그지없었다. 덕분에 둘 사이에는 어색하다 못해 서늘한 침묵이 내려앉았고, 로젤은 굳이 이를 깨트리려 노력하지 않았다.

휴게실 앞에 도착한 로젤은 켈리아와 함께 그 안으로 들어갔다. 아무도 없는 휴게실엔 불이 켜져 있었다. 아마 조금 전 이곳을 사용한 누군가가 불을 끄지 않고 나간 모양이었지만, 로젤은 혹시나 하는 마음에 잠시 주변을 둘러보며 다른 이가 있는 것은 아닌지 확인했다.

꼼꼼하게 확인을 마친 로젤은 곧이어 휴게실 문을 잠갔다. 갑작스러운 타인의 등장으로 인해 대화를 방해받지 않기 위함이었다.

로젤이 문을 잠그고 몸을 돌리기 무섭게 다물렸던 켈리아의 입이 열렸다.

"……대체, 무슨 생각이십니까?"

"무엇이 말입니까?"

순진하기 짝이 없는 얼굴로 능청을 떠는 로젤의 모습에 미간을 살짝 찌푸린 켈리아가 입을 열었다.

"이제 와 갑자기 샬롯 비아노를 곁에 두시려는 이유가 뭡니까?"

"이제 와 갑자기라니. 저는 그저 백작 부인과 친해져서 나쁠 건 없다고 생각했을 뿐입니다."

태연자약한 로젤의 대꾸에 한층 더 표정이 일그러진 켈리아가 소리쳤다.

"공녀께서 순수한 의도로 다가갔다고 해서, 샬롯 역시 그러리란 법은 없습니다. 언제 뒤통수를 맞을지 모른다고요!"

실컷 소리치고 나서야 제 목소리가 컸다는 사실을 인지했는지 켈리아가 뒤늦게 죄송하다며 사과를 해 왔다. 이에 적당히 대꾸한 로젤이 미소를 감추며 입을 열었다.

"역시, 조르단 영애는 조금 더 말을 조심할 필요가 있을 것 같군요."

"네?"

"백작 부인입니다, 영애. 샬롯이 아니라."

이름을 부르지 말고, 예의를 갖춰 백작 부인이라 부르라는 뜻이었다. 이를 알아들은 켈리아가 조금 당황한 얼굴로 입을 열었다.

"물론, 맞는 말씀이지만. 지금은 그것보다 더 중요한 문제가……."

"언제 어디서 누가 듣고 있을지 모릅니다. 그러니 항상 조심하셔야죠."

로젤은 변명하듯 이어진 켈리아의 말을 끊어 버렸다.

사실, 켈리아가 입을 잘못 놀려 난감한 상황에 놓이든, 말든 그건 저와 아무 상관도 없었다. 오히려 알아서 사고를 쳐 준다면 제겐 이득이었다.

하지만 그렇다고 해도 제 친구인 샬롯의 이름을 함부로 입에 담는 것을 두고 볼 순 없었다. 여전히 딱딱하게 굳은 표정을 유지한 로젤이 입을 열었다.

"제 말이 틀렸나요?"

"······아닙니다."

서둘러 수긍하는 모습을 보이는 켈리아를 향해 어느새 표정을 푼 로젤이 활짝 웃어 주었다. 아수라를 연상케 하는 로젤의 표정 변화에 켈리아가 혼란스러운 얼굴을 했다.

"그래서, 제게 하고 싶은 말은 그게 전부인가요?"

대뜸 던져진 로젤의 말에 켈리아가 눈에 띄게 당황한 얼굴을 했다. 자신이 너무 쓸데없는 일로 바쁜 로젤을 불러왔나 싶어 당황한 눈치였다.

이에 로젤이 희미한 미소를 보이며 입을 열었다.

"화를 내려는 것이 아닙니다. 그저, 머리가 조금 어지러워 조용히 쉬고 싶다는 말씀을 드리려던 참이었어요."

용건이 끝났으면 꺼지라는 뜻을 우아하게 돌려 전한 로젤이 비틀거리는 연기를 펼쳤다. 어지간한 연극배우 뺨치는 연기력에 켈리아가 깜빡 넘어갔다.

"의원을 불러올까요?"

걱정 섞인 표정으로 저를 보는 켈리아의 말에 로젤이 고개를 저었다.

"그럴 필요 없습니다. 그저 조용히 쉬고 싶어요."

굳이 일을 크게 만들 필요는 없었다. 제 앞에서 켈리아가 꺼져 주는 것만으로도 충분히 만족했다. 하지만 그럼에도 떠나지 않는 켈리아를 본 로젤이 어지러운 척 살짝 휘청거렸다. 그러자 놀란 켈리아가 그녀를 부축해 가까스로 소파에 앉혔다.

"정말 괜찮으시겠어요?"

끈질긴 켈리아의 물음에 슬슬 짜증이 올라오려던 참이었으나 로젤은 가까스로 입가에 미소를 그려 냈다.

"물론이죠. 다만, 제가 돌아오길 기다리실 비아노 백작 부인을 위해 영애께서 이 사실을 전해 주셨으면 합니다."

"……알겠습니다."

내키지 않는 듯 다소 떨떠름한 얼굴로 고개를 끄덕인 켈리아가 휴게실을 나섰다. 휴게실의 문이 닫히기 무섭게 희미하게나마 미소를 그렸던 로젤의 얼굴이 차갑게 굳었다.

하루가 다르게 늘어가는 연기력과 별개로 속은 언제나 만신창이였다.

누구도 함부로 할 수 없는 권력을 쥐게 되었으나, 마음만은 여전히 맨몸으로 맹수들 틈바구니에 던져진 기분이었다. 진짜 맹수들 틈에 던져졌을 때도 이런 느낌은 아니었는데 말이다. 오히려 살고자 하는 의지 때문인지 다른 건 생각할 겨를도 없었다.

에르샤가 맹수 무리에 던져진 것은 아카데미에 재학 중이던 시기였다. 에르샤보다 한참 어렸음에도 가문의 권세를 등에 업고 기세등등했던 켈리아를 포함한 몇몇 영애들이 그녀를 억지로 사냥터에 던져 버렸다. 덕분에 에르샤는 곰과 멧돼지를 비롯한 여러 맹수들과 조우했다. 영애들이 구색을 맞추기 위해 쥐여 준 장총이 그녀의 유일한 희망이었다.

사생아라고는 하나 나름 귀족 영애였던 에르샤가 야생의 짐승과 마주한 경험이 있을 리가 없었다.

하지만 그녀는 살아남았다.

켈리아 무리가 굳이 에르샤에게 총을 쥐여 준 이유는 사냥 중 일어난 사고로 위장하기 위함이었을 것이다. 총을 가지고 있다고 해도 귀족 영애인 에르샤가 그 많은 짐승들 틈에서 살아남을 수 있을 리 없다고 여겼겠지. 일반적인 성인 남성조차 살아남기 힘든 상황이니까.

하지만 그들의 예상은 보기 좋게 빗나갔다. 아카데미에서 제법 뛰어난 사격 실력을 보여 줬던 에르샤는 실전에 강한 타입이었고, 생존이 걸린 문제에서는 더욱 강해졌다.

그 결과, 그녀는 사냥터에 있던 맹수들의 씨를 말려 버렸다.

제 시신을 확인하러 온 영애들이 지었던 표정을 그녀는 아직도 잊지 못했다. 경악한 얼굴, 괴물을 보는 듯 두려움 가득했던 얼굴.

사실 그 사건에 대해선 아직 풀리지 않은 의문이 남아 있었다. 보통은 사람이 밉고, 싫다고 해서 죽이려는 시도까지 하진 않는다. 그런데 그들은 저를 죽이려고 했다.

대체 왜?

공작가의 영애라고는 하나 가문이 인정하지 않는 사생아인 제 죽음으로 인해 대체 무슨 이득을 볼 수 있다고?

지금은 혹, 그마저도 '코렐'이 사주한 것은 아닌가 싶었지만, 확신은 할 수 없었다. 그녀가 에르샤의 죽음으로 인해 얻을 만한 이익은 없었으니까.

거기까지 생각하던 로젤이 소파에서 몸을 일으켰다. 혼자 이리 생각해 봤자 답은 나오지 않는다. 차라리 그 시간에 다른 일을 하는 편이 생산적이었다. 게다가 쉰다는 핑계로 너무 오래 자리를 비우는 것은 모양이 좋지 않으니 이만 돌아가 봐야 했다.

그러한 이유로 차분히 걸음을 옮기는데 바로 뒤쪽에서 인기척이 느껴졌다.

누가 있다.

로젤은 그 자리에서 얼어붙듯 걸음을 멈췄다.

휴게실 내부를 죄다 뒤져 확인했음에도 미처 발견하지 못한 누군가가 방 안에 있었다. 온몸이 두려움으로 인해 싸늘하게 식었다. 분명 저를 제외하곤 아무도 없다고 확신했다. 작은 짐승의 기척이라 여기기엔 그 존재감이 너무도 뚜렷했다.

제 뒤에 있는 것은 분명한 사람이다.

그리 결론을 내린 로젤이 애써 차분함을 가장해 다시 걸음을 옮겼다. 어서 이곳을 벗어나야 했다. 서둘러 움직이던 로젤의 걸음이 어느새 멈췄다. 제 뒤에 있던 인기척의 주인공이 저를 앞질러 눈앞에 나타났기 때문이다.

새카만 로브를 뒤집어쓴 인물이 제 앞을 가로막고 있었다.

상당히 갑작스러운 상황임에도 로젤은 침착하게 빠져나갈 방법을 고민했다. 저보다 큰 키와 체구를 갖고 있는 인물을 제압하고 휴게실의 문을 여는 것은 무리였다. 그렇다면 제 뒤쪽에 있는 테라스의 난간을 통해 나가야 한다는 결론이 나온다.

하지만 조금 전 방 안을 뒤지면서 언뜻 본 난간의 높이는 웬만한 3층 건물보다 높아 보였다. 아무런 장비 없이 뛰어내릴 수 있는 수준이 아니다.

결국 적당한 방법을 찾지 못한 채 의문의 인물과 대치를 계속하던 로젤이 입을 열었다.

"……제게, 무슨 볼일이라도 있으신가요? 그게, 아니라면 이만 비켜 주셨으면 합니다."

애써 두려움을 감추려 노력했으나, 목소리를 떨지 않은 것만으로도 다행이었다. 갑작스러운 인물의 등장으로 인해 로젤의 평정심은 진작 바닥을 드러낸 상태였다.

두려움 가득한 로젤과 달리 눈앞의 인물은 넘치는 여유를 자랑하듯 작게 웃기까지 했다. 로젤이 어딘가 익숙한 웃음이라는 생각을 할 즈음. 의문에 인물이 로브에 달린 후드를 벗어 보였다.

"……당신은?"

새카만 로브가 사라진 자리에는 고고한 은발이 자리하고 있었다. 화려하게 빛나는 은발 사이로 고요한 붉은색의 눈동자가 로젤을 응시했다.

"많이 놀라신 모양이군요."

저를 놀리듯 웃는 아르한의 말에 로젤은 허탈해졌다. 그리 긴장하고, 두려워했던 것이 다 부질없는 일이었을 줄이야.

"……너무 놀라. 난간으로 뛰어내릴 뻔했습니다."

"저런, 그거 위험할 뻔했군요."

잔뜩 비꼬는 로젤의 말에 아르한이 영혼 없는 대답을 내놓았다. 그 상황이 실제로 일어났더라도 눈 하나 깜짝하지 않았을 것 같은 그의 태도에 로젤은 속으로 한숨을 삼켰다.

"분명, 사흘 뒤에 보자고 말씀하셨던 것 같은데. 아무래도 제가 잘못 기억하고 있었던 모양이네요."

초대받지도 않은 연회에 나타난 이유를 묻는 로젤의 말에 아르한이 인위적인 미소를 그려 내며 답했다.

"약혼녀인 당신이 보고 싶어서 왔다고 말하면 당연히 믿지 않으시겠죠?"

"물론이죠."

"그래도 믿는 쪽을 권하겠습니다. 그 이상의 말은 하지 않을 생각이니까요."

더 이상의 변명은 하지 않겠다는 아르한의 태도에 로젤은 쓸데없는 신경전으로 기운을 빼는 대신 다른 질문을 던지는 쪽을 선택했다.

"계속 이곳에 계셨던 건가요?"

"유감스럽게도 그렇습니다."

아무래도 테라스 난간에 매달려 있기라도 했던 모양이다. 그게 아니라면 처음 방을 뒤졌을 때 그녀가 아르한을 발견했어야 했다.

휴게실이 워낙 탁 트인 구조였기에 어딘가에 숨는다는 긴 불가능했으니까.

"제가 어디 있었는지 대충 눈치채신 모양이군요."

제 속마음을 귀신같이 읽어 낸 아르한의 말에 로젤이 순순히 고개를 끄덕였다.

"조금만 생각하면 답이 나오는 문제니까요."

"그렇다 해도 상식적으로 봤을 때 쉬운 일은 아니죠. 어딘가에 오랫동안 매달려 있는 게."

맞는 말이었다. 난간 아래에 매달려 숨는다는 생각을 할 수는 있어도, 이를 직접 실천하는 이는 극히 드물다. 그것도 웬만한 3층 건물을 뛰어넘는 높이라면 더욱.

그러니 아르한이 이를 해낸 것은 매우 대단한 일이었다. 하지만 제게 자랑을 하려는 것도 아닐 텐데 굳이 그 사실을 강조하는 이유가 무엇인지 로젤은 알 수 없었다.

그때, 조금 전 자신이 매달려 있던 난간을 손으로 가리킨 아르한이 갑작스레 입을 열었다.

"저, 난간. 직접 매달려 보면 꽤 높습니다."

"알고 있습니다."

짤막한 로젤의 대꾸에 진심 한 톨 담기지 않은 미소를 짓던 아르한이 말을 이었다.

"반응이 꽤나 차가우시군요."

"그럼, 열심히 칭찬해 주길 원하시는 건가요?"

그리 말하며 저를 따라 인위적인 미소를 만면에 띠는 로젤을 빤히 쳐다보던 아르한이 입을 열었다.

"제 능력이 꽤 출중하니. 늘 주의하라 말씀드리는 겁니다."

그리 말하는 아르한의 얼굴에는 조금 전까지 걸려 있던 인위적인 미소가 사라진 상태였다. 무표정한 붉은색 눈동자가 로젤을 응시했다.

"공녀께서 또다시 같은 실수를 반복하신다면 이번에는 정말 봐드리지 않을 테니까요."

같은 실수.

아마 에반과의 일을 가리키는 거겠지. 한마디로 말해 그는 지금 제게 두 번은 용납하지 않겠다는 경고를 하고 있었다.

"저를 감시하겠다, 이 말씀이시군요."

"감시라. 어감이 별로 좋지 않군요."

그리 말하며 능청스럽게 미소 짓는 아르한을 로젤은 무표정한 얼굴로 쳐다보았다. 잠시 뜸을 들인 아르한이 말을 이었다.

"지켜본다고 하지 않았습니까."

낮게 울리는 그의 목소리에 로젤이 잠시 미간을 찌푸렸다가 폈다. 아주 찰나의 순간이었으나 눈앞에 있는 이 남자는 분명 이를 알아챘을 것이다.

"당신의 약혼자로서."

그러나 저는 아무것도 보지 못했다는 듯 태연하게 웃는 아르한의 모습에 로젤 역시 무표정을 유지했다.

분명 전에도 아르한에게 비슷한 말을 들은 적이 있긴 했다.

당연히 그냥 한 말은 아닐 거리 짐작했으나 이런 의미였을 줄이야. 로젤은 대놓고 저를 감시하겠다고 선언하는 아르한의 말에 애써 아무렇지 않은 척 입을 열었다.

"그리하세요."

생각만 해도 불편하고 짜증 나는 일이었지만, 아르한이 작정하고 감시한다면 어차피 로젤에겐 이를 막을 방법이 없었다. 그렇다면 차라리 어서 스스로의 무고함을 증명해 내고 감시에서 벗어나는 편이 나았다. 어차피 자신이 로젤이 된 이상 에반과 엮일 일은 없을 테니 걱정할 것도 없었다.

그나마 걱정되는 부분이 있다면 제 정체에 대한 것이었는데 그건 자신만 주의하고 조심하면 될 일이었다. 사실 그보다 마음에 걸리는 것은 아르한이 왜 갑자기 저를 대하는 태도를 바꿨냐는 점이었다. 분명 오늘의 만남 이전에 아르한은 제게 대놓고 가시를 세웠다. 함께 있는 것 자체가 싫다는 듯이. 하지만 지금의 그는 굳이 얼굴을 보지 않아도 될 시기에 찾아와 저를 감시하겠다며 경고까지 하고 있었다.

그를 안 본 지 고작 하루가 지났다. 그 짧은 시간 동안 대체 무슨 심경의 변화가 있었기에 이리 태도를 바꿨을까.

혼자서는 풀 수 없는 의문이 머릿속을 맴돌았다.

그 답을 줄 수 있는 당사자가 눈앞에 있음에도 로젤은 아무것도 묻지 않았다. 아르한이 이에 대한 답을 주지 않을 것임을 아니까. 하지만 그렇다 해서 이대로 얌전히 침묵 속에 멀뚱히 서 있을 생각은 없었다. 이젠 정말 연회장으로 돌아가야 했다.

"용건이 끝나셨으면, 이제 그만 돌아가 봐도 될까요? 아시다시피 오랫동안 자리를 비우긴 곤란한 상황이라서요."

아마 지금도 충분히 곤란해졌을 것이다. 어쩌면 오랫동안 돌아오지 않는 저 때문에 켈리아가 의원을 불렀을지도 모른다.

그리 생각한 로젤이 대답을 요구하듯 뚫어져라 아르한을 응시했다.

"아, 그렇겠군요."

로젤의 시선을 눈치챈 아르한이 그리 말하며 작게 고개를 끄덕였다.

"그럼 이만 돌아가는 게 좋겠군요."

말을 마친 아르한이 잡으라는 듯 자연스레 손을 내밀었다. 그가 내민 손을 잡은 로젤이 무심하게 말했다.

"이번에도 창문으로 나가실 줄 알았는데. 아닌가 보군요."

"네. 이번에는 당당하게 정문으로 나갈 생각입니다."

그리 말한 아르한이 로젤의 손을 잡지 않은 다른 손으로 휴게실의 문을 열었다. 휴게실에서 나오자 여전히 인적이 드문 복도가 나타났다. 인적이 드물다 못해 거의 끊긴 복도에서 두 사람의 발걸음 소리가 규칙적으로 울려 퍼진다.

그렇게 얼마간 걷다 보니 저택의 정문으로 향하는 복도와 연결된 문 앞에 도달했다. 하지만 아르한은 문에 눈길조차 주지 않고 그대로 이를 지나쳤다. 저 문을 통해서가 아니면 저택의 정문으로 나갈 수 없다. 이를 아르한 역시 모르지 않을 것이다. 로젤이 조금 의아한 얼굴로 입을 열었다.

"바로 돌아가지 않으실 건가요?"

"공녀께서 모든 일정을 마치시면. 그때 함께 돌아갈 생각입니다."

상당히 뜻밖인 아르한의 말에 로젤의 얼굴에 의문이 번졌다. 초대받지 않은 연회에 참석한 것만으로도 충분히 이상한데, 일정이 끝날 때까지 함께 있겠다니…….

대체 무슨 꿍꿍이인 걸까. 점점 더 속을 알 수 없는 아르한의 행동에 로젤은 고민을 거듭한 끝에 입을 열었다.

"혹시, 새삼 제게 반하기라도 하셨나요?"

화를 내지 않을까 싶었던 로젤의 예상과 달리 아르한은 별다른 동요가 없는 얼굴이었다. 이를 증명하듯 그의 발걸음 소리는 여전히 규칙적이었다. 미세한 변화조차 없었다.

"재미없는 농담이군요."

얼마간의 침묵 끝에 아르한이 내놓은 대답이었다. 대놓고 드러내지는 않았으나 그리 말하는 목소리엔 약간의 불쾌함이 서려 있었다.

또한 어느새 잡고 있던 로젤의 손까지 놔 버렸다. 아무래도 전혀 동요하지 않았던 것은 아닌 모양이다. 그리 생각한 로젤이 갑작스럽게 대화가 끊어지지 않도록 적당한 주제를 골라 입을 열었다.

"그런데 정말 괜찮으시겠어요? 전하께서 이렇게 갑자기 나타나시면 많은 이들이 놀랄 겁니다. 괜히 쓸데없는 소문이 돌 수도 있고요."

그를 걱정하는 척 자연스레 말을 돌리는 로젤을 향해 아르한이 피식 웃어 보였다. 쓸데없는 염려라고 생각하는 얼굴이었다.

"그러라고 이러는 겁니다."

"그게, 무슨…….."

"여기 계셨군요! 휴게실에 안 계시기에 한참 찾았……. 화, 황태자 전하?"

뭔가를 더 물으려던 로젤의 말을 갑자기 등장한 켈리아가 잘라먹었다. 켈리아의 곁에는 모임에 참석한 몇몇 영애들도 함께 있었다.

아무래도 아프다는 핑계로 너무 오랫동안 자리를 비운 로젤을 찾으러 나선 것이 분명했다. 그냥 귀족 영애도 아니고, 공작가의 금지옥엽 공녀였으니까. 하지만 그렇다 해도 대화를 방해받은 것에 대한 불쾌감이 가시는 것은 아니었다. 겨우 짜증을 삼킨 로젤이 가식적인 미소를 지었다.

"다들 저를 찾으러 오신 건가요?"

상냥한 로젤의 물음에 영애들이 고개를 끄덕였다.

"아프시다는 말을 듣고 걱정이 되어……."

"너무 오랫동안 오시지 않아 염려되어 나왔습니다."

"괜찮아 보이셔서 다행이에요."

애쓰는 것에 비해 그녀들의 연기력은 형편없었다. 누가 보더라도 떠밀려서, 혹은 로젤의 환심을 사기 위해 왔다는 걸 알아차릴 수 있을 정도였다.

하지만 로젤은 굳이 이를 지적하지 않았다.

쓸데없는 분쟁을 만드는 취미는 없을뿐더러 연회장에 서둘러 돌아가야 하는 상황에서 더 이상 시간을 지체하고 싶진 않았으니까.

"신경 써 주셔서 감사합니다. 그럼 이제, 연회장으로 돌아갈까요?"

저를 찾겠다고 나온 이들에게 예의상의 말을 건넨 로젤이 걸음을 재촉했다. 오늘따라 제 시간을 쓸데없이 잡아먹는 이들이 너무 많았다.

그나마 이번에는 별 방해 없이 무사히 연회장으로 돌아올 수 있었다는 점이 다행이었다.

로젤과 아르한을 포함한 다른 이들이 연회장에 등장하자 순식간에 주변이 소란스러워졌다. 로젤에 대한 이야기도 들려오긴 했으나 가장 큰 화제는 황태자인 아르한이었다. 초대장을 받지 않은 그가 대체 왜 이곳에 있는가에 대해 다양한 의견이 쏟아지고 있었다.

로젤 역시 그 점이 상당히 궁금했으나 물어봤자 그럴듯한 거짓말이나 들을 것 같아 굳이 묻지 않았다. 대신, 아르한에게 잠시 실례하겠다며 양해를 구한 후, 수많은 이들 사이에서 애매하게 겉도는 샬롯에게 다가갔다.

"비아노 백작 부인."

그런 로젤의 부름에 샬롯이 무표정한 얼굴로 그녀를 응시했다. 샬롯의 표정이 서늘하게 식은 것을 본 로젤이 서둘러 고개를 숙였다.

"너무 오래 자리를 비워 죄송합니다. 제 무례를 용서하세요."

대화를 나누던 도중 자리를 비운 주제에 너무 오랫동안 돌아오지 않았다. 지금 이 상황에서 애매한 사과를 하는 것은 상대를 무시하거나, 조롱하는 것과 다를 바 없다.

이는 사교계에서 샬롯의 입지를 더욱 좁히는 결과밖에 되지 않는다. 그것을 알기에 로젤은 더욱 성심성의껏. 고개까지 숙이면서 사과를 했다.

"정말, 죄송합니나."

"……아닙니다."

샬롯이 조금 떨떠름한 얼굴로 사과를 받았다. 당연히 저를 조롱하기 위해 일부러 오랫동안 자리를 비웠다고 생각했는데 이리도 정중한 사과를 받으니 당황스러운 모양이다.

원래의 로젤이라면 충분히 그러고도 남았겠으나 지금의 로젤은 샬롯을 조롱할 이유가 없었다. 애당초 저가 이러고 있는 이유도 샬롯을 돕고 싶어서였고 말이다.

로젤이 샬롯의 눈치를 보는 척 슬며시 고개를 들며 물었다.

"……정말, 괜찮으신가요?"

"괜찮습니다."

괜찮지 않아도 괜찮다고 해야 할 분위기였으나 샬롯은 정말 괜찮아 보였다. 이에 다행이라는 듯 살짝 웃어 보인 로젤이 입을 열었다.

"감사합니다, 백작 부인께서는 정말 마음이 넓으신 분이군요."

마치 들으라는 듯 큰 목소리로 제 칭찬을 하자 샬롯이 조금 애매하게 웃어 보였다. 예의상 하는 칭찬으로 받아들인 모양이다. 이에 로젤이 슬슬 본론을 꺼냈다.

"실례가 되지 않는다면, 부인을 정식으로 공작가의 저택에 초대하고 싶습니다."

생긋 웃으며 아무렇지 않게 건넨 로젤의 말에 주변에 있던 거의 모든 사람들의 시선이 두 사람에게로 쏠렸다. 로젤의 목소리가 꽤 컸던 탓도 있지만, 그녀가 샬롯에게 한 말의 의미가 꽤나 거창했다는 것이 가장 큰 원인이었다.

"……지금, 진심으로 하는 말씀이십니까, 공녀?"

"물론입니다."

당황한 샬롯의 물음에 로젤이 생긋 웃으며 답했다. 샬롯이 저리도 크게 당황하며 되물을 정도로 로젤이 건넨 초대의 의미는 무거웠다.

"혹, 저택에서 열리는 연회에 초대하겠다는 말씀이신가요?"

제가 잘못 알아들은 것인가 싶어 그리 묻는 샬롯을 향해 로젤은 단호하게 고개를 저었다.

"저는 그저 개인적으로 부인을 저택에 초대하고 싶을 뿐입니다."

고위 귀족이 연회나 티 파티 등의 모임이 아닌, 개인적인 이유로 제 저택에 타인을 초대하는 것은 그 의미가 남달랐다.

"꼭 와 주셨으면 좋겠어요."

"……알겠습니다."

쐐기를 박는 로젤의 말에 다소 애매한 표정을 짓던 샬롯이 고개를 끄덕였다. 마지못해 승낙하는 느낌이 강했으나 로젤에게 그런 건 아무래도 좋았다.

중요한 것은 이 넓은 연회장의 이목이 두 사람에게 쏠려 있다는 사실이었다.

현재 사교계의 중심에 있는 로젤이 샬롯에게 고개 숙여 사과를 한 것으로도 모자라 그녀를 정식으로 저택에 초대하는 모습을 이곳에 있는 대부분의 이들이 목격했다.

이는 곧 사교계의 화제로 떠오를 것이다.

로젤이 괜히 여기들만 참석하는 연회를 목표로 정한 것이 아니었다. 그 어떤 모임보다 빠르게 소문이 날 것 같았기에 고심 끝에 고른 일정이었다.

의도치 않게 황태자인 아르한까지 자리하고 있었으니 소문은 더욱 빠르게 퍼질 것이다.

이 정도면 충분히 제 목적을 달성했다고 판단한 로젤이 이만 돌아가 보겠다는 샬롯에게 인사를 건넨 후, 자리를 뜰 타이밍을 재고 있는데.

문득 뒤에서 집요할 정도로 강한 시선이 느껴졌다.

혹시나 하는 마음에 고개를 돌리니 웬 이국적으로 생긴 주황색 머리의 여인이 저를 비웃음 섞인 시선으로 보고 있었다. 그녀는 로젤이 고개를 돌리기 무섭게 표정을 풀며 아무 일도 없었다는 듯 눈웃음을 쳤다. 너무도 순식간에 일어난 일이었기에 로젤은 오히려 자신이 착각을 한 건 아닌가 싶을 지경이었다.

'대단하네.'

진심으로 감탄한 로젤이 그녀의 정체를 알아내기 위해 기억을 더듬었다. 주황색 머리카락에 갈색 눈동자를 가진 외국인은 그리 흔하지 않다. 게다가 그녀는 언뜻 보기에도 상당한 미인이었다.

'외국인에 미인이라.'

이번에 미인이 많기로 소문난 리페도라 왕국에서 유학을 핑계로 왕녀들 몇몇을 제국으로 보냈다는 소식을 들은 적이 있었다.

하지만 그럼에도 대략 이십대 초반 정도로 보이는 젊은 왕녀가 왜 저를 비웃음 섞인 눈으로 보고 있었는지는 여전히 알 수 없었다.

그때, 로젤과 대놓고 눈이 마주친 왕녀가 이쪽으로 다가왔다. 양손에 드레스 자락을 쥔 그녀가 시트라 제국식 인사를 해 왔다.

"처음 뵙겠습니다. 리페도라 왕국의 왕녀 자스민 리페도라입니다."

"라슈아 공작가의 공녀. 로젤 라슈아입니다."

속마음이야 어떻든 일단 겉으로 보기엔 공손한 자스민의 인사에 로젤이 상냥하게 웃으며 답했다. 그러자 자스민은 더없이 산뜻하게 웃으며 말문을 열었다.

"역시, 제국은 들리는 소문과 많이 다른 것 같아요."

그리 말하는 자스민의 표정은 상당히 산뜻했고, 그녀가 꺼낸 말에도 큰 문제는 없었으나 로젤은 왠지 모르게 찜찜했다.

"미인이 많다더니……."

제게만 들릴 정도의 목소리로 절묘한 타이밍에서 말끝을 흐리는 자스민의 행동에 로젤은 직감했다.

'애도 제정신은 아니구나.'

초면인 타국의 공녀에게 이런 유치한 시비를 걸어올 정도라면 확실히 일반적인 상식이 없는 게 분명했다.

"역시, 소문은 소문일 뿐인 것 같아요. 안 그런가요. 공녀님?"

아니면 저를 자신보다 한참 아래라고 판단하고 무시하고 있거나. 전자라면 그냥 철없는 아이 대하듯 관대하게 넘어가 줄 마음도 있었으나, 후자라면 얌전히 넘어가지 않을 생각이었다.

로젤은 둘 중 어느 쪽인지 확인하기 위해 끊임없이 재잘대는 자스민의 말에 수복했다.

그녀는 로젤에게만 들릴 정도의 목소리로 왕국의 격을 높이고, 제국을 은근히 낮추는 표현을 사용하고 있었다. 모욕을 당했다 꼬투리를 잡기도 애매한 수준이었기에 로젤은 금세 결론을 냈다.

자스민은 상식이 없는 것이 아니라 저를 무시하고 있었다. 그녀가 상식이 없는 사람이었더라면 굳이 제게만 들릴 정도의 목소리를 내며 제국을 깎아내리지는 않았을 것이다.

이에 더 이상 참아 줄 필요가 없다고 느낀 로젤이 생긋 웃었다. 갑작스럽게 웃는 로젤을 불안한 시선으로 바라보던 자스민이 물었다.

"뭐가 그리 재밌으시죠?"

"왕녀의 말에 어느 정도 동의하는 바라서요."

로젤의 말을 이해하지 못한 자스민이 여전히 불안한 시선으로 그녀를 쳐다보았다. 이에 로젤은 한껏 여유롭게 웃으며 입을 뗐다.

"역시 소문은 소문인 것 같아요."

갑작스러운 로젤의 수긍에 자스민은 조금 어리둥절한 얼굴을 했다. 자스민의 의문 섞인 시선이 제게 닿자 로젤이 작게 중얼거렸다.

"왕국 사람들이 그렇게 교양 있고 우아하다더니. 대체 무슨 교양이 있다는 건지……. 아, 혹시 왕국에서 말하는 교양과 제가 아는 교양이 다른 건가요?"

처음에는 작게 중얼거리던 로젤이었으나 차츰 목소리가 커지더니 끝엔 노골적인 확인 사살로 변모했다.

자스민에게만 들릴 정도로 작은 목소리였기에 그녀의 표정이 조금 굳어졌다. 대놓고 저를 저격하는 말임을 알고 있으니까.

그럼에도 자스민은 불만을 표할 수 없었다. 먼저 제국을 들먹인 것은 저였고, 로젤은 제국의 공녀였다.

여기서 자스민이 로젤의 무례를 지적했다가 외교적인 문제로 번진다면 수습하기 힘들어진다. 그러니 상대적으로 약자인 약소국의 왕녀 자스민은 참을 수밖에 없었다.

이에 로젤은 아무것도 모른다는 듯 순진무구한 얼굴로 말을 이었다.

"어머, 혹시 어디 안 좋으신가요? 안색이 좋지 않으세요."

"……괜찮습니다."

태연한 얼굴로 저를 놀리는 로젤의 말에 자스민은 애써 아니라며 고개를 저었다. 자스민의 표정은 여전히 딱딱하게 굳은 상태였다.

그러게 왜 면전에다 대고 남의 나라를 조롱해선.

외모를 지적받는 것도 화가 나겠지만 귀족의 체면인 교양에 대해 지적을 받은 것이니 아마 몇 배로 화가 날 것이다.

뭐라 쏘아 주고는 싶은데 마땅히 할 말이 없었는지 자스민은 계속 시트라 제국인의 외모에 대해 물고 늘어졌다.

로젤이 조금 전 대체 무슨 생각으로 저를 노려봤나 고민했던 것이 무색할 정도로 자스민은 알기 쉬운 인물이었다.

아무래도 로젤이 샬롯의 눈치를 보며 그녀를 저택으로 초대한 일을 통해 로젤이 자신보다 한 수 아래라는 결론을 내린 것 같았다.

그러니 뜬금없이 다가와 제국엔 미인이 없다느니 하는 말을 했겠지. 그런 결론을 내렸음에도 로젤은 조금 찜찜한 기분이 들었다.

다른 것도 아니고 왜 하필 외모 지적을 한 걸까. 혹, 자신의 외모가 로젤보다 낫다고 판단했던 걸까? 만약 그렇다면 로젤은 자스민의 두 눈에게 진심 어린 동정의 눈길을 보내 줄 의향이 있었다.

아무래도 눈이 제 기능을 하지 못하거나, 혹은 미의 기준이 남들과 다르거나, 아니면 자기애가 너무 강한 것 같으니까.

로젤을 그렇게 싫어하고, 미워했던 제가 봤을 때도 로젤의 외모는 가히 압도적이었다. 자스민 역시 미인이 많다는 리페도라 왕국 출신답게 아름다웠으나 로젤을 이길 수는 없었다.

왕녀가 해바라기라면 로젤은 장미였다. 각자의 장단점이 있겠지만 딱 외모만 두고 봤을 땐 압도적인 로젤의 승리였다.

자국민이긴 하지만 원수인 로젤의 승리에 다소 씁쓸해하며 왕녀의 말을 적당히 흘려듣는데 얼떨결에 근처에 있던 아르한과 눈이 마주쳤다.

아르한이 로젤을 향해 가볍게 웃었다. 원래라면 로젤에게 저런 미소를 보여 줄 사람이 아니라는 것을 알았기에 느낌이 썩 좋지 않았다. 불길한 예감이 든 로젤이 당장 자리를 뜰 구실을 만들기 위해 고민하는데. 뭔가를 해 볼 틈도 없이 아르한이 다가와 로젤의 옆에 섰다.

"무슨 얘기를 그리 즐겁게 하시는지 궁금하군요. 저도 끼어도 되겠습니까?"

로젤은 갑작스럽게 끼어든 아르한을 보며 표정을 굳히지 않으려 노력했다.

감시하겠다더니. 이런 의미였던 걸까 싶어 애써 떨떠름한 표정을 감추며 약식으로 인사를 한 후 자세를 바로 하는데, 시선을 돌리다가 우연히 보게 된 자스민의 반응이 아주 가관이었다. 두 눈은 금방이라도 튀어나올 듯했고, 다물어지지 않는 입을 제 손으로 틀어막고 있었다.

아까는 제국에 미인이 없네, 어쩌네 하며 비꼬더니 지금 보인 반응을 보니 영락없이 아르한에게 반한 모양이었다. 그가 유독 잘생긴 건 인정하지만 저런 반응을 보일 정도인가 싶어 로젤은 터져 나오려는 웃음을 가까스로 참은 채 짐짓 태연하게 말했다.

"이쪽은 리페도라 왕국의 왕녀이십니다."

"자스민 리페도라입니다."

로젤의 소개에 그제야 서둘러 태연함을 가장한 자스민이 고개를 숙여 인사했다. 이에 아르한 역시 간단히 자신을 소개하며 인사를 나눴다.

의례적인 대화가 오가는 상황에서 긴장한 것인지 뺨까지 붉힌 자스민과 부드럽게 웃고 있지만 냉정하게 선을 긋는 아르한의 모습이 대비되어 꽤나 묘한 구경거리가 되었다.

중간에서 적당히 대화를 이어 가던 로젤이 슬슬 돌아가야겠다고 마음을 먹었을 즈음, 자스민이 호기심 어린 눈으로 아르한에게 물었다.

"그런데 황태자 전하께서 연회엔 어쩐 일이신가요?"

단순히 연회라고 칭했으나 자스민이 가리킨 것은 지금 그들이 참석한 연회였다. 그가 초대장을 받지 않았음에도 참석한 연회. 황태자인 아르한에게는 초대장을 받지 않았더라도 제국에서 열리는 모든 모임에 참석할 수 있는 권한이 있었다. 그러니 초대장을 받지 않은 것은 문제가 되지 않는다.

다만, 그가 지금 참석한 연회는 원래 여인들만 참석하는 것으로 유명했다. 암묵적으로 일반적인 귀족 남성들은 오지 않았다. 가뜩이나 사교 모임을 즐기지 않는 것으로 소문난 아르한이 여성들만 참석하는 모임에 굳이 시간을 내어 등장했다는 뜻이다.

덕분에 로젤 역시 아르한이 갑작스럽게 연회에 참석한 이유가 궁금했다. 그러나 그가 자스민의 질문에 솔직하게 답할 것이라는 생각은 들지 않았다. 진짜 목적을 알려 줄 생각이었다면 휴게실에서 로젤에게 보고 싶어서 왔다. 따위의 말을 꺼내진 않았을 테니까.

이번에는 또 어떤 말도 안 되는 변명을 할까 싶어 로젤이 차분하게 아르한의 대답을 기다렸다. 잠시 뜸을 들이던 아르한이 작게 웃으며 입을 열었다.

"제 약혼녀를 보러 왔습니다."

그리 말하며 담담하게 웃는 아르한과 달리 자스민의 표정은 수습하기 힘들 정도로 일그러졌다. 로젤 역시 겉으로 티를 내지는 않았으나 조금 당황한 상태였다.

둘만 있는 것도 아니고, 이런 공개적인 자리에서 저런 말을 할 줄은 몰랐다. 대체 무슨 꿍꿍이인가 싶어 슬쩍 쳐다보자 아르한이 건조하게 웃었다.

그 웃음의 의미를 해석하지 못한 로젤은 결국 적당히 입꼬리를 끌어 올리며 마주 웃어 보였다. 그러자 아르한의 갑작스러운 선언에 일그러졌던 표정을 가까스로 수습한 자스민이 애써 태연한 척 웃으며 입을 열었다.

"……그렇다면 약혼녀께서는 지금, 어디에?"

분명 웃고 있었으나 그리 말하는 자스민의 눈빛은 꽤 묘했다.

아무래도 황태자와 그 약혼녀의 사이가 썩 좋지 않음을 눈치채고 일부러 말을 꺼낸 듯했다.

아르한 역시 이를 눈치챘는지 조금 싸늘한 눈으로 자스민을 응시했다. 로젤이 싫은 것은 둘째 치고, 타국의 왕녀 따위가 제 앞에서 오만하게 구는 것은 두고 볼 수 없었던 모양이다.

이에 점점 차가워져 가는 분위기를 견디다 못한 로젤이 입을 열었다. 어차피 지금이 아니더라도 곧 알게 될 문제였다.

"제가 바로 전하의 약혼녀랍니다."

담담한 로젤의 대꾸에 두 사람의 시선이 한곳으로 쏠렸다. 자스민은 조금 놀란 표정이었고, 아르한은 뭐라 단정 짓기 애매한 표정을 하고 있었다.

이에 로젤은 슬슬 가 봐야겠다며 말을 꺼냈다. 샬롯과의 친분을 겉으로 드러내는 것이 목적이었고, 이를 달성했으니 더 이상 이곳에 있을 이유가 없었다.

"어머, 제가 눈치 없이 두 분의 오붓한 시간을 방해한 건 아닌가 싶어. 마음이 불편하네요."

입으로는 사과를 하면서, 눈은 당장이라도 꺼지라는 듯 웃고 있는 자스민의 앞뒤가 다른 모습에 터져 나오는 비웃음을 삼킨 로젤이 입을 열려던 찰나.

"왕녀께서 미안해하실 필요 없습니다."

차분히 두 사람의 대화를 구경하던 아르한이 끼어들었다.

"저는 제 약혼녀와 함께 돌아갈 테니까요."

마치 오붓한 시간은 지금부터라고 말하고 있는 듯했다. 이에 자스민이 의아한 얼굴로 물었다.

"······함께 돌아가신다고요?"

그렇게 말하는 자스민의 행동을 보아하니 로젤과 아르한이 말만 약혼 관계지 그다지 돈독하지 못한 사이라는 것을 이미 알고 있는 듯했다.

제국의 황태자씩이나 되는 위치에 있는 아르한이니 타국의 왕녀인 자스민이 이를 알고 있는 것은 그리 놀라운 일이 아니었다. 다만 조금 우스운 것은 자스민이 아르한과 약혼녀의 사이가 좋지 않다는 사실은 알고 있으면서, 그 약혼녀가 누구인지는 몰랐다는 점이었다.

조금 전 아르한이 등장했을 때 보여 줬던 반응을 보아하니 그의 얼굴이 어떻게 생겼는지도 몰랐던 것 같았다. 그런 자스민이 황태자가 약혼녀에게 별 감정이 없다는 사실을 알고 있는 이유는 뻔했다. 황태자비 자리를 노려보라며 누군가 귀띔이라도 해 줬겠지.

그런데 갑자기 황태자가 제 약혼녀인 로젤과 함께 돌아가 오붓한 시간을 보낸다 하니 얼마나 당황스러울까.

로젤이 거기까지 생각하던 도중, 나물려 있던 자스민의 입이 열렸다.

"정말, 약혼녀분과 함께 돌아가시겠다고요?"

"네. 무슨 문제라도 있습니까?"

여전히 의아한 기색을 감추지 못한 자스민의 물음에 아르한이 오히려 더 의아한 얼굴로 되물었다.

이에 자스민은 억지로 어색한 미소를 지으며 두 손을 가볍게 내저었다. 황태자가 이리도 단호하게 나오는데 그녀가 뭘 할 수 있을까.

"······그럼, 조심히 살펴 가시길."

고개를 살짝 숙인 자스민의 인사를 받으며 로젤과 아르한은 연회장 중앙을 벗어났다.

중간중간 두 사람의 퇴장을 아쉬워하며 붙잡는 이들도 있었으나 아르한이 이들을 적당히 상대한 덕분에 금세 밖으로 나올 수 있었다.

미리 저택의 시종에게 돌아가겠다고 말해 뒀기 때문인지 저택의 입구에는 공작가의 문양과 황가의 문양이 새겨진 마차 두 대가 세워져 있었다.

이에 로젤은 양손으로 제 드레스 자락을 쥐며 아르한을 향해 허리를 숙였다.

"예상치 못한 만남이었지만 즐거웠습니다. 부디, 조심히 가시길."

그런 로젤의 인사에 아르한은 함께 인사를 하는 대신, 드레스 자락을 쥐고 있는 로젤의 손목을 가볍게 잡았다.

"저택까지 함께 이동하는 게 좋을 것 같습니다."

권유인지, 명령인지 다소 애매한 아르한의 말에 로젤은 조금 망설였다. 제게 거부권이 주어지신 건 것인지 헷갈렸기 때문이다.

그런 로젤의 반응을 눈치챈 것인지 아르한이 뒤늦게 덧붙였다.

"이것은 부탁이 아닌 명령입니다."

부탁이 아닌 명령. 그 한마디에 로젤은 거부권을 잃었다. 황태자의 명령을 약혼녀라고는 하나 공녀인 로젤이 거절할 수 있을 리 없었다.

그러한 이유로 황가의 마차에 오른 로젤이 마차가 출발한 후, 얼마 지나지 않아 입을 열었다.

"어차피 곧 파혼할 사이인데, 굳이 이렇게까지 하실 필요가 있나요?"

"무슨 말씀이십니까?"

아무것도 모른다는 표정으로 그리 말하는 아르한을 보니 먼저 답을 줄 것 같진 않았다. 그렇게 판단한 로젤이 차분히 입을 열었다.

"타인 앞에서 억지로 제게 마음이 있는 척하실 필요 없다는 말씀입니다."

담담한 로젤의 대꾸에 아르한이 흥미 섞인 표정으로 그녀를 응시했다.

"제가 왜 그런 짓을 한다고 생각하십니까?"

"두 달 동안, 제가 전하 외에 그 어떤 사내와도 만나지 않길 바라서서겠죠."

타국의 왕녀인 자스민에게까지 자신과 로젤의 관계가 전보다 가까워졌음을 알린 아르한의 목적은 뻔했다.

두 달간 로젤이 다른 남자와 만나지 못하게 하기 위함이겠지.

현재 대외적으로 알려진 것과 달리 황태자와 로젤의 사이가 좋다고 알려지면, 웬만한 남자들은 그녀에게 접근하지 않을 것이다.

황족 모독죄로 즉시 처형 되고 싶은 게 아니라면 말이다. 아마 아르

한의 계획은 성공적으로 진행될 것이다.

"두 달이라. 왜 그리 생각하십니까?"

아니라고 부정할 줄 알았는데 애매하게 대답을 회피하며 질문을 던

지는 아르한의 모습에 로젤은 조금 의아한 얼굴을 했다.

"저와 전하는 두 달 후면 파혼할 사이니까요."

짤막한 로젤의 대구에 건조한 시선으로 그녀를 응시하던 아르한이

입을 열었다.

"저는 두 달 후 파혼하자는 공녀의 제안을 받아들인 적이 없습

니다."

단조롭기 그지없는 아르한의 대구에 로젤의 표정이 굳어졌다. 지금

대체 무슨 말을 하는 걸까.

"정식으로 계약서를 작성하지 않았다고 해서. 그 의미까지 가볍게

여기신 겁니까?"

"저는 분명 두 달 후에 다시 얘기하자 말씀드렸고, 앞으로 공녀를

지켜보겠다고만 했을 뿐."

차갑게 얼어붙은 로젤의 목소리에 아르한 역시 이에 맞서듯 말을

이었다.

"두 달 후 파혼하겠다 말한 적은 없습니다."

그런 아르한의 말에 뭐라 말을 써내려던 로젤이 이내 입을 다물었

다. 천천히 기억을 되짚어 보니 그의 말이 틀리지 않았음을 깨달았기

때문이다. 아르한은 제게 두 달 후 파혼하겠다고 확답을 준 적이 없었

다. 군이 이를 대놓고 부정하지 않았을 뿐. 분명 직접적으로 승낙한 적은 없었다.

자신이 주도권을 잡기 위해 말을 돌렸을 뿐이라고 여겼는데 이런 식으로 뒤통수를 맞을 줄이야. 헛웃음이 절로 나왔다.

"제가 원망스러우십니까?"

갑작스러운 아르한의 말에 로젤이 굳혔던 표정을 풀었다. 물론 군이 웃거나 하지는 않았다. 이런 상황에서 억지 미소를 지어 봤자 그것을 진심이라고 여길 사람은 없을 테니까.

"제가 미우십니까?"

재차 이어진 비슷한 맥락의 질문을 빨리 대답하라는 재촉이라 여긴 로젤이 서둘러 입을 열었다.

"네."

짧게 이어진 로젤의 대꾸에 아르한이 의외라는 얼굴을 했다. 로젤이 대답을 할 줄 몰랐다는 의미인지, 아니면 순순히 그렇다고 할 줄은 몰랐다는 의미인지. 로젤은 알 수 없었다.

곧 아르한의 말이 이어졌다.

"솔직하시군요."

이에 로젤은 굳이 입을 열어 사족을 붙이지 않았다. 그저 고요한 시선으로 그를 응시할 뿐이었다.

아르한 역시 대꾸를 바라고 한 말은 아니었는지, 그대로 입을 다물었고. 결국 두 사람은 마차가 공작저에 도착할 때까지 한마디도 하지 않았다.

"그럼, 조만간 뵙도록 하죠."

로젤을 공작가의 저택까지 에스코트한 아르한이 마지막으로 남긴 말이었다.

로젤은 당연히 그런 아르한의 인사가 얼마 후 함께 참석하기로 되어 있는 연회를 염두에 두고 한 말인 줄 알았다.

다음 날 샬롯과 함께 연극을 관람하기로 한 극장에서 아르한과 마주치기 전까지는.

"왜 그리 놀라십니까? 분명 예고했던 것으로 기억하는데요."

태연하기 그지없는 아르한의 태도에 로젤은 그에게 이곳에 온 이유에 대해 물으려다 관뒀다. 보나 마나 저를 감시하기 위함이겠지.

"제가 반갑지 않으십니까?"

"그럴 리가요. 전하를 뵙게 되어 매우 영광이랍니다."

영혼 없는 로젤의 대꾸에도 아르한은 크게 불쾌한 기색을 보이지 않았다. 오히려 조금 즐거워하는 것 같았다. 대체 무엇이 그리도 즐거운지 궁금할 지경이었으나 로젤은 재빨리 궁금증을 지워 냈다.

아르한은 로젤이 오늘 이곳에 온 목적과 전혀 상관이 없다. 그러니 쓸데없는 호기심을 가질 필요가 없었다.

로젤은 오늘 샬롯과 단둘이 연극을 보러 왔다. 그리고 이를 널리 퍼트리기 위해 조용히 공연을 관람할 수 있는 귀빈석 대신 얼굴이 쉽게 드러나는 일반석을 택했다.

가뜩이나 사교계의 꽃이라 불리며 많은 사람들의 주목을 받는 로젤이 샬롯과 함께 일반석에 있다면 분명 금세 소문이 돌 것이다. 이를 통해 저번 연회에서의 일을 헛소문이나, 공녀의 작은 변덕 정도로 여기는 사람들이 한층 줄어들게 되는 것. 그것이 바로 로젤이 원하는 바였다.

"그럼, 저는 이만."

그리고 이러한 계획에서 아르한의 동행은 불필요하다. 오히려 저와 샬롯의 친분을 과시하는 데 방해가 될 수 있었다. 그리 판단한 로젤이 샬롯이 있는 자리를 향해 걸음을 옮기려는데 아르한이 로젤의 팔을 붙잡았다.

"저를 만나 영광이라더니. 어딜 그리 서둘러 가십니까."

"죄송하지만, 일행이 있어서요. 이만 가 보겠습니다."

살짝 웃고 있었으나 단호하기 그지없는 로젤의 대꾸에 잠시 뭔가를 고민하던 아르한이 입을 열었다.

"그럼, 함께 가면 되겠군요."

로젤은 명쾌한 답을 내린 사람처럼 웃고 있는 아르한의 모습이 썩 마음에 들지 않았다. 예상치 못한 혹을 달고 다니게 된 기분이었다. 물론 대놓고 이를 티 내지는 않았다. 그저 적당히 웃으며 샬롯과 만나기로 한 자리로 향할 뿐이었다.

"오랜만에 만나 뵙게 되어 영광입니다. 황태자 전하, 그리고 라슈아 공녀."

샬롯이 전혀 놀라지 않은 기색으로 차분히 인사를 했다. 아무래도 아르한의 등장을 미리 짐작하고 있었던 모양이다.

샬롯과 아르한이 서로의 안부를 묻는 간단한 대화를 나누는 동안 로젤은 두 사람의 대화에 귀를 기울이는 척 주변에서 들려오는 소리에 집중했다.

"비아노 백작 부인과 라슈아 공녀라니. 상상도 못 한 조합이에요."

"전, 그냥 말도 안 되는 소문이라 생각했는데. 그게 아니었군요."

"어쩌면, 황태자 전하와 결혼하기 위해 백작 부인의 마음을 잡으려고 애쓰고 있는 건지도 모르죠."

간혹, 로젤이 아르한의 마음을 얻기 위해 샬롯을 이용하고 있다는 부정적인 해석도 있었으나. 그러한 해석을 하는 이는 많지 않았다. 로젤의 의도가 무엇이든 그녀가 샬롯과 친분을 다지려고 한다는 사실은 변하지 않으니까.

이 정도면 크게 나쁘지 않은 성과라고 판단한 로젤이 만족스러운 미소를 입가에 그렸다. 그리고는 조용히 연극의 중반부 정도까지 자리를 지키려던 계획을 변경했다. 아르한의 동행이라는 변수가 생긴 상황에서 더 이상 자리를 지키는 것은 스스로를 피곤하게 할 뿐이었다. 그러니 연극이 시작되기 전에 일찌감치 자리를 피하는 편이 나으리라.

그리 판단한 로젤이 자리를 뜰 적당한 핑계를 대기 위해 입을 떼려던 찰나, 샬롯이 한발 앞서 말문을 열었다.

"공녀께는 정말 죄송한 말씀이지만. 오늘은 제 몸 상태가 그다지 좋지 않습니다. 그러니……."

로젤이 허락한다면 먼저 자리를 뜨고 싶다는 의미였다. 그 말을 듣고 보니 평소보다 안색이 조금 나쁜 것도 같았다. 가뜩이나 하얀 얼굴이 더욱 희게 질려 있다. 단순한 핑계는 아닌 듯했기에 로젤은 순순히 고개를 끄덕이며 그렇게 하라 답했다. 어차피 자신도 연극이 시작되기 전에 자리를 뜰 생각이었으니까.

그렇게 샬롯이 극장을 벗어나자 로젤 역시 더 이상 자리를 지킬 이유가 없어졌다. 이에 로젤은 제 뒤에 있던 아르한을 향해 몸을 돌렸다.

"저 역시 이만 돌아가 보겠습니다."

"백작 부인 때문입니까?"

그런 아르한의 물음에 로젤은 그렇다며 대놓고 고개를 끄덕이는 대신, 차분히 말을 이었다.

"부인의 안색이 저리된 것은 무리하게 약속을 잡은 제 탓도 있으니까요."

틀린 말은 아니었다. 어제까지 멀쩡했던 샬롯의 상태가 갑자기 안 좋아진 원인 중에는 로젤이 그녀를 이곳으로 부른 탓도 있을 것이다.

그리 생각하니 새삼 괜히 도와주겠다고 나선 것은 아닌가 싶어 기분이 찜찜해졌다. 이에 차분히 로젤의 말을 듣고 있던 아르한이 입을 열었다.

"백작 부인을 걱정하는 것도 좋지만, 제 약혼녀로서의 본분부터 다해 주셨으면 좋겠군요."

단조로우면서도 서늘하기 그지없는 어조에 로젤은 애써 태연함을 유지하며 침착하게 머리를 굴렸다.

약혼녀로서의 본분을 다하라.

아무래도 아르한이 제게 따로 용건이 있다는 말을 돌려 하는 것 같왔다. 만약 이러한 제 추측이 맞는다면 그는 아마 목적을 달성하기 전까지 저를 놔주지 않을 것이다. 아르한과 오랜 시간 붙어 있어야 하는 일만은 피하고 싶었으나, 황태자인 그를 피할 방법도 없으니 최대한 빨리 목적을 달성하게 하고 떨어지는 편이 가장 나았다.

그리 판단한 로젤이 우선적으로 제 추측이 맞는지 확인하기 위해 입을 열었다.

"죄송하지만, 전하께서 말씀하신 본분이 어떤 것을 뜻하는지. 저는 잘 모르겠습니다."

말을 돌리지 않고 직접 제게 뭘 원하느냐 묻는 로젤의 말에 잠시 뭔가를 고민하던 아르한이 짤막하게 대꾸했다.

"오늘 하루 제게 시간을 내주십시오."

예상치 못한 일은 아니었기에 잠시 고민하는 척하던 로젤이 이내 고개를 끄덕여 승낙의 의사를 표했다.

제게 뭔가 용건이 있을 거라 짐작했으니, 시간을 내달라 말한 것은 그리 이상한 일이 아니었다. 하루의 시간을 통째로 내달라 한 것은 조금 의외이긴 했지만.

제3장
과거의 잔상

아르한에게 순순히 제 하루를 내주겠다고 약속한 로젤은 그의 손에 이끌려 수도 외곽에 있는 작은 마을에 오게 되었다.

'하루'라는 단어를 들었을 때부터 짧은 대화로 끝날 일은 아닐 거라 짐작했으나 이 정도일 줄은 몰랐다.

마을은 수도 외곽에 위치하고 있는 만큼 사람의 수가 많지 않아 조용하고, 한적한 느낌이 드는 곳이었다. 사실, 외곽이라고는 하나 수도라고 부르기도 민망할 정도의 규모였다. 하지만 그럼에도 수도의 중앙과는 다른 특이한 볼거리들이 있었기 때문에 눈이 심심할 틈은 없었다.

얌전히 아르한을 따라다닌 로젤은 마을 이곳저곳을 돌아다니며 다양한 것들을 볼 수 있었다.

꽃으로 건국제 때 사용할 화관을 만드는 모습, 달구어진 쇠를 두드려 검을 만드는 모습 등과 같이 귀족 영애인 로젤은 직접 볼 기회가 거의 없는 것들투성이였기에 이는 매우 신기했다. 아르한이 저를 무슨 목적으로 이곳에 데려온 것인지 의심하는 일을 잠시 멈출 만큼.

로젤은 즐거운 마음으로 이들을 구경했다. 하지만 평화는 오래가지 않았다.

"즐거우십니까?"

갑자기 던져진 아르한의 물음이었다. 한껏 들뜬 기분이 순식간에 밑으로 가라앉는다. 그런 로젤의 반응에 그가 입을 열었다.

"더 이상 쓸데없는 짓을 벌이지 마십시오."

다소 알아듣기 힘든 아르한의 말에 로젤이 무표정한 얼굴로 그를 응시했다. 여전히 차갑게 굳은 얼굴을 한 아르한이 말을 이었다.

"누님의 건강 상태가 점점 나빠지고 있습니다. 그러니 더 이상 누님을 끌어들이지 말라는 뜻입니다."

"······백작 부인께서 건강 상태가 좋지 못하다고요?"

웬만한 주제라면 아무렇지 않은 척, 태연한 얼굴을 연기할 수 있었겠지만. 샬롯과 관련된 일이라면 그녀는 그럴 수 없었다.

그런 로젤의 반응이 조금 의외였던 것인지 잠시 생각에 잠긴 아르한이 곧 입을 열었다. 뒤늦게 표정 관리를 하던 로젤은 그러한 사실도 잊은 채 아르한의 입에서 나올 대답에 집중했다.

"출산으로 인해 건강이 많이 나빠지신 탓에 요양차 시골로 내려갔었다는 걸 모르셨습니까?"

"아뇨, 그것이 아니라······."

의아함이 섞인 아르한의 말에 로젤이 고개를 저었다. 그 정도는 이미 로젤도 알고 있었다. 하지만 분명 자신이 에반과 이혼하기 전에 마지막으로 주고받은 편지에서는 시골에서 순조롭게 건강을 회복하는 중이라고 했었다.

당연히 건강을 모두 회복했기 때문에 수도에 올라온 것이라 여겼는데 그게 아니었던 걸까? 이러한 로젤의 의문을 읽어 낸 듯 아르한의 설명이 이어졌다.

"순조롭게 건강을 회복하던 도중에 무리해서 수도로 올라온 탓에 몸에 무리가 갔고, 그로 인해 다시 건강이 급속도로 나빠졌습니다."

"왜 그렇게까지 하면서 수도로 돌아오신 거죠?"

로젤이 이해할 수 없다는 듯 묻자 급격하게 표정을 굳힌 아르한이 입을 다물었다. 그 후 저를 보는 아르한의 눈빛이 너무도 싸늘해 로젤은 어떤 얼굴을 해야 할지 차마 감을 잡지 못했다.

얼마간의 침묵이 이어진 끝에 아르한이 입을 뗐다.

"당신 때문입니다."

원망 섞인 말이 이어졌다.

"누님은 당신에게 복수하기 위해 수도로 돌아오셨습니다."

로젤에게 복수하기 위해.

거기까지만 들었음에도 알 수 있었다. 샬롯이 제 건강까지 해쳐 가며 수도에 올라온 이유가 에르샤 때문이라는 것을.

울고 싶은 기분이었다.

이젠 저가 샬롯을 돕고 있다 생각했는데. 샬롯이 에르샤에게 해 준 것에 비하면 아직도 한참 모자랐다. 그나마 돕고 있다고 생각했던 것마저 어쭙잖은 오지랖이었음을 알게 되니 이 같은 느낌은 배가 되었다.

샬롯의 상태가 어떤지도 모르고 저와의 관계를 강조하고, 부각시키는 것만이 그녀를 위한 것이라 착각하며 행동했던 것이 부끄러웠다. 여러 가지로 복잡해진 마음 때문에 표정이 좋지 않은 로젤에게 아르한이 불쑥 뭔가를 내밀었다.

"······이게 뭐죠?"

"팔찌입니다."

그걸 몰라서 물은 게 아니었다. 눈이 제 기능을 하는 사람이라면 그 정도는 충분히 알 수 있었다.

아르한이 제게 내민 물건은 가죽끈을 엮어 만든 분홍색의 팔찌였다. 가운데에 모조 보석으로 추정되는 붉은색의 장미가 달려 있는 수수한 느낌의 팔찌.

"제 말은, 왜 이런 걸 제게 주시느냐는 겁니다."

"쓴소리한 후에 드리는 당근 같은 거리 생각하십시오."

공녀인 로젤에게 주는 당근이라기엔 지나치게 소박한 감이 있는 팔찌였다. 물론, 지금 중요한 것은 그런 게 아니었지만.

그는 제게 채찍질 이후 당근을 주는 건 당연한 수순이라는 듯이 말했으나 로젤은 이를 곧이곧대로 믿을 만큼 순진하지 못했다. 그가 제게 쓴소리를 한두 번 한 것도 아닌데 새삼스럽게 당근이라니. 이는 분명 다른 의도가 있다는 뜻이다.

대체 지금 이 타이밍에 제게 팔찌 따위를 건네는 의도가 무엇일까.
로젤은 애써 냉정을 되찾으려 노력하며, 머리를 굴렸다. 그가 아무리
당근이니 뭐니 하며 그럴싸하게 포장한다 해도 이대로 덥석 팔찌를
받기엔 그동안 차곡차곡 쌓인 불신의 벽이 너무 높았다.

애당초 아르한은 로젤에게 순수한 호의 따위를 보일 사람이 아니었
다. 하지만 그렇다고 해서 겨우 저런 팔찌로 제게 뭔가를 할 수 있을
것 같진 않았다.

그렇다면 대체 무슨 꿍꿍이인 걸까.

"그리 노려보실 것 없습니다. 그냥 팔찌일 뿐이니까요."

아르한이 저렇게 말하는 것을 보니 아무래도 저가 너무 노골적으로
팔찌를 노려본 모양이다. 이에 조금 표정을 편 로젤이 입을 열었다.

"노려보려는 의도는 아니었습니다. 그저 조금 예상치 못한 선물을
받은 것 같아 당황스러웠을 뿐입니다."

그리 말한 로젤이 순순히 팔찌를 받아 들었다. 어차피 제게 아르한
의 선물을 거절할 명분은 없었다. 그러니 얌전히 받는 수밖에.

팔찌는 로젤의 손목에 맞지 않게 조금 헐렁했으나, 차고 다니는 데
어려움은 없을 것 같았다. 로젤이 팔찌를 착용한 것을 확인한 아르한
이 말했다.

"잘 어울리시는군요."

"……감사합니다."

순간적으로 팔찌의 저렴한 가격에 빗대어 저를 조롱하는 것인가 싶
었으나, 아르한의 성격을 생각했을 때 그런 의도로 팔찌를 선물했을

것 같지는 않았다.

로젤의 짤막한 감사 인사를 받은 아르한이 다소 뜬금없는 질문을 던졌다.

"장미를 좋아하십니까?"

이런 사소한 질문 하나까지 의도를 고민하게 만드는 것도 재주라고 로젤은 생각했다. 팔찌의 중앙을 차지하고 있는 모조 장미를 내려다 보던 로젤이 입을 열었다.

"네, 특히 붉은 장미를 좋아합니다."

이런 질문에 굳이 거짓말을 할 필요는 없었다. 좋아하는 꽃 정도야 얼마든지 바뀔 수 있고, 같은 꽃을 좋아한다 해도 그리 이상한 일이 아니니까.

하물며 장미처럼 화려하고, 유명한 꽃이라면 더욱.

"왜 하필 장미입니까? 그것도 붉은색의."

"이왕이면 화려한 꽃이 제 취향이라서요."

이번에 한 대답에는 약간의 거짓이 섞여 있었으나 상관없었다. 진실을 알고 있는 것은 오직 저 하나뿐이었으니까.

그런 로젤의 대답에 잠시 시선을 내리깐 채 생각에 잠겼던 아르한이 이내 짧은 물음을 던졌다.

"정말, 그러한 이유 때문입니까?"

뭔가를 알고 있는 듯 의미심장한 그의 물음에 로젤은 애써 동요를 감췄다. 자신이 거짓을 섞어 말한 것은 맞지만 그는 이를 구분해 낼 수 없다. 그뿐만 아니라 자신을 제외한 그 누구도 이를 알아내지 못한다.

이를 다시 한번 되새긴 로젤이 차분하게 입을 열었다.

"꽃을 좋아하는 데 꼭 거창한 이유가 있어야 하나요?"

"아뇨, 꼭 그럴 필요는 없죠."

순순히 이를 긍정하는 아르한의 모습에 로젤은 더욱 혼란스러워졌다. 그저, 단순히 저를 찔러 보기 위함이었던 걸까? 하지만 그런 것치고는 타이밍이 너무 기가 막히게 맞아떨어졌다.

그는 대체 어디까지 알고 있는 걸까. 이러한 의문을 품은 로젤이 애써 태연한 척 입을 떼려던 찰나. 로젤보다 조금 앞서 걷던 아르한이 걸음을 멈췄다.

"잠시, 급히 다녀올 곳이 있습니다. 그러니 죄송하지만, 이곳에서 얌전히 기다려 주세요."

어느새 몸을 돌린 그가 로젤을 바라보고 있었다. 평소에 하던 명령에 가까운 말이 아닌, 간곡하기 그지없는 부탁이었다.

늘 제게 적대적인 시선만을 드러내던 아르한이 이리도 간곡하게 말하는 모습은 처음이었기에 로젤은 저도 모르게 고개를 끄덕였다.

"그리하겠습니다."

그 후로 몇 번이나 로젤에게 자리를 떠나지 않겠다는 다짐을 받아 낸 아르한이 그제야 걸음을 옮겼다.

로젤은 점점 더 알 수 없는 행동을 하는 아르한을 보며 의아한 얼굴을 했다. 원래도 속을 알 수 없는 사람이라 여겼으나 이 정도는 아니었다.

지금의 그는 마치 어딘가에 정신이 팔린 사람 같았다. 살짝 미친 것 같기도 했고. 그리 생각하던 로젤이 적당히 시간을 보낼 만한 것이 없을까 싶어 주위를 둘러보는데 웬 건장한 남자들 몇몇이 그녀를 향해 다가왔다. 어쩐지 불길한 느낌이 든 탓에 끝까지 모르는 척 시선을 피했음에도 어느새 다가온 남자들이 로젤에게 말을 걸었다.

"라슈아 공녀님이십니까?"

그들은 로브를 뒤집어쓴 덕에 얼굴을 거의 다 가리고 있는 로젤을 단번에 알아보았다. 옷차림이 화려하니 귀족임을 알아보는 것까진 그렇다고 쳐도 라슈아라는 이름까지 꺼냈다. 작정하고 그녀를 잡으러 왔다는 뜻이겠지. 속으로 작게 한숨을 삼킨 로젤이 차분히 입을 열었다.

"여러분들은 대체 누구시기에 제게 그런 걸 묻죠?"

아르한이 계속 곁에 있을 거라 생각했기에 로젤은 스스로를 지킬 호위 기사를 단 한 명도 데려오지 않았다. 한마디로 말해 제 몸을 지킬 방법이 전혀 없다는 뜻이다. 그러니 일단은 아르한이 돌아올 때까지 시간을 끌어야 했다. 물론 이들이 순순히 그를 기다려 줄 깃 같진 않지만.

"저희들은 공녀님을 안전하게 모셔 오라는 지시를 받았습니다."

"대체 누구에게요?"

"그건 말씀드릴 수 없습니다."

"……그게 지금 말이 된다고 생각해요?"

변명하기도 귀찮은 건지, 아니면 시간을 끌 기회를 주지 않겠다는 뜻인지 알 수 없었다. 그나마 확실한 것이 있다면 로젤에게는 다른 선택지가 없다는 사실이었다.

"저항한다면 억지로라도 모셔 오라는 명령이셨습니다."

가장 덩치가 좋은 남자의 말에 로젤은 잠시 생각에 잠겼다. 어차피 제가 할 수 있는 선택이라곤 순순히 끌려간다, 혹은 끝까지 저항하다 끌려간다, 정도였다.

도망? 시도 자체가 무의미했다. 자신은 지금 연회 때 입었던 화려한 드레스에 구두를 신고, 로브를 두른 상태였다. 편한 옷과 신발이 갖춰진 상태에서 뛰어도 이들에게서 도망치기 힘들 텐데. 이런 상황에서 도망을 친답시고 뛰어 봤자 금방 잡히고, 험한 꼴만 당할 것이다.

둘 중 무엇을 선택해도 끌려갈 거라면, 얌전히 끌려간 후 빠져나올 기회를 노리는 쪽이 현명했다. 게다가 자리를 떠나기 직전까지 제게 신신당부를 했던 아르한의 태도를 생각하면 그는 아마 이런 상황을 미리 짐작하고 있었을 것이다. 그러니 자신이 갑자기 사라졌다는 것을 알게 되면, 어떻게든 구하러 오겠지. 로젤을 미워하는 건 맞지만 자신이 실종되거나, 죽으면 그도 곤란해질 테니까.

그리 결론을 내린 로젤은 순순히 남자들을 따라가기로 마음먹었다. 떨리는 두 손을 애써 감춘 채 태연을 가장하며.

남자들은 로젤을 마을 변두리에 있는 2층짜리 건물 안으로 데리고 들어갔다.

건물 안은 밖에서 보던 것보다 넓었고, 특이한 부분이 있다면 벽면이 모두 거울로 되어 있다는 점이었다. 거울이 너무 많아 어지러울 지경이었다.

남자들은 거기서 멈추지 않고, 로젤과 함께 조금 더 안쪽으로 이동했다. 그러자 처음 건물에 들어왔을 때 봤던 것과 달리 벽면이 모두 나무로 된 복도가 나왔다.

그 후 얼마간 복도를 따라 걷다 보니 전체가 거울로 되어 있는 문이 등장했다. 문을 열고 안으로 들어가자 처음 건물에 들어왔을 때처럼 벽면이 온통 거울로 이루어진 방이 나왔다.

방이 전체적으로 어두운 편이었기에 조금 섬뜩한 느낌마저 들었다.

"왜 이런 곳에……."

함께 온 남자들에게 이곳에 온 목적을 물으려던 순간. 희미하게 남아 있던 불빛마저 사라지며 시야가 완전히 어둠에 잠겼다.

"무슨……!"

갑작스럽게 다가온 어둠에 로젤이 당황하고 있을 즈음. 몇몇의 발걸음 소리와 함께 문이 닫히는 소리가 들린 후, 다시 불이 들어왔다. 재빨리 주변을 살펴보자 조금 전까지 세 곁에 있던 남자들이 모두 사라지고 없었다. 그녀 혼자 방 안에 남게 된 것이다. 아니, 그것은 로젤의 착각이었다. 자신은 혼자가 아니었다.

가뜩이나 탁 트인 구조에 벽면이 온통 거울로 둘러싸이기까지 한 방 안에 사각지대라 존재할 수 없었다.

거울에 비친 제 모습 뒤로 누군가가 서 있었다. 긴 머리를 늘어트린 여인. 흡사 귀신과도 같은 외향에 로젤은 흠칫 놀랐다.

"누, 누구……."

누구냐고 물으려던 로젤이 입을 다물었다. 긴 머리카락 사이로 여인의 얼굴이 드러났던 것이다. 로젤도 아는 인물이었다.

긴 갈색 머리 사이로 나름 뚜렷한 이목구비를 드러낸 푸른색 눈동자의 여인. 얼마 전까지 제가 있었던 육신.

죽은 에르샤 마르아넬이 거울 너머로 자신을 보고 있었다.

깜짝 놀란 로젤은 소리를 지르지 않기 위해 두 손으로 제 입부터 틀어막았다. 대체 지금 무슨 일이 일어나고 있는 건지 감이 잡히질 않았다.

그녀는 우선 제 뒤에 있는 것과의 거리를 벌리기 위해 움직이기로 했다. 로젤은 최대한 빠르게 '그것'과 멀어지기 위해 몸을 돌려 자리를 벗어났다. 그리고는 '그것'이 있었던 자리를 응시했다.

그런데 '그것'이 사라졌다.

분명 조금 전까지만 해도 제 뒤에 있었던 사람의 형체가 보이지 않는다. 사각지대라고는 존재하지 않는 방에서 '그것'이 사라졌다.

환각인가?

남자들에게 끌려온 충격으로 인해 자신이 환각이라도 봤던 걸까. 아무도 답해 주지 않는 물음을 홀로 던진 로젤이 거울 쪽으로 고개를 돌리자.

'그것'이 다시 한번 로젤의 뒤에서 나타났다.

"꺄아아악!"

놀란 로젤이 소리를 지르며 거울의 반대편. '그것'이 있는 방향으로 몸을 돌리자, 그 자리엔 또다시 아무것도 없었다.

이 같은 상황이 몇 번 반복되자 로젤은 '그것'이 오직 거울을 통해서만 모습을 드러낼 수 있으며, 제게 결코 해를 끼칠 수 없다는 것을 눈치챘다.

한마디로 말해 지금 제 눈에 보이는 에르샤는 거울을 통해서만 보이는 환각이었다.

환각이구나. 지금 자신은 이곳에 혼자 갇힌 거구나. 이를 인지하기 무섭게 로젤의 호흡이 조금씩 버거워졌다. 아카데미 시절에 생긴 망할 지병이 또다시 저를 괴롭힐 모양이었다.

"윽, 하아."

로젤이 힘겹게 호흡을 토해 냈다.

켈리아가 비 오는 날 저를 물품 보관용 캐비닛에 가둔 날부터 자신은 폐쇄된 공간에 혼자 갇히거나, 비 오는 날 혼자 있는 것을 극도로 두려워했다. 보통은 단순히 불안감을 느끼는 정도에 그쳤으나, 증상이 심할 때는 지금처럼 발작을 일으키기도 했다.

"컥! 으흑."

순순히 끌려가기로 마음먹었을 때부터 이런 상황이 올지도 모른다는 생각을 하긴 했었으나 막상 이렇게 되니 상당히 괴로웠다. 어지럽고, 호흡을 뱉어 내는 것조차 점점 힘들어진다. 억눌린 호흡을 뱉기 위해 노력해도 쌕쌕거리는 소리밖에 나지 않는다.

어느새 로젤은 자신이 바닥에 주저앉아 있음을 깨달았다.

참으로 우스운 건 이대로 죽는 건 아닌가 싶은 와중에도 눈앞에 있는 환각만큼은 소름이 끼칠 정도로 또렷해진다는 것이었다. 그에 비해 점차 흐릿해져 가는 의식 때문에 이젠 환각을 보는 건지, 꿈을 꾸는 건지 헷갈릴 지경이었다. 어느새 거울에 비친 '그것'은 거대한 나무 기둥에 묶여 저를 노려보고 있었다.

꿈속에서 몇 번이나 봐 왔던 장면이었다.

직접 화형을 당하는 장면을 보지 않았음에도 그녀는 거의 매일 지독한 악몽을 꿨다. 꿈속에서 그녀는, 에르샤는 언제나 뜨거운 불길 속에 갇혀 천천히 죽어 간다. 온몸이 불 속에서 타들어 가고, 수많은 사람들의 조롱과 멸시 속에 죽어 간다. 그리고 언제나 마지막에는 그런 에르샤를 보며 기뻐하는 로젤의 웃음소리가 들려온다.

늘 비슷한 맥락의 악몽을 꿨기에 더욱 생생했다. 그럼 이것은 꿈인가? 거기까지 생각하던 로젤이 다시 불안한 호흡을 토해 냈다. 아, 꿈은 아니구나. 꿈이라면 숨이 멎을 것 같은 감각까지 이리 생생할 수는 없겠지.

그 와중에 뭔가가 부딪히는 둔탁한 소리가 들려왔다. 그것이 진짜인지, 아니면 제 눈 앞에 펼쳐진 환각과 같은 가짜에 불과한 것인지 로젤은 구분할 길이 없었다.

어차피 이젠 한계였다. 숨을 쉬지 못해 죽든, 눈앞에 있는 환각 때문에 미쳐 죽든. 뭐가 됐든 곧 끝이 날 것이다. 그리 생각하자 웃음이 나왔다. 이리 허무하게 죽을 거였으면 뭐 때문에 그리 아등바등 살았던 걸까? 아직 복수도, 그 어떤 것도 제대로 시도하지 못한 저 자신이 한심했다.

제 유일한 친구인 샬롯에게마저 정체를 숨겼는데 그 결과가 고작 이거라니. 헛웃음이 절로 나왔다. 그리고 그런 로젤의 눈앞에서 불길이 일었다. 에르샤의 화형식이 시작된 것이다.

진짜가 아님을 알고 있다. 하지만 이젠 그런 것을 구분 지을 힘 따위 남아 있지 않았다. 몸이 차디찬 바닥에 힘없이 허물어진다. 그녀가 자신의 끝을 직감했을 때 천천히 감기는 시야 사이로 일었던 불길이 사라졌다. 환각이 사라지고, 거울의 파편이 우수수 바닥에 떨어진다.

그 사이로 눈부신 빛이 쏟아졌다.

그와 함께 등장한 은발의 남자가 저를 안아 든다. 그 후엔 미처 상황을 파악하기도 전에 정신을 잃었다. 익숙한 이름으로 불린 기억을 뒤로한 채.

로젤이 눈을 뜬 것은 낯선 천장 아래에서였다. 전체적으로 단조롭고, 무난한 느낌이 드는 곳이었다.

"정신이 드십니까?"

걱정 섞인 아르한의 물음에 로젤은 갈라지는 목소리로 그렇다고 답했다. 죽을 것 같았던 감각과 달리 몸엔 큰 이상이 없는 듯했다. 오히려 모든 게 한바탕 꿈이었던 것은 아닌가 싶을 정도로 개운하고, 가벼운 상태였다.

"제가, 얼마나 정신을 잃고 있었던 거죠?"

깨어난 지 얼마 되지 않아 목소리가 조금씩 갈라졌다. 그러나 의사소통을 하는 데 큰 지장은 없었다.

"반나절 정도입니다."

짤막한 아르한의 대꾸에 로젤이 미간을 찌푸렸다. 꼬박 하루는 잠든 줄 알았는데 겨우 반나절이라니. 진심으로 모든 게 꿈이었던 것은 아닌가 싶었다.

혹시 자신이 악몽이라도 꾼 것이냐 물으려던 로젤이 입을 다물었다. 자신이 혼자 악몽을 꾼 것이라면 제 곁에 있는 아르한이 저리 심각한 얼굴을 하고 있을 리 없다.

로젤은 질문을 바꿨다.

"여긴 어디죠?"

"마을 중앙에 있는 의료 시설입니다."

"왜 이렇게 된 거죠?"

주어가 생략된 물음이었으나 아르한은 분명 그 의미를 알아들었을 것이다. 그럼에도 그는 입을 다물었다. 이에 로젤은 아무렇지 않게 질문을 이어 갔다.

"저를 끌고 간 그 사람들은 누구고, 그들이 원하는 건 뭐였죠? 그리고……."

그 거울을 통해 저가 본 것은 뭐였냐 물으려던 로젤이 입을 닫았다. 다른 것은 몰라도 그 거울에 대해선 물을 수 없다. 이를 묻기 위해서는 스스로가 본 것에 대해 설명해야 하고, 이러한 과정에서 정체를 들킬 위험이 있었으니까.

"……모두 저 때문입니다."

그리 말한 아르한이 고개 숙여 사과했다.

"죄송합니다."

그는 진심으로 로젤에게 미안해하고 있었다.

"하지만, 더는 말씀드릴 수 없습니다."

그 말을 끝으로 아르한은 더 이상 입을 열지 않았다. 그가 로젤에게 미안한 마음이 있는 것은 사실이지만, 그렇다 해도 진실을 알려 줄 생각은 없는 것 같았다.

이에 로젤은 곧바로 이를 추궁하는 대신 차분히 그의 눈치를 살폈다. 그러다 문득 아르한의 양손에 하얀 붕대가 감겨 있는 것을 발견했다. 붕대에는 흰색과 대조되는 붉은 핏자국이 군데군데 남아 있었다.

로젤이 남자들에게 끌려가기 전, 마지막으로 아르한을 봤을 때까지만 해도 그의 손은 분명 멀쩡했다. 아무래도 남자들을 제압하고 저를 구하러 오는 과정에서 손을 다친 것 같았다. 그러고 보니 늘 차고 있던 검도 보이지 않았다.

"……손은 왜 다치신 거죠?"

이것만큼은 그 어떤 계산이나, 숨겨신 의도도 없이 순수한 호기심으로 한 질문이었다.

"죄송합니다."

하지만 아르한은 그런 로젤의 물음에 답하지 않았다. 그저 아까와 같은 말을 반복할 뿐이었다.

"말씀드릴 수 없습니다."

대체 왜 말할 수 없다는 걸까. 로젤이 한 질문은 고작 어쩌다 손을 다쳤냐는 것이었다. 만약 답할 수 없는 이유가 있다면 적당한 거짓말로 저를 납득시키면 된다. 그렇게 하는 편이 의심을 사지도 않고, 귀찮은 일이 생길 확률도 낮다. 그러니 지금까지의 아르한이라면 분명 그리했을 것이다. 하지만 지금의 그는 그러지 않았다.

아르한은 대체 왜 제게 거짓말을 하는 쪽이 아니라, 입을 다무는 쪽을 택했을까. 이제 와 새삼 로젤에게 호감이라도 생겨서? 아니면, 자신 때문에 이런 일에 말려든 로젤이 불쌍해서? 그나마 가능성이 있는 것은 후자였으나 그마저도 확실한 대답은 되지 못했다. 결국 생각을 정리하는 것을 관둔 로젤이 입을 열었다.

"좋습니다. 저도 더는 묻지 않도록 하죠. 그 대신……."

잠시 말을 멈춘 로젤이 무표정한 얼굴로 아르한을 응시했다.

그가 제게 어떤 답도 주지 않겠다고 마음먹었다면 자신은 이를 활용해 더 좋은 기회를 얻어 내면 그만이었다.

"당장 파혼해 주세요."

완강한 로젤의 말에 아르한의 표정이 조금 일그러졌다. 로젤이 이리도 강하게 나올 줄은 몰랐던 모양이다.

"파혼만은 안 됩니다."

단호한 아르한의 대꾸에 로젤이 조금 의아한 얼굴을 했다. 그는 대체 뭐 때문에 약혼을 유지하려 드는 걸까.

"왜죠?"

"말씀드릴 수 없습니다."

몇 번을 더 물어도 이유를 말할 수 없다는 대답만 내놓는 아르한을 보며 로젤은 짜증이 치밀었다. 자신이 위험한 일을 당한 이유도 설명해 주지 않고, 왜 손을 다쳤냐는 질문에 대한 답도 주지 않았으면서 이젠 약혼을 유지하려 하는 이유도 말해 주지 않는다.

대체 뭐 하자는 건가 싶어 로젤이 싸늘하게 일갈했다.

"파혼을 하고, 하지 않고는 전하께서 혼자 결정하실 일이 아닙니다. 이건 제 목숨이 달린 일이기도 하니까요."

그런 로젤의 말에 아르한이 입을 꾹 다물었다. 그 역시 이를 모르지 않기 때문이겠지. 다른 것도 아니고, 황태자인 그가 약혼녀인 로젤을 제대로 지키지 못한 상황이다.

그의 약혼녀인 로젤이 낯선 이들에게 끌려갔다. 눈에 띄는 외상 하나 없이 돌아왔다고 해도, 쓰러지기까지 했다.

이러한 상황이라면 아무리 황태자인 아르한이라 해도 그가 원한다는 이유로 약혼을 유지할 수 있을 리 없다. 당사자인 로젤이 약혼을 유지하기를 원한다는 의사를 밝히거나, 아예 이번 일을 없던 일로 한다면 또 모르겠지만 로젤은 그럴 생각이 없었다.

"미리 말씀드리지만, 저는 이 약혼을 이어 갈 생각이 없습니다. 제대로 된 상황 설명조차 해 주지 않는 분과는 더욱."

당연한 얘기였다. 자신이 얼마나 파혼하고 싶어 했는데. 두 달이라는 유예 기간까지 걸면서 파혼하자 했었다. 그런데 이제 와 알아서 굴러 들어온 기회를 차 버릴 수는 없지. 아르한이 계속 로젤에게 뭔가를 숨길수록 상황은 그녀에게 유리한 방향으로 흘러갈 것이다.

단호하기 그지없는 로젤의 말에 잠시 뭔가를 생각하는가 싶던 아르한이 입을 열었다.

"저와 파혼하길 원하십니까?"

"네."

"왜죠?"

이유를 묻는 아르한의 말에 잠시 고민하는 척하던 로젤이 입을 열었다.

"이유는 말씀드릴 수 없습니다."

소심한 복수였다. 제가 무엇을 묻든 답할 수 없다고만 말하는 그에 대한 작은 복수. 이를 알아챈 아르한의 표정이 묘하게 일그러졌다.

"……지금, 복수하시는 겁니까?"

대놓고 고개를 끄덕여 볼까 했던 로젤이 이내 고개를 저으며 말했다.

"그럴 리가요. 저는 그저 말씀드릴 수 없기에 말씀드릴 수 없다고 답했을 뿐입니다."

순순히 그렇다고 답하는 것보다는 이렇게 구구절절 변명을 늘어놓는 게 더 짜증 날 것 같아서 선택한 대답이었다. 하지만 아쉽게도 아르한은 로젤의 대답을 크게 신경 쓰지 않는 듯했다. 아무래도 제 말에 집중하지 않는 것 같았다.

"공녀께서는 진심으로 저와의 파혼을 원하시는 겁니까?"

역시, 딴생각 중이었구나. 제 말에 귀를 기울이지 않고 있었다는 것을 알고 나니 로젤은 괜히 짜증이 났다. 그래서 일부러 잠시 뭔가를 생각하는 척 뜸을 들였다.

"네. 저는 파혼을 원합니다."

"이유는 당연히 말씀해 주지 않으시겠죠?"

쓸쓸한 얼굴로 그렇게 묻는 아르한을 향해 로젤이 예의상 죄송하다며 고개를 숙였다. 그리고는 파혼 절차에 대해 의논하기 위해 입을 떼려는데. 그가 한발 앞서 입을 열었다.

"그렇다면 공녀께서 전에 말씀하셨던 대로. 두 달 후 파혼하는 것이 어떻겠습니까?"

"예?"

그게 무슨 말도 안 되는 소리인가 싶어 로젤이 어이가 없다는 얼굴을 했다. 자신이 뭐가 아쉬워 파혼 날짜를 그렇게나 많이 미룬단 말인가. 자신이 마음만 먹으면 이 주도 걸리지 않아 그와 갈라설 수 있을 텐데, 두 달이라니. 웃기지도 않는 제안이었다.

"마음만 먹으면 이 주 안에도 할 수 있는 파혼을 제가 왜 미뤄야 하는지 모르겠군요."

정곡을 찌르는 로젤의 말에도 아르한은 크게 동요하지 않았다. 믿는 구석이라도 있는 건지, 아니면 난순한 허세인지 구분하기 힘들었다.

어느새 로젤에게 시선을 고정한 아르한이 입을 열었다.

"공녀께서 쓰러진 원인이 무엇인지 아십니까?"

"아뇨, 워낙 정신이 없었던 터라 잘 모르겠습니다."

주제를 살짝 벗어난 아르한의 물음에 적당히 대답한 로젤이 슬쩍 미간을 찌푸렸다. 화제 전환이라도 하려는 수작인가.

"발작 때문이었습니다."

"그런가요?"

이미 다 알고 있는 사실임에도 로젤은 몰랐던 척 의아한 얼굴을 했다. 이에 아르한은 알아서 하려던 말을 이어 갔다.

"그 짧은 시간 동안 무엇을 드셨을 리도 없고, 그렇다고 따로 그들이 공녀를 건드린 것도 아닌데. 왜 발작이 일어났을 거라 생각하십니까?"

로젤은 그제야 깨달았다. 아르한은 지금 로젤의 약점이 될 만한 것을 자신이 쥐고 있다는 사실을 돌려 말하고 있었다.

"……글쎄요. 혹, 제 몸에 문제가 생긴 건 아닐까요?"

이를 눈치챈 로젤은 아르한이 쥐고 있는 제 약점이 무엇인지 알아내기 위해 일단 아무것도 모르는 척하기로 했다.

"새롭게 생긴 것이 아닙니다. 원래 있었던 것이죠."

여전히 차분한 시선으로 로젤을 응시하던 아르한이 말을 이었다.

"의원의 말에 따르면. 오래전에 겪은 일로 인해 생긴 트라우마로 인한 발작이라고 하더군요."

그의 말은 정확히 들어맞았다.

아카데미 재학 시절 켈리아 무리로 인해 생긴 병이었으니까. 물론 그것을 순순히 인정할 수는 없었기에 별다른 말 없이 조용히 아르한의 말이 이어지길 기다렸다.

"제 약혼녀가 되기 위해 공녀께서 제출한 서류에 이런 내용은 없었습니다. 적어도 제가 기억하는 바로는."

"그건⋯⋯."

당연히 그럴 수밖에 없다. 그때의 로젤은 정말 그런 병 따위 갖고 있지 않았을 테니까. 하지만 이를 사실대로 설명할 수는 없었다. 결국 로젤은 침묵을 택했다.

"그런데 이제 와 병이 있다는 것을 제게 들키셨습니다."

죄송하다고 말하기라도 해야 하나 싶어 입술을 달싹이던 로젤이 슬쩍 아르한의 눈치를 살폈다. 저를 보는 아르한의 표정에는 상당히 복잡한 감정이 섞여 있었다.

"이는 황족에 대한 모독이고, 기만입니다. 자칫 잘못하면 반역으로까지 연결될 수 있는."

반역. 쉽지는 않겠지만 아르한의 말처럼 얼마든지 극단적인 상황으로 번질 수도 있는 문제였다. 다른 것도 아니고, 무려 황족을 속인 것이었으니까.

무어라 변명을 해야 할지 감이 잡히질 않았다. 분명 억울한 상황인데 억울함을 증명하려면 자신이 에르샤임을 밝혀야 한다. 그렇게 되면 어차피 사형을 당할 것이다. 아무리 생각해도 답이 나오지 않는 상황을 떠올리며 열심히 머리를 굴려 보는데 아르한이 한 가지 제안을 했다.

"공녀께서 제가 하는 제안을 받아들인다면 이번 일은 조용히 묻어 누기로 하겠습니다."

"⋯⋯제안이요?"

대체 얼마나 대단한 제안을 하려고 이러나 싶은 생각이 들었으나,

일단은 들어 볼 필요가 있었다.

"어떤 제안이죠?"

그런 로젤의 물음에 잠시 뭔가를 고민하는가 싶던 아르한이 느긋하게 입을 열었다.

"저와 파혼하지 않으시면 됩니다."

예상치 못한 제안도 아니었고, 크게 나쁜 조건이 붙어 있는 것도 아니었으나 그렇다고 순순히 고개를 끄덕일 생각은 없었다.

"정말 저와 결혼이라도 할 생각이십니까?"

"그럴 생각이 없었더라면 굳이 약혼을 유지하지도 않았겠지요."

맞는 말이다. 알고 있다. 그럼에도 로젤이 이를 물어본 이유는 따로 있었다.

"저를 사랑하세요?"

"아니요."

갑작스러운 타이밍에 던져진 물음임에도 아르한의 대답은 빠르게 터져 나왔다. 한 치의 망설임도 없었다는 뜻이다.

로젤은 그가 적어도, 갑자기 로젤에게 반해 이러는 것은 아님을 확인했다. 아르한은 로젤을 사랑하지 않는다. 이로써 로젤은 또 한 번 안도했다.

잠시 침묵을 지키던 로젤이 곧 입을 열었다.

"제가 지병을 숨긴 것이 큰 잘못이기는 하나, 저는 전하만 믿고 호위 기사를 대동하지 않아 큰일을 당할 뻔했습니다."

"그래서요?"

그때의 일을 회상한 듯 미간을 미세하게 찌푸린 아르한의 물음에 로젤이 차분히 제가 하려던 말을 이어 나갔다.

"그러니, 제게만 일방적으로 불리한 제안을 받아들이고 싶진 않습니다."

"거래의 조건을 바꾸길 원하시는 겁니까?"

"네."

만약 여기서 아르한이 자신의 제안을 받아들이지 않는다면 더 이상 그와 파혼할 방법은 없었다. 꼼짝없이 황태자의 약혼녀로서 살다가 식을 올려 황태자비가 되어야 했다.

생각만 해도 몸이 떨리는 최악의 상황이었다. 정체를 숨기기 위해 멀리 도망을 가도 모자랄 판국에 제 발로 황궁으로 걸어 들어가야 한다니. 그건 정말 끔찍했다.

"죄송하지만, 저는 당장 파혼하자는 공녀의 제안을 받아들일 생각이 없습니다."

"그렇군요."

아르한의 말에 로젤이 작게 고개를 끄덕였다. 그 정도는 이미 예상했던 바다. 원래 로젤이 했던 제안을 받아들일 거였더라면 굳이 지병을 들먹이며 상황을 스스로에게 유리한 쪽으로 끌고 가진 않았을 테니까.

"대신, 처음에 공녀께서 제안했던 대로. 두 달 후 파혼하는 것으로 하죠."

이건 좀 의외였다. 기간을 더 늘리거나, 제게 불리한 조건을 추가할

것이라 생각했는데. 의외로 나쁘지 않은 조건에 로젤은 오히려 찜찜
한 기분이 들었다. 이러한 로젤의 생각을 읽기라도 한 듯 아르한의 말
이 이어졌다.

"단, 이러한 과정에서 또다시 저를 속이거나, 기만한 사실이 드러난
다면."

기만이라는 단어를 유독 강조하며 발음하는 아르한의 태도에 로젤
은 긴장을 늦추지 않고 이어질 말을 기다렸다.

"제가 원하기 전까지 파혼은 없는 겁니다."

그리 말한 아르한의 눈동자는 마치 지금이라도 제게 숨기고 있는
것이 있다면 이를 모두 털어놓으라고 말하고 있는 듯했다.

"어찌하시겠습니까. 제가 한 제안을 받아들이시겠습니까?"

로젤에게 선택권 없는 선택지가 내려졌다.

* * *

정오가 조금 지난 시각. 반쯤 젖혀진 커튼 사이로 따스한 햇볕이 들
어온다. 이에 아르한은 처리해야 하는 서류 대신 텅 빈 종이 위로 물
감을 묻힌 붓을 놀리는 데 여념이 없다. 손에 감긴 하얀 붕대 곳곳에
얼룩덜룩 물감이 묻어 있다.

오랜 친우이자 아르한의 보좌관인 크리스가 알면 기함할 일이었다.
아마 그는 또 화를 내며 아르한이 그린 그림을 미술관에 전시해 버리
려 들 것이다.

머리를 식히거나, 생각을 정리할 때 아르한은 언제나 그림을 그렸다. 원래 그림을 자주 그리는 편은 아니었으나, 근래에는 꽤 많이 그렸다.

잠이 들기만 하면 악몽을 꾸는 탓이었다. 악몽을 꾸고 나면 그는 언제나 이를 그림으로 그렸다. 잊지 않도록, 감히 잊을 수 없음을 알지만 그럼에도 언제나 그림을 그렸다. 꿈속에서처럼 에르샤가 불에 타 사라지지 않도록. 제 기억 속에서 지워지지 않도록.

아르한에게 악몽이라 부를 수 있는 꿈은 오직 하나뿐이었다. 에르샤가 사라지는 꿈, 에르샤의 죽음을 목격하는 꿈.

모두 에르샤와 관련된 꿈뿐이었다.

그리고 그렇게 그린 그림이 어느덧 수십 점에 달했다. 아주 오래전에 그린 것부터, 최근에 꾼 악몽을 그린 것까지 그 종류가 다양했다.

마음 같아서는 자신이 그린 그림들을 모두 제 곁에 두고 싶었다. 악몽이라 할지라도 에르샤를 그린 것들이었으니까. 하지만 부친인 황제는 아르한이 그림을 그리는 것을 싫어했고, 덕분에 그는 언제나 자신의 그림을 숨겨야 했다.

이를 위해 아르한은 항상 크리스에게 자신이 그린 그림을 보관해줄 것을 부탁하곤 했다. 그래서 크리스는 아르한이 그림 그리는 것을 싫어했다. 언제나 이번이 마지막이라며 투덜거렸다. 크리스는 항상 말로만 경고를 했기에 아르한은 이를 크게 신경 쓰지 않고 꾸준히 그림을 맡겼다.

결국 이를 참다못해 폭발한 크리스가 최근에는 신비주의를 고수하는 신인 화가의 작품이라며 그의 그림을 미술관에 보내 버렸다.

덕분에 제 그림이 제법 유명해졌다는 말도 들었던 것 같다. 잠깐 전시만 했다가 곧 다시 멀쩡한 상태로 돌아오긴 했지만 아르한은 제 그림이 전시되는 것을 싫어했다. 그림이 훼손될지도 모른다는 사실도 싫었지만, 누군가가 제가 그린 그림을 보고 에르샤를 떠올릴지도 모른다는 사실이 가장 싫었다.

아르한이 그린 에르샤는 오직 그만이 알고 있는 모습을 하고 있었다. 그러니 그림을 보고 에르샤를 떠올릴 수 있는 것은 오직 자신뿐이어야 한다. 물론 아르한이 그린 그림을 보고 에르샤를 떠올릴 수 있는 사람은 극히 드물 것이다. 아예 세상에 존재하지 않을 수도 있다. 그러나 그럼에도 싫은 건 싫은 거였다.

거기까지 생각하던 아르한이 잠시 멈췄던 손을 다시 움직였다. 부드러운 손놀림에 텅 빈 종이가 채워지기 시작한다. 그런데 그때 마침 집무실의 문을 두드리는 소리가 들려왔다. 이에 아르한은 열심히 움직이던 손을 멈췄다. 그리고는 서둘러 종이를 포함한 그림 도구들을 제 책상 아래에 감췄다.

"들어와."

아르한의 말이 떨어지기 무섭게 깍듯이 예의를 갖춘 시종 하나가 집무실 안으로 들어왔다. 그의 손에는 하얀 편지 봉투가 들려 있었다.

점점 저와 가까워지는 시종을 보며 아르한이 슬쩍 제 모습을 살폈다. 손에 감긴 붕대가 조금 얼룩덜룩하긴 했지만, 그 정도는 잉크가 묻었다고 둘러대면 적당히 넘어갈 수 있었다.

시종이 그렇게 눈치 없는 인물은 아니니 대놓고 그림을 그리다가 들킨 것이 아니라면 분명 그냥 넘어가 줄 것이다.

"라슈아 공녀님께서 보내신 편지입니다."

어느새 바로 지척까지 다가온 시종의 말에 아르한이 알았다며 작게 고개를 끄덕였다. 곧 편지가 오리라 짐작했으나, 이렇게 빨리 올 줄은 몰랐다.

시종이 집무실을 나선 후, 봉투를 열어 보니 그가 예상했던 대로 두 달 후 파혼하자는 제안을 받아들이겠다는 로젤의 편지가 들어 있었다.

아르한이 두 달 후의 파혼을 제안한 그날. 로젤은 그에게 조금 더 생각할 시간을 달라 말했고, 그는 순순히 시간을 줬다. 이를 승낙하는 것 외에 별다른 수가 없음을 알았으니까. 하지만 이 정도면 아르한의 입장에서는 꽤 많이 양보한 편이었다. 기간을 늘리지도, 제게 유리한 조건을 붙이지도 않았으니까.

그런 의미에서 로젤은 요즘 아르한에게 가장 큰 영향력을 행사하고 있는 인물이었다. 제게서 에르샤를 앗아간 최악의 인물. 그것이 얼마 전까지 아르한이 내린 로젤에 대한 정의였다. 그리고 그 정의가 조금 다르게 변한 것은 고작 며칠 전의 일이었다.

크리스 비아노. 아르한은 제 친우로부터 샬롯의 상태를 지켜봐 달라는 부탁을 받았다. 샬롯의 몸 상태가 좋지 않았던 터라 옆에서 누군가가 지켜봐야 한다는 것이었다.

사실 샬롯의 건강이 그 정도로 심각한 것은 아니었으나, 크리스는 꼭 봐 줄 사람이 필요하다며 아르한에게 부탁을 했다. 샬롯이 무리해서 수도로 올라온 일 때문에 부부가 서로 냉전 중이었던 터라 대놓고 연회에 참석해 지켜볼 수 없다는 것이 그 이유였다.

사실 참석이 가능했대도 여인들만 참석하기로 유명한 연회에 크리스가 참석할 수 있었을지는 알 수 없었다.

어쨌든 아르한은 이를 수락했고, 저택에 몰래 잠입하는 데 성공했다. 마침 자꾸만 전과 다른 행동을 하는 로젤이 거슬렸던 참이기도 했고, 그 역시 누나인 샬롯의 상태를 걱정하고 있었기 때문이다.

아르한은 연회장과 연결된 테라스 쪽에서 대략적인 상황을 지켜보았다. 그러다가 샬롯의 건강 상태가 그다지 좋지 않음을 확인하고는 크리스에게 연락해 마차를 부르기 위해 잠시 저택의 휴게실로 향했다.

웬만한 3층 건물과 맞먹는 높이를 아르한은 아무렇지 않게 올라갔다. 휴게실에 들어온 그는 복도와 연결된 문을 통해 나와 대기 중이던 크리스의 시종에게 샬롯을 데려갈 마차를 부르라 명했다.

그 후 다시 연회장 쪽으로 돌아갈지, 아니면 이대로 황궁으로 돌아갈지를 고민하는데 복도에서 인기척이 느껴졌다. 이에 아르한은 황궁으로 돌아가는 쪽으로 마음을 정한 후 휴게실로 들어가 난간에서 뛰어내리려 했다. 그런데 마침 테라스에서 담소를 나누는 영애들이 보였다.

낭패 섞인 표정으로 이를 바라보던 아르한의 뒤쪽에서 휴게실의 문이 열리는 소리가 들렸다. 결국 그는 휴게실 난간의 바로 아래에 매달리는 것을 택했다. 그렇게 얼마간 휴게실에서 인기척이 사라지길 기다리는데 별생각 없이 흘려듣던 대화 속에서 익숙한 이름이 들려왔다.

"백작 부인입니다, 영애. 샬롯이 아니라."

그제야 아르한은 대화를 나누는 이들 중 하나가 로젤임을 알았다. 로젤은 지금 상대에게 샬롯의 이름을 함부로 입에 담지 말라 경고하고 있었다.

대체 왜?

그동안 한 겹, 한 겹 쌓였던 의혹에 무게를 더하는 한마디였다.

객관적으로 봤을 때 샬롯과 로젤의 사이는 그다지 좋지 않았다. 샬롯이 일방적으로 로젤을 싫어하기도 했고, 로젤 역시 겉으로 드러내지 않았을 뿐 아마 샬롯에게 좋은 감정이 있지는 않을 것이다. 게다가 로젤은 그리 자애로운 성품을 가진 인물도 아니었다.

많은 이들의 이목이 집중되는 자리라면 모를까 겨우 단둘밖에 없는 자리에서 타인의 험담을 함부로 한다며 이를 지적할 이가 아니었다. 그렇다면 지금의 로젤은 정말 로젤이 맞나? 어쩌면, 어쩌면 아닐 수도 있지 않나? 로젤이 아닌 그녀가, 에르샤가 살아 있는 걸 수도 있지 않나?

희망 섞인 의문이 고개를 들었다.

그때시었다.

그대로 돌아가려던 발걸음을 돌려 로젤의 앞에 모습을 드러낸 것도, 파혼할 생각이 없다 선언한 것도, 샬롯과 로젤이 함께 연극을 보기로 한 자리에 우연을 가장해 나타난 것도.

모두 그래서였다. 로젤의 정체를 확인하기 위해서.

하지만 로젤을 곁에 두면 둘수록 아르한의 혼란은 커져만 갔다. 에르샤라고 딱 잘라 말하기 애매한 데다가 겉모습은 분명한 로젤이다. 에르샤를 죽인 그 로젤. 그렇다면 자신은 그녀를 어찌 대해야 하는 걸까.

로젤을 대하듯 하면 에르샤일지도 모른다는 생각이 들고, 에르샤를 대하듯 하기엔 로젤의 겉모습이 그의 발목을 잡았다.

여러 가지 이유가 있지만 아르한이 로젤을 에르샤라고 확신하지 못하는 가장 큰 이유는 바로 정체를 밝히지 않는다는 사실이었다.

별다른 친분이 없는 제게 정체를 숨기는 것은 이해할 수 있다. 그러나 에르샤가 오랜 친구였던 샬롯에게까지 정체를 숨길 것 같지는 않았다. 두 사람의 우정은 그 어느 것보다 견고했으니까.

이러한 고민을 크리스에게 털어놓자 그는 로젤의 이름만 들어도 치가 떨린다는 듯 싸늘한 표정을 했다. 로젤이 자꾸만 샬롯을 사교계에 끌어들이는 것을 탐탁지 않아 했던 것이다. 그럼에도 아르한이 몇 번더 고민을 늘어놓자 크리스는 결국 못 이기는 척 의견을 내놓았다.

지금의 로젤이 에르샤와 동일 인물이라는 가정하에 에르샤의 영혼이 로젤의 몸에 빙의되면서 그 충격으로 기억을 잃었을 수도 있다는 것이다. 그리 말하고는 거울의 방을 이용해 보라는 충고를 덧붙였다.

거울의 방. 수도 외곽에 위치한 어느 마을에 있는 그곳은 거울에 비친 사람의 내면에 감춰진 절대 잊을 수 없는 기억, 혹은 잊을 수 없는 존재를 보여 주는 장소였다. 그곳에 있는 거울은 멀리 타국에서 들여온 특수한 유리와 보석을 가공해 만든 것으로 강력한 마법이 걸려 있었다.

거울이 보여 주는 기억이 너무도 생생하고, 강렬해 가끔 기억을 잃은 이들이 암암리에 찾아와 값을 지불한 후 사용하고는 했다.

별다른 해를 끼치는 것도 아니고, 그저 거울을 통해 뭔가를 보여 주는 정도에 불과하다. 그러니 문제가 생길 일은 없다. 게다가 그 마을 전체가 크리스의 사유지이며, 거울의 방 역시 크리스의 소유였기에 비밀이 새어 나갈 걱정도 없었다.

생각할수록 나쁘지 않은 방법이라는 결론이 났으나 왠지 모르게 꺼림칙한 기분이 들었다. 이유는 알 수 없었다. 하지만 결국 아르한은 이를 행하기로 결심했다. 이번 일이 뜻대로 진행된다면 로젤에 대한 제 태도를 조금 더 분명히 할 수 있을 테니까. 그래서 그는 로젤을 거울의 방이 있는 마을로 데려갔다. 그리고 그곳에서도 아르한의 혼란은 계속되었다.

몸이 약한 샬롯을 사교계에 끌어들이려는 로젤에게 싸늘한 경고를 했다가도, 어느새 팔찌를 쥐여 주고 있는 자신을 발견했다.

"쓴소리를 한 후에 드리는 당근 같은 거라 생각하십시오."

스스로가 보기에도 모순된 행동이었다.

"그리 노려보실 것 없습니다. 그냥 팔찌일 뿐이니까요."

그런 아르한의 말처럼 그것은 그냥 팔찌일 뿐이었다. 그가 직접 팔찌에 마법을 걸었다는 사실을 제외하면.

아르한이 로젤에게 건넨 팔찌에는 위치 추적 마법이 걸려 있었다. 로젤이 자신을 기만하거나, 속인 경우 현장에서 이를 잡아내기 위해 건 마법이었다.

오로지 감시를 하기 위한 마법.

하지만 아르한은 이를 곧 전혀 다른 용도로 사용하게 되었다. 장미를 좋아하느냐는 제 질문에 대한 로젤의 대답. 유독 붉은 장미를 좋아하는 이유.

겹쳤다.

제가 기억하는 그날의 에르샤와 너무도 비슷한 대답이었다. 순간, 로젤에게서 에르샤를 겹쳐 보았던 아르한이 이내 생각을 지워 냈다.

장미를 좋아하는 영애? 아마 수도 없이 많을 것이다. 좋아하는 이유? 대부분의 이들이 그저 화려하고, 예뻐서 좋아하는 것이 꽃이다.

하지만 아르한은 결국 혹시나 하는 마음을 버리지 못하고, 거울의 방에 들어가는 것을 그만두기로 했다. 이유는 알 수 없지만 왠지 내키지 않았다.

"잠시, 급히 다녀올 곳이 있습니다. 그러니 죄송하지만, 이곳에서 얌전히 기다려 주세요."

그래서 그는 마을 중앙에 있는 작은 집에서 저를 기다리고 있을 크리스에게 이를 그만두자고 말하러 갔다. 하지만 아르한이 자리를 비운 그 잠깐의 순간을 그가 보내는 신호라 생각한 크리스로 인해 일은 어긋나고 말았다.

크리스의 밑에 있던 이들이 아르한이 자리를 비운 사이 로젤을 거울의 방으로 데려갔고, 아르한은 뒤늦게 이 사실을 알게 되었다.

딱히 나쁠 것은 없다는 크리스의 태도에 아르한은 그대로 거울의 방을 향해 달려갔다. 팔찌의 위치 추적 마법 덕분에 경황이 없는 상태에서도 금세 올바른 장소에 도달할 수 있었다.

아르한이 단숨에 거울의 방 앞까지 도달하자 꽤 건장한 남자들 여럿이 그를 막아섰다.

"죄송하지만, 함부로 문을 열어 드릴 수는 없습니다."

"나는 이 시트라 제국의 황태자다. 비켜."

대뜸 제 정체를 밝히는 아르한을 보며 남자가 무표정한 얼굴로 말했다.

"황태자 전하임을 증명해 주십시오. 그럴 수 없다면 비켜 드릴 수 없습니다."

증명? 지금 자신이 입고 있는 옷이 매우 고급스러운 것이기는 하나, 그것이 황태자라는 신분을 증명해 주지는 못한다.

제가 차고 있는 검 역시 황가의 문양이 새겨져 있기는 하나, 워낙 위조 기술이 발달한 요즘 겨우 이 정도 증거를 저쪽에서 믿어 줄 것 같진 않았다.

결국 이들의 도움은 기대할 수 없다. 그리 판단한 아르한이 서둘러 마법을 사용해 주변에 있던 남자들을 모두 재웠다. 그 후 마법을 사용해 방 안에 있는 로젤의 상태를 살폈다. 로젤이 바닥에 주저앉은 채로 힘겨운 호흡을 뱉어 내고 있었다.

가슴이 철렁 내려앉았다.

완전히 이성을 잃은 아르한이 서둘러 열쇠를 찾았으나, 이미 잠들어 버린 남자들의 품에 열쇠는 없었다.

제대로 숨겨 둔 모양이다. 빠득 이를 갈던 아르한은 결국 차고 있던 검을 뽑았다. 제 검에 강화 마법을 건 아르한이 양손으로 검을 쥔 채 있는 힘껏 문을 내리쳤다. 일반적인 문이라면 이미 부서지고도 남을 충격이었으나, 이 문 뒤에 있는 것은 마법이 걸려 있는 거울이었다. 쉽사리 부서지지 않는다.

이를 알고 있는 아르한이 검에 더욱 강한 마법을 걸어 문을 내리쳤다. 검을 잡고 있던 양손이 죄다 터지고 피가 났다. 그럼에도 아르한은 이를 멈추지 않았고, 결국 문은 부서져 내렸다. 문이 부서짐과 동시에 쥐고 있던 검 역시 반 토막이 나 버렸다.

부서진 문을 통해 바닥에 쓰러져 있는 로젤의 모습이 보였다. 마치 죽음을 목전에 둔 것 같은 작태에 아르한은 재빨리 그녀를 안아 들었다.

"에르샤!"

로젤이 정신을 잃기 직전 아르한이 무심코 외친 말이었다.

제 품에 안긴 로젤이 정신을 잃자, 아르한은 회복 마법을 사용했다. 회복 마법은 유독 그 과정이 까다롭고, 한 번 쓰고 나면 몸 상태가 상당히 나빠진다. 마법사의 생명력을 깎아 먹는 마법이기 때문이다. 하지만 그럼에도 아르한은 망설임 없이 이를 사용했다. 이유는 간단했다. 로젤이 에르샤일지도 모르니까.

오직 그 이유 하나로 아르한은 제 생명력을 뽑아냈다. 로젤의 모습을 하고 있으나, 에르샤일지도 모르는 그녀를 위해.

"하."

헛웃음이 절로 나왔다. 대체 뭐 때문에 이 난리를 친 건지 알 수가 없었다. 제 마음은 언제나 이리도 분명했는데. 무엇을 얼마나 더 분명히 하려 했던 걸까.

로젤이 에르샤일지도 모른다는 가정을 한 순간부터, 로젤을 에르샤와 비슷한 선상에 놓은 순간부터. 아르한은 더 이상 아무것도 할 수 없었다. 그녀가 원치 않는 일을 할 수도, 그녀에게 거짓말을 할 수도 없었다.

로젤을 거울의 방에 데려가지 않겠다고 결정한 것 역시 비슷한 이유였을 것이다. 그녀가 원하지 않는 일임을 알았으니까. 그러한 사실을 아르한은 제 품에서 정신을 잃었던 로젤이 반나절 만에 깨어난 후에야 깨달았다.

그리고 그는 재빨리 결론을 내렸다.

두 달. 두 달 안에 어떻게든 로젤의 정체를 밝혀내자. 만약 두 달 후에도 그녀의 정체를 확신할 수 없다면 그땐 제 마음이 가는 대로 하자.

"저를 사랑하세요?"

"아니요."

그는 그녀에게 거짓말을 할 수 없다. 아르한은 로젤을 사랑하지 않는다. 그러나 로젤이 로젤이 아니라면 이야기는 달라진다. 비록 아주 희박한 확률이라 할지라도 아르한은 이에 매달릴 수밖에 없었다. 그만큼 간절하니까.

그녀가 로젤이 아니라면, 그녀가 에르샤라면. 아르한은 기꺼이 그녀를 위해 제 모든 것을 버릴 준비가 되어 있었다.

아르한에게 에르샤는 그런 의미였다.

* * *

아르한의 제안을 수락한 바로 다음 날 로젤은 그와 함께 황실에서 열린 연회에 참석하게 되었다.

로젤로서 각종 고위 귀족들이 잔뜩 있는 연회에 참석하는 것은 이번이 처음이었기에 조금 떨리기도 했다.

그 여파 때문인지, 아니면 악몽으로 인해 잠을 설친 탓인지 로젤의 몸 상태는 그다지 좋지 않았다. 특별히 어디가 아픈 것은 아니었으나, 조금 피곤했다.

하지만 아직 연회가 시작된 지 30분이 채 지나지 않았다. 벌써 자리를 뜰 수는 없다. 그리 생각하니 한숨이 절로 나왔으나 로젤은 겉으로 이를 내색하지 않았다.

그저, 저와 아르한을 둘러싼 이들에게 생글생글 웃어 주며 쓸데없는 사교계의 가십거리 따위를 주제로 대화를 이어 가기 바빴다.

"피곤해 보이시는군요."

로젤에게만 들릴 정도의 목소리로 아르한이 한 말이었다. 잘 감췄다고 생각했는데 제 착각이었던 건가?

이에 로젤은 곧 고개를 저었다. 자신이 피곤한 기색을 내비쳤다면 지금 주변에 있는 이들이 가만히 있었을 리 없다.

다들 로젤에게 잘 보이고 싶어 안달 난 이들이었으니까. 몸 상태가 안 좋아 보인다며 어떻게든 제게 호의를 베풀려 들었겠지.

"혹, 치장이 잘 안 되었다는 의미로 하신 말씀인가요? 그렇다면 다음엔 조금 더 신경을 쓰겠습니다."

로젤이 아르한에게만 들릴 정도의 목소리로 전혀 피곤하지 않다는 뜻을 돌려 전했다. 그러자 아르한이 조금 당황한 얼굴로 입을 열었다.

"그런 의미가 아니라. 정말로 피곤해 보이셔서 드린 말씀입니다."

"전, 괜찮으니 걱정 마세요."

로젤이 그리 말하며 웃자, 아르한은 조금 복잡한 얼굴을 했다. 그가 잠깐의 침묵 끝에 뭔가를 말하려던 순간.

"전하, 여기 계셨군요. 한참 찾았습니다."

칠흑같이 검은 흑발에 푸른색 눈동자를 가진 남자가 그들에게 다가왔다. 남자의 정체를 한눈에 알아본 로젤이 양손으로 드레스 자락을 쥔 후 인사를 건네려던 찰나.

"급히 드릴 말씀이 있습니다."

미처 로젤을 보지 못한 남자가 그녀의 인사를 끊어 버렸다. 덕분에 로젤은 상당히 어정쩡한 자세로 남자가 자신을 돌아보기를 기다려야 했다. 그러나 남자는 꽤 오랜 시간 로젤을 외면했고, 결국 이를 보다 못한 아르한이 나섰다.

"자세한 이야기는 나가서 하도록 하죠. 그리고 그 전에 공녀께 먼저 양해를 구하는 게 좋을 것 같군요."

아르한의 말을 들은 남자가 그제야 로젤을 향해 고개를 돌렸다. 로젤과 눈이 마주친 후 남자는 조금 당황한 얼굴로 입을 열었다.

"아, 공녀께서도 곁에 계셨군요. 제가 경황이 없어서 몰라뵀습니다. 정말 죄송합니다."

"아닙니다. 신경 쓰지 마세요."

남자의 깍듯한 인사에 로젤은 차마 그의 실수를 지적할 수 없었다. 애초에 제가 실수를 지적할 수 있는 사람도 아니었지만.

"늦었지만 정식으로 인사드립니다. 라슈아 공작가의 로젤 라슈아입니다."

"비아노 백작가의 크리스 비아노입니다."

아르한의 보좌관이자 비아노 백작인 크리스는 샬롯의 남편이기도 했다. 비아노 백작가는 전대 백작이 살아 있을 때까지만 해도 그리 세력이 큰 가문은 아니었다. 유서 깊은 가문이기는 했으나, 정치 쪽에 별 뜻이 없어 대부분 지방에서 조용히 생활했기 때문이다. 그래서 전대 백작이 죽은 후 백작이 된 크리스가 샬롯과 결혼했을 때 대부분의 귀족들은 크리스가 황녀인 샬롯과 결혼해 중앙 정계에 진출해 보려는 속셈이라며 뒤에서 수군거렸다.

물론 이는 전혀 사실이 아니었다. 애당초 크리스는 권력 따위에 별 관심이 없는 사람이었고, 먼저 청혼을 한 것 역시 샬롯이었다. 그저,

대외적인 평판이나 타인의 시선을 의식해서 크리스가 먼저 청혼을 한 것으로 소문을 냈을 뿐이었다. 그리고 결정적으로 크리스는 진심으로 샬롯을 아끼고 사랑했다.

또한 크리스는 샬롯이 아끼는 친구인 에르샤에게 꽤나 호의적이었다. 아마 이는 에르샤가 특별히 마음에 들었다기보다, 샬롯이 아끼는 친구였기 때문일 것이다.

에르샤를 볼 때면 언제나 친절한 미소를 짓던 크리스가 입을 열었다.

"아내와 함께 인사를 드리고 싶었으나 아내가 건강이 좋지 않아 미처 참석하지 못했습니다."

"……많이 안 좋으신가 보군요."

"그 정도는 아닙니다만, 좋지 않은 것은 사실이지요."

그리 말하는 크리스의 어조에는 묘하게 날이 서 있었다. 대놓고 지적할 정도는 아니었으나, 그냥 넘어가기엔 묘하게 거슬렸다.

"공녀께 인사를 드리자마자 이런 말씀을 드리긴 죄송하지만, 전하와 급히 나누어야 하는 대화가 있습니다. 그러니 잠시 실례해도 될까요?"

어차피 제겐 선택권이 없다. 그저 예의상 허락을 구하는 것일 뿐이라는 사실을 알고 있었기에 로젤은 의례적인 허락의 말을 꺼내기 위해 입을 열려 했다.

"그리해도 되겠습니까?"

로젤에게 답을 할 시간도 주지 않고 그리 묻는 크리스의 눈에는 명백한 적의가 깔려 있었다. 비록 아주 찰나의 순간 나타났다가 사라졌으나, 로젤은 분명 이를 인지했다. 샬롯의 친구인 에르샤였을 적에는 마주한 적 없는 싸늘한 시선에 조금 당황했으나 로젤은 최대한 침착한 척 입을 열었다.

"……그리하십시오."

로젤의 허가가 떨어지기 무섭게 크리스는 아르한과 함께 그대로 자리를 떠났다. 그 후 주변에 있던 이들에게 잠시 쉬고 싶다는 핑계를 댄 로젤이 적당히 연회장을 빠져나왔다.

사람이 많아 북적대는 연회장과 달리 복도는 인적이 드문 편이었다. 한산한 복도를 걷던 로젤은 천천히 생각에 잠겼다.

생각해 보니 크리스가 처음 등장할 때 제 인사를 무시한 것부터가 시작이었다.

그때는 그저, 자신을 보지 못한 것이라 여겼었는데 다시 생각해 보니 아무래도 의도적으로 제 인사를 무시한 듯했다.

등장과 동시에 그는 자신이 로젤을 싫어하고 있다는 사실을 슬쩍 티 내고 있었던 것이다. 또한 크리스는 퇴장에 대한 허락을 구하기 전 아내인 샬롯에 대해 언급했다.

전에 아르한이 제게 했던 경고의 의미와 비슷할 것이다. 더 이상 몸이 약한 제 아내를 사교계에 끌어들일 생각하지 마라. 그런 의미겠지.

"하."

크리스의 유치한 작태에 헛웃음이 나왔다. 하지만 동시에 안심이 되기도 했다. 그가 그만큼 샬롯을 아끼고 있다는 뜻이니까, 샬롯이 사랑받고 있다는 의미니까. 이를 위해서라면 로젤은 샬롯을 위해 기꺼이 악역을 자처할 수 있었다.

그리 생각하며 복도의 모퉁이를 돌던 로젤의 앞에 낯익은 인물의 인영이 드리워졌다.

"공녀를 뵙습니다."

"……비아노 백작 부인?"

로젤의 앞에 나타난 이는 다름 아닌 샬롯이었다. 이에 로젤이 조금 당황한 얼굴로 입을 열었다.

"건강이 좋지 않아 참석하지 못하셨다고 들었습니다. 그런데 이곳엔 어찌……."

조금 전에 마주친 크리스는 분명 샬롯이 연회에 참석하지 못했다고 말했다. 그러나 지금 제 눈앞에 있는 것은 분명 샬롯이었다.

'그가 내게 거짓말을 한 걸까? 아니면…….'

샬롯이 크리스 몰래 연회에 참석한 것일까?

크리스가 제게 굳이 금방 들통 날 거짓말을 할 이유가 없다는 것을 생각하면 조금 더 가능성이 있는 것은 후자였다. 이윽고 샬롯이 차분히 입을 열었다.

"꼭 여쭙고 싶은 것이 있어 이리 참석했습니다."

그다지 길지 않은 말이었음에도 말을 마친 샬롯의 안색은 창백하게 질려 있었다. 이에 로젤의 가슴 역시 덩달아 철렁했다.

샬롯은 대체 왜 이런 몸으로 무리해서 연회에 참석한 걸까.

로젤은 최대한 빨리 샬롯을 저택으로 돌려보내기 위해 그녀의 곁에서 불안한 얼굴을 하고 있던 시녀에게 당장 비아노 백작을 모셔 오라

명했다. 제 짐작대로 샬롯이 크리스 몰래 연회에 참석한 것이라면 분명 이를 저지하려 들 것이다.

"그럴 필요 없다. 나는 공녀께 볼일이 있어서 온 것이니."

로젤의 짐작대로 샬롯은 크리스 몰래 연회에 참석한 듯했다. 이를 확인한 로젤은 어쩔 줄 모르는 얼굴로 두 사람의 눈치를 보던 시녀에게 나긋하게 웃어 보이며 입을 열었다.

"네가 하고 싶은 대로 하렴."

한껏 상냥하게 웃는 로젤을 보며 시녀는 가려던 걸음을 멈추고 샬롯의 곁에 서는 쪽을 택한 듯 다시 돌아왔다. 이에 여전히 상냥한 미소를 유지한 로젤이 말했다.

"대신, 만약 백작 부인께 무슨 일이 생긴다면. 그 모든 책임은 네가 지게 될 것이라는 걸 꼭 명심하고."

얼굴만 웃고 있지, 대놓고 협박을 한 것이나 다름없는 말에 시녀는 하얗게 질린 얼굴로 샬롯이 미처 말릴 틈도 없이 크리스를 부르러 갔다. 시녀의 뒷모습이 완전히 시야에서 사라지는 것을 확인한 로젤이 차분하게 말문을 열었다.

"몸이 많이 안 좋으신 것 같으니 우선은 저택으로 돌아가시고 질문은 나중에……."

"당신은."

하지만 그런 로젤의 말은 미처 그 끝을 맺지 못했다. 갑작스럽게 치고 들어온 샬롯 때문이었다. 로젤의 말을 끊은 샬롯이 힘겹게 말을 이었다.

"당신은, 대체 누구입니까?"

그녀의 의미심장한 물음에 두 사람 사이에는 잠깐의 침묵이 흘렀다.

"······부인께서 하신 질문의 의미를 파악하기 어렵군요."

벌써 아르한에게 이미 몇 번이고 비슷한 질문을 받았었다. 덕분에 어느 정도 단련이 되어 있던 터라 로젤은 한결 태연하게 말을 이어 갈 수 있었다.

"아무래도 건강이 많이 안 좋아지신 탓에 알아들을 수 없는 말을 하신 것 같으니 그냥 넘어가도록 하겠습니다."

그리 말하던 로젤은 뒤늦게 최근 눈에 띄게 부드러워진 샬롯의 태도를 떠올리며 속으로 한숨을 삼켰다.

그저 곁에 있으면서 적당히 제 속셈을 알아낼 기회를 엿보고 있는 거라 여겼는데 설마 정체를 의심하고 있었을 줄이야. 전혀 예상치 못한 상황이었다.

"저는 멀쩡합니다. 제가 드린 질문 역시 진심이었고요."

아무래도 샬롯은 순순히 자신을 놔줄 생각이 없는 듯했다. 이에 로젤은 애써 싸늘한 표정을 지으려 노력하며 입을 열었다.

"그런 말도 안 되는 질문을 하셨다는 것 자체가 부인께서 많이 아프시다는 증거입니다. 실제로 안색도 상당히 창백하시고요."

뒤에 덧붙인 말은 진심이었다. 샬롯은 지금 누가 보더라도 아픈 상태였다. 본인은 이를 인정하려는 기색이 조금도 없었지만.

"아뇨, 저는 멀쩡합니다. 그러니 제가 한 질문에 대답해 주세요. 당신은 대체, 누구입니까?"

자신은 멀쩡하다며 절박한 얼굴로 그리 묻는 샬롯에게 로젤은 차마 거짓을 말할 수 없었다. 그래서 샬롯의 물음에 답하는 대신 말을 돌리는 쪽을 택했다.

"역시, 이만 돌아가시는 게 좋겠습니다. 안색이 별로 좋지 않아요."

"하지만⋯⋯."

"언제 쓰러지셔도 이상할 것이 없어 보입니다. 그러니 어서 돌아가세요."

거듭된 로젤의 거절에 지친 듯 샬롯이 체념한 얼굴을 했다. 로젤이 속으로 이를 다행이라 여긴 찰나. 샬롯이 입을 열었다.

"제 질문에 대한 답을 주신다면. 지금 당장 돌아가겠습니다."

갑작스럽게 던져진 샬롯에 말에 로젤은 꽤나 난감해졌다. 비록 제 정체를 숨기고 있다고는 하나, 대놓고 샬롯에게 거짓말을 한 적은 없었다. 정체를 숨기기 위해서라고 해도 그런 일은 왠지 샬롯을 기만하는 행동인 것 같아 내키지 않았던 것이다. 그래서 일부러 대답을 피하기 위해 말을 돌리고 있었던 것인데, 이렇게 되면 꼼짝없이 샬롯에게 거짓을 말해야 하는 상황에 놓인 것이다.

덕분에 로젤이 그 어떤 대답도 하지 못하고 입술만 달싹이고 있는데.

"샬롯!"

갑작스럽게 들려온 크리스의 부름이 뜻하지 않게 로젤을 도왔다. 눈에 띄게 움찔한 샬롯이 크리스를 향해 몸을 돌린 것이다.

"당신이 왜 여기 있는 거지?"

그리 묻는 크리스의 얼굴에는 당황스러움이 가득했다. 평소 큰 감정 변화를 보이지 않는 그였기에 로젤은 그런 크리스의 모습이 조금 신기하기까지 했다.

"분명 저택에서 쉬고 있겠다고 했잖아."

조금 화가 난 듯한 크리스의 말에는 샬롯을 향한 걱정이 잔뜩 배어 나왔다. 이에 샬롯이 덤덤한 표정으로 입을 열었다.

"……공녀께 묻고 싶은 것이 생겨 잠시 들렀습니다."

샬롯이 말을 마치기 무섭게 크리스의 시선이 로젤에게로 향했다. 적의가 담긴 눈빛. 연회장에서 크리스가 제게 보였던 눈빛과 완벽히 일치했다.

에르샤였을 적엔 한 번도 받아보지 못한 눈빛. 이에 로젤은 무어라 말을 꺼낼까 잠시 고민하다 입을 열었다.

"부인께서 건강이 많이 안 좋으신 것 같아 나중을 기약하기로 했습니다. 지금도 안색이 많이 창백하시니 어서 함께 돌아가시는 게 좋을 것 같군요."

"저는 대답을 듣기 전에 돌아가지 않을 겁니다."

단호한 샬롯의 말에 작게 한숨을 내쉰 로젤이 입을 열었다. 이래서는 도통 끝이 나질 않을 것 같다.

"대체 무슨 답을 더 드려야 하는 건지 모르겠군요. 저는 분명 부인의 질문에 답할 가치가 없다고 말씀드렸습니다. 그러니 더 이상 시간 낭비를 하고 싶지 않아요."

그리 말한 로젤은 양손으로 드레스 자락을 쥔 후 두 사람에게 가볍게 인사했다. 그 후 몸을 돌려 자리를 떠나려는데.

"답할 가치가 없다 구구절절 설명하는 것보다 그냥 답을 주시는 쪽이 빠를 텐데요?"

의심과 빈정거림이 섞인 크리스의 말에 로젤은 여전히 그들을 등진 채 입을 열었다. 언제 무너질지 모르는 표정을 드러내지 않기 위함이었다.

"부인의 마음이 조금이나마 덜 상하시도록 돌려서 말씀드렸던 겁니다."

표면적으로는 상당히 그럴듯하게 들리는 이유였으나 크리스도, 샬롯도 그 정도 대답에 만족할 생각은 없는 듯했다.

"그러실 필요 없으니 제대로 된 답을 주세요. 그러면 미련 없이 돌아가겠습니다."

애절함이 섞인 샬롯의 말에 로젤은 평정심을 잃지 않기 위해 제 드레스 자락을 꼭 쥐었다. 다행인 것은 지금 그들에게 자신의 표정이 보이지 않는다는 사실이었다.

"당신은 혹시……."

"아닙니다."

간절해 보이기까지 한 샬롯의 말을 로젤이 단숨에 잘라 버렸다. 여전히 그들을 등진 상태로. 태연하기 그지없는 목소리로 로젤이 말을 이었다.

"부인께서 저를 통해 누굴 비추어 보고 계신 건지 모르겠으나, 저는 그분이 아닙니다. 저는 저일 뿐입니다."

단호한 대답을 끝으로 로젤은 차분히 걸음을 옮겼다. 그리고 제 뒷모습이 더 이상 그들에게 보이지 않을 정도로 멀어졌다고 여겼을 때 로젤은 비로소 뒤를 돌아보았다.

텅 빈 복도. 그 위에 홀로 서 있는 자신. 문득 잠을 설치게 했던 원인인 악몽이 떠올랐다. 그것은 때론 아카데미 시절 괴롭힘을 홀로 견디던 자신이기도 했고, 나무 기둥에 묶여 불 속에 잠겨 든 자신이기도 했다.

그 모든 악몽 속에서 자신은 늘 혼자였다.

공작가에서 사생아로 눈칫밥을 먹을 때도, 아카데미에서 괴롭힘을 당할 때도, 마녀라며 화형을 당하는 순간까지도 에르샤의 곁엔 아무도 없다.

다른 이들은 어떻게 생각할지 모르나, 적어도 그녀 자신은 그리 여겼다. 그래서 기꺼이 제 목숨을 대가로 지불하면서까지 저주를 행했다. 이젠 아무것도 남지 않았으니까. 남편도, 배 속의 아이도, 살아야 할 이유도.

그런데 있었다.

누구보다 자신을 위하는 사람이, 제 흔적을 찾아 끝까지 달려와 준 사람이. 로젤의 몸이 되고 나니 더욱 또렷하게 느낄 수 있었다. 에르샤가 얼마나 좋은 친구를 두었는지, 그녀가 얼마나 쉽게 소중한 것을 놓아 버렸는지.

로젤의 몸으로 사는 동안 자신은 샬롯과 진정한 우정을 나눌 수도,

전처럼 크리스의 호의를 기대할 수도 없었다. 아들인 리오 역시 자신을 어미로 인지하지 못할 것이다.

그녀는 이를 너무도 늦게 깨달았다. 이제 와 되돌릴 수 있는 것은 아무것도 없다. 돌아갈 수 있는 선을 자신은 이미 넘어 버렸다. 그렇다고 자신이 에르샤임을 밝혀 그들을 위험에 빠트릴 수도 없었다. 결국 그녀는 평생을 로젤로 살아야 한다. 제 속에 있는 에르샤를 죽인 채.

그 사실이 처음으로 로젤의 어깨를 무겁게 짓눌렀다.

제4장
당신의 과거, 나의 현재

미지근한 햇볕이 창문 사이로 간간이 내리쬐는 이른 시각. 집무실 의자에 앉아 서류를 보고 있던 아르한에게 뜬금없는 질문이 던져졌다.

"대체 무슨 꿍꿍이일까?"

그런 크리스의 물음에 아르한은 여전히 서류에서 시선을 떼지 않은 채 무심하게 답했다.

"뭐가."

"응? 몰라서 물어?"

황태자와 그의 보좌관치고는 상당히 격식 없는 대화였으나, 두 사람은 이를 신경 쓰지 않았다. 사적인 자리에선 늘 이렇게 말을 편하게 하곤 했으니 새삼스러울 것도 없었다.

다만, 이런 크리스의 물음은 아르한에게도 조금 갑작스러웠다. 더 자세히 설명을 해야 자신도 뭔가 답을 내놓을 것 아닌가.

작성을 마친 서류를 크리스에게 건네던 아르한이 차분하게 입을 열었다.

"알면서도 묻는 취미는 없어."

이에 크리스는 아르한이 처리한 서류를 다시 한번 검토하며 말했다.

"당연히 네 약혼녀를 뜻하는 말이지. 공녀는 대체 무슨 생각으로 샬롯의 곁을 맴도는 걸까?"

그런 크리스의 물음에 태연하게 서류 작성을 이어 가던 아르한의 손이 잠시 멈췄다. 하지만 서류를 검토하느라 이를 미처 눈치채지 못한 크리스가 말을 이었다.

"아, 진짜. 라슈아 공작의 딸만 아니었어도. 다신 샬롯 근처에 얼씬도 못 하도록 어디 가둬 버리는 건데."

연회장에서 다짜고짜 급한 일이 있다는 핑계로 저를 데리고 나왔을 때부터 짐작은 했었으나, 이를 다시 한번 확인하니 새삼 꽤나 묘한 기분이 들었다.

타인에게 직접적으로 적의를 드러내는 크리스라니. 이는 드물다 못해 이례적이기까지 한 일이었다. 서류 위에 멈춰 있던 손을 다시 움직이기 시작한 아르한이 입을 열었다.

"……어지간히도 마음에 안 들었던 모양이네."

"어. 상당히 별로야."

거리낌 없는 크리스의 대꾸에 아르한이 작게 웃었다. 그가 제게 이리도 노골적으로 본심을 드러낸 것이 대체 얼마만인지 모르겠다.

"샬롯 누님 때문이겠지?"

로젤을 적대하는 것은. 아르한은 굳이 뒷말을 덧붙이지 않았다. 이에 크리스는 잠시 생각에 잠긴 듯 내리깔았던 시선을 들어 올렸다.

"반은 맞고, 반은 아니야."

의외의 대답에 아르한이 의문 섞인 시선을 보냈다.

"나도 에르샤를 꽤나 좋아했었으니까."

이어진 크리스의 말에 아르한의 손에 있던 펜의 움직임이 뚝 멎었다. 그 후 처음으로 서류에서 시선을 뗀 아르한이 싸늘한 얼굴로 크리스를 쳐다보았다. 살기까지 느껴지는 아르한의 표정을 보며 크리스가 서둘러 덧붙였다.

"네가 생각하는 그런 감정 말고! 그냥 순수한 호감!"

크리스의 열정적인 외침에도 아르한은 여전히 의심 어린 눈빛을 거두지 않았다. 이에 작게 한숨을 내쉰 크리스가 말을 이었다.

"내 취향은 수수한 미인이 아니야. 난 예쁘고 화려한 미인이 좋다고!"

샬롯처럼. 차마 민망해서 덧붙이지 못한 뒷말이었다. 그런 크리스의 말이 끝나기 무섭게 아르한이 제 주머니에 있던 장갑을 던졌다.

"결투다."

갑작스러운 결투 신청에 크리스가 황당하다는 얼굴을 했다. 그러자 여전히 싸늘한 얼굴을 한 아르한이 입을 열었다.

"에르샤보다 예쁘고 화려한 미인은 전 제국, 아니, 전 대륙을 뒤져도 없어."

"······너도 참 중증이다."

대놓고 혀를 차던 크리스가 바닥에 떨어진 아르한의 장갑을 주워
그에게 건넸다.

"다시 말하지만 내 취향은 그쪽이 아니야. 난 샬롯뿐이라고."

조금 쑥스럽다는 듯 얼굴을 붉히는 크리스를 보며 아르한은 생각했
다. 크리스야말로 중증이라고.

"그건 그렇고, 넌 정말 라슈아 공녀가 에르샤일 거라고 생각해?"

쑥스러움에 괜히 화제를 돌리는 크리스의 행동을 아르한은 기꺼이
눈감아 주기로 했다.

"저주가 개입된 사건인 이상 아예 불가능한 이야기는 아니니 계속
주시해서 나쁠 건 없겠지."

말은 조금 애매하게 했지만 사실 아르한은 로젤의 몸에 에르샤의
영혼이 빙의했을 가능성이 꽤 높다고 여기고 있었다.

단지, 확실한 증거가 없어서 계속 애매한 태도를 유지하고 있었을
뿐이다. 거울의 방 때처럼 뜻하지 않은 사고가 일어날 수도 있으니 신
중하게 움직일 생각이었다. 그리고 이런 아르한의 속내를 눈치챈 듯
그에게 시선을 고정한 크리스가 입을 열었다.

"신중한 것도 좋지만, 움직일 땐 확실하게 움직일 필요가 있어."

이에 아르한이 동의할 수 없다는 듯 표정을 굳히자, 작게 한숨을 내
쉰 크리스가 말을 이었다.

"고지식하긴, 너 설마 그때의 일을 벌써 잊은 거야?"

그런 크리스의 말에 아르한의 표정이 딱딱하게 굳어졌다. 크리스가 무슨 말을 꺼내려는 건지 눈치챘기 때문이다.

아르한의 굳어진 표정을 본 크리스는 괜한 말을 꺼냈나 싶어 조금 눈치를 보다가, 결국 말을 이었다. 아르한에게 상처가 될지도 모르지만, 언젠가 한 번쯤은 짚고 넘어가야 할 이야기였다.

"에반, 그놈과 있었던 일 말이야."

"잊었을 리가."

크리스가 무어라 말을 잇기도 전에 아르한이 싸늘한 어조로 답했다. 그는 단 한 순간도 에반의 배신을 잊지 못했다.

"그때를 생각해 봐. 마냥 신중하기만 해선 아무것도 얻지 못해."

단호한 크리스의 말에 아르한은 잠시 생각에 잠겼다.

그건, 어찌 보면 크리스의 말이 옳았다. 에반과의 일만 해도 자신이 신중하게 문제를 고민하며 방법을 찾은 덕분에 벌어진 결과였으니까. 하지만 한번 그런 일을 겪었다고 해서, 매사를 즉흥적으로 해결하려 들 수는 없었다. 게다가 이번 일은 다른 것도 아니고, 에르샤와 관련된 일일지도 모른다. 그녀가 엮인 일이라면 아르한은 언제나 신중하게 움직일 수밖에 없었다.

"물론, 전처럼 지나친 신중함을 보이다가 일을 그르치진 않을 거야. 하지만, 그렇다고 해서 경거망동하게 행동할 생각은 없어."

"그래, 나도 뭐 당장이라도 달려가 난장판을 치라는 소리는 아니었어."

의외로 크리스는 아르한의 대답에 순순히 수긍했다. 에르샤만 엮이면 최대한 신중하게 움직이려 드는 아르한의 모습을 잘 알고 있었으니까.

자신만 해도 샬롯과 관련된 문제라고 하면 함부로 나서지 못한다. 그러니 그를 나무랄 처지는 아니었다.

"근데, 전부터 계속 묻고 싶었던 게 있었어."

급작스레 이어진 크리스의 말에 아르한이 자연스레 들고 있던 펜을 책상에 내려놓았다. 뭐가 그리 궁금하냐는 듯 저를 보는 아르한의 시선에 그가 말을 이었다.

"넌 대체 언제부터 에르샤를 좋아한 거야?"

크리스가 보기에 두 사람은 별다른 접점이 없는 사이였다. 굳이 접점이라고 할 만한 것을 꼽자면 과거 같은 아카데미에 다닌 적이 있다는 것 정도?

하지만 에르샤가 아르한보다 세 살 많았던 탓에 두 사람은 같은 학년도 아니었고, 전공도 달라 수업을 같이 들은 적도 없었다. 그러니 그런 크리스의 물음은 어찌 보면 당연한 것이었다. 아르한 역시, 이에 동의한다는 얼굴이었다. 그는 잠시 생각을 되짚듯 시선을 내리깔았다.

자신이 처음 에르샤를 알게 된 건 아카데미에서였다. 당시, 황자였던 자신보다 더 많은 이들의 입에 오르내리던 그녀를 아르한은 아카데미에서 처음 보았다.

마르아넬 공작의 사생아.

공작 부인이 죽고 난 후, 공작은 에르샤를 자신의 저택에 들였다. 그녀의 빼어난 외모와 사생아이기는 해도, 제 딸이라는 타이틀이 언젠가 요긴하게 쓰일 것이라 생각한 모양이다.

실제로 훗날, 그는 에르샤의 결혼을 통해 에반에게 광산과 별장을 뜯어내는 데 성공한다. 하지만 그것과 별개로 공작은 에르샤에게 눈길 한번 주지 않는다. 덕분에 아카데미 내에서 에르샤는 꽤 많은 이들의 미움을 샀다.

사생아. 그것도 공작의 애정을 받지 못하는 에르샤가 어지간한 귀족 자제들보다 뛰어난 능력을 갖고 있었던 탓이다. 하지만 수많은 이들의 크고 작은 괴롭힘을 받으면서도 그녀는 단 한 번도 스스로를 굽히지 않았다. 그 점이 아르한의 눈길을 사로잡았다.

공녀라는 고귀한 신분을 가졌으나, 공작의 총애를 받지 못해 아카데미 내에서 배척을 당하는 에르샤. 그 모습이 황자라는 신분에도 황제의 총애를 받지 못해 계승권 싸움에서 밀린 탓에 아카데미 내에서 은근히 겉도는 자신과 겹쳐 보였다. 그랬기에 더욱 눈길이 갔던 걸지도 모른다.

그렇게 아르한이 남몰래 에르샤를 지켜보는 시간은 차츰 길어졌다. 그리고 그가 결정적으로 스스로의 마음을 자각했던 건.

"대체 뭐기에 그리도 골똘하게 생각을……."

그런 크리스의 말이 끝나기도 전에 아르한이 자리에서 몸을 일으켰다. 그리곤 그를 응시하며 입을 열었다.

"자세한 건, 비밀로 해 두지."

"뭐?"

크리스가 황당하다는 얼굴을 하자, 아르한이 싱긋 가볍게 웃었다.

그리곤 자연스레 그를 뒤로 한 채 집무실을 나섰다.

더 이상의 일은 저 혼자만의 추억으로 간직하고 싶었다.

한편, 집무실 안에 혼자 남은 크리스는 여전히 황당하다는 얼굴을 하고 있었다. 자신이 뭐 그리 대단한 질문을 했다고, 비밀씩이나.

하여튼 참, 유난이라고 크리스는 생각했다. 그리고 뒤늦게 아르한에게 하려던 또 다른 질문이 떠올랐다.

'왜 네 약혼녀와 에반 놈의 관계를 알고도 묵인한 거지?'

미처 입 밖으로 꺼내지 못한 질문이었다. 사실, 굳이 물을 필요도 없었다. 아마 에르샤를 위해서 그랬겠지, 또 샬롯을 위해 그랬을 테고. 그 사실을 너무도 잘 알고 있었기에 크리스는 아르한의 모순된 처지를 진심으로 동정했다.

황태자라는 권력의 정점에 한없이 가까운 자리에 있으면서, 그 어떤 일에도 함부로 나설 수 없는 그의 처지를.

* * *

제 앞에 있던 찻잔을 들어 입가에 가져다 댄 로젤이 차 한 모금을 조심스레 넘겼다. 달콤 쌉싸래한 홍차가 마음을 진정시켜 주는 것 같았다.

그 후 찻잔을 내려놓은 로젤이 들고 있던 책을 차분히 눈으로 읽어 내려가기 시작했다. 샬롯을 만난 연회 이후 일주일 내내 연회니, 티 파티니 하는 다양한 일정들을 빠듯하게 소화해 낸 후 모처럼 가져 보는 휴식이었다. 덕분에 적어도 오늘만큼은 아르한이나 크리스를 포함한 다른 이들과 마주치지 않아도 된다는 사실이 그녀에겐 큰 위안이 되었다.

비록 겨우 하루뿐인 자유였지만, 그럼에도 로젤은 이 정도면 크게 나쁠 것 없다고 여기기로 하며 책에 집중했다.

"저, 아가씨."

로젤이 막 들고 있던 소설의 클라이맥스 부분을 읽으려던 찰나. 갑작스럽게 등장한 하녀들로 인해 그녀는 읽고 있던 책을 덮었다.

"무슨 일이지?"

딱히 싸늘한 어조가 아니었음에도 두 하녀는 겁에 질린 듯 불안한 얼굴을 하고 있었다. 제게 시비를 걸거나 기어오르지 않는 건 좋지만, 지나치게 눈치를 보는 건 조금 불편했다. 마음 같아선 그럴 필요 없다고 말해 주고 싶은데 그래 봤자 큰 효과가 있을 것 같진 않았다. 오히려 역효과가 나 경고를 받았다 착각할 확률이 더 높았기에 결국 로젤은 아무것도 하지 않기로 했다.

그대로 입을 다문 로젤은 하녀들이 저를 찾아온 용건을 말해 주길 기다리고 있었다. 이에 로젤의 눈치를 보던 하녀 중 하나가 손에 들고 있던 것을 그녀에게 내밀었다.

"아델노프 후작가에서 온 편지입니다."

이어진 하녀의 말에 로젤이 의아한 얼굴을 했다. 후작가에서 온 편지는 모두 태워 버리라는 명령을 내렸던 기억이 있기 때문이다.

아델노프 후작가에서 온 편지라면 죄다 로젤을 만나고 싶다 말하는 에반의 연서들뿐이었으니까.

정식으로 후작가의 인장이 찍힌 편지라면 모를까 인장도 찍히지 않은 비공식적인 연서 따위 불에 태우든, 쓰레기통에 처박든 에반은 이에 대해 항의할 수 없었다. 만약 본인이 아쉬우면 편지에 인장을 찍으면 될 일이었다. 물론 그랬다가는 그 편지의 최종 목적지가 로젤이 아닌 라슈아 공작이 되겠지만.

에반은 황태자의 약혼녀인 로젤과 자신이 부적절한 관계임을 대놓고 공작에게 알릴 만큼 어리석은 인간이 아니었다. 그럼 대체 왜 지금 제 앞에 이 편지가 도달한 걸까. 그런 로젤의 의문은 이어진 하녀의 말로 인해 그 답을 찾았다.

"후작가의 인장이 찍혀 있는 편지라 함부로 버릴 수 없었습니다."

면목이 없다는 듯 그리 말하는 하녀를 보며 로젤은 잠시 멍해졌다. 에반이 정말 후작가의 인장을 찍어 편지를 보냈다고?

"하."

너무 기가 막혀 말이 나오질 않았다. 비록 저를 배신한 전남편이긴 해도 최소한의 사리 분별 정도는 할 줄 아는 사람이라 여겼는데 그게 아니었던 걸까? 아니면, 자신이 한 행동으로 인해 어떤 일이 벌어질지 알고 있음에도 사랑에 눈이 멀어 어리석은 선택을 한 건가? 전자든 후자든 그 선택이 제게 미치는 영향은 적지 않을 것이다. 그러나 후자의 이유로 이런 선택을 한 것이라면 정말 화가 날 것 같았다.

"……일단 내놔 봐."

짜증을 억누른 로젤이 하녀가 들고 있던 편지를 받아 들었다. 하얀 봉투의 겉면에 선명하게 후작가의 인장이 찍혀 있었다.

대체 어쩌려고 이러는 건가 싶어 작게 한숨을 내쉰 로젤이 곁에 있던 또 다른 하녀에게 아직 태우지 않은 편지가 있다면 이를 찾아올 것을 명했다. 이에 하녀는 조금 긴장한 얼굴로 그렇게 하겠다고 답한 후 재빨리 사라졌다.

그 후 차를 한 모금 들이켜며 편지를 응시하던 로젤은 남아 있던 다른 하녀에게 답장을 보낼 종이와 펜을 가져오라 시켰다.

로젤이 된 후로 처음 에반에게 편지를 받았던 이틀 정도를 제외하면 그 이후로 로젤은 단 한 번도 그의 편지를 읽지 않았다. 당연한 일이었다. 바람난 남편이 내연녀에게 보내는 편지 따위를 기쁜 마음으로 읽을 아내가 어디 있을까. 비록 전남편이라고는 하나, 기분이 썩 좋지 않은 것은 사실이었다. 그래서 보기만 해도 역겨운 연서 따위를 읽어 내려가는 대신 이를 무시하고, 불태우는 쪽을 택했다.

제가 배 속의 아이를 잃어 실의에 빠졌을 때도 내연녀에게 빠져 아무렇지 않게 이혼을 요구했던 남자다. 새삼 그에게 상처를 주는 일을 망설일 이유가 없었다. 오히려 에반 역시 제 복수의 대상이었다. 다만, 또 다른 목표물인 켈리아와 달리 제가 마음대로 주무를 방법이 없다는 게 문제라면 문제였다.

에반을 제 입맛대로 주무를 수 있을 만한 인물은 로젤뿐이다. 그리고 자신은 지금 로젤이 되어 있다. 하지만 그것은 제게 별 도움이 되지 않았다.

제 복수를 위해 에반을 움직이려면 일단 그의 연인 역할에 충실해야 하는데. 지금의 로젤은 그러고 싶은 마음이 조금도 없었다. 애당초 사랑으로 시작된 관계는 아니었으나, 나름 괜찮은 동반자라 생각했고 누구보다 그를 신뢰했다. 그리고 그런 남편에 대한 제 신뢰의 끝은 유산과 이혼이라는 나락이었다.

로젤은 저를 아무렇지 않게 나락으로 떨어트린 이의 곁에서 달콤한 말을 속삭일 수 있을 만큼 노련하지 못했다. 물론 만약 제 감정을 능숙하게 숨길 수 있다 해도, 하고 싶지 않았다. 차라리 다시 저주를 거는 쪽이 낫다는 생각이 들 만큼 로젤은 에반과 함께 있는 것이 싫었다.

게다가 자칫 잘못해서 약혼자인 황태자에게 약점이 잡혀 상황이 악화될지도 모른다는 점도 에반을 가까이 하지 않으려는 이유 중 하나였다.

차분히 편지 봉투를 뜯으려던 로젤은 문득 제 곁에 남아 있는 마지막 존재감을 떠올리곤 입을 열었다.

"홍차 좀 더 갖다줄래?"

조금 전부터 비어 있던 잔을 가리키며 그리 말하는 로젤의 모습에 세라는 조금 의아한 기색을 내비쳤다.

"왜? 다시 타 오기 싫으니?"

"……그런 것이 아닙니다. 당장 준비하겠습니다."

로젤이 의아한 얼굴로 묻자, 열심히 고개를 젓던 세라가 찻잔과 찻주전자 등을 모두 챙겨 방을 나섰다. 덕분에 로젤은 온전히 혼자 편지를 열어 볼 수 있게 되었다.

역겨운 연서 따위 다신 읽지 않아도 될 줄 알았는데 결국 이렇게 될 줄이야. 로젤은 살짝 올라오는 짜증을 애써 억눌렀다. 역시 에반에게 도 뭔가 제대로 된 복수를 해 줄 필요가 있을 것 같았다. 이대로 그냥 넘어가기엔 이미 죽어 버린 에르샤로서의 자신이 너무도 가여웠다.

아마 자신이 에반에게 할 수 있는 가장 효과적인 복수는 스스로의 정체를 밝히는 일일 것이다. 제 정체가 에르샤임을 밝히는 순간 복수 가 끝나는 가장 간단하고, 합리적인 방법이었다.

자신이 사랑한 로젤은 죽었고, 죽은 줄 알았던 에르샤가 살아 있다 는 것을 알게 된다면 과연 에반은 어떤 얼굴을 할까. 매우 궁금하긴 했지만, 절대 실행해서는 안 되는 계획이기도 했다. 사형을 당하고 싶 은 게 아니라면 조금 귀찮고 힘이 들더라도 다른 방법을 찾아야 했다.

"흐음."

하지만 역시 모르겠다. 결국 복수에 대한 고민은 나중에 천천히 하 기로 한 로젤이 제 손에 있던 에반의 편지 봉투를 다소 거칠게 찢었 다. 안에 있던 내용물이 찢어질 정도는 아니었으나, 덕분에 편지 봉투 가 꽤나 흉한 몰골을 하게 되었다. 이를 조금도 개의치 않던 로젤이 차분히 편지를 읽어 내려갔다.

정식 인장이 찍힌 이상 이번 편지에는 반드시 답장을 해야 했고, 이 를 위해선 뭐가 됐든 일단 편지를 읽어 봐야 했다.

천천히 편지를 읽던 로젤이 의아한 얼굴을 했다. 편지는 총 두 장 으로 이루어져 있었는데 첫 장에는 대뜸 정식으로 만남을 요청한다는 내용이 적혀 있었던 것이다.

'미친 건가?'

진심으로 에반이 미친 건 아닌가 싶었던 로젤은 편지의 두 번째 장을 읽은 후에야 그가 사리 분별도 할 줄 모르는 머저리가 된 것은 아니었다는 사실을 깨달았다.

그는 편지를 통해 아들인 리오에게 좋은 예절 교육 선생을 붙여 주고 싶어 직접 공작가에 편지까지 보낸 섬세하고, 자상한 아버지 행세를 하고 있었다. 이와 함께 라슈아 공녀인 로젤의 교양과 품위가 그 어떤 귀부인도 쉽사리 따라갈 수 없을 정도로 드높다며 찬양을 덧붙였다.

에반이 공작가에 이런 편지를 쓴 이유는 간단했다. 로젤에게 제 아들인 리오의 예절 교육을 담당할 선생이 되어 달라는 뜻이겠지. 진짜 목적이야 물론 따로 있겠지만, 일단 편지에 담긴 뉘앙스는 그러했다.

에반의 같잖은 수작에 헛웃음이 나올 지경이었으나 문제는 제게 이를 거절할 마땅한 구실이 없다는 것이었다. 교제를 하자는 것도 아니고, 아들을 가르칠 선생이 되어 달라는 제안일 뿐이다. 심지어 리오의 예절 교육은 후작가의 저택도 아니고, 황궁에서 이루어질 것이다.

리오가 아직 열 살도 되지 않았기에 제국의 법에 따라 리오의 예절 교육은 의무적으로 황궁에서 이루어져야 했다. 이는 어린 나이부터 황실의 권위에 도전하지 않도록 철저히 교육을 시키기 위해 초대 황제가 직접 제정한 법률이었다.

사실, 지금에 와서는 큰 의미나 효력이 없는 낡은 전통에 불과했지만, 그럼에도 사교계의 평판이나 가문의 체면 등을 생각하면 멋대로 거스를 수 없는 일이었다.

이와 더불어 백작가 이상 자제의 예절 교육 선생을 부탁받는 일은 대단히 영광스러운 것이었다. 그만큼 제 교양과 지식을 인정받았다는 뜻이니까. 나이 지긋한 부인들도 자랑스럽게 여길 일을 고작 열아홉밖에 되지 않은 로젤이 맡게 되었다. 그러니 로젤의 입장에선 더욱 이를 거절할 수 없었다.

후작이 직접 편지를 보내 부탁한 일인 만큼 그 성의를 생각해서 못해도 두세 달은 교육을 맡아야 했다. 그나마 다행인 것은 리오의 예절 교육이 후작저가 아닌, 황궁에서 이루어지는 탓에 에반과 로젤이 직접 대면하는 일이 거의 없을 것이라는 점이었다. 또한 주변의 시선 때문에 만날 방법이 없었던 리오를 마음껏 볼 수 있다는 점 역시 꽤 마음에 들었다. 그러나 에반과의 작은 접점이 생겼다는 사실은 상당히 불쾌했다.

하지만 그렇다고 해서 이를 거절할 마땅한 구실이 있는 것은 아니었다. 결국 로젤은 리오의 예절 교육을 맡을 수밖에 없는 것이다.

작게 한숨을 내쉬던 로젤은 곧 거칠게 뜯어 버렸던 편지 봉투 속에 다시 편지를 넣었다. 후작가의 인장이 찍혀 있는 봉투와 편지를 라슈아 공작에게 가져가야 했기 때문이다.

각 가문의 인장이 찍힌 편지라면 보통 가문의 주인이 보관하고 있는 것이 당연했다. 답장을 보내는 일 역시 우선 공작과 의논한 후 적당히 단어를 골라 작성해야 했다.

그리 생각하며 공작을 만나러 가려는데. 문을 가볍게 두드리는 소리가 들려왔다. 아무래도 심부름을 시켰던 하녀들인 것 같다.

"들어와."

나긋한 로젤의 목소리에 예상대로 심부름을 보냈던 세 명의 하녀들이 차례대로 안으로 들어왔다.

예의상 그들이 가져온 것을 보며 수고했다는 말을 한 로젤은 곧장 공작의 집무실로 향했다. 로젤이 된 후, 공작을 제대로 마주한 것은 이번이 처음이었기에 애써 긴장한 티를 내지 않으려 노력했다.

"무슨 일이냐."

그녀가 집무실에 발을 들이기 무섭게 공작이 물었다. 어찌 보면 싸늘하기까지 한 물음에 로젤은 의아했다.

라슈아 공작이 딸인 로젤을 끔찍하게 아낀다는 것은 사교계에 갓 데뷔한 어린 귀족들도 다 아는 사실이었다.

"아델노프 후작께서 편지를 보내셨습니다."

그런 로젤의 말에 공작이 대놓고 표정을 구겼다. 덕분에 로젤의 의문은 점점 더 그 크기를 불려갔다.

"겨우 그런 일로 날 찾아온 거냐?"

"후작가의 인장이 찍힌 편지였기에 그냥 둘 수 없었습니다."

이어진 로젤의 말에 공작의 표정이 또 한 번 일그러졌다. 덕분에 점점 더 공작의 의중을 파악하기 어려워진 로젤은 조용히 그가 답을 주기를 기다렸다.

"후작 놈이 드디어 사고를 친 모양이군."

짜증 섞인 공작의 중얼거림에 로젤은 그제야 공작이 에반과 로젤의 관계를 알고 있었음을 깨달았다. 그렇다면 로젤은 라슈아 공작에게 대놓고 저와 에반의 관계를 드러낸 걸까?

"그다지 놀랍지 않다는 표정이구나. 내가 눈치챘다는 사실을 알고 있었던 거냐?"

그리 말하며 싸늘하게 웃는 공작을 보니 적어도 로젤이 직접 그에게 에반과의 관계에 대해 얘기한 적은 없는 모양이었다. 이를 파악한 로젤은 조금 당황했으나, 애써 침착한 척하는 듯한 표정을 가장한 채 입을 열었다.

"아뇨, 다만 어느 정도는 알고 계시지 않을까 짐작했을 뿐입니다."

나름 담담한 로젤의 대답에 로젤이 들고 있던 에반의 편지로 시선을 옮긴 공작이 입을 열었다.

"그거참 의외구나. 재밌는 일이야."

하지만 그리 말하는 공작의 표정엔 별 감흥이 없어 보였다. 길가에 굴러다니는 돌멩이를 보는 시선도 이리 무심하지는 않을 것이다.

곧이어 공작이 편지를 내놓으라는 듯 한 손을 내밀었고, 이에 로젤은 공작에게 들고 있던 편지를 건넸다. 이미 흉하게 뜯어진 편지 봉투를 보면서도 공작은 별 반응을 보이지 않았다. 그저 안에 있는 편지를 꺼내 차분히 읽어 내려갈 뿐이었다.

"적어도 사리 분별을 못 하는 천치는 아닌 모양이구나."

짤막한 공작의 말에 로젤은 무어라 답을 하는 대신 조용히 입을 다문 채 이어질 말을 기다렸다.

"그래. 어찌하고 싶으냐?"

로젤의 의사를 묻는 질문이었다. 그러나 제 의사가 반영될 수 있는 일이 아니라는 것을 로젤은 알고 있었다.

"제게 선택권이 있는 일입니까?"

"아니."

조금의 망설임도 없는 공작의 대구에 로젤은 그럴 줄 알았다는 듯 이내 수긍했다. 사실 뭔가를 기대하고 물어본 질문은 아니었다.

"그렇다면 할 수밖에 없겠죠. 후작께 예절 교사를 맡겠노라 답하겠습니다."

그런 로젤의 대답에 공작은 그리하라는 듯 가볍게 고개를 끄덕였다. 이에 예를 갖춰 고개를 숙인 로젤이 말했다.

"그럼 이만 나가 보겠습니다."

인사를 마친 로젤은 나가도 좋다는 공작의 허락이 떨어지기를 기다렸다.

"내가 수습해 줄 수 있는 선을 넘지 마라."

그러나 잠시 침묵에 잠겼던 공작은 허락이 아닌 경고를 남겼다. 경고에 담긴 의미는 명백했다. 더 이상 에반과 엮이지 마라.

"명심하겠습니다."

로젤의 입장에선 크게 아쉬울 것 없는 경고였다. 저 역시 에반과 엮이는 일만큼은 사양이었으니까.

"명심해라. 내게 필요한 것은 네가 아니다. 공작가와 황실을 연결해 줄 '너'지."

잔인하기 그지없는 공작의 말에 로젤은 그대로 입을 다물었고 공작

역시 잠시 침묵을 지켰다. 그 후 얼마간의 침묵을 깬 것은 또다시 공작의 입에서 나온 말이었다.

"그 역할에서 벗어나는 순간. 넌 더 이상 내 딸이 아니다."

"……명심하겠습니다."

짤막한 로젤의 대꾸에 공작은 그제야 나가 보라는 대답을 했다. 이에 짧게 고개를 숙인 로젤이 집무실을 나섰다.

역시 사람이란 대외적인 모습만 보고는 모른다.

사랑받는 공녀와 애정이 넘치는 공작? 웃기지도 않는 연극이었다. 부친의 사랑을 받아 본 적 없는 에르샤조차도 로젤을 향한 공작의 마음이 애정이 아니라는 것 정도는 안다. 라슈아 공작에게 로젤은 가문과 자신의 안위를 위해 움직일 수 있는 장기짝에 불과하다. 잠깐의 대면을 통해 로젤은 이를 알아챘다. 아니, 어쩌면 진작 알고 있었을지도 모른다. 그저 굳이 나서서 이를 신경 쓰지 않았던 것일 뿐.

몇 가지 사실만 떠올려 봐도 답은 금세 나왔다. 우선, 자신이 로젤의 몸에 빙의한 이후로 공작은 단 한 번도 로젤을 찾아오지 않았다. 제 딸이 잠시 징신을 잃고 쓰러졌음을 모르지 않을 텐데도 그는 로젤을 찾지 않았다. 로젤을 원수 취급하는 아르한도 쓰러진 그녀를 보러 왔던 것을 생각하면 공작이 로젤에게 얼마나 무심한지 알 수 있었다.

라슈아 공작이 공작가의 주인으로서 바쁘고, 정신이 없다고 해도 제 딸에게 조금의 애정이라도 있었다면 그는 로젤을 찾아왔을 것이다. 아니면, 로젤을 제 방으로 불러 상태를 확인하는 방법도 있었다. 둘은 같은 저택에 함께 살고 있으니까. 하지만 공작은 그리하지 않왔다.

마르아넬 공작이 사생아인 에르샤의 아픔은 방치했을지언정 제 부인에게서 본 자식들이 아플 때는 그들을 찾았던 것과 판이한 모습이었다.

이를 떠올리니 조금 우스웠다. 사생아라 차별을 받고, 애정을 받지 못했던 에르샤와 달리 로젤은 대외적으로 공작가의 사랑받는 적녀였다. 하지만 로젤은 사랑받지 못했다. 공작에게 로젤은 쥐고 있는 패 중 하나였을 것이다. 그 사실이 로젤의 마음을 어지럽게 했다. 이기적이고, 추악한 마음이 그녀의 내면에서 싹을 틔운다.

기쁘다. 참을 수 없이 기쁘다. 모든 것을 다 가진 줄 알았던 제 원수가 생각보다 많은 것을 갖지 못했음을 알게 되니 너무나 기뻤다. 제 모든 것을 앗아간 원수의 불행을 함께 슬퍼해 줄 정도로 자신은 선하지 못했다.

사생아로서 사랑받지 못한 에르샤. 적녀임에도 사랑받지 못한 로젤. 결국 두 사람이 사랑받지 못했음은 변하지 않는다.

"하, 하하하."

미친 사람처럼 웃음이 났다. 그래, 당신도 결국 다 가진 건 아니었구나. 그런 당신이 내게서 에반을 빼앗고, 배 속의 아이를 빼앗고 결국 나와 함께 나락으로 떨어졌구나. 하지만 나는 당신을 동정하지 않는다. 나는 그리 자애로운 인간이 아니니까.

공작과의 대면을 마치고 제 방으로 돌아온 로젤은 아직 태우지 않은 에반의 비공식적인 편지들을 읽기 시작했다.

그 편지들은 모두 처음에 보냈던 연서와는 조금 다른 방향의 내용을 담고 있었다. 직접적으로 로젤에게 사랑을 고백했던 초반의 연서들과 달리 최근에 보낸 편지들은 중요한 용건이 있으니 만나 달라는 내용으로 변해 있었다.

로젤이 그가 보낸 연서를 모두 무시한 탓에 방법을 바꾼 것인지, 아니면 정말 중요한 용건이라도 있는 것인지 가늠하기 힘들었다. 그러나 에반이 제게 무슨 용건이 있든, 또 그것이 얼마나 중요하든 상관없었다. 어차피 로젤에겐 그를 만날 생각이 없었으니까.

읽고 있던 편지를 곱게 접어서 다시 편지 봉투 안에 넣은 로젤이 바로 옆에 있던 종이와 펜을 집어 들었다. 리오의 예절 교사가 되어 달라는 부탁을 수락하겠다는 뜻을 담은 편지를 써야 했기 때문이다.

사실 썩 내키지 않았으나, 교육 장소가 황궁이라는 것과 덕분에 에반을 만날 일이 거의 없을 거란 사실을 열심히 되새겼다.

그래도 그나마 마음에 들었던 것은 부담 없이 리오를 볼 수 있을 거란 점이었다. 비록 지금의 리오가 저를 어미로 인식하지 못하고 있다 해도 상관없었다.

그리 생각한 로젤이 차분히 단어를 고르며 편지를 써 내려가는데. 문을 두드리는 소리가 들려왔다.

여전히 시선을 편지에 고정한 로젤이 들어오라 답하기 무섭게, 뭔가가 잔뜩 올려진 트레이를 든 세라가 안으로 들어왔다. 세라의 발걸음 소리가 지척에서 들릴 즈음 고개를 든 로젤이 의아한 얼굴을 했다.

"그건 다 뭐야?"

"공작님께서 갖다드리라 하셨습니다."

트레이를 테이블 위에 내려놓던 세라가 한 말에 로젤은 그녀가 가져온 것들을 쭉 살펴보았다.

세라가 가져온 트레이 위에는 두세 종류의 병과 차를 타는 데 사용되는 도구들이 자리하고 있었다.

차는 그렇다 쳐도, 저 병들은 무엇인가 싶어 잠시 이를 쳐다보던 로젤은 곧 병에 담긴 것이 술이라는 사실을 눈치챘다.

에르샤의 부친이었던 마르아넬 공작이 즐겨 마시는 상단의 술이었기에 이를 모를 수가 없었다.

"특별히 아가씨께서 좋아하시는 데메르 상단의 과실주만 골라 갖다드리라 하셨습니다."

이어진 세라의 말에 로젤은 공작이 이것으로 저를 달래려는 속셈인가 싶어 헛웃음이 나올 뻔했다.

진짜 로젤이라면 모를까 자신은 술을 마시지 못한다. 체질상 안 맞았기 때문이다.

한두 잔만 마셔도 금세 얼굴이 달아오르고, 취한다. 그리고 자고 일어나면 심한 두통과 함께 먹은 것을 죄다 게워 내기 일쑤였다. 의원은 체질적으로 술이 맞지 않는 것이니, 술만 입에 대지 않는다면 일상생활에 큰 지장은 없을 거라고 했다.

하지만 이는 말처럼 쉬운 일이 아니었다. 술은 많이 마실 필요는 없지만, 적당히 한두 잔 정도는 할 줄 알아야 한다. 상대방이 가볍게 한

잔할 것을 권했는데 마땅한 이유도 없이 지속적으로 이를 거절하는 것은 예의에 어긋나는 일이니까.

거기까지 생각하던 로젤이 머리를 굴리기 시작했다.

공작이 제게 저런 사치스러운 술을 보냈다는 것은 분명 로젤이 저 술을 매우 선호한다는 뜻일 것이다. 그러니 함부로 이를 거절했다간 수상하게 보일 여지가 있었다. 하지만 그렇다고 해서 내일 고생할 것을 감수하면서까지 술을 입에 대고 싶지는 않았다. 조금 수상해 보이더라도 마시지 않는 편이 나았다.

"미안하지만, 오늘은 별로 생각이 없으니 차만 마실게. 부친께도 그리 전하고."

로젤은 마치, 조금 전 공작과의 대화를 여전히 마음에 두고 있어 술을 거절하는 것처럼 답했다. 이에 세라는 조금 곤란하다는 얼굴을 했으나 로젤은 애써 이를 모른 척했다.

"차는 거기에 두고. 어서 나가 봐."

당장 공작에게 가 보라는 뜻을 분명히 하는 로젤을 보며 결국 세라는 고개를 숙여 인사한 후 방을 나섰다.

공작이 제정신이 박힌 인간이라면 겨우 이 정도로 세라를 핍박하거나 하진 않을 것이다. 사실, 조금 전 집무실에서 보여 준 모습을 생각하면 로젤이 술을 거절하든 말든 신경도 쓰지 않을 것 같았다. 그 정도로 로젤을 대하는 라슈아 공작의 태도는 무심했고, 싸늘했다.

그리 생각하던 로젤은 세라의 등장으로 인해 다 쓰지 못한 편지를 마저 써 내려가기 위해 펜을 잡았다. 한 번 흐름이 끊겨 버린 탓에 단어를 고르는 것이 영 쉽지 않다.

그때 제 뒤에 서 있던 하녀들이 작게 수군거리는 소리가 들려왔다. 평소 같았으면 가볍게 주의를 주거나, 그냥 못 들은 척 넘어갔겠지만 '아가씨'라는 단어가 분명하게 들린 탓에 상황은 달라졌다.

"거기 너희 둘. 이리 와 봐."

그리 말하며 생긋 웃는 로젤의 모습에 지목당한 하녀 두 명의 낯빛이 순식간에 창백하게 질렸다. 그들이 머뭇머뭇 떨어지지 않는 발걸음을 옮겨 제 앞에 도달하자 애써 상냥하게 웃음 짓던 로젤이 입을 열었다.

"무슨 이야기를 했니?"

"죄, 죄송합니다! 죽을죄를 지었어요!"

"정말, 죄송합니다!"

파들파들 떨던 두 하녀 모두 재빨리 무릎을 꿇고, 머리를 조아린다. 확실히 원래의 로젤은 보통내기가 아니었던 모양이다. 그저 무슨 얘기를 했는지 궁금해했을 뿐임에도 이런 상황이 벌어지는 것을 보면 말이다. 제 앞에서 머리를 숙인 채 떨고 있는 두 하녀에게 잠시 시선을 준 로젤이 입을 열었다.

"더는 묻지 않을게. 무슨 얘기를 했어?"

마치, 지금 당장 사실대로 털어놓지 않으면 대가를 치르게 될 것이라는 뉘앙스를 풍기는 물음이었다.

어차피 로젤이 어떤 좋은 말을 해도 그들은 그녀의 말을 곧이곧대로 받아들이지 못할 것이다. 무슨 꿍꿍이일까 싶어 의심하고, 불안에 떨겠지. 그렇다면 군이 제 정체를 의심받을 위험까지 감수하면서 나설 필요는 없었다. 차라리 협박을 하는 척 호기심을 충족하고, 선심을 쓴 척 그들을 풀어 주는 편이 나았다.

"벼, 별거 아니었습니다. 그저 아가씨께서 조금 달라지신 것 같다는 말을 하던 중이었습니다. 부, 불쾌하셨다면 정말 죄송합니다!"

"저, 정말 죄송합니다!"

예상치 못한 하녀들의 말에 로젤이 미간을 조금 찌푸렸다. 나름 무난하게 로젤을 연기하고 있다 자신했음에도 어설픈 부분이 있었던 모양이다.

"더 자세히 말해 봐."

짧막한 로젤의 말에 하녀 중 하나가 여전히 이마를 땅에 박은 채 말을 이었다. 내용은 생각보다 별거 없었다. 그저, 로젤이 세라를 그다지 좋아하지 않았던 탓에 하녀들을 시켜 그녀를 은근히 고립시키라 지시했다는 내용과 세라가 가져다주는 것은 음식이든 옷이든 더럽다며 입에 대지도, 입지도 않았다는 내용이었다.

"그런데 요즘 내가 세라가 탄 홍차를 마시고, 그녀의 시중을 받아서 의아했다?"

차분한 로젤의 물음에 하녀들이 열심히 고개를 끄덕였다. 이에 잠시 뭔가를 고민하던 로젤이 입을 열었다.

"그거 이제 질렸으니까. 그만둬."

그저 잠깐 변덕을 부린 것에 불과하다는 듯 말하는 로젤을 보며 하녀들이 열심히 고개를 끄덕였다. 하녀들 역시 다소 갑작스러운 로젤의 변덕에 의문이 들긴 하겠지만 제 안위를 생각해서라도 이를 직접 입에 올리지는 않을 것이다.

결국 선심 썼다는 듯 생긋 웃으며 하녀들을 제자리로 돌려보낸 로젤 앞에 뜻밖의 소식이 들려왔다.

"켈리아 조르단 영애께서 찾아오셨습니다."

한 번쯤은 방문할 것이라 예상했으나, 이리도 빨리 올 줄은 몰랐다. 결국 오늘은 에반에게 답장을 쓰지 못할 것 같다는 생각을 하며 펜을 내려놓은 로젤이 말했다.

"일단 응접실로 모시도록 해."

짤막한 로젤의 대답에 하녀들이 분주한 움직임을 보였다. 로젤 역시 편지와 펜 등을 대강 정리한 후 자리에서 일어나 켈리아가 있을 응접실로 향했다. 자연스레 응접실 문을 열고 들어서자 손님용 소파에 앉아 있던 켈리아가 로젤의 등장을 크게 반기는 얼굴로 몸을 일으켰다.

"조르단 백작가의 켈리아 조르단이 라슈아 공녀를 뵙습니다."

"잘 오셨습니다. 안 그래도 영애를 뵙고 싶었던 차였어요."

로젤이 예의상 건넨 말에도 켈리아는 진작 말씀하시지 그랬냐며 친한 척 쓸데없이 너스레를 떨어 댔다. 켈리아답지 않은 행동에 잠시 생각에 잠긴 로젤은 금세 그녀의 속마음을 읽어 냈다. 켈리아는 지금 불안에 떨고 있는 것이다.

샬롯과 로젤이 부쩍 가까운 사이가 되었다는 소문을 접했고, 또 어느 정도 직접 목격했을 테니 이리 행동하는 것도 무리는 아니었다. 또

한 켈리아의 약혼자가 요즘 그녀에게 무심하게 군다는 소문이 사실이라면 이 역시 켈리아의 불안을 키우는 데 단단히 한몫했을 것이 분명하다.

하지만 로젤은 이를 다 알고 있음에도 아무것도 모른다는 얼굴로 입을 열었다.

"이리 찾아 주셔서 감사합니다만, 조금 갑작스럽네요. 혹, 제게 급한 용건이라도 있으신가요?"

그리 말한 로젤이 우아한 손짓으로 켈리아에게 앞에 놓인 차를 권했다. 로젤의 권유를 부드러운 손짓으로 거절한 켈리아가 입을 뗐다.

"무례하게 굴 생각은 아니었습니다. 단지, 공녀께 조금 섭섭한 마음이 들어서요."

켈리아가 자신을 찾아온 이유 정도야 짐작하고 있었던 로젤이었으나 이건 좀 의외였다. 그녀가 이리도 대놓고 제게 섭섭한 마음을 드러낼 줄은 몰랐던 것이다.

"의도한 바는 아니었으나, 제가 조르단 영애의 마음을 상하게 한 적이 있다면 죄송합니다. 진심으로 사과드리겠습니다."

켈리아가 뭔가를 털어놓기도 전에 로젤은 무릎만 꿇지 않았을 뿐 정중함의 끝을 달리는 사과를 했다. 상대방이 먼저 공손하게 사과까지 했는데 이를 더 따지고 들 사람은 거의 없다. 특히 사과를 한 상대기 자신보다 서열이 높은 사람이라면 더욱.

"공녀께서 사과하실 일이 아닙니다. 그저, 요즘 제가 조금 섭섭한 마음이 들었을 뿐입니다. 괘념치 마세요."

그런 로젤의 예상대로 켈리아는 크게 당황한 얼굴을 하며 열심히 두 손을 내저었다. 이에 로젤은 속으로 웃음을 감춘 채 말을 이었다.

"어찌 신경을 쓰지 않고 넘어갈 수 있겠습니까. 혹, 제가 영애를 불편하게 한 것이 있다면 솔직하게 말씀해 주셨으면 좋겠습니다."

간곡하기 그지없는 로젤의 말에 약간의 망설임 섞인 반응을 보이던 켈리아가 곧 결심이 선 듯 입을 열었다.

"저는 그저, 공녀께서. 비아노 백작 부인과 가까이 지내지 않으셨으면 합니다."

제 예상과 한 치의 다름도 없는 대답이었기에 놀라울 것도 없었다. 하지만 로젤은 두 눈을 조금 크게 뜨며 전혀 예상치 못했다는 반응을 보였다.

"혹, 아카데미 시절부터 저와 백작 부인의 사이가 좋지 않았기 때문인가요?"

"물론, 그런 이유도 있지만. 그것뿐만이 아닙니다."

그리 답한 켈리아가 갑자기 눈에 띄게 초조한 기색을 보였다. 그것이 로젤은 조금 의아했으나, 겉으로 이를 내색하지 않은 채 제 앞에 놓인 찻잔을 들어 입에 갖다 댔다.

따뜻한 차가 로젤의 입 안을 부드럽게 적셨을 즈음, 겨우 초조한 기색을 가라앉힌 켈리아가 입을 열었다.

"에르샤 마르아넬과 더는 엮이고 싶지 않으니까요. 그것은 공녀께서도 마찬가지 아니십니까?"

"하지만 그녀는 이미 죽었습니다."

단호한 로젤의 대꾸에 멈칫하던 켈리아가 그대로 시선을 내리깔았다. 잠시 생각에 잠긴 듯했던 그녀가 이내 시선을 끌어 올린 후 입을 열었다.

"⋯⋯그래도 조심하는 게 좋을 것 같아 드리는 말씀입니다. 비아노 백작 부인은 위험합니다."

단순히 가까이하지 말라는 것도 아니고, 이런 식으로 거듭 저와 샬롯의 친분을 반대하는 켈리아를 보며 로젤은 직감했다.

켈리아는 지금 단순한 질투심이나 불안감만으로 움직이고 있는 것이 아니다. 그저 에르샤와 엮이기 싫다는 이유로 척을 지기에 샬롯은 퍽 아까운 상대였다. 사교계에서의 입지야 좁다 못해 없다고 해도, 황녀이자 백작 부인이라는 지위가 사라지는 것은 아니니까. 그럼에도 켈리아는 억지스러울 정도로 로젤과 샬롯이 가까워지는 것을 두려워하고 있다. 이는 자신이 모르는 뭔가가 있을 가능성을 뜻했다.

"영애께선 무엇이 그리도 두려우십니까?"

결국 로젤은 켈리아를 떠보기로 결심했다. 켈리아가 저를 어느 정도 신뢰하고 있는 이상 이는 크게 어려운 일이 아니었다. 그저 다양한 의미로 해석될 여지가 있는 말을 던지는 것만으로도 충분하다. 이제 자신은 켈리아가 미끼를 물기만 기다리면 된다.

로젤이 물 위로 가볍게 낚싯대를 드리우기 무섭게 미끼를 문 켈리아가 입을 열었다.

"⋯⋯제 약혼자께 버려질까 두렵습니다."

로젤이 원한 대답은 아니었다.

어찌 보면 조금 비참한 대답이었고, 켈리아가 그만큼 절대적으로 로젤을 신뢰하고 있다는 의미를 담은 대답이기도 했다. 콧대 높은 귀족 영애가 타인에게 거리낌 없이 제 약점을 드러내는 일은 흔하지 않으니까. 또한 그만큼 이해하기 힘든 행동이기도 했다.

최근에 로젤이 샬롯과 가까이 지내는 것을 보았고, 불안에 떨기까지 했음에도 켈리아가 이렇게 쉽게 제 속내를 털어놓은 것은 조금 의외였다. 역시 로젤과 켈리아 사이엔 자신이 모르는 뭔가가 있다. 로젤은 자꾸만 그런 생각이 들었다.

"그분께서 그러실 리 없다는 것을 아시지 않습니까."

위로를 가장한 로젤의 말에 켈리아는 조금 음울한 얼굴을 했다. 아무래도 들려오는 소문이 거짓은 아니었던 모양이다.

여전히 얼굴에 짙은 그늘을 드리운 켈리아가 입을 열었다.

"요즘, 그분께서는 항상 마음에 차지 않는다는 눈으로 저를 보십니다."

쓸쓸함을 넘어 우울함이 섞인 켈리아의 목소리에 로젤은 애써 그럴리가 없다며 그녀를 위로하는 척했다.

이와 동시에 속으로 켈리아의 약혼자인 메넨 후작에게 존경을 표하는 것도 잊지 않았다. 롬벨 메넨. 올해로 스물넷이 된 그는 메넨 후작가의 주인이자, 켈리아의 약혼자였다.

켈리아는 빈말로도 미인이라고 하기 힘든 인물이었다. 게다가 성격이 상당히 까칠하고, 예민한 편이라 전반적인 평판 역시 그다지 좋지 않았다. 그녀의 곁에 공녀인 로젤이 없었더라면, 진작 사교계에서 외면을 받았을 거란 말이 있을 정도였다.

켈리아와 함께 다니는 이들 역시 좋아서가 아니라 로젤과 가까운 사이인 데다, 조르단 백작가의 금지옥엽인 켈리아의 곁에서 이익을 취해 볼 목적으로 붙어 있는 경우가 많았다.

이런 켈리아에게 노련한 정치가로서 타인의 평판을 중요시하는 메넨 후작이 진작 파혼을 선언하지 않은 것은 꽤 놀라운 일이었다. 물론 적당한 시기를 재고 있거나, 그럴듯한 구실을 붙이기 위해 때를 기다리고 있을 가능성도 있었다. 하지만 이를 알 리 없는, 혹은 알고 있음에도 인정하기 싫을 켈리아는 결국 우울한 목소리로 제 앞에서 약혼자인 메넨 후작의 험담을 늘어놓기 시작했다.

처음 한두 번이야 후작께서 그런 의도로 하신 행동이 아니었을 거라 답하며 적당히 중립을 지켰다. 하지만 그것이 몇 번 반복되자 로젤은 슬슬 짜증이 올라왔고, 고민을 거듭하다가 운 좋게 미리 준비해 두었던 것을 떠올렸다.

"후작께서 연극이나, 공연을 매우 좋아하신다고 들었습니다."

로젤의 입에서 위로의 말이 아닌 다른 주제가 등장하자 울먹임에 가까운 말을 내뱉던 켈리아가 고개를 들어 그녀를 응시했다. 이에 로젤은 지금 막 생각이 났다는 듯 약간의 과장이 섞인 태도로 말을 이었다.

"그러니 함께 공연을 관람하며 관계를 더욱 돈독히 하는 것이 어떻겠습니까?"

"……나쁘지 않은, 흐윽. 방법일 것 같네요."

지푸라기라도 잡아 보고 싶은 심정일 켈리아에겐 로젤의 말이 더없이 그럴듯하게 들릴 것이다. 열심히 고개를 끄덕이는 켈리아를 보며 로젤은 웃음을 삼켰다.

"마침, 제가 아사벨 극단과 연이 닿아. 이번 공연의 입장권을 가지고 있습니다."

이것은 로젤이 켈리아를 잡기 위해 놓은 덫이었다.

아사벨 극단은 제국 최고의 극단이자, 현 사교계의 가장 큰 화두이기도 했다. 타인의 평판을 중요시하고, 유행의 흐름에 민감한 메넨 후작이 관심을 두지 않을 수 없는 주제인 것이다.

"전에 연회에서 후작을 뵈었을 때 잠시 대화를 나눈 바로는 이번 공연에 대해 관심이 많으신 듯했습니다."

로젤이 연회에서 메넨 후작과 마주친 적이 있는 것은 사실이나, 그의 관심사에 대해 자세한 대화를 나눈 적은 없었다. 애당초 그리 친밀한 사이도 아니었으니까.

이는 모두 켈리아의 약혼자인 후작에 대해 알아보기 위해 따로 조사를 한 결과였다. 덕분에 로젤은 조금 더 손쉽게 켈리아에게 복수할 방법을 찾았다.

"영애께서 원하신다면 제가 직접 극단주와 대면할 자리도 마련해 드리죠."

차분히 덧붙여진 로젤의 말에 잠시 생각을 정리하듯 입을 다물었던 켈리아가 곧 다시 입을 열었다.

"굳이, 그렇게까지 하실 필요는……."

"아뇨, 이럴 때야말로 도와드려야죠."

슬쩍 켈리아의 말을 자른 로젤이 생긋 웃었다.

이에 켈리아는 단순히 기뻐하기보다 조금 복잡한 얼굴을 했다. 순조롭게 제 도움을 얻은 것은 나쁘지 않으나, 여전히 그녀가 샬롯을 가까이한 이유를 알 수 없어 불안하겠지. 하지만 켈리아의 불안은 무의미한 것이었다. 속으로 로젤에게 아무리 짙은 의혹을 품는다 해도 그녀는 결국 로젤이 내민 손을 잡을 수밖에 없다.

켈리아는 지금 누구보다 간절할 테니 후작과의 관계를 회복할 가능성이 조금이라도 있다면 그게 무엇이든 놓지 못할 것이다. 하지만 그럼에도 여전히 속으로 자잘한 갈등을 반복하는 켈리아를 위해 로젤이 나섰다.

"영애께서는 혹, 이대로 후작님을 포기할 생각이신가요?"

위태로운 고민을 종식시키는 로젤의 한마디에 망설임을 끝낸 켈리아가 결국 고개를 저으며 입을 열었다.

"아뇨, 그건 아닙니다."

조금 단호하기까지 한 대답에 생긋 웃던 로젤이 가벼운 손짓으로 주위에 있던 하녀 하나를 불렀다. 그리곤 제 방 책상 위에 있는 작은 봉투 하나를 가져오라 명했다. 이는 켈리아에게 주겠다고 말한 공연의 입장권이 들어 있는 봉투였다. 하녀가 바쁘게 움직이며 응접실 밖으로 사라지기 무섭게 로젤이 입을 열었다.

"제가 도울 수 있는 것이 있다면 언제든 돕겠습니다. 그러니 부담 갖지 마시고 편하게 말씀해 주세요."

"⋯⋯감사합니다."

그 후로 오간 의례적인 몇 마디의 대화를 끝으로 켈리아가 슬슬 돌아가려는 기색을 보였다.

이미 그 전에 심부름을 마친 하녀를 통해 받은 입장권을 건네는 일까지 끝낸 로젤로서는 더없이 반가운 일이었다. 목적을 달성했으니 더는 같이 떠들어 줘야 할 이유가 없었다. 이에 로젤이 적당히 배웅의 말을 꺼내려던 찰나. 자리에서 일어나는가 싶던 켈리아가 갑작스럽게 입을 열었다.

"솔직히 전 공녀의 뜻을 아직도 이해할 수 없습니다."

조금 의미심장한 켈리아의 말에 혹시나 싶었던 로젤은 제 뒤에 있던 하녀들을 모두 손짓 한 번으로 물렸다.

"어째서요?"

로젤의 짤막한 물음에 켈리아가 즉시 답했다.

"백작 부인을 곁에 두는 것은 아무리 생각해도 위험합니다."

아, 또 그 도돌이표 같은 대화인가. 저가 모르는 새로운 사실이 등장하지 않을까 싶어 기대했던 것이 무색해지는 주제에 로젤은 속으로 한숨을 삼켰다. 하지만 겉으로는 이를 드러내지 않으며, 약간의 미소가 섞인 얼굴로 입을 열었다.

"어째서 그리 생각하시는 겁니까?"

"백작 부인은 에르샤 마르아넬과 가장 막역한 사이였던 여자입니다."

어설픈 변명으로 적당히 둘러댈 것이라 예상했던 바와 달리 켈리아는 매우 직접적인 이유를 댔다. 하지만 그마저도 그리 새로운 이유는 아니었기에 로젤은 시큰둥한 얼굴을 하지 않기 위해 노력했다. 그러나 그런 로젤의 시큰둥함은 이어진 켈리아의 한마디로 인해 그 모습을 감췄다.

"'그 일'에 저희가 관여했다는 사실을 들키게 될지도 모릅니다."

켈리아의 말에 영혼 없이 습관적으로 반응하던 로젤의 귓가에 처음으로 흥미로운 단어가 박혔다.

그 일.

어쩌면 정말 자신이 모르는 뭔가가 있었던 걸지도 모른다. 그리 여긴 로젤은 진실을 파헤치기 위해 적당히 미끼로 던질 말을 골랐다.

"들키는 일은 없을 겁니다. 조금의 실수도 없었더라면요."

애매하게 주어를 생략한 로젤의 말은 꼭 켈리아를 의심하는 것처럼 들리기도 했고, 아니기도 했다. 이에 당황한 켈리아는 결국 로젤의 미끼를 물었다.

"저는, 분명 확실히 했습니다. 공녀께서도 고용했던 이들을 모두 직접 저리했다고 말씀하셨고요. 그리니 들키는 일은 절대 없을 겁니다."

"당연히 그래야죠."

확신에 가까운 켈리아의 말에 로젤은 다시 한번 낚싯대를 드리웠다. 로젤은 켈리아가 진실을 토해 낼 때까지 끊임없이 미끼를 던져 줄 의향이 있었다.

"만약 이를 들키게 된다면. 그 결과는 영애께서도 알고 계시리라 믿습니다."

"물론, 알고 있습니다. 그러니 더욱 후작께서 진실을 알지 못하도록 해야죠."

역시 켈리아의 약점은 약혼자인 메넨 후작인가. 그리 추측한 로젤이 이를 확인하기 위해 차분히 입을 열었다.

"메넨 후작께서는 그리 쉽게 영애를 버리실 분이 아닙니다."

물론 근거 없는 주장이었다. 타인의 평판을 중요시하는 후작이라면 켈리아가 약간의 구실만 던져 줘도 그 길로 파혼을 요구할 가능성이 컸다.

이에 잠시 두 눈을 크게 뜬 켈리아가 작게 웃으며 말했다.

"공녀께서 착각을 하셨군요. 죄송하지만, 제가 말씀드린 분은 아델 노프 후작이십니다."

전혀 예상치 못했던 인물의 등장이 로젤은 조금 의아스러웠으나, 곧 최대한 태연한 얼굴로 이어질 켈리아의 말을 기다렸다.

"공녀께서 어련히 알아서 하셨으리라 믿습니다만, 그래도 역시 비아노 백작 부인과의 관계는 정리하셨으면 좋겠습니다."

또다시 원점으로 돌아온 대화에 로젤은 결국 승부수를 던졌다.

"영애께서 그렇게까지 말씀하시니 앞으로는 백작 부인을 가까이하지 않겠습니다."

어차피 샬롯을 위해서는 그녀를 더 이상 사교계에 끌어들이지 않아야 했다. 그의 남편인 크리스도 이를 원할 테고, 자신 역시 샬롯의 병이 더 이상 심각해지지 않길 바란다. 그러니 이는 사실 로젤에게 조금의 손해도 없는 결정이었다. 이를 차분히 되짚던 로젤이 켈리아를 향해 부드럽게 웃으며 말했다.

"그런데 혹, 단서가 될 만한 것을 남기지는 않으셨겠지요?"

걱정과 의심이 섞인 로젤의 물음에 켈리아는 단호한 태도를 보였다.

"걱정하지 않으셔도 됩니다. 에르샤 마르아넬을 납치할 때 고용했던 이들은 모두 공녀께서 직접 처리하지 않으셨습니까."

"……그랬었죠."

갑작스럽게 등장한 에르샤의 이름에 로젤의 표정이 조금 일그러졌다가 이내 다시 원래대로 돌아왔다. 아주 찰나의 순간이었기에 켈리아는 이를 감지하지 못한 듯했다.

자연스레 테이블 아래로 내려간 로젤의 두 손이 치맛자락을 꽉 쥐었다. 차마 드러낼 수 없는 분노가 치마 위로 흩어진다.

"하지만 그럼에도 혹, 남아 있는 불안 요소는 없는지 다시 한번 확인할 필요가 있을 것 같습니다."

애써 태연을 가장한 로젤의 말에 잠시 생각에 잠긴 듯 시선을 내리깔았던 켈리아가 입을 열었다.

"무엇이든 확실히 하는 게 좋다고는 하나, 공녀께서는 지금 쓸데없는 걱정을 하고 계십니다."

그리 말한 켈리아는 오늘 로젤을 마주한 이후로 가장 여유로운 표정을 했다. 그만큼 들키지 않을 자신이 있는 모양이었다.

잠시 말을 고르기 위해 침묵했던 켈리아가 이내 차분히 답했다.

"아델노프 후작께서 에르샤 마르아넬이 임신한 아이가 진짜 자신의 아이였음을 알아챌 방법은 없습니다."

켈리아의 말이 다 끝나기도 전에 로젤이 입술을 짓씹었다. 어느덧 입술이 찢어져 피가 맺힐 정도로 힘이 들어갔음에도 로젤은 이를 인식하지 못했다.

켈리아 역시 이를 눈치채지 못한 듯 자신이 할 말을 이어 갔다.

"이와 관련된 자들은 모두 죽었고, 남은 것은 저와 공녀뿐이니까요."

소리 없는 분노가 또 한 번 로젤의 치맛자락 위로 흩어졌다.

그럼에도 로젤은 끝내 동요를 드러내지 않았다. 켈리아가 저택을 완전히 떠날 때까지 태연하게 웃어 보였다. 그리곤 제 방으로 돌아와 자신이 쓰다만 편지를 서늘하게 응시했다.

리오의 예절 교사를 맡겠다는 뜻을 담은 편지. 에반을 생각나게 하는 그것을 바라보던 로젤은 곧 책상에 앉아 펜을 쥐었다. 우습게도 새로운 사실을 알게 된 지금이라면 훨씬 수월하게 답장을 쓸 수 있을 것 같은 기분이 들었다.

결국 다소 과감하다 싶은 생각이 들 정도로 거침없이 종이를 채워 나간 로젤은 에반에게 보낼 편지를 단숨에 완성했다. 이제 최종적으로 라슈아 공작의 검열을 한 번 거친 후 공작가의 인장을 찍어 보내기만 하면 되었다. 로젤은 다 쓴 편지를 봉투 안에 넣었다. 그 후 가볍게 편지를 봉한 로젤이 방에 있던 줄을 당겨 세라를 불렀다.

"아버지께 전해 드려."

로젤은 최대한 싸늘하지 않은, 덤덤한 목소리를 내려 했으나, 과연 세라가 듣기에도 그랬을지는 알 수 없었다.

그만큼 로젤은 조금 혼란스러운 상태였다.

그리고 그 혼란은 세라가 편지를 들고 방 밖으로 나간 후에도 계속됐다. 방 안에 홀로 남겨졌다는 사실이 속에서 터져 나오는 생각을 부추겼다. 머릿속에서 자꾸만 켈리아가 했던 말이 반복적으로 흘러나온다. 그리고 언제나 같은 결론에 도달한다.

에반은 겨우 로젤과의 사랑 놀음 따위를 이유로 에르샤를 배신한 게 아니다. 그는 에르샤가 다른 남자의 아이를 가졌다고, 먼저 배신을 당했다고 생각했기에 등을 돌린 것이다.

헛웃음이 절로 나왔다.

완전히 배신당했다고 여겼다. 먼저 고백을 했던 것은 그이면서, 이제 와 어떻게 다른 여자와 그럴 수 있냐고. 아이가 죽었는데 어찌 그리 냉담할 수 있냐며 원망했다. 하지만 그건 제 착각이었다. 에반의 입장에서 배신자는 에르샤였고, 먼저 등을 돌린 것도 에르샤였다. 물론 모두 켈리아와 로젤에 의해 생긴 오해였으나, 적어도 에반이 알고 있는 진실은 그러했다.

몇 마디의 대화로 해결할 수 있었던 문제를 두고 이리도 멀리 와버렸다. 참으로 어이가 없고, 허무한 일이었다. 고작 제삼자인 로젤과 켈리아의 농간으로 인해 저는 에반의 손을 놓았고, 에반 역시 저를 놔버렸다. 부부라는 이름 아래 쌓아 올린 신뢰는 고작 그 정도였다.

허무하기 그지없었다.

자신이 그리도 쉽게 에반의 손을 놓을 수 있었던 것은, 어쩌면 그와의 관계가 사랑을 바탕으로 한 것이 아니었기 때문일지도 몰랐다.

* * *

아카데미 시절의 에르샤는 꽤 우수한 학생이었다. 머리가 좋은 편이기도 했고, 전체적으로 못하는 것이 없었다. 그러나 공작가의 사생아인 에르샤에게 스스로의 재능은 큰 독이 되어 돌아왔고, 그녀는 순식간에 고립되었다.

없는 사람 취급당하거나, 수업 장소를 알려 주지 않는 것은 기본이었고, 가끔은 하인들을 동원해 폭력을 행사하는 일도 있었다.

이유는 간단했다. 사생아 주제에 잘난 척을 한다.

사생아인 에르샤가 자신들보다 잘났음을 인정하기 싫었던 이들은 그렇게 그녀를 고립시키고, 괴롭혔다. 처음에는 괴롭힘의 원인을 몰랐던 에르샤도 곧 이를 눈치챘다. 하지만 에르샤가 이를 알아챘을 때, 상황은 이미 돌이킬 수 없는 지경에 이르러 있었다.

이제 와 새삼 스스로의 재능을 감춰 봤자, 상황은 달라지지 않는다. 이를 에르샤는 직감적으로 알았다. 그래서 굳이 제 재능을 감추기보다 아예 작정하고 드러내기로 했다. 그리고 그런 에르샤의 결정은 더욱 심각한 따돌림을 초래했다. 하지만 에르샤는 이를 견뎠다. 어차피 태어날 때부터 타인의 괴롭힘과 조롱 속에서 살아온 삶이었다. 그러니 새삼스러울 것도 없었다.

그러다가 물에 빠진 샬롯을 구해 준 계기로 샬롯과 가까워졌고, 결국 둘은 서로의 유일한 친구가 되었다.

당시의 샬롯은 황제의 총애를 받는 현 황후가 아니라, 죽은 전 황후의 자식이었기에 다소 애매한 위치에 있었다. 황족이기는 하나, 현 황후의 두 아들 중 하나가 황위를 물려받을 것이 확실시되는 상황에서 그녀는 가까이하지 않는 것이 좋을 존재였던 것이다.

물론 이러한 상황은 몇 년 후, 현 황후의 두 아들이 병으로 죽고, 그 충격으로 인해 황후가 몸져누우면서 완전히 뒤바뀐다.

이로 인해 유일한 황자가 된 아르한은 황태자로 책봉되고, 샬롯 역시 황녀이자, 황태자의 하나뿐인 누이로서 입지를 공고히 하게 된다. 덕분에 그 이후로는 에르샤도 한결 평탄한 생활을 할 수 있게 되지만, 불행하게도 위기는 조금 더 일찍 찾아왔다.

아직 황후 소생의 두 황자가 멀쩡히 살아 있을 무렵. 에르샤는 부친인 마르아넬 공작으로부터 당장 결혼하라는 협박을 받게 된다. 새로운 사업에 손을 댈 예정이었던 공작에겐 안정적인 자금이 필요했고, 이를 위해 에르샤를 이용하겠다는 뜻이었다.

새삼 놀라울 것도 없는 이야기였으나, 속은 조금 쓰렸다. 결혼 상대랍시고 들어 밀어진 이들이 하나같이 돈 많은 쓰레기들이었던 것이다.

18살 이상은 여자로 취급하지 않겠다는 늙은 귀족부터, 마약 중독과 알코올 중독으로 유명한 상인, 두 명의 부인을 독살한 것으로 추정되는 타국의 젊은 왕족까지. 죄다 앞으로 남은 그녀의 인생을 지옥으로 밀어 넣을 이들뿐이었다.

이에 에르샤는 공작을 설득해 결혼을 조금이나마 뒤로 미루려 했으나, 마르아넬 공작의 뜻은 완고했다. 공작은 황족임에도 불안하기 짝이 없는 샬롯의 위치까지 들먹이며 그녀를 압박했고, 결국 에르샤는 이를 거절하지 못했다.

사실 거절할 수 없었다는 표현이 더 적절할 것이다.

하지만 그렇다고 해서 공작이 남편 후보랍시고 보여 준 남자들과 결혼하고 싶은 생각은 절대 없었기에 에르샤는 스스로 제 남편이 될 사람을 찾아다녔다. 공작이 만족할 정도의 재산을 가졌고, 적어도 제게 해를 끼치지는 않을 정도의 사람이면 되었다. 하지만 이는 생각보다 만족하기 어려운 조건이었다.

마르아넬 공작의 사생아에 불과한 에르샤에게 그 정도 재산을 가진 이와 결혼하는 것이 쉬울 리 없었다. 에르샤에게 관심을 보이는 미혼의 귀족들은 꽤 많았으나, 대부분 가볍게 교제를 원하는 정도였지. 결혼을 하고 싶어 하는 이는 없었다.

덕분에 에르샤는 갈수록 공작이 제게 내민 남편 후보들을 차분하게 다시 살피는 일만 반복했다. 물론, 다시 살핀다고 해서 최악이었던 남자들이 괜찮은 사람으로 변하는 기적은 일어나지 않았다. 그저 반쯤 체념한 상태로 그나마 나은 선택지를 고르기 위해 노력할 뿐이었다.

그렇게 에르샤가 모든 것을 포기해 갈 즈음.

"나와 진지하게 만나 줬으면 좋겠어."

에반이 다소 뜬금없는 고백을 해 왔다. 결혼 상대를 찾기 위해 억지로 참석한 연회에서였다. 진심이라곤 한 톨도 느껴지지 않는 이들이 그저 저를 한번 어찌해 보겠다고 접근하는 일만 빈번한 그저 그런 연회.

술이 잔뜩 섞인 음료를 마실 뻔한 적도 있었고, 결국 술이 섞인 음료를 마신 탓에 그 후유증으로 고생을 하기도 했었다. 그 때문에 몇 번이고 연회를 포기할까 싶은 생각도 했으나, 그럴 수 없었다. 얼마 남지 않은 연회가 공작이 제게 주는 마지막 기회임을 직감적으로 알 수 있었으니까. 그래서 더욱 필사적으로 돌아다녔으나 역시 수확은 없었다. 결국, 자포자기한 심정으로 정원에서 혼자 산책을 하는데. 다짜고짜 손목을 잡혔다.

"나와 정식으로 만나자."

그리고는 고백을 받았다.

제게 고백을 한 에반의 눈은 누구보다 진지했다. 하지만 에르샤는 갑작스러운 그의 고백에 큰 의미를 두지 않았다. 지금 제게 필요한 것은 사랑 놀음을 할 연인이 아닌, 제 인생을 적어도 지옥에 처박지는 않을 결혼이었다.

"저랑 앞으로 두 달 안에 결혼하실 건가요?"

그렇기에 구태여 그럴듯한 거짓말로 이를 거절할 필요조차 느끼지 못했다. 그저 담담히 상대에게껀 억지스럽게 들릴 말을 꺼낼 뿐이었다.

"그게 아니라면 전……."

"좋아. 결혼하자."

하지만 에반은 전혀 생각지도 못한 곳에서 치고 들어왔다. 제 의도와 다르게 흘러가는 상황에 약간의 짜증을 느낀 에르샤가 입을 열었다.

"……죄송하지만, 전 지금 장난을 치고 있는 게 아니에요. 진심으로 드리는 말씀이라고요."

"나 역시 마찬가지야. 난 네가 마음에 들었고, 너와 결혼해도 나쁘지 않을 거란 생각이 들어."

어이가 없을 정도로 차분히 말을 잇는 에반을 에르샤는 고요한 시선으로 응시했다. 천천히 에르샤의 앞에서 무릎을 꿇은 에반이 더없이 진중한 얼굴로 입을 뗐다.

"나와 결혼하자, 에르샤."

그 특별할 것 없는 한마디와, 덤덤한 눈빛을 본 에르샤는 결국 에반의 청혼을 받아들였다.

그녀가 그의 청혼을 승낙한 이유는 더 나은 선택지가 있고 없고를 떠나, 적어도 눈앞에 있는 남자가 저를 먼저 배신하는 일은 없을 것이란 근거 없는 확신 때문이었다.

결국 에르샤는 에반과 결혼을 했고, 이후 거짓말처럼 두 황자가 병으로 사망한 탓에 불안했던 샬롯의 입지는 오히려 더 탄탄해졌다. 비록 사랑으로 한 결혼은 아니었으나, 이 정도면 나쁘지 않은 결말이라고 에르샤는 생각했다. 에반은 적어도 그녀를 실망시키지 않는 남편이었으니까.

황궁의 정원에서 로젤과 키스하고 있는 에반을 보기 전까지는.

사실 차분히 다시 생각해 보면 분명 이상한 점이 있었다. 당시엔 단순히 제게 질린 탓에 불륜을 저지르고, 이혼을 요구했다 생각했으나 이는 앞뒤가 맞지 않는 결론이었다.

시트라 제국은 사생아의 존재나, 계승권을 인정하지 않았으나, 남편의 외도 정도는 크게 신경 쓰지 않는 분위기였다. 그러니 후작인 에반이 정부 한둘을 두는 것쯤이야 이혼을 하지 않아도 얼마든지 가능했다.

오히려 이혼을 하기 위해서는 아내인 에르샤에게 그리 많지는 않지만, 위자료를 줘야 했고, 이혼 후 가문의 살림을 맡을 사람을 따로 구해야 한다는 불편함도 있었다.

사생아로서 제 세력은 거의 없다시피 하면서, 가문의 안주인 역할은 훌륭하게 해내는 에르샤와 굳이 이혼하느니 그녀는 그대로 두고, 따로 애인을 두는 쪽이 훨씬 간단했을 것이다. 어차피 황태자의 약혼녀인 로젤과는 공식적으로 진지한 만남을 이어 갈 수도 없을 테니까.

그럼에도 불구하고 에반은 제게 이혼을 요구했다. 이혼을 통해 얻을 수 있는 것이 없음에도 그는 그리했다. 그리고 그녀는 오늘에서야 에반이 한 행동의 진짜 의미를 알게 되었다.

로젤이 켈리아에게 아사벨 극단에서 하는 공연의 입장권을 건넨 지이 주가 지났다. 그리고 조금 전, 극장에 심부름을 보낸 하인이 켈리아가 극장의 여배우와 극단주, 그리고 약혼자인 메넨 후작 앞에서 패악을 부렸다는 소식을 전했다.

앞에 놓인 찻잔을 들어 여유롭게 차를 마시는 로젤의 모습은 더없이 즐거워 보였다. 켈리아가 제 예상대로 차근차근 덫을 밟아 나가고 있다는 점이 퍽 만족스러운 탓이었다.

아마 후작과의 관계를 회복하기 위해 보러 간 공연 때문에 오히려 관계가 더 악화될 줄은 몰랐을 것이다.

로젤은 켈리아에게 입장권을 건넨 순간부터 이 모든 것을 계획하고 있었다. 미리 메넨 후작이 어떤 느낌의 여성을 좋아하는지 조사했고, 그 결과에 가장 근접한 여배우를 극단주의 옆에 세웠다. 그리고 네 사람을 한자리에 모았다.

메넨 후작과 조르단 백작 영애쯤 되는 인물들에게 극단주가 직접 나서서 인사를 하는 일이야 드물지 않았으므로 이상할 것도 없었다.

이러한 상황에서 로젤이 직접 나선 일은 딱 두 가지였다. 극단주의 옆에 둘 여배우를 직접 선택한 것, 그리고 극단주에게 켈리아를 데리고 중간에 잠시 자리를 비우라 지시한 것. 이마저도 배후가 자신이라는 것을 들키지 않기 위해 하인을 시켜 심부름꾼을 고용하고, 그가 또 다른 인물을 고용하는 방식으로 몇 단계를 거쳐 신분을 세탁한 후 계획을 실행했다.

비록 적절한 금전적인 보상이 주어지긴 했으나, 척 보기에도 수상하기 짝이 없는 지시였다. 그러나 극단주는 이를 흔쾌히 받아들였다. 꽤 대단한 인물의 지시라고 판단해서 그런 걸 수도 있고, 평소 켈리아에게 좋지 않은 감정을 품고 있었기 때문일 수도 있다. 켈리아의 오만함은 귀족이 아닌 이들 앞에서 더했으면, 더 했지 덜하진 않았을 테니까.

사실 뭐가 어찌 되었건 로젤에겐 잘된 일이었다.

극단주도, 여배우도 누구보다 제 역할을 잘해 주었고. 덕분에 꽤 괜찮은 수확을 얻었으니까.

비록 메넨 후작 앞에서 패악까지 부릴 줄은 미처 예상하지 못했지만, 그건 그만큼 켈리아가 궁지에 몰려 있다는 의미였다. 기실 메넨 후작과 여배우 사이에는 아무 일도 없었을 것이다. 후작은 노련한 정치가였고, 타인의 평판을 중요시하는 인물이었으니까.

기껏해야 제 이상형에 가까운 여배우에게 잠깐 눈길을 주는 정도에 그쳤겠지.

문제는 그 사소한 눈길조차 용납하지 못하고 패악을 부릴 정도로 수세에 몰린 켈리아였다. 얼마 전에 저를 찾아왔을 때부터 짐작은 했으나, 그녀는 상당히 초조해 보였다. 그저, 엄격한 부친인 백작의 경멸 어린 시선이 싫어서 파혼을 당하지 않기 위해 노력하는 것인 줄 알았는데 아무래도 그 이상으로 후작에게 마음이 있었던 모양이다.

그리고 그런 켈리아의 마음은 조급함과 초조함을 불렀다. 후작이 저를 봐 주지 않는 것에 대한 초조함과 불안함. 이는 곧 거듭된 의심을 불러들였고, 결국 그 의심의 화살은 켈리아가 극단주와 함께 자리를 비운 사이 여배우와 단둘이 있었던 후작에게로 향했다.

아마, 여배우가 후작의 취향에 부합하는 외모를 가지지 않았더라면 그럭저럭 넘어갈 수도 있었을 것이다. 하지만 여배우는 메넨 후작의 이상형에 한없이 가까운 외모를 지녔다. 결국 그런 사소한 것들이 하나씩 쌓여 켈리아는 파혼이라는 최악의 상황을 향해 한 발 나아간 것이다.

그리 생각하던 로젤이 가볍게 산책이나 할 겸, 몸을 일으키는데. 조심스럽게 문을 두드리는 소리가 들려왔다.

"들어와."

짧막한 로젤의 대꾸가 떨어지기 무섭게 안으로 들어온 세라가 고개를 숙였다. 인사는 됐다며 고개를 들라 하자 어느새 고개를 든 세라가 말했다.

"황태자 전하께서 방문하셨습니다."

갑작스럽다 못해 무례하기까지 한 방문에 로젤은 잠시 미간을 찌푸렸다가, 이내 표정을 펴며 입을 열었다.

"응접실로 모셔."

말을 마치기 무섭게 세라가 밖으로 나가자, 로젤은 대기하고 있던 다른 하녀들을 불러 잽싸게 준비를 끝냈다. 황태자를 맞이하기엔 상당히 부족한 옷차림이었으나, 그 역시 자신의 갑작스러운 방문이 얼마나 무례한 것인지 알고 있다면 이를 지적하지는 못할 것이다.

분명 저번에도 이와 같은 상황을 겪었었고, 이미 경고를 해 둔 터이니 더 그럴 테지.

그대로 응접실로 내려온 로젤이 접대용 소파에 앉아 차를 마시던 아르한을 발견했다. 그 역시 로젤을 발견한 듯 들고 있던 찻잔을 내려놓은 후 몸을 일으켰다.

"라슈아 공작가의 적녀 로젤 라슈아가 황태자 전하를 뵙습니다."

간소한 옷차림에 비해 다소 거창한 인사였다. 이를 눈치챈 아르한이 작게 웃더니 이내 입을 열었다.

"너무 비꼬지는 마십시오. 제가 원해서 이리 갑작스럽게 방문을 한 것은 아니니."

뜻 모를 아르한의 말에 로젤이 의문 섞인 얼굴을 하자, 그가 재킷 안쪽에 있던 봉투를 꺼내 그녀에게 건넸다.

"황제 폐하의 칙서입니다."

오늘은 날씨가 좋군요. 정도를 말하듯 아르한의 어조는 평화롭기 짝이 없었다. 이에 무어라 반응을 하기도 전에 로젤의 손엔 이미 황제의 뜻이 담긴 봉투가 쥐어져 있었다.

얼떨결에 이를 받아 들었으나, 지금 들고 있는 봉투 하나가 제 목숨보다 무겁다는 사실을 되새기자 새삼 등골이 오싹해졌다.

"겁먹으실 것 없습니다. 그리 특별한 내용은 아니니까요."

아르한이 웃으며 덧붙인 말에도 로젤은 긴장을 늦출 수 없었다. 여전히 경계심 가득한 눈빛으로 봉투를 응시하는 로젤을 보며 아르한이 다시 한번 덧붙였다.

"그저, 공녀를 만나고 싶다는 내용이 들어 있을 뿐입니다."

"저를……."

황제가 왜 저를 만나고 싶어 하나 물으려던 로젤이 그대로 입을 닫았다. 황태자의 약혼녀를 황제가 보겠다는데 갖다 댈 이유야 셀 수 없이 많았다.

로젤이 알고 싶은 것은 그런 대외적인 이유가 아니라, 황제의 진의
였다. 하지만 황제의 속마음을 그가 알고 있을 리 없고, 만약 알고 있
다고 해도 제게 순순히 알려 주진 않을 것이다. 결국 로젤은 아무것도
묻지 않는 쪽을 택했다.

"아무것도 묻지 않으실 모양이군요."

"묻는다 해도, 답해 주지 않으실 거잖아요. 아닌가요?"

"아뇨, 맞습니다. 하지만……."

잠시 말을 끊은 아르한이 고요한 시선으로 로젤을 응시하는가 싶더
니 다시 말을 이었다.

"적어도 힌트 정도는 드릴 수 있겠죠."

힌트.

그 오묘한 단어를 나직하게 중얼거리던 로젤이 잠깐의 고민 끝에
입을 열었다.

"그럼 주세요, 힌트."

당당한 로젤의 요구에 아르한은 작게 웃었다.

"그럼, 잠시 걸을까요?"

그리 말한 아르한의 손끝이 공작가의 정원 쪽을 가리키고 있었다.
아무래도 그냥 알려 줄 생각은 없는 모양이다.

이에 작게 고개를 끄덕이는 것으로 승낙의 의사를 표한 로젤이 먼
저 걸음을 옮겼다.

"황실에 대해 얼마나 아십니까."

로젤이 아르한과 함께 공작가의 정원을 걷기 시작한 지 1분도 채 되지 않아 들려온 물음이었다. 이는 가볍게 정원을 걷던 도중 듣기엔 무겁고도, 갑작스러운 질문이었다.

"부끄러운 일이나, 잘 알지 못합니다."

이에 로젤은 아르한의 의도를 읽어 내기 위해 머리를 굴리는 대신, 잘 모르겠다고 답하며 화제를 돌리려 했다. 그러나 아르한은 이대로 넘길 생각이 없다는 듯 말을 이었다.

"황제 폐하가 어떤 분이라고 생각하십니까?"

아르한답지 않은 질문이었다. 아무리 황태자인 그라고 해도, 함부로 입에 황제를 담는 것은 현명하지 못한 일이다.

"황제 폐하는 과연 어떤 분이실까요?"

하지만 아르한은 여전히 제게 한 질문을 거둘 생각이 없어 보였고, 이에 잠시 고민하던 로젤이 입을 열었다.

"제게 따로 원하는 대답이 있으신가요?"

"아뇨, 없습니다. 단지……."

잠시 머뭇거리던 아르한이 이내 말을 이었다.

"언제나 주의하라 말씀드리고 싶었습니다."

"어째서요?"

조금 날카로운 로젤의 물음에 아르한은 차분히 그녀를 응시했다.

" ……걱정되니까."

"……."

"당신이 걱정되니까요."

처음 로젤로서 그를 마주했을 때와 비교하면 확연히 부드러워진 시선에 로젤의 가슴이 덜컥 내려앉았다.

"어째서 저를 걱정하시는 겁니까. 혹, 저를……."

좋아하냐 물으려던 로젤이 입을 닫았다.

그럴 리가 없지만, 만약 진짜 아르한이 로젤을 좋아한다 말한다면. 그건 정말이지 너무 서글플 것 같았다. 죽은 에르샤는 자신이 사랑받고 있다는 사실을 깨닫지 못한 채 죽었다. 그러니 로젤 역시 평생 그 누구에게도 사랑받지 못하고 죽어야 한다. 그래야 죽은 에르샤가 조금이나마 덜 억울할 테니까.

그리 생각하던 로젤이 이대로 자리에서 벗어나기 위해 입을 떼려던 찰나, 아르한이 한발 먼저 입을 열었다.

"황궁의 장미 정원을 아십니까?"

상황과 맞지 않는 물음이었다.

하지만 그가 이유 없이 저런 질문을 던지지는 않았을 거란 생각이 들었기에 로젤은 천천히 제 기억을 되짚었다.

사실, 굳이 기억을 되짚을 필요도 없었다. 장미 정원이라면 한때 자신이 가장 좋아했던 장소이기도 했으니까. 하지만 지금은 가장 떠올리고 싶지 않은 장소이기도 했다.

자신이 마지막으로 황궁의 장미 정원을 방문한 날. 그곳에서 진하게 입술을 맞대던 로젤과 에반의 모습은 영원히 잊을 수 없을 테니까.

"매우, 아름다운 곳이죠."

결국 이런 되도 않는 대답밖에 할 수 없었다. 하지만 아르한은 그런 로젤의 성의 없는 대답에도 개의치 않고 입을 열었다.

"그곳을 만든 건, 바로 접니다."

그 말은 조금 의외였다. 꽃을 좋아할 거란 생각은 해 본 적이 없었는데. 역시 사람은 함부로 판단하면 안 되는 건가 싶었다.

"유독, 장미를 좋아했던 분이 계셨거든요."

"……그러시군요."

로젤이 조금 떨떠름하게 대꾸했다. 아무리 머리를 굴려 봐도 제 앞에서 이런 말을 꺼낸 아르한의 의도를 파악하기 힘들었던 것이다.

"당신을 보면 제가 사랑했던 사람이 떠오릅니다."

어쩐지 조금 애달프게 들리는 아르한의 말에도 로젤의 의문은 사라지지 않았다. 그는 대체 제게 무슨 말을 하고 싶은 걸까. 게다가 사랑이라니. 아르한과는 도무지 어울리지 않는 단어였다. 아마, 지금까지 그 흔한 스캔들 한번 없었던 탓이리라.

그런 로젤의 생각을 눈치챈 듯 아르한이 덤덤하게 입을 열었다.

"제 짝사랑이었습니다."

적어도 서로 사귀던 사이는 아니었다는 의미다. 어쩐지 들어서는 안 될 이야기를 들은 것 같았으나, 이미 다 들어 버린 이상 화제를 바꾸는 것은 무리였다.

결국 로젤은 답답하게 이어지는 대화의 흐름을 바꾸기 위해 소리 내어 질문했다.

"어찌, 되셨나요?"

그분은, 이라고 작게 덧붙인 로젤의 말까지 놓치지 않고 들은 아르한의 얼굴에 씁쓸한 미소가 번졌다.

그리고 이어진 그의 대답에 로젤은 곧 자신이 던진 질문을 후회
했다.

"죽었습니다."

해피 엔딩이 아니리란 것은 짐작했으나, 이런 식의 대답이 돌아올
줄은 몰랐다. 로젤은 괜한 질문을 한 스스로를 탓하며 고개를 숙였다.

"……죄송합니다."

하지만 아르한은 그런 로젤의 사과에 괜찮다는 의례적인 말을 건네
는 대신 덤덤하게 제가 하려던 말을 이어 갔다.

"제가, 사랑한 이는……."

로젤의 사과를 무시한 것이 아니라, 조금도 괜찮지 않기 때문에 의
례적인 말조차 할 수 없는 것 같았다.

"그녀는, 당신을 닮았습니다."

이어진 그의 말에 로젤은 조금 애매한 얼굴을 했다. 최근 아르한이
제게 잘해 준 이유가 그것 때문인가 싶다가도 의아해졌다.

만약 아르한이 짝사랑했던 이가 로젤과 닮았기에 제게 잘해 주는
거라면, 그는 진작부터 로젤에게 호의적인 태도를 보였어야 한다. 하
지만 그는 그러지 않았다. 그녀는 아직도 자신이 처음 로젤이 되었던
시기에 저를 보던 아르한의 눈빛을 기억한다. 그건 아무리 생각해도
호감과는 연결 지을 수 없는 눈이었다.

"그분과 닮았기 때문에 저를 걱정하신 건가요?"

"예."

짤막한 아르한의 대구에 로젤의 의문은 더욱 짙어졌다. 도무지 이해가 가지 않았다.

"그녀와 당신이 닮지 않았더라면 전, 당신께 일말의 관심도 두지 않았을 겁니다."

단호하다 못해 냉정하기까지 한 대답이었다. 이에 어떤 반응을 보여야 할지 망설이던 로젤을 조용히 응시하던 그가 입을 열었다.

"그만큼 당신은 에르샤와 닮았습니다."

제5장
고백 이후

애써 덤덤한 척, 아무렇지 않은 척해 보려 했으나 이번만큼은 정말이지 쉽지 않았다. 그럼에도 가까스로 의아하단 얼굴을 가장한 로젤이 말했다.

"⋯⋯제가 에르샤 마르아넬을 닮았다고 말씀하시는 건가요?"

이에 얼마간 부정도, 긍정도 하지 않은 채 로젤과 시선을 맞추던 아르한이 이내 고개를 끄덕였다.

"예."

"그게 지금, 무슨 말도 안 되는⋯⋯."

"전, 당신이 에르샤일지도 모른다는 생각을 합니다."

"정말 터무니없는 주장을 하시는군요."

겉으로 아무리 태연한 척 대꾸해도, 그녀의 속은 혼란 그 자체였다. 아르한이 직접 제 속을 끄집어내 보여 주지 않는 이상, 지금의 상황을 이해하기는 힘들 것이다.

그가 이미 죽어 버린 과거의 저를, 에르샤 마르아넬을 사랑하고 있었다 말한다.

대체 왜?

에르샤와 그는 친분이 있다고 볼 수도 없었고, 별다른 접점이랄 것도 없는 관계였다. 그런데 그는 대체 무슨 이유로, 언제부터 그녀에게 관심을 가진 걸까.

짐작 가는 구석이 단 하나도 없었다.

"궁금하십니까?"

"네?"

갑작스러운 아르한의 물음에 로젤이 얼떨결에 되물었다. 그러자 부드럽게 웃던 아르한이 말을 이었다.

"제가 그녀에게 관심을 가진 이유 말입니다."

마치 제 속을 훤히 읽고 있는 듯한 작태에 로젤은 조금 복잡한 기분이 들었다. 그의 말처럼 관심을 가진 이유가 궁금한 것은 사실이나, 정말 이를 물어볼 수는 없었다. 자신이 에르샤임을 순순히 인정한다 여길 수도 있으니까.

"그다지 궁금하지 않습니다."

"그거 참 이상하군요."

아르한이 진심으로 의아한 얼굴을 했다. 로젤은 밀려오는 불안감을 애써 감추며 이어질 말을 기다렸다.

"분명, 얼마 전까지만 해도 알고 싶다며 조르셨잖습니까."

"……."

"왜 에르샤가 좋았는지, 그녀에게 관심을 갖게 된 계기가 무엇인지, 아직도 그녀가 좋은지."

그 부분에서 이어지던 말이 잠시 멎었다. 그 후, 로젤을 향해 두 눈을 부드럽게 휘며 웃어 보인 아르한이 말을 이었다.

"하는 것들을요."

그 달콤한 웃음을 보고 나서야 로젤은 자신이 그가 쳐 둔 덫에 걸렸음을 직감했다. 그것도 완전히.

"이젠 별로 알고 싶지 않아졌습니다."

하지만 그렇다고 해서 순순히 자신이 에르샤임을 인정할 수는 없었다. 아르한이 무슨 생각으로 제게 이러는지 전혀 알 수 없으니까. 그가 진짜 에르샤를 좋아했다고 믿기엔 그 감정에 대한 근거가 너무 부족했다.

"그사이에 생각이 달라지셨다는 의미입니까?"

어이가 없다는 듯 웃으며 묻는 아르한을 바로 앞에 둔 로젤이 태연하게 마주 웃었다.

"사람은 원래 변하는 법이니까요."

"……그렇군요."

짧은 한마디를 뱉는 아르한의 얼굴에 서글픔이 번졌다가, 이내 사라졌다. 그 의미를 묻기가 애매할 정도로 찰나였기에 로젤은 그냥 못 본 척 넘어가기로 했다. 대신, 화제를 돌릴 겸 묻고 싶었던 것을 입에 담았다.

"갑자기 제게 이러시는 이유가 뭐죠?"

뜬금없이 제게 에르샤에 대한 마음을 고백한 이유가 뭐냐 묻는 로젤을 보며 잠시 침묵을 지키던 아르한이 입을 열었다.

"솔직히 저도 잘 모르겠습니다. 제가 공녀께 왜 이런 고백을 했는지."

그 말을 하는 내내 아르한은 정말 혼란스럽다는 얼굴을 하고 있었고, 덕분에 로젤의 머리 역시 한층 복잡해졌다. 고도의 연기인가, 아니면 절절한 진심인가.

"하지만 이거 하나만은 확실합니다. 저는 제게 주어진 또 한 번의 기회를 절대 놓치지 않을 거라는 것."

그리 말한 아르한이 고개를 들어 로젤과 눈을 맞췄다. 간절하고도, 담담한 눈빛이 로젤의 시선과 얽혀 든다. 그 상반된 감정에서 묻어 나오는 모순의 의미를 로젤은 알았다.

이건 연기가 아니다.

"그러니 제게도 기회를 주셨으면 합니다."

"……."

당신을 되찾을 기회를.

* * *

아르한이 돌아간 직후, 제 방으로 돌아온 로젤은 최근 연달아 알게 된 진실로 인해 머리가 복잡한 상태였다.

덕분에 자꾸만 터져 나오는 생각들을 억누르지 못하고, 괜히 방 안을 서성였다.

로젤은 이 주 전 켈리아를 통해 에반이 에르샤를 오해하고 있었다는 사실을 알게 되었을 때보다 더 혼란스러웠다.

처음에는 단순히 저를 떠보기 위해 에르샤를 좋아했다는 거짓말을 한다고 여겼다. 그러나 잠시나마 마주했던 아르한의 눈빛에 거짓은 없었다.

비록 저보다 황태자인 아르한이 스스로의 감정을 숨기고, 타인을 속이는 일에 더 능숙하다고 해도, 감히 절절한 진심을 그리 쉽게 흉내 내지는 못할 것이다. 만약 그 모든 것이 제 착각이고, 아르한이 완벽하게 저를 속여 넘긴 거라 가정한다면 그건 앞뒤가 맞지 않았다.

로젤은 아르한이 종종 자신을 떠보는 이유가 로젤이 에르샤와 얽혀 처벌을 받길 바라기 때문이라고 생각했다.

에르샤가 건 저주와 관련이 있다는 사실이 증명된다면. 그 즉시 이에 대한 처벌을 받게 될 테니까. 하지만 그것을 의도했다면, 굳이 자신이 에르샤를 좋아한다는 말을 꺼낼 이유가 없다. 괜히 잘못 얽혀서 그 역시 함께 처벌을 받게 될 확률도 있으니까. 그러니 적어도 그가 에르샤를 마음에 담았다는 말은 틀림없는 진심이다. 단순한 호감의 단계를 넘어선 진심.

하지만 그리 여기며 순순히 제 정체를 밝히기엔 아직 걸리는 점이 있었다.

그는 대체 왜, 그리고 언제부터 에르샤를 좋아했을까.

좋아하게 된 계기야 첫눈에 반할 수도 있는 것이니 그렇다 쳐도, 그 시작이 언제였는지는 도무지 감을 잡을 수가 없었다. 그나마 가능성이 있는 시기는 자신과 그가 아카데미에 재학 중이던 때였다.

에반과의 결혼 이후에는 가끔 연회에 참석하는 것을 제외하면 거의 후작저에 틀어박혀 있었으니까. 물론, 아카데미 당시에도 특별한 일이 있었던 것은 아니다. 아르한이 저에 비해 세 살 어렸기 때문에 같은 학년도 아니었고, 당연히 마주치는 일 역시 극히 드물었다.

게다가 그땐 황후의 두 아들인 1황자와 3황자가 멀쩡히 살아 있었기에 그들과 황위를 두고 경쟁하느라 정신이 없었을 것이다. 비록 그 끝은 두 황자가 병에 걸려 생을 마감하면서 허무한 결말을 맞았으나, 당시에는 꽤 치열했었다.

이쯤 되니 기억을 되짚을수록 혼란만 가중시키는 꼴이다. 제 머릿속을 아무리 뒤져도 당최 나오는 것이 없었다.

'대체 언제 반한 거지?'

차라리 아르한에게 모든 것을 털어놓고 그 이유를 묻고 싶은 심정이었다.

* * *

황궁으로 돌아가는 마차 안에 홀로 자리한 아르한이 창밖을 응시한다. 더는 보이지 않는 공작저가 절로 머릿속에 그려졌다.

로젤과 정원을 걷다가 한 고백은 조금 충동적인 것이었다. 원래의 계획대로라면 절대 하지 않았을.

평소의 아르한이었다면 그는 절대 그리 대책 없이 에르샤에 대한 제 마음을 고백하지 않았을 것이다. 아직 확실한 증거가 없는 상황이니까. 아마, 정신을 잃은 채 에반의 품에 안겨 창고를 나가던 에르샤의 마지막 모습과 제게서 벗어나기 위해 머리를 굴리던 로젤의 모습이 겹치지 않았더라면 그는 그리 충동적인 고백을 내뱉지 않았을 것이다.

"그때를 생각해 봐. 마냥 신중하기만 해선 아무것도 얻지 못해."

갑자기 떠오른 크리스의 충고 역시 그런 그의 선택을 부추겼다. 경거망동하게 행동하지 않겠다고 다짐한 주제에 너무 경솔했나 싶다가도 이내 마음이 차분하게 가라앉는다.

어차피 언젠가는 입 밖으로 꺼냈어야 할 일이다. 게다가 오히려 제 마음을 털어놓고 나니 고백에 대한 후회보다, 진작 고백을 하지 않은 것에 대한 후회가 더 컸다.

그때도, 지금도 아르한의 상황은 꾸준히 좋지 않았다. 조금 나아지기는 했으나, 여전히 그는 쉽게 움직일 수 없다. 그렇다면 에르샤를 위한다는 말로 고백을 포기하는 대신, 제 진심을 전하려는 시도라도 하는 편이 낫지 않았을까.

자꾸만 돌아갈 수 없는 과거에 대한 후회가 밀려왔다. 시간을 돌릴 수만 있다면…….

거기까지 생각하던 아르한이 고개를 저었다. 어떤 선택을 하든, 후회는 따라오기 마련이다. 아무리 후회를 해 봤자 상황은 달라지지 않는다. 그러니 되돌릴 수 없는 과거를 되짚으며 후회하는 대신, 지금 할 수 있는 것을 해 나가며 미래를 위해 움직여야 했다.

이번에야말로 아르한은 온 마음을 다할 것이다. 또다시 그녀를 잃지 않기 위해.

진심으로 그녀와 행복해지기 위해.

* * *

로젤은 이른 새벽부터 일어나 수많은 시녀들에게 붙들려 목욕을 하고, 몸에 좋다는 온갖 것을 발랐다. 그리곤 몇 시간에 걸쳐 공들여 치장한 끝에 황궁에 와 있었다.

"폐하께서는 복도의 가장 끝에 있는 알현실에 계십니다."

외알 안경을 쓴 시종의 말에 로젤이 가볍게 고개를 끄덕였다. 그리곤 시종의 안내에 따라 차분한 걸음으로 복도를 지났다.

화려하다 못해 눈이 부실 지경인 복도를 지나 도착한 알현실의 문은 의외로 단조로운 모습을 하고 있었다. 물론 이는 어디까지나 조금 전 지나온 복도에 비해서고, 알현실의 문 역시 감히 가치를 평가하기 힘들 만큼 고급스러운 편이었다.

그저 문 앞에 도달한 것일 뿐임에도, 안에 황제가 있다는 사실을 떠올리니 긴장감으로 인해 온몸이 절로 굳어졌다. 아르한이 제게 한 고백이 워낙 충격적이었던 터라 잠시 잊고 있었던 것이 무색할 정도로 엄청난 긴장감이었다.

짧게 심호흡을 한 로젤이 알현실의 문을 조심스레 열었다. 이에 문이 벌어지면서 조금씩 알현실의 모습이 드러나기 시작한다.

이윽고, 문 틈 사이로 제 몸을 밀어 넣은 로젤의 시야에 옥좌에 앉아 있는 황제의 모습이 들어왔다. 거만하게 저를 내려다보는 황제의 모습에 로젤은 그와 눈이 마주치지 않도록 시선을 조금 내리깔며 차분하게 걸음을 옮겼다.

마침내, 옥좌의 바로 앞까지 도달한 로젤이 제 드레스 자락을 양손에 쥔 후, 평소보다 깊게 허리를 숙였다.

"라슈아 공작가의 적녀. 로젤 라슈아가 시트라 제국의 태양이신 황제 폐하를 뵙습니다."

흠잡을 데 없는 공손한 인사였음에도 황제는 그 어떤 대답도 없이 침묵을 지켰다.

허리를 깊게 숙인 상태로 제 드레스 자락을 쥐고 있던 로젤에게 고개를 들어도 좋다는 황제의 명이 떨어진 것은 그로부터 30분 이상이 지난 후였다. 아마 일반적인 귀족 영애였다면 진작 자세가 흐트러졌을 것이다. 로젤 역시 허리가 아팠으나 황제의 면전이라 감히 티를 내지는 못했다.

"오랜만이구나. 짐이 부르지 않았더라면 공녀가 먼저 나를 찾는 일은 없었겠지?"

황제가 그리 말하며 비뚜름하게 웃었다. 스스로의 의지로 자신을 찾아오지 않은 로젤의 행동을 비꼬는 말이었다.

이에 얕게 고개를 숙인 로젤이 입을 뗐다.

"늘 찾아뵙고 싶었으나, 혹, 저의 신중치 못한 방문으로 인해 폐하께 누가 될까 그러지 못했습니다."

"말 하나는 여전히 그럴듯하게 하는구나."

비꼬려는 의도가 명백한 말이었으나, 황제의 목소리는 오히려 담백했다. 그리고 그것이 못내 로젤을 불안케 했다.

"뭐, 네 속이야 훤하니 그리 궁금하지도 않다. 보나마나 황태자 때문이겠지."

황제의 말이 다소 모호하긴 했으나, 그 뜻을 이해할 수 없는 정도는 아니었다.

"황태자가 너를 떠나는 것이 그리도 두려우냐?"

"……예."

비웃음 섞인 황제의 말에 로젤은 순순히 긍정했다. 황태자를 사랑한 진짜 로젤이라면 분명 이리 답했을 것 같기 때문이다.

"하긴, 내가 괜한 것을 물었구나. 그 아이의 마음을 얻기 위해 네가 없앤 목숨이 몇인데."

꽤 충격적인 내용을 여상한 어조로 내뱉는 황제를 보며 로젤은 조금 소름이 끼쳤다. 역시, 권력의 정점에 서는 일은 아무나 할 수 없는 모양이다.

"짐이 오늘 너를 부른 것은, 네가 짐과 한 약조를 잊지 않았는지 확인하기 위함이다."

"……제가 어찌 감히 그것을 잊겠습니까."

최대한 태연한 얼굴로 그리 답한 로젤이 속으로 헛웃음을 삼켰다.

알지도 못하는 약조를, 그것도 황제와의 약조를 순순히 안다 답할 정
도로 자신은 대담해져 있었다.

그것은 단순히 배짱이 두둑해진 것이 아니라 살아남기 위한 본능적
인 움직임이었다.

자신이 로젤이 아닌 에르샤라는 사실을 다른 이도 아니고, 황제에
게 들킨다면 그 즉시 처형을 면치 못할 테니까.

자신은 그 어떤 수상한 점도 보여서는 안 됐다.

"정말이냐?"

"네, 잊지 않았습니다."

단호한 로젤의 대답에 황제는 이에 대해 더 묻는 대신 다른 이야기
를 꺼냈다.

"1황자와 3황자에 대한 얘기는 너도 알고 있겠지?"

"……물론입니다."

황제의 아들이자, 2황자였던 아르한의 이복형제인 그들은 몇 년 전,
모친인 황후에게서 물려받은 유전병이 악화되어 갑작스럽게 죽었다.
너무도 갑작스러운 죽음이었던 터라 황후는 두 황자가 독살을 당한
것이며, 그 배후에 아르한이 있다는 주장을 했다.

물론 이를 증명할 증거라곤 없었기에 황후의 주장은 힘을 잃었고,
결국 이에 충격을 받은 황후는 병을 얻어 몇 년째 자리에서 일어나지
못하고 있었다.

로젤은 제국민이라면 열 살배기 어린애도 다 알 정도로 유명한 일
을 새삼 이 타이밍에 언급한 황제의 진의가 궁금했다.

"두 황자는 꽤 대단한 세력을 가졌지."

그리 말하는 황제의 표정은 고요한 호수 같았다. 겉으로는 더없이 평온하나, 그 밑바닥에 깔린 감정이 무엇인지 도저히 알 수 없는.

"감히, 주제도 모르고."

여전히 평온한 황제의 얼굴 위로 냉기가 스쳤다. 비록 아주 찰나였으나, 황제의 진심 어린 감정을 마주하기엔 충분한 시간이었다. 로젤의 손이 잘게 떨렸다.

"아, 그래. 공녀에게 한번 물어보지."

갑작스레 들려온 황제의 말에 로젤은 숙였던 고개를 살짝 들었다. 언뜻 보이는 황제의 입꼬리가 부드럽게 휘어 있었다.

"공녀는 짐이 황후를 어찌 생각하는 것 같나?"

대외적으로 그는 지금의 황후를 매우 총애한다고 알려져 있었다. 전 황후가 갑작스레 병으로 죽었을 때, 그것이 현 황후가 계획한 독살이 아닌가 하는 의혹이 있었음에도 이를 단숨에 덮어 버릴 만큼.

그 속은 어떨지 모르나, 적어도 겉으로는 황후를 상당히 아끼고 있는 듯했다.

"폐하께서 황후 마마를 매우 아끼신다고……."

"그런 대외적인 사실 말고. 진심으로 황후를 어찌 여길 것 같은가를 물은 거야."

" 잘 모르겠습니다 "

솔직한 로젤의 대답에 만족스러운 얼굴로 웃던 황제가 옥좌에서 내려왔다. 그리곤 차분하면서도 무게감 있는 걸음을 내딛기 시작했다.

한 걸음, 한 걸음.

어느새 제 바로 앞까지 다가온 그를 보며 로젤은 온몸이 뻣뻣하게 굳는 것을 느꼈으나, 곧 애써 태연한 척 드레스 자락을 쥐었다.

"짐은 지금의 황후를 매우 아끼고 있어. 어쩌면 사랑한다고 말할 수 있을 정도로. 아니, 사랑해."

조금 의외의 대답이었으나 로젤은 일일이 이에 반응하기보다, 잠자코 이어질 말을 기다리는 쪽을 택했다.

"하지만 그럼에도 두 황자가 죽는 것을 방관했어. 충분히 막을 수 있었음에도."

태연한 어조로 세간에 알려지지 않은 사실을 털어놓는 황제의 모습에 로젤은 저도 모르게 잠시 숨 쉬는 것을 잊었다.

"사실, 조금 더 정확하게 털어놓자면, 두 황자는."

"……."

"짐이 죽였어."

황제는 지금 제게 자신의 두 아들을 제 손으로 죽였다 고백하고 있었다. 그것도 사랑하는 제 아내가 낳은 자식을.

어떤 대답을 하고, 어떤 반응을 보여야 할지 도무지 감을 잡을 수가 없었다. 결국 로젤은 조용히 입을 다문 채 시선을 내리까는 것을 택했다. 뒤이어 부드러운 황제의 저음이 들려온다.

"짐은 공녀가 라슈아 공작가의 적녀라는 사실이 아니더라도 꽤 마음에 든다."

아까와 크게 다를 것 없는 황제의 목소리가 왠지 섬뜩하게 들렸다.

"그러니 이런 말도 해 주는 것이지."

"……폐하의 은혜에 진심으로 감사드립니다."

최대한 손을 떨지 않으려 노력하며 드레스 자락을 손에 쥔 로젤이 살짝 고개를 숙이자, 황제가 만족스럽다는 얼굴로 말을 이었다.

"계집의 결혼은 스스로의 미래를 결정하는 중대한 사안이니. 공녀도 조금 더 신중하게 움직일 필요가 있어."

"저 역시, 그렇게 생각합니다."

애써 입꼬리를 끌어 올린 로젤이 웃으며 답했다.

"짐은 공녀가 저번에 한 약조를 잊지 않았으면 해. 만약, 공녀가 이를 지키지 않는다면 짐 역시 그럴 필요가 없을 테니까."

"명심하겠습니다."

무슨 약조인지 아는 바가 없음에도, 로젤은 태연하게 웃었다. 이에 황제 역시 부드러운 미소를 지으며 화답했다.

"현명한 선택을 하리라 믿지."

황제를 만나고 알현실에서 나와 복도를 걷는 길. 로젤은 상당히 지쳐 있었다. 조금 전까지 제 몸을 짓누르던 긴장감으로 인한 압박이 아직도 생생하게 느껴진다.

덕분에 다리의 힘이 조금 풀린 터라 로젤은 바로 옆에 있던 벽에 잠시 몸을 기댔다.

사실 황제가 두 황자를 죽였다고 말한 것보다, 황후를 사랑한다고 말한 것이 더 충격적이었다.

사랑하는 아내가 낳은 아들들도 죽였는데 아르한을 죽이지 못할 이유가 없다. 황제의 눈은 그리 말하고 있었다.

그 섬뜩함이 뇌리에 박혀 쉽게 떠나질 않았다.

"괜찮으십니까?"

문득 들려온 목소리에 로젤이 고개를 들어 그쪽을 응시했다. 그러자 그곳에는 걱정 섞인 눈빛으로 저를 바라보는 아르한이 있었다.

잠시 그가 왜 이곳에 있나 싶은 생각을 하던 로젤이 뒤늦게 자신이 있는 장소가 황궁임을 떠올렸다. 어쩐지 민망한 기분이 든 그녀가 드레스 자락을 쥔 채, 허리를 숙여 인사했다.

"황태자 전하를 뵙습니다."

더없이 자연스러운 로젤의 인사에 그가 됐다며 손을 들었다. 이에 로젤은 쥐고 있던 드레스 자락을 가볍게 놓으며 허리를 폈다.

그런 로젤의 행동을 조용히 응시하던 아르한이 입을 열었다.

"안색이 창백하십니다."

"……괜찮습니다."

"괜찮지 않아 보이니 드리는 말씀입니다."

"정말 괜찮습니다. 그저 조금 피곤한 것뿐입니다."

걱정 섞인 아르한의 말에 로젤이 칼같이 대꾸했다. 아직 아르한을 어떻게 대해야 할지 마음을 정하지 못했다. 그런데 자꾸 이런 식으로 엮이는 것은 불편하기만 했다.

"제가 불편하십니까?"

"네."

눈치가 빨라도 너무 빠른 아르한의 물음에 로젤은 이번에도 단호하게 대꾸했다. 이에 돌아온 것은 조금 뜻밖의 질문이었다.

"어째서요?"

그리 물은 아르한이 곱게 미소를 지으며 로젤을 바라봤다. 아무래도 진심으로 몰라서 묻는다기보다, 저를 곤란하게 하기 위해 던진 질문인 듯했다.

이를 눈치챈 로젤이 그대로 입을 닫아 버리자, 생긋 웃던 아르한이 입을 뗐다.

"제가 직접 맞혀 볼까요?"

그리 말한 아르한이 성큼 로젤에게 다가왔다. 분명 조금 전까지만 해도 두세 걸음 정도 떨어져 있었는데, 지금은 숨결마저 느껴질 정도로 가까워졌다.

"당신의 진짜 이름을 아는 내가 불편해서."

나직하게 제 귓가를 울리는 저음에 로젤은 조금 당황했으나, 애써 태연한 척 한 쪽 입꼬리를 올려 웃었다. 그리고는 방금 아르한이 제게 했던 것처럼 그의 귓가에 작게 속삭였다.

"재미없는 농담을 하시는군요."

짤막한 로젤의 부정에 아르한이 아무래도 좋다는 듯 웃었다.

"공녀께선 의미 없는 부정을 하시고요?"

"왜 의미 없다 여기십니까?"

"의미가 없으니까요."

단호한 아르한의 말에 로젤은 뭐라 말을 더 꺼낼까 하다가 이내 생각을 바꿨다. 더 이상 그와의 말다툼으로 체력을 낭비하고 싶진 않았다.

"이만 비켜 주시죠."

여전히 부담스러울 정도로 가까이에 있는 아르한을 두고 한 말이었다. 이에 아르한은 곧장 로젤에게서 떨어졌다. 어느새 두어 걸음 정도 멀어진 상태로 로젤을 응시하던 아르한이 입을 열었다.

"공작저까지 모셔다드리겠습니다."

로젤에겐 그다지 반갑지 않은 제안이었다. 그러나 자신이 이를 거절한다고 그가 순순히 물러날 것 같진 않았다.

"대체 왜 이러시는 겁니까?"

그래서였다. 그가 받아들이지 않을 거절을 하느니, 이유를 묻기로 한 것은.

"왜 저를 걱정하지 못해 안달 난 사람처럼 구시느냔 말입니다."

조금 무례하다 느낄 정도로 직설적인 로젤의 말에 아르한이 생긋 웃었다. 하지만 로젤은 그가 진심으로 웃고 있는 것이 아님을 알 수 있었다.

다시 한번 로젤에게 가까이 다가선 아르한이 나직하게 속삭였다.

"당신이 에르샤일지도 모르니까요."

"……."

"내가 잡지 못한 그녀일지도 모르니까."

말을 마친 아르한이 조금 서글프게 웃으며 로젤에게서 떨어졌다. 그 웃음엔 감히 자신이 짐작치도 못할 정도로 절절한 애정이 담겨 있

272

었다.

에르샤를 지칭하는 단어를 입에 담는 것만으로도 아르한이 저리 애절한 얼굴을 하는 것을 보니, 로젤이 에르샤를 싫어했던 것도 무리가 아니었다.

"대체, 왜 그녀가 좋으셨습니까?"

그다지 친하지도 않았으면서, 특별한 일이 있었던 것도 아니면서. 대체 그 애정은 어디에서부터 비롯된 것일까.

이를 묻는 로젤의 말에 잠시 망설이던 아르한이 입을 열었다.

"비밀입니다."

그리 답한 아르한의 얼굴은 지극히 태연했으나, 그의 귓가는 조금 붉게 달아올라 있었다. 정작 로젤은 상대의 허무한 대답에 실망하느라 이를 눈치채지 못했지만.

"만약 제가, 그녀가 아니라면 어쩌시려고요?"

"……상관없습니다."

거짓말. 로젤은 처음으로 아르한의 얼굴을 스친 절망의 감정을 읽어 냈다. 비록 아주 찰나였으나, 그가 드러낸 절망의 감정은 더없이 깊었다.

고작 에르샤라는 사람 하나로 인해 철옹성과 같았던 황태자가 저리도 무방비해진다. 자신이 애써 정체를 숨겨 올 필요가 있었나 싶은 생각이 들 징도로 그는 솔직하게 스스로의 감정을 드러내고 있었다.

잠시, 로젤이 저도 모르게 자신이 에르샤임을 고백할 뻔했을 정도로……. 입 안을 정신없이 휘젓는 고백을 애써 삼켜 낸 로젤이 입을 열었다.

"죄송하지만, 이만 돌아가고 싶습니다."

그런 로젤의 말에 아르한은 의외로 선선히 고개를 끄덕였다. 저택까지 모셔다드리겠다는 말 역시, 로젤이 다시 한번 거절의 의사를 표하자 더 이상 하지 않았다.

황궁에서 아르한과 마주한 지 며칠이 지나지 않아 로젤은 다시 황궁을 찾게 되었다. 예절 교사로서 미리 숙지해야 할 사항들을 듣기 위해서였다.

사실, 그것은 그럴듯하게 포장된 허울에 불과했고, 실제로는 예절 교사로 선택된 이들이 모여 작은 연회를 즐기는 것뿐이었다.

쓸데없는 허례허식에 불과한 절차였고, 참석한 대부분의 이들이 나이 지긋한 귀부인들이었기 때문에 로젤이 있기엔 꽤 지루한 편이었다.

로젤은 자신이 연회에 참석한 지 20분도 채 되지 않았다는 사실을 애써 되새기며 열심히 웃었다. 입가에 경련이 일어날 지경이었다. 게다가 괜히 책잡힐 일을 만들지 않기 위해 말 한마디, 손동작 하나까지 신경 쓰느라 평소보다 몇 배는 피곤했다.

"이번에 아를루아 백작께서 평민 계집을 첩으로 들이겠다고 하셨답니다."

"저런, 백작 부인께서 속 좀 뒤집히셨겠네요."

"사실, 사생아만 없다면. 크게 비난받을 일은 아니죠."

거기에 험담만 반복되는 지루하기 짝이 없는 대화까지 얹어지니 정말 끔찍하리만큼 지루하고, 피곤했다.

간간이 제게 말을 걸어오는 귀부인들을 적당히 웃으며 상대하기를 한 시간. 이 정도면 충분히 자리를 지켰다 싶었던 로젤이 슬쩍 연회장을 나섰다.

전체적으로 소란스러워 정신이 없었던 연회장과 달리, 고요한 복도가 로젤을 맞는다. 차분히 복도를 걷던 로젤의 걸음이 뚝 멎었다. 분명자신이 걸음을 멈췄음에도 여전히 복도를 울리는 소리가 있다. 이에 로젤이 고개를 돌려 소리가 난 쪽을 바라보자.

"오랜만이야."

로젤의 연인이자, 에르샤의 전남편인 에반이 복잡한 시선으로 로젤을 바라보고 있었다.

이에 로젤은 당황하거나, 놀라는 대신 태연하게 두 손을 제 드레스 자락으로 가져갔다. 그 후에는 자연스레 격식을 갖춘 인사가 이어졌다.

"라슈아 공작가의 로젤 라슈아가 아델노프 후작님을 뵙습니다."

새삼스러울 것 없다 여기기엔 너무나 새삼스러운 등장이었다. 이를 알고 있기에 로젤은 되려 더 태연하게 굴었다.

"딱딱하게 구는 걸 보니. 제대로 선을 그을 생각이구나."

그리 말한 에반이 조금 씁쓸하게 웃었다. 아무래도 원래의 로젤은 그에게 꽤 친근하게 굴었던 모양이다.

새삼, 이런 식으로 제 남편과 로젤 사이의 관계를 알게 된 것이 그녀는 못내 불쾌했다. 더는 이에 대해 알고 싶지 않았다.

"죄송한 말씀이나, 제 상태가 그다지 좋지 못하여 먼저 돌아가던 참이었습니다. 그러니 이만 돌아가 보겠습니다."

그리 말한 로젤이 몸을 돌리기 무섭게 손목이 잡혔고, 어느새 강제로 몸이 돌려졌다.

"할 말이 있어."

다정하면서도 진지한 에반의 목소리에 로젤은 헛웃음이 나왔다. 마치 중대한 고백이라도 앞두고 있는 듯한 에반의 눈빛이 그녀는 미치도록 싫었다. 더는 두 사람의 관계에 대해 알고 싶지 않았다. 제 손목을 잡고 있던 에반의 손을 뿌리친 로젤이 차분히 말했다.

"듣고 싶지 않습니다."

"그래도 난, 말해야겠어."

그리 말하며 다신 놓지 않겠다는 듯 로젤의 손목을 꽉 붙잡은 에반이 더없이 다정한 시선으로 그녀를 바라본다.

두 번째 아이를 갖기 전의 에르샤를 보던 시선과 비슷하면서도, 어딘가 달랐다.

이에 로젤은 조금 복잡한 기분이 들어 허탈함 섞인 얼굴로 웃었다. 그러다가 이내 싸늘하게 표정을 굳힌 채, 입을 열었다.

"후작께서는……."

하지만 그런 로젤의 말은 끝을 맺지 못한 채, 가로막혔다. 어느새 에반과 그녀 사이를 파고든 아르한에 의해.

"후작께서 이런 분이실 줄은 몰랐습니다. 최소한의 예의는 아는 분이라 여겼는데."

작은 기척도 없이 등장한 황태자로 인해 로젤도, 에반도 당황한 기색을 감추지 못했다.

"전하께서 여긴 어쩐 일로······."

겨우 정신을 차리고 그리 묻는 에반을 보며, 아르한이 싸늘하게 일갈했다.

"그보다 더 중요한 것이 있을 텐데요."

더없이 싸늘한 표정의 아르한을 보며, 후작은 그제야 자신이 잡고 있던 로젤의 손목을 놓아주었다. 그리곤 구질구질한 변명을 덧붙인다.

"이것은, 그저······."

"후작은 지금, 감히 내 약혼녀에게 무례를 저질렀습니다. 이는 곧 황태자인 나에 대한 무례고, 모욕입니다."

하지만 에반의 변명은 제대로 된 시작조차 하지 못한 채, 아르한에 의해 가로막혔다. 이에 에반이 다시 무어라 말을 꺼내려 했으나, 아르한이 한발 앞서 말을 이었다.

"지금 당장 돌아간다면. 오늘의 무례에 대한 선처를 고려해 보겠습니다. 하나, 만약 이를 듣지 않겠다면. 나를 모욕한 것에 대한 죄를 물어, 후작을 지하 감옥에 가두겠습니다."

"······."

"선택하십시오."

선택지가 없는 선택을 강요받은 에반은 고민하는 기색도 없이 곧바로 돌아가는 쪽을 택했다. 기실 당연한 일이었기에 크게 놀랍지도 않았다.

에반이 완전히 제 눈앞에서 사라진 것을 확인한 로젤은 서둘러 아르한에게 다가갔다. 혹, 그가 쓸데없는 오해라도 한다면 일이 귀찮아질 테니, 먼저 선수를 쳐 해명하기 위해서였다.

"저와 아델노프 후작 사이엔 아무 일도 없었습니다."

"압니다."

선선하기 그지없는 아르한의 대꾸에 로젤이 의아해할 틈도 없이 그가 말을 이었다.

"그보다 다친 곳은 없으십니까? 혹, 후작이 위해를 가했다거나……."

"없습니다. 아무 일도 없었으니까요."

짤막한 로젤의 대답에 그녀와 눈을 맞추던 아르한의 시선이 에반이 잡았던 손목으로 향했다. 이에 로젤 역시 제 손목으로 시선을 옮겼다.

잠깐이었으나, 억지로 잡혀 있었던 티를 내기라도 하듯, 약간의 불그스름한 자국이 남아 있었다. 이는 로젤의 흰 피부와 대비되며 더욱 눈에 띄었다.

무어라 변명이라도 해야 하나 싶어 로젤이 입술을 달싹이던 찰나, 다소 씁쓸한 시선으로 이를 보던 아르한이 입을 열었다.

"아무 일도 없었다? 공녀께는 이것이 아무 일도 아닙니까?"

아르한은 평소와 같이 조금도 언성을 높이지 않은 상태였으나, 그랬기에 더욱 싸늘하고 차갑게 느껴지는 물음이었다.

"제가 오지 않았더라면, 더한 일이 일어났을 수도 있습니다. 그것을 정말 모르십니까?"

"만약, 전하께서 오시지 않았더라도 별일은 없었을 겁니다."

단호한 로젤의 대답에 아르한의 표정이 일그러졌다. 어느새 원망과 체념이 섞인 눈으로 로젤을 보던 아르한이 한쪽 입매를 비틀어 웃으며 입을 열었다.

"그리도 그자가 믿음직스러우십니까?"

"……전하."

"그리 당했음에도, 아직 믿는다고 말할 수 있을 만큼 후작이 좋으십니까?"

로젤은 직감적으로 아르한이 지금 꺼낸 얘기가 조금 전의 일이 아닌, 에르샤를 배신한 에반에 대한 것임을 알 수 있었다.

"저는, 그분을 믿지 않습니다."

단호하고도, 짧막한 로젤의 대꾸에 여전히 서글프게 웃던 아르한이 입을 뗐다.

"그럼 왜 별일 없었을 거라 장담하셨습니까?"

"그분을 믿지는 않았으나, 상황을 믿고, 제 뒤에 있는 배경을 믿으니까요."

에반을 완전히 다 안다고 자부할 수는 없으나, 함께 보낸 시간이 몇 년이다. 그 정도면 서로에 대해 어느 정도는 파악하게 되기 마련이다.

"후작께서는 제게 함부로 위해를 가할 만큼 어리석은 분이 아닙니다. 정말, 만약에 그런 일이 벌어진다면 적어도 그 이유가 고작 연애놀음 때문은 아닐 테고요."

에반이 로젤을 얼마나 절절하게 사랑하는지는 모르겠으나, 그는 사랑에 그만한 가치를 두지 않았다. 적어도 에르샤인 제가 알기로는. 만약 로젤이 에반을 바꿔 놓았다면 또 모르겠으나, 그는 적어도 에르샤를 위해 제 모든 것을 던지는 남자는 아니었다.

냉정한 로젤의 단언에 잠시 침묵을 지키던 아르한이 곧 입을 열었다.

"그는 이미 에르샤를 한번 배신한 사람입니다."

차마 반박할 수 없는 그의 말에 로젤은 그대로 입을 다물었다. 그 후로 분노 섞인 아르한의 말이 이어졌다.

"에르샤가 과연 후작이 자신을 배신할 사람이란 것을 알았을까요?"

얄미울 정도로 틀린 구석 하나 없는 말에 로젤은 여전히 입을 열지 않았다.

그런 로젤을 조용히 응시하던 아르한이 자국이 남아 있는 그녀의 손을 조심스레 붙잡았다. 그리고는 자연스레 그녀를 이끌었다.

덕분에 로젤은 얼떨결에 아르한과 함께 걷게 되었다. 어디를 가는 것인지 묻기 위해 로젤이 입을 열려던 찰나, 아르한이 입을 뗐다.

"일단, 의원에게 보이는 것이 좋겠습니다."

"예? 의원이라뇨?"

로젤은 진심으로 제 귀를 의심했다. 만약 그게 아니라면, 아르한이 저를 놀리기 위해 장난을 치는 것이라 생각했다.

"안심하십시오. 오랫동안 황실을 위해 일해 온 주치의입니다."

하지만 불행하게도 아르한은 진지하다 못해, 심각한 얼굴을 하고 있었다. 이에 로젤은 진심으로 황당하다는 얼굴을 했다.

"별거 아닌 자국입니다. 굳이 그러실 필요 없습니다."

"별거 아니지 않습니다."

손목에 멍이 든 것도 아니고, 고작 자국이 조금 남은 것을 의원에게 보이겠다니. 아무리 황태자인 그라도, 이건 정말 유난 떤다고 비난받을 일이었다.

"겨우 자국이 조금 남은 정돕니다. 그마저도 금방 없어질 테고요."

단호한 로젤의 말에 작게 한숨을 내쉰 아르한이 걸음을 멈췄다. 그리고는 천천히 몸을 돌려 로젤과 시선을 맞춘다.

"저는 지금, 제 인생을 통틀어 가장 큰 인내심을 발휘하고 있습니다."

다소 의미심장한 아르한의 말에 로젤이 의아한 기색을 보일 새도 없이, 나직한 그의 말이 이어졌다.

"마음 같아서는 당장이라도 당신의 손을 이리 만든 후작을 잡아다가 손목을 비틀어 버리고 싶습니다. 하지만 간신히 참고 있습니다."

"……왜죠?"

"당신께서 그것을 원치 않을 테니까요."

조심스러운 로젤의 물음에 간결하고도, 명쾌한 답이 돌아왔다. 그 후 또 다른 아르한의 말이 이어졌다.

"차라리 그냥, 제게 오시면 안 됩니까?"

슬픈 고백이었다.

"당신을 울리지 않겠다고 장담할 순 없습니다. 황궁은 그런 곳이니까요."

또한 더없이 현실적인 고백이기도 했다. 이에 로젤은 애매한 얼굴로 웃었고, 이를 거절이라 여긴 아르한이 쓸쓸한 얼굴로 말을 이었다.

"하나, 적어도 다른 이에게 눈길을 주지 않겠다고 약조할 수는 있습니다."

"그건, 제가 에르샤일 때의 이야기겠죠."

냉정하게 현실이 짚어 내는 로젤의 말에 입술을 달싹이던 아르한이 잠시 입을 다물었다. 그러다가 이내 체념 섞인 얼굴로 말했다.

"그러고 보니 그렇군요."

"……."

"그럼, 방금 한 말은 못 들은 걸로 해 주십시오. 만약, 당신이 에르샤가 아니라면……."

순순히 자신을 로젤이라 납득하는 것처럼 굴면서도, 은근히 에르샤를 겨냥한 말을 해 대는 아르한의 행동에 로젤은 조금 웃음이 났다. 마음이 더욱 복잡해진다.

제 정체를 밝혀야 할지, 말아야 할지 쉽사리 판단이 서질 않았다. 이는 아르한의 진심을 믿지 못해서가 아니라, 제 마음에 대한 확신이 없기 때문이다.

"전하께서 저를 그렇게까지 에르샤라 확신하는 이유가 무엇입니까?"

조금 갑작스러운 질문에도 아르한은 당황하는 기색 없이 담담하게 입을 열었다.

"당신이 만약 진짜 라슈아 공녀였다면, 그녀는 순순히 자신이 에르

282

샤라 인정했을 겁니다."

"……."

"제가 에르샤를 마음에 두고 있다는 사실을 알고, 이를 몇 번이나 이용하려 들었으니까요."

아…….

생각 외로 평범한 대답에 로젤은 고개를 끄덕이며 수긍할 뻔했다. 확실히 자신이 생각하기에도 로젤은 그런 여자였다.

"그런데 공녀께선 이를 인정하는 대신, 아니라고만 주장하고 계시죠."

아무래도 처음부터 방향을 잘못 잡았던 모양이다. 하지만 이제 와 돌아가기엔 너무 늦어 버렸다.

"답이 되었습니까?"

"네."

짤막한 로젤의 대답을 끝으로 두 사람 사이에 침묵이 내려앉았다. 이에 잠시 생각을 정리하던 로젤이 입을 열었다.

"황실 사냥터가 개방되었다고 들었습니다."

조금 뜬금없는 주제에 아르한이 의아한 시선으로 로젤을 응시했다.

"황태자 전하께서는 이를 언제든지 사용할 수 있으실 테고요."

덧붙여진 로젤의 말을 듣고 나서야 그 의미를 파악한 아르한이 한 손을 내밀었다. 이에 로젤이 가볍게 제 손을 그 위에 올렸다.

그 후 자연스레 로젤을 에스코트하듯 이끌던 아르한이 말했다.

"당장, 준비를 마쳐 두라 이르겠습니다."

로젤은 아르한과 함께 사냥터에 갈 생각이었다. 그녀가 그런 결정을 내린 이유는 간단했다.

황실의 일원들과 그들이 초대한 극소수의 사람들만이 출입할 수 있는 공간이라면 일단 인적이 드물기 마련이다. 쉽게 눈에 띄긴 하겠으나, 바꿔 말하면 그만큼 비밀스러운 대화를 나누기에 좋은 장소도 없었다.

사실, 그럴듯한 이유를 갖다 붙이긴 했으나, 로젤이 그보다 더 우선순위로 두는 목적은 따로 있었다.

아르한에게 제 정체를 밝힐지, 아니면 그냥 묻어 두는 쪽을 택할지 마음을 정하는 것. 어쩌면, 그가 이미 제 정체를 확신하고 있을지도 모를 상황에선 별 의미 없는 고민일지도 몰랐다. 하지만 그럼에도 이는 하지 않을 수 없는 고민이었다.

"준비는 마치셨습니까?"

어느덧 사냥에 사용할 총기를 들고 온 아르한의 물음에 로젤이 고개를 끄덕였다. 진작, 사냥터에 어울리는 복장을 갖추고, 총을 골라 두었다.

"사냥은 처음이셨던가요?"

"어설픈 흉내 정도는 내 보았으나, 직접 참여하는 것은 처음입니다."

시작부터 저를 시험하는 그의 질문에 로젤은 태연하게 대꾸했다. 로젤같이 전형적인 귀족 아가씨가 사냥에 직접 참여한 경험이 있을 리 없다. 승마는 좋아해도, 사격은 별로 좋아하지 않는 편이기도 했고.

그런 로젤의 대꾸에 별 반응을 보이지 않던 아르한이 그녀를 마구간으로 데려갔다. 오늘 하루 직접 타고 다닐 말을 고르기 위함이었다.

"어떤 아이로 하시겠습니까?"

이 물음 역시 저를 시험하는 것임이 분명했다. 이에 차분한 시선으로 말들을 하나하나 살피던 로젤이 입을 열었다.

"저 아이로 하겠습니다."

그리 말한 로젤이 가장 끄트머리에 있던 백마를 가리켰다. 그다지 튼튼해 보이지는 않으나, 겉모습만큼은 화려하고, 아름다운 말. 말을 제대로 볼 줄 모르고, 무조건 백마를 선호하는 귀족 영애들이 선택하기에 딱 좋은 말이었다.

"저 아이는 그리 튼튼해 보이지 않으니 이 아이가 나을 것 같군요."

그리 말한 아르한이 훨씬 더 튼튼해 보이는 다른 말을 가리켰다. 이에 잠깐 고민하던 로젤이 고개를 끄덕였다.

그렇게 선택을 마친 두 사람은 말 위에 올라 사냥터의 중심에 있는 숲으로 향했다.

전반적으로 인적이 드물었고, 기껏해야 작은 토끼나, 사슴 정도가 돌아다니는 곳이었기에 크게 걱정할 것은 없었다. 하지만 그럼에도 아르한은 섬세하게 로젤을 신경 쓰며 챙겼다.

"덥지 않으십니까?"

"힘드시면 잠깐 쉬었다 갈까요?"

"안색이 좋지 않으십니다. 돌아갈까요?"

덕분에 황태자와 함께 사냥을 하러 온 것인지, 시종과 나들이를 나온 것인지 헷갈릴 지경이었다.

"저를 그리 챙기지 않으셔도 됩니다."

그리 말한 로젤이 갖고 있던 엽총을 들었다. 철컥하는 소리와 함께 방아쇠가 당겨진다.

탕!

총성이 울리고, 그와 거의 동시에 무언가가 풀썩 쓰러졌다. 자연스레 그쪽으로 시선을 옮기니, 작은 토끼 하나가 쓰러져 있다. 몸집이 꽤 작은 토끼였고, 그 거리 역시 상당한 편이었기에 잘 보이지도 않았다.

들고 있던 총을 내린 로젤의 얼굴에 당혹감이 스쳤다. 그저 총을 사용할 줄 안다는 것 정도만 보여 주려 했는데 실수로 지나가던 토끼를 맞혀 버렸다.

이에 아르한은 진심으로 감탄한 얼굴로 로젤을 바라보았다.

"확실히 대단……."

"운이 좋았던 모양이네요."

변명이 아니라, 진짜였다. 하지만 스스로가 듣기에도 너무나 변명 같은 말이었다. 여전히 의아한 얼굴로 저를 보는 아르한을 향해 로젤이 다시 한번 말했다.

"운이 좋았던 겁니다."

열심히 운을 강조하는 로젤의 말에 아르한은 그저 작게 웃었다. 제 말을 믿지 않는 듯한 반응에 로젤이 속으로 한숨을 삼켰다.

결국, 그 후로 로젤은 조금 전 토끼를 잡은 것이 우연이었음을 증명하기 위해, 열심히 실수를 연발했다. 다 잡은 짐승을 일부러 빗맞히기도 하고, 나무를 맞히거나 괜히 허공에 총알을 낭비하기도 했다. 물론, 너무 티가 나지 않는 선에서.

그렇게 얼마간 사냥을 빙자한 나들이를 하다 보니 주변이 서서히 어두워지고 있었다. 이를 그 역시 느낀 듯 자연스레 말 머리를 돌린 아르한이 말했다.

"그만 돌아가는 것이 좋겠습니다."

"그러네요."

작게 고개를 끄덕인 로젤이 그를 따라 말 머리를 돌렸다. 워낙 깊은 곳까지 들어왔던 터라 숲을 완전히 벗어나려면 시간이 조금 걸린다. 새삼 이를 기억해 낸 로젤이 슬쩍 자신보다 조금 앞서가는 아르한에게 시선을 주었다. 대화를 할 생각이라면 지금이 적기가 아닐까.

"하실 말씀이라도 있으십니까?"

뒤도 돌아보지 않고 그리 묻는 아르한의 모습에 로젤은 조금 당황하다가, 이내 차분히 말을 골랐다.

"아직도 제가 그녀일 것 같습니까?"

"네."

고민조차 없이 그리 답하는 아르한을 보며 로젤은 조금 허탈하게 웃었다.

'역시, 토끼를 맞혀 버린 것이 치명타였나.'

로젤이 그리 생각하기 무섭게 아르한이 입을 열었다.

"공녀께서 토끼를 맞히셨기 때문은 아닙니다. 그건 정말 우연이었으니까요."

"그렇다면 왜……."

이해하기 힘들다는 듯 말끝을 흐리는 로젤을 향해 처음으로 고개를 돌린 아르한이 말했다.

"공녀께선 분명 몇 번이나 저와 함께 사냥터에 오셨습니다. 또한, 공녀께서는 마구간의 냄새가 싫다며, 단 한 번도 직접 말을 고르신 적이 없었습니다. 늘 제게 가장 튼튼한 백마를 골라 달라 부탁하셨죠."

기다렸다는 듯 줄줄이 이어진 아르한의 대답에 로젤은 할 말을 잃었다. 이에 한 번 작게 웃어 보인 아르한이 말을 이었다.

"그리고 결정적으로 공녀께서는 사격을 그 정도로 못하진 않으셨습니다. 아카데미 때라면 또 모를까. 최근엔 실력이 꽤 많이 느셨다며 직접 제 앞에서 토끼를 사냥하며 자랑하셨었죠."

결국은 제 어설픈 잔재주가 발목을 잡았다는 뜻이다. 속으로 한숨을 삼킨 로젤이 조금 날카로운 어조로 물었다.

"그 모든 사실을 다 알고, 또 제 정체에 대해 이미 확신에 가까운 추측을 하고 계심에도. 이를 언급하지 않으셨던 이유가 뭡니까."

로젤의 물음에 조금 난처한 얼굴을 하던 아르한이 이내 입을 열었다.

"……공녀께서 제가, 당신의 정체에 대해 아는 걸 원치 않으시니까요."

그리 말한 아르한의 얼굴이 어쩐지 씁쓸해 보였다.

"그뿐입니다."

이에 잠시 생각에 잠긴 듯 시선을 내리깔았던 로젤이 차분히 입을 열었다.

"마치, 제가 원한다면 죽는 시늉이라도 해 주실 기세네요."

다소 뻐딱한 로젤의 대구에 다시 고개를 돌려 앞을 바라본 아르한이 장난스러운 어조로 말했다.

"당신께서 원하신다면, 기꺼이."

죽을 수도 있습니다.

언뜻 들려온 뒷말 역시 장난기가 섞여 있었으나, 로젤은 그 말이 장난처럼 들리지 않았다. 그것은 분명한 진심이었다. 늘 그렇듯, 아르한은 언제나 제게 진심을 보여 주고 있었다.

"여전히 저를 믿지 못하셔도 상관없습니다."

로젤은 더 이상 아르한의 마음을 믿지 않는다고 말할 수 없다. 그리 말하기엔 아르한이 제게 보여 준 것이 너무도 많았다.

또한 그는 언제나 스스로의 감정에 대해 명확히 알고 있었다. 갈피를 잡지 못한 채, 아직도 제 감정 속을 헤매고 있는 로젤과 달리.

"그저, 하나만 약조해 주십시오."

그리 말한 후, 잠시 뜸을 들이던 아르한이 말을 이었다.

"당신께서 제게 마음을 주신다면. 그땐, 진짜 이름을 허락하겠다고."

그 말은 바꿔 말하면, 로젤이 아르한에게 마음을 주지 않을 경우. 끝끼기 아무것도 답하지 않아도 된다는 의미가 된다. 수락할 이유가 없으나, 수락하지 않을 이유도 없는 제안이었다. 이에 잠시 고민하던 로젤이 입을 열었다.

"좋습니다."

하지만 자신 있게 답한 것과 별개로 로젤은 어쩐지 내기에서 순순히 이기지 못할 것 같은 예감이 들었다.

시간은 꽤 빠르게 흘렀다.

그 시간 속에서 아르한은 꾸준히 로젤을 찾아와 주기적인 만남을 가졌고, 그것은 그녀가 리오의 첫 교육을 위해 황궁을 방문한 날 역시 마찬가지였다.

"긴장하셨습니까?"

"조금요."

덤덤한 대꾸와 달리 로젤의 속은 복잡하기 그지없었다. 로젤로서 에반과 함께 연회장에서 만난 적이 있기는 하나, 단둘이 얼굴을 보게 된 것은 처음이니까.

에르샤였을 적에도 리오를 제대로 돌봐 준 기억이 거의 없었던 탓에 복잡한 마음은 배가 되었다.

변명에 불과함을 알지만, 그땐 그것이 최선이라 여겼다.

당시의 에르샤는 사생아라는 타이틀에 발목을 잡히지 않기 위해 이를 악물고 능력을 발휘하느라 주위를 둘러볼 겨를이 없었다. 제 출신을 탐탁지 않게 여기는 시종이나, 시녀부터 방계의 친척들까지. 주변엔 죄다 저를 끌어내리지 못해 안달 난 사람들뿐이었으니까.

그 상황 속에서 에르샤는 철저하게 혼자 살아남아야 했고, 덕분에 제 아들인 리오에게 마음을 쓸 여유 같은 건 없었다.

게다가 남편이었던 에반 역시 다정하거나, 살가운 아비는 아니었기에 리오는 부모의 무관심 속에서 자랐다.

"아델노프 소후작께선 충분히 잘 자라셨습니다."

제 마음을 읽기라도 한 듯 그리 말하는 아르한을 보며 로젤이 쓸쓸하게 웃었다.

"……알고 있습니다."

"그럼, 그리 죄책감 가득한 얼굴 하지 마세요."

이에 로젤은 다시 한번 쓰게 웃었다.

아르한의 말처럼 리오는 조금의 엇나감도 없이 바르게 자라 주었다. 겨우 여섯 살이라는 것이 믿기지 않을 정도로 단정하게.

하지만 그것이 오히려 그녀의 마음을 더욱 아프게 했다.

리오에게서 '아이'다울 수 있는 시간을 빼앗은 것 같아서.

어리광을 부리고, 부모에게 기대는 대신, 후작가를 짊어질 후계자로서 모든 것을 혼자 해야 하는 사람으로 만든 것 같아서. 물론, 언젠가는 배워야 할 것이다. 그러나 이제 겨우 여섯 살이 된 아이가 배우기엔 조금 이른 것들이었다.

"돌릴 수 없는 과거를 두고, 후회하는 것은 의미가 없습니다."

아르한이 조금 단호하면서도, 냉정한 어조로 말을 이었다.

"차라리 그것을 발판 삼아 같은 실수를 반복하지 않는 것이 더 중요하죠."

그리 말한 아르한이 자연스레 로젤과 눈을 맞췄다가 이내 시선을 돌렸다. 그 찰나에 얽힌 시선을 통해 로젤은 짐작했다.

저 말은 아르한이 제게 하는 말인 동시에, 스스로에게 하는 말이라는 것을.

"황태자 전하께서는, 과거를 후회하신 적이 없습니까?"

갑작스레 이어진 로젤의 물음에 잠시 머뭇거리던 아르한이 입을 뗐다.

"있습니다."

조금 의외의 대답이었기에 로젤이 그를 빤히 쳐다보았다.

"굳이 하나를 꼽을 수도 없을 만큼 많습니다."

아르한의 시선에 복잡한 감정이 차올랐다. 그리운 것도 같고, 원망스러운 것도 같은 복합적인 감정. 그것이 아르한을 채웠다.

"그리고 그중에서도 가장 절절했던 후회는. 사랑하는 사람들을 잃은 후에 한 것이었습니다."

그런 아르한의 말에 로젤은 문득, 병으로 죽은 전 황후와 아르한의 이복형제였던 두 황자가 떠올랐다. 이와 함께 황제가 제게 했던 말도.

로젤은 어느새 저도 모르게 표정을 딱딱하게 굳혔다. 이를 리오와의 만남을 앞두고 긴장한 것이라 여긴 아르한이 다정한 위로를 건넸다.

"너무 염려치 마십시오."

그것이 아니라 부정하려던 로젤이 이내 달싹이던 입술을 다물고 그저, 작게 고개를 끄덕였다.

지금 자신이 있는 곳은 황궁이었고, 함부로 황제의 비밀을 입에 담기엔 더없이 부적절한 장소였다.

또한, 어쩌면 아르한이 이미 이에 대해 알고 있거나, 그 일에 함께 가담했을지도 모른다. 그러니 여러 가지로 지금은 굳이 입을 열지 않는 편이 나았다.

"좋은 말씀 감사합니다. 잘 참고하도록 하죠."

로젤이 그리 답하기 무섭게 리오가 있을 응접실이 보이기 시작했다. 이에 잠시 걸음을 멈춘 로젤이 드레스 자락을 쥐고 허리를 숙였다.

"데려다주셔서 감사합니다. 안녕히 가시기를."

칼같이 단호한 로젤의 인사에 작게 웃던 아르한이 예를 갖춰 인사를 건넸다.

"교육이 끝나고, 또 뵙겠습니다."

지금은 물러가나, 이대로 헤어지진 않겠다는 의사가 분명한 발언에 로젤은 속으로 한숨을 삼켰다.

"……이따가 뵙겠습니다."

결국 마지못해 이를 허락하는 로젤을 보며 만족스럽게 웃던 아르한이 곧 몸을 돌려 걷기 시작했고, 이내 복도 끝으로 완전히 사라졌다.

이를 확인한 로젤은 몇 걸음을 더 간 끝에 응접실 앞에 도달했고, 가볍게 심호흡을 한 후 문을 열었다. 차분히 응접실을 둘러보자, 낯익은 얼굴들이 하나둘 눈에 들어왔다. 대부분이 아델노프 후작가의 사람들이었기 때문이다.

후작저에서 보았던 시녀나 시종들, 그리고 하녀나 하인들을 비롯해 몇몇의 호위 기사들까지. 마치 에르샤였던 시절로 돌아간 것 같은 착각이 들었다. 그리고 그 감상은 에르샤를 빼다 박은 갈색 머리에 푸른색 눈동자를 가진 리오를 보며 정점을 찍었다.

시녀가 타 준 차를 마시고 있던 리오는 갑작스러운 로젤의 등장에 당황한 듯, 서둘러 차를 내려놓은 후 몸을 일으켜 제게 다가왔다.

연회장에서 만났을 때와 크게 달라지지 않은 모습이었다. 로젤은 한 손을 어설프게 움직이며, 예의를 취하는 리오의 모습을 하나도 놓치지 않고 눈에 담았다.

그러다가 문득, 새삼스러울 것 없는 생각이 로젤의 머릿속을 스쳤다.

"리오 아델노프가 라슈아 공작가의 라슈아 공녀님을 뵙습니다."

더는 자신이 리오의 모친일 수 없다는 사실이.

전에 리오를 만났던 연회장에서도 비슷한 생각을 한 적이 있었다. 그랬기에 정말, 새삼스러울 것도 없는 생각이었다. 하지만 이미 알고 있었다고 해서, 그것이 더는 아프지 않은 것은 아니었다.

마음이 자꾸만 아렸다.

"라슈아 공작가의 로젤 라슈아가 아델노프 소후작님을 뵙습니다."

뒤늦게 리오의 인사를 받던 로젤이 생긋 웃으며 응접실에 있던 모든 이들을 물렸다. 예절 교육을 위해서라면 당연히 그래야 한다는 것을 알기에 그들은 순순히 응접실을 나갔다. 덕분에 응접실 안에는 로젤과 리오만이 남게 되었고, 이에 리오는 조금 긴장을 한 듯 살짝 얼어 있었다.

"많이 긴장되십니까?"

"아, 아닙니다!"

딱딱하게 얼어붙은 리오를 보며 로젤은 잠시 생각에 잠겼다. 리오가 낯을 가리는 편이기는 했지만, 이 정도로 어색하게 구는 경우는 거의 없었다.

"혹, 제가 불편하십니까?"

"그, 그런 것이 아니라……."

열심히 고개를 저으며 이를 부정한 것과 달리 리오의 입은 뒤에 이어질 말을 뱉지 못하고 있었다. 이에 로젤은 내용을 조금 바꿔 다시 질문했다.

"제가 무서우십니까?"

"……그건, 정말 아닙니다."

여전히 당황한 얼굴로 그리 답하는 리오를 보며 로젤은 재빨리 제 얼굴 위에 씁쓸한 표정을 덧그렸다.

"영윤께서 제가 스승으로서 부족하다 여기기에 이러시는 거라면 솔직하게 알려 주세요. 후작께 다른 귀부인을 찾으시는 게 좋겠다고 말씀드리겠습니다."

세상의 모든 슬픔을 혼자 짊어지신 듯한 로젤의 표정 연기에 아직 어린 리오는 깜빡 넘어가고 말았다. 리오가 절대 그렇지 않다며 두 손을 내저었다.

"그런 것이 아닙니다. 단지, 부친께서 공녀님께 깍듯이 예를 갖추라 하셨기에 긴장을 조금 했을 뿐입니다."

"……정말이십니까?"

그리 물은 로젤은 겉으로는 다행이라는 듯 안도하는 척하면서 속으로는 불쾌한 기분을 가라앉히기 위해 노력했다.

리오에게 생전 관심도 갖지 않았던 에반이 이렇게 직접 당부를 했다는 것 자체가 로젤을 불쾌하게 했다. 그만큼 에반이 로젤을 아끼고 있음을 증명하는 거나 다름없으니까. 전남편이 내연녀를 얼마나 아끼고 있는가를 이런 식으로 알게 되는 것은 제 정신 건강에 그다지 좋지 않았다. 자꾸만 딱딱하게 굳는 표정을 억지로 편 로젤이 입을 열었다.

"저를 부족하다 여기신 게 아니라 다행입니다."

그리 말한 로젤이 자연스레 화제를 돌리기 위해 말을 이었다.

"그럼, 수업을 시작해도 될까요?"

작게 고개를 끄덕이는 리오의 모습을 아닌 척, 열심히 눈에 담던 로젤이 응접실 테이블 위에 놓인 책 한 권을 발견했다.

예절 교육을 황궁에서 진행하는 가장 큰 이유 중 하나는 수업 시간마다 황궁에서 지정한 책을 한 권 이상씩 가르치게 하기 위함이었다. 그리고 그 책을 고르는 것은 항상 황제의 최측근들이었다. 한마디로 말이 좋아 예절 교육이지, 함부로 황권에 대들지 말라 세뇌하는 거나 다름없었다.

물론, 그다지 효과적인 방식은 아니었지만.

자연스레 테이블로 다가가 책을 집어 든 로젤이 리오에게 일단 앉을 것을 권했다. 순순히 자리에 앉는 리오를 보던 로젤이 시선을 돌려 책의 겉표지를 훑었다.

《눈먼 황후의 비극》

무슨 내용일지 알 것도 같고, 모를 것도 같은 제목의 소설이었다.

살짝 고개를 갸웃한 로젤이 책을 펼쳤다.

소설을 지정해 준 것을 보니, 오늘은 리오와 함께 책을 끝까지 읽은 후, 이에 대해 토론하는 시간을 가지라는 의미 같았다.

이에 로젤이 차분한 목소리로 소설을 읽어 나가기 시작했다.

소설은 타국의 왕녀가 정략결혼으로 인해 제국으로 건너와 황후가 되는 것으로 시작됐다. 왕녀는 아름다우며, 선한 데다 똑똑하기까지 한 사람이었으나, 불행하게도 황제의 마음을 얻지는 못한다.

황제는 제가 가진 권력에 대한 집착이 심한 사람이었고, 권력을 유지하기 위해서는 그 어떤 짓도 서슴없이 하는 사람이었다. 그런 황제에게 똑똑한 데다 타국의 왕녀라는 든든한 배경까지 있는 황후는 그리 매력적인 선택지가 아니었다. 그래서 그는 지금의 황후 대신, 타국의 그리 대단하지 않은 귀족 가문의 영애를 1황비로 맞고, 그녀를 총애했다.

덕분에 황후와 그 자식들의 입지는 더없이 좁아졌고, 이와 함께 병을 얻은 황후는 시름시름 앓다가 어느 날 갑자기 숨을 거둔다.

세간에는 갑작스러운 황후의 죽음이 1황비의 사주가 아니냐는 소문이 떠돌았으나, 이는 머지않아 사라진다.

이 소설의 결말은 황제의 총애를 받던 1황비가 죽은 황후 대신 황후가 되는 것으로 끝을 맺는다.

로젤이 책을 덮고 나서도 한참 동안 아무 말도 하지 못했을 만큼 당황스러운 내용이었다. 단순히 소설에 불과하다며 넘기기엔, 걸리는 점이 너무 많았다.

이 소설은 현 시트라 제국의 황제를 둘러싼 상황과 너무도 흡사했다. 이쯤 되면 대놓고 이를 노리고 책을 건넸다는 생각이 들 정도로.

죽은 전 황후가 타국의 왕녀 출신이었다는 것부터, 현 황후가 타국의 변변치 않은 귀족 가문 출신이었다는 것. 게다가 전 황후가 병을 앓다가 죽었다는 점과 1황비였던 여인이 현재 황후의 자리에 올랐다는 점까지.

너무도 노골적으로 일치하는 탓에 따로 의심할 필요도 없었다. 황제가 제게 의도적으로 전 황후의 일을 들먹인 것이 분명했다.

"왜 그러십니까?"

책을 덮은 이후로 줄곧 아무 말도 하지 않는 로젤을 향해 리오가 걱정스럽다는 듯 물었다. 이에 로젤은 아무것도 아니라는 듯 고개를 저었다.

"책의 내용에 너무 몰입했나 봅니다."

적당히 둘러댄 로젤의 말에 리오는 다행히 납득하는 기색을 보였다. 이에 로젤은 자연스레 책의 내용에 대해 리오와 의견을 주고받기 시작했다.

다행스럽게도 리오는 책의 내용과 전 황후의 이야기를 전혀 연관 짓지 못하고 있는 듯했다. 로젤은 속으로 작게 안도하는 한편 더없이 불안해졌다. 황제가 무슨 의도로 제게 이러는 건지 알 수 없었기 때문이다. 아마 로젤과 했다는 약조와 관련이 있지 않을까 싶었으나, 문제는 이를 알아낼 방법이 없다는 것이었다.

"책 속의 황후께선 제 모친을 닮으셨을 것 같습니다."

한참 홀로 머리를 굴리고 있는데. 문득 들려온 리오의 말에 로젤이 고개를 들어 그를 응시했다. 그러자 리오는 조금 당황한 얼굴로 서둘러 덧붙였다.

"그, 그냥 그럴 것 같은 느낌이 들었습니다."

조금 뜬금없는 리오의 말에 의아한 기색을 감추지 않은 로젤이 물었다.

"왜 갑자기 그런 생각을 하신 거죠?"

그런 로젤의 물음에 잠시 머뭇거리는가 싶던 리오가 결국 입을 뗐다.

"누구보다 아름답다고 적혀 있었으니까요."

분명 그런 내용이 있었던 것 같긴 하다. 전 황후가 얼마나 아름다운 사람이었는지를 상세히 묘사한 구절이.

"영윤이 보시기에 모친께서 상당히 아름다운 분이셨나 보군요."

의아함이 섞인 로젤의 말에 조금 당황한 리오가 어쩔 줄 몰라 하는 얼굴로 입을 열었다.

"무, 물론 공녀님께서도 엄청난 미인이십니다."

"그리 말씀해 주시니 감사합니다."

그렇게 말하며 생긋 웃는 로젤의 모습에 조금 머뭇거리는가 싶던 리오가 차분히 말을 이었다.

"그러나, 제 눈엔 역시 모친께서 조금 더 아름다우신 것 같습니다."

리오의 발언은 좋지 않은 쪽으로 해석하려고 든다면, 꽤 무례하게 받아들일 수도 있는 수준이었다. 물론 로젤은 그리 해석할 마음이 없었지만.

잠시, 리오를 빤히 응시하던 로젤이 조금 작은 목소리로 물었다.

"영윤께선 돌아가신 모친이 밉지 않으십니까?"

"……밉습니다."

단호한 리오의 말에 로젤은 순간적으로 가슴이 철렁 내려앉는 것 같았다. 하지만 이내 자업자득이라 생각하며 애써 표정 관리를 했다.

잠시 생각에 잠긴 듯했던 리오의 말이 이어진다.

"그러나 어머니께서 아무 이유 없이 그런 선택을 하셨다고 생각하진 않습니다. 비록, 아버지께서는 모든 것이 어머니의 탓이라 말씀하셨지만……. 저는 뭔가가 더 있을 것 같다는 생각이 듭니다."

그리 답한 리오의 눈빛엔 원망보다 앞서, 에르샤에 대한 믿음이 깔려 있었다. 이에 로젤은 울컥 올라오는 감정을 애써 진정시키며 아무렇지 않은 척 얕게 웃었다.

"방금 그 말. 후작께서 들으셨다면 많이 섭섭해하셨을 겁니다."

"아무래도 그렇겠죠?"

조금 난감하다는 듯 웃던 리오의 시선이 아래로 떨어졌다. 무언가를 그리워하는 듯한 시선에 로젤은 다소 복잡한 기분을 애써 억누르며 입을 열었다.

"이는 조금 주제넘은 충고일지도 모르나, 영윤을 위하는 마음으로 한 말씀 드리도록 하겠습니다."

그런 로젤의 말에 리오의 시선이 단박에 위로 올라온다. 리오와 눈이 마주치기 무섭게 로젤이 사뭇 진지한 태도로 말을 이었다.

"전 아델노프 후작 부인께서는 마녀라는 이름으로 돌아가셨습니다. 그것이 사실이든, 아니든 상관없이 그분에 대해 언급하는 것은 자제하심이 좋습니다."

아무리 리오의 모친이었다 해도, 에르샤는 지어서는 안 될 죄를 지은 죄인이었다. 그것도 황제가 직접 낙인까지 찍어 버린.

"……충고 감사합니다."

겨우 쓸쓸함을 지워 내며 웃어 보이는 리오의 모습을 로젤은 애써 모른 척했다. 자신이 리오에게 해 줄 수 있는 것이 하나도 없음을 알기에 내린 결정이었다.

죄인인 제가 살아 있다는 사실은 리오에게 조금도 도움이 되지 않는다. 차라리 에반의 밑에서 아무것도 모른 채, 살아가는 것이 훨씬 낫다.

애써 그리 생각한 로젤은 덤덤한 얼굴로 수업을 이어 갔다. 겨우 첫날에 불과했으나, 로젤은 제법 많은 진도를 뺐다.

리오가 에르샤를 떠올리고 우울할 틈을 주지 않도록, 저 또한 그런 리오를 보며 마음이 약해지지 않도록 하기 위함이었다.

처음에는 다소 낯설고, 복잡한 탓인지 예법을 어려워하던 리오도 어느새 로젤이 가르쳐 주는 것을 잘 따라왔기에 진도를 더욱 빠르게 뺄 수 있었다.

"공녀께서 좋은 가르침을 주신 덕분에 어설프게 흉내 정도는 낼 수 있게 되었습니다. 정말, 감사드립니다."

수업을 마칠 때 즈음엔 오늘 익힌 예법을 응용해 꽤 능숙한 솜씨로 인사를 건넬 수 있는 정도가 되었다.

이에 절로 흐뭇한 미소를 짓던 로젤이 같은 예법을 이용해 인사를 받았다.

"영윤께서 잘 따라 주셔서 기쁩니다."

그렇게 첫 수업은 끝이 났고, 밖에서 대기하고 있던 후작가의 사람들이 리오를 데려갔다.

로젤 역시 이만 돌아가기 위해 응접실을 나서려다, 문득 아르한이 했던 말이 떠올라 걸음을 멈췄다.

제가 리오와의 첫 수업에 들어가기 전, 아르한은 수업이 끝나고 보자는 말을 했었다. 문제는 이것이 단순히 지나가는 말에 불과한 것인지, 아니면 진짜 저와 만남을 약속한 것이라 여겨야 하는지 알 수 없다는 점이었다.

덕분에 잠깐 고민에 휩싸인 로젤이 응접실 한가운데에 멀뚱히 멈춰 있는데. 때마침 문이 열렸다.

"아직, 늦지 않아 다행이군요."

서둘러 달려온 기색이 역력한 아르한이 자연스레 응접실 안으로 들어왔다. 아무래도 그냥 지나가는 말은 아니었던 모양이다.

"기다리고 있었습니다."

로젤이 뻔뻔스레 대꾸하자, 아르한은 잠시 미심쩍다는 눈초리로 그녀를 보다가 이내 아무래도 좋다는 얼굴을 했다.

두 사람은 자연스레 테이블로 향했고, 곧이어 들어온 시녀들 몇 명이 간단한 다과를 차려 둔 후, 다시 응접실을 나갔다. 그 덕에 둘만 남게 되었으나, 이젠 그리 어색하지도 않았다. 이와 비슷한 상황이 몇 번은 더 있었던 탓이다.

보나 마나 아르한이 별 뜻 없이 저를 보자고 했을 거라 짐작한 로젤이 차분하게 제 앞에 놓인 찻잔을 들어 차를 마셨다. 로젤이 차를 한 모금 넘긴 후 소리 없이 찻잔을 내려놓기 무섭게 닫혀 있던 아르한의 입이 열렸다.

"아마, 당분간은 이렇게 뵙지 못할 겁니다."

아르한의 어조가 상당히 평온했기에 로젤은 그저 무난한 반응을 보였다. 이에 역시, 무난한 대화가 이어졌다.

"처리해야 할 일이 있어. 잠시, 북쪽 지방으로 가게 되었습니다."

"많이 복잡한 일인가요?"

그가 말하는 일이라는 것이 구체적으로 뭘 의미하는지 알 턱이 없었기에 던진 질문이었다. 이에 잠깐 고민을 하는가 싶던 아르한이 입을 뗐다.

"마냥 쉬운 일은 아니나, 그렇다고 복잡한 일도 아닙니다."

"……그렇군요."

다소 애매한 아르한의 대답에 로젤이 작게 고개를 끄덕였다. 어쩐지 평소와 달리 조금 어색한 기운이 감도는 것 같다. 그나마 다행인 것은 그 역시 비슷한 생각을 했는지 자연스럽게 화제를 돌렸다는 점이었다.

"첫 수업은 어떠셨습니까?"

비교적 무난하게 대화를 이어 나갈 수 있는 주제였기에 로젤은 최대한 열심히 이에 대해 떠들어 댔다.

"후작 영윤이 그리도 좋으십니까?"

로젤이 약 30분 이상을 리오와, 리오의 칭찬만 늘어놓은 탓에 들은 질문이었다. 이에 자연스럽게 고개를 끄덕이는 로젤을 보며 아르한이 조금 씁쓸하게 웃었다.

"조금 섭섭하군요. 저와 얘기를 나눌 땐, 단 한 번도 그리 웃어 주신 적이 없잖습니까."

진심으로 섭섭하다는 듯 그리 말하는 아르한을 보며, 로젤은 약간의 웃음기가 섞인 얼굴로 입을 열었다.

"혹, 질투라도 하시는 겁니까?"

애매하게 흘러가는 분위기를 반전시킬 겸, 아르한이 당황하는 모습을 보며 놀려 먹기도 할 겸 던진 질문이었다.

"그럴지도 모르겠군요."

하지만 돌아온 것은 더없이 담담한 대답이었다. 이에 당황한 것은 오히려 로젤 쪽이었다. 그가 이리도 순순히 인정할 줄은 몰랐던 것이다.

"……아델노프 영윤께서는 이제 고작 여섯 살이십니다."

어이가 없다는 얼굴로 리오의 나이를 언급하는 로젤을 향해 작게 웃어 보이던 아르한이 입을 열었다.

"농담입니다. 저 역시 겨우 여섯 살의 소년을 연적으로 여길 마음은 없습니다."

"정말, 재미없는 농담이었습니다."

조금 싸늘한 로젤의 대꾸에도 느긋한 태도를 유지하던 아르한이 찻잔을 들어 제 입가에 가져갔다.

"이런 제 몹쓸 농담이 싫으시다면, 해답은 의외로 간단합니다."

차로 가볍게 입 안을 적신 후, 찻잔을 내려놓은 아르한이 말을 이었다.

"다음번에 만날 땐. 제게도 그리 웃어 주십시오."

그 다디단 한마디에 로젤은 잠시 멍한 얼굴로 아르한을 올려다보았다. 그리곤 이내 시선을 내리깔았다.

* * *

"전하."

딱딱하기 그지없는 어조로 자신을 부르는 소리에 아르한은 일부러 이를 못 들은 척, 들고 있던 책에 시선을 고정했다.

"전하."

"……."

"전하."

하지만 제가 대답을 할 때까지 쉬지 않고 부를 기세인 상대방의 태도를 보니 벌써부터 귀찮았다.

그냥 대충 대답해 버릴까 고민하던 아르한의 귀에 다시 한번 저를 찾는 목소리가 들려왔다.

"계속 이러실 겁니까?"

"너야말로, 적응이 안 되니 그리 딱딱하게 굴지 마."

결국 들고 있던 책을 덮은 아르한이 목소리가 들려온 방향으로 몸을 돌렸다. 그러자 더없이 푸른 눈동자가 빤히 저를 응시한다.

"정말 이럴 거야?"

금세 태도를 손바닥 뒤집듯 바꾸는 크리스의 모습에 아르한이 작게 웃었다. 그래, 역시 저래야 제 친우답지.

"지금 웃음이 나와?"

어이가 없다는 얼굴을 한 크리스의 물음에 아르한은 대답하지 않았다. 이에 정말 질렸다는 얼굴을 한 크리스가 오늘만 벌써 다섯 번 반복한 질문을 던졌다.

"정말, 아무 말도 안 하고 갈 거야?"

"이미 내린 결정을 번복할 생각은 없어."

결국 마음을 바꾸지 않겠다는 뜻이다. 속으로 한숨을 삼킨 크리스가 조금 냉정한 어조로 말을 이었다.

"네가 죽을지도 모르는 상황인데. 그걸 네 약혼녀한테 알리지 않겠다고?"

"그래."

짤막한 대꾸 위로 체념이 반쯤 섞인 시선이 떨어졌다.

바로 오늘 오후. 아르한은 황제를 만났고, 황제는 아르한에게 당장 내일 아침 북쪽 지방으로 출발해 야만족의 토벌을 진두지휘하라 명했다. 말이 좋아 진두지휘지, 일반 병사들과 다를 것 없이 싸우는 일이었다. 게다가 자신이 살아 돌아오기를 원치 않는 황제는 분명 뭔가 손을 써 두었을 것이다.

하나, 이 모든 것을 알고 있다고 해서 달라지는 것은 없었다. 황제의 명령을 거역한다면 그 즉시, 아르한은 반역자가 될 것이다. 결국 아무것도 모르는 척 전쟁터로 나가야 한다는 사실은 변하지 않는다. 제모후가 죽은 후로 십삼 년 이상을 반복해 온 일이니 새삼스러울 것도 없었다.

조금 전, 보았던 로젤의 얼굴을 떠올린 아르한이 덤덤하게 말했다.

"잠깐이나마 보았으니, 그걸로 됐어."

아르한의 말에 작게 한숨을 내쉰 크리스가 마른세수를 했다.

"정말, 그걸로 족해?"

"그래."

"네 약혼녀가 나중에 이 사실을 알게 된다면, 마음이 어떨지 생각해 봤어?"

조금 복잡한 얼굴로 저를 눈에 담은 채, 그리 말하던 크리스를 차분히 응시한 아르한이 입을 열었다.

"너는, 내가 떠나기 전에 누님을 찾아가길 바라나? 내가 누님께 걱정을 안겨 드리길 원해?"

덤덤한 어조로 정곡을 찌르는 아르한의 말에 무어라 말을 이어 가려던 크리스가 그대로 입을 다물었다.

"나 역시, 그녀에게 쓸데없는 부담을 주고 싶지 않을 뿐이야."

"……."

"내가 누님을 찾지 않길 바라는 너처럼."

섭섭함 한 점 묻어나지 않는 아르한의 말에 크리스는 조금 찔린 얼굴을 했다. 그의 말처럼 크리스는 아르한이 조용히 떠나 주길 바랐다. 간신히 회복되어 가고 있는 샬롯의 건강이 아르한이 전쟁터로 향한다는 소식을 듣고, 충격을 받아 다시 나빠질 것을 염려한 것이다.

비록 남매인 두 사람 모두에게 못 할 짓이라는 것을 알아도, 그로 인해 나중에 샬롯이 저를 원망하게 된다 해도 어쩔 수가 없었다. 크리스에겐 언제나 샬롯이 최우선이었으니까. 아마 아르한 역시 그와 비슷한 마음으로 조용히 떠날 결심을 했을 것이다.

"무엇보다, 우린 아무 사이도 아니니까. 너와 누님과는 다르게."

덧붙여진 아르한의 말은 한없이 냉정하게 현실을 이야기하는 듯하면서도, 서글프게 들렸다. 이에 크리스의 표정이 조금 흐트러졌다.

"그런 얼굴 할 것 없어. 난 곧 돌아올 테니까. 아마, 그때쯤이면 누님의 건강도 많이 회복되었을 테니 뵐 수 있겠지."

평소 대화를 나눌 때와 크게 다르지 않은, 지극히 덤덤한 어조로 대꾸하는 아르한을 보며, 크리스는 애매한 얼굴을 하다가 이내 웃어 보였다.

"네가 돌아올 시기에 맞춰 선물이라도 준비해 둘게."

그런 크리스의 말에는 아르한이 당연히 돌아올 것이란 전제가 깔려 있었다. 그에 아르한이 얕게 웃으며 말했다.

"기대하지."

말을 마친 아르한은 그대로 크리스를 돌려보낸 후, 곧장 전쟁터에 나갈 준비를 했다.

명령을 받은 것이 고작, 오늘 오후였음에도 그의 짐은 거의 다 꾸려져 있었다. 거침없이 짐을 챙겼던 탓이다.

이런 식으로 갑작스럽게 전쟁터에 불려 나가는 것이 하루 이틀이 아니었던 것도 있지만, 스스로의 불안을 잠재우기 위한 이유 역시 적지 않았다.

망설임은 불안을 불러왔고, 불안은 곧 공포를 동반하기 마련이니까. 하지만 그런 계산이 무색하게도, 불안감은 항상 찾아왔다.

크리스의 앞에서는 조금도 내색하지 않았으나, 사실은 두려웠다. 이번이 제 생에 마지막으로 그들을 볼 수 있는 시간이 아닐까 싶어 불안했다.

자신이 마법을 쓸 줄 안다고 해서 죽지 않는 것은 아니었다. 얼마든지 다치거나, 죽을 수 있다. 그것도 수많은 적과 한 번에 싸워야 하는 전쟁터라면 더욱 높은 확률로.

'다음번에 만날 땐, 제게도 그리 웃어 주십시오.'

어쩌면 제가 그녀에게 대뜸 그런 밀을 꺼낸 깃은 죽음에 대한 불안감 때문일지도 몰랐다. 자꾸만 기어 나오는 불안감을 조금이나마 덜어 보기 위해.

그리고 이어진 로젤의 대답은 더없이 간단했다.

'생각을 좀, 해 보겠습니다.'

애매하기 짝이 없는 대답이었으나, 아르한은 곧바로 거절당하지 않았다는 사실을 애써 되새겼다.

'기대하겠습니다.'

짤막한 아르한의 대답에 로젤은 작게 웃었다. 그 뒤로 몇 잔에 차를 더 마신 로젤은 곧 공작저로 돌아갔다.

황제의 명령을 받고 난 후라, 함부로 황궁을 떠날 수 없었던 아르한은 로젤이 마차를 타고 사라지는 모습을 창가에서 지켜볼 수밖에 없었다.

그리곤 작게 다짐했다. 저를 향해 웃는 로젤의 모습을 보기 위해서라도 반드시 살아 돌아오겠다고.

* * *

리오와의 첫 수업이 이루어진 지 사흘 만에, 로젤은 두 번째 수업을 진행하기 위해 다시 황궁에 입궁했다.

그러나 로젤은 수업을 진행하지 못했다.

"죄송합니다. 도련님께서 도저히 수업을 들을 상태가 아니셔서요."

리오가 많이 아픈 터라 수업을 진행할 수 없게 된 것이다. 보통 이런 경우라면 로젤이 황궁에 도착하기 전에 미리 공작저에 사람을 보내 알렸어야 한다. 그리하지 않은 탓에 이렇게 황궁까지 헛걸음하게 만든 것은 대단한 무례였다. 하지만 지금의 로젤에겐 그런 것 따위는 아무래도 좋았다.

"후작 영윤께서는 많이 안 좋으신 건가?"

그저, 리오의 상태를 간절히 알고 싶을 뿐이었다.

수업을 듣지 못할 정도라면 대체 얼마나 심하게 아픈 것인지, 무엇 때문에 아픈 것인지. 뭐라도 좋으니 알고 싶었다.

"자세한 것은 저도 알 수 없으나, 후작님의 말씀에 따르면 상태가 그리 좋지 않으신 것만은 확실합니다."

그리 말하는 후작가의 하녀 역시 상당히 복잡한 얼굴을 하고 있었다. 제 어린 주인이 병을 잘 이겨 낼 수 있을지 걱정하는 눈치였다.

그런 하녀의 말을 들은 로젤은 언제부터인가 저도 모르게 손을 떨고 있었다. 불안하고, 당장 리오의 상태를 제 눈으로 확인하지 않으면 미쳐 버릴 것만 같았다. 하지만 차마 이를 대놓고 드러낼 수는 없었다. 자신이 의심을 받는 것은 둘째 치고, 그것이 리오에게 어떤 식으로 돌아갈지 알 수 없으니까.

애써 냉정을 되찾으려 노력하던 로젤은 후작가의 하녀가 저를 보지 못할 때까지 태연한 척 걷다가 복도의 모퉁이를 돌자마자 주저앉았다.

자신이 아무것도 할 수 없다는 사실이 이리도 끔찍하다는 것을 이제야 알았다. 제 아들인 리오가 아픈데 할 수 있는 것이 있기는커녕, 제대로 된 소식조차 들을 수 없다.

그야말로 아무것도 할 수 없는 상황이다.

거기까지 생각하던 로젤은 이내 떨리는 몸을 억지로 일으켰다. 방법이 없다고 해서, 그냥 주저앉아 있을 수만은 없다. 어떻게든 리오의 상태를 알아낼 방법을 찾아야 했다.

병문안을 핑계 삼아 후작가를 방문할 구실조차 로젤에겐 없었다.

리오의 예절 교사라는 이름 역시, 고작 첫 수업을 마쳤을 뿐인 상황에 서는 큰 효력을 발휘하지 못할 것이다. 애당초 에반이 제 서신을 죄다 무시해 버린 로젤의 방문을 허락할지도 의문이었고.

하지만 그럼에도, 시도는 해 봐야 했다. 에반의 앞에서 무릎을 꿇는 한이 있더라도 리오의 상태를 제 눈으로 확인해야 한다. 그리 생각한 로젤은 이내 빠르게 복도를 걷기 시작했고, 그러다가 입구와 가장 가 까운 모퉁이를 돌 즈음 누군가와 부딪혔다. 덕분에 바닥에 주저앉은 로젤이 자연스럽게 시선을 위로 올려 상대를 보았다.

"불이라도 난 거야?"

그리 말한 붉은색 머리의 남자가 익숙하게 제게 손을 내민다. 남자 의 푸른색 눈동자엔 의아한 기색이 가득하다.

연인이었다고는 해도, 이런 로젤의 모습을 본 적은 없을 테니 당연 하겠지. 이제 그딴 건 아무래도 좋다 여긴 로젤이 에반의 손을 잡고 일어났다. 그리곤 다짜고짜 물었다.

"영윤께서는 괜찮으신 겁니까?"

"······영윤이라 하면, 리오를 말하는 건가?"

당황 섞인 에반의 물음에 작게 고개를 끄덕인 로젤이 다시 입을 열 었다.

"많이, 아프신 겁니까?"

최대한 목소리를 떨지 않으려 노력했으나, 이는 쉽지 않았다. 결국, 미미하게 떨리는 목소리가 제 귀에도 들려왔다. 에반이 알아차리지 않길 빌었으나, 이는 일단 나중에 생각할 문제였다. 그리 여기며 초조한 마음으로 에반의 대답을 기다리는데.

"그건 너를 만나기 위해서 한 거짓말이었어."

"……네?"

"설마, 이렇게 완벽하게 속았을 줄이야. 조금 의외인데?"

로젤은 진심으로 제 귀를 의심했다. 지금, 뭐라고?

"리오는 아프지 않아. 오히려 매우 멀쩡하지."

담백한 에반의 대답에 로젤은 무표정한 얼굴로 그를 응시했다.

"저를 속이셨다, 이거군요."

"그래."

하. 로젤의 얼굴 위로 싸늘한 웃음이 떠올랐다. 조금 전까지 리오를 걱정하느라 초조하고, 불안했던 감정이 차게 식는다.

혼자만 바보가 된 기분이었다. 고작, 저를 한 번 만나겠다고 제 아들이 아프다는 말을 함부로 떠들어 댔다니. 그러다가 자칫 잘못해서 병약하다는 소문이라도 퍼져, 후계자로서의 장래가 막히기라도 하면 어쩌려고 그런 것인지 진심으로 궁금했다.

하나, 분하게도 로젤은 에반에게 이에 대해 따질 수 없었다. 자신은 지금 리오의 모친도, 에반의 전 부인도 아닌 로젤이었으니까.

"그렇게까지 해서 저를 만나시려 드는 이유가 뭡니까?"

서늘한 로젤의 물음에 에반의 미간이 조금 일그러졌다.

"너, 지금 그걸. 정말 몰라서 묻는 거야?"

"네."

덤덤한 로젤의 대답이 떨어지자, 에반이 허탈한 얼굴을 했다. 그리곤 이내 미친 사람처럼 웃기 시작했다.

"하하, 하하하하."

그의 웃음이 완전히 멎을 때까지 로젤은 어떤 반응도 보이지 않았다. 그저, 무표정한 얼굴로 그를 응시할 뿐이었다.

"너, 정말 걸작이구나?"

대놓고 그녀를 비꼬는 에반의 말에도 로젤은 동요하지 않았다. 그저 차분히 입을 열 뿐이었다.

"후작님께서 이리도 눈치 없는 분이실 줄은 미처 몰랐습니다."

나직한 독설에 에반의 표정이 조금 굳어졌다. 이를 눈치챘음에도 로젤은 아랑곳하지 않았다.

"알았다면, 미리 주의했을 텐데. 아쉽군요."

그리 말한 후, 산뜻하게 두 눈을 휘며 웃는 로젤의 모습은 에반의 속을 뒤집기에 충분한 것이었다.

"내게 먼저 접근한 것은 너야. 로젤 라슈아."

싸늘한 음성으로 자신의 이름을 부르는 그를 보며, 로젤은 더없이 만족스러운 얼굴로 웃었다.

"그래서요? 이제 와 제가 먼저 후작님께 접근했다는 사실이 중요한가요?"

"……"

"당신이 부인을 배신하고, 나와 놀아난 사실은 변함이 없는데?"

핵심을 날카롭게 짚어내 비수를 꽂는 로젤을 보며 에반이 서늘한 얼굴로 입을 열었다.

"너 역시 황태자를 배신……."

"적어도 황태자 전하께서는 살아 계시죠."

"……"

"후작 부인과 달리."

아르한이 살아 있는 한, 자신은 언제든 용서를 구할 기회가 있다.

그러나 에반, 당신은 에르샤에게 용서를 빌 기회마저 잃었다. 그녀는 이미 죽었으니까.

로젤은 지금 그리 말하고 있었다.

"한때나마 당신이 내게 어떤 감정을 가졌든, 관심 없어요. 궁금하지도 않아. 다만, 한 가지 확실히 해 두고 싶은 건. 더 이상 당신과 엮이고 싶지 않다는 거예요."

거기까지 말한 로젤이 잠시 말을 끊었다가, 이내 다시 입을 뗐다.

"다신, 이런 구질구질한 방법으로 내게 매달리지 마세요."

말을 마친 로젤은 냉정하게 돌아섰다. 그리고는 부디, 제 전남편이 더 이상 구질구질하게 나오지 않기를 진심으로 바랐다.

"우리 사이에 사랑이라는 감정이 존재했던가?"

예고도 없이 찾아온 에반의 말에 로젤은 속으로 작게 한숨을 내쉬었다. 이제 그만 포기할 때도 되지 않았나 싶은 생각이 절로 들었다.

"너는 황태자를, 나는 에르샤를 각자 마음에 품었지."

그것은 오래된 과거의 일이 아닌가. 로젤이라면 몰라도 에반이 에르샤를 사랑한 것은 결코 최근의 일이 아니니까.

"나는 너를, 단 한 순간도 사랑한 적이 없어."

뭐?

갑작스러운 에반의 말에 로젤은 무의식적으로 몸을 돌려 그를 마주했다. 만약 에반이 이를 노린 거라면, 꽤나 만족스러운 결과였을 것이다.

"말장난은 거기까지 해요. 참아 주는 것도 한계가 있으니까."

싸늘한 로젤의 말에 에반이 피식 허탈한 웃음을 지었다.

"내가 지금, 네 관심을 끌기 위해 헛소리라도 하는 것처럼 보여?"

에반의 물음에 굳이 고개를 끄덕이며 긍정을 표하지는 않았으나, 그렇다고 부정하지도 않았다. 그런 로젤의 반응을 예상한 듯, 에반이 차분히 말을 잇는다.

"내가 좋아했던 건 오직 에르샤였어."

"하."

우습기 짝이 없는 대답이다. 에반의 그 한마디가 그를 우습게 만들었고, 로젤을 우습게 만들었으며, 결국 에르샤까지 우습게 만들었다.

"우습게 들릴 거라는 건 알아. 하지만 이게 내 진심이야."

"……."

"나는 단 한 순간도 그녀가 아닌 네게 마음을 준 적이 없어."

너무도 늦은 고백이었다.

저택으로 돌아온 로젤은 평소와 다를 것 없이 평온한 얼굴로 제 방에 틀어박혔다. 그리고는 아무것도 하지 않은 채, 멍하니 생각에 잠겼다. 리오와의 수업을 위해 다른 일정을 잡아 두지 않은 덕분에 가능한 일이었다.

　차분하게 방 안으로 쏟아지는 달빛에 시선을 주던 로젤이 이내 피식 웃음을 터트렸다. 만약 방 안에 다른 누군가가 있었다면, 그녀가 미쳤다고 생각했을지도 모를 만큼 비틀린 웃음이었다.

　'나는 단 한 순간도 그녀가 아닌 네게 마음을 준 적이 없어.'

　아직도 선명하게 귓가를 울리는 에반의 말을 로젤은 잊을 수 없었다. 이미 죽어 버린 에르샤를 위한 에반의 고백은 로젤의 기분을 처참하게 했다.

　아르한도 그렇고, 대체 왜 하나같이 이제 와 기다렸다는 듯 에르샤를 좋아한다고 고백하면서 제 마음을 혼란스럽게 하는 걸까.

　정작 에르샤가 살아 있을 때는 아무도 그리 말해 주지 않았으면서 대체 왜 이제 와 이러느냔 말이다. 겨우, 이제야 겨우 로젤로서의 삶에 적응해 나가고 있었다. 에르샤로서의 자신을 조금씩 지워 나가고 있었다.

　그런데, 그들은 대체 왜 로젤이 아닌 에르샤를 찾는가? 에르샤는 이제 없는데, 그녀는 이미 죽었는데.

　로젤은 도무지 그들을 이해할 수 없었다.

제6장
보이지 않는 계략

평소와 다를 것 없는 일정이었다. 공녀이자, 황태자의 약혼녀로서 각종 연회에 참석하는 그런 날. 늘 그렇듯 어느 가문의 영애와 어느 가문의 영식이 눈이 맞았다더라, 하는 이야기가 오갔다.

아마 끝까지 별일이 없었더라면 그저 그런 일정 중 하나로 남았을 것이다. 하지만 아쉽게도 일은 그리 쉽게 풀리지 않았다.

"어머, 저게 무슨 일이래요?"

"그러게요? 대체 이게 무슨……."

또 어떤 대단한 작자가 귀부인들의 시선을 끌었나 싶어 로젤의 고개가 자연스레 그쪽으로 향했다.

"오랜만이군요. 라슈아 공녀."

그러자 대체 언제 온 것인지 바로 지척에 있던 에반이 그녀에게 인사를 건넨다.

주변의 수군거림이 멈추지 않는 것을 보면, 아무래도 조금 전 시선을 끈 작자가 에반이었던 모양이다.

이에 조금 의아함을 품던 찰나, 로젤은 곧 그 이유를 깨달았다. 에반은 혼자가 아니었다. 웬 낯선 여자를 옆에 끼고 있었다. 너무 속이 빤히 보이는 작태에 코웃음조차 나오지 않았다. 한심한 것. 평생을 그 따위로 살아 봐. 나는 당신에게 눈길 한번 안 줄 생각이니까.

"오랜만에 뵙습니다. 아델노프 후작님."

그래서 일부러 곁에 있던 여자의 소개도 부탁하지 않았다. 그저, 인사만 건넨 채 멀뚱멀뚱 서 있다가 급한 일이 생겼다며 자리를 뜨려 했다.

"공녀는 내가 우습습니까?"

에반이 저따위의 말만 꺼내지 않았더라면 참으로 성공적인 퇴장이었을 텐데. 그녀는 그 점이 못내 아쉬웠다. 어쩔 수 없이 에반을 향해 몸을 돌린 로젤이 그럴 리가 있겠냐는 얼굴로 입을 열었다.

"저는 단 한 번도 그러려는 의도를 내비친 적이 없습니다만, 혹 불쾌하셨다면 진심으로 사과드립니다."

영혼이라곤 없는 사과에 에반이 차게 웃었다. 하지만 그도 어쩔 수 없을 것이다. 로젤은 이미 사과를 했고, 그에게는 이를 받아 주지 않을 명분이 없으니까.

"……부디, 앞으로는 서로 얼굴 붉힐 일이 없길 바랍니다."

너만 나서지 않으면 된다고 한마디 해 주고 싶은 심정이었으나 로젤은 이를 참아 냈다. 더 이상 에반 때문에 제 소중한 시간이나 감정을 소모하고 싶지 않았다.

"앞으로는 조금 더 주의하겠습니다."

마음에도 없는 대꾸를 마친 로젤은 이번에야말로 연회장을 떠나려 했다. 이를 증명하듯, 그녀는 실제로 에반을 뒤로한 채 연회장 입구까지 도달했다.

"오랜만입니다."

낯익은 목소리가 아니었다면, 혹은 목소리의 주인이 다른 사람이었다면 로젤은 지체 없이 연회장을 나섰을 것이다.

목소리가 들려온 방향을 따라 몸을 돌리자, 익숙한 흑발의 미남, 크리스가 그녀를 응시하고 있었다.

"기분이 영 좋지 않아 보이시는군요."

대뜸 그리 말한 그가 산뜻한 미소를 보인다.

샬롯과 결혼하기 전, 꽤나 많은 영애들의 마음을 빼앗았던 미소였으나 로젤은 별다른 감흥을 느끼지 못했다. 그가 제게 보인 미소는 스스로의 속내를 감추기 위해 만든 가짜에 불과했으니까.

이에 응하듯 로젤 역시 적당한 가짜 미소를 지었다.

"그럴 리가요. 그저, 조금 피곤했을 뿐이랍니다."

보편적이고 무난한 핑계를 댄 로젤이 크리스의 의도를 가늠하기 시작했다.

저번엔 철천지원수라도 만난 것처럼 경계하더니 오늘은 또 무슨 꿍꿍이가 있어 이렇게 먼저 말을 거나 싶었던 것이다.

"요즘 수도에서 한창 유행하고 있는 것이 무엇인지 아십니까?"

대뜸 던져진 크리스의 물음에 로젤은 여전히 그 의도를 가늠하는 동시에 차분히 입을 열었다.

"글쎄요, 유행하는 것이 한둘이 아니지만, 굳이 꼽자면 예술품 수집이 아닐까요?"

최근 한 천재 화가의 등장으로 인해 수도 귀족들 사이에서는 예술품. 특히 그림을 수집하는 것이 유행처럼 번지고 있었다.

그 화가가 워낙 철두철미하게 신비주의를 고수하는 탓에 유명한 귀족의 사생아라든가, 얼굴이 엄청나게 흉측한 사람이라는 등의 추측이 나돌고 있었다.

"역시 유행에 민감한 공녀다운 대답이군요."

비꼬는 건지, 진심으로 감탄하고 있는 건지 헷갈릴 지경이었다. 여전히 그린 듯한 미소를 띤 크리스가 말을 잇는다.

"어쩌다 보니 제가 꽤 괜찮은 전시회의 표를 얻었는데, 시간이 나질 않아서요."

그러더니 이내 품속에서 표 두 장을 꺼내 건넨다.

"그러니 공녀께서 받아 주셨으면 합니다."

크리스가 건넨 것은 조금 전 로젤이 떠올린 천재 화가의 전시회 입장권이었다. 요즘 유명한 인물인 탓에 표를 구하는 일이 쉽지 않다던데…….

"왜 하필 제게 이런 호의를 보이시는 건지 여쭤봐도 될까요?"

로젤의 말에는 당신과 내가 이런 것을 아무 이유 없이 주고받을 사이는 아니지 않냐는 의미가 담겨 있었다. 크리스 역시 이를 알고 있다는 듯 금세 답을 내놓았다.

"전에 있던 만남에서 제가 공녀께 무례를 범하지 않았나 싶어서요. 이에 대한 사과의 의미이니 사양 말고 받아 주셨으면 합니다."

아무래도 샬롯을 사교계에 끌어들이지 말라며 로젤을 은근히 압박했던 일을 말하는 듯했다. 하지만 고작 그런 이유로 크리스가 자신에게 입장권을 건넸다는 생각은 들지 않았다. 분명 다른 의도가 있을 것이다.

"사실, 호의라고 말하기도 부끄러운 것입니다만, 공녀께서 꼭 받아 주셨으면 합니다."

그러나 숨겨진 의도가 무엇이든, 지금의 로젤에겐 크리스의 호의를 거절할 명분이 없었다. 부담스럽다고 말하며 빼 봤자, 어차피 자신은 시간이 없어서 가지 못하니 그냥 받으라는 말만 반복하겠지.

"그렇게까지 말씀하신다면 감사히 받겠습니다."

결국 로젤은 순순히 크리스가 준 입장권을 받기로 했다. 그리고 금세 그 쓰임새를 정했다.

* * *

"아가씨께서 말씀하신 대로 편지들을 가져왔습니다."

로젤이 들고 있던 찻잔을 내려놓기 무섭게 세라가 그리 말했다. 이에 로젤은 차분하게 그녀가 들고 온 편지 더미에 시선을 주었다.

"그래, 수고했어. 편지는 탁자 위에 놔둬."

"네, 아가씨."

짧막한 대답과 함께 탁자 위에 쌓이는 편지들을 로젤이 무표정한 얼굴로 응시했다. 그리고는 이내 세라에게 그만 나가 보라는 뜻을 담아 손짓했다. 순순히 자신의 명에 따라 밖으로 나가는 세라를 보며, 로젤은 그녀가 오기 전부터 읽고 있었던 편지를 펼쳤다.

공녀님께서 저를 이리도 생각해 주신다니,
매우 감사할 따름입니다.

그렇게 시작된 편지는 끝까지 로젤을 향한 무한한 신뢰와 감사의 말만 늘어놓았다. 그 점이, 그녀는 우스웠다.

이 편지는 일주일 전, 켈리아가 로젤의 앞으로 보낸 것이었다. 정확하게는 함께 전시회에 갈 것을 제안한 로젤의 편지에 대한 그녀의 답장이었다.

순순히 승낙할 거라는 예상은 로젤도 하고 있었다. 그러나 이리도 빠르게 답장이 올 줄은 놀랐다. 그만큼 켈리아가 로젤의 호의를 기껍게 여기고 있다는 의미일 것이다.

로젤로서는 나쁠 것 없는 상황이었다.

피식, 저도 모르게 한쪽 입가를 끌어올려 웃던 로젤이 이번에는 세라가 가져온 편지들을 살피기 시작했다.

"할 말이 어지간히도 많았던 모양이네."

그리 중얼거린 로젤이 자신에게 온 편지를 하나하나 눈으로 읽기 시작했다. 전부 같은 사람이 보낸 것이라고는 감히 생각지 못할 정도로 많은 양이었다. 그렇게 차례대로 편지를 읽어 나가던 중, 무심코 펼친 봉투에서 칼날이 나왔다.

반사적으로 손을 뗐으나, 서늘한 날붙이는 이미 그녀의 손에 상처를 남긴 후였다. 새하얀 손가락에 붉은 핏방울이 맺힌다. 깊은 상처는 아니었으나 조금 성가셨다. 결국, 가지고 있던 손수건 중 하나를 대충 찢어서 상처를 감싼 로젤이 다시 편지를 살폈다.

칼날은 편지를 뜯는 즉시, 손가락을 베이도록 봉투의 접합 부분에 붙어 있었다. 로젤은 혹시나 하는 마음에 편지 봉투의 안을 살폈다. 그러자 그곳에는 편지지로 추정되는 종이가 들어 있었다.

또 칼날 같은 것이 들어 있을까 봐 로젤은 편지 봉투를 거꾸로 들어 안에 있는 것을 탁자 위로 쏟아 냈다. 다행히도 이번에는 편지지를 제외한 다른 물건은 들어 있지 않았다.

로젤 라슈아에게

대신 피처럼 붉은 잉크로 로젤의 이름이 적혀 있었다. 편지에 붙은 칼날은 다른 누구도 아닌 그녀를 위한 선물이었다는 뜻이다.

"꽤나 유치하네."

그리 중얼거린 로젤은 그다지 낯설지 않은 행동에 작게 웃음을 터트렸다. 이와 비슷한 일을 몇 번 겪은 적이 있다. 아카데미 시절 그녀의 캐비닛에는 연서를 가장한 편지들이 심심치 않게 들어 있었다. 나중에는 대부분 보자마자 버렸으나, 초반에는 멋모르고 열어 봤다가 기겁한 적이 한두 번이 아니었다.

그 안에는 바늘과 칼날 같은 날붙이부터 시작해서 쥐나, 거미, 지네 등 동물의 사체까지 참으로 다양한 것들이 들어 있었다. 거기다가 나중에 알게 된 사실이지만, 놀랍게도 그 모든 것을 보낸 이는 한 사람이었다.

'켈리아 조르단.'

그리고 아마 그 배후는 로젤일 것이다. 그녀는 언제나 켈리아를 이용해 에르샤를 괴롭히곤 했으니까. 아마 편지 역시 그 방법 중 하나였겠지. 하지만 비슷한 일을 당했다고 해서, 이번 일 역시 그녀가 꾸몄다고 여기긴 힘들었다. 켈리아가 로젤에게 칼날이 붙은 편지를 보낼 이유가 없으니까.

그리고 무엇보다 봉투의 겉면에 아무것도 적혀 있지 않았다는 점이 걸렸다. 편지가 무사히 배달되기 위해서는 보내는 이와 받는 이의 주소가 적혀 있어야 한다. 그런데 이 편지 봉투에는 아무것도 적혀 있지 않았다. 한마디로 말해 누군가가 직접 공작가의 우편물 사이에 편지를 넣었다는 뜻이다.

'첩자가 있는 건가.'

공작가 사람들 중 하나를 매수했다는 가정이 가장 그럴듯했다. 문제는…….

'누가 이런 간 큰 짓을 벌였냐는 거지.'

제겐 천하의 둘도 없는 원수였으나, 대외적인 로젤은 천사 같은 이미지를 갖고 있었다. 거기다가 라슈아 공작가라는 대단한 배경까지 지닌 그녀를 감히 어떤 간 큰 인물이 건드리려하는 걸까.

쉬이 감이 잡히질 않았다.

전시회에 참석한 이들은 생각보다 많지 않았다. 로젤과 켈리아를 제외하면 서넛 정도의 영애만이 미술관을 돌아다니고 있었으니까.

유명한 천재 화가의 전시회치곤 상당히 조촐한 인원이었다. 마치, 누군가가 일부러 표를 사들인 것이 아닌가 싶은 생각이 들 정도로.

"너무 아름답네요."

그림을 보며 감탄하는 켈리아의 말에 로젤은 '정말 그러네요.' 따위의 영혼 없는 감상을 덧붙이려다 멈칫했다.

그럴 리가 없다는 것을 알지만, 어쩐지 눈앞에 있는 그림들이 죄다 눈에 익었다. 정말이지 어처구니없게도.

"그런데 이 그림들 전부……."

켈리아 역시, 그림을 보며 뭔가를 느낀 것인지 말끝을 흐렸다. 그러더니 이내 차분히 덧붙인다.

"한 사람을 그린 것 같지 않나요?"

"그러게요."

로젤도 비슷한 생각을 했다. 이 화가가 유명해진 이유가 인물의 얼굴을 그리지 않기 때문이라는 점을 생각하면 어처구니없는 추측이었지만.

그가 그린 그림은 보통 긴 머리를 늘어트린 여인의 뒷모습을 표현하고 있었다. 당연히 이목구비라곤 조금도 보이지 않는 각도였기에 그림 속 인물이 누구인가를 추측할 만한 단서는 머리카락의 색뿐이었다.

하지만 그마저도 그림에 따라 검붉은 색을 사용하기도 하고, 연한 갈색을 사용하기도 했기 때문에 그다지 쓸모 있는 단서는 아니었다. 게다가 그림 속 인물이 사실 머리가 긴 남자이며, 화가 본인이라는 설도 있었으니까.

"최근 작품은 제2전시실에 있는 모양이에요."

어딘지 모르게 들떠 보이는 켈리아를 향해 로젤은 생긋 웃어 보였다. 화가의 정체 따위는 아무래도 좋다. 오늘 이곳에 온 목적은 그런 게 아니니까.

"조르단 영애께서는 이 화가분의 그림을 많이 좋아하시나 봐요?"

"아, 뭐. 꼭 그렇다기보다는……."

잠시 쑥스럽다는 듯 웃던 그녀가 이내 말을 이었다.

"후작님께서 요즘 이쪽에 관심이 많으시거든요. 그래서 저도 좀 알아 둘 필요가 있지 않나 싶어서요."

"어쩜, 그런 거였군요."

로젤은 이미 알고 있었던 사실을 태연하게 모르는 척했다. 스스로가 보기에도 가증스럽다고 느껴질 정도로 완벽한 연기였다.

"영애께서는 참으로 멋진 분이시네요. 아마 분명, 후작께서도 좋아하실 거예요."

화룡점정으로 이어진 로젤의 말에 켈리아는 아니라고 손사래를 치다가도 은근히 뺨을 붉히며 좋아했다.

이를 빙긋, 가짜 웃음을 띤 채 지켜보던 로젤은 이내 평소와 달리 적극적으로 켈리아의 손을 잡아끌었다.

"제2전시실은 위층에 있다고 들었어요."

그림 같은 것엔 손톱만큼의 관심도 없었지만, 켈리아의 호감을 사기 위해서는 어느 정도 적극적으로 움직일 필요가 있었다. 그리 판단한 로젤은 자연스레 켈리아와 함께 화가의 신작이 전시되어 있다는 제2전시실로 올라왔다. 그곳 역시 인적이 드물기는 마찬가지였다.

로젤과 켈리아는 차분한 걸음으로 전시되어 있던 그림을 살펴 나가기 시작했다.

제1전시실에 있던 그림들이 전체적으로 탁하고, 어두운 색감을 자랑했다면. 이곳에 있는 신작들은 훨씬 더 밝고 다양한 색을 사용한 편이었다. 그 변화가 꽤나 분명했던 탓에 평론가들 사이에서는 '화가의 죽은 연인이 살아 돌아온 것이 아니냐.'라는 말이 돌기도 했다고 한다.

"저, 아가씨……."

고요한 정적을 깨는 부름에 로젤과 켈리아의 시선이 자연스레 그쪽으로 향했다.

"잠시, 드릴 말씀이 있습니다."

"그게 뭔데?"

켈리아의 싸늘한 대꾸에 로젤은 이내 차분한 시선으로 갑자기 등장한 여자의 얼굴을 훑었다.

그저 단순히 낯이 익다 싶었는데, 오래전부터 켈리아가 데리고 다니던 전속 시녀였다.

"그게, 백작님께서……."

그리 말문을 연 시녀가 작은 목소리로 말을 잇는다. 그다지 멀지 않은 거리였으나, 로젤에게는 거의 들리지 않았다.

"가, 감히 미천한 제가 라슈아 공녀님을 뵙습니다."

무어라 대화를 마친 시녀가 뒤늦게 켈리아의 곁에 있던 로젤을 발견하고, 긴장한 기색이 역력한 얼굴을 했다. 그 모습에 로젤은 조금 웃음이 났다.

시녀는 잘 모르겠지만, 두 사람은 나름 깊다면 깊은 인연이 있었다. 정확하게는 지금의 로젤이 에르샤였을 적 아카데미에 다니던 당시, 눈앞의 시녀는 뺨을 때리거나 발을 거는 등 에르샤를 자잘하게 괴롭힌 이들 중 하나였다.

"그렇게 긴장할 것 없으니 편하게 말해도 좋아요."

촘촘하게 엮인 가면 같은 미소를 띤 로젤의 말에 시녀는 정말 말을 편하게 하는 실수를 범하지 않았다.

그건 로젤을 경계해서라기보단, 곁에 있는 켈리아의 시선을 의식해서 보인 행동 같았다. 시녀는 켈리아를 지나치게 경계하고, 두려워하고 있었다.

보아하니 종종 매질이라도 당하는 모양이다.

눈앞의 시녀가 에르샤의 뺨을 때리고, 발을 건 것이 자의였는지 아니면 켈리아의 명령에 의해 어쩔 수 없이 행한 일이었는지는 모른다. 이제 와 그런 것을 따질 생각도 없고.

다만, 그녀가 적어도 에르샤를 괴롭히는 일에 대해 방관, 혹은 동조한 만큼의 벌은 받고 있는 거 같아 흡족했다.

"저, 공녀껜 죄송하지만, 지금 부친께서 급히 저를 찾으시는 것 같아요……."

죽을죄라도 진 사람처럼 비굴하게 고개를 숙인 켈리아의 모습에 로젤은 세상에 다시없을 자비로운 얼굴로 웃었다.

"난 괜찮으니 어서 가 보도록 해요."

"정말 죄송합니다. 다음에는 제가 꼭, 더 좋은 곳으로 모실게요."

"그거참 고마운 말이네요. 저는 아직 보지 못한 그림을 마저 보다가 돌아갈게요."

"네, 다음에 뵐 때까지 부디 평안하세요."

말을 마친 켈리아는 빠르게 전시실을 나갔고 로젤은 자연스레 혼자 남겨졌다. 그녀가 군이 켈리아와 함께 전시실을 나서지 않은 건, 생각을 정리할 시간이 필요해서였다.

켈리아와 함께 있다 보면 그녀는 언제나 제 눈치를 봤다. 콧대 높은 귀족 영애라고 소문난 것이 무색할 정도로 비굴한 태도를 보이며.

그것은 언제나 로젤의 마음을 불쾌하게 했다.

그녀가 원래 그런 사람이었다면, 로젤은 조금도 불쾌하지 않았을 것이다. 하지만 켈리아는 로젤에게만 그리 행동했다.

에르샤에게는 연서인 척 안에 칼날이나, 동물의 사체를 넣어 두는 것부터 시작해 잦은 폭행과 따돌림, 그리고 감금에 이르는 행동을 하고도 사과는커녕 미안한 기색조차 보이지 않았다. 그런데 로젤에게는 고작 먼저 돌아가야 하는 상황이 생겼다는 이유만으로도 비굴하게 머리를 조아린다.

켈리아 조르단은 전형적인 약자에겐 강하고, 강자에겐 약한 인물이었다. 그리고 그런 그녀에게 에르샤는 언제든 마음껏 짓밟을 수 있는 약자였다. 그런 생각을 하는 와중에도 로젤의 얼굴은 더없이 평온했다.

그러나 그 아래에 있는 그녀의 손은 본능적으로 잡고 있던 드레스 자락을 구겼다. 갈 곳 잃은 분노를 담아서.

로젤이 되어 버린 지금, 그녀는 누구보다 쉽게 켈리아를 고꾸라트릴 수 있다. 그럼에도 아직까지 그리하지 않았던 것은, 어떻게 하면 켈리아가 조금이라도 더 괴로워할까를 고민했기 때문이다.

하지만 이젠 다 부질없는 일이라는 생각이 들었다. 얼마나 공을 들여 복수를 하느냐가 중요한 것이 아니다.

어차피 자신이 진정으로 복수를 해야 할 대상은 이미 죽은 진짜 로젤이다. 그러니 켈리아 따위 적당한 때에 맞춰 바닥으로 끌어내리고 끝내는 것이 맞다. 아르한과의 결론도 내야 하고, 여러 가지로 신경 쓸 일이 많은 상황이니까.

이윽고, 꽉 쥐고 있던 드레스 자락을 놓은 로젤이 차분히 그림을 감상하기 시작했다.

당장 저택으로 돌아가는 선택지도 있겠지만, 전시회의 입장권을 준 사람이 크리스라는 점이 걸렸다.

크리스가 아무 이유 없이 그녀를 이곳으로 보내진 않았을 것이다.

그러니 그 속내를 파악하기 위해서라도 끝까지 그림을 보고 가는 쪽이 현명했다.

꼭 그 이유가 아니더라도 호의를 받은 입장에서 어떤 그림을 보았는지, 또 감상은 어땠는지 정도는 말할 수 있어야겠지.

그리 결론을 내린 로젤은 차분한 태도로 남은 그림들을 감상해 나갔다.

여인인지, 사내인지 모를 인물의 뒷모습만 그린 것치곤 의외로 사람을 잡아끄는 힘이 있었다.

'이래서 다들 천재, 천재 하는 걸까?'

그렇게 그림을 둘러보던 로젤의 걸음이 어느 순간 못 박힌 듯 뚝 멎었다. 전시실의 가장 안쪽에 있던 그림 앞에서.

"이게, 무슨……."

작게 중얼거리던 로젤의 표정이 흐려졌다.

그녀는 자신이 헛것을 봤다고 여기며 잠시 다른 곳으로 시선을 돌렸다가, 이내 다시 그림을 응시했다. 하지만 변한 것은 없었다. 그림은 여전히 그대로였다.

"하."

짧게 뱉어진 한숨에는 많은 것이 담겨 있었다. 놀라움을 비롯해 쉽게 정의할 수 없는 복잡한 감정들이.

로젤이 본 그림은 화가의 작품 중 가장 최근에 그려진 것이었다.

그림 속 여인은 녹색의 드레스를 입고 누군가의 부름에 답하듯, 뒤쪽을 향해 고개를 반쯤 돌린 상태였다.

그럼에도 아직까지 그림 속 여인의 정체가 밝혀지지 않았던 것은, 그녀가 나비 가면을 쓰고 있었기 때문이리라.

섬세하게 세공된 푸른색 나비 가면의 왼쪽 눈 아래에는 작게 장미 무늬가 새겨져 있었다. 마치 화가가 직접 이 장면을 보고 그리기라도 한 듯, 섬세한 표현력이었다.

여인이 쓰고 있는 가면의 크기가 꽤 컸던 터라 그림만 보고 누구인지 알아내는 것은 쉽지 않았다. 하지만 로젤은 단번에 알 수 있었다.

그림 속 여인이 바로 에르샤 마르아넬이라는 것을. 이 그림뿐만이 아니다. 전시실에 있는 모든 그림이 에르샤를 모델로 하고 있었다.

처음에는 말도 안 되는 상상이라고 치부했다. 그럴 리가 없다고. 하지만 여러 그림을 보면 볼수록 조금씩 확신이 생겼고, 결국 마지막 그림을 본 순간 자신의 짐작이 맞았음을 깨달았다.

푸른색의 나비 가면과 녹색 드레스. 여기까지는 겹칠 수도 있다고 생각하며 넘겼다. 하지만 나비 가면의 왼쪽 눈 아랫부분에 새겨진 장미 문양까지 겹칠 리는 없었다. 그것은 장미를 좋아하는 그녀가 손수 가면에 새겨 넣은 것이었으니까.

나비 가면은 과거 에르샤가 남편감을 찾기 위해 무도회를 전전할 때 쓰던 것이었다. 녹색 드레스는 이를 위해 마르아넬 공작이 그녀에게 마련해 준 유일한 것이었고.

태어나서 처음 받아 본 공작의 호의였다. 결국, 그것이 마지막이 되고 말았지만.

"그림이 마음에 드십니까?"

급작스레 들려온 목소리는 너무도 익숙한 것이었다. 로젤은 피식 새어 나오는 웃음을 삼키기 위해 노력했다.

"정말, 아름다운 그림이군요."

상대방을 향해 눈길조차 주지 않은 채, 로젤이 그리 말했다. 그러자 어느덧 바로 지척까지 다가온 남자가 웃음을 흘린다.

"어설픈 변명이라도 해 볼까요?"

"아뇨, 됐습니다. 순수한 호의가 아니라는 건, 짐작했던 바니까."

그리 말한 로젤이 잠시 제 곁에 있는 남자에게 시선을 주었다. 그 역시 자연스레 그녀를 마주 보았다.

로젤에게 전시회의 표를 건넨 장본인인 크리스가.

"아무렇지도 않은 얼굴이시군요."

"아무렇지 않으니까요."

깔끔한 로젤의 대꾸에 크리스가 마치 재미난 것이라도 본 사람처럼 한쪽 입가를 끌어올려 웃었다.

"공녀께서는 거짓말이 서투르시군요."

"……."

"아니면, 제가 능숙한 걸까요?"

물 흐르듯 자연스레 대화의 흐름을 가져가는 크리스의 태도에 로젤이 차분히 입을 뗐다.

"이곳은 백작님께서 운영하시는 건가요?"

조금의 흔들림도 없는 얼굴로 화제를 전환하는 로젤의 태도에 크리스는 작게 감탄했다. 그리고는 적당히 장단을 맞춰 주었다.

"실질적인 운영은 다른 사람이 하고 있습니다만, 진짜 주인은 접니다. 정확하게는 비아노 백작가죠."

답지 않게 친절한 설명에 로젤은 적당히 고개를 끄덕였다. 대답을 들을 수 있으리라 생각하고 한 질문은 아니었기에 솔직히 좀 의외였다.

"공녀께 보여 드릴 것이 있습니다. 아, 이미 보셨을 수도 있겠군요."

그리 말한 크리스가 손가락으로 그림의 한 지점을 가리켰다. 이를 따라 시선을 옮기자, 그림 하단에 새겨진 이니셜이 눈에 들어왔다.

크리스의 짐작처럼 이미 로젤도 본 것이었다. 덕분에 더욱 확신할 수 있었다. 그림 속 여인이 누구인지.

"반응을 보아하니, 이미 보신 모양이군요. 하긴, 모든 그림에 새겨져 있으니 놓치기도 힘들었겠죠. 공녀처럼 섬세하고 예민한 분이라면 더욱."

"……제게 이런 이야기를 하시는 이유가 뭐죠?"

"E. R. S."

크리스가 낮게 중얼거렸다.

"그림에 새겨진 이니셜이죠."

"……."

"어딘지 모르게 익숙하지 않으십니까?"

이미 답을 알고 있으면서도 굳이 제게 이런 질문을 던져온다. 크리스가 자신을 시험하고 있음을 깨달은 로젤이 차분히 말을 골랐다.

"제가 아둔하여, 백작님께서 무슨 말씀을 하고 계시는 건지 잘······."

"에르샤 마르아넬."

쐐기를 박는 크리스의 한마디에 두 사람 사이엔 침묵이 내려앉았
다. 로젤은 여전히 한 점의 동요도 없는 얼굴로 그를 응시하고 있었다.

"그림 속 여인의 이름입니다."

"······저런, 그랬군요."

이미 알고 있었으나, 의도적으로 조금 놀란 척해 주었다. 그리고는
걱정 섞인 얼굴로 말을 잇는다.

"그런데 그 사실을, 이리 쉽게 드러내도 되는 건가요?"

에르샤가 마녀로 몰려 시신까지 불태워졌음을 당신이 모르지 않을
텐데. 그 의미가 분명한 물음에 크리스는 여유롭게 웃었다.

"저를 협박이라도 하시려고요?"

"글쎄요, 아니라고 장담은 못 하죠."

"공녀께선 그러지 않으실 겁니다."

"그걸 어찌 장담하시는 거죠?"

단언하는 크리스를 향해 로젤이 비웃음 섞인 물음을 던졌다. 이에
잠시 뜸을 들이던 크리스가 나직하게 말했다.

"저 그림을 그린 화가가 누구인지 알고 있을 테니까."

"······."

"그가 다치길 원하지 않을 테니까, 당신이 누가 됐든."

네가 에르샤든, 로젤이든.

크리스가 굳이 덧붙이지 않은 뒷말이 귓가를 울리는 듯했다.

켈리아와 함께 왔을 때와 달리, 덩그러니 혼자 남겨진 마차 안에서 로젤은 창밖에 시선을 고정하고 있었다.

수시로 바뀌는 바깥 풍경을 제 눈에 조금이라도 채워 넣어야 했다. 그렇지 않으면, 전시실에서 봤던 마지막 그림이 뇌리에 박혀 사라지지 않을 것 같으니까.

이미 실제로도 그림이 자꾸만 눈앞에서 아른거리는 것 같은 착각이 들었다. 마치 각인이라도 된 것처럼.

크리스의 말대로 로젤은 그를 협박할 생각이 없었다. 그저, 자꾸만 자신을 압박하려 드는 그의 태도에 질려 괜한 객기를 부려 본 것일 뿐.

애당초 지금의 로젤에게 중요한 것은 그런 게 아니었다. 로젤이 된 그녀에게 에르샤를 사랑하는 마음 따위 중요치 않다. 당연히 화가의 정체도 궁금하지 않았다. 어느 정도 짐작은 하고 있었지만, 굳이 이를 확인할 필요성은 느끼지 못했다.

에르샤를 그린 그림, 그것도 꽤 오래전부터 그녀를 그렸을 화가의 정체는 아마 아르한일 것이다. 로젤은 이를 크리스의 등장으로 인해 확신하게 되었다. 아마 그는 처음부터 그림을 그린 화가가 아르한임을 로젤에게 알려 주려고 전시회의 표를 주었을 것이다.

뒤늦게 이를 눈치챘지만, 상관없다고 여겼다. 평생을 로젤로 살기로 한 이상, 에르샤를 사랑한 이의 마음 따위 필요 없으니까.

그래, 분명 그렇게 생각했었다. 하지만 막상 벽에 걸린 그림들을 통해 에르샤를 향한 아르한의 애정을 보고 나니, 우습게도 마음이 흔들렸다.

시트라 제국의 현 황제는 예술은 천민들이나 하는 것이라는 꽤나 고리타분하고 딱딱한 생각을 갖고 있었다.

그러니 만약 아르한이 그림을 그린다는 사실을 황제에게 들키면, 꽤 많은 것을 잃게 될지도 모른다. 그는 이를 알면서도 에르샤를 그리는 일을 주저하지 않았다.

"하."

짧은 한숨이 절로 새어 나온다. 그와 함께 무어라 정의할 수 없는 복잡한 감정이 로젤을 잠식했다. 그나마 다행인 건, 이번 일로 인해 확실해진 것이 있다는 점이다.

'에르샤를 향한 아르한의 마음.'

그는 적어도 자신이 가진 무언가를 기꺼이 포기할 만큼, 에르샤를 마음에 담고 있다. 그것만큼은 의심할 여지가 없는 사실이다.

하지만 이를 알고 나니, 오히려 마음이 복잡해졌다.

그의 마음은 확신할 수 있으나, 스스로의 마음은 확신할 수 없었기 때문이다.

전시실에서 아르한이 그린 그림을 보며 마음이 흔들리기는 했었다. 하지만 그것이 그에게 마음이 있어서인지, 아니면 그저 한 번도 받아 본 적 없는 맹목적인 애정이 탐나는 것인지 알 수 없었다.

원래의 로젤은 아르한을 사랑했다. 하지만 지금의 로젤은? 자신은 그를 사랑하는가에 대한 답을 그녀는 내리지 못하고 있었다.

끝내 로젤은 제 마음에 대한 결론을 내리지 못했다. 급할 것은 없는 문제였기에 그녀는 굳이 스스로를 독촉하기 않기로 했다.

지금은 그보다 먼저 해야 할 일이 있으니까.

"무엇을 그리 골똘히 생각하시나요?"

켈리아의 물음에 로젤은 빙긋 미소를 지으며 고개를 저었다.

"아무것도 아니에요. 그저, 조금 피곤해서요."

"저런, 어쩐지 안색이 나빠 보이신다 했는데, 그런 이유에서였군요."

답지 않게 뻔한 변명을 골랐음에도, 켈리아는 순순히 이를 믿는 기색이었다. 그만큼 로젤에 대한 켈리아의 신뢰도가 높아졌다는 의미겠지.

그동안 나름대로 공을 들인 보람이 있는 것 같아 다행이었다.

"그나저나 이번 연회에서 입을 드레스는 어느 의상실에서 맞추셨어요?"

"로즈메리에서 맞췄어요."

"어머, 로즈메리요?"

대답을 들은 켈리아의 두 눈이 부러움과 존경스러움으로 인해 부담스러울 정도로 빛났다.

그 뒤로 그녀는 쉴 새 없이 조잘대며, 로젤이 고른 의상실이 얼마나 대단한 곳인가에 대한 찬양을 늘어놓았다. 그리고 마지막엔 그 대단한 의상실에서 드레스를 맞춘 로젤에 대한 찬양까지 덧붙였다.

"역시, 공녀님께는 로즈메리처럼 품격 있고, 우아한 의상실의 드레스가 어울리죠."

'*너 같은 사생아 계집 따위에게 의상실에서 맞춘 드레스가 가당키*

나 하니?'

켈리아가 지금 로젤에게 한 말과 과거 에르샤에게 했던 말이 번갈아 가며 들려오는 듯했다. 절대 좁혀질 수 없는 그 간극에 로젤은 터져 나오는 웃음을 간신히 참았다.

'내가 에르샤라는 걸 알게 되면, 너는 어떤 얼굴을 할까?'

로젤은 문득, 그것이 궁금해졌다.

"조르단 영애께서는."

"네?"

다소 충동적으로 입을 뗀 로젤을 보며 켈리아가 의아한 얼굴을 했다. 이에 로젤은 곧 양쪽 입매를 끌어올려 웃었다.

"영애께서는 어떤 의상실을 선호하시는지 궁금하네요."

"아, 그런 거였군요. 으음, 저는……."

들뜬 얼굴로 여러 의상실에 대해 설명하는 켈리아의 말을 로젤은 적당히 흘려들었다. 아직은 때가 아니다. 적어도 켈리아 역시 하나 정도는 잃게 한 후, 진실을 말해 주는 것이 맞다. 그편이 훨씬 재밌을 테니까.

사실 정체를 밝히는 것은 조금 더 고민해 볼 문제였다. 자신이 실은 에르샤였다는 것을 알게 된 켈리아의 반응이 궁금하긴 하지만, 나중에 문제가 생길 확률이 크니까.

그건 싫었다.

애당초 켈리아는 제 모든 것을 걸어가며 복수를 할 만큼 가치 있는 상대가 아니었다. 그녀에게 그 정도 가치가 있는 사람은 진짜 로젤뿐

340

이다.

"다음 연회 때는 공녀님과 같은 의상실에서 드레스를 맞추고 싶네요."

잔뜩 들뜬 얼굴로 그리 말하는 켈리아를 향해 로젤이 웃어 보였다.

"그거 좋은 생각이네요. 다음엔 조르단 영애도 꼭 함께 맞춰요."

함께 드레스를 맞춘다고 해도, 켈리아는 결코 그 옷을 입지 못할 것이다. 자신이 그렇게 만들 테니까.

로젤은 마음을 정했다. 이 귀찮은 복수극을 더 이상 질질 끌지 않기로.

그녀가 켈리아에게 쏟은 시간은 이미 충분하다 못해 넘쳤다. 그러니 더는 앞으로 남은 인생에서 켈리아와 마주하는 날이 없도록 확실히 움직여야 했다.

아르한이 수도로 돌아오기 전, 로젤은 복수를 끝내 놓을 것이다.

* * *

오늘은 자신의 인생에 있어 큰 전환점이 될 것이다. 켈리아는 이를 믿어 의심치 않았다.

최근 갑작스레 샬롯에게 관심을 갖던 로젤의 행동은 그녀를 불안케 했다. 혹, 자신이 이대로 버려지는 건 아닌가 싶어서. 하지만 그것이 모두 괜한 기우였다는 것을 보여 주듯, 로젤은 곧 다시 샬롯을 멀리하기 시작했다.

덕분에 켈리아는 어렵지 않게 로젤의 측근 자리로 돌아올 수 있었다.

로젤은 표를 구하기 어렵다는 천재 화가의 전시회에 샬롯이 아닌 켈리아를 데려갔다. 그 후엔 같은 의상실에 들러 다음 연회 때 입을 드레스와 보닛, 구두 등을 맞추기도 했다.

라슈아 공녀인 로젤이 다른 누군가와 함께 의상실에 들른 것은 켈리아가 알기로 처음 있는 일이었다.

그만큼 그녀는 로젤의 신뢰를 받고 있었다.

그리고 오늘, 연회장에서 로젤과 함께 드레스를 맞춘 적이 있다는 사실이 드러나면 그것은 분명 자신에게 득이 될 것이다. 이를 위해 켈리아는 오늘의 드레스 코드였던 가면을 가져오지 않았다.

가면을 쓴 상태보단, 맨얼굴을 드러낸 상황에서 입을 여는 것이 훨씬 더 신뢰감을 줄 수 있을 테니까.

다행인 것은 재미 삼아 지정한 드레스 코드였던 터라, 가면을 쓴 이들보다 쓰지 않은 이들이 더 많았다는 점이다.

아마 거추장스러운 것을 싫어하는 로젤 역시 가면을 쓰지 않았을 것이다. 거기까지 생각이 미친 켈리아가 이내 주변을 살피며 로젤의 행방을 찾기 시작했다.

그녀는 오늘, 특별히 입이 가볍기로 소문난 귀족 영애 몇 명을 포섭해 놨다.

'황태자의 약혼녀인 로젤이 특별히 아끼는 영애, 켈리아 조르단.'

대략 이런 내용을 아닌 척, 은근히 흘려 두면 내일 오후쯤엔 수도 사교계의 모든 귀족들이 그 사실을 알 수 있도록.

"어머, 조르단 영애시군요. 그동안 안녕하셨어요?"

"조르단 영애, 저는 하렐 자작가의……."

"시간이 괜찮으시면, 다음에는 제가 여는 티 파티에 참석을……."

그래서 잔챙이 같은 영애들의 인사 따위는 적당히 의례적인 말로 넘기며 연회장을 돌아다녔다. 소문을 퍼트리기 전, 로젤과 함께 있는 모습을 보여 주면 그 효과가 남다를 테니까.

나름 철두철미하게 계산을 마친 켈리아의 눈에 한 남자가 들어왔다. 푸른색 머리카락에 녹색 눈동자를 가진 미남자가.

"후작님?"

그는 켈리아의 약혼자인 메넨 후작이었다. 후작은 켈리아처럼 가면을 쓰지 않고, 맨얼굴을 드러낸 상태였다.

켈리아는 그런 그를 꽤 많이 좋아했다. 좋아하는 것을 넘어 깊이 사랑하고 있었다. 비록 그는 종종 그녀가 마음에 차지 않는다는 얼굴을 했으나, 상관없었다. 후작의 마음이 어떠하든 언젠가 두 사람이 결혼해 부부가 될 거란 사실은 변하지 않으니까.

거기까지 생각하던 켈리아는 곧장 그에게로 다가갔다.

"후작……."

그리고 켈리아가 그를 부르려던 순간, 사람들 틈에 가려져 보이지 않았던 인물이 모습을 드러냈다.

윤기가 나는 갈색의 머리카락을 깔끔하게 하나로 땋아 늘어트린 채, 머리 위에 작은 티아라를 쓴 계집.

켈리아가 아사벨 극단에서 보았던 여배우가 틀림없었다. 그녀의 머리 위에 올려진 티아라가 이를 보증하고 있었다.

메넨 후작의 이상형에 부합하는 외모를 가진 데다, 목소리도 고운 탓에 상당히 거슬렸다. 그런데 그녀가 왜 이곳에 있는 걸까.

언뜻 보기에도 꽤 값비싼 드레스를 입은 그녀를 향해 후작이 다정하게 웃었다. 그녀가 입고 있던 드레스는 후작의 취향에 완벽하게 부합하는 디자인이었다. 설마, 직접 사서 입힌 건가? 오늘 이곳에 데려온 것 역시 그의 짓이고?

그런 켈리아의 물음에 답하듯, 때마침 후작이 두 눈을 곱게 접으며 웃었다. 켈리아를 등지고 있는 탓에 표정이 보이지 않는 그녀 역시 마주 웃고 있는 것 같았다.

까드득.

켈리아에게는 단 한 번도 보여 준 적 없는 따스한 미소였다. 이가 갈리고 분노가 치밀어 오르는 것은 당연한 일이었다.

'당신이 감히 나를 배신해?'

분노에 찬 켈리아가 순식간에 걸음을 옮겼다. 그리고는 두 사람이 미처 자신을 발견하기도 전에 손을 휘둘렀다.

짜악!

요란한 소리와 함께 여자의 고개가 반대쪽으로 돌아갔다.

이와 더불어 소란스럽던 연회장의 공기가 싸늘하게 가라앉는다. 하지만 그것도 잠시, 곧이어 정적을 깨는 목소리가 들려왔다.

"조르단 영애! 지금, 이게 무슨……."

"변명하지 마세요. 저는 이미 후작께 실망했으니."

당황한 기색이 역력한 후작을 향해 켈리아가 싸늘하게 대꾸했다. 자신을 마음에 들어 하지 않는다는 것은 알고 있었으나, 이렇게 대놓고 한눈을 팔 줄은 몰랐다.

'아버지께 말씀드려서 더 좋은 혼처를 찾아야겠어.'

거기까지 생각하던 켈리아가 여전히 반쯤 돌아간 고개를 한 손으로 감싼 여자를 향해 말했다.

"주제를 알고 설쳐야지. 지금 이게 무슨……."

하지만 안타깝게도 그런 켈리아의 말은 끝을 맺지 못했다. 여자의 고개가 다시 제자리를 찾음과 동시에 익숙한 목소리가 싸늘한 한마디를 뱉은 탓이다.

"정말 무례하군요. 켈리아 조르단."

"……."

"이게 지금, 무슨 짓이죠?"

서늘한 보랏빛 눈동자가 켈리아를 응시한다. 그와 동시에 그녀의 얼굴이 하얗게 질렸다. 아니, 아니야. 이럴 리가 없는데?

"……고, 공녀님?"

켈리아가 뺨을 내려친 여자는 바로 로젤이었다.

* * *

로젤이 굳이 오늘의 연회를 무대로 고른 것은 드레스 코드 때문이었다.

가면을 쓰고 오라는 말은 일반적인 연회와 달리 가벼운 유흥을 해도 상관없다는 의미를 담고 있었다. 그러니 가면을 쓰는 것과 비슷한 다른 시도를 해도 이상해 보이지 않는다.

아마 대부분은 가면 따위 쓰지 않고 올 것이다. 하지만 상관없었다. 그저, 잠깐의 변덕인 것처럼 가발을 쓸 구실만 있으면 되니까.

전에 켈리아가 격한 반응을 보였던 배우의 머리카락과 흡사한 가발을 미리 주문해 두었다. 거기다가 그 배우가 연극을 할 때 썼던 티아라 역시 준비했다.

갈색 머리카락에 익숙한 티아라, 거기다가 메넨 후작의 취향을 완전히 빼다 박은 드레스까지 입고 있는 여자를 보면, 켈리아는 흔들리지 않을 수 없을 것이다.

그리고 그런 로젤의 짐작은 간단히 들어맞았다.

'만족스러우십니까?'

켈리아의 일로 주변이 시끄러운 와중에 메넨 후작이 몰래 입 모양으로 그리 물어 왔다. 이에 로젤은 그만 볼 수 있는 각도에서 살짝 고개를 끄덕였다.

그다지 나쁘지 않은 결과였다. 켈리아의 평판을 떨어트림과 동시에 그녀가 로젤과 멀어졌다는 사실을 효과적으로 보여 준 셈이니까.

'약속은 지키십시오.'

자신을 보며 다시 한번 입 모양을 뻐끔거리는 후작을 향해 로젤이 가볍게 고개를 끄덕였다. 얼마 전부터 꾸준히 서신을 주고받으며, 일을 꾸민 보람이 있으니 당연히 약속도 지킬 생각이었다.

로젤은 메넨 후작에게 이번 일에 협조해 주는 대가로 정치적 협력을 약속했다. 아르한과 결혼해서 황태자비가 되든, 이대로 라슈아 공작가를 물려받든 그녀가 가진 힘은 그에게 큰 도움이 될 것이다.

이를 누구보다 잘 아는 후작은 순순히 제 약혼녀를 물 먹이는 일에 동참했다. 그는 그만큼 제게 떨어질 이익을 우선시하는 사람이었다.

로젤은 그런 부류를 상대하는 것이 차라리 쉬웠다. 이해관계만 맞아떨어지면 얼마든지 포섭할 수 있으니까.

* * *

연회를 마치고 집으로 돌아온 켈리아는 내내 하얗게 질린 얼굴을 했다. 그녀는 지금 부친인 백작의 부름을 받고 그의 서재 안에 들어와 있었다.

조르단 백작은 바쁜 업무 때문인지 아직 저택에 돌아오지 않은 상황이었으나, 이미 모든 소식을 전해 들은 듯했다.

'이번 일은 라슈아 공작가에서도 절대 그냥 넘어가지 않을 겁니다. 각오하는 게 좋을 거예요.'

'우리의 약혼에 대해 다시 생각해 보는 게 좋겠군요.'

싸늘하기 그지없는 로젤과 후작의 목소리가 번갈아 가며 그녀의 머릿속을 울렸다. 단순한 망상이라면 좋겠지만, 불행하게도 실제로 그들이 한 말이었다.

"켈리아 조르단."

싸늘하고도 나직한 목소리가 켈리아의 상념을 깼다. 고개를 돌려 소리가 난 쪽을 응시하자, 조르단 백작이 서재의 문을 연 채 서 있었다.

끼이익 하는 소리와 함께 문이 닫히고, 백작이 천천히 그녀를 향해 걸어왔다. 당장 뺨이라도 후려칠 기세인 그를 보며 켈리아는 두려움에 떨었다.

"대체 무슨 짓을 하고 다니는 거냐?"

"그, 그게……."

"메넨 후작이 내게 파혼하고 싶다는 뜻을 전해 온 것을 아느냐? 자신의 정치적 이미지에 치명타를 입혔다고, 크게 화를 냈어!"

연회장에서는 아무렇지 않았는데, 막상 파혼이라는 단어를 들으니 가슴이 무너지는 것 같았다.

자신 정도 되는 상황이면 얼마든지 후작보다 나은 혼처를 찾을 수 있으리라 여겼다. 제가 때린 인물이 로젤이라는 사실을 깨닫기 전까지만 해도.

아마 평소 켈리아를 탐탁지 않게 여기던 후작은 이번 기회를 놓치지 않을 것이다. 기어코 파혼을 하거나, 아니면 뭔가를 하나라도 더 얻어 내려 들겠지.

"후작도 후작이지만, 라슈아 공녀는 어쩔 테냐?"

"……."

"그녀는 라슈아 공작이 끔찍하게 아끼는 딸이고, 황태자 전하께서도 최근 공녀에게 푹 빠져 있다는 소문이 자자해! 공녀의 말 한마디에 우리 가문의 앞길이 진창에 처박힐 수도 있단 말이다!"

"절대, 그럴 의도는 아니었습니다. 저는, 저는 단지……."

켈리아는 차마 뒷말을 잇지 못했다. 겨우 배우 계집 하나와 공녀를 착각해 연회장 한복판에서 손찌검을 했다고는 죽어도 말할 수 없었다.

"네가 살고, 우리 가문이 살 방법은 하나뿐이다. 라슈아 공녀를 찾아가 무릎을 꿇고, 손이 발이 되도록 빌어."

"그, 그건……."

아무리 평소 로젤에게 입 속의 혀처럼 굴던 켈리아지만, 그녀도 엄연한 귀족 영애였다. 자존심상 절대로 넘을 수 없는 선이란 것이 존재했다.

"일주일 내로 공녀에게 용서를 받아 오지 못하면, 맨몸으로 가문에서 내쫓겠다."

단호한 백작의 말에 그녀의 반항심은 금세 사그라들었다. 아무것도 할 줄 아는 게 없는 자신이 백작가에서 쫓겨난다면, 그 끝은 불 보듯 뻔하다.

그러니 지금은 일단 숙여야 할 타이밍이었다.

"……공녀께 용서를 구하고 오겠어요."

순순한 켈리아의 대답에 백작은 하녀들을 시켜 편지를 쓸 종이와 펜을 가져오게 했다.

오늘의 연회가 인생의 전환점이 되리라는 켈리아의 예상은 틀리지 않았다. 그 전환이 나락으로 향하는 길이었다는 점만 빼면.

사흘 후, 켈리아는 한 통의 편지를 받았다. 용서를 구하고 싶다는 그녀의 편지에 대한 로젤의 답장이었다.

돌이켜 보니 제가 너무 심했던 것 같아요.

아무리 화가 나도 조르단 영애께 그래서는 안 되는 거였는데…….

영애가 많이 난처해졌다는 걸 알아요. 그래서 멜리아 백작가에서

주최한 이번 연회에서 내가 모든 것을 해명할 생각이에요.

로젤의 편지에는 의외로 켈리아를 향한 분노가 한 톨도 담겨 있지 않았다. 그녀는 그것에 크게 안도했다.

역시, 로젤이 자신을 그리 쉽게 버릴 리가 없다. 말도 안 되는 일이지. 그동안 자신이 그녀 대신 얼마나 많은 일을 했는데…….

거기까지 생각하던 켈리아가 다소 아쉬운 얼굴을 했다.

로젤에게 온 답장을 부친인 백작에게 보여 준다면 자신의 처우가 꽤 많이 나아질 텐데, 아쉽게도 그는 지금 자리를 비운 상태였다.

켈리아는 현재 로젤을 만나러 가는 것 외에 그 어떤 외출도 허락받지 못한 상황이었다. 꽤 많은 사고를 쳐 왔으나, 외출을 금지당한 것은 처음이다.

백작은 켈리아를 끔찍하게 아끼는 편은 아니었으나 어지간한 사고 정도는 그냥 넘어가는 편이었다.

그런 그가 제게 바깥 외출을 금지시킨 것은 그만큼 이번 일을 심각

하게 여긴다는 의미였다. 물론 그것도 이젠 끝이겠지만.

"전에 내가 공녀님과 함께 맞춘 드레스 어디 있어?"

"네? 어······. 아마 위층에 있을 거예요. 그런데 그건 왜······."

갑작스러운 물음에 곁에 있던 시녀가 당황한 얼굴을 했다. 이에 자연스레 몸을 일으킨 켈리아가 웃으며 입을 뗐다.

"공녀님께 사과하러 갈 생각이야. 방금 온 편지에 그래도 좋다는 내용이 적혀 있었어."

로젤에게 받은 편지를 보여 주며 말했음에도 시녀는 켈리아의 말을 쉽사리 믿지 않는 눈치였다. 그리 간단한 문제가 아니라는 걸 그녀도 알기 때문이다.

"그럼, 제가 치장을 도와드리겠습니다."

하지만 그럼에도 켈리아의 앞을 막아서는 짓은 하지 않았다. 그녀가 얼마나 잔인한 성정을 가졌는지 역시 잘 알고 있으니까.

"서둘러. 시간이 얼마 없으니까."

멜리아 백작가에서 열리는 연회는 오늘 저녁이었다.

지금이 막 정오가 지난 시점이니 치장할 시간이 터무니없이 부족했다. 덕분에 준비를 서두르기 위해 빠른 걸음을 옮기던 켈리아가 이내 마음을 바꿨다.

"아니야, 서두를 필요 없겠다. 오늘은 화장을 좀 생략하는 걸로 하자. 머리도 장식 없이 그냥 틀어 올리는 걸로 끝내고."

그런 켈리아의 말에 시녀는 조금 놀란 눈치였다.

평소 외출을 할 때마다 최대한 화려하고, 아름답게 치장해 달라며 고용인들을 들들 볶던 그녀였으니까.

"사과를 하러 가는 입장에서 평소처럼 화려한 차림을 할 수는 없잖아."

그랬다간 반성하는 기색이 전혀 보이지 않는다며 꼬투리를 잡힐 가능성이 있었다. 덧붙여진 켈리아의 말에 시녀 역시 상황을 이해한 듯, 고개를 끄덕였다.

"물론, 그렇다고 초라해 보이는 건 곤란해."

초라해 보이는 것과 동정심을 유발하는 것은 한 끗 차이다. 동정은 받되, 무시를 당해선 안 된다. 언뜻 듣기에도 까다로운 요구에 시녀는 속으로 한숨을 삼켰다. 이번 일로 인해 또 몇 명이나 매질을 당할까 싶어 걱정이 앞섰다.

여덟 번째 하녀까지 심하게 매질을 당하고 나서야 켈리아는 만족스러운 얼굴로 준비를 마쳤다.

백작가에서 꽤 오랫동안 일해 왔음에도 아직까지 자신의 요구 하나 제대로 들어주지 못하는 그들이 한심했다. 만약 아홉 번째 하녀까지 켈리아의 마음에 드는 대안을 내놓지 못했더라면, 그녀는 크게 분노했으리라.

"……조르단 영애?"

의아한 기색이 느껴지는 목소리에 켈리아는 자연스레 시선을 돌렸다. 그러자 그곳에는 문제의 연회에서 자신이 로젤의 뺨을 때린 것을 목격한 영애가 있었다.

그녀 역시 이번 연회에 초대를 받은 모양이다.

"오랜만에 뵙네요."

"……그러게요."

떨떠름한 기색이 역력한 영애의 얼굴을 보며, 켈리아는 대화를 이어 가려던 마음을 접었다.

로젤에게 사과하기 전, 자신이 먼저 나서서 해명을 해 보겠다는 생각이 얼마나 어리석은 것이었는지를 깨달았다. 적당히 대화를 마무리하고 주위를 둘러보던 켈리아의 두 눈에 화려한 금발이 들어왔다. 자연스레 그쪽을 향해 걸음을 옮기자, 다른 영애들과 대화를 나누는 로젤의 모습이 보였다.

"아쉽게도 오늘은 자리를 오래 지키지 못할 것 같아요. 몸 상태가 조금……."

"라슈아 공녀님."

이렇게 불쑥 끼어드는 것은 예의가 아님을 알지만 켈리아는 다급한 마음에 말을 걸고 말았다.

"조르단 영애?"

"조르단 백작가의 켈리아 조르단이 라슈아 공녀님을 뵙습니다."

한껏 격식을 차린 인사를 건넨 후, 로젤이 이를 받아 주기 무섭게 켈리아가 말을 이었다.

"공녀님께 꼭 드리고 싶은 말씀이 있어요."

조금이라도 빨리 로젤에게 사과를 하고, 떨어진 평판을 원래대로 돌려놓아야 했다. 그리해야 외출 금지에서도 풀려나고, 메넨 후작의 마음도 다시 잡을 수 있을 테니까.

"오늘은 몸 상태가 영 좋지 않아서……. 그냥, 다음으로 미루면 안될까요?"

그런 켈리아의 계획을 비웃기라도 하듯, 로젤은 절망적인 대답을 내놓았다. 평소였다면, 순순히 그녀의 말에 따랐겠지만, 지금의 켈리아에겐 그럴 여유가 없었다.

"죄송한 말이지만, 굉장히 급한 사안이라……."

"급한 사안이라고요? 조르단 영애께나 급한 일이겠죠."

"맞아요. 그리고 영애가 공녀님께 한 짓을 생각하면 이런 태도로 나오는 건, 좀 아니지 않나요?"

켈리아가 말을 미처 다 끝맺기도 전에 주변에 있던 영애들이 나서서 반발했다. 생각보다 거센 반응에 그녀는 조금 당황했다.

"저는, 결코 나쁜 의도로 그런 게 아닙니다. 그때는 실수로……."

"실수요? 하. 설마 그런 치졸한 변명이 통할 거라고 생각하시는 건 아니죠?"

"맞아요. 사람을 때려 놓고 실수라니, 그건 변명이라고 여기기도 부끄럽네요."

"당장 공녀님께 사과하세요!"

켈리아가 스스로를 변호하기 위해 그지 한마디를 했을 뿐인데, 분위기는 점점 과열되고 있었다.

"그만하세요."

그런 그들을 진정시킨 건, 다름 아닌 로젤이었다. 여전히 불쾌한 기색을 드러내는 영애들을 향해 그녀가 차분히 말을 잇는다.

"저를 생각해 주시는 마음은 감사하지만, 저 때문에 분란이 일어나는 건 원치 않아요."

로젤의 시선이 자연스레 켈리아에게로 향했다.

"아무래도 이곳에선 조르단 영애가 원하시는 대화를 나누긴 어려울 것 같아요."

그 점엔 켈리아 역시 동의하는 바였다.

원래는 로젤에게 공개적으로 사과하려 했으나, 돌아가는 상황을 보니 어떤 말로 용서를 구하던 진정성이 없다며 비난을 받을 것 같았다. 차라리 로젤과 단둘이 나가서 조용히 대화를 마치고, 그녀가 사과를 받아 주었음을 알리는 편이 나을 것이다.

"죄송하지만, 잠시 실례하도록 할게요. 조르단 영애께서 제게 급히 하실 말씀이 있는 것 같으니까요."

주변의 허락을 구하는 듯했으나 기실 통보에 가까운 말이었다. 아마 평소였다면 아무도 그 말에 토를 달지 않았을 것이다. 로젤과 켈리아의 사이가 워낙 돈독하다는 것을 알고 있으니까. 하지만 지금은 그때와 달리 상황이 조금 미묘하게 돌아가고 있었다.

"그렇다면, 제가 동행하도록 하겠어요."

그리 나선 이는 연회를 주최한 멜리아 백작가의 영애였다.

가문에서 주최한 연회가 무탈하게 끝나기를 바라는 마음에서 나섰다고 포장이 가능하다는 점에서 꽤나 적합한 인물이었다.

켈리아는 이런 상황을 조금 못마땅해하다가, 이내 로젤과 자신만 있는 것보단 증인이 될 만한 사람이 있는 편이 낫다는 데 생각이 미쳤다.

"제가 동행해도 괜찮겠죠?"

조심스러운 멜리아 영애의 물음에 켈리아는 고개를 끄덕이는 것으로 긍정의 뜻을 내비쳤다. 그녀에겐 크게 나쁠 것 없는 상황이었다.

"길은 제가 안내하도록 할게요. 조용히 이야기를 나눌 만한 장소를 몇 군데 아니까."

그런 멜리아 영애의 말에 따라 세 사람은 한적하고 조용한 복도에 다다랐다. 주변이 훤히 트여 있다는 점만 빼면 꽤 괜찮은 장소였다.

잠시, 차분히 숨을 고른 켈리아가 이내 입을 열었다.

"제가 공녀님께……."

"잠깐만요, 그 전에 제가 먼저 공녀님께 드리고 싶은 말씀이 있어요."

갑작스레 자신의 말을 막는 멜리아 영애의 행동에 켈리아는 짜증이 났다. 하지만 이에 대해 그녀가 무어라 항의를 하기도 전에 멜리아 영애의 말이 이어졌다.

"전 솔직히 조르단 영애가 왜 공녀께 사과를 해야 하는 건지 모르겠어요."

덤덤한 태도로 뜬금없는 발언을 한 그녀의 모습에 로젤도, 켈리아도 놀란 얼굴을 했다.

"그렇잖아요. 뭐 그리 대단한 무례를 끼쳤다고."

대수롭지 않다는 듯 그리 말하는 멜리아 영애의 모습은 위화감이 느껴질 정도로 낯설었다. 그것은 비단 켈리아 혼자만의 감상이 아니었는지 로젤이 한손으로 자신의 이마를 짚었다.

"대체 어떤 부분이 멜리아 영애의 마음을 상하게 했는지는 모르겠으나……."

"이유를 모르겠다면, 끝까지 아는 척하지 마세요."

"……."

"역겨우니까."

순식간에 싸늘하게 가라앉은 분위기를 수습하기 위해 켈리아가 입을 열었다.

"일단 진정해요, 멜리아 영애. 진정부터 하고……."

"조르단 영애는 빠져 주세요. 이건 공녀님과 제 문제니까."

단호한 그녀의 말에 켈리아가 황당하다는 얼굴을 했다. 애당초 로젤과 단둘이 대화를 나누겠다며 연회장을 나선 것은 자신이었다. 그런 상황에 끼어든 것이 누구인데, 지금 자신을 불청객 취급하는 걸까.

"멜리아 영애야말로 빠지는 게 맞지 않나요?"

켈리아가 싸늘한 한마디를 꺼내기 무섭게 그녀의 표정이 눈에 띄게 굳어졌다. 이에 켈리아가 무어라 더 말을 덧붙이려던 순간.

"공녀님!"

다급하게 소리친 멜리아 영애가 재빠른 움직임을 보였다. 그녀는 어느새 쓰러신 로젤을 부축하고 있는 상태였다. 바로 조금 전까지 로젤을 향해 거침없이 말을 뱉던 사람이라고는 생각지 못할 만큼 낯선 행동이었다.

"어서 사람을 불러와 줘요!"

자연스레 제게 명령하는 태도는 마음에 들지 않았으나, 로젤이 잘 못되면 자신 역시 큰 화를 입을 것이다. 이를 알기에 켈리아는 서둘러 발걸음을 옮겼다.

복도를 열심히 돌아다녔으나, 도움을 요청할 만한 사람은 보이지 않았다. 연회장 근처까지 간 후에야 겨우 저택의 시종과 마주칠 수 있었다. 서둘러 그를 불러 세운 켈리아는 간단히 상황을 설명한 후, 다시 로젤이 있는 곳으로 돌아왔다.

"괜찮으세요, 공녀님?"

"아니, 어쩌다가 이런……."

"정말 말도 안 되는 일이네요."

"대체 무슨 일이 있었던 거죠?"

그런데 그곳에는 이미 다른 영애들이 잔뜩 도착해 있었다. 그녀들이 대체 어떻게 알고 온 것인지 순간 의문이 들었으나, 켈리아는 그것을 깊이 생각하지 않았다.

"여기, 도움을 청할 사람을 불러왔어요."

그와 동시였다.

낯선 공기가 피부를 통해 전해짐과 동시에 쓰러진 로젤에게 집중되었던 시선이 켈리아에게 쏟아진 것은. 싸늘함을 넘어, 대놓고 적대적인 시선에 켈리아는 단 한 마디도 이어 나갈 수 없었다.

이윽고 그녀는, 서둘러 제게 쏟아진 시선에 담긴 의미를 파악하려 했으나, 그보다 멜리아 영애가 한발 빨랐다.

"조르단 영애께서 저번 연회 때처럼 갑자기 공녀님께 소리를 질렀어요. 덕분에 몸 상태가 좋지 않았던 공녀께서 충격을 받아 쓰러지신 거고요."

자연스레 사실을 왜곡하는 그녀의 말에 켈리아가 황당하다는 얼굴로 입을 뗐다.

"지금, 무슨 소릴 하는 거죠? 공녀님께 소리를 지른 건 멜리아 영애잖아요!"

"하, 조르단 영애. 지금 저한테 누명까지 씌우려는 건가요? 정말이지 가면 갈수록 점점 더 최악이네요."

대립한 의견 속에서 곁에 있던 영애들이 잠시 혼란스럽다는 얼굴을 했다. 하지만 이는 오래가지 않았다.

마치 약속이라도 한 듯, 그녀들의 경멸 섞인 시선은 한곳을 향했다.

"정말이지 이래서 사람은 모르는 거라고 하나 봐요."

"맞아요, 다른 사람도 아니고 조르단 영애께서 이러실 줄은 상상도 못했어요."

"어떻게 조르단 영애가 공녀님께 그럴 수 있죠?"

순식간에 켈리아를 향한 비난이 쏟아졌다. 즉, 단 한 명도 그녀의 말을 믿는 이가 없었다는 뜻이다.

상황은 빠르게 악화되었다. 사교계에서 켈리아의 평판은 완전히 바닥을 쳤고, 메넨 후작과의 약혼 역시 깨졌다.

조르단 백작은 켈리아가 두 번째 사고를 친 이후로 단 한 번도 그녀를 보려 하지 않았다. 그저 매일 자신의 서재에 틀어박혀 술만 마셨다.

이에 켈리아는 어서 로젤이 건강을 회복한 후, 사교계에 복귀해 자신을 변호해 주기를 빌었다. 그렇게 되면 소문이 잠잠해지는 것은 순식간일 테니까.

애당초 로젤이 진작 건강을 회복해 전면에 나서 줬더라면 일이 이렇게까지 꼬이지는 않았을 것이다. 이를 생각하니 새삼 로젤에 대한 분노가 차올랐다.

"저, 아가씨."

조심스러운 시녀의 부름에 켈리아가 싸늘한 시선으로 그녀를 노려보았다. 가뜩이나 심기가 불편한데 무슨 일로 저를 부르나 싶었던 것이다.

"라슈아 공녀님께서 방문하셨습니다."

그런 시녀의 말에 켈리아가 두 눈을 크게 뜨며 놀란 얼굴을 했다. 로젤이라면 그날 이후로 아직 저택 밖에 나간 적이 없다고 들었다. 그런데 그런 그녀가 가장 먼저 방문한 곳이 조르단 백작가라니.

어쩐지 느낌이 좋았다. 로젤이 나서서 그때의 상황이 오해였음을 해명해 주면 모든 것이 끝나니까. 순식간에 머릿속으로 상황 정리를 마친 켈리아가 빙긋 웃었다.

"당장 응접실로 안내해 드려."

"네. 알겠습니다."

대답을 마친 시녀가 곧장 방을 나섰다. 이를 지켜보던 켈리아는 주변에 있던 이들을 닦달해서 빠르게 준비를 마친 후 응접실로 향했다.

얼굴이 조금 창백하다는 점을 제외하면, 로젤은 며칠 전과 다름없이 우아한 모습으로 차를 마시고 있었다.

"조르단 백작가의 켈리아 조르단이 라슈아 공녀님을 뵙습니다."

"조르단 영애를 뵙습니다."

약식으로 인사를 마치고 자리에 앉는 로젤의 모습에 켈리아는 알 수 없는 불안감을 느꼈으나, 애써 이를 가라앉혔다.

그리고는 서둘러 본론을 꺼냈다.

"공녀께서 오늘, 이렇게 찾아와 주신 것은 저번에 있었던 일 때문이겠죠?"

초조한 얼굴을 하지 않으려 노력했으나, 쉬운 일은 아니었다. 누가 보더라도 켈리아쪽이 많이 아쉬운 상황이었으니까.

"아마, 공녀님께서 나서 주신다면 상황은 금세 정리될 거예요."

덤덤하게 그리 말하는 켈리아를 로젤은 잠시 의미가 불분명한 시선으로 응시하다가 이내 입을 열었다.

"제가 왜 그래야 하죠?"

짧막한 로젤의 말에 켈리아는 저도 모르게 들고 있던 찻잔을 큰 소리를 내며 내려놓고 말았다. 예의가 아니라는 걸 알았지만, 순간적인 분노를 참지 못한 것이다. 덕분에 두 사람 사이에는 싸늘한 정적이 내려앉았다.

"……죄송합니다, 제가 공녀님의 앞에서 큰 실례를 했네요."

정적을 딛고 먼저 사과의 말을 꺼낸 것은 켈리아였다. 지금의 상황에서 철저한 약자는 그녀였으니까.

"괜찮아요."

그리 말하며 싱긋 웃는 로젤의 모습이 더없이 얄밉게 느껴졌으나 다른 방도가 없었다. 그저 아무렇지 않은 척 고개를 숙이는 수밖에.

"저는, 공녀께서 하루빨리 사교계에 복귀하셔서 저에 대한 이야기를 해 주시길 바라고 있어요."

"물론, 그럴 생각이에요."

순순한 그녀의 대답에 켈리아는 의아함이 섞인 시선을 던졌다. 그러자 로젤은 산뜻하게 웃으며 말을 이었다.

"조르단 영애께서 제게 보인 무례를 하루라도 빨리 사교계에 알려야죠."

대놓고 거짓 증언을 하겠다 말하는 주제에 태연하기 짝이 없는 태도였다. 아마 켈리아가 사건의 당사자가 아니었다면 그 말에 완전히 속아 넘어갔을지도 모른다.

그 정도로 로젤의 연기는 완벽했다.

"지금, 저랑 장난이라도 하자는 건가요?"

분노가 가득 담긴 물음에 로젤은 두 눈을 말갛게 뜨며 의문을 표했다.

"뭐가 문제죠?"

마치, 백치라도 된 것처럼 구는 로젤을 보며 켈리아는 그녀의 뺨을 내리치고 싶은 충동에 휩싸였다.

"그날, 공녀께 소리를 지른 것은 제가 아니잖아요. 그건 멜리아 영애였어요!"

가까스로 마지막 이성을 붙잡는데 성공한 켈리아의 말에 로젤은 그저 또 웃었다.

"조르단 영애와 에르샤 마르아넬이 단 한 순간이라도 사이가 좋았던 적이 있나요?"

뜬금없는 물음에 켈리아가 황당하다는 얼굴을 하자, 로젤이 차분히 덧붙였다.

"그럼에도 그때 다른 영애들은 순순히 조르단 영애의 말을 긍정했죠."

구체적인 설명이 덧붙여지자 문득 과거 자신이 했던 말이 떠올랐다.

"확실히 그렇긴 하지만 그래도 후작 부인이었을 땐 나름 친하게 지냈던 사이라 마음이 영 좋지 않네요."

에르샤와 자신의 사이가 좋지 않았다는 것은 사교계에 막 입성한 풋내기들도 다 아는 사실이다. 그럼에도 그날 연회장에 있던 이들 중, 에르샤와 친했다는 켈리아의 말을 부정한 사람은 단 한 명도 없었다.

"진실이 뭐가 중요하죠?"

차분하게 이어진 말에 켈리아는 비로소 깨달았다. 이번 일이 모두 자신을 함정에 빠트리기 위한 로젤의 계략이었다는 사실을.

"⋯⋯공녀께서 어떻게 제게, 이러실 수 있죠?"

배신감 싶인 외침이 피를 토하듯 입 밖으로 쏟아졌다.

"내가 당신 때문에, 에르샤 그 계집한테 어떤 짓까지 했는지 전부 알면서!"

기어이 눈앞에 있던 테이블을 두 손으로 내리친 켈리아를 로젤이 차분히 응시했다. 이윽고 다물렸던 입이 열린다.

"이런 상황을 뭐라고 하는지 아세요?"

"……."

"자업자득."

한 자씩 또박또박 뱉어진 말에는 명백한 조소가 담겨 있었다. 그 사실을 켈리아는 한 박자 늦게 인지했다. 하지만 그녀가 할 수 있는 일은 아무것도 없었다. 그 누구도 켈리아의 말을 믿어 주지 않을 테니까. 의심스러운 구석이 있다고 해도 의미가 없었다. 그들에게 중요한 건 진실이 아니니까. 권력자의 마음에 들기 위해 많은 사람들은 기꺼이 진실에 눈먼 자가 될 것이다.

과거의 에르샤에게 그랬던 것처럼.

* * *

상황은 빠르게 정리되었다. 라슈아 공작가, 그리고 더 나아가서 황실과의 충돌을 피하고 싶었던 조르단 백작은 서둘러 고개를 숙여 왔다. 그는 제 딸인 켈리아 조르단을 영원히 제국 북쪽에 박혀 있는 영지에서 나오지 못하게 하겠다는 약조를 했다. 이를 어길 시, 그 어떤 조치든 달게 받겠다는 말까지 덧붙이면서.

조르단 백작은 약속을 지킬 것이고, 이로서 로젤의 복수는 완전히 끝났다.

하지만 속이 시원하기보단 허탈한 마음이 앞섰다.

켈리아는 에르샤를 가장 직접적으로 괴롭힌 인물이기는 하나, '로젤'의 명령에 따라 움직인 꼭두각시에 불과했다.

이미 죽어 없어진 진짜 '로젤'.

그녀야말로 자신이 복수를 감행해야 하는 상대였다. 하지만 그녀는 이미 세상에 없다.

결국, 로젤은 영원히 복수를 끝낼 수 없는 것이다.

"저, 아가씨……."

조심스레 자신을 부르는 세라의 목소리에 로젤이 그녀를 응시했다.

"비아노 백작 부인께서 찾아오셨습니다."

"백작 부인께서?"

의문 가득한 시선으로 그녀를 쳐다보던 로젤이 이내 몸을 일으켰다.

"일단 응접실로 안내해 드려. 금방 내려갈 테니."

그리 말한 로젤은 곁에 있던 시녀들을 불러 간단하게 치장을 마쳤다. 그리고는 곧장 응접실로 향했다.

문을 열고 응접실 안으로 들어서자 지금 막, 찻잔을 입가에 가져다 댄 샬롯의 모습이 보였다.

잠시 고민하던 로젤은 이내 인사를 생략한 채, 자연스레 그녀의 맞은편에 앉았다.

"제가, 백작 부인을 라슈아 공작가의 응접실에서 뵐 날이 올 줄은 몰랐습니다."

"저 역시, 제가 이곳에 앉아 있을 날이 오리라곤 감히 예상치 못했습니다."

의외로 샬롯은 그런 로젤의 태도를 지적하지 않았다. 이에 로젤이 의아함을 느낄 새도 없이 그녀가 말을 이었다.

"제가 오늘 이렇게 급작스레 공작가를 방문한 것은 공녀께 꼭 전해야 할 말이 있기 때문입니다."

말을 마친 샬롯의 두 눈은 덤덤하기 그지없었다. 마지막 만남에서 로젤에게 꽤나 절절하게 매달렸던 일을 생각하면 상당히 의외였다.

"혹, 황태자 전하와 관련된 일인가요?"

"……역시, 눈치가 빠르시군요."

답은 머지않아 나왔다. 샬롯은 지금 아르한과 관련된 일로 인해 다른 곳에 신경을 쏟을 겨를이 없는 것이다.

"전하께서 출정 중이시기 때문입니까?"

그리 물은 로젤은 차분히 샬롯의 대답을 기다리다가 이내 앞에 놓인 찻잔을 들어 입가에 가져갔다. 아르한이 전쟁터에 나갔다는 소식을 알게 된 건 꽤 오래전이었다.

황태자의 출정 소식에 워낙 많은 이들의 이목이 집중된 탓에 모를 수가 없었다. 어디를 가도 온통 그 얘기뿐이었으니까. 덕분에 로젤은 타인의 입을 통해 제 약혼자의 소식을 듣는 일이 얼마나 불쾌한 경험인지를 새삼 깨닫게 되었다.

그리고 그 후엔, 얼마 안 가 아르한의 일을 애써 머릿속에서 지워냈다.

수도를 떠나기 전날, 저와 만났음에도 가벼운 언질 하나 없었던 그의 태도를 보며, 그다지 심각하지 않은 일일 거라 생각했으니까.

애당초 황제가 자신의 유일한 후계자인 그를 위험한 장소에 보낼 리가 없다. 아마, 말이 좋아 전쟁터지 완벽에 가까운 안전지대에서 간단한 협상 정도만 하고 돌아올 것이다.

당시의 로젤은 그런 결론을 내렸다.

"공녀께서는, 지금의 상황이 아무렇지도 않으신 모양이군요."

마치 그런 로젤의 속내를 읽기라도 한 듯, 샬롯이 허탈하게 웃었다. 그녀의 태도는 여전히 덤덤했으나, 그 속은 까맣게 타들어 가고 있는 듯했다.

로젤 역시 아르한이 걱정되지 않는 것은 아니었다. 다만, 그의 안전이 어느 정도 확보되어 있을 거라 확신했기에 불안감을 조금 내려놓았을 뿐.

"아마, 전하께서는 안전하실 겁니다. 제국의 차기 태양이신 그분께 그 누가 감히 해를 끼칠 수 있겠습니까."

차분한 로셀의 말에 샬롯이 가볍게 조소했다.

"공녀께선 참으로 순진하시군요. 아니, 이런 부분에선 이상할 정도로 천치가 되신다고 해야 하나요?"

의미심장한 샬롯의 말에 로젤이 날카로운 시선으로 그녀를 응시했다, 그러자 잠시 말을 고르던 샬롯이 이내 입을 열었다.

"황태자 전하께서는 지금, 언제 비보가 들려와도 이상하지 않을 장소에 계십니다."

"그럴 리가요. 그랬다가 자칫 잘못해서 황실의 후계가……."

"전하께서 돌아오지 않기를 가장 바라시는 분이 황제 폐하라면요?"

"……."

"그럼 이야기가 달라지겠죠."

순식간에 믿고 있던 사실을 전부 부정당한 로젤의 시선이 흔들렸다. 그 후, 정신을 차려 보니 조금 전까지 자신이 들고 있던 찻잔이 바닥을 뒹굴고 있었다.

대리석으로 만들어진 바닥에 부딪혀 깨진 찻잔의 파편이 흩어져 있는데도, 로젤은 이를 눈치채지 못했다. 그만큼 정신이 없었고, 또 혼란스러웠다.

"제가 오늘 공작가를 방문한 건, 공녀님께 전하가 계신 전쟁터가 어떤 곳인지를 알려 드리기 위함이었어요."

말을 마친 샬롯의 얼굴은 로젤과 별반 다를 것 없이 복잡하게 흐트러져 있었다.

샬롯이 다녀간 후로 로젤은 한동안 불면증에 시달리다가 딱 한 번, 단꿈을 꾸었다.

그곳에서 그녀는, 평소 잠자리에 들 때와 마찬가지로 고개를 옆으로 돌린 채, 침대에 누워 있었다. 그리고 그런 그녀의 시선 끝에는 어떤 인물이 있었다. 두 눈을 마주 보며 침대 위에 누워 있는 정체를 알 수 없는 누군가가.

얼굴은 기억이 나질 않는다. 하다못해 남자였는지 여자였는지조차.

"……가지 말아요."

그것이 제 입에서 나온 말인지, 아니면 상대의 입에서 나온 말인지조차 모른다. 꿈에서 깨고 난 직후부터 지금까지 모든 것이 신기루처럼 불분명했다.

그나마 분명한 것이 있다면, 그저 눈을 맞추는 것만으로도 마음이 간질거려서 이대로 시간이 멈춰 버렸으면 하고 저도 모르게 부질없는 기도를 했다는 점이다.

꿈속의 자신이 로젤이었는지, 에르샤였는지조차 알 수 없을 정도로 불확실한 상황이었음에도 그녀는 온 힘을 다해 기도했다.

"다음은 오늘 입을 의상을 고르실 시간입니다."

외출 준비를 도와주던 시녀의 목소리에 로젤은 이내 현실로 돌아왔다. 이윽고, 차분히 눈앞에 진열된 의상들을 살펴보던 그녀가 오늘 입을 것을 골랐다.

한낱 꿈 따위에 휘둘리지 말자는 생각을 되새기며.

"정말, 세 번째 의상으로 하시겠어요?"

"그래."

평소 같았으면 로젤의 성격을 생각해서라도 굳이 한 번 더 물어 오지 않았을 것이다. 그런데 오늘은 아무래도 호기심이 두려움을 이긴 모양이다.

그도 그럴 것이 로젤은 매번 직접 의상을 선택하는 일이 의미가 없을 정도로 확고한 취향을 가지고 있었다. 특히, 오늘처럼 사냥 일정이 잡혀 있는 날에는 늘, 온통 검은색으로 뒤덮인 깔끔한 디자인의 사냥복을 입었으니까.

그러나 이번에는 처음으로 붉은색이 잔뜩 들어간 사냥복을 선택했다. 상당히 의례적인 일이었기에 시녀는 그 이유를 묻고 싶었으나, 참았다.

주인 아가씨의 심기를 거스르는 건, 한 번 질문을 던진 것으로 족하다. 더 이상 입을 놀렸다간 분명 화를 입을 것이다. 결국, 시녀는 쓸데없이 입을 놀리는 대신, 묵묵히 로젤이 옷 갈아입는 것을 도왔다.

'생각보다 꽤 눈에 띄겠네.'

시중을 받던 로젤은 덤덤한 얼굴로 그리 생각했다.

오늘 그녀가 평소와 다른 선택을 한 건 단순한 변덕이 아니라, 꿈속에서 본 것으로 추정되는 선명한 붉은색이 자꾸만 눈앞에 아른거린 탓이었다. 고작 꿈 따위에 휘둘리지 말자 다짐해 놓고 보이기엔 다소 모순된 행동이었으나, 그녀는 개의치 않았다.

사냥터에 도착한 로젤은 차분히 말을 타고 주변을 돌기 시작했다.

지난 일주일 중 단꿈을 꿨던 하루를 제외하면 계속 불면증에 시달리느라 잠을 못 잔 상태였기에 평소처럼 활동적인 사냥은 무리였다. 이러한 로젤의 상황을 알아 준 것인지 처음 사냥을 시작했을 때, 그저 어둡기만 했던 하늘이 어느새 조금씩 빗방울을 뿌려 대기 시작했다.

"오늘은 이만 돌아가는 게 좋을 것 같습니다."

하인의 제안에 로젤은 순순히 고개를 끄덕였다. 어차피 비가 내리기 시작한 이상, 사냥을 계속하는 건 무리다. 물기를 가득 머금은 총은 제 구실을 하지 못할 테니까. 그리 생각한 로젤이 서둘러 말 머리를 돌리려는데, 마치 기다렸다는 듯 굵은 빗방울이 후두두 떨어지기 시작했다.

"저, 아무래도 잠시 근처에 있는 동굴에서 비를 피하는 게 좋을 것 같아요."

평소, 자신의 의견을 내는 법이 거의 없던 세라가 나서서 입을 열었다. 이에 잠시 고민하던 로젤은 순순히 그녀의 말에 따르기로 했다.

쏟아지는 빗방울이 워낙 굵직한 탓에 자신을 포함해 다섯이나 되는 인원이 이동을 계속하기에는 무리가 있었다. 게다가 지금 그들이 있는 곳이 사냥터의 입구로부터 꽤 많이 떨어져 있다는 점 역시 로젤이 그러한 결정을 내리는데 단단히 한몫했다. 결국, 로젤 일행은 주변에 있던 얕은 동굴 두 개에 나누어 들어가 비를 피했다. 로젤과 하녀인 세라가 같은 동굴에 들어갔고, 다른 시중인 셋이 함께 동굴을 썼다.

걸리는 점이 있다면, 비가 통 그칠 생각을 하지 않는다는 것이었다.

'역시, 그냥 계속 움직이는 편이 나았으려나? 그랬다면 지금쯤, 사냥터를 빠져나갔을 수도 있을 텐데.'

뒤늦은 후회가 밀려왔으나 로젤은 애써 이를 털어 냈다.

"저, 아가씨……."

뒤에서 들려온 세라의 목소리에 로젤이 고개를 돌렸다. 그러자 그녀가 어쩐지 불안한 얼굴로 말을 이었다.

"이 동굴, 생각보다 깊은 것 같아요."

"그래?"

듣고 보니, 그런 것도 같았다. 바깥에서 봤을 땐, 그리 깊지 않아 보였는데 안에 들어와 보니 끝이 보이지 않는 듯했다.

로젤의 시선이 차분히 동굴의 안쪽을 훑고 있는데 문득, 이상한 소리가 들려왔다.

그르릉.

마치 짐승의 울부짖음 같다는 생각이 들기 무섭게 어둠 속에서 두 눈이 빛났다. 그리고 머지않아 거대한 짐승이 모습을 드러냈다.

"……!"

동굴을 아슬아슬하게 가득 채울 정도로 거대한 곰이었다.

며칠 잠을 못자 헛것을 보고 있다고 여기기엔 하얗게 질린 세라의 얼굴이 발목을 잡았다. 적어도 지금 저 거대한 짐승을 본 이가 로젤 혼자는 아니라는 의미다.

크르르릉.

눈앞의 검은 짐승은 자신의 존재감을 과시하듯 두 사람을 노려보았다. 그 맹렬한 시선에 로젤은 온몸이 뼛속까지 싸늘하게 얼어붙는 것을 느꼈다.

아카데미 시절 켈리아 무리에 의해 사냥터에 버려졌을 때도, 이렇게 가까이에서 맹수와 마주한 적은 없었다. 대부분 근처에 다가오기 전에 방아쇠를 당겼으니까.

게다가 지금 로젤이 갖고 있는 무기라곤 작은 마취 총 하나가 전부였다. 사냥을 할 때 쓰는 총은 전부 다른 동굴에 있는 이들에게 맡

겼다. 제대로 작동도 하지 않는 총을 들고 있어 봤자 뭐 하나 싶어서
였다.

"⋯⋯제길."

신경질적으로 입술을 짓씹던 로젤은 이내 자신과 조금 떨어져 있던
세라를 등 뒤로 데려왔다. 한 명이라도 살아남으려면 흩어지는 편이
현명할지 모르나, 로젤의 목표는 둘 다 사는 것이었으니까.

그대로 조심스레 사냥복의 주머니를 뒤적이자, 무언가가 만져졌다.
크기가 작아서 안에 들어가는 약의 양은 얼마 안 되는 주제에, 쓸데없
이 묵직한 마취 총이.

크르르릉–

금방이라도 자신들에게 달려들 기세인 곰을 앞에 두고, 로젤은 서
둘러 머리를 굴렸다. 자신이 갖고 있는 것은 고작 마취총이다. 곰을 잠
시 재울 수는 있어도, 치명상을 입히거나 죽이는 것은 무리인.

사실, 조금 더 냉정하게 생각하면 잠깐 재우는 것조차 무리였다.
곰의 거대한 덩치에 비해 로젤이 가진 마취약은 터무니없이 적었으
니까.

'⋯⋯도박을 해 보는 수밖에 없나?'

곰이 움직이기 전에 먼저 선수를 쳐야 한다. 그리 생각한 로젤은 재
빨리 주머니에 있던 마취총을 꺼내 들었다. 그리고는 그것을 조준한
후, 있는 힘껏 던졌다.

크와아앙!

포물선을 그리며 날아간 총은 정확하게 곰의 이마를 때린 후, 바닥

으로 떨어졌다. 이를 틈타, 로젤은 그대로 세라의 손목을 잡고, 동굴 밖으로 달렸다. 바로 뒤에서 뭔가가 부서지는 소리와 곰의 포효가 들려왔으나, 로젤은 뒤를 돌아보지 않았다.

이렇게까지 난리를 쳤으니, 아마 저 곰은 주변에 있던 일행이 잡아줄 것이다. 그들에겐 제대로 된 사냥 장비가 있으니까. 그리고 그런 로젤의 예상이 적중한 듯, 얼마간 빗속을 뚫고 달리자 주변이 고요해졌다. 마치 조금 전, 곰과 대치했던 상황이 전부 거짓인 것처럼.

차분히 주변을 살피던 로젤은 이내 세게 잡고 있던 세라의 손목을 놔주었다. 발갛게 달아오른 손목을 보니 그녀에게 미안한 마음이 들었다.

"저……."

"네?"

"아니, 아무것도 아니야."

무심코 그녀에게 사과하려던 로젤은 입을 다물었다. 다른 이라면 몰라도, 로젤은 지금의 상황에서 자신의 하녀에게 사과 따위를 건넬 인물이 아니었으니까. 오히려 화를 내고, 분노하는 쪽이 더 자연스러웠다.

"그만, 돌아가자."

하지만 이를 알면서도 세라에게 화를 내지 않은 건, 어쩐지 그럴 마음이 들지 않아서였다.

새삼스러운 일이지만 그녀는 진짜 로젤인 척 살기로 결심한 것을 조금씩 후회하고 있었다. 자신이 에르샤임을 누군가에게 밝히면, 그 사람이 위험해질 수 있다는 걸 알지만. 그럼에도 자꾸 스스로의 정체를 알리고 싶어졌다.

나는 로젤이 아니라 에르샤라고.

물론 그런 마음이 든다고 해도, 지금의 로젤은 결코 그럴 수 없을 것이다. 그녀에겐 그럴 만한 용기가 없으니까.

"아가씨."

슬슬 일행이 있는 곳으로 돌아가야 하나 고민하던 로젤의 귓가에 세라의 목소리가 닿았다. 로젤이 의아한 얼굴로 제 뒤에 있던 세라를 향해 몸을 돌린 순간.

서걱!

"웃."

세라가 휘두른 단검이 일직선으로 궤적을 그리며 로젤의 머리카락과 오른쪽 어깨를 스쳤다. 결 좋은 몇 가닥의 금발이 바닥에 떨어졌고, 찢어진 승마복 사이로 피가 조금 흘렀다. 만약, 로젤이 반사적으로 한 걸음 물러나지 않았더라면, 단검은 아마 그녀의 목을 베었을 것이다.

오른쪽 어깨에 번지는 알싸한 통증을 애써 무시한 로젤이 입을 열었다.

"……지금 이게, 무슨 짓이지?"

"아가씨를 죽이려는 짓이죠."

덤덤한 대꾸와 틸디 단검을 쥔 세라의 손은 흔들리고 있었다. 이를 간파한 로젤은 잠시 시선을 아래로 내리깔았다.

"나를, 죽이겠다고?"

"……."

"왜?"

차분한 로젤의 물음에 흔들리던 세라의 손이 뚝 움직임을 멈췄다. 그와 함께 두 사람 사이에는 싸늘한 정적이 내려앉았다.

"왜?"

되묻듯, 로젤의 말을 따라 한 세라가 갑자기 미친 사람처럼 웃었다. 그리고는 이내 나직하게 덧붙인다.

"미친년."

"……."

"아가씨, 당신은 진짜 미쳤어."

그리 말한 세라가 로젤을 향해 한 걸음 다가왔다.

"내 가족, 친척, 친구, 연인."

"……."

"여기서 당신이 죽이지 않은 사람을 골라 봐."

아무렇지 않은 척 웃고 있었으나, 세라의 눈동자엔 죽은 이들을 향한 진득한 그리움이 느껴졌다. 동시에 로젤을 향한 분노도.

"못 고르겠지. 전부 당신이 죽였으니까. 그것도 한낱 유희거리 따위로."

그건 지금의 로젤이 한 짓이 아니다. 하지만 그 사실을 세라에게 납득시킬 자신은 없었다. 지금의 상황에선 그녀가 무슨 말을 하든, 변명이고 궤변이 될 뿐이니까.

"……내게 복수하려고, 공작가에 들어온 건가?"

결국 로젤은 고작, 이따위 쓸데없는 질문 말고는 입 밖에 낼 수 있는 것이 없었다. 그리고 그 질문에 돌아온 것은 비웃음 섞인 대답이었다.

"끝까지 모르쇠로 일관할 생각인가 본데, 재미없으니까 그쯤 해 둬."

세라가 질린다는 얼굴로 말을 이었다.

"날 하녀로 들인 건 당신이었잖아. 마치, 갈 곳을 잃은 내게 친절이라도 베푸는 척."

그녀의 말에 로젤은 문득, 공작가의 하녀들이 했던 말을 떠올렸다. 진짜 로젤이 세라를 은근히 고립시키라고 지시했다는 것과 세라가 가져다주는 것은 음식이든, 옷이든 더럽다며 입에 대지도, 입지도 않았다는 말이.

"내가 아무것도 모를 거라고 생각한 거야? 아니면, 그것마저도 당신한텐 그저 한낱 유희였어?"

아마, 진짜 로젤은 세라가 자신을 증오하고 있다는 사실을 알고 있었을 것이다. 그럼에도 그녀를 직접 공작기에 들인 것은 아마, 세라의 짐작처럼 한낱 유희거리로 삼기 위함이겠지.

정말, 끝까지 악질이다.

"웃."

어쩐지 조금 전부터 눈앞이 어지럽고, 속이 메스꺼웠다. 마치, 조금씩 힘이 빠져나가는 듯한….

"상태가 영 좋지 않아 보이네?"

웃음기 섞인 세라의 물음에 로젤은 직감했다. 그녀가 자신에게 뭔가 손을 써 두었음을.

"……그럼, 얼마 전에 메넨 후작이 보낸 우편물들 속에 칼날이 든 편지를 섞어 둔 것도, 네 짓이야?"

하지만 로젤은 애써 아무렇지 않은 척, 화제를 돌렸다. 자신의 상태가 좋지 않다는 걸 들키고 싶지 않았으니까.

이미 눈치를 챘을 가능성이 높지만, 그럼에도 실낱같은 가능성을 염두에 두어야 했다.

"그래, 내 짓이었어."

순순히 긍정하는 세라를 보며, 로젤은 적당히 시간을 끌 만한 대화 주제를 몇 개 더 입 밖에 내려 했다.

"아, 맞다. 말하는 걸 깜빡 잊었는데, 아까 어깨를 스친 칼날에 독을 발라 놨어."

산뜻하게 웃으며 세라가 먼저 선수를 치기 전까지는.

"아마, 이대로 한 십 분만 지나도 손을 쓸 수 없을 거야."

"……"

"그게 당신의 마지막이라고."

마지막. 독 때문인지 머리가 어지러운 와중에도 그 단어만큼은 선명하게 뇌리에 새겨졌다.

"사실, 아까 동굴에서 나를 구해 줬을 때, 당신이 조금은 변했을지도 모른다는 생각을 했어. 그래서 망설였지."

확실히 원래의 로젤과는 거리가 먼 행동이었다. 목숨을 위협받는 상황에서 누군가의 손을 잡고, 함께 위험에서 빠져나온 것은.

"근데 나한테 복수의 이유 따위를 묻는 걸 보니, 그냥 내 착각이었 던 모양이네."

"······."

"그걸 깨닫게 해 줘서 고마워. 덕분에 망설임 없이 죽일 수 있을 것 같아."

말을 마친 세라가 로젤의 양쪽 어깨를 가볍게 내리눌렀다. 그러자 그녀가 힘없이 무릎을 꿇었다.

온몸을 잠식해 가는 독 때문에 제대로 서 있기는커녕, 손가락 하나 까딱할 힘도 없는 듯했다.

"이젠, 정말 끝이야."

작게 중얼거린 세라가 단검을 고쳐 잡았다. 그리고는 그것을 휘둘 렀다.

"······!"

정확하게는 휘두르려 했다.

"······넌, 너무 쓸데없이 말이 많아."

로젤이 맨손으로 칼날을 잡지 못했더라면, 그리고 그대로 세라에게 서 단검을 빼앗지 못했더라면, 그것은 그녀의 목을 갈랐을 것이다.

"······칼날에 독이 묻었다는 걸 알고 있으면서, 그걸 맨손으로 잡을 줄이야."

믿을 수 없다는 얼굴로 중얼거리는 세라를 향해, 로젤이 단검을 겨 눴다.

"목에 칼이 꽂히는 걸 두고 볼 순 없으니까……."

태연을 가장한 로젤의 말에 세라가 작게 웃었다. 독 때문에 몸을 제대로 가누지도 못하는 상황에서 저런 잔머리를 굴릴 여유가 있다니.

온몸에 힘이 들어가지 않는 척, 땅에 무릎을 꿇은 것까지는 연기였을지 모르나, 독이 퍼지고 있는 건 분명했다.

"눈물겨운 발악이네."

세라가 냉정한 감상을 내뱉었다.

전신에 독이 퍼져 죽기까지 길어야 오 분 정도의 시간이 남았다. 아마 로젤 역시 이를 모르지 않을 것이다.

만약 운이 좋아 남은 시간 안에 누군가에게 발견된다 해도, 당장 독을 해독할 능력이 없다면 꼼짝없이 죽을 수밖에 없다.

거기까지 생각한 세라가 로젤을 등진 순간.

"공녀님!"

"아가씨, 어디 계세요!"

그리 멀지 않은 곳에서 사람들의 인기척이 느껴졌다. 아마 머지않아 저들은 로젤을 발견할 것이다.

참으로 놀라운 타이밍이었다.

"……그래, 당신은 이런 사람이었지. 증오스러울 정도로 운이 좋은 사람."

분노로 떨리는 두 손을 애써 감춘 세라가 덧붙였다.

"그 운이 과연 당신의 목숨까지 살릴 수 있을지는 모르겠지만, 어디 한번 잘해 봐."

빈정거리듯 말을 마친 그녀는 로젤을 버려둔 채, 자리를 떠났다. 이 윽고, 세라의 모습이 완전히 눈앞에서 사라졌을 때, 로젤의 몸은 흙바 닥 위로 무너져 내렸다. 입 밖으로 소리 내 도움을 요청하기는커녕, 손 가락 하나 까딱할 힘도 없었다.

절망적이지만, 스스로가 생각하기에도 가망이 없어 보였다.

이미 시야는 뿌옇게 흐려졌고, 목구멍에서는 끊임없이 피가 올라 왔다.

"……가지 말아요."

거기다가 이젠 환청까지.

그것도 하필, 얼마 전 꾸었던 꿈에서 들은 목소리라니……. 새삼 스 스로의 보잘것없는 상상력에 웃음이 났다.

처연하기 짝이 없는 목소리는 어느새 지척에서 들려왔다. 조금 익 숙한 목소리인 것 같다 싶은 생각이 들 즈음, 한 남자가 그녀의 시야 에 들어왔다.

아르한.

그는 당장 세상이 멸망한다고 해도 믿을 수 있을 만큼 창백한 얼굴 로 로젤을 보고 있었다. 로젤이 그것을 인지했을 즈음, 아르한이 그녀 를 안아 들었다.

"……사십시오."

최대한 태연한 척, 아무렇지 않은 척하고 있었으나 형편없이 떨리 는 어조만큼은 감출 수 없었다.

"산다고, 반드시 다시 살아날 거라고 약속해 주십시오."

"……."

"……제발."

애원에 가까운 말이었다. 그리고 그와 함께 늘 고고하고, 흐트러짐 없던 붉은색의 눈동자가 엉망으로 일그러졌다. 자신이 사지로 내몰릴 때조차 태연했던 그는, 고작 그녀가 죽을지도 모른다는 가정 앞에서 무너졌다.

아르한에게 그녀는 그런 존재였다.

"……하."

독 때문에 서서히 꺼져 가는 의식 속에서 로젤은 간신히 입을 뗐다. 그리고는 힘겹게 말을 이었다.

"……정말, 잘…… 오……."

하지만 그 말은 제대로 이어지지 못했고, 결국 그녀는 금방이라도 울 것 같은 아르한의 얼굴 앞에서 의식을 잃었다.

* * *

로젤이 다시 눈을 떴을 때, 가장 먼저 그녀의 시야에 닿은 것은 익숙한 얼굴이었다.

"정신이 드십니까?"

애처롭게 그녀를 바라보던 붉은색 눈동자에 안도감이 번진다. 이에 로젤은 그를 부르기 위해 무심코 목소리를 냈다.

"……하."

하지만 나오는 건 날카로운 쇳소리뿐이었다.

"무리하지 마세요. 치료를 한 상태이기는 하나, 독 때문에 목이 많이 상했을 테니까요."

자신을 끌어안고 죽지 말라며 절박하게 외쳤던 이가 맞나 싶을 정도로 평온한 어조였다. 마치 모든 것이 한바탕 꿈이 아니었나 싶을 정도로 현실감이 없었다.

"……얼, 굴이 많이…… 상하셨네요."

모래알이라도 삼킨 것처럼 아픈 목을 기어이 혹사시키는 로젤을 보며 아르한이 희미하게 웃었다.

"걱정했으니까요."

"…….'

"혹여나, 당신이 깨어나지 않을까 봐."

스스로의 감정을 다스리는 데 능숙한 그이니 금세 평온함을 되찾을 줄 알았는데, 그게 아니었던 모양이다.

"……저를, 찌른…… 하녀는?"

어쩐지 묘한 기분이 든 탓에 로젤은 일부러 화제를 돌렸다. 그 후로 세라가 어떻게 되었는지 궁금하기도 했고.

"그녀는…….'

로젤이 세라에 대한 것을 묻기 무섭게 평온했던 아르한의 얼굴이 딱딱하게 굳어졌다. 잠시 망설이듯, 입술을 달싹이던 그가 이내 입을 열었다.

"죽었습니다."

그리 말한 아르한의 시선이 잠시 내리깔렸다가 이내 제자리로 돌아왔다.

"근처에 있던 나무에 목을 맸더군요."

"……."

어느 정도 예상한 결말이었으나, 마음이 복잡했다. 아마 로젤에게 독이 묻은 단검을 쓴 순간부터, 세라는 살겠다는 마음을 버렸을 것이다. 운 좋게 살아남는다고 해도, 의미가 없다고 생각했겠지.

"무슨 생각을 그리하십니까?"

지척에서 들려온 음성에 로젤의 시선이 그에게로 향했다.

"깊이 생각하지 마십시오. 당신의 잘못이 아닙니다."

그녀의 마음을 읽기라도 한 듯, 차분하고도 다정한 어조에 로젤은 무어라 정의하기 힘든 기분이 들었다.

"공녀께서는 지금, 그녀를 동정하실 게 아니라. 아무 이유 없이 이런 일을 당한 것에 대해 화를 내고, 분노하셔야 합니다."

"……이유가 없지 않다면요?"

아직도 쇳소리가 나긴 하지만, 이젠 어느 정도 완성된 문장을 뱉을 수 있게 되었다. 이를 깨달은 로젤이 상체를 일으켜 침대에 앉았다. 갑작스레 몸을 일으킨 탓에 조금 어지러웠으나, 그녀는 아랑곳하지 않고 이내 덧붙였다.

"그녀가 제게 이유 없이 독을 쓴 것이 아니라면요?"

세라는 제게 아무 이유 없이 해를 끼친 것이 아니다. 자신의 모든 것을 빼앗은 '로젤'에게 복수를 하려고 한 거니까.

비록, 자신은 그 로젤이 아니었지만.

"……공녀께서는, 아직도 저를 믿지 못하시는군요."

쓸쓸한 얼굴로 그리 말하는 아르한을 보며, 로젤은 멍한 얼굴을 했다. 이에 그는 피식 자조적으로 웃으며 덧붙였다.

"아뇨, 아닙니다. 제가 괜한 투정을 부렸네요. 조금 전에 한 말은 못들은 걸로 해 주세요."

그런 아르한의 말에 로젤은 애매한 얼굴로 그의 시선을 피했다. 그러자 두 사람 사이에는 묵직한 정적이 내려앉았다. 하지만 이는 오래 가지 않았다.

"……한 가지 묻고 싶은 게 있습니다."

아르한이 금세 정적을 깨고 입을 연 탓이다. 그런 그의 말에 로젤은 해 보라는 듯, 순순히 고개를 끄덕였다.

"사냥터에서 제게 마지막으로 하려던 말이 뭐였는지, 물어도 되겠습니까?"

아, 저도 모르게 작게 소리를 낸 로젤이 잠시 머뭇거리다가 이내 입을 열었다.

"……어요."

"네?"

목소리가 워낙 작았던 탓에 대답을 제대로 듣지 못한 그가 되물었다. 그러자 그와 거의 동시에

"잘, 돌아오셨어요."

그리 말한 로젤이 조금 어색한 자세로 아르한을 안았다. 그리고는

이내 쭈뼛쭈뼛 그에게서 떨어졌다.

"……라고, 말하려고 했습니다."

어색하게 덧붙인 뒷말에선 숨길 수 없는 민망함이 드러났다.

평소 같았으면, 금세 이를 눈치채고 로젤이 민망해하지 않도록 자연스레 다른 주제를 꺼냈을 아르한이었지만, 지금 이 순간만큼은 아무 말도 하지 않았다.

"……."

덕분에 두 사람은 또다시 어색한 침묵 속에 갇혔다.

괜한 짓을 했나 싶어 로젤이 멋쩍은 얼굴로 허공을 응시하는데, 이내 아르한의 목소리가 귓가에 닿았다.

"저, 그러니까……. 지금, 제가 돌아온 걸…… 축하한다고……. 제가 돌아온 게……."

어떤 순간에도 차분함과 침착함을 잃지 않던 그가 극도로 횡설수설하고 있었다. 이를 의아하게 여긴 로젤이 아르한에게로 시선을 돌렸다. 그러자 그곳에는 조금 전에 로젤이 했던 행동의 여파 때문인지 하얀 얼굴을 붉게 물들인 채, 눈동자를 이리저리 굴리는 아르한이 있었다. 척 보기에도 어쩔 줄 몰라 하는 기색이 역력했다.

전혀 예상치 못한 반응이라, 로젤은 피식 터져 나오려는 웃음을 간신히 참으며 입을 열었다.

"저, 사실. 저도 전하께 여쭤보고 싶은 게 있었습니다."

"제게요?"

그런 로젤의 말에 아르한은 순식간에 어느 정도 본래의 차분함을 되찾았다. 이를 지켜보던 로젤이 무난한 어조로 말을 이었다.

"저는 해답을 찾지 못했지만, 전하께서는 그 답을 알고 계실 것 같아서요."

"이런, 벌써부터 미리 부담을 주시는 건가요?"

"그럴 의도는 아니었어요. 그저, 전하라면 제가 원하는 대답을 주실 수 있을 것 같아서요."

그런 로젤의 말에 아르한이 옅게 웃었다. 그 후, 차분한 시선으로 이어질 말을 기다리는 그를 향해 그녀가 입을 열었다.

"전하께서는 자신의 감정을 언제나 정확하게 알고 계셨죠. 그 점이 조금, 존경스럽기도 하고, 부러웠습니다. 저는 단 한 번도 스스로의 감정에 솔직해져 본 기억이 없으니까요. 애당초 그럴 만한 감정을 품어 본 적도 없었고⋯⋯."

두서없이 이어지는 로젤의 말을 그는 인내심을 갖고 들어 주었다.

"누군가는 보기만 해도 가슴이 미어질 정도로 두근거리는 것만 사랑이라 하고, 누군가는 오랜 시간 동안 쌓인 안정적인 감정 역시 사랑이라고 말합니다. 이처럼 사랑에 대한 정의는 천차만별인데."

잠시 말을 멈춘 로젤의 시선이 잔잔하게 아르한을 응시했다. 그리고는 이내 남의 이야기를 하듯, 태연한 어조로 덧붙인다.

"사랑이란 대체 뭘까요?"

덤덤한 그녀의 물음에 아르한은 잠시 생각에 잠긴 듯, 시선을 내리깔았다가 이내 입을 열었다.

"사랑이 무엇이냐는 물음에 대한 깔끔한 정의를 내려 드릴 수는 없

습니다. 저는 학자도, 연구원도 아니니까요. 다만, 제가 살면서 겪고,
느낀 바를 말씀드리자면."

아르한 역시, 조금 전의 로젤과 마찬가지로 덤덤하게 말문을 열었
다. 그녀와 다른 점이 있다면 그의 눈동자엔 약간의 쓸쓸함이 깃들어
있다는 사실이었다.

"그 사람이 아프지 않고, 슬픔에 눈물짓지 않고, 언제나 행복에 겨
워 웃었으면 좋겠지만. 그 행복이 내가 아닌 다른 사람으로 인해 생긴
것이라면, 차라리 내 곁에서 불행하길 바라는 이기심."

"……."

"전, 그것이 사랑이라고 생각합니다."

꽤 오랫동안 생각을 정리하기라도 한 듯, 간결하고도 깔끔한 대답
에 로젤은 속으로 조금 감탄했다. 반면, 아르한은 쓸쓸한 미소를 띤 얼
굴로 입을 열었다.

"아무래도 제가 자리를 비운 사이, 공녀님을 헷갈리게 만드는 사람
이 생긴 모양이군요."

낮게 들려온 아르한의 말에 로젤이 고개를 끄덕였다. 그러자 그가
조금 매섭게 굳은 얼굴로 물었다.

"그 사람을 보면, 가슴이 뛰십니까?"

"……네."

"그 사람을 보면, 곁에 두고 싶으십니까?"

"네."

"그 사람이 없는 미래를 그릴 자신이 없으십니까?"

"네."

세 가지 물음이 끝났을 때, 아르한의 눈동자엔 복잡한 감정이 서려 있었다. 이를 눈치챈 로젤이 무어라 말하려던 순간.

"제겐, 당신이 그렇습니다."

덤덤하지만 위험한 한마디가 떨어졌다.

"당신을 보면, 버거울 정도로 가슴이 뜁니다."

"……"

"당신을 보면, 언제나 곁에 두고 싶은 욕심이 납니다."

"……"

"당신이 없는 미래는, 텅 빈 캔버스처럼 아무 의미 없습니다."

"……"

거기까지 말한 아르한이 능숙한 손길로 로젤의 헝클어진 머리카락을 쓸어 넘겼다. 그 사소한 손짓에도 그녀를 향한 진득한 애정이 묻어 났다.

"저는, 지금 이 순간. 당신이 마음에 두었다는 사람을 죽이고 싶을 만큼."

"……"

"당신이 좋습니다."

정중한 태도와 상반되는, 강렬하고도 위험한 고백이었다.

어느새 로젤의 보랏빛 눈동자를 끈질기게 응시하던 아르한이 나직 하고도 싸늘한 어조로 덧붙였다.

"그러니, 들키지 마세요. 공녀께서 마음에 둔 인물이 누구인지."

“……..”

“만약, 제가 그 사람의 정체를 알게 된다면, 정말 죽여 버릴지도 모르니까.”

“……저는, 제가 마음에 둔 사람은.”

반 박자 늦게 이어진 로젤의 말에 아르한의 시선이 미묘하게 굳어졌다. 이를 확인한 로젤이 차분히 덧붙인다.

“아르한 황태자 전하세요.”

제7장
또 다른 고백 이후

갑작스러운 그녀의 말에 순식간에 정적이 내려앉았다. 하지만 이는
오래가지 않았다.

"……한 번만, 딱 한 번만 더 말해 주시면 안 되겠습니까?"

그가 인내심이 바닥난 사람처럼 다급하게 입을 연 탓이다. 아르한
은 마치, 당장 로젤의 대답을 듣지 못하면 죽기라도 하는 것처럼 조급
하게 굴었다.

"그러니까, 제가 마음에 둔 사람은 아르한 황태자 전하세요."

덤덤한 태도로 한 번 더 입 밖에 낸 것과 달리, 로젤은 그를 똑바로
쳐다보지 못하고 고개를 돌린 상태였다.

하지만 그녀의 고개는 이내 제자리를 찾았다.

"그 말, 진심이십니까?"

아르한의 두 손이 조심스레 로젤의 고개를 돌린 것이다.

그와 동시에 그의 붉은색 눈동자가 그녀의 보랏빛 눈동자를 옭아매 듯, 진득하게 응시했다.

"……네."

무언가에 홀린 듯 내뱉어진 로젤의 대답은 아르한의 심장에 묵직하게 내려앉았다. 로젤 역시, 이를 눈치챈 듯, 무언가를 더 말하기 위해 입을 열었다.

"그리고 사실……."

하지만 로젤의 말은 이어지지 못했다. 나름 비장한 태도로 말문을 연 그녀의 얼굴에 당황스러운 기색이 번졌다.

"전하?"

의아함이 가득한 로젤의 물음에 그가 고개를 들었다. 그러자 그와 동시에 아르한의 눈에서 투명한 액체가 흘러내린다. 마치, 자신이 울고 있다는 사실을 자각하지 못한 사람처럼, 그는 소리 없이 울고 있었다.

너무 예상치 못한 반응이라 로젤은 어찌할 바를 몰랐다. 반면, 아르한은 금세 덤덤한 얼굴로 한 손을 들어 가볍게 제 눈가를 훔쳐 냈다.

"……괜히, 꼴사나운 모습을 보였군요."

그리고는 태연하게 웃어 보였다. 마치, 아무 일도 없었다는 듯이.

"꼴사납지 않습니다."

차분한 어조로 그리 말한 로젤이 조심스레 한 손을 들어 그의 눈가에 남아 있던 눈물을 닦아 주었다.

"이유를 물어도 되겠습니까?"

그것이 갑작스러운 고백에 대한 물음이라는 걸, 로젤은 알 수 있었다.

"……전하를 보면 가슴이 뛰니까요."

조금 느릿하지만, 분명한 어조로 그녀가 말을 이었다.

"전하를 곁에 두고 싶고, 전하가 없는 미래 같은 건 그리고 싶지 않으니까요. 그러니 이건."

"……."

"사랑입니다."

정확하게 언제부터였는지는, 그녀도 몰랐다.

샬롯에게 다시는 그를 만나지 못할 수도 있다는 말을 들었을 때부터 조금씩 자각을 시작했을 뿐.

사실, 로젤은 그 전부터 스스로의 마음을 의심하고 있었다.

자신이 원하는 것이 아르한인지, 아르한의 사랑인지 알고 싶었다. 그가 좋은 건지, 그가 주는 애정이 좋은 건지 확인할 필요가 있다고 생각했다.

'당신을 보면 제가 사랑했던 사람이 떠오릅니다.'

'차라리 그냥, 제게 오시면 안 됩니까?'

'다음번에 만날 땐, 제게도 그리 웃어 주십시오.'

실상은 그럴 필요도 없는 일이었는데…….

당연하다는 듯, 내밀어진 그의 작은 호의는, 미소는, 그리고 다정한 말들은 이미 그녀의 마음에 깊이 뿌리를 내린 상태였다. 하지만 그것을 로젤은 깨닫지 못했다. 그러다가 기어이 죽음을 눈앞에 둔 상황에서야 그녀는 자각했다.

자신이 아르한을 좋아하고 있다는 걸. 그를 마음에 품고 말았다는 걸.

아르한이 에르샤를 사랑한다고 고백했기 때문이 아니다. 그가 에르샤를 향해 보인 맹목적인 애정이 탐나서가 아니다.

아르한을 보면 묘하게 기분이 들뜨고, 가슴이 뛰었다. 그가 전쟁터에서 영영 돌아오지 못한다고 가정하자 독을 삼킨 것처럼 고통스럽다. 그가 없는 세상은 감히 상상할 수조차 없다.

이것이 사랑이 아니면 무엇이 사랑인가.

로젤은, 에르샤는, 그러니까 자신은.

아르한을 사랑하고 있었다.

"……공녀께서는, 정말이지 사람을 놀라게 하는 재주가 있으시군요."

그녀의 고백에 아르한이 옅은 미소를 보였다.

무언가를 감추기 위한, 혹은 스스로의 감정을 속이기 위한 미소가 아닌, 진짜 미소. 생전 처음 마주한 아르한의 진짜 미소에 로젤은 봄바람에 흩날리는 꽃잎처럼 마음이 들뜨는 것 같았다.

"……전하께서는, 미소가 참으로 아름다우신 것 같습니다."

그래서였다. 무심코 그런 말을 입 밖에 낸 것은.

"그런가요?"

"네, 사람을 홀리는 매력이 있다고나 할까요?"

말해 놓고 보니, 칭찬인지 아닌지 헷갈렸다. 하지만 그는 이를 칭찬으로 받아들이기로 한 듯, 산뜻하게 웃어 보였다.

"제 미소가 아무리 예쁘다 한들, 당신께서 웃는 것만 할까요."

"……어쩐지, 능글맞아지신 것 같네요."

"웃어 달라는 말을 돌려 하고 있는 겁니다."

그리 말한 아르한의 눈동자에는 이내 약간의 비장함이 섞여 들었다. 그 시선이 의미하는 바를 모르지 않았으나, 그녀는 일부러 입을 다물었다.

"분명, 약조하셨잖습니까."

"……."

"다음번에 만날 땐, 제게도 웃어 주시겠다고."

하지만 그는 이대로 순순히 넘어갈 생각이 없는 듯했다. 이에 로젤은 어쩔 수 없다는 듯 작게 한숨을 내쉬었다.

"저는 그리 약조한 적이 없습니다. 그저, 생각을 좀 해 보겠다고 답했을 뿐."

"……."

"그러니 그 약조는 무효입니다."

틀린 말은 아니었다. 로젤은 그에게 전쟁터에서 돌아오면 웃어 주겠다고 확실하게 못 박은 적이 없으니까.

"공녀께서는 참으로 야박하시군요."

아르한이 서글프기 짝이 없는 미소를 지으며, 말을 이었다.

"그 약조 하나만 믿고, 척박한 전쟁터에서 살아 돌아온 저를, 이리 대하시다니요."

마치, 연극배우라도 된 것처럼 과장된 태도를 보이는 아르한의 모습에 로젤은 애써 웃음을 참았다. 그에게 이런 면이 있는 줄은 꿈에도 몰랐다. 정말이지 알면 알수록 의외였다.

"오늘만 날은 아니지 않습니까. 지금은 아직 몸 상태가 좋지 않아 억지로 웃고 싶지 않습니다."

"……죄송합니다. 제가 너무 들뜬 나머지, 공녀의 몸 상태를 미처 고려하지 못했군요. 진심으로 사과드립니다."

로젤이 자신의 건강 상태를 들먹이기 무섭게 아르한이 꼬리를 내렸다. 이런 부분은 또 예상했던 그대로여서, 기분이 조금 묘했다.

"그렇게 죄인이라도 된 것처럼 구실 필요 없습니다. 죽음의 문턱을 넘을 뻔했던 것치고는 회복력이 빠른 것 같으니까요."

"그거, 다행이군요."

"네, 정말 다행이죠. 운이 나빴더라면, 건국제에도 참석하지 못했을 테니까."

"……건국제에 참석하시겠다고요? 지금, 이 몸으로요?"

"네."

덤덤한 로젤의 긍정에 아르한의 표정이 딱딱하게 굳어졌다. 꽤나 극단적인 그의 표정 변화를 지켜보던 로젤은 이내 태연한 얼굴로 입을 열었다.

"아까도 말씀드렸지만, 제 회복 속도는 기이할 정도로 빠릅니다. 마치, 누군가가 따로 조치해 둔 것처럼."

덧붙여진 그녀의 말은 상당히 의미심장했다. 그것을 아르한은 단번에 알아챘다.

"신께서 도우신 모양이군요."

하지만 그는 모르쇠로 일관하려 들었다. 그 점이 로젤은 마음에 들지 않았다. 서로 마음을 확인한 것이 고작 조금 전인데, 이렇게 쓸데없는 심리전을 이어 나가야 한다니. 최악이다. 그래서 그녀는 평소처럼 돌려 말하지 않고, 직접 제 생각을 입에 담았다.

"전하께서는 스스로를 신이라 칭하시나 보군요."

답지 않게 대놓고 비아냥거리는 로젤의 태도에 아르한은 조금 당황한 눈치였다. 하지만 로젤의 말은 거기서 끝나지 않았다.

"에르샤는 죽었습니다, 전하."

갑작스레 들려온 절망적인 한마디에 아르한의 시선이 어김없이 흔들렸다. 반면, 로젤은 더없이 평온한 얼굴로 그를 응시했다. 잘게 떨리는 손을 감출 생각은 하지도 못한 채.

"에르샤 마르아넬은, 죽었어요."

"……."

"그래야만 합니다."

지금의 로젤이 살기 위해서는, 에르샤를 죽여야 했다. 그녀가 살아 있음이 알려지는 순간, 그들에게 닥칠 위기는 불 보듯 뻔했으니까.

"전에, 전하께서 그러셨죠. 만약, 제가 당신께 마음을 주는 날이 온다면, 그땐 진짜 이름을 허락해 달라고."

죽은 그녀의 이름을.

"그리고 저는 조금 전에, 당신께 제 마음을 고백했습니다."

"……."

"이것이 어떤 의미인지는 전하께서도 잘 알고 계시겠죠."

아마, 아르한이 그녀에게 뭔가를 감추려고 한 것은, 로젤이 제 안에 있는 에르샤를 숨기려 했던 것과 같은 이유일 것이다. 하지만 그렇다면 더욱, 그는 그녀에게 거짓을 말해서는 안 됐다.

"저는 전하와 한배를 타길 원합니다."

죽어도 같이 죽고, 살아도 함께 살 수 있도록.

"만약, 전하께서 제게 아무것도 알려 주지 않으려 하신다면, 저 역시 그리할 겁니다."

그가 끝까지 모든 것을 혼자 안고 가려 한다면, 로젤 역시 그럴 생각이었다.

"당신에게 마음이 있지만, 없는 척. 진실로 웃고 있지만, 거짓으로 웃는 척. 철저하게 연기하고, 속이고, 기만할 겁니다."

"……."

"그것을 원치 않으신다면, 제게 비밀을 만들지 마세요."

그리 말하는 로젤의 어조는 더없이 분명했다.

* * *

로젤은 금세 건강을 회복했다. 얼마 후 열린 건국 기념 연회에 무리 없이 참석할 수 있을 정도로.

이날을 위해 특별히 주문 제작한 붉은색의 드레스를 입고 마차에 오르는 그녀를 약혼자인 아르한이 에스코트했다. 기이할 정도로 빠른 회복력은 그녀의 짐작대로, 아르한이 손을 쓴 것이었다.

'회복 마법을 사용했습니다.'

아르한이 제국에서 거의 사라지다시피 한 마법사였다는 사실보다, 회복 마법을 사용했다는 사실에 로젤은 기함했다.

회복 마법은 마법사 본인의 수명을 상대에게 나눠 주는 금기된 마법이다. 어지간한 실력자가 아니면 사용할 수도 없을뿐더러, 보통은 사용하려 들지 않는 게 정상이다.

그런데 그걸, 아르한은 로젤이 정신을 잃을 때마다 사용해 왔노라 고백했다.

'미치셨습니까? 대체 어쩌자고 그런 바보 같은 짓을……'

무례하다는 걸 알지만, 로젤은 그리 묻고 말았다. 그리고 이에 돌아온 대답은.

'원래 사랑에 눈먼 사내는 무지하고, 어리석은 법입니다.'

이 모양이었다.

당황스러울 정도로, 단호한 태도에 로젤은 한숨을 내쉬었다. 좋게 말해 봤자 그가 듣지 않으리란 생각이 든 것이다.

'한 번만 더 제게 회복 마법을 사용하신다면, 가만있지 않을 겁니다. 그대로 죽어 버릴지도 몰라요.'

결국 그녀는 제 목숨을 담보로 아르한에게 다시는 회복 마법을 사용하지 않겠다는 약조를 받아 냈다.

"무슨 생각을 그리하십니까?"

어느새 움직임을 멈춘 마차의 창 너머로, 황궁이 보였다. 그와 함께 의아한 얼굴로 저를 보는 아르한을 향해 로젤이 말했다.

"다시는 다치지 말아야겠다는 생각을 하고 있었습니다."

"그거 바람직한 생각이군요."

산뜻하게 웃던 아르한이 먼저 마차에서 내려 손을 내밀었다. 자연스레 이를 잡고 마차에서 내린 로젤이 자신을 빤히 쳐다보는 그를 향해 물었다.

"왜 그리 보십니까?"

"좋아서요."

"……."

"당신이 저와 같은 마음이라는 게 꿈만 같고, 믿기지 않는데 그게 또 너무 좋아서. 그래서 보고 있었습니다."

어쩜 저리도 낯간지러운 말을 아무렇지 않게 하는지. 더 놀라운 건, 그가 한 말이 단순히 로젤을 꾀기 위한 사탕발림 따위가 아닌 진심이라는 점이었다.

하지만 아르한의 말이 진심인 것과 별개로 로젤은 지금의 상황에 영 적응을 하지 못하고 있었다. 태어나서 단 한 번도 누군가에게 이런 다디단 말이나, 애정 어린 손길을 받아 본 적이 없으니 당연한 건지도 몰랐다.

거기까지 생각이 미친 로젤이 이내 빙긋 미소를 띠며 입을 열었다.

"저도, 전하가 좋습니다."

자신에겐 잠깐의 민망함마저도 사치였다. 그녀는 이미 죽음에 가까운 경험을 두 번이나 한 입장이었으니까. 또다시 죽음을 앞에 두고, 뭘

가를 후회하고 싶은 마음은 없었다. 그러니 지금 이 순간, 최선을 다해 스스로의 마음을 표현할 생각이었다.

"……그, 감사합니다."

겉으로나마 어느 정도 무덤덤한 태도를 유지하는 그녀와 달리, 아르한은 로젤의 고백에 여전히 얼굴을 붉히며 당황했다.

언제나 자신의 감정을 숨기는 데 익숙한 그는, 적어도 지금 이 순간만큼은 그녀에게 진짜 속내를 드러내고 있었다.

그 사실이 새삼, 로젤의 마음을 들뜨게 했다.

건국 연회라는 거창한 이름과 달리, 그 내용은 평소와 크게 다를 것 없었다. 그나마 다른 점을 꼽자면, 축하 사절단이라는 이름으로 타국의 왕족들이 잔뜩 참석했다는 사실이다.

로젤과 아르한은 연회장에 들어선 순간부터, 자연스레 갈라져 각자의 무리를 형성했다. 로젤은 자신에게 호의적인 귀족 영애들에게, 아르한은 그를 지지하는 귀족들에게 둘러싸여 늘 그렇듯, 각자의 역할을 다했다.

그중 로젤은 평소보다 몇 배는 피곤한 상황이었다.

"라슈아 공작가의 적녀, 로젤 라슈아입니다."

이와 같은 인사를 농담이 아니라, 현재 스물세 번 정도 했다. 그만큼 이번 연회에 참석한 타국의 왕족 중 여성의 비율이 극단적으로 높았다.

그것이 의미하는 바는 명백했다.

'다들, 황태자 전하를 노리고 있군.'

그것이 본인의 뜻이냐, 타인의 뜻이냐만 다를 뿐, 그녀들은 대부분 아르한을 목표로 하고 있는 듯했다.

애당초 그런 게 아니라면 결혼 적령기의 왕족 여성들을 굳이 이름 뿐인 건국제의 축하 사절단으로 이렇게나 많이 보낼 이유가 없었다.

"정말, 이번 연회에는 아름다우신 분들이 많군요. 마치, 누군가가 일부러 선별이라도 한 것처럼."

진귀한 보석보다 눈이 부시게 웃던 로젤이 그리 말하자, 대부분의 이들은 당황한 기색을 감추지 못했다. 로젤의 말에 숨겨진 가시를 눈치챈 탓이리라.

그나마 그들보다 조금 더 나은 이들은 능숙하게 아무것도 모르는 척, 표정을 숨겼고, 어떤 이들은 로젤을 향해 대놓고 적대감을 드러내기도 했다.

"확실히 그렇긴 하군요. 하지만 제가 생각하기에 이번 연회에서 가장 아름다우신 분은 라슈아 공녀님이시니 걱정은 접어 두셔도 될 것 같습니다."

느긋하고도 날카로운 어조에 고개를 돌리자, 그곳에는 어쩐지 익숙한 여인이 그녀를 보고 있었다.

"아무래도 저를 잊어버리신 듯하니, 다시 소개하죠."

그리 말한 그녀가 무난한 동작으로 드레스 자락을 쥐었다.

"리페도라 왕국의 왕녀, 자스민 리페도라입니다."

차분한 소개에 로젤은 그제야 그녀에 대한 기억을 떠올렸다. 예전에 한 연회에서 대뜸 제게 시비를 걸었던 타국의 왕녀였다.

"반갑습니다. 라슈아 공작가의 로젤 라슈아입니다."

그땐 아무래도 아르한에게 관심이 있는 눈치였는데, 혹 이번에도 그를 노리고 이곳에 온 걸까.

밀려오는 의문을 티 내지 않고 무난한 대화를 이어 나가기 위해 로젤이 태연한 척, 입을 연 순간.

"저는 이미 고국에 미래를 약속한 연인이 있습니다."

마치 그런 그녀의 생각을 읽기라도 한 듯, 자스민이 한발 앞서 입을 열었다. 이전의 만남에서 로젤에게 먼저 시비를 걸었던 것과는 전혀 다른 모습이었다.

"축하드릴 일이군요."

하지만 로젤은 군이 제 의문을 입 밖에 내지 않았다. 아직은 조금 더 두고 볼 필요가 있다고 판단한 것이다.

"그런데 옆에 계신 분은 누구신가요?"

그런 로젤의 물음에 자스민의 얼굴이 아주 찰나 싸늘한 낯빛을 띠었다.

"제 이복동생이자, 리페도라 왕국의 왕녀. 델티 리페도라입니다. 올해로 갓 스무 살이 되었죠."

금세 아무 일도 없었던 것처럼 생긋 웃는 그녀를 보며, 로젤 역시 마주 웃었다.

그녀가 소개한 델티는 스무 살은커녕, 열일곱 살도 안 되어 보일 정도로 마르고 가냘픈 체구를 가졌다. 녹색의 머리카락은 푸석하기 그지없고, 주황색 눈동자는 죽을 날이 머지않은 사람처럼 생기라곤 찾아볼 수 없다.

리페도라 왕국이 가난한 것도 아닌데, 한 나라의 왕녀쯤 되는 이가 저런 상태인 이유는 뻔했다. 왕이나, 혹은 그에 준하는 힘을 가진 인물들의 눈 밖에 난 거겠지.

조금 전에 본 찰나의 싸늘함으로 미루어 짐작할 때, 자스민 역시 그녀에게 호의적인 사람은 아닐 것이다.

"살면서 한 번쯤은 왕국을 벗어나 보는 것도 나쁘지 않을 거 같아서 데리고 왔답니다."

"그렇군요."

마치, 대단한 호의라도 베푼 것처럼 구는 자스민의 태도에 로젤은 산뜻하게 마주 웃었다. 시답잖은 참견을 할 마음은 없지만, 어쩐지 델티라는 왕녀에게 자꾸 눈길이 갔다.

"……죄송하지만, 몸이 좋지 않아 이만 먼저 물러가겠습니다."

은근히 싸늘한 자스민의 시선을 견디지 못한 탓인지 델티는 이내 아프다는 핑계를 댄 후, 자리를 떠났다.

"저도 이만 가 봐야 할 것 같군요."

그런 로젤의 말에 대부분의 이들이 의아한 얼굴을 했다. 대놓고 황태자를 노리고 온 여인들이 가득한 상황에서 로젤이 이리 쉽게 자리를 비울 줄은 몰랐던 모양이다.

"부디, 끝까지 즐거운 연회가 되시기를 바랍니다."

하지만 로젤은 굳이 그들의 의문을 풀어 주려 하지 않았다. 그저 우아하게 인사를 마친 후, 미련 없이 자리를 떠날 뿐.

그렇게 자리를 비운 로젤이 향한 곳은.

"백작 부인을 뵈러 왔습니다."

바로 비아노 백작가였다.

흠잡을 곳 없는 로젤의 인사에 크리스의 미간이 싸늘하게 구겨졌다.

대부분의 귀족들이 건국 연회에 참석한 오늘, 샬롯과 저택에서 단둘이 시간을 보내려던 계획이 틀어진 탓이다. 그것도 하필 로젤의 방문 때문에.

"안 됩니다. 샬롯은 지금……."

"저는 지금, 미리 약속을 하고 온 겁니다."

그런 크리스의 말을 차분하게 자른 로젤이 냉정한 어조로 말을 이었다.

"그러니 그런 제 앞을 막아서는 건, 백작 부인의 사교 활동을 제한하고, 그녀를 기만하시는 겁니다. 비아노 백작."

얄밉게도 틀린 구석이라곤 하나도 없는 그녀의 말에 크리스가 작게 한숨을 내쉬었다.

"……대체, 이렇게까지 해서 공녀가 얻을 수 있는 게 무엇인지 모르겠군요. 설마, 진짜 샬롯과 친구 놀음이라도 하려는 겁니까?"

"글쎄요."

빈정거림이 섞인 크리스의 말에 로젤이 한쪽 입매를 끌어 올려 웃었다. 어쩐지 평소와 다른 미소에 그가 경계심 가득한 얼굴로 그녀를 응시했다.

"그리 경계하실 것 없습니다. 저는 결코, 백작 부인께 해가 되는 행동을 하지 않을 테니까요."

"그 말을 제가 믿을 것 같습니까?"

"곧 믿게 될 겁니다."

"……."

"믿을 수밖에 없는 이유가 생길 테니까."

그리 말한 로젤은 이내 표정을 바꿔 산뜻하게 웃으며, 보란 듯이 샬롯이 있는 응접실 문을 열고 들어갔다.

문을 열고 안으로 들어서자, 바로 정면에서 보이는 소파에 조금 창백한 얼굴을 한 샬롯이 앉아 있었다.

"오셨군요."

"네. 이렇게 다시 뵙게 되어 매우 영광입니다."

그런 로젤의 인사에 샬롯이 덤덤한 얼굴로 맞은편에 앉을 것을 권했다. 하지만 로젤은 단번에 이에 응하는 대신, 질문을 던졌다.

"전에 제가 했던 말을 기억하십니까?"

뜬금없는 물음에 샬롯의 시선이 그녀에게로 향했다.

"황녀 저하의 삶이 아무리 비참해도, 거리를 돌아다니며 구걸과 매춘으로 삶을 연명하는 또래 아이들보단 나을 것입니다."

그렇게 시작된 냉정하고도, 단호한 어조의 말은.

"게다가 황녀께는, 당신을 진심으로 아껴 주는 황자 저하가 계시지 않습니까."

전부, 아카데미 시절 삶의 의미를 잃었다 말하는 샬롯에게 에르샤
가 한 것이었다.

"그것만으로도 저하께서 사실 이유는 충분합니다."

짤막한 덧붙임을 끝으로 하려던 말을 모두 마친 로젤은 조금 전 연
회장에서 했던 것보다 몇 배는 정성스러운 몸짓으로 드레스 자락을
쥐며, 허리를 숙였다.

"다시 인사드리겠습니다."

"……."

"마르아넬 공작가의 에르샤 마르아넬이 황녀 저하를 뵙습니다."

인사와 함께 숙인 로젤의 고개는 한동안 올라올 줄을 몰랐다. 샬롯
이 그녀의 인사에 대해 어떤 반응도 보이지 않았기 때문이다.

"제가 미우시리란 걸 잘 압니다."

결국 로젤은 그대로 고개를 숙인 상태에서 입을 열었다.

"저하께서 사셨으면 하는 마음에 저따위 독한 말을 아무렇지 않게
내뱉은 주제에 그렇게 죽어 버렸으니, 황녀께서 저를 원망하시는 것
도 당연……."

"아니."

"……."

"나는 널 원망하지 않아."

확고한 샬롯의 대답에 로젤이 고개를 들었다. 단순한 빈말은 아니
었던 듯, 그녀의 눈동자 속에선 원망의 감정을 읽을 수 없었다.

이내 들고 있던 찻잔을 내려놓은 샬롯이 몸을 일으켜 로젤에게 다

가왔다. 이를 지켜보던 그녀는 바로 지척까지 다가온 샬롯을 보며, 숙였던 허리를 완전히 폈다.

"돌아와 줘서 고마워."

그리 말한 샬롯이 그대로 로젤을 끌어안았다. 덤덤한 척 말을 꺼냈으나, 어느새 그녀의 목소리엔 물기가 가득했다.

"에르샤."

고작 이름을 부른 것일 뿐인데, 그 무게가 너무 무겁고 아렸다. 하지만 동시에 진작 이랬어야 한다는 생각이 밀려왔다. 저를 믿어 준 유일한 친구에게만은 스스로가 에르샤임을 털어놨어야 했다고.

"이제, 다시는 날 두고 가지 마."

단호한 샬롯의 말에 로젤은 고개를 끄덕였다.

* * *

죽음 앞에서 사람은 누구나 후회를 한다. 로젤도 예외는 아니었다.

세라의 칼에 찔려 죽음을 앞둔 그녀는 자신이 에르샤임을 주변에 밝히지 않은 것을 후회했다. 그들을 위해서 내린 결정이었다고 스스로를 달래 보아도, 머리로 이해하는 것과 완전히 받아들이는 것은 차이가 있었다.

그녀는 누구 하나쯤은 자신의 죽음을 '로젤의 죽음'이 아닌 '에르샤의 죽음'으로 기억해 주길 바랐다. 그랬기에 만약 다시 제게 기회가 주어진다면 이번에는 정체를 숨기지 않겠다고, 비밀을 만들지 않겠다고 다짐했다.

그리고 그녀에겐 또 한 번의 기회가 주어졌다.

"대화는 잘 나누셨습니까?"

아르한의 물음에 로젤은 고개를 끄덕이는 것으로 대답을 대신했다. 샬롯과의 대화는 그리 길지 않았다. 그저, 차분하고도 자연스러운 태도로 몇 마디 주고받은 것이 전부였다. 그러나 그 짧은 대화만으로도 그녀에겐 충분히 소중한 시간이었다.

잠깐의 만남을 마친 후, 다시 황궁으로 돌아와야 했지만, 그런 것쯤은 로젤에게 큰 문제가 되지 않았다.

"상당히 즐거워 보이시는군요."

"그래 보이나요?"

그렇게 티가 났나 싶어, 로젤이 의아한 얼굴을 했다.

"조금 전부터, 제게 집중을 전혀 못하고 계시지 않습니까."

섭섭함이 가득한 어조에 로젤은 그제야 아르한에게 시선을 주었다. 그는 상당히 불퉁한 얼굴로 그녀를 응시하고 있었다.

"서희가 지금 무슨 얘기를 하던 중이었죠?"

미안한 기색이 가득한 얼굴로 로젤이 그리 물었다. 그러자 그는 여전히 섭섭함이 가득한 얼굴로 입을 다물었다가, 이내 어쩔 수 없다는 듯 입을 뗐다.

"입맞춤."

"……"

"입맞춤을 하려던 중이었습니다."

"네?"

로젤은 귀를 의심했다. 지금 뭘 하려던 중이었다고?

그들이 있는 장소가 연회장 뒤쪽의 한적한 정원이기는 해도, 언제 타인과 마주칠지 모른다는 위험이 있었다. 그런데 이런 곳에서 입맞춤이라니.

로젤은 크게 당황한 기색을 감추지 못했다. 그러자 이를 지켜보던 아르한이 느긋한 어조로 덧붙였다.

"농담입니다."

"……."

아무래도 제게 집중하지 못하는 그녀를 향한 일종의 심술이었던 모양이다. 그것을 알아채고 나니, 조금 전에 가졌던 미안한 마음이 싹 사라졌다.

"상당히 오랜만에 만났으니, 적어도 지금 이 순간만큼은 제게 집중해 주셨으면 합니다."

마지막으로 얼굴을 본 게 고작 몇 시간 전이라는 사실을 로젤은 굳이 지적하지 않았다. 그저 작게 고개를 끄덕인 후, 입을 열 뿐.

"제가 잘한 걸까요?"

"무엇이 말입니까."

"백작 부인께 사실을 고백한 일이요."

덤덤하게 답한 것과 달리, 로젤의 눈동자는 조금 가라앉아 있었다.

그녀의 안에는 친구를 위험한 일에 끌어들였다는 죄책감과 더는 친구를 속이지 않아도 된다는 후련함이 공존했다.

"혹시, 그녀는 날……."

"그만."

로젤이 무어라 더 말을 꺼내려던 것을 아르한이 잘라 버렸다.

"누님께서 당신을 원망하실 리 없습니다. 또한."

"……"

"당신의 선택으로 인해 누님이 위험해지시는 일 역시 없을 겁니다. 제가 그리 할 테니까요."

그리 대단할 것 없는 말이었으나, 그것만으로도 로젤은 조금 안심이 됐다.

"알겠습니다."

그녀가 이내 짤막하게 대꾸했다. 그리고는 바로 화제를 돌렸다.

"비아노 백작께서는 어떤 반응을 보이실까요?"

"글쎄요. 좀처럼 짐작이 가질 않는군요."

"좀 잡을 수 없는 분이긴 하죠."

로젤이 에르샤임을 알게 된 크리스의 반응. 확실히 예상이 쉽지 않았다. 화를 낼 것 같기도 하고, 놀라서 두 눈을 크게 뜨고 자신을 쳐다볼 것 같기도 하고…….

"아직도 백작의 반응에 대해 생각하고 계십니까?"

"네."

문득 들려온 아르한의 물음에 로젤이 순순히 고개를 끄덕였다. 그러자 그의 표정이 조금 굳어졌다.

"저는 인내심이 그다지 많지 않습니다."

그리 말한 아르한이 작게 한숨을 내쉬며, 입고 있던 외투를 벗어서 로젤의 어깨에 덮어 주었다. 아직 차가운 밤바람 때문에 행여나 그녀가 감기에 걸리진 않을까 싶어 걱정하는 듯했다.

"그러니 다른 사람에 대한 이야기는 여기까지만 하고 싶군요."

섭섭함이 묻어나는 어조와 반대되는 다정한 행동에 로젤은 웃음이 났다. 어쩐지 가슴이 불규칙하게 뛰는 것도 같았다.

"여쭙고 싶은 게 있습니다."

그래서였다. 뜬금없이 입을 연 것은.

"중요한 내용이니, 잠시 자리를 옮겨도 될까요?"

확실히 이곳은 중요한 이야기를 나누기엔 너무 탁 트여 있었다. 그 점은 아르한 역시 동의하는 바였기에 순순히 고개를 끄덕였다. 그러자 로젤은 기다렸다는 듯, 앞장서서 걷기 시작했다.

'이 정도면 되려나?'

그런 그녀의 걸음이 멈춘 것은 조금 전에 그들이 있던 장소보다 훨씬 구석진 곳에 있는 연못 앞이었다.

어느새 나름 평평한 바위 위에 자리를 잡은 로젤이 제 옆에 앉으라는 의미를 담아 아르한에게 손짓했다. 그는 이내 군말 없이 그녀의 옆에 앉았다. 그리고는 의문이 가득한 시선으로 로젤을 응시했다.

그런 아르한의 시선에 잠시 입술을 달싹이던 로젤이 이내 비장한 얼굴로 말했다.

"입을 맞춰도 될까요?"

"……네?"

아르한의 얼굴에 당혹스러움이 번졌다. 대체 지금 자신이 무슨 말을 들은 건가 싶었다.

조금 전에 자신이 했던 장난에 대한 복수인가 싶었지만, 그렇다고 여기기엔 눈앞에 있는 로젤의 표정이 더없이 진지했다.

그녀가 재차 물었다.

"입을 맞춰도 되겠습니까?"

"……너, 너무 빠릅니다!"

저도 모르게 무심코 큰 소리를 낸 아르한이 이내 목소리를 낮췄다. 그리고는 차분히 말을 이었다.

"아직 저희가 교제한 지 일주일도 되지 않았……."

"그래서, 싫으십니까?"

그런 로젤의 물음에 아르한은 입을 다물었다.

싫으냐고? 그럴 리가.

아르한은 에르샤보다 세 살 어렸으나, 그럼에도 다 큰 성인이었고, 한창 혈기왕성할 나이였다. 사랑하는 여인과 닿고 싶고, 입을 맞추고 싶은 마음이 들지 않을 리 없었다. 단지.

"싫지 않습니다. 다만, 공녀와의 첫 입맞춤을 이리도 충동적으로 하고 싶지 않을 뿐입니다."

그런 아르한의 말에 로젤은 잠시 뭔가를 고민하는가 싶더니 이내 입을 열었다.

"전하께 한 가지 고백할 것이 있습니다."

뜬금없이 이어진 말에 아르한이 의문 가득한 시선으로 그녀를 응시했다.

"저는 상당히 충동적인 사람입니다."

덤덤한 어조로 뱉은 말과 함께 로젤의 시선이 잠시 내리깔렸다가 이내 그와 눈을 맞춰 왔다.

"이런 제가 싫으십니까?"

마치 자신을 시험하듯, 떨어진 말에 아르한이 입을 다물었다. 그녀가 한 말의 의미를 모를 만큼 그는 아둔하지 않았다. 아르한이 조금씩 흔들리고 있음을 눈치챈 로젤이 무어라 더 말을 잇기 위해 입을 열었다.

"전하, 저는……."

하지만 그녀의 말은 끝을 맺지 못했다. 아르한이 그녀의 입술을 집어삼키듯, 제 입술을 맞대온 탓이다.

어느새 두 손으로 각각 로젤의 머리와 허리를 받친 아르한은 그동안 참아 왔던 모든 것을 폭발시키듯, 빠르고 분명하게 그녀를 헤집었다. 언제나 정중한 태도를 고수하던 그가 맞나 싶을 정도로 거칠고, 격한 입맞춤이었다.

"……하아."

꽤 오랫동안 이어진 키스는 누구의 것인지 모를 신음과 함께 두 사람의 입술이 떨어지며 끝이 났다.

고작 입을 맞췄을 뿐이다. 맞닿은 입술을 통해 온기를 나눴을 뿐이다. 그런데 단정하게 틀어 올렸던 머리는 엉망으로 풀어 헤쳐졌고, 입고 있던 드레스의 끈은 어깨에 간신히 걸쳐져 있었다. 아르한이 벗어 준 외투 역시 바닥에 떨어진 지 오래였고.

그만큼 조금 전의 입맞춤은 거칠었으며, 성급했고, 또 충동적이었다.

"……저 역시, 만만치 않게 충동적인 사람입니다."

갑작스러운 아르한의 말에 흐트러진 상태를 수습하려던 로젤의 시선이 그에게로 향했다.

충동적.

그것만큼 아르한과 어울리지 않는 단어가 있을까 싶었지만, 조금 전의 그는 분명 충동적이었다.

"그러니 이런 식으로 계속 흔드시면."

의미심장하게 말을 잇던 아르한의 손길이 아슬아슬하게 걸쳐 있는 로젤의 드레스 끈에 닿았다.

"넘어갈 수밖에 없다는 뜻입니다."

"……."

낮은 목소리로 그리 말한 그는 로젤이 단 한 번도 본 적 없는 얼굴을 하고 있었다. 이성적인 것과는 거리가 멀고, 자제력이라는 단어와는 더욱 거리가 먼 얼굴을.

"그러니 앞으로는 부디, 조심해 주시길."

말을 마친 그는 자연스러운 손길로 그녀의 옷차림을 정리해 주었다. 위태롭게 걸려 있던 드레스 끈을 어깨 위로 올리고, 바닥에 떨어진 외투를 주워 로젤에게 덮어 준 그가 이내 낮게 속삭였다.

"진심이라곤 없는 입맞춤이었다는 걸 압니다."

멈칫.

로젤의 얼굴이 조금 굳어졌다.

"저 수풀 너머에서 우리를 지켜보고 있을 누군가에게 보이기 위함이었겠지요."

다 알고 있었구나. 그래서 충동적인 입맞춤은 싫다, 따위의 말로 거절의 뜻을 내비친 모양이다.

"공녀께서 무슨 생각을 하고 계신지는 모르겠으나, 다음부터는 차라리 대놓고 이용하는 쪽을 택하세요."

"……."

"당신의 뜻이라면 기꺼이 몇 번이고 이용당해 드릴 수 있습니다."

말을 마친 그는 이내 씁쓸함을 감춘 얼굴로 로젤에게서 반걸음 멀어졌다. 더 이상 둘에게만 들릴 정도로 속삭일 필요가 없다는 뜻이겠지. 이를 알아챈 로젤이 서둘러 아르한의 옷자락을 잡아 제 쪽으로 당겼다. 그는 순순히 그녀의 의도대로 끌려와 주었다.

어느새 서로의 숨결이 느껴질 정도로 가까워진 거리 속에서 로젤이 말문을 열었다.

"반은 맞고, 반은 틀립니다."

대뜸 던져진 말에 아르한이 의문을 표하기도 전에 그녀가 말을 이었다.

"전하께서 말씀하신 대로 그런 의도가 있기는 했으나, 결코 그것 때문만은 아니었습니다."

"……."

"감정 없는 입맞춤은 아니었다는 뜻입니다."

분명한 어조로 말을 마친 로젤이 이내 잡고 있던 아르한의 옷자락을 놓았다. 하지만 그럼에도 그는 여전히 숨결이 맞닿는 거리에 있었다. 그것이 의미하는 바를 로젤은 모르지 않았다. 아르한이 다시 그녀에게 다가온다.

로젤은 반사적으로 눈을 감았다. 하지만 입술에 내려앉는 온기는 없었다. 대신, 그의 몸이 허물어지듯, 그녀를 안았다.

"……그럼, 조금 전의 입맞춤은."

"진심이었습니다."

조심스러운 아르한의 물음에, 로젤이 망설임 없이 답했다.

"그렇군요."

다소 덤덤한 대꾸와 달리 어느새 아르한은 부드럽지만 확실하게 로젤을 안은 손에 힘을 줬다. 이에 로젤 역시, 그의 넓은 등에 팔을 둘렀다.

마치, 시간이 느리게 흐르는 듯한 착각이 들었다. 수풀 너머에서 자신들을 주시하고 있는 누군가를 발견하기 전까지는.

"전하."

로젤의 나직한 부름에 아르한이 그녀를 안고 있던 손을 놓으려 했다. 그러자 로젤이 이를 제지하며, 작게 속삭였다.

"그냥, 이 상태로 들어 주세요."

갑자기 쓸데없는 움직임을 보이면 상대방이 이상하다 여길 수도 있었다. 이를 염두에 둔 로젤이 차분히 말을 이었다.

"아까 그곳에서 제가 느낀 인기척의 주인이 아무래도 여기까지 따라온 것 같습니다."

그것을 확인하기 위해 일부러 황궁에서 가장 외진 곳에 위치한 연못으로 왔다. 의도적으로 뒤를 밟은 것이 아니라면 굳이 이곳까지 따라오진 않을 테니까.

"연못 너머에 있는 수풀 중 오른쪽에서 두 번째에 숨어 있는 자를 말씀하시는 겁니까?"

"네."

그녀의 긍정에 그는 잠시 말을 멈췄다가 이내 다시 입을 열었다.

"정확한 의도는 가늠이 되질 않으나, 아마 당장 해를 끼치려는 건 아닐 겁니다."

확실히, 상대가 그런 마음을 먹었더라면 이리 어설프게 제 위치를 들키진 않았을 것이다. 좀 더 은밀하고 조심스러운 방법을 사용했겠지.

"만약, 그럴 의도가 있다고 해도, 제가 있는 한 불가능할 거고요."

다정하게 웃고 있었으나, 어쩐지 위험해 보이는 미소였다.

이를 가볍게 모르는 척한 로젤이 슬쩍 눈을 돌렸다. 그녀의 시선은 어느새, 수풀 너머에 있는 불청객에게 닿았다. 주변이 워낙 어두운 데다, 상대가 검은 천으로 얼굴을 반 이상 가리고 있었던 탓에 정체를 유추하기는 힘들었다.

'좀 더 놔둘까. 아니면……'

고민은 길지 않았다.

뭔가 이상한 낌새를 눈치 챈 건지, 조금씩 뒷걸음질을 치던 상대가 그대로 몸을 돌려 달아나 버린 것이다.

이를 차분히 눈으로 좇던 로젤이 이내 아르한에게서 떨어졌다. 그 역시 그녀와 떨어지자마자 몸을 돌려, 수풀 쪽으로 걸음을 옮겼다. 두 사람은 얼마 안 가 의문의 인물이 자신들을 주시했던 수풀에 도달했다.

"쫓을까요?"

상대는 이미 꽤 멀리 달아난 상태였으나, 그쯤은 문제가 되지 않는 다는 듯 아르한이 물었다. 이에 그녀가 고개를 저었다.

"아뇨, 그러실 필요 없습니다."

그리 말한 로젤이 차분하게 그를 응시했다.

"굳이 쫓지 않아도 금세 알아낼 수 있을 테니까요."

말을 마친 로젤이 수풀을 뒤적이다가, 이내 뭔가를 손에 들었다.

"그건?"

"꽤 유용한 단서죠."

조금 전 달아난 불청객이 얼굴을 가리고 있던 검은 천이었다. 이를 유심히 관찰한 아르한이 짧게 덧붙였다.

"외국인이군요."

"리페도라 왕국 사람이겠죠."

검은 천의 재질이 리페도라 왕국에서만 생산되는 특수 비단이었던 것이다. 덕분에 범위는 순식간에 좁혀졌다. 이런 고급 비단으로 만든 천을 얼굴에 두르려면 적어도 왕족은 되어야 할 테니까.

"자객이나 암살자라기엔 어설픈 구석이 있다 싶었는데, 전혀 다른 부류였군요."

현재 제국에 머물고 있는 리페도라의 왕족은 두 명의 왕녀가 전부였다. 그 사실을 떠올리니 어쩐지 조금 허탈해졌다. 둘 중 하나, 혹은 두 명이 모두 작정하고 덤빈다고 해도 로젤이나 아르한에게 상처 하나 입힐 수 없을 테니까.

"어쩌면 훨씬 더 위험한 존재일지도 모르죠."

아르한의 판단과 달리 꽤 의미심장한 로젤의 말에 그가 의아한 얼굴을 했다.

"뭔가 걸리는 점이라도 있으십니까?"

"그런 건 아니지만, 확인해 볼 필요는 있을 것 같네요."

그녀의 말에 잠시 뭔가를 생각하는가 싶던 그가 이내 입을 열었다.

"확인은 제가 하겠습니다."

"⋯⋯왜죠?"

"당신께서 위험해지는 걸 원치 않으니까요."

단호한 결론에 로젤은 잠시 그를 빤히 응시하다가 말했다.

"저 역시 마찬가지입니다."

"⋯⋯."

"저를 대신해 전하께서 위험에 빠지신다면, 그걸 제가 원할 것 같습니까?"

나를 고작 그런 사람으로 봤냐는 질책에 아르한은 고개를 저었다.

"압니다. 공녀께서 그럴 리가 없다는 걸."

"그걸 아신다면, 나서지 말아 주세요."

상당히 불경한 태도였으나, 이를 알면서도 로젤은 아랑곳하지 않았다.

"저는, 한순간의 위험을 감수하더라도 눈앞의 폭탄은 제거하고 보자는 주의입니다. 그러나 그 역할을 타인에게 떠넘기고 싶은 마음은 없어요."

"……."

"그러니 확인은 제가 원할 때, 원하는 방식으로 하겠습니다."

단호하기 짝이 없는 로젤의 태도에 아르한이 낮게 한숨을 내쉬었다.

"……알겠습니다. 다만, 한 가지 약조해 주십시오."

의외로 순순히 떨어진 허락에 로젤의 시선이 그에게로 향했다.

"무슨 일이 있더라도 제 손을 놓지 않겠다고. 그러면."

그리 말한 아르한이 로젤의 한 손을 조심스레 쥐었다.

"그 어떤 위험도, 감히 당신을 해하지 못하게 하겠습니다."

어쩌면 허황되게 들릴지도 모르는 약속이었다. 하지만 로젤은 그것을 알면서도 그의 말을 농담처럼 여기지 않았다. 그라면, 아르한이라면, 정말 그런 일을 가능하게 할지도 모른다는 생각이 들었으니까.

"약조하겠습니다."

"……."

"어떤 일이 있어도 전하의 손을 놓지 않겠다고."

단호한 로젤의 대답에 아르한이 만족스럽다는 듯 웃었다. 그 완벽한 미소에 로젤 역시 따라 웃었다. 그녀는 더 이상 무언가를 두려워할 필요가 없었다. 이렇게 든든한 아군이 곁에 있으니까.

마음을 정한 로젤은 망설이지 않았다. 의문의 인물을 마주한 다음 날, 곧바로 움직였다.

"차는, 두 분 다 입에 맞으신가요?"

"네. 상당히 향긋하고 부드럽네요."

다음 날 곧장 자스민과 델티를 공작가로 초대한 것이다. 리페도라 왕국의 문화에 관심이 있다는 이유를 대고.

"시트라 제국의 남쪽 땅에서만 자라는 찻잎이랍니다."

왕국의 문화에 관심이 있다는 핑계를 댄 주제에 대화를 시작한 지 두 시간이 넘어가는 시점까지 그에 대해선 일절 묻지 않는다. 그리고 는 보란 듯이 제국의 특산품을 자랑하며, 다과를 즐긴다. 두 사람이 지 금의 상황을 부자연스럽고, 이상하다고 느끼도록.

"오늘 두 분이 제 초대에 응해 주신 답례로, 제가 특별히 준비한 것 이 있어요."

그런 로젤의 말이 떨어지기 무섭게 바깥에 있던 하녀가 기다렸다는 듯, 트레이를 끌고 안으로 들어왔다. 트레이 위에는 매끄럽고 투명한 유리병에 담긴 각양각색의 과실주들이 놓여 있어, 마치 보석들을 모 아 둔 것 같은 착각이 들게 했다.

"데메르 상단의 과실주입니다."

제국에서 데메르 상단의 과실주를 모르는 귀족은 없다. 그만큼 유 명하고, 또 인기 있는 사치품이었다.

"두 분께서는 술을 즐기시는 편인가요?"

로젤의 물음에 지금껏 차분한 태도로 일관하던 자스민이 먼저 입을 열었다.

"꽤 즐기고, 좋아하는 편입니다. 어지간한 사내들과 대적해도 손색이 없을 정도죠."

"그러시군요."

생긋 웃으며 그리 말한 로젤의 시선이 어느새 델티에게로 향했다. 이에 델티는 긴장한 기색이 역력한 얼굴로 말문을 열었다.

"……저는, 술을 잘하지 못합니다."

떨림을 애써 감추려는 듯, 한껏 움츠러든 델티를 향해 자스민이 싸늘한 시선을 보냈다. 그리고는 덤덤히 긍정해 주었다.

"맞아요. 이 아이는 술에 영 재능이 없답니다."

"네, 특히 도수가 높은 과실주는……. 잘, 안 맞는 것 같아요."

비꼼에 가까운 자스민의 대꾸마저 반가운지 델티가 열심히 고개를 끄덕였다.

데메르 상단의 과실주는 아름다운 외향에 비해 도수가 높은 편이다. 델티가 술을 못한다는 점을 강조한 것은 아마, 로젤이 권한 과실주를 거절하기 위함일 것이다.

"그렇군요."

그것을 알면서도 로젤은 굳이 이를 지적하지 않았다. 그저 산뜻하게 웃으며 자스민에게만 과실주를 권할 뿐.

그날의 만남은 거기서 끝이었다. 그 후로 얼마간 로젤은 어떤 움직임도 보이지 않았다. 허무하다고 여길 수도 있고, 한편으로는 석연치 않은 구석 때문에 찜찜하다고 느낄 수도 있는 상황이었다. 그리고 모순되게도 사람이란 뭔가를 경계하고, 긴장할수록, 본모습이 더 잘 드러나는 법이다.

하지만 그런 로젤의 예상과 달리, 반응은 조금 의외의 인물에게서 나왔다.

라슈아 공녀께

공녀께서 다시 제 아들의 예절 교사를 맡아 주셨으면 합니다.

에반이 그녀에게 편지를 보내온 것이다. 그것도 후작가의 인장이 찍힌 편지를. 편지의 내용은 앞으로의 일에 대해 의논하고 싶으니, 오늘 밤 라비앙 공원의 분수대 앞으로 나와 달라는 것이었다.

단, 그 누구에게도 알리지 않고 혼자.

덧붙여진 문구에 로젤은 차분히 생각을 정리했다. 지금 이 시점에서 그가 제게 이따위 편지를 보낸 이유를 가늠하기 위해서. 가장 최근에 있었던 에반과의 만남은 분명, 그다지 좋지 못한 끝을 맺었었다.

'……부디, 앞으로는 서로 얼굴 붉힐 일이 없길 바랍니다.'

그리 말하며, 먼저 그녀에게서 등을 돌린 것은 에반이었다. 그런데 이리도 뻔뻔하게 나온다? 앞뒤가 맞지 않는 행동에 로젤은 웃음을 삼

컸다.

이리 나오는 건, 속셈이 너무 훤히 보이지 않는가.

결국 로젤은 순순히 초대에 응하기로 했다. 의도가 무엇이든, 직접 부딪혀 보는 편이 낫다고 생각한 것이다. 그래서 그녀는 편지에 적힌 대로, 시간 맞춰 라비앙 공원에 도착했다.

분수대에서 흘러내리는 물줄기에 비친 달을 꽤 오랫동안 구경하던 로젤이 이내 한숨을 내쉬었다. 흰색 가면으로 얼굴을 가린 사내들이 순식간에 그녀의 주위를 둘러싼 것이다.

다들 약속이라도 한 것처럼, 하나같이 날이 잘 벼려진 칼을 들고 있었다.

"연약한 귀족 영애를 상대로, 너무한 것 같은데."

그녀가 그리 말했음에도 주변에 있던 이들은 약간의 미동조차 없었다. 꽤나 전문적으로 훈련받은 실력자들 같았다.

로젤은 저를 빤히 쳐다보는 남자를 향해 잠시 눈길을 주다가 이내 몸을 돌렸다. 그러자 기다렸다는 듯, 그녀의 뒤쪽에서 칼이 날아들었다.

챙! 채앵!

하지만 그 누구도 로젤의 털끝 하나 건드리지 못했다. 주변에 숨어 있던 로젤의 호위 기사들이 모습을 드러낸 탓이다. 그들은 로젤이라는 보호해야 할 대상이 있음에도 전혀 밀리지 않고, 의문의 사내들을 제압해 나갔다. 아르한이 특별히 그녀의 안전을 생각해 붙여 준 이들다운 실력이었다.

"이건, 약속과 다르잖아!"

로젤을 향해 가장 먼저 칼을 휘두른 사내의 외침이었다. 이에 로젤은 상냥한 미소를 보이며 입을 뗐다.

"연약한 귀족 영애인 내게 다짜고짜 칼부터 들이댄 당신이 할 말은 아니지."

적어도 로젤은 약속을 지키는 시늉이라도 했다. 정말 혼자 오기라도 한 것처럼, 한동안 분수대만 쳐다보고 있었으니까. 그에 반해 남자들은 그녀를 발견하자마자 포위했고, 곧장 칼부터 휘둘렀다. 그런 주제에 이리도 뻔뻔한 태도라니.

늦은 시각에 인적이 드문 공원으로 혼자 나오라고 했을 때부터 로젤은 직감했다. 자신에게 편지를 보낸 사람이 에반이 아니라는 사실을.

"배후가 누구냐고 물어봤자 대답하지 않겠지?"

당연히 돌아오는 대답은 없었으나, 로젤은 개의치 않았다.

"순순히 답하지 않겠다면, 억지로라도 입을 열게 하는 수밖에."

고민을 마친 로젤이 명령을 내리려던 순간.

"라슈아 공녀?"

익숙한 목소리가 들려왔다. 자동적으로 그쪽을 향해 시선을 돌리자, 에반이 그녀를 보고 있었다.

"공녀가 왜 이곳에 있는 거지?"

그의 등장과 동시에 로젤을 습격했던 남자들이 소극적인 태도를 보이기 시작했다. 꽤나 부자연스럽게 돌아가는 상황에 그녀는 웃음조차 나오지 않았다. 그저 고요한 눈으로 그들을 응시하다가 이내 품속에서 편지 한 장을 꺼내 에반에게 건넸다.

"……이건?"

"아델노프 후작께서 제게 보낸 편지입니다."

가짜임이 분명한 편지를 본 에반의 반응은 침착했다. 편지의 내용물과 봉투를 간단히 살핀 그가 입을 열었다.

"안 그래도 누군가가 후작가의 인장을 위조한 정황을 포착했다."

마치 지금의 상황을 어느 정도 예상했다는 듯, 태연한 대답이었다. 에반이 직접 편지를 보냈을 리 없다고 여긴 그녀의 예상이 적중했다. 로젤은 표정을 굳히지 않으려 노력하며 차분히 입을 뗐다.

"……적어도 후작께서 직접 인장을 내주시진 않았다는 의미로군요."

직접 편지를 보낸 것은 아니다. 자신을 사칭한 타인이 가짜 편지를 보내는 것을 방관했을 뿐.

"대체 지금 무슨 말을……."

"저를 바보 취급하려는 게 아니라면 그쯤 해 두세요."

날카로운 로젤의 말에 에반은 그대로 입을 다물었다. 그 역시 자신이 지금 얼마나 말도 안 되는 주장을 하고 있는지 알고 있을 것이다.

"아델노프 후작가의 인장을 감히 누가 이리도 정교하게 위조할 수 있단 말입니까."

후작가 정도 되는 가문의 인장이 쉽게 위조된다면, 인장이 찍힌 편지에 의미를 부여하는 것 자체가 우스운 일이 된다. 그렇기 때문에 보통은 위조를 막기 위해 가문마다 조치를 취해 두고, 그 비밀을 대대로 가주에게만 물려준다.

"그들이 후작가의 인장을 위조하는 것을, 방관하신 겁니까?"

"……"

바꿔 말하면, 가주의 도움만 받는다면 얼마든지 인장을 위조할 수 있다는 뜻이기도 했다. 그 사실이 로젤은 새삼 기가 막혔다.

"저를 사랑한 적이 없다며, 먼저 다시는 보지 말자고 한 것은 후작이셨습니다. 그런데 이제 와 이러시는 이유가 뭡니까?"

날카로운 로젤의 물음에 돌아오는 대답은 없었다. 덕분에 그녀는 확신했다.

"막상 저를 놓으려니, 아까우십니까?"

"그건……"

잔잔하던 에반의 눈동자가 처음으로 흔들렸다. 그것을 목격한 로젤은 그저 웃었다.

"후작께서는 정말이지 사람을 우습게 만드는 재주가 있으시군요."

에르샤를 사랑한다, 에르샤만을 사랑했다. 외친 지 얼마나 되었다고.

"나는, 그저……"

무어라 변명하려던 에반이 이내 입을 닫았다. 그것을 지켜보던 로젤은 잠시 시선을 내리깔았다. 그녀는 에반에게 조금도 실망하지 않았다. 처음부터 기대한 바가 없으니까.

배 속의 아이를 잃고 난 후로, 그녀는 단 한 순간도 그에게 기대를 걸어 본 적이 없었다. 하지만 그것과 별개로 로젤은 지금의 상황에 분노하고 있었다.

"타인이 가문의 인장을 위조할 수 있도록 돕는 것이 어떤 의미인지 모르십니까?"

"……알고 있어."

조금 느리게 이어진 대답에서 자책 비슷한 것을 읽어 낸 로젤이 덧붙였다.

"인장의 힘을 잃는 것은, 가문의 세력을 잃는 것과 같습니다."

이미 장성한 성인이고 가주인 데다, 지지 세력이 탄탄한 에반에게는 별문제가 되지 않을 수도 있다. 하지만 그의 아들인 리오는?

리오에겐 그를 보호하고, 지지해 줄 외가 세력이 없었다. 에르샤를 남보다 못하게 여긴 마르아넬 공작이 리오를 위해 나설 리도 없고, 모친인 에르샤는 마녀라는 이름으로 화형을 당했으니까.

"소후작의 미래 같은 건, 안중에도 없으신 모양이군요."

위조된 인장을 가문의 방계 세력이 손에 넣기라도 한다면, 그것은 리오의 위치를 불안하게 만들 것이다. 최악의 경우엔 허수아비나 다름없는 후작이 되거나, 아예 후작이 되지 못할 수도 있었다. 에반은 이를 알면서도 가문의 인장을 위조해 가짜 편지를 보내는 일을 방관한 것이다.

그는 그런 남자였다. 황태자의 약혼녀인 로젤을 얻겠다고, 제 아들인 리오의 미래를 진창에 처박는 데 주저함이 없는.

그 사실이 로젤을 분노하게 했다.

"정말, 저 때문입니까?"

"……."

"고작 저 때문에, 소후작의 앞길을 수렁에 빠트리신 겁니까?"

그녀는 묻고 있었다.

평생 단 한 번의 간절함이나 집착도 보이지 않던 에반이 제 아들의 미래를 대가로 바쳐 가며 매달릴 만큼 '로젤'이 가치 있는 사람인가를.

"저는 도무지, 후작께서 무슨 생각을 하고 계신 건지 모르겠습니다."

그를 향한 직접적인 원망이나 질책은 피하려고 노력했다. 그녀는 지금 에르샤가 아닌 로젤이었으니까.

에르샤의 원망이 아니라, 로젤의 의문을 입에 담았다.

"대체 그 짧은 시간 동안 무슨 일이 있었기에 마음이 변하셨는지는 모르겠으나……."

"이상한 말을 들었다."

단번에 로젤의 말을 자른 에반이 잠시 머뭇거리는 기색을 보이다가 이내 입을 열었다.

"공녀가 에르샤일지도 모른다는 말을 들었어."

감히 상상치도 못했던 대답이었다. 이에 로젤은 말도 안 되는 소리를 들은 사람처럼 당혹스러움과 약간의 불쾌함이 섞인 얼굴로 그를 응시했다.

"그래서 공녀에게 미련이 생긴 거라면."

"……."

"변명이 될까?"

변명이 되냐고?

피식, 조소가 떠올랐으나 그녀는 애써 이를 감춘 후 입을 열었다.

"차라리 솔직하게 말씀하세요."

비웃음 섞인 어조로 시작된 말은.

"너를 이제 와 놓치기엔 너무 아깝다. 그래서 다시 잘해 보고 싶은데, 그럴 구실이 없다."

점점 싸늘한 분위기를 띠기 시작했다.

"그래서 죽은 전 부인의 이름을 팔아서라도 너와……."

"인장을 위조하는 것은 공녀의 말처럼 상당한 위험을 감수해야 하는 일이야."

갑자기 냉정함을 되찾은 사람처럼 제 말을 자르는 에반이 로젤은 낯설게 느껴졌다.

"하지만 사실, 가문 내에 확실한 지지 세력만 있다면, 그런 건 크게 문제가 되지 않아."

그의 말처럼 에반에게는 크게 위험할 것 없는 일일지도 몰랐다. 하지만 리오는, 에르샤의 아들은 그렇지 못했다.

"그리고 결정적으로, 난 인장을 위조하도록 놔두지 않았어."

"……."

"그저, 내가 직접 진짜 인장을 편지에 찍어 줬을 뿐."

아, 이건 진짜 제대로 한 방 먹었다.

"에르샤는 늘, 리오와 관련된 일이라면 냉정함을 잃곤 했지."

차분히 이어진 말과 함께 에반이 꽤나 진득한 시선으로 로젤을 응시했다.

"지금의 공녀처럼."

짤막하게 떨어진 말과 함께 로젤은 온 힘을 다해 조소했다. 웃기지도 않는다는 듯, 같잖은 소리를 들었다는 듯, 그렇게 비웃으려 노력했다.

과연 그것이 에반에게 통했을지는 모르겠지만.

사실, 처음 그가 인장을 위조하도록 방관했음을 알았을 때, 문득 의문이 들었다.

'왜 굳이 그런 번거로운 방법을 택한 걸까. 위험을 무릅쓰고 제삼자가 개입하도록 놔둔 이유가 뭘까.'

타인이 후작가의 인장을 위조하도록 두는 것보단 본인이 직접 인장을 찍어서 편지를 보내는 편이 훨씬 낫다. 그럼에도 에반은 그 방법을 사용하지 않고 굳이 제삼자를 끌어들였다.

차분히 생각해 보면 너무나 말이 안 되는 상황이다. 그것을 어렴풋이 눈치채고 있었음에도 그녀는 에반의 말이 거짓일지도 모른다는 가정은 하지 못했다.

'제길.'

사랑에 눈먼 머저리라고 에반을 욕했던 과거가 부끄러울 지경이다. 진짜 머저리는 자신이었다. 고작 이런 일에 쉽게 이성을 잃고, 에반이 파 놓은 함정에 걸려들다니.

"너무 당황해서 아무 말도 안 나오나 보지?"

빈정거림 섞인 에반의 물음에 로젤은 한쪽 입꼬리를 끌어 올려 웃었다.

"답할 가치가 없기에 답하지 않는 겁니다."

"참으로 치졸한 변명이군."

"변명이 아니라 진실입니다. 저는 그 계집이 아니니까요."

스스로의 어리석음을 자책하는 와중에도 로젤은 꿋꿋이 모르쇠로 일관했다. 제대로 된 증거도 없고, 모두 정황뿐이라 에반에겐 마땅한 수가 없다. 그것을 로젤은 알았다. 그랬기에 그녀는 이내 표정을 굳힌 후, 차분하지만 분명한 태도로 입을 열었다.

"저는 그 계집이 아닙니다. 그러니 말도 안 되는 상상은 그만두세요."

진심으로 불쾌하다는 듯, 자신을 노려보는 로젤의 모습에 에반은 조소했다.

"내가 마음만 먹으면, 공녀를 당장 사형대에 보낼 수도 있어."

단호하고도 싸늘한 에반의 말에 로젤은 동요하지 않았다. 다짜고짜 같잖은 협박부터 해 댄다는 것은 그녀의 짐작대로 마땅한 증거가 없음을 인정하는 꼴이나 마찬가지였으니까.

"그러니 당장 이런 식으로 부정부터 하는 건, 현명하지 못한 선택이야."

회유와 협박이 반쯤 섞인 말을 끝맺은 후, 저를 보는 에반을 향해 로젤은 웃었다. 마음 같아서는 당장 눈앞에서 치워 버리고 싶었지만,

딱 그만큼 활짝 웃었다.

"후작께서는 지금 제게, 하지 않은 일을 했다고 말하라 하시는 겁니까?"

"……"

"저는 그 계집이 아니지만, 순순히 후작의 말대로 그 계집인 척하라는 말씀이시군요."

다정하게 웃으며, 제 몸에 말이라는 칼을 꽂아 넣는 로젤의 모습에 에반은 그대로 입을 다물었다. 그녀의 말처럼 증거가 없는 상황에서 이리 몰아붙여 봤자 협박 이상은 되지 못한다.

"……너는 그렇다 쳐도, 라슈아 공작은 어떨까?"

그래서 그는 방법을 조금 바꾸기로 했다.

"공작이 제 딸의 몸에 마녀라 불리며 화형당한 계집의 영혼이 들어앉았다는 걸 알게 된다면?"

"제대로 된 증거도 없는 상황에서 라슈아 공작가와 분란을 만들 생각이라면, 접어 두시는 게 좋을 겁니다."

"네 알맹이가 라슈아 공녀가 아니라고 해도, 공작이 널 감쌀 것 같아? 그가 제 딸을 얼마나 아끼는지 몰라서 하는 소리인가?"

뭘 모르는 건 에반이었다. 라슈아 공작은 세간에 알려진 것처럼 로젤을 아끼고, 사랑하지 않는다. 그저 황실과의 접점을 만들어 줄 도구 정도로 여기고 있을 뿐.

아마 속에 든 것이 에르샤라는 사실을 알아도, 아르한과의 약혼만 깨지지 않는다면 크게 신경 쓰지 않으리라. 오히려 자신의 도구인 로젤을 잃지 않기 위해 기꺼이 에반의 증언을 거짓으로 만들려 하겠지.

"자신이 있다면 한번 해 보시는 것도 나쁘지 않겠군요."

로젤은 그리 말하며 또 웃었다.

어쩐지 에반의 앞에만 서면 껍데기에 불과한 웃음을 자꾸 보이게 된다. 웃음은 스스로의 감정을 숨기는 데 가장 좋은 방패였으니까.

"……그 팔찌."

얼마간의 침묵 끝에 들려온 부자연스러운 단어에 로젤은 에반이 화제를 돌리기로 마음먹었다는 사실을 깨달았다.

"너무 부자연스럽다고 생각하지 않나?"

에반의 노골적인 손짓을 따라 시선을 옮기자, 그곳에는 제 손목에 매달린 분홍색 가죽 팔찌가 있었다. 가운데에 붉은색 장미 모양의 모조 보석이 달려 있는 팔찌는 척 보기에도 지금의 로젤과는 어울리지 않을 만큼, 초라한 물건이었다.

"부자연스럽죠."

로젤은 순순히 인정했다.

지금 그녀가 걸치고 있는 것은 에반이 가리킨 팔찌를 제외하고 모두 하나같이 고급스럽고 값진 것뿐이었다.

이를 알기에 로젤은 순순한 얼굴로 말을 이었다.

"비단으로 만든 끈에 진짜 보석이 달린 거라면 몰라도, 지금의 제가 하기엔 터무니없을 정도로 초라하니까요."

"그 사실을 알면서도 몸에 지니고 있는 건, 팔찌가 의외로 고대의 유물이라든가 해서 숨겨진 가치가 있기 때문인가?"

"아뇨, 이건 그냥 팔찌입니다. 황태자 전하께 받은."

로젤은 굳이 덧붙인 뒷말에 힘을 주어 말했다. 그와 동시에 일그러지는 에반의 표정을 보며 그녀가 느긋하게 입을 뗐다.

"사랑의 증표 같은 거죠."

아르한에게 받은 것은 맞지만, 사랑의 증표는 아니었다. 거울의 방에서 로젤이 정신을 잃기 전, 아르한에게 받은 것이었으니까.

그때의 아르한은 한창 로젤을 의심하기 바빴고, 그녀 역시 마찬가지였다. 하지만 아무렴 어떤가, 에반은 그 사실을 알지 못할 텐데.

"……사랑의 증표, 라고?"

"네."

아니나 다를까, 자신의 말에 크게 동요하는 에반을 향해 로젤이 고개를 끄덕였다. 이에 그는 잠시 뭔가를 생각하는가 싶더니 이내 조소했다.

"그따위 얄팍한 거짓말에 내가 속아 주리라 생각하나?"

"제 말을 거짓이라 확신하는 눈치시군요."

"그래."

"왜죠?"

"그 잘나신 황태자 전하께서 네게 마음을 줄 리가 없으니까."

제법 단호한 태도였다. 그렇다는 건 이를 확신할 만한 근거가 있다는 뜻이겠지.

"그걸 어떻게 확신하시죠?"

"황태자가 좋아하는 건, 네가 아니야."

"그러니까 그걸 어떻게……."

"그는 그 계집을 사랑했어."

"……."

"네가 아니라."

단호한 에반의 대답에 로젤은 입을 다물었다. 주어가 불분명했으나, 그가 말한 계집이 누구인지 굳이 묻지 않아도 알 수 있었다.

"너도 이미 알고 있었잖아. 황태자가 그녀를 사랑한다는 걸. 그래서 내게 접근했던 거 아닌가?"

망치로 머리를 세게 얻어맞은 기분이다. 드문드문 자잘하게 흩어진 퍼즐 조각이 모두 모여 순식간에 하나의 그림을 이뤘다.

왜 같은 ……임에도 저는 안 되는.

…

……에게 눈을 돌리지 마십시오. 그녀는 이미.

…

당신의 약혼녀인 제가 ……를 가만두지 않길 바라십니까?

그녀가 에반을 불륜의 상대로 고른 이유. 아카데미 때부터 은근히 에르샤를 배척한 이유. 그 끝엔 아르한이 있었다. 그의 마음을 오롯이 제 것으로 만들고 싶어 했던 그녀의 욕심이 있었다.

로젤은 그 사실이 우스워 견딜 수 없었다. 너는 고작 그런 이유로 내 배 속의 아이를 죽이고, 네 육신을 내게 빼앗겼구나.

이 얼마나 우스운 일인가.

하지만 그것을 내색할 수는 없었다. 지금 제 앞에는 에반이 있으니까.

"그게 그렇게 중요한가요?"

그래서 로젤은 아무렇지 않은 척, 말을 이었다.

"지금의 전하께서 저를 사랑한다는 사실엔 변함이 없는데."

"그는 널 사랑하지 않아. 만약 황태자가 널 사랑한다면, 그건 네가 에르샤라는 증거겠지."

아무렇지 않게 에르샤의 이름을 입에 올리는 에반의 행동에 로젤은 순간적으로 미간을 찌푸릴 뻔했다.

"그 말의 출처부터 분명히 하는 것이 좋겠군요."

어느새 표정을 굳힌 상태로 그녀가 말을 잇는다.

"후작께 제가 그 계집일지도 모른다는 말을 한 이가 누구인지, 어떤 근거로 그런 말을 입에 담았는지 확실히 해야 합니다."

"……."

"만약 제대로 된 근거도 없이 뱉은 말이라면, 그런 불쾌한 추문을 입에 담은 자를 엄히 벌해야 하지 않겠습니까? 감히 라슈아 공작가와 아델노프 후작가를 동시에 농락한 것이니까요."

로젤이 에르샤라는 사실을 증명할 근거가 있을 리 없다.

이를 증명할 생각이었다면 에르샤의 육신을 불에 태우기 전에 마법사를 데려와 조사를 했어야 했다. 하지만 그들은 그렇게 하지 못했다. 마법사라는 존재 자체가 사라졌다고 봐도 무방한 상황이었으니까. 지금도 마찬가지고.

로젤은 아르한이 마법사라는 사실을 알지만, 그것은 그녀와 아르한 밖에 모르는 비밀이다. 그러니 결국, 지금 그녀가 하는 말은 모두 에반을 압박하기 위한 것에 불과했다.

"설마 그럴 리 없겠지만, 만약 제대로 된 근거를 가져오지 못한다면 라슈아 공작가에서 어떻게 나올지는 저도 장담할 수 없습니다. 이건, 가문의 명예와 직결된 일이니까요."

같잖은 협박을 한 대가로 제대로 된 근거를 가져오든지, 아니면 그냥 얌전히 입을 다물든지 둘 중 하나를 선택하라는 무언의 압박. 그것이 서서히 에반의 목을 졸랐다. 목이 졸리고, 궁지에 몰린 그는.

"그래 알았어. 내가 실언을 했던 걸로 하지."

결국, 스스로의 말을 번복했다.

제8장
보이지 않는 덫

일주일. 길다 하면 길고 짧다면 짧은 시간이었다.

그간 바뀐 것이 있다면, 로젤이 다시 리오의 예절 교육을 맡게 되었다는 점이다.

'예절 교사를 계속 해 달라는 건 진심이야. 다른 이유는 없어.'

더없이 애절한 태도로 그리 말하는 에반을 보면서도 로젤은 숨겨진 의도가 없다는 그의 말을 믿지 않았다.

그것을 눈치챘는지 에반이 황급히 덧붙였다.

'이제 와 공녀가 멋대로 예절 교사를 관둬 버리면, 리오의 평판이 떨어질 거란 생각은 안 해?'

미친놈. 로젤은 치밀어 오르는 분노를 애써 삼켰다.

확실히 에반의 말처럼 로젤이 지금 이유 없이 예절 교육을 관둬 버리면, 그 화살은 모조리 리오에게 돌아갈 것이다. 가뜩이나 죽은 에르샤로 인해 마녀의 핏줄이니 뭐니 뒷말이 많은 아이에게 그런 오명까지 떠안게 할 수는 없었다. 하지만 그렇다고 순순히 예절 교사를 맡기엔 걸리는 점이 있었다.

이대로 덥석 에반의 제안을 승낙한다면, 자신이 에르샤일 가능성에 대놓고 무게를 실어 주는 꼴이 되니까.

'선택은 자유야. 하지만 공녀가 이를 거절한다면, 난 그 아이에게 다른 예절 교사를 붙여 주지 않을 생각이야.'

말로는 선택을 존중한다 했지만 결국은 협박이었다. 그는 그녀가 결코 거절할 수 없는 위치에 덫을 설치해 둔 것이다. 하지만 이를 알면서도 로젤은 제 발로 덫을 향해 걸어 들어갈 수밖에 없었다.

그리고 그 위험을 보상하듯.

"아델노프 후작가의 리오 아델노프가 라슈아 공녀님을 뵙습니다."

로젤이 스스로 걸어 들어간 덫은 생각보다 훨씬 달콤했다.

"라슈아 공작가의 로젤 라슈아가 아델노프 후작 영윤을 뵙습니다."

리오의 인사를 받은 로젤은 곧장 이에 화답하듯, 더없이 우아한 동작으로 인사를 했다.

오늘의 수업은 황궁에서 열리는 오찬에 참석하는 것이었다. 리오와 비슷한 나이의 귀족들이 참석하고, 또 로젤과 비슷한 나이의 귀족들이 동행하는 자리였다.

"오늘도, 잘 부탁드립니다. 공녀님."

"저 역시 잘 부탁드려요."

긴장한 기색을 감추지 못하는 리오를 향해 로젤이 상냥하게 웃었다.

"그렇게 긴장하실 필요 없어요."

"아, 네."

대답은 나름 씩씩했으나, 리오는 여전히 딱딱하게 굳어 있는 상태였다. 이를 본 로젤은 잠시 고민하다가 이내 입을 열었다.

"황궁에서 열리는 오찬이고, 또 수업의 일종이다 보니 계속 긴장할수밖에 없겠지만, 하나만 명심하세요."

"……."

"연회장에 있는 모든 이들의 호감을 사려고 하실 필요는 없습니다."

그리 말한 로젤이 얕게 떨리는 리오의 한 손을 부드럽게 잡았다. 그리고는 입매를 살짝 휘며 웃었다.

"영윤께서 아무리 완벽한 모습을 보여도 적대할 사람은 적대할 것이고, 반대로 조금 서투른 모습을 보이더라도 호감을 가질 사람은 가지기 마련이니까요."

로젤의 보랏빛 눈동자가 매끄럽게 자신을 응시하자, 리오는 조금 안심한 기색을 보였다. 그러다가 무슨 생각을 했는지 이내 두려움이 가득한 눈으로 입을 뗐다.

"정말, 제가 실수를 해도 괜찮으십니까? 저는 아직 서툴고, 사교성이 모자라 어쩌면 라슈아 공녀님께 큰 폐를 끼칠지도 모릅니다."

"상관없습니다."

망설임이라곤 조금도 없는 대답이었다. 로젤은 여전히 불안하게 흔들리는 리오의 눈을 응시하다가 입을 뗐다.

"영윤께서 오늘 이 자리에서 어떤 실수를 하셔도, 그것은 결코 제게 폐가 되지 않습니다."

"……그건, 제가 행사할 수 있는 영향력이 그다지 크지 않기 때문입니까?"

리오의 물음엔 약간의 서글픔이 묻어났다. 제대로 된 외가나 지지 세력도 없는 자신이 얼마나 하찮은 존재인지를 깨달은 얼굴이었다. 로젤은 밀려오는 참담한 심정을 애써 감춘 얼굴로 입을 뗐다.

"후작 영윤께서는 스스로의 가치를 조금 더 명확하게 아실 필요가 있습니다."

확고한 어조에 리오는 잠자코 이어질 말을 기다렸다.

"영윤께서는 장차 아델노프 후작 가문을 이끌 가주가 되실 몸입니다. 그러니 그런 당신께서 행사할 영향력은 결코 작지 않습니다."

로젤의 태도는 그 어느 때보다 단호했다.

그 단호함이 리오는 조금 반갑기도 했으나, 한편으로는 점점 더 깊은 부담감으로 바뀌어 제 어깨를 짓누르는 듯했다.

"하지만 그렇기 때문에 오늘 영윤께서 어떤 실수를 하시든, 그것은 제게 폐가 되지 않습니다. 오히려 더없이 좋은 기회죠."

"……."

"미래의 아델노프 후작님과 친분을 쌓을 기회."

말을 마친 로젤은 웃었다. 대놓고 제 꿍꿍이를 드러낸 사람이라고는 생각할 수 없을 정도로 말간 웃음이었다. 그리고 리오는 그 웃음을 알았다. 겉으로는 악역을 자처하지만, 그 속은 누구보다 리오를 생각하던 웃음.

"그러니 오늘은 그저 편히 즐기시길 바랍니다."

그것은 얼마 남지 않은 기억 속 모친이 중요한 사실을 가르칠 때마다 제게 짓던 웃음과 매우 유사했다.

리오와의 수업 횟수는 일주일에 적어도 네 번 이상. 만약 진도가 빠듯해진다면 그보다 더 잦아져도 상관없다.

그것은 로젤에게 너무나 유혹적인 제안이었다. 아닌 척, 괜히 의무감에 어쩔 수 없이 떠안은 척하려 노력했으나 아마 에반도 눈치챘을 것이다. 로젤이 그가 한 제안을 얼마나 마음에 들어 하고 있는지.

에반에게 자신의 정체를 확신할 근거를 준 것과 다름없음을 알지만, 그럼에도 로젤은 어린아이처럼 들떠 있었다.

"어머, 라슈아 공녀님. 이런 곳에서 공녀님을 뵐 줄은 꿈에도 몰랐는데, 참으로 영광입니다."

"저도 반갑습니다. 멜리아 영애. 그런데 다들 무슨 이야기를 그리도 즐겁게 하고 계셨나요?"

그래서 그녀는 몰랐다. 평소였다면 진작 눈치채고도 남았을 텐데, 괜히 들뜬 마음을 주체하지 못해서 한발 늦게 알아차렸다.

"아내가 있는 남자를 유혹한 것으로도 모자라, 그 남자의 아이와 함께 공식적인 자리에 모습을 드러낸 평민 계집의 이야기를 하고 있었답니다."

자신을 향한 적의 어린 시선을.

"아무리 사내에게 눈이 멀어도 그렇지, 이렇게 뻔뻔한 태도를 고수하는 사람이 있을 줄은 꿈에도 몰랐어요. 안 그런가요, 공녀님?"

저를 보는 멜리아 영애의 눈은, 아주 익숙한 빛을 띠고 있었다.

로젤이 된 후엔 마주한 적이 거의 없으나, 에르샤였을 적엔 셀 수 없이 많은 이들에게 받아 온 그런 시선. 그나마 다른 점이 있다면, 그때보다는 조금 더 은밀하게 자신을 향하고 있다는 사실이다.

"라슈아 공녀께서는 그 이야기에 대해 어떻게 생각하시는지 묻고 싶네요."

마치 그런 로젤의 생각을 읽기라도 한 듯, 멜리아 영애가 그녀에게 다가와 물었다.

"메, 멜리아 영애?"

"왜 공녀님께 그런 질문을……."

다른 영애들과 미리 상의하고 저지른 행동은 아니었는지, 멜리아 영애를 제외한 다른 이들의 안색이 하나같이 하얗게 질렸다. 하지만 그녀는 아랑곳하지 않고 말을 이었다.

"저는 그저, 사교계의 정점에 계시는 공녀님께서 이런 말도 안 되는 일에 대해 어떤 의견을 갖고 계실지 궁금할 뿐이랍니다."

별 뜻 없다는 듯 웃고 있었으나, 멜리아 영애의 눈에서 뚜렷한 적의를 읽어 낸 로젤이 이내 입을 열었다.

"그 이야기가 사실이라면, 참으로 파렴치하다는 말밖에 안 나오는 상황이네요."

마치 자신과는 조금도 상관없는 일이라는 듯, 로젤이 덤덤하게 대꾸했다. 이에 멜리아 영애를 제외한 다른 이들은 여전히 불안한 얼굴로 두 사람을 응시했다.

"그렇죠. 사실이라면 참으로, 파렴치한 일이죠."

그리고 그 불안에 불을 붙이듯, 멜리아 영애가 자연스레 화제를 돌렸다.

"아 참. 아델노프 후작 영윤께서는 잘 계실지 모르겠네요. 모친을 잃은 지 얼마 안 되셨지 않습니까. 참으로 안타까워요."

다소 의도적으로 리오를 입에 올리는 그 모습에 로젤은 대놓고 표정을 굳히지 않으려 노력했다.

"그런 마녀의 배를 빌어 태어난 것만으로도 수치스러우실 텐데. 이젠……."

일부러 말끝을 흐린 멜리아 영애가 잠시 노골적으로 로젤을 응시하다가 이내 시선을 돌렸다. 그것은 아주 찰나였으나, 이 자리에서 그 의도를 알아채지 못한 사람은 없었고, 덕분에 분위기는 순식간에 싸늘하게 얼어붙었다.

주변에 있던 영애들은 그저 두 사람의 눈치를 보기 바빴고, 냉랭한 분위기는 풀릴 줄을 몰랐다. 결국, 그런 위태로운 분위기 속에서 먼저 입을 연 것은 로젤이었다.

"멜리아 영애."

나직하고도 고고한 음성이 떨어지자, 주변에 있던 이들이 모두 크게 긴장했다.

"잠시, 오붓하게 나누고 싶은 이야기가 있는데. 가능할까요?"

분위기와 어울리지 않는 정중하고도, 따스한 물음에 멜리아 영애가 거만하게 웃으며 고개를 끄덕였다.

"물론이죠."

멜리아 영애가 제게 적대적인 감정을 품은 이유를 로젤은 어느 정도 알 것 같았다. 제 짐작이 맞지 않길 바라지만, 그럴 가능성은 거의 없다고 봐야 했다.

"여기가 좋겠군요. 사람들이 자주 오지 않는 걸로 유명하니까요."

그리고 그런 로젤의 짐작은 멜리아 영애가 황궁의 정원 중 한 곳에서 멈추면서 확신으로 굳어졌다.

"장미가 가장 활짝 폈을 때는, 감히 그 어떤 정원과도 비교할 수 없을 만큼 아름답다죠?"

장미 정원. 한때 에르샤가 가장 좋아했던 장소. 그리고…….

"확실히 황궁에서 가장 아름답다고 소문난 곳인 만큼, 공녀님과도 잘 어울리는군요."

로젤과 에반의 관계를 에르샤가 처음으로 목격한 장소.

멜리아 영애는 지금 그런 곳으로 그녀를 데려왔다.

그녀는 로젤과 에반의 관계에 대해 대체 어디까지 알고 있는 걸까, 어떻게 알게 된 걸까. 묻고 싶은 말이 많았으나 로젤은 일부러 다른 수세를 입에 담았다.

"멜리아 백작가의 재정 상태가 그다지 좋지 않은 걸로 알고 있습니다."

"······주변에 다른 영애들이 없다고 이렇게 다짜고짜 협박부터 하시는 겁니까?"

"대놓고 먼저 악의를 보인 사람에게까지 친절하게 구는 타입은 아니라서요."

"악의라. 그렇게 보일 수도 있겠군요."

반쯤 긍정한 멜리아 영애가 이내 덧붙였다.

"저는 그럴 의도가 아니었으나, 공녀께서 그렇게 느끼셨다면 어쩔 수 없죠. 진심으로 사과드립······. 웃."

하지만 그녀의 말은 끝을 맺지 못했다. 로젤이 지니고 있던 부채가 멜리아 영애의 뺨을 스친 탓이다. 가볍게 스친 것에 불과했기에 상처는 깊지 않았으나, 꽤나 자존심이 상했다. 그래서 멜리아 영애는 노기를 띤 목소리로 외쳤다.

"이게 대체 무슨 짓입니까!"

그녀의 외침을 간단히 무시한 채, 우아한 태도로 떨어진 부채를 줍던 로젤이 말했다.

"저런, 손이 조금 미끄러진 것일 뿐 그럴 의도는 없었습니다. 만약 기분이 상하셨다면 진심으로 사과드립니다."

로젤의 말이 사과의 의미가 아닌 조롱에 가깝다는 것을 모르는 사람은 없었다. 그런 상황 속에서 애써 분노를 가라앉힌 멜리아 영애가 입을 뗐다.

"······잊으셨나 본데, 저는 공녀께 제법 치명적일지도 모르는 약점을 쥐고 있는 사람입니다. 그러니 다른 영애들을 대하듯, 이리 나오시면 안 되죠."

켈리아를 함정에 빠트린 일에 도움을 준 것을 걸고넘어지는 그녀를 로젤이 무표정한 얼굴로 응시했다. 그러다가 이내 멜리아 영애를 향해 한발 다가섰다.

"착각은 금물입니다, 영애."

조금 전, 로젤이 떨어트린 부채가 멜리아 영애의 목에 겨눠졌다.

부드러운 깃털을 촘촘히 엮어 만든 부채였음에도 마치 날이 잘 벼려진 칼날처럼 목울대에 닿는 순간, 소름이 돋았다.

"멜리아 영애가 알고 있는 그 어떤 것도 제겐 위협이 되지 못합니다. 그러니 이제껏 당신을 살려 뒀겠죠."

"……."

허풍이다. 라슈아 공녀의 말은 분명 허풍일 것이다. 그리 되새기고 있었으나, 멜리아 영애는 저도 모르게 두려움에 떨고 있었다.

사교계에서 살아 있는 천사로 불리며, 두터운 인망을 칭송받던 라슈아 공녀의 진짜 얼굴을 아는 이들은 많지 않다.

알고 있더라도 대부분 입은 열지 않는다.

"살고 싶으면, 그 입을 함부로 놀리지 말라는 뜻입니다."

그 이유를 그녀는 이제야 알 것 같았다. 멜리아 영애가 제 목을 겨누고 있던 부채의 부재를 깨닫기도 전에, 로젤의 입이 열렸다.

"영애께서 이리 나서지 않았더라면, 저는 도움을 받은 것에 대한 합당한 보상을 했을 겁니다. 애당초 이를 위해 멜리아 백작가의 재정 상태에 대해 알아본 것이기도 하고요."

모두 자업자득이란 의미였다.

"하, 하하."

멜리아 영애가 짧게 허탈한 웃음을 터트렸다. 이를 냉담한 시선으로 응시하던 로젤이 이내 그녀를 등진 채, 걸음을 옮겼다.

공작저에 돌아가는 대로 멜리아 영애에게 사람을 붙일 생각이었다. 이걸로 말귀를 알아들었다면 다행이지만, 그렇지 않을 가능성이 컸으니까. 게다가 그녀에게 에반과 제 소문을 흘린 인물이 누구인지도 알아내야 했다.

'……유력 후보는 둘인가.'

짐작 가는 사람이 몇 있으니, 확실한 증거만 잡는다면 별문제는 없을 것이다.

거기까지 생각하던 로젤이 이내 뭔가에 홀린 듯, 걸음을 멈췄다. 짙은 장미 향기가 코끝을 간질이며 그녀를 붙잡은 탓이다.

"또, 이곳인가."

나직한 중얼거림 사이로 복잡한 감정이 스쳤다.

빠르게 흐른 계절은 벌써 여름의 끝을 향해 가는데 정원에는 여전히 장미가 만개했다. 마치 시간이 멈춘 것처럼, 아무 일도 없었던 것처럼. 그리고 그 사실은 로젤을 제법 감상적으로 만들었다.

"여기 계셨군요."

바로 뒤쪽에서 들려온 익숙한 음성에 로젤이 몸을 돌렸다. 그러자 이를 기다렸다는 듯, 아르한이 말했다.

"오늘 오찬에 참석하신다는 소식을 들었습니다."

그 말이 로젤의 귀엔 소식을 듣기 무섭게 이곳으로 달려왔다는 의미로 들렸다. 그런 그의 정성이 고맙기는 했으나, 그것보다는 다른 감정이 앞섰다.

"감사한 말씀이나, 다음부터는 굳이 이러실 필요 없습니다."

단호한 거절의 말이었다. 이에 아르한이 조금 당황한 기색을 보였으나, 로젤은 일부러 이를 모른 체하며 말을 이었다.

"바쁘시지 않습니까. 그러니 굳이 무리해서 이러실 필요는……."

"무리한 적 없습니다."

"……."

"제게 당신을 보러 오는 일은 무리가 아닙니다."

그 어느 때보다 단호한 아르한의 태도에 로젤은 조금 놀란 얼굴을 하다가, 이내 차분히 그를 응시했다.

"사실, 저는 매일매일 두렵고, 무섭습니다. 여느 때와 다를 것 없는 날임에도, 그저 다른 날과 똑같이 눈을 떴을 뿐임에도 당신이 없을까 봐."

에르샤를 잃었던 그날처럼. 평소와 다를 것 없었던 그때처럼.

"또 당신을 잃을까 봐."

"……."

"그리고 그런 제게 당신과 함께하는 지금 이 순간은 무엇과도 바꿀 수 없을 만큼 소중합니다."

모두 소중하다.

그것은 로젤 역시 마찬가지였다. 그녀 역시 지금처럼 평범하게 살아 숨 쉴 수 있는 시간이 얼마나 소중한지 알고 있다.

"그러니 부디, 내일도, 모레도, 그다음 날도 제가 당신을 만나러 올 수 있도록 허락해 주십시오."

어느새 제 앞에서 한쪽 무릎을 꿇은 아르한을 보며 로젤이 고개를 끄덕였다.

"……기꺼이, 그리하겠습니다."

* * *

시트라 제국에는 특이한 풍습이 하나 있다.

건국제가 끝나고 고국으로 돌아가는 축하 사절단에게 제국의 귀족 영애들이 직접 수를 놓은 손수건을 선물하는 일이다.

단, 그것은 동성에 한해서만 가능했다. 쓸데없는 추문이나 염문을 막기 위한 최소한의 조치였다. 그리고 이를 위해 중앙 귀족을 중심으로 선발된 영애들은 다 함께 같은 장소에 머물며 자수를 놓는다.

'라슈아 공녀의 자수 실력이 꽤나 대단하다고 들었어요. 그러니 이번 기회에 그 대단함을 좀 구경하고 싶군요.'

그리고 샬롯은 그런 자리에서 대뜸 로젤에게 승부를 걸어왔다.

'저택의 가장 안쪽에 있는 방에서 기다릴게요. 설마, 내 청을 거절하진 않을 거라 믿어요.'

그런 샬롯의 말에 다른 영애들은 저 고고한 백작 부인이 올해는 제 저택에서 자수를 놓을 수 있도록 허락한 이유가 있었다며 수군거렸다. 그녀들의 말처럼 샬롯이 이렇게 많은 영애들을 백작가의 저택에 들인 것은 상당히 이례적인 일이었다.

다만, 그 많은 영애들 중 누구도 예상하지 못한 사실이 있다면.

"내 연기 꽤 그럴듯하지 않았어?"

"제법 훌륭하셨습니다."

샬롯이 로젤에게 적대적인 감정이 있어서 승부를 건 것이 아니라, 그저 단둘이 시간을 보내고 싶어서 머리를 썼을 뿐이라는 점이다.

"요즘, 몸 상태는 어때? 입맛이 없다거나 하지는 않아?"

이를 증명하듯, 샬롯은 수를 놓는 것보다 로젤과의 대화에 집중하기 바빴다. 그럼에도 샬롯의 손수건 위에는 화려하게 핀 붉은색의 장미를 비롯한 여러 꽃들이 조금씩 모양을 갖춰 가고 있었다.

"웃."

그에 비해 아직 자수에 서툰 로젤은 바늘에 손가락을 찔리기 일쑤였다.

"또 찔린 거야?"

"……네. 어쩌다 보니."

벌써 다섯 번째였으니 샬롯이 걱정하는 것도 무리가 아니었다. 바로 몇 시간 전까지만 해도 상처 하나 없이 깨끗했던 손이 엉망이 되었으니까.

그런 제 손을 내려다보던 로젤이 피식 웃으며 말했다.

"역시, 전 자수에는 영 소질이 없는 것 같습니다."

그런 그녀의 말에 샬롯이 로젤의 손수건 위로 시선을 옮겼다. 어설프게나마 모양을 갖추기는 했으나, 주변에 이리저리 엉킨 실 덩어리가 크게 거슬렸다.

빈말로도 좋다고 하기는 힘든 실력이었다.

"확실히 그럴지도 모르지."

냉정한 샬롯의 말에 로젤은 그저 한 번 웃고는 다시 바늘을 잡았다. 한번 시작한 이상 끝을 맺어야 했으니까.

"그나저나, 말은 계속 그렇게 높일 셈이야? 그냥 전처럼 편하게 놔 주면 안 돼?"

"……죄송하지만, 그건 곤란합니다."

단호한 로젤의 대답에 샬롯은 이유를 묻지 않았다. 묻지 않아도 알 수 있었다. 혹여나 나중에 자신의 정체가 드러난다고 해도, 샬롯에게 는 일말의 피해도 가지 않도록, 어떤 상황에서든 철저하게 연기를 이어 나갈 속셈인 것이다.

그리고 그것이 로젤이 정한 마지노선임을 샬롯은 알았다. 만약 샬롯이 그 선을 넘어 자신과 한배를 타려고 든다면, 로젤은 더 이상 그 녀를 만나지 않으리라.

이를 알기에 샬롯은 아무것도 모르는 척 화제를 돌릴 수밖에 없었다.

"요즘, 그 아이와는 어때?"

정확한 주어를 말하지 않았기 때문인지 로젤은 약간의 의문이 섞인 눈으로 그녀를 응시했다.

"아르한, 그 아이 말이야. 그 아이도, 너도 둘 다 목석처럼 빳빳해서 걱정이야. 그래서 나중에 첫날밤은 무사히 치를 수 있겠니?"

"윽!"

그런데 어쩐지 돌아오는 반응이 격했다. 로젤이 거의 제 손가락을 바늘로 꿰뚫다시피 한 것이다. 당황한 샬롯의 눈이 커졌다.

"너, 손이!"

"……괜찮습니다."

크게 놀란 샬롯과 달리, 로젤은 덤덤한 태도로 주변에 있던 흰 천을 들어 제 손을 감쌌다. 그리고는 이내 뜬금없는 질문을 던졌다.

"가족이라는 것에 대해 어떻게 생각하십니까?"

"가족?"

"네."

로젤의 입에서 나올 거라곤 생각해 본 적이 없는 주제였다. 그럼에도 샬롯은 진지하게 고민하는 기색을 보이다가 이내 입을 뗐다.

"안식처. 내게 가족이란 그런 존재야."

안식처.

로젤이 조용히 그 짧은 단어를 속으로 되뇌었다.

그녀에게 가족이 안식처였던 적은 단 한 번도 없었기에 완벽하게 공감할 수는 없지만, 아주 조금은 이해할 수 있을 것도 같았다.

"꽃을 좋아하십니까?"

또다시 이어진 뜬금없는 물음이었다. 이에 샬롯은 이번에도 성의껏 답했다.

"좋아하지. 화려한 장미부터 시작해서 수수한 들꽃까지. 꽃이라면 가리지 않고 다 좋아해."

"가장 좋아하는 건 주로 보라색을 띠는 꽃이셨죠?"

"그래."

샬롯의 대답이 떨어지기 무섭게 로젤이 품에서 웬 편지 봉투를 꺼내 보였다. 새하얀 봉투 위에는 은은한 보랏빛 꽃이 그려져 있었다. 딱 샬롯이 좋아할 만한, 그런 선명한 보랏빛이었다.

"오늘 아침에 제 앞으로 온 편지입니다."

담담한 로젤의 말에 샬롯은 편지를 보낸 이가 누구인지 물으려 했다.

"로벨리아 이야기라는 동화를 아십니까?"

하지만 로젤이 그보다 한발 빨랐다. 이에 샬롯은 하려던 질문을 잠시 뒤로 미뤘다. 그리고는 차분히 대꾸했다.

"난 동화는 잘 몰라. 철학 서적이라면 또 모를까."

"평민들 사이에서 전해져 내려오는 동화이니 부인께서 모르시는 것도 무리가 아닙니다."

샬롯의 대답에 로젤은 그럴 줄 알았다는 듯 웃었다. 그리고는 이내 말을 이었다.

"로벨리아는 제국의 남쪽 마을에서 가장 유명한 미인이었습니다. 하지만 매우 가난하고, 힘든 삶을 살았죠. 술주정뱅이 아버지와 도박꾼 어머니를 둔 탓에요."

그러던 어느 날, 우연히 마을을 방문한 젊은 남작이 로벨리아의 미모에 반한다. 그 후 그는 꽤 오랫동안 열렬한 구애를 하지만, 로벨리아의 마음을 얻지는 못한다. 결국 자존심이 크게 상한 남작은 스스로의 돈과 지위를 이용해 강제로 로벨리아를 취한다. 그리고는 그대로 마을을 떠나 다시는 돌아오지 않는다.

"방금 제가 들려드린 동화의 교훈은."

이야기가 끝나자, 여전히 차분한 어조로 그녀가 말을 이었다.

"한번 놓친 기회는 다시 돌아오지 않는다."

"……."

"그러니 스스로의 주제를 알고 현명하게 행동하라, 입니다."

조금 더 정확하게는 평민들 사이에서 항상 귀족을 조심하라는 의미로 전해져 내려오는 이야기였다.

그것을 샬롯은 쉽게 읽어 낼 수 있었다. 하지만 로젤이 갑자기 제게 이런 이야기를 꺼낸 의도는 가늠하기 어려웠다. 대체 무슨 생각으로 이러는 걸까.

"이 이야기의 주인공이 죽음을 맞은 후, 변했다고 전해지는 꽃이 바로 이 로벨리아입니다. 그래서 로벨리아의 꽃말은 악의, 원망, 불신이죠."

그리 밀한 로젤이 다시 한번 조금 전부터 들고 있던 봉투를 내밀었다.

샬롯의 시선이 봉투로 향했다. 새하얀 편지 봉투의 겉면에는 여전히 아름다운 보랏빛 꽃이 피어 있었다. 하지만 로벨리아에 얽힌 이야기를 듣고 난 후라 그런지 아름답다는 생각보단 다른 마음이 앞섰다. 변한 것은 아무것도 없지만, 괜히 꺼림칙한 기분이 들었다.

"제가, 어지간히도 미움을 받고 있는 모양입니다."

그것을 짐작하기라도 한 듯, 로젤이 타이밍 좋게 입을 열었다.

"황제 폐하께서 제게 이런 서신을 보내신 것을 보면요."

덤덤하고도 태연한 어조로 그리 말한 로젤과 달리 샬롯은 순식간에 희게 질린 얼굴을 했다.

"……지금, 그러니까 황제 폐하께서 네게 이 서신을 보내셨다는 거야?"

"네."

"안에 있는 내용은? 서신에는 뭐라고 적혀 있었는데?"

독촉에 가까운 샬롯의 말에 로젤은 봉투 속에 있는 종이를 꺼내 그녀에게 건넸다. 이를 꽤 다급하게 받아 든 샬롯이 곧장 편지를 읽어 내려가기 시작했다. 빠른 속도로 편지를 따라 내려가던 그녀의 눈동자가 이내 로젤에게로 향했다.

"……이게 전부야?"

의아한 기색이 가득한 샬롯의 물음에 로젤은 고개를 끄덕였다. 그녀의 말대로 황제가 보낸 서신의 내용은 그다지 특별할 것이 없었다.

간단히 안부를 묻는 말과 가끔 황궁에 들러 줬으면 좋겠다는 내용이 전부였다. 지극히 일상적이고, 별거 아닌 내용에 샬롯이 혼란스러운 얼굴을 했다.

"혹, 폐하께서 별 의미 없이 봉투를 고르신 건 아닐까?"

전혀 가능성이 없는 이야기는 아니었으나, 그리 생각하며 대수롭지 않게 넘기기엔 편지를 보낸 이의 신분이 너무 거창했다. 무려 제국의 황제였으니까. 그 정도 위치에 있는 인물이 정말 아무 이유 없이 악의

를 상징하는 로벨리아가 그려진 봉투에 편지를 넣어 보냈을까? 정말
아무 뜻이 없었을까?

군이 깊게 생각하지 않아도 답은 뻔했다.

"아니면, 중간에서 어떤 실수가 있었다거나……."

하지만 그럼에도 샬롯은 자꾸만 다른 가능성을 입에 담았다. 그리
고 그것이 의미하는 바를 로젤은 알았다. 그녀는 로젤이 황제의 눈 밖
에 났다는 가정을 하고 싶지 않은 것이다. 그래서 눈앞에 뻔히 보이는
답을 두고, 군이 다른 가능성을 꺼내어 기어이 멀리 돌아가고 마는 것
이다.

자신을 방치하다시피 했어도 제 부친이니까, 혈육이니까.

"그래, 분명 뭔가 오해가 있을 거야."

"부인께서는……."

그런 샬롯에게 진실을 알려 주려던 로젤은 이내 입을 닫았다. 샬롯
의 얼굴 위에 떠오른 복잡한 감정을 읽어 낸 탓이다.

그것은 깊은 애증이었고, 미련이었다. 유년기에 자신을 방치한 황
제에 대한 증오였고, 끝내 받지 못한 사랑에 대한 갈망이었다.

미련과 애증이 뒤엉킨 얼굴을 한 샬롯을 보며 로젤은 직감했다. 그
녀가 여전히 황제에게 건 기대를 버리지 못했다는 걸.

"아뇨, 아닙니다."

그래서 로젤은 구태여 말을 보태지 않았다. 지금의 샬롯에겐 그 어
떤 말도 통하지 않을 거란 사실을 아니까.

샬롯은 그런 사람이었다.

부친인 황제가 자신을 버렸고, 남동생인 아르한을 버렸다는 사실을 알아도 차마 칼을 겨누지는 못한다.

혈육이니까. 제 안식처인 가족이니까.

사람들은 샬롯을 냉정한 황녀라 칭했고, 독한 백작 부인이라 불렀으나, 로젤이 보기에 그녀는 오히려 무른 편이었다. 물러도 너무 물렀다.

거기까지 생각하던 로젤의 시선이 샬롯에게로 향했다.

아르한을 닮은 은발, 그리고 닮지 않은 금색 눈동자. 닮지 않은 듯, 닮아 있는 두 남매. 그들은 냉정하고 이성적이라는 세간의 평가와 달리, 상당히 충동적이고 감정적인 사람들이었다.

그것을 로젤은 안다.

그리고 아마 샬롯이 황제를 죽일 수 없듯, 아르한 역시 황제를 죽일 수 없을 것이다. 그 증거로 황제는 아직까지 살아 있다. 장성한 황태자인 아르한이 있음에도, 그에게 황위를 물려줄 시늉조차 하지 않음에도, 황제는 살아 있다.

그것이 증거였다.

아르한은 황제를 죽이지 못한다. 그러니 만약 자신이 에르샤임을 황제에게 들킨다면 그땐.

'약조하겠습니다.'

'……'

'어떤 일이 있어도 전하의 손을 놓지 않겠다고.'

로젤은 약속을 지킬 수 없을 것이다.

그녀는 결코 아르한을 길동무 삼아 나락으로 떨어질 마음이 없었다. 만약 가야 한다면, 대가를 치러야 한다면 그것은 자신 하나로 족했다.

시간은 빠르게 흘렀다. 어느덧, 제국에 온 타국의 사절단들이 각자의 나라로 돌아갈 시간이 되었으니까.

"라슈아 공녀님을 뵙습니다."

델티가 꽤나 침착한 태도로 인사를 해 왔다.

그녀는 리페도라 왕국으로 돌아가기 전, 마지막 일정으로 라슈아 공작가를 방문하는 것을 택했다. 로젤에게 꼭 해야 할 말이 있다는 이유에서였다.

"잘 오셨어요. 조금, 갑작스러운 방문인지라 준비가 미흡할 수도 있으나, 그런 것쯤은 넓은 아량으로 이해해 주시리라 믿습니다."

갑작스레 공작가를 방문하고 싶다며 무리하게 일정을 잡은 델티를 은근히 비난하는 어조였다.

이에 델티는 송구하다는 한마디를 한 후 자리에 앉았다. 그 후, 로젤이 그녀의 맞은편에 앉기 무섭게 델티가 입을 열었다.

"제 용건에 대해 말씀드리기 전에, 이것부터 드리는 게 순서일 것 같습니다."

평소 같았으면 쓸데없는 사족을 길게 늘어놓은 후, 느긋하게 본론을 꺼냈겠지만, 오늘은 그럴 수 없었다. 앞으로 30분 후면 델티를 데려갈 마차가 공작가에 도착할 것이다. 그리고 마차는 그대로 리페도라 왕국으로 향할 예정이었으니, 그 전에 모든 용건을 정리해야 했다.

"이게 뭐죠?"

얼떨결에 델티가 건넨 상자를 받아 든 로젤이 물었다. 상자의 크기에 비해 가벼운 무게로 보건대, 천이나 옷이 아닐까 싶은 생각이 들었다.

"안에 든 것이 무엇인지 궁금하시다면 열어 보셔도 괜찮습니다."

때맞춰 들려온 델티의 대답에 그녀는 망설임 없이 상자를 열었다. 그러자 그곳에는 얇은 천으로 잘 감싸진 작은 열매들이 여러 알 들어 있었다.

"이건?"

"리아벨 열매입니다. 리페도라 왕국의 북쪽 지방에서 많이 생산되는 열매죠."

진한 붉은색을 띠는 리아벨 열매는 피로 회복에 좋다고 알려져 제국의 젊은 귀족들 사이에서 한창 인기였다. 갑작스레 일정을 잡아 상대를 당혹스럽게 만든 것에 대한 사과의 의미라면 그다지 나쁘지 않은 선택이었다.

"왕녀의 성의는 감사히 받도록 하죠."

그리 대꾸한 로젤이 이내 옆에 놓아두었던 상자를 그녀에게 건넸다.

"저 역시, 작은 성의를 준비했습니다. 부디 마음에 드셨으면 좋겠네요."

"감사히 받겠습니다."

로젤이 제게 건넨 물건이 무엇인지 예상한 듯, 델티가 간단한 인사와 함께 상자를 받아 들었다.

상자를 받아 제 옆에 잘 놓아둔 델티가 이내 다시 입을 뗐다.

"공녀께서도 아시다시피 제겐 시간이 별로 없습니다. 그러니 바로 본론으로 들어가는 것을 이해해 주시리라 믿습니다."

"물론입니다."

로젤의 허락이 떨어지기 무섭게 찻잔을 만지작거리던 델티가 말을 이었다.

"사실, 최근 몇 개월 사이 자스민 왕녀께서 눈에 띄게 이상해지셨 습니다."

갑작스럽고도 뜬금없는 고백이었으나, 로젤은 굳이 그녀의 말을 끊 지 않았다. 이에 델티가 차분히 덧붙였다.

"원래도 고고하고 차가운 분이셨으나, 최근에는 뭔가 이질적인 느 낌이……."

"흐음, 그런가요?"

"네. 마치 다른 사람이라도 된 것처럼 자꾸 이상한 모습을 보이세 요. 기령, 원래 잘하지도 못하는 술을 잘하게 되셨다든가. 갑자기 자수 실력이 눈에 띄게 느셨다든가."

로젤이 적당히 호응하자 그녀는 더욱 적극적인 태도로 자스민에 대 해 말을 늘어놓기 시작했다.

그런 델티의 말은 자스민이 이상해졌다고 생각하는 근거를 다섯 가 지는 더 대고 나서야 끝을 맺었다.

"그래서 제게 하실 말씀은 그게 전부입니까?"

"아뇨, 그럴 리가요."

단호하게 부정한 델티가 말했다.

"실은, 공녀께 한 가지 제안을 드리고 싶습니다."

제안이라. 그 우스운 단어 선정을 로젤은 굳이 지적하지 않았다. 그저 조용히 델티의 다음 수를 기다릴 뿐.

"저는 자스민 왕녀를 끌어내릴 생각입니다. 그러니 이 일에 공녀께서 힘을 보태 주세요."

"거절하겠다면?"

"왜 싫으신 겁니까?"

"제게 떨어지는 이익이 없으니까요."

로젤의 간결한 대답에 델티가 얕게 웃었다. 그리고는 이내 로젤을 이해할 수 없다는 눈으로 보았다.

"공녀께서는 참으로 무른 분이시군요. 저라면 눈에 보이는 위험을 그냥 두진 않을 겁니다."

무르다. 그것만큼 자신과 어울리지 않는 단어가 또 있을까.

자신은 무르지 않았다.

가끔 몇몇 이들에게 지나치게 약한 모습을 보인다는 것은 인정한다. 하지만 지금 눈앞에 있는 델티나 자스민 왕녀는 결코 그 대상이 아니었다.

어느새 얼굴에서 웃음기를 지운 로젤이 입을 열었다.

"자스민 왕녀를 끌어내린다. 확실히 그렇게 되면, 델티 왕녀께는 큰 이득이 될 겁니다. 리페도라 왕국의 유일무이한 왕녀가 되실 테고. 아마 처우 역시 지금보다 훨씬 나아질 테죠. 잘하면 좀 더 좋은 혼처를 고를 수도 있을 거고."

차분히 델티에게 떨어질 이익을 짚어 주던 로젤이 잠시 말을 멈췄다가 다시 이었다.

"하지만 제게 남을 이익은 없습니다. 오히려 잘못해서 리페도라 왕국의 왕녀를 건드렸다는 사실이 발각될 경우, 심각한 외교 문제로 번질 가능성이 크죠."

"……."

"게다가 자스민 왕녀가 제게 위협이 된다는 주장엔 동의할 수 없습니다. 이번에 제국을 떠나면, 그녀를 마주할 일은 꽤 오랫동안 없을 겁니다. 어쩌면 영원히 볼 수 없을지도 모르죠."

아무리 봐도, 위험을 감수하면서까지 자스민을 건드릴 이유는 없다. 어떤 식으로 접근해도 득보단 실이 많다는 결론이 나오니까.

이런 사실을 델티가 모를 거란 생각은 들지 않는다. 아마 그녀도 자신이 말도 안 되는 제안을 하고 있다는 사실을 알 것이다. 하지만 그럼에도 그녀는 로젤을 찾아왔다. 그렇다는 건.

"제게 더 할 말이 있으십니까?"

다른 목적이 있다는 뜻이다.

그런 로젤의 물음에 델티는 잠시 입을 닫았다. 그러다가 이내 잔잔한 태도로 입을 뗐다.

"듣던 대로 공녀께서는 꽤나 영민하시군요. 하지만 안타깝게도."

잠시 말끝을 흐린 델티가 냉정하게 덧붙였다.

"주제를 모르는 건, 여전하군요."

"……."

델티의 말에 로젤은 문득 지금의 상황과 흡사한 과거를 떠올렸다.

'다음엔 배 속의 아이 정도로 끝나지 않을 거예요.'

'그러니 오래 살고 싶다면 주제를 아는 게 좋을 거예요, 공녀.'

그리고 그런 로젤의 짐작이 맞음을 증명하듯, 델티가 느긋한 얼굴로 쐐기를 박았다.

"천한 사생아가 감히, 라슈아 공녀인 내 거죽을 뒤집어쓰고 나인 척 살고 있다니."

"……."

"너무 건방지다는 생각이 들지 않습니까?"

얼마 전까지 자스민의 눈치를 보던 사람이라고는 생각되지 않을 정도로 델티의 표정은 냉랭했다.

그리고 그것이 그녀의 진짜 모습임을 로젤은 알았다.

"아무래도 왕녀께서는 이야기꾼으로서의 재능이 있으신 것 같습니다. 이리도 허무맹랑한 말을 아무렇지 않게 하시는 것을 보면요."

자신이 에르샤임을 부정함과 동시에 델티의 말을 허황된 것이라 치부하며 비꼬는 발언이었다.

"허무맹랑?"

짙은 조소가 묻어나는 웃음과 함께 그녀가 말을 잇는다.

"그래요, 허무맹랑하다고 치죠."

"……."

"내 영혼과 육체를 분리하고, 멋대로 내 몸을 차지한 당신이 눈앞에 있지만. 그래, 허무맹랑한 이야기죠. 마법도 주술도 마법사도 모두. 하지만."

"……."

"과연, 모든 사람이 그렇게 생각할까요? 가령 라슈아 공작이라든가……."

결국, 또 협박이다. 에반과 상당히 유사한 행보를 보이고 있으나, 그녀가 하는 협박은 무게부터가 달랐다. 델티는 이번 일의 당사자였고, 많은 선택지를 가지고 있다. 하지만 에반은 그렇지 못했다. 그에게 있었던 것은 심증뿐이었으니까.

"왕녀께서는, 제게 육체를 빼앗겼다는 사실을 증명할 근거가 있으십니까?"

어쩌면 델티는 정말 그런 근거를 갖고 있을지도 몰랐다. 그 사실을 가정하는 것만으로도 로젤은 제 목에 칼이 겨눠진 것처럼, 온몸이 싸늘하게 굳는 것을 느꼈다. 하지만 그럼에도 아무렇지 않은 척, 말을 이었다.

"게다가 조금 전, 분명 제게 사생아라는 단어를 쓰셨죠."

사생아.

델티의 입에서 나온 단어가 가리키는 바는 명백했다. 그녀는 지금의 로젤이 에르샤임을 확신하고 있는 것이다.

"그것은 저와 라슈아 공작가를 향한 명백한 모욕입니다."

그런데 델티는 대체 어떻게 자신이 에르샤임을 알았을까. 타국의 왕녀로 살며, 오랫동안 제국으로 돌아오지 못했던 그녀가 대체 무슨 수로?

"모욕이라. 확실히 그렇게 들릴 수도 있겠죠……."

중얼거림에 가까운 델티의 말에 로젤의 온 신경이 그녀에게로 향했다. 심지어 델티는 꽤 오래전부터 오늘의 만남을 준비해 온 듯했다. 제게 선물이라 말하며 건넨 리아벨 열매가 그것을 증명했다.

리아벨 열매는 피로 회복에 좋은 것으로 많이 알려져 있으나, 임신을 한 상태에서 다량 섭취할 경우 아이를 유산하고, 임산부 역시 목숨을 잃을 수 있었다.

'다음엔 배 속의 아이 정도로 끝나지 않을 거예요.'

과거 그녀가 제게 했던 말과 짜 맞춘 듯, 들어맞는다. 이를 깨달은 로젤은 표정을 싸늘하게 굳힌 상태로 입을 열었다.

"만약, 조금 전에 내게 한 모욕이 사실임을 증명하지 못한다면, 왕녀는 큰 대가를 치러야 할 겁니다."

에반에게 한 것과 비슷한 대처였다. 그것이 델티에게도 먹힐지는 모르겠으나, 지금으로서는 이것이 최선이었다.

잠시 속을 알 수 없는 얼굴을 한 채 로젤의 시선에 맞서던 델티가 이내 입을 열었다.

"왕국의 보잘것없는 왕녀인 내가 그 대단하다는 라슈아 공녀께 한 말이라면 모욕이 맞지. 하지만."

어느새 존칭을 갖다 버린 델티가 조소했다.

"라슈아 공녀의 몸에 든 것이 마녀라 불리며 처형당한 에르샤라는 계집이고, 그런 그녀의 정체를 밝혀낸 것이 나라면. 아무리 하잘것없는 왕녀라도 이야기의 중심에 서게 되겠지."

"……."

"그걸 원해?"

로젤은 대답하지 않았다. 이에 델티는 조금도 개의치 않고 여유로운 태도로 말을 이었다.

"당신이 가짜라는 걸 증명하는 일은 내겐 그다지 어렵지 않아. 당장이라도 저택의 집무실에 있을 라슈아 공작을 찾아가 당신의 딸이 이상하다. 다른 사람의 영혼이 몸에 들어와 있다고 외치면."

"결코, 쉽게 납득하진 않을 겁니다. 오히려 왕녀가 미친 사람 취급을 받겠지요."

"그래, 그렇겠지. 하지만 의심을 심어 주는 것만으로도 충분해."

로젤의 반박을 간단히 끊어 버린 델티가 덧붙였다.

"아무리 정이 없고, 관심이 없다지만 제 친딸이야. 식성부터 시작해서 사소한 습관까지. 절대 모를 수 없고, 바뀔 수 없는 것들을 하나하나 살피다 보면 깨닫겠지. 아, 내 딸이 아니구나."

"……."

"물론 사실을 알고 난 후에도 그냥 넘어갈 가능성이 없는 건 아니지. 매정한 공작님이라면, 친딸이 죽은 상태라면, 어쩔 수 없이 당신을 제 딸로 살게 둘 수도 있어."

그리 말하는 델티의 눈에는 아주 찰나, 애증이 비쳤다가 사라졌다.

"하지만 내가, 라슈아 공작가의 적녀가 살아 있다면, 이야기는 달라지지."

"······그래서?"

어느새 델티와 마찬가지로 존칭을 갖다 버린 로젤이 물었다.

"하고 싶은 말이 뭐지?"

"넌 결코, 그 자리를 끝까지 지킬 수 없어."

냉정한 델티의 말에 로젤의 표정이 조금 굳어졌다. 반면 델티는 점점 더 여유롭게 그녀를 몰아붙였다.

"네가 가짜임을 곧, 모두가 알게 되겠지."

그리 단언하는 델티를 보며 로젤은 웃었다.

지금의 상황과는 어울리지 않는 반응이었기에 이를 경계하듯, 델티의 미간이 조금 구겨졌다.

"네가 웃을 타이밍이 아닐 텐데?"

"글쎄? 그건 조금 더 두고 봐야 할 일이지."

그리 말한 로젤이 앞에 놓인 찻잔을 들어 여유롭게 제 입가로 가져갔다. 분명, 델티에게 유리하게 돌아가고 있는 상황임에도 그녀는 고고한 태도를 보였다. 그 사실이 델티는 우스웠다. 같잖은 허세를 떨 생각이라면 상대를 잘못 골랐다.

"무슨 속셈인지는 모르겠지만 그런 허세 따위······."

"마차가 왕녀를 데리러 오기까지 남은 시간은 기껏해야 10분 남짓."

델티의 말을 가볍게 잘라 버린 로젤이 벽에 걸린 시계에 잠깐 시선을 주며 말을 이었다.

"지금 돌아가면, 아마 당분간은 제국 땅에 발을 디딜 수 없을 거야. 당연히 날 만날 수도 없을 거고, 라슈아 공작에게 진실을 알릴 수도 없을 테지."

"……."

"이 모든 것을 기꺼이 감수하면서까지 날 만나러 온 진짜 목적이 있을 거 아냐? 그것부터 말해."

하. 낮게 조소한 델티가 이내 어쩔 수 없다는 얼굴로 입을 열었다.

"제법이네."

그다지 고맙지 않은 칭찬에 로젤은 다시 한번 찻잔을 입가에 갖다 댔다. 여전히 여유로운 로젤의 태도에 심사가 뒤틀린 델티가 입매를 비틀어 웃었다.

"그럼 이것도 알고 있나?"

어쩐지 자신감이 넘치는 목소리에 로젤의 시선이 그녀에게로 향했다. 그러자 느긋하게 그 시선을 즐기던 델티가 말했다.

"아델노프 후작이 네 정체를 의심하는 이유."

그와 동시에 로젤의 표정이 굳어졌다. 델티가 또다시 말을 잇는다.

"그리고 멜리아 영애가 라슈아 공녀. 정확하게는 나와 후작의 관계를 입에 담은 이유."

"……."

"결국, 너는 내 손바닥 안에 있어."

그리 말한 델티가 비웃음이 잔뜩 섞인 어조로 느긋하게 쐐기를 박았다.

"네 남편은 그저, 내 꼭두각시에 불과해. 네가 마르아넬 공녀든, 라 슈아 공녀든 상관없이."

"……."

"네가 배 속의 아이를 잃고, 방황할 때 그 남자는 네게 이혼을 강요하고, 하나뿐인 아들에게서 네 흔적을 지울 궁리만 했지."

틀린 말이라곤 없었다. 그렇기에 로젤은 더욱 참담하고, 비참한 기분에 휩싸였다.

"네 남편은 결국, 너보단 나를 믿었고, 나를 우선시했어. 그런 남자를 남편으로 둔 네가 참으로 불쌍……."

"지금, 누가 내 남편이라는 거지?"

결국 이를 듣다못해 로젤이 델티의 말을 잘랐다. 그리고는 자신과 조금도 상관없는 일이라는 듯, 초연하게 덧붙였다.

"그 남자는 내 남편이 아니야."

한 자씩 또박또박 끊어 뱉은 말에는 명백한 적의가 서려 있었다.

그것은 눈앞에 있는 델티를 향한 것이기도 했고, 동시에 이 자리에 없는 에반을 향한 것이기도 했다.

"이젠 아무 사이도 아닌 남이지."

단호한 로젤의 말에 델티는 대꾸하지 않았다. 그저 무표정한 얼굴로 로젤을 응시할 뿐.

"진짜 목적이 뭔지는 모르겠지만, 계속 이런 식으로 날 자극해 봤자 당신이 얻을 수 있는 건 없어."

"과연 그럴까?"

의미심장한 델티의 말이 끝나기 무섭게 미처 눈치채지 못한 인기척이 느껴졌다. 이를 따라 고개를 돌리자 그곳에는.

"⋯⋯다시 한번 말해 봐."

당혹스러운 기색을 미처 숨기지 못한 채, 흔들리는 시선으로 로젤을 응시하는 남자.

"네가, 누구라고?"

에반이 있었다.

다그치듯 던져진 물음에 로젤은 대답하지 않았다.

많이 쳐줘야 여섯 걸음 남짓 되는 거리. 심지어 그는 닫혀 있던 응접실의 문을 열고, 안으로 들어왔다. 그런데 로젤은 에반이 바로 지척에 다가올 때까지 그것을 조금도 눈치채지 못했다.

대체 그는 언제부터 이곳에 있었던 걸까.

"⋯⋯네가 정말, 에르샤인가?"

로젤에게 확신에 가까운 물음을 던지는 에반을 보며, 델티는 웃었다. 그리고는 여유롭게 응접실을 빠져나갔다.

이 모든 것은 처음부터 에반에게 로젤의 정체를 알리기 위해 설계된 함정이었다.

* * *

마차에 오른 델티는 제 계획이 성공적으로 마무리되었다는 사실에 흡족했다. 동시에 생각보다 쉽게 자신이 쳐 놓은 덫에 걸려든 로젤을 비웃었다.

'풉. 고작 그 정도 도발에 넘어와 주변을 살피지도 않은 채, 스스로의 비밀을 누설하다니.'

지금까지 정체를 들키지 않은 것이 신기할 지경이었다. 그리 생각하며, 습관적으로 옆자리를 둘러보는데. 문득, 로젤에게 받은 상자가 눈에 띄었다.

제국의 풍습에 대해 잘 알고 있는 델티는 그녀가 제게 준 것이 직접수를 놓은 손수건임을 짐작할 수 있었다. 그녀 역시 로젤이었던 시절, 몇 번이고 다양한 꽃을 수놓은 손수건을 타국의 왕족이나 귀족 여성들에게 선물한 적이 있으니까.

보통 간단한 자수라고 해도 평균 일주일 정도의 시간을 들여 수를 놓는다. 아마, 자수 실력이 그다지 좋지 않은 그녀라면 적어도 이 주이상의 시간이 필요했을 것이다.

'꽤 오랫동안 준비했을 테니, 성의를 봐서 구경이나 해 볼까.'

델티는 크게 망설이지 않고 상자를 열었다. 그리고 그와 동시에 그녀의 표정이 조금씩 굳어졌다.

"……이게, 무슨?"

로젤에게 받은 상자 안에는 델티의 예상대로 그녀가 직접 수를 놓은 손수건이 들어 있었다. 언뜻 보기에는 그다지 특별할 것 없는 손수건이.

하. 델티가 한숨처럼 내쉰 웃음은 조소보다 분노에 가까웠다.

"다 알고도 일부러 속아 줬다. 이건가?"

델티의 손이 상자 안에 있던 손수건을 신경질적으로 구기며 마차 바닥에 내던졌다. 조금 전까지 나쁘지 않았던 기분이 손수건과 함께 바닥을 쳤다.

"정말이지, 끝까지 건방진 계집이네."

낮은 중얼거림과 함께 델티의 눈동자가 다시 한번 손수건으로 향했다.

악의와 원망, 불신을 상징하는 로벨리아가 수놓아진 손수건으로.

보통 로벨리아 이야기의 결말은 로벨리아가 남작을 그리워하며, 또 한편으로는 자신의 오만함을 반성하며 죽어서 꽃이 되는 것으로 끝난다.

하지만 그것은 진짜 결말이 아니다.

세간에 잘 알려지지 않은 진짜 결말은 로벨리아가 남작에게 버림받은 직후, 우연히 만난 마녀와 계약을 해서 스스로의 목숨을 대가로 남작과 그 가문을 저주하는 것으로 끝이 난다. 그리고 그 여파 때문인지 로벨리아가 저주를 건 다음 날, 남작은 숨을 거둔다.

제 목숨을 바쳐서라도 상대를 저주하고 말겠다는 증오와 복수. 로벨리아의 꽃말이 악의, 불신, 원망인 이유다.

* * *

로젤이 처음부터 델티 리페도라를 의심했던 것은 아니다.

어쩐지 자꾸 눈에 띄기는 했으나, 그녀가 진짜 로젤일지도 모른다는 생각은 하지 않았다. 의심의 시작은 아마, 아르한과 자신을 몰래 지켜보던 이가 두 왕녀 중 하나라는 사실을 알았을 때부터였을 것이다.

로젤의 감이 자꾸만 뭔가 이상하다고, 불길하다고 외치고 있었다. 그래서 그녀는 불안함을 잠재우고, 범인을 찾기 위해 두 왕녀를 공작가에 초대했다. 그리고는 진짜 로젤이 즐겨 마시는 것으로 추정되는 데메르 상단의 과실주를 권했다.

'……저는, 술을 잘하지 못합니다.'

'맞아요. 이 아이는 술에 영 재능이 없답니다.'

술을 잘하는 자스민과 그렇지 못하다고 주장하는 델티. 언뜻 보면 크게 이상할 것 없는 상황이었다. 데메르 상단의 과실주는 제국 내에서 그 이름을 따라올 자가 없지만, 타국에서는 아예 유통되지 않는다. 그러니 타국의 귀족이나 왕족들에겐 당연히 낯선 술일 테고, 불안한 마음에 적당한 핑계를 대어 거절하는 일도 충분히 있을 수 있다.

'네, 특히 도수가 높은 과실주는……. 잘, 안 맞는 것 같아요.'

그런데 그녀는 데메르 상단의 과실주가 높은 도수를 자랑한다는 사실을 어떻게 알았을까? 분명 델티는 이번에 처음으로 리페도라 왕국을 벗어났다고 했다. 그런 그녀가 제국 과실주의 도수를 알고 있을 확률이 얼마나 될까.

'……설마?'

가장 떠올리고 싶지 않은 가정이었으나, 아닐 거라며 가볍게 고개를 젓고 넘기기엔 너무나 중대한 사안이었다. 그랬기에 로젤은 자신을 둘러싼 모든 상황에 의심을 품었다.

에반이 자신의 정체를 의심했을 때도. 멜리아 영애가 갑작스레 로젤과 에반의 관계를 입에 담았을 때도. 그리고 비밀리에 델티보다 한 발 앞서, 자스민 왕녀가 자신을 찾아왔을 때도.

'믿기 어려우시겠지만.'

갑작스레 등장한 자스민은 차곡차곡 쌓인 의심들을 하나로 정리해 주었다.

'델티 리페도라는 라슈아 공녀를 증오하고 있습니다.'

상당히 뜬금없기까지 한 그녀의 고백은 꽤나 충격적이었다.

'몇 달 전, 델티 왕녀는 금지된 주술에 손을 댄 대가로 꽤 오랫동안 의식을 잃은 적이 있습니다.'

'주술?'

'네. 원래 델티 왕녀는 약초학과 주술에 대해 일가견이 있었거든요. 덕분에 금지된 주술을 사용하기 전까지만 해도 왕께선 왕녀를 제법 아끼셨죠.'

그리 말한 자스민은 아주 잠깐 말을 밈췄다가 이내 다시 말을 이었다.

'아무튼 델티 왕녀는 그 후부터 얼마간, 마치 다른 사람이라도 된 것처럼 굴었습니다. 자신이 시트라 제국의 라슈아 공녀라는 주장과 함께요.'

'……라슈아 공녀라고 주장했다고요?'

'네. 덕분에 뭔가 이상하다는 생각이 든 저는, 거금을 들여 유망한

주술사를 불러들였고, 한 가지 사실을 알아냈습니다.'

'그게 뭐죠?'

'델티 왕녀가 손을 댄 주술은 스스로의 영혼을 대가로 바쳐야만 가능한 저주라고 하더군요.'

'……'

'그러니 저주가 성공했다면 그녀는 영혼이 없는 빈껍데기여야 한다는 의미죠.'

'……그녀가 의식을 찾은 날짜가 언제인지 기억하십니까?'

'네. 똑똑히 기억합니다. 그날이 바로 제 생일이었거든요.'

그리고 자스민의 생일은 에르샤가 로젤의 몸에서 깨어난 그날이었다.

소름 끼칠 정도로 딱딱 들어맞는 이야기가 로젤은 오히려 의심스러웠다. 혹, 자스민이 거짓말을 하고 있는 건 아닐까 싶었다.

'사실, 제가 처음 연회장에서 무례한 행동을 한 것은, 모두 공녀를 시험하기 위함이었습니다.'

'시험이라고요?'

'건방지다고 생각하셔도 어쩔 수 없으나, 제가 이러한 사실을 알려 드릴 가치가 있는 분인지 궁금했습니다.'

하지만 이런 거짓말을 해 봤자, 자스민에게 떨어질 이익은 크지 않다. 가뜩이나 입지가 좁은 델티가 사라진다고 해서, 그녀의 입지가 넓어지진 않을 테니까. 그리고 혹, 자스민이 진짜 로젤일 가능성은 아직, 조금 더 두고 봐야 했다.

이것저것 자잘한 계산을 마친 로젤은 고민 끝에 자스민의 말을 믿어 보기로 했다. 만약 그녀의 말이 거짓이거나, 찜찜한 구석이 있다면 그대로 발을 빼면 그만이니까.

'제게 이런 것들을 알려 주신 이유가 뭡니까?'

원하는 것을 말하라는 뜻이 담긴 물음에 자스민이 활짝 웃었다.

'델티 왕녀를 죽여 주세요.'

'……이유를 물어도 되겠습니까?'

'저주의 대가가 영혼을 바치는 것이라면, 그녀는 대가를 치러야 합니다.'

여상하기 짝이 없는 어조로 자스민이 덧붙였다.

'그래야 그 저주로 인해 죽은 제 모친께서도 편히 눈을 감으실 것 아닙니까.'

자스민은 복수를 말하는 사람의 얼굴이라고는 생각하기 힘들 정도로 웃고 있었다.

'제가 원하는 건, 그게 전부예요.'

독이 묻은 가시를 숨긴 꽃처럼.

"그녀는 이미 왕국으로 돌아갔다. 그러니 이젠 솔직하게 대답해."

델티가 탄 마차가 공작가를 떠나고 얼마 지나지 않아 들려온 에반의 목소리에 로젤이 자연스레 그를 응시했다.

"그다지 당황한 얼굴이 아니군."

"당황할 이유가 없죠."

그의 말대로였다.

로젤은 갑작스러운 에반의 등장에 당황하지 않았다. 그저 당황한 척 연기를 했을 뿐.

"전에는 내 앞에서 끝까지 정체를 부인하려 들었으면서, 그새 마음이 바뀐 건가?"

"후작께서 제 정체를 아신다고 해도 달라지는 건 없으니까요."

어차피 이미 한번 끝난 관계다. 그가 이제 와 자신이 에르샤임을 안다고 해서 달라지는 것은 없다. 게다가 결정적으로 에반은 이미 자신이 에르샤임을 어느 정도 확신하고 있는 상태였다. 그러니 굳이 이를 숨기기 위해 애쓸 필요가 없는 것이다.

"어차피 증거가 없고 심증뿐이라는 말이 하고 싶은 건가?"

다소 신경질적인 에반의 물음에 로젤은 긍정도, 부정도 하지 않았다. 그 모습이 제법 거슬렸는지 어느새 표정을 싸늘하게 굳힌 그가 입을 열었다.

"내가 네 정체를 가지고 협박을 해 온다면 어쩔 생각이지?"

"죽어야죠."

대수롭지 않게 제 죽음을 입에 담는 로젤의 태도에 에반이 사정없이 미간을 구겼다.

이내 싸늘한 일갈이 로젤을 향해 쏟아진다.

"네겐 네 목숨이 그리 쉽나?"

우스운 질문이다. 쉬웠느냐고? 그럴 리가. 자신도 사람인데 목숨을 버리는 일이 쉬웠을 리가 없다.

그럼에도 그것을 가능하게 했던 것은.

"대체 어째서 그리 쉽게 죽으려 드는 거지? 조금이라도 살아야겠다는 생각은 들지 않나?"

당신과 당신의 그녀를 향한 증오였다. 그러니 당신은 내 삶을 바란다는 말을 해서는 안 된다. 에반, 당신에겐 결코 그럴 자격이 없으니까.

"너는, 단 한 번도 네가 죽고 난 후의 일을 그리지 않았느냔 말이다!"

"후작께 이런 말을 듣는 날이 올 줄은 몰랐습니다. 기분이 참 묘하군요."

자신을 향한 일갈에도 로젤은 더없이 평온한 태도를 유지했다.

"하지만 아무렇지 않게 다른 여자와 불륜을 저질러 저와의 신의를 깬 주제에. 뻔뻔하게 이혼을 강요한 후작께서 하실 말씀은 아니지요."

어느새 은은한 미소까지 띤 그녀의 말에 에반이 침묵했다. 그 비겁한 침묵에 로젤은 낮게 조소했다.

"제가 죽고, 제 아들인 리오에게서 그 흔적을 지우려 했던 당신께서 하실 말씀은 더욱 아니고요."

"나는⋯⋯."

"후작님은 현명한 분이시죠."

린넹을 입에 담으려는 에바의 말을 가차 없이 잘라 낸 로젤이 덧붙였다.

"이제 와 의미 없는 변명 따위를 입에 담지는 않으시리라 믿어요."

그가 무슨 말을 해도 그녀는 흔들리지 않았다. 그러니 구질구질한 변명을 들어 주며 낭비할 시간 따윈 없었다.

"모두 오해야. 그러니 우선 내 말부터 들어 봐."

단호한 로젤의 말에도 그는 여전히 대화를 이어 가려는 태도를 보였다. 이에 그녀가 작게 한숨을 내쉬며 말했다.

"모두 오해였다. 진짜 로젤의 말에 속아 내가 먼저 당신을 배신한 줄 알았다는 말이 하고 싶으신 겁니까?"

정곡을 찌르는 로젤의 말에 에반이 입을 다물었다. 늘 이런 식이다. 그녀가 아픈 곳을 찌르면, 그는 비겁하게 입을 닫는다.

그런 에반의 비겁함이 로젤은 싫었다.

"결국 당신은 배 속의 아이가 죽어 실의에 빠진 제게 이혼을 요구하셨죠. 알아요. 얼마나 배신감이 크셨을까. 내 배 속의 아이가, 죽은 아이가. 자신의 아이가 아니라는 오해를 하셨으니."

"……."

"그래요. 오해였죠. 난 당신을 배신한 적이 없으니까. 당연히 배 속의 아이도 당신의 아이였고."

내 아이였다. 그의 아이이기 전에 내 아이였다.

아델노프 후작가의 핏줄이기 전에, 에르샤 마르아넬의 핏줄이었다.

"나는 당신의 그 오해 때문에 아이도, 후작 부인의 지위도 잃었는데. 당신은 아무것도 잃지 않았죠."

그리 말한 로젤이 실소했다. 생각해 보니 정말, 에반이 잃은 것은 하나도 없었다. 함께 불륜을 저지른 로젤은 제게 육신까지 빼앗겼는데, 그는 아무것도 잃지 않았다. 이건, 너무 불공평하지 않은가.

"당신은, 날 위해 뭘 버릴 수 있죠?"

그래서였다. 대뜸 에반을 향해 그런 질문을 던진 것은. 그가 아무것도 버리지 않을 거란 사실을 알지만, 로젤은 궁금했다. 에반이 처음으로 사랑이라 정의한 대상에게 어디까지 할 수 있다고 말할지.

에반은 그런 로젤의 말에 잠시 고민하는 기색을 보였다. 그러다가 이내 조금 늦게 입을 뗐다.

"너는, 내가 뭘 버리길 바라지?"

그는 끝까지 비겁했다.

에르샤를 사랑한다 말하면서 그녀에게 오기 위해 스스로 뭔가를 버릴 생각은 하지 않는다. 오히려 선택권을 주는 척, 그녀에게 책임을 떠넘긴다. 사실 그 점에 있어서 로젤은 큰 감흥이 없었다. 에반이라는 남자는 원래 그런 사람이었다. 남을 위해 무언가를 버리거나 희생할 줄 모르는 전형적인 귀족 사내.

"전부."

로젤의 입에서 뒤늦게 터져 나온 말에 잠시 애매하게 허공을 맴돌던 에반의 시선이 그녀에게로 향했다.

"저는 후작께서 전부 버리시길 원합니다."

지위도, 명예도, 이름도, 전부.

"······."

"에르샤 마르아넬은 이미 모든 것을 잃었으니, 그녀를 가지시려면 후작께서도 그 정도는 잃으셔야 하지 않겠습니까?"

물론 에반이 정말 모두 버린다고 해서 그녀를 가질 수 있는 것은 아니다. 그러나 기회 정도는 얻을 수 있겠지.

"후작께서 말하는 사랑이 무엇인지는 모르겠으나, 제게 사랑은 그런 것입니다."

아니. 그녀는 에반의 사랑을 믿지 않는다. 그저, 그를 곤란하게 만들고 싶은 것이다. 그의 진심 따위, 사랑 따위 믿지 않는다.

그녀는 그를 믿지 않는다.

제9장
각자의 욕심

결국, 에반은 그런 로젤의 말에 끝까지 제대로 된 답을 내놓지 못했다. 그저, 많은 것을 고민하는 얼굴로 얼마간 앉아 있다가 돌아갔다. 그다지 의외는 아니었기에 로젤은 에반이 돌아가기 무섭게 황궁으로 향했다. 아르한을 만나 앞으로의 일에 대해 의논하기 위함이었다.

진짜 로젤이 살아 있다고. 그러니 그에 대비해야 한다고.

"드릴 말씀이 있습니다."

침착한 척, 아무렇지 않은 척했으나 아르한의 눈에도 그리 보였을지는 모르겠다. 어쨌든 로젤은 나름 차분한 태도로 설명을 시작했고, 끝냈다. 진짜 로젤이 살아 있음을, 그리고 그녀가 리페도라의 왕녀 델티라는 사실을.

"잠시, 시간을 내주실 수 있겠습니까?"

로젤이 설명을 끝마치자마자 아르한이 더없이 차분한 태도로 말했다.

조금 진지한 얼굴을 한 그를 보며 로젤은 얼떨결에 고개를 끄덕였다. 그리고 그로부터 30분 후, 그녀는.

"마음에 드십니까?"

"……."

축제가 한창인 것으로 추정되는 어느 이름 모를 마을에 도달해 있었다.

"……이게 뭐죠?"

자신의 눈앞에 놓인 상황이 도무지 믿기지 않는다는 듯, 로젤이 억지로 웃으며 물었다. 그러자 아르한은 태연하기 짝이 없는 태도로 답했다.

"지명이 궁금하신 겁니까. 아니면, 행사의 이름이 궁금하신 겁니까?"

"전하의 의도가 궁금합니다."

그녀는 여전히 미소를 띤 상태였으나, 그 속까지 태평하진 못하다는 것을 아르한도 알 것이다.

"제게 오늘 하루만 시간을 내주십시오."

그럼에도 그는 그답지 않게 굴었다. 조금 막무가내이기까지 한 아르한의 태도에 로젤은 자연스레 의문을 가졌다.

"갑자기 왜 이러시는 겁니까."

"그 이유가 궁금하십니까?"

궁금했다. 하지만 저런 질문을 한다는 것 자체가 순순히 답해 줄 마음이 없음을 의미했다. 로젤이 한숨처럼 입을 열었다.

"……오늘 하루면 되는 겁니까?"

뜻밖에 긍정적인 대답에 아르한이 잠시 놀란 얼굴을 했다. 그것은 아주 찰나였으나, 로젤은 이를 확실하게 눈에 담았다.

"네. 하루면 충분합니다."

담백한 어조로 떨어진 아르한의 대답에 로젤이 그의 손을 잡았다. 그리고는 앞장서서 인파를 향해 걸어 들어갔다. 늘 있는 일인 것처럼 자연스러웠으나, 그것은 분명 처음 있는 일이었다.

처음에 싫은 티를 냈던 것이 무색하게도 로젤은 어느새 자연스레 축제를 즐기고 있었다. 서커스, 연극, 전시회 등. 규모가 그다지 크지 않은 축제였으나, 볼거리는 의외로 많았다. 줄줄이 들어선 노점상에서 파는 간식들 역시 별미였고. 게다가 사람들이 많지 않은 탓에 줄을 서거나 오래 기다릴 필요가 없다는 점 역시 좋았다.

"다음엔 무엇을 하시겠습니까."

조금 들뜨기까지 한 로젤에 비해 정작 축제에 참가할 것을 권한 아르한은 지극히 담백한 태도를 고수하고 있었다.

이를 뒤늦게 깨닫고 나니, 어쩐지 조금 민망한 기분이 들었다.

"……전하께서 원하시는 걸 하고 싶습니다."

그래서 그녀는 자연스레 선택을 떠넘겼다. 생각해 보니, 여태껏 자신이 하고 싶은 대로 아르한을 이리저리 끌고 다니기만 했다.

먼저 이곳에 오자고 제안한 이상 그도 나름 계획이 있었을 텐데.

"저는 괜찮습니다."

"하지만……."

"공녀께서 즐거우시다면, 저는 그걸로 족합니다."

그리 말하며 매끄럽게 번진 웃음에는 일말의 거짓도 담겨 있지 않았다. 그는 늘 이렇다. 늘 이렇게 당연하다는 듯, 약자를 자처한다. 마음만 먹으면 얼마든지 우위를 점할 수 있음에도 그는 그리하지 않았다.

그에 반해 그녀는 그동안 타인과의 관계에서 단 한 번도 유리한 입장에 놓여 본 적이 없었다. 그래서 가끔씩은 이런 아르한과의 관계가 낯설게만 느껴졌다. 저 무한한 애정은 도대체 어디에서 비롯된 것인지 아직도 의문이 들었다.

그가 정말 나를 사랑하고 있는 것은 맞나. 우습지만 그런 불안감이 종종 엄습했다. 하지만 그것은 대놓고 입 밖으로 내기엔 너무나 위험한 것이었다. 실체를 확인하고 마주하기엔 그 결과를 감당할 자신이 없었다. 그래서 로젤은 오늘도 용기를 내어 진실을 마주하는 대신, 간사하게 눈을 감기로 했다.

그런 로젤의 눈에 무명 화가들의 전시회가 눈에 띈 것은 순전히 우연이었다. 그리고 그 전시회에 직접 서로의 초상화를 그려 줄 수 있는 행사가 있었던 것 역시 우연이었다.

"……계속 그렇게 보실 겁니까?"

초상화를 그리기 위해서라고는 하지만, 조금 전부터 저만을 좇는 아르한의 시선이 로젤은 슬슬 부담스러워졌다.

서로 마주 보고 있는 상태에서 그림을 그리는 것도 부담인데, 저렇게 눈을 떼지 않으니 더욱 부담스러웠다. 과장을 조금 보태자면 그가 붓을 든 시간보다, 제 얼굴을 보고 있었던 시간이 더 많을 것 같았다.

"저는 신이 아닙니다."

"……네?"

대뜸 들려온 아르한의 말에는 약간의 억울함이 깔려 있었다. 그는 이내 아쉬운 듯 로젤을 응시하던 시선을 느릿하게 거둬 내며 말했다.

"공녀의 얼굴을 보지 않고도 초상화를 그릴 수 있을 만큼 재주가 좋진 않다는 뜻입니다."

그리 말한 아르한이 슬쩍 로젤의 눈치를 살폈다.

어쩔 수 없다는 투로 말했으나, 사실 그것은 거짓말이었다. 그는 마음만 먹으면 언제든지, 눈에 담지 않고도 그녀의 얼굴을 그릴 수 있었다. 눈을 뜨고 있어도, 감고 있어도 그녀의 얼굴만 보이니 자연스레 외워 버린 걸지도 몰랐다. 그러니 그동안 그 많은 그림을 과거의 기억에 의존해 그릴 수 있었겠지.

하지만 이를 알 리 없는 로젤은 작게 한숨을 내쉬었다. 그리고는 어쩔 수 없다는 듯, 입을 열었다.

"……알겠습니다. 그림을 그리기 위함이니 어쩔 수 없지요."

체념에 가까운 대답에 아르한은 대놓고 웃지 않기 위해 노력했다.

"다만, 조금 전처럼 저를 응시하는 일보단, 캔버스를 채우는 데 집중해 주셨으면 합니다."

"네. 그리하지요."

아르한이 순순히 긍정했다. 너무 쉽게 긍정하니 오히려 좋지 않은 예감이 들었다.

그리고 그런 로젤의 감은 적중했다. 아르한은 그 후로도 꽤 오랫동안 그녀에게서 눈을 떼지 못했다. 날이 다 저물고 하늘이 보랏빛으로 물들 때까지 말이다.

"저건 뭐죠?"

"축제를 마무리하는 무도회를 여는 겁니다."

아르한의 설명처럼 끝나가는 축제를 아쉬워하듯, 마을 전체가 거대한 무도회장으로 바뀌었다.

"참가하시겠습니까?"

아르한의 물음에 잠시 고민하던 그녀가 고개를 끄덕였고, 곧이어 두 사람은 함께 마을 중앙으로 향했다. 하나둘 짝을 이뤄 손을 잡고 다니는 연인들 사이에서 로젤은 제 손에 들려진 나비 가면을 내려다보았다.

가면무도회.

우습지만, 그것이 이 마을의 전통이라고 했다. 축제의 마지막엔 늘 가면을 쓰고 마음에 드는 상대와 함께 시간을 보낸다고. 평소엔 마음껏 드러내지 못했던 속내를 이 자리를 빌려 드러내는 경우도 많다고 들었다.

"전하께서는 원래 이런 행사에 관심이 많으신가요?"

들고 있던 나비 가면을 쓰며, 로젤이 물었다.

그녀는 제국에 이런 마을이 있다는 것도, 특이하게 건국제가 모두 끝난 후 축제를 연다는 것도, 가면무도회라는 전통이 있다는 것도 전부 처음 알았다. 마을의 규모에 비해 이곳에서 열린 축제의 질은 꽤 높았다. 이렇게 괜찮은 행사를 지금껏 몰랐다는 사실이 놀랍고 아쉬울 정도로.

"관심이 있다기보단……."

말끝을 흐리던 아르한의 시선이 아주 찰나, 로젤에게로 향했다가 이내 거두어졌다. 그 후, 이어진 짤막한 미소와 함께 그가 말했다.

"아뇨, 없습니다."

단호하지만 어쩐지 수상한 대답이었다. 처음 그를 따라 마을에 발을 들였을 때부터 느낀 묘한 이질감이 다시금 되살아난다.

"왜 그러십니까?"

아르한의 물음에 로젤의 시선이 그에게로 향했다.

"가면무도회여야 했던 이유가 뭘까요."

"글쎄요."

여유로운 아르한의 대구에 로젤은 잠시 생각에 잠겼다. 평소와 다른 무언가가 자꾸만 로젤의 신경을 건드린다. 그것은 아르한이 의도한 바일까, 아니면 그저 그녀의 착각일까.

"전하께서는……."

왜 하필 나였냐고. 왜 내가 좋았냐고 묻고 싶었다. 하지만 여전히 돌아올 대답을 감당할 자신이 없다.

"……저와 한 곡 추시겠습니까?"

그래서 그녀는 이번에도 도망치는 것을 택했다.

"기꺼이요."

깔끔한 대답과 함께 아르한의 손이 로젤의 손과 허리를 각각 감쌌다. 그리고는 능숙하게 그녀를 이끈다. 그가 이끄는 대로 음악에 몸을 맡기던 로젤은 문득, 아르한이 가면을 쓰지 않았음을 깨달았다.

"가면무도회라고 들었는데, 그게 아니었나요?"

"맞습니다."

"그런데 왜 전하께서는 가면을 쓰지 않으셨습니까."

의문이 가득한 로젤의 말에 아르한은 잠시 뜻 모를 미소를 짓더니 이내 입을 열었다.

"내키지 않아서요."

'내키지 않습니다.'

멈칫. 어쩐지 낯설지 않은 과거의 음성이 로젤의 기억을 스친다. 단순한 착각이라고 여기며 넘기기엔 꽤나 선연한. 그리고 그것을 눈치챈 듯, 가벼운 미소를 띤 아르한이 말을 이었다.

"뭔가를 떠올리신 얼굴이군요."

아무렇지 않은 척 웃고 있는 것과 달리, 그의 목소리는 조금 쓸쓸했다. 그것을 알아챈 로젤이 곧장 입을 열었다.

"혹, 예전에 저와 전하가 이런 식으로 만난 적이 있습니까?"

"글쎄요."

아르한은 긍정도 부정도 하지 않았다.

"만난 적이 있군요."

로젤이 확신했다. 그는 기억하지만, 자신은 기억하지 못하는 만남이 존재하고 있음을.

"언제냐고 묻고 싶지만, 그것을 기억해 내는 것은 제 몫이겠지요."

그리 말한 로젤이 쓰고 있던 가면을 벗었다. 아르한이 제 손에 쥐여 준 나비 가면. 이것은 그가 주는 일종의 힌트일 것이다.

나비 가면. 무도회.

짚이는 것이 있었다. 문제는 아무리 생각해 봐도 아르한, 혹은 그 비슷한 인물과도 만난 기억이 없다는 점이다.

"기억하지 않으셔도 됩니다."

그런 로젤의 속을 읽기라도 한 것처럼 아르한이 말을 이었다.

"무리하실 것 없습니다. 당신이 기억하지 못한다고 해서, 그것이 없던 일이 되지는 않으니까요."

"하지만……."

"저는 공녀께서 이렇게 저를 떠올리려 애쓰셨다는 것만으로도 충분히 기쁩니다. 우습지만, 당신께 제 가치를 인정받은 것 같아서."

"……"

"그것으로 만족합니다."

늘 그렇듯, 아르한은 딱 이 정도였다. 이 정도면 만족할 수 있었다. 그는 언제나 억지로 로젤의 마음을 가지려 들기보단, 그녀가 자신을 봐 주길 기다리는 쪽이었다.

그러니 오늘은 이 정도로 충분하다고 아르한은 생각했다.

"……저는 조금, 이해가 가지 않습니다."

대뜸 입을 연 로젤만 아니었다면, 그는 언제까지나 그랬을 것이다.

"전하께서는 왜 늘 이렇게 쉽게 만족하십니까?"

그리 말한 로젤이 잡고 있던 아르한의 손을 놓았다. 로젤이 거부하는 기색을 보이자 그는 그대로 허리에 감았던 손을 거둬들였다. 당연히 춤 역시 멈췄다.

그녀의 얼굴에는 진심 어린 의문이 섞여 있었다. 그만큼 로젤은 그런 아르한의 행동을 이해할 수 없었다. 아니, 사실 그녀는 그의 속을 알 것 같았다. 그렇기 때문에 도저히 그냥 두고 볼 수가 없었다.

"물론, 작은 일에 만족한다는 게 꼭 나쁜 것만은 아닙니다. 하지만 제가 보기에 전하께서는……."

너무 주제넘은 발언을 하고 있는 건 아닌가 싶어 잠시 말을 멈췄던 로젤이 이내 다시 입을 열었다. 그를 생각한다면 이 말은 꼭 해 줘야 할 것 같았다.

"단순한 만족이 아닌, 만족을 통한 포기를 배우신 걸로 보입니다."

날 때부터 황족이었고, 황자였던 인물이 이렇게 쉽게 단념하고, 포기하는 법을 배우는 경우는 흔치 않다. 그리고 그 흔치 않은 일을 가능케 한 것은 아마 지금의 황제일 것이다. 그는 샬롯과 마찬가지로 아르한 역시 방치하다시피 했으니까.

"저는 전하께서 조금 더 욕심을 가지시길 바랍니다."

말을 마친 로젤은 조금 떨리는 눈동자를 감추기 위해 시선을 내리깔았다. 아무리 그녀 앞에서 약자를 자처하는 아르한이라지만 조금 전 로젤이 한 말은 분명 선을 넘었다. 그가 크게 화를 낸다고 해도 전혀 이상하지 않은 상황이다.

"그렇군요."

하지만 아르한은 여전히 차분하고, 덤덤했다.

"공녀께서 그리 생각하실 줄은 몰랐습니다. 앞으로는 조금 더 주의하도록 하죠."

그리고 그것이 오히려 로젤의 마음을 상하게 했다.

"……전하께서는 지금, 제게 사과를 하는 것이 아니라 화를 내셔야 합니다."

과거의 에르샤를 보는 것 같아서…….

처음부터 존재하지도 않았던 공작의 애정을 갈구하느라 눈치를 보며, 아무것도 하지 못했던 유년기의 자신을 보는 것 같아서. 그래서 마음이 아팠다.

"저는 지금 전하께 주제넘은 말을 했고, 이는 전하를 모욕한 것과 다름없습니다."

"공녀께서 그럴 의도로 한 말은 아니셨잖습니까."

덤덤한 아르한의 대답에 속으로 애써 한숨을 삼킨 로젤이 입을 열었다.

"전하께서는 진정으로 바라는 것이 없으십니까?"

"……없습니다."

한발 늦게 떨어진 대답. 그 찰나의 망설임이 의미하는 바를 알아챈 로젤이 단호하게 대구했다.

"거짓말을 하고 계시는군요."

"아뇨, 저는 정말 더 이상 바라는 것이 없습니다."

"거짓말."

"저는 진심으로 바라는 게 없……."

"정말 바라는 것이 없으시다면 적어도."

"……."

"그런 눈을 하지는 마셔야죠."

뭔가를 열렬하게 원하고, 바라며, 갈망하는 눈빛. 그런 눈으로 거짓을 말하면 속아 주고 싶어도 속아 줄 수가 없지 않나. 그런 로젤의 마음을 알아차린 듯, 잠시 침묵을 지키던 아르한이 이내 입을 열었다.

"원해서는 안 되는 것을 원하는 사람에겐, 반드시 원하지 않는다고 말해야 하는 순간이 옵니다."

"그게 지금이라는 겁니까?"

"네."

간결한 대답에 로젤이 의문 가득한 시선으로 그를 응시했다. 그러자 아르한은 이내 뭔가를 결심한 듯, 비장하게 그녀의 손을 잡아끌었다. 로젤은 아무 말도 하지 않은 채, 순순히 아르한의 손에 끌려가 주었다. 그리고 그 끝에 도달한 것은 마을에서 가장 높은 시계탑 위였다.

마을이 한눈에 내려다보이며, 새카만 밤하늘을 수놓은 별을 가장 가까이에서 볼 수 있는 곳. 그런 장소에서 아르한은.

"저는 내일 전장으로 떠납니다."

"……."

청천벽력과도 같은 고백을 했다.

"그것이 폐하의 뜻입니다."

짙은 원망이 섞인 어조임과 동시에 체념이 섞인 어조이기도 했다.

이에 로젤은 떨리는 손을 제 드레스 자락 뒤로 숨긴 채, 입을 열었다.

"언제쯤 돌아오시는 겁니까?"

"아직 확실한 것은 없으나, 그리 오래 걸리지는 않을 겁니다."

그리 말한 아르한이 잠시 뭔가를 고민하듯, 말을 멈췄다가 이내 다시 이었다.

"이번에는 직접 전쟁에 참여하는 것이 아니라. 제3국이자 군사를 원조한 제국의 대표로서 종전 협상에 참석하는 것이니까요."

"……그렇군요."

하지만 아무리 안전하다고 해도 결국엔 전쟁터다. 우연이나 사고를 가장해 사람을 죽이기 더없이 좋은 장소. 그런 곳에 아르한을 보내는 황제의 의중이야 뻔하지 않은가.

아마 아르한 역시 이를 알고 있을 것이다. 하지만 저를 안심시키기 위해 굳이 그 점을 입에 담지 않은 거겠지.

"그래서였군요. 오늘 이렇게 저와 축제를 즐기려고 하셨던 것은."

"……."

아르한은 대답하지 않았다. 하지만 부정도 하지 않았다.

"혹, 이 축제도 전하께서 계획하신 건가요?"

급작스레 던져진 로젤의 물음에 잠시 고민하는가 싶던 그가 이내 변명처럼 입을 열었다.

"그저, 잠시 마을을 빌렸을 뿐입니다."

"……."

결국, 직접 이번 축제를 만들었다는 뜻이다.

로젤은 기가 막혀 말이 나오질 않았다. 어쩐지, 처음 발을 들였을 때부터 찜찜하다 했더니……. 건국제가 끝난 바로 다음 날 축제를 여는 것도, 축제의 규모에 비해 지나치게 한산한 거리도. 모두 깊게 생각할수록 수상한 것투성이였다.

"오래 속일 생각은 없었습니다. 그럴 수 없으리란 걸 아니까요."

변명하듯, 말을 잇는 아르한을 로젤이 빤히 응시했다.

"그럼 대체 왜 이런 짓을 벌이신 겁니까?"

"공녀께서 하루쯤은 그저 아무 생각 없이 편히 쉬시길 바랐습니다."

"…….."

"얼마 전부터 온 신경이 리페도라의 두 왕녀에게 가 있으셨잖습니까."

언뜻 듣기엔 여상한 어조였으나, 그 안에는 짙은 염려가 깔려 있었다. 로젤이 그것을 알아채기 무섭게 아르한이 말을 이었다.

"공녀께서 걱정하시는 바가 무엇인지 압니다. 타당한 걱정이라는 것도요. 하지만 혼자 모든 것을 짊어지시기보단……."

잠시 말을 멈춘 그가 로젤을 응시했다.

"제게 조금이나마 의지해 주셨으면 합니다."

그리 말하며 아르한이 이내 빙긋 웃는다. 평소 습관적으로, 의례적으로 짓던 웃음이 아닌 진짜 웃음이었다.

"……제 곁에 서기로 한 것을 후회하실지도 모릅니다."

결코 지금의 타이밍에 해서는 안 되는 말이었다. 아르한도, 로젤도 결코 원하지 않는 주제였다. 그것을 알지만, 그럼에도 그녀는 말할 수밖에 없었다.

"그녀가 살아 있는 한, 저는 전하께 있어서 절대적인 약점이 될 겁니다."

자신은 로젤이 아니라, 에르샤니까. 사랑받는 공녀가 아니라, 금지된 주술을 쓴 마녀니까. 군이 입 밖으로 내지는 않았으나, 아르한이 그녀가 한 말의 의미를 모를 리 없었다.

"압니다."

망설임이라곤 없이 떨어진 대답에 로젤은 조금 울컥하는 마음을 애써 억눌렀다. 그리고는 차분히 입을 뗐다.

"저를 빌미로, 제 약점을 빌미로 많은 이들이 전하의 발목을 잡으려 할 수도 있습니다."

"압니다."

"저는 전하를 평생 위태로운 외줄 위에 서게 할 겁니다. 어쩌면, 이미 나락으로 끌고 온 걸지도 모르겠군요."

끝이 보이지 않는 나락.

그것만큼 지금의 자신에게 어울리는 단어가 있을까. 어쩌면 살아 있는 지옥이나 다름없는 시간이 계속될지도 모른다. 매일 정체를 들키진 않았을까, 누군가가 눈치를 채진 않았을까 걱정하며 불안에 떨이야 할 테니까.

"저는 제법 이기적인 사람입니다."

깊은 고민에 빠진 로젤에게 아르한은 대뜸 그리 말했다.

"공녀께서 제게 질리셨다, 더는 보고 싶지 않다고 말씀하셔도, 저는 당신을 포기하지 않을 겁니다. 저는 이기적이니까요."

'이기적'이라는 단어를 조금 더 강조하던 그가 어느새 로젤의 눈을 똑바로 마주했다.

"공녀의 곁이라면 그곳이 어디든 제겐 나락도, 위태로운 외줄 위도 아닙니다."

"……."

"그저 삶의 한순간일 뿐이죠."

아르한이 단언했다. 지극히 당연한 일이라는 듯이. 그것 외에 다른 길은 존재하지 않는다는 듯이.

그는 늘 그렇듯, 로젤의 예상을 조금도 비껴가지 않는다. 쉬운 길을 두고, 고되고 어려운 길을 가려 한다.

아르한이 원래 그런 사람이라는 것을 로젤은 알았다. 하지만 알고 있음에도 그것을 이런 식으로 직접 확인받을 때마다 묘한 기분이 드는 것은 어쩔 수 없었다. 문득, 갈 곳을 잃은 로젤의 눈이 허공을 배회하다가 이내 제 발아래에 있는 마을로 향했다. 철저하게 자신을 위해 만들어진 축제.

그것이 끝나가는 것을 지켜보던 로젤이 이내 뭔가를 결심한 듯, 아르한의 손을 잡았다.

"오늘 하루는 그저, 아무 생각도 하지 않고 쉬고 싶습니다."

"……."

조금 비장하기까지 한 어조에 아르한은 잠시 그 의도를 가늠하듯,

로젤을 응시하다가 이내 고개를 끄덕였다.

"알겠습니다. 제가 모시죠."

말을 마친 아르한은 이내 조금 전 로젤이 했던 것처럼 제 발 아래에 있는 마을에 시선을 주었다. 그저 한 번 눈으로 훑는 것만으로도 그는 그녀가 흥미를 가질 만한 활동이 무엇인지 금세 골라냈다.

'전시회, 승마, 사격.'

애당초 로젤을 위해 준비한 축제다. 그러니 이곳에서 그녀가 흥미를 가질 만한 활동을 찾는 것은 일도 아니었다.

"뱃놀이는 어떠십니까."

로젤이 대뜸 그리 말하지만 않았더라면 아마 다음 일정은 분명, 미리 골라 둔 것들 중 하나였을 것이다. 그러나 이를 거부하듯 그녀가 재차 입을 열었다.

"저는, 뱃놀이가 하고 싶습니다."

"알겠습니다."

조금 뜬금없는 결정이었으나, 아르한은 순순히 동의했다.

대부분을 로젤이 선호하는 활동 위주로 구성했으나, 그렇다고 해서 다른 것들을 허술하게 준비하지는 않았다. 그러니 뱃놀이 역시, 별 문제 없이 즐길 수 있을 것이다.

결과적으로 그런 아르한의 예상은 빗나갔다. 두 사람이 탑에서 내려오기 무섭게.

툭, 투둑.

머리 위로 빗방울이 쏟아지기 시작한 것이다. 빗줄기가 그다지 거센 편은 아니었으나, 뱃놀이를 하기엔 무리가 있었다. 결국 아르한은 서둘러 빗속을 헤치며 로젤과 함께 근처에 있던 저택으로 향했다.

"받으십시오."

저택에 도착하기 무섭게 그리 말한 아르한이 그녀에게 수건을 건넸다.

로젤은 아르한이 준 수건으로 물기를 닦은 후, 담요를 두른 채 벽난로 속 불길을 구경하고 있었다. 그런 그녀에게 그가 다시 한번 뭔가를 내밀었다.

"몸을 따뜻하게 만들어 주는 차입니다."

"……감사합니다."

간단히 설명을 덧붙이는 아르한을 보며, 로젤은 그가 건넨 잔을 받아 들었다. 따스한 차를 조금 넘기니 몸이 제법 따뜻해지는 것 같았다.

"아무래도 오늘 안에 돌아가는 것은 무리일 것 같습니다."

"역시, 그렇군요."

시간이 많이 늦은 터라 로젤 역시 오늘 안에 마차를 타고 이동하는 것은 무리일 거라고 예상했다. 어둡고 캄캄한 상황일수록 위험과 맞닥뜨릴 확률이 높아지니까. 거세지는 않지만, 꾸준히 내리고 있는 비역시 사고가 날 확률을 한층 높여 주고 있었고.

아마, 해가 뜨고 날이 밝기 전까지는 꼼짝없이 이곳에 있어야 하리라.

"⋯⋯저는, 바깥에 있겠습니다. 그러니 안심하고 푹 쉬십시오."

잠깐의 침묵 후 이어진 아르한의 말에 로젤은 이해할 수 없다는 얼굴을 했다.

"왜 전하께서 바깥에 계시겠다는 겁니까?"

"제가 곁에 있으면 쉬시는 데 방해가 될 겁니다."

그리 말한 아르한이 로젤을 향해 짧게 고개를 숙였다. 그는 정말로 그녀를 쉬도록 한 채, 밤새 바깥을 지킬 심산인 것이다. 그대로 방을 나가기 위해 몸을 돌린 아르한을 로젤이 붙잡았다.

"내일이면 전하께서는 전쟁터로 떠나시겠죠."

덤덤한 어조, 아니, 그렇게 들리기 위해 노력한 기색이 역력했으나, 로젤은 미처 동요를 감추지 못했다. 그리고 그런 그녀의 말에 아르한이 걸음을 멈춘 것은 당연한 수순이었다.

이내 로젤이 말을 잇는다.

"물론 무사히 다시 돌아오실 거라는 걸 압니다. 그러나 그럼에도 저는 지금 이 시간을 허투루 보내고 싶지 않습니다."

"⋯⋯."

"오늘 밤, 저와 같이 있어 주세요."

조금 미묘하게 들리는 말에 잠시 고민하던 아르한은 이내 그럴 리 없다며 단호하게 고개를 저었다. 그리고는 이내 덤덤하게 로젤이 있는 방향으로 몸을 틀었다.

"⋯⋯공녀께서는, 제가 욕심이 없다, 너무 쉽게 만족한다고 하셨죠?"

그녀는, 그를 몰라도 너무 몰랐다.

"사실 저는, 욕심이 많은 사람입니다. 그렇기 때문에 결코, 한 번 원한 것을 쉽게 포기하지 않습니다."

한번 시작하면 끝을 본다는 의미였다.

"그러니 저를 헷갈리게 하지 마십시오."

그것은 로젤에게 하는 말임과 동시에 자신에게 하는 말이기도 했다. 헷갈리지 말자, 착각하지 말자. 그렇게 되새겼다. 하지만 그런 아르한의 다짐이 무색하게도 로젤은 순식간에 그를 도발했다.

"전하께서 헷갈리실 이유가 없습니다."

단호하게 떨어진 말과 함께 어느새 성큼 다가온 로젤이 급작스레 입을 맞춰 온 것이다. 그것은 아주 찰나였으나, 그 행동이 의미하는 바는 명백했다.

"저는, 제가 한 말을 후회하지 않습니다."

"……."

"당연히 이 밤도 후회하지 않을 겁니다."

타닥타닥. 벽난로 안에서 장작이 타는 소리만이 정적을 채웠다. 그런 고요함 속에서 얼마간 말없이 로젤을 바라보던 아르한이 입을 열었다.

"알겠습니다."

짧막한 대답이 떨어지기 무섭게 아르한이 로젤을 안아 들었다. 갑작스레 그에게 안긴 것에 대한 당혹스러움을 표할 새도 없이 그녀는 가장 가까운 침대에 눕혀졌다.

그와 함께 어느새 로젤을 향해 상체를 깊게 숙인 아르한이 눈을 맞춰 온다. 입술이 닿을 듯 말 듯 한 거리에서 그가 그녀를 보고 있었다. 이내 아르한은 물 흐르듯 자연스러운 동작으로 로젤의 손등에 입을 맞췄다. 그것은 평소에 하던 것과는 어딘가 다른, 조금 더 짙고 위험한 입맞춤이었다.

　"저는 오늘, 후회 없이 공녀를 가질 겁니다."

　그리 말한 아르한의 손이 가볍게 로젤의 얼굴을 쓸었다.

　"그러니 공녀 역시, 원하는 만큼 저를 가지십시오."

　"……."

　"그것이 제 욕심입니다."

*　*　*

　눈을 뜨기 무섭게 시리도록 맑은 하늘이 로젤의 시야에 들어왔다. 한바탕 쏟아진 비가 모두 거짓인 것처럼 하늘은 구름 한 점 없이 맑았다.

　전부 꿈이었던 건 아닐까 싶은 생각이 들 즈음, 옆에 누워 있는 아르한이 눈에 들어왔다. 어젯밤 내내 로젤만을 바라보던 붉은색 눈동자는 눈꺼풀 아래에 감춰져 있었고, 몇 번이고 그녀와 맞닿은 입술 역시 매끄럽게 다물려 있었다.

　이를 느긋하게 감상하던 로젤은 이내 뒤척인 기색이 거의 보이지 않을 정도로 잘 정돈된 은발에 손을 갖다 댔다.

"푹 주무셨습니까?"

하지만 그것은 갑작스레 들려온 목소리와 함께 가로막혔다. 간단히 손을 뻗어 그녀의 손을 잡은 아르한에 의해서. 어느새 완전히 열린 눈꺼풀 사이로 모습을 드러낸 붉은색 눈동자가 그녀를 응시하고 있었다.

"……그럭저럭이라고 해 두죠."

로젤이 한 박자 늦게 대꾸했다.

동이 틀 때까지 저를 괴롭힌 주제에 진심으로 그리 물어 오는 아르한에게 약간의 심통이 난 탓이다. 그래서 그녀는 다시 침대에 누웠다. 그리고는 한순간도 제게서 떨어지지 않는 아르한의 눈을 마주했다.

"전하께서는 잘 주무셨습니까?"

자신은 어젯밤에 있었던 일로 인해 온몸이 쑤셔서 잠을 설쳤는데, 속 편하게 숙면을 취한 아르한을 가볍게 책망하는 어조였다.

이에 그는 잠시 눈을 두 번 정도 깜빡인 후 입을 뗐다.

"못 잤습니다."

덤덤한 아르한의 대답에 로젤이 무어라 한마디 하려던 순간.

"흘러가는 시간이 아까워 차마 잠을 잘 수가 없었습니다."

그리 말한 아르한은 여전히 고요한 시선으로 로젤을 응시하고 있었다. 그런 그가 이내 더없이 잔잔한 어조로 말을 잇는다.

"우습지만, 시간이 이대로 멈췄으면 좋겠다고 생각했습니다. 그러면……."

"……."

"공녀님을 조금 더 오래 눈에 담을 수 있을 테니까요."

그의 표정은 조금 복잡했다. 덕분에 로젤 역시 덩달아 마음이 복잡해졌다. 하지만 이를 떨쳐 내기 위해 애써 아무렇지 않은 척 입을 열었다.

"그렇게 초조해하지 않으셔도 됩니다."

무난한 어조로 말문을 연 로젤이 아주 잠깐 시선을 내리깔았다가 이내 다시 입을 열었다.

"전하께서는 무사히 다시 돌아오실 테고, 저는 언제까지나 전하를 기다릴 테니까요."

차분하게 단언하는 로젤을 보며 아르한이 낮게 웃었다. 이를 응시하던 로젤은 이내 침대에서 벗어나기 위해 몸을 일으켰다.

하지만 그녀의 발은 땅에 닿지 못했다.

"조금만."

"……."

"조금만 더 이대로 있어 주시면 안 되겠습니까."

아르한이 로젤의 손목을 붙잡은 탓이다.

그녀를 붙잡은 힘은 그다지 세지 않았다. 늘 그랬듯, 로젤이 뿌리치려고 마음만 먹는다면 얼마든지 그럴 수 있는 정도였다. 이를 알지만 로젤은 아르한의 손을 뿌리치지 않았다. 굳이 그래야 할 이유도, 필요도 느끼지 못했다.

"알겠습니다."

결국, 그녀는 순순히 아르한의 말에 따라 주었다.

간절한 어조로 로젤을 붙잡은 것에 비해 아르한의 행동은 평소와 크게 다를 것 없었다. 그는 그저 몇 마디 대화를 더 나눈 후, 로젤을 공작저까지 데려다주었다. 그리고는 황제의 명에 따라 전장으로 떠났다.

전장으로 떠나기 전, 자신을 배웅하러 나온 로젤에게 아르한은.

'*제게 전할 말이 있다면 비아노 백작을 통해 서신을 보내십시오. 그리고……*'

조금 망설이는 기색을 보이더니 이내.

'*만약을 대비해 작은 마법을 걸어 두겠습니다.*'

그리 말하며 로젤의 손등에 입을 맞췄다.

어떤 마법을 걸었는지는 알려 주지 않았으나, 그녀는 어느 정도 알 것 같았다. 아마 그것은 위급한 순간 로젤의 안전을 지켜 줄 방패로서 작용할 것이다.

"폐하께 공녀님의 방문을 전해 드릴까요?"

시종의 물음에 로젤이 까딱 가볍게 고개를 끄덕였다. 그러자 시종은 차분한 태도로 허리를 숙인 후, 이내 거대한 문 안으로 사라졌다.

이를 지켜보던 로젤이 제 드레스 자락을 쥐었다.

긴장하지 않으려 노력하고 있으나, 쉽지 않았다. 제 발로 호랑이 굴에 들어온 것과 다를 바가 없으니까.

로젤은 아르한이 전쟁터로 떠나기 무섭게 황제를 알현하러 황궁으로 왔다. 황제에게 로벨리아가 그려진 편지를 받은 직후부터 예정되어 있었던 일정이다. 꽤 오래전부터 계획해 온 일임에도 아르한은 오늘 로젤이 황제를 만난다는 사실을 모른다. 그녀가 일부러 비공식적으로 만남을 청하고, 그에게 알리지 않은 탓이다.

"저를 따라오시지요."

어느새 다시 제 앞에 나타난 시종을 따라 로젤은 조금 익숙하지만, 그래서 더 스산한 복도를 걷기 시작했다. 황궁의 복도다운 웅장함과 화려함은 사실, 이곳을 걷는 이들에게 압박감을 주기 위한 용도가 아닐까 싶은 생각이 들 즈음, 시종이 걸음을 멈췄다.

"황제 폐하께서는 알현실에 계십니다."

이에 로젤은 가볍게 고개를 끄덕인 후 시종이 가리키는 문 안으로 들어갔다.

황제는 저번처럼 가장 안쪽에 있는 의자에 앉아 있는 대신, 그보다 앞에 나와 있었다. 알현실의 정중앙에. 덕분에 로젤은 문을 열고 몇 걸음을 채 떼기도 전에 드레스 자락을 잡고 허리를 숙여야 했다.

"라슈아 공작가의 로젤 라슈아가 시트라 제국의 태양이신 황제 폐하를 뵙습니다."

그녀가 인사를 마침과 동시에 황제의 음성이 날아들었다.

"그래. 공녀가 모처럼 귀한 걸음을 했군."

그것은 그렇게 차갑지도, 그렇다고 특별히 온기가 서려 있지도 않은 그저 그런 목소리였으나, 로젤은 긴장을 늦추지 않았다.

"진작 찾아뵙지 못한 점 진심으로 사죄드립니다. 감히, 황제 폐하께 누가 될까 두려워 고심하고, 고심하느라 이리도 늦게 알현을 청하게 되었습니다."

"그래, 알아. 공녀도 많이 바쁠 터이니 어쩔 수 없지. 그러니 딱딱한 인사는 관두고, 좀 앉도록 하지."

그리 말한 황제는 로젤에게 알현실 안쪽에 마련된 테이블에 앉을 것을 권했다. 그리고 그것은 지금부터 그가 할 이야기가 결코 짧지 않음을 의미했다.

"공녀는 요즘 어떻지?"

하녀들이 테이블 위로 다과와 차를 세팅하고 사라지기 무섭게 들려온 물음이었다. 너무 광범위한 탓에 그 의도를 파악하기 어려웠으나, 로젤은 서둘러 말을 골랐다. 그리고는 이내 느긋하게, 그러나 너무 여유로워 보이지는 않을 타이밍에 입을 뗐다.

"부끄럽지만 평소와 크게 다를 것 없는 시간을 보냈습니다."

"그래?"

"네. 대부분은 사교 활동으로 연회에 참석했고, 최근에는 리페도라 왕녀에게 선물할 손수건에 자수를……."

"어젯밤 황태자와 함께 있었다던데."

"……."

그런 로젤의 말을 단번에 잘라 낸 황제가 느릿하게 입매를 휘며 웃었다.

"그 이야기를 좀 듣고 싶군."

얕게 미소를 띤 황제의 얼굴은 마치 사냥꾼 같았다. 시커먼 속을 감춘 채, 사냥감이 덫에 걸리기를 기다리는 사냥꾼.

이를 알아챈 로젤은 자연스러운 웃음을 잃지 않으려 노력하며 입을 뗐다. 지금부터 그녀의 입에서 나올 말은 완전한 거짓도, 진실도 아니면서 황제가 수용할 수 있는 범위를 넘지 않는 정도의 이야기여야 했다.

"바로 어제, 어쩌다 보니 황태자 전하와 조금 먼 마을에 다녀왔습니다. 그런데 돌아갈 시간이 되었을 무렵, 비가 제법 거세게 쏟아졌고, 마차로 이동하는 것은 위험하다고 판단해 결국 그곳에서 하루를 보냈습니다."

나름대로 깔끔한 로젤의 대답에 황제는 잠시 생각에 잠긴 듯, 뜸을 들이다가 입을 열었다.

"그래서 황태자와 잤나?"

"……."

"아, 이런. 너무 노골적이었군. 방금 한 말은 못 들은 거로 해 둬."

마치 일부러 놀리는 듯한 말투에 로젤은 동요하지 않으려 노력했다. 하지만 그것이 과연 황제에게도 전해졌을지는 알 수 없었다.

"굳이 탓하려는 건 아니야. 아직 국혼을 올리지는 않았으나 두 사람이 약혼 관계임은 모두가 아는 사실. 두 사람의 관계가 좀 더 깊이 발전했다고 해서 문제 될 것은 없지."

의도적으로 로젤을 응시하며 말끝을 흐리던 황제가 이내 차분히 덧붙였다.

"다만, 짐이 알기론 문닝 일미 컨까지만 해도 두 사람은 서로 내외하던 사이였지 않나. 그런데 이리도 빠르게 가까워졌다니 조금."

"……."

"이상해서."

이상해서. 그 단어에 담긴 의미를 읽어 낸 로젤은 일부러 느긋하게 앞에 있던 찻잔을 들어 제 입가로 가져갔다.

황제 역시 그 정도 여유는 기다려 주겠다는 듯, 무심한 눈으로 그녀를 응시했다. 덕분에 두 사람 사이에는 침묵이 내려앉았고, 그것은 그다지 길지 않았으나 그렇기에 오히려 더 무겁게 느껴졌다.

"……폐하께서는 제가 황태자 전하와 더 이상 가까워지지 않길 바라시는군요. 그 이유가 혹, 제가 마음에 차지 않으시기 때문입니까?"

그리 말하며 조심스레 내려놓은 찻잔과 상반되는 과감한 질문이었다. 이에 황제는 조금 묘한 눈으로 그녀를 응시했다.

"왜 그리 생각하지?"

의문이 섞인 물음에 로젤은 품속에서 뭔가를 꺼내 보였다. 얼마 전, 황제가 그녀에게 보낸 로벨리아가 그려진 편지였다. 이를 느릿한 시선으로 살피던 황제의 입매가 휘어졌다.

"공녀가 꽤 재밌는 추측을 했군."

긍정도 부정도 아닌 모호한 대답에 로젤은 이내 편지를 다시 품 안에 가둔 후, 말을 이었다.

"그럼, 제게 로벨리아 꽃이 그려진 봉투를 보내신 이유를 감히 여쭈어도 될까요?"

"전에도 말했던 것 같은데, 짐은 공녀가 꽤 마음에 든다. 그러니 만약 내가 공녀와 황태자가 가까워지지 않길 바란다면 그 이유는 공녀가 아니라."

황태자에게 있겠지.

낮게 덧붙여진 말에 담긴 적의가 로젤을 짓눌렀다. 이에 그녀는 평소처럼 아무렇지 않은 척을 하는 대신, 반쯤 의도적으로 잠시 표정을 굳혔다가 폈다.

"……혹, 제가 폐하와의 거래를 제대로 이행하지 않을까 봐 걱정되십니까?"

"내가 고작, 공녀와의 거래 따위에 연연할 사람으로 보이나?"

"그런 것은 아니나. 그렇다고 해서 누군가의 배신을 용납하실 분도 아니시지요."

단호한 로젤의 말에 황제는 웃었다. 그리고는 이내 느긋하게 입을 뗐다.

"공녀에게 묻고 싶은 것이 있어."

"하문하십시오."

"1황자와 3황자의 죽음에 대한 일이야."

급작스레 등장한 주제에 로젤은 조금 의아해졌다. 1황자와 3황자의 죽음이라면 분명, 황제가 직접 자신의 짓임을 그녀의 앞에서 시인했었다. 그런데 이제 와 그들의 죽음을 입에 담는 이유가 무엇인지 그녀는 그 의중을 짐작하기가 힘들었다.

"공녀는 그들의 죽음과 황태자가 정말로 무관하다고 생각하나?"

로젤의 짐작대로 황제는 그녀가 전혀 예상치 못한 말을 하고 있었다. 그는 이내 뱀처럼 웃으며 덧붙였다.

"충고를 하나 하지."

"……."

"황태자를 너무 믿지 마. 가까이하지도 말고."

황제의 충고를 마지막으로 알현은 끝이 났다.

공작가로 돌아온 로젤은 식사도 거른 채 침대에 몸을 뉘었다.

큰 압박감에 짓눌린 탓인지 진이 다 빠져 기운이 없었다. 그냥 이대로 잠드는 것도 나쁘지 않겠다는 생각이 들 즈음, 불쑥 황제가 한 말이 떠올랐다.

'1황자와 3황자의 죽음에 대한 일이야.'

'공녀는 그들의 죽음과 황태자가 정말로 무관하다고 생각하나?'

그 말에 조금도 동요하지 않았다면 거짓말이다. 아주 잠깐이었지만 로젤은 분명 그런 황제의 말에 흔들렸다.

어쩌면 아르한이 정말 두 황자의 죽음과 깊은 연관이 있을지도 모른다고, 잠시나마 그렇게 생각했다. 하지만 로젤이 아는 아르한은 그럴 사람이 아니었다. 그리 확신할 수 있는 증거가 바로 눈앞에 있는 황제라는 사실이 그녀는 조금 우스웠다.

만약 황제의 말처럼 아르한이 황위를 위해 일말의 자비도 없이 제 이복동생들을 죽일 수 있는 사람이었다면 황제 역시 이미 이 세상 사람이 아니었을 것이다. 그러니 황제가 뱉은 말은 결국 모순이었다.

하. 이내 짧게 뱉은 웃음과 함께 로젤은 옆으로 누워 있던 몸을 바로하며 천장을 보았다.

라슈아 공녀의 방답게 천장마저도 금을 비롯한 각종 장식을 사용해 아름답고 우아한 느낌을 주도록 만들어져 있었다. 하지만 그럼에도 그 아름다운 천장은 전날 아르한과 함께 머물렀던 방의 초라한 천장보다 못했다. 겉만 화려하기 짝이 없고, 속은 텅 빈 것 같은 공허함을 주었다.

'충고를 하나 하지. 황태자를 너무 믿지 마. 가까이하지도 말고.'

그리고 로젤에겐 황제의 말이 그러했다. 겉으론 그럴싸하지만, 결국엔 텅 빈 껍데기.

새삼스러운 사실이나 황제는 아르한에게 꽤나 적대적이었다. 제국의 하나뿐인 황태자인 그를 툭하면 전쟁터 한복판으로 보내는 것만 봐도 알 수 있다. 그러니 그런 황제가 내리는 황태자에 대한 평가만큼 신뢰할 수 없는 것이 또 있을까.

그저 우스울 뿐이다. 게다가 설령 황제의 말처럼 아르한이 두 황자의 죽음에 일조를 했다고 해도, 로젤은 상관없었다. 두 황자의 모친인 황후는 아르한의 모친인 전대 황후를 살해했다고 짐작되는 인물이었으며, 황자들은 아르한의 정적이었다. 만약 1황자나 3황자가 황위에 올랐더라면 아르한과 샬롯의 안전은 결코 보장되지 않았을 것이다. 그러니 살기 위해 그들을 죽였다고 해도 그건 어쩔 수 없는 일이다.

'황궁이란 그런 곳이니까.'

그리고 그것을 황제 역시 모르지 않았다. 그럼에도 그가 오늘 로젤에게 그런 말을 한 것은 아마 그녀를 시험하기 위해서였을 것이다.

로젤이 자신과의 거래를 제대로 알고 있는가에 대한.

'왜 나를 의심하고 있는 걸까.'

나름 잘해 왔다고 생각했는데 역시 부족했던 건가 싶어 기분이 조금 가라앉았다. 하지만 결코 수확이 없었던 것은 아니다. 황제와의 독대를 통해 그가 로젤과 어떤 거래를 했는지 대충 알게 되었으니까.

아마 황제가 로젤에게 원하는 것은 아르한과의 결혼을 최대한 미루는 일일 것이다. 약혼을 했다고는 하지만, 아직 로젤과 결혼식도 올리지 않은 아르한에게 라슈아 공작이 힘을 실어 줄 리는 없다.

지금처럼 황제가 굳건히 자리를 지키며 황태자인 그를 대놓고 견제하고 있는 상황이라면 더욱. 하지만 결혼식을 올리고 나면 이야기는 달라진다.

만약 아르한이 황제가 되지 못한다면, 황족과 혼인을 한 사람은 재혼을 할 수 없다는 제국법에 따라 로젤은 새로운 남편을 맞을 수 없게 된다. 로젤을 통해 황실과의 연결 고리를 만들고 세력을 확장하려는 라슈아 공작의 계획이 완전히 망가지는 셈이다.

그렇기에 아르한이 로젤과 결혼한다면 라슈아 공작은 그를 황제로 만들기 위해 전력을 다할 것이다. 그러니 지금의 황제는 두 사람의 결혼이 달갑지 않을 수밖에 없다.

'괜히 신경 쓰지 말자.'

황제의 헛소리 따위를 마음에 담아 둘 때가 아니었다.

아르한이 전쟁터로 떠난 지 고작 이틀 만에 달갑지 않은 손님이 로젤을 찾아왔다. 미리 약속도 잡지 않은 채, 이른 아침부터 대뜸 공작저를 방문한 에반이.

'대체 뭐 하자는 걸까.'

양심이 있다면 한동안은 조용히 있지 않을까 싶었는데, 아르한이 수도를 떠나기 무섭게 찾아올 줄이야. 이건 정말이지 예상 밖의 일이었다.

"……저, 아가씨."

"왜?"

"계속, 그……. 저대로 기다리시게 해도 될까요?"

평소 워낙 로젤을 두려워하는 탓에 필요한 일이 아니면 쥐 죽은 듯이 있던 하녀들이 죄다 안절부절못할 정도로 에반의 파급력은 대단했다.

"상관없어."

그러나 그것은 하녀들에게나 해당되는 이야기였다. 로젤에게 에반의 방문 따위는 조금 거슬리긴 하지만, 별 의미 없는 일이었다. 이를 증명하듯, 그녀는 느긋하게 제 방에 앉아 차를 마시며 여유를 즐기고 있었다.

"후작께서 정 안 되면 아가씨께 자신의 방문 목적이라도 전해 달라고 말씀하셨습니다."

"그래? 그럼 어디 한번 전해 봐."

그다지 궁금하진 않았지만 그래도 예의상 들어는 봐야겠다는 생각이 들었다.

"소후작의 예절 교사를 맡아 주신 공녀님께 감사 인사를 드리고 싶어 방문하셨다고 합니다."

"흐음, 그래? 근데 그런 것치고는 너무……."

구질구질하시네.

중얼거리듯 뱉은 말이었으나, 곁에 있던 대부분의 하녀들은 이를 똑똑히 들었다. 하지만 그럼에도 그에 대해 입을 여는 사람은 아무도 없었다.

덕분에 마치 살얼음 위를 걷듯, 위태로운 분위기가 이어졌다. 그리고 그런 분위기 속에서 잠시 생각에 잠긴 듯한 로젤이 이내 곁에 있던 하녀 중 하나를 손짓으로 불렀다.

"거기 너, 잠깐 이리 와 봐."

조금 싸늘하게 들리는 목소리에 하녀는 바짝 긴장한 얼굴로 그녀에게 다가갔다. 그러자 한쪽 입매를 가볍게 휘며 웃던 로젤이 말했다.

"가서 아델노프 후작님께 전해. 지금으로부터 일주일 후, 소후작님의 예절 교사가 정식으로 찾아뵙겠다고."

"……네? 아, 네."

조금 전까지만 해도 아무렇지 않게 후작을 방치하던 태도와 상반되는 명령에 하녀는 잠시 의아했으나, 이내 궁금증을 버렸다. 호기심이 지나치면 죽음으로 이어질 수 있다는 사실을 알고 있으니까.

"특히, 예절 교사라는 말을 절대 빼먹지 말고 전해."

덧붙여진 로젤의 말을 몇 번이나 되새긴 하녀는 이내 에반에게 말을 전하러 나갔다. 이를 무표정한 얼굴로 응시하던 로젤이 찻잔을 들어 제 입으로 가져갔다.

'예절 교사를 계속해 달라는 건 진심이야. 다른 이유는 없어.'

518

'이제 와 공녀가 멋대로 예절 교사를 관둬 버리면, 리오의 평판이 떨어질 거란 생각은 안 해?'

왜 그렇게 예절 교사에 집착하나 했더니 처음부터 이럴 생각이었던 모양이다. 하지만 안타깝게도 로젤은 에반의 뜻대로 움직여 줄 생각이 없었다.

일주일. 에반은 로젤의 말에 따라 순순히 일주일을 기다렸다. 그날 제게 전한 말에 따라 그녀는 분명 오늘 후작가를 방문할 것이다.

귀족에게 말과 약속이란 그 정도의 무게를 지녔다. 이를 알기에 에반은 로젤이 올 것이라고 확신했다.

"도련님의 예절 교사께서 도착하셨습니다."

"그래? 그녀는 지금 어디 있지?"

"아래층에 있는 응접실에 계십니다."

갑작스러운 하인의 말에 에반은 보고 있던 서류를 서둘러 내려놓은 후, 곧장 그녀가 있다는 응접실로 향했다.

그리고 그런 에반을 맞은 것은.

"오랜만이군요. 아델노프 후작 각하."

"당신이 여긴 왜……."

"왜라니, 그렇게 말씀하시면 섭섭하죠. 이래 봬도 우린 같은 아카데미 출신이잖습니까."

바로 샬롯이었다. 그 사실이 에빈은 도무지 믿기지 않았다. 그녀가 대체 왜 이곳에 있는 걸까.

"나는 지금 백작 부인과 장난할 기분이 아닙니다."

"어머, 그건 저도 마찬가지랍니다. 저 역시 후작께 그다지 좋은 감정은 없거든요."

그리 말하는 샬롯의 어조는 여전히 조금 가벼웠으나, 그녀의 눈빛은 싸늘하게 가라앉아 있었다.

"난, 아델노프 후작께서 계속 이런 식으로 라슈아 공녀께 집적거리지 않았으면 해요. 그녀는 엄연히 황태자 전하의 약혼녀이고, 그렇기에 이건 황실의 명예가 달린 문제니까."

상당히 노골적인 샬롯의 경고에 에반의 표정이 굳어졌다. 그것을 인지한 그녀는 잠시 여유롭게 그를 응시하다가 이내 품속에서 편지한 장을 꺼내 건넸다.

"라슈아 공녀가 후작께 드리는 편지입니다."

다소 신경질적으로 그것을 빼앗아 든 에반이 순식간에 편지를 읽어 내려가기 시작했다.

"공녀께서는 더 이상 소후작의 예절 교사를 맡지 않으실 겁니다."

그가 편지를 전부 읽기도 전에 샬롯이 선수를 쳤다.

"안타깝게도 요근래 건강이 급격하게 나빠지셔서요. 그래서 외부 활동도 자제하고 계신다니 참으로 통탄할 일이지요."

그리 말한 샬롯이 진심으로 안타까워 죽겠다는 얼굴을 했다. 물론에반은 그 말을 믿지 않았다. 그러나 샬롯은 개의치 않고 말을 이었다.

"그래서 부득이하게도 앞으로는 제가 소후작님의 예절 교육을 담당하게 되었습니다."

"……"

"그러니 앞으로 잘 부탁드려요."

뻔뻔스러운 샬롯의 대꾸에 에반이 정색을 했다.

"누구 마음대로 백작 부인께서 예절 교사를 맡으시겠다는 겁니까? 소후작의 교육에 대한 결정권은 후작인 제게 있습니다."

로젤이 직접 에반을 찾아오지 않은 것은 아프다는 핑계로 어찌 넘길 수 있겠지만, 샬롯이 리오의 예절 교사를 맡는 문제는 달랐다. 그리 쉽게 은근슬쩍 넘어갈 수 있는 일이 아니었다.

"압니다. 그래서 저는 후작께 한 가지 거래를⋯⋯."

"그리고 결정적으로 제가 오늘 라슈아 공녀를 만나려고 한 진짜 이유는."

차분히 설득을 하려던 샬롯의 말은 에반에 의해 그대로 막혔다. 그의 표정이 매우 비장했던 탓이다.

"델티 왕녀 때문이었습니다."

샬롯이 로젤을 대신해 후작가로 향한 지 꽤 긴 시간이 흘렀다. 지금쯤이면 거래에 성공했든, 끝까지 거절을 당했든 결과가 나왔을 터다.

'그런데 왜 연락이 없는 거지?'

조금 불길한 예감이 들었으나, 로젤은 애써 이를 가라앉혔다.

샬롯은 현명한 사람이다. 그리고 그런 샬롯에게 로젤은 에반을 설득할 만한 근거를 알려 주었나. 그리니 그녀는 분명 문제를 잘 해결하고 돌아올 것이다.

로젤은 샬롯을 믿었다.

아카데미 시절에도, 그리고 지금도 샬롯은 로젤에게 언제나 큰 힘이 되어 주는 존재였다. 그 사실만큼은 변하지 않는다.

"……저, 아가씨."

조심스러운 하녀의 부름에 로젤이 고개를 들었다. 그러자 대뜸 눈앞에 하얀 봉투가 내밀어졌다.

"이게 뭐지?"

"황궁에서 온 것 같습니다."

짤막한 하녀의 설명에 이내 그것을 받아 든 로젤이 손짓으로 주변에 있던 이들을 물렸다. 그리고는 바로 봉투를 열었다. 갑작스레 날아든 편지는 황제의 칙서였다. 거창한 종이에는 그 이름에 비해 그다지 거창하지 않은 사실이 적혀 있었다.

라슈아 공작가의 로젤 라슈아는
명령에 따라 일주일 후 열릴 사냥 대회에 참석하라.

정말 대수롭지 않은 내용이었다. 굳이 칙서까지 보내 알리는 이유를 이해할 수 없을 정도로 무난한 용건이었다. 매년 이맘때쯤이면 보통 사냥 대회가 열리고는 했으니, 새삼스러울 것도 없다.

제국의 중앙 귀족들 중 대부분이 참석하는 사냥 대회.

다소 갑작스레 일정을 통보했다는 점과 소수지만 타국의 귀족들이 참석한다는 점만 빼면 특별할 것 없는 행사였다.

'……설마?'

문득, 갑작스레 뇌리를 스친 한 가지 가정에 로젤은 다시 한번 차근차근 황제의 칙서를 살폈다. 그러자 그곳의 끄트머리에는 사냥 대회에 참석하는 타국의 귀족과 왕족들의 이름이 있었다.

그리고…….

참석자: 리페도라 왕국의 델티 리페도라.

델티의 이름도 함께 적혀 있었다.

우연이라고 치부하며 넘기기엔 부자연스럽고, 계획된 것이라 보기엔 조금 어설프다. 그리고 그 부자연스러운 상황은 결국, 로젤과 에반의 만남을 성사시켰다.

먼저 연락을 취하지 못해 안달이 난 것은 에반 쪽이었다. 정보를 제공하는 입장이며, 그다지 아쉬울 것 없는 입장에 놓여 있음에도 그랬다.

"자."

"이게 뭐죠?"

"델티 왕녀에게서 온 편지다."

그리 말한 에반이 들고 있던 편지를 로젤에게 건넸다. 이를 받아 든 그녀는 이내 천천히 편지를 읽어 내려가기 시작했다.

내용은 간단했다. 지금의 보셸이 가짜임을 확인시켜 주었으니, 제게 협조해 그녀의 정체를 공개적으로 밝히자는 제안. 그것이 델티가 에반에게 보낸 편지 내용의 전부였다.

"이게 다인가요?"

"그래."

"고작 이 사실을 제게 알리기 위해 그리도 안절부절못하셨다고요? 고매하신 아델노프 후작 각하께서?"

약간의 비꼼과 의문이 섞인 로젤의 물음에 잠시 고민하는 기색을 보이던 그는 이내 한숨처럼 덧붙였다.

"……사실, 네게 이 사실을 알리라고 한 것까지가 델티 왕녀의 뜻이었어."

"이중 스파이라도 하라고 하던가요?"

그럴 줄 알았다는 듯 덤덤하게 제 추측을 늘어놓는 로젤의 태도에 에반의 눈이 흔들렸다.

"뻔한 방법이지만, 그만큼 효과적인 수니까요."

확실히 그러했다. 물론, 이중 스파이의 역할을 맡을 인물을 완전히 신뢰할 수 있다는 전제하에.

"……하지만 나는, 왕녀의 스파이가 될 마음이 없어."

"아아, 그러시군요."

"이건, 진심이야!"

비꼼에 가까운 로젤의 대구에 에반이 소리쳤다. 하지만 그녀는 단 한 톨의 동요도 없이 느긋하게 앞에 놓인 찻잔을 제 입가에 가져갔다. 그런 그녀의 행동이 거슬렸는지 제 입술을 짓씹던 에반이 이내 말했다.

"넌 매사에 그런 식이야. 자신과는 상관없는 척, 언제나 고고하고 냉정하지."

그가 싸늘하게 말을 이었다.

"그게 날 지치고 힘들게 했어. 살아 있는 사람 같지도 않을 정도로 차가운 네 모습이 끔찍했다고!"

"……"

"너는 날 단 한 번이라도 남편이라고 생각한 적이 있나?"

마음속에 오랫동안 쌓아 왔던 둑이 무너지고 강물이 범람하듯, 쏟아지는 에반의 말을 로젤은 무표정한 얼굴로 듣고 있었다.

"나는, 그저 오해를 했을 뿐이야. 네가 날 배신했다고, 다른 남자와 아이를 가졌다고. 그 사실이 나는 너무 비참해서 그저……."

"저한테 직접 확인할 생각은 하지도 않고 다른 여자와 입부터 맞추셨죠. 게다가 그걸 제게 들키셨고요."

로젤이 들고 있던 찻잔이 제법 날카로운 소리를 내며 테이블 위로 내려앉았다. 이에 에반의 눈이 조금 흔들렸다.

"후작이야말로 저를 단 한 순간이라도 아내로 대하신 적이 있던 가요?"

싸늘한 냉소를 머금은 얼굴로 로젤이 말을 쏟아 냈다.

"제가 후작과 결혼한 지 얼마 되지 않았을 때, 전대 아델노프 후작부터 후작가의 방계 인사들까지. 그들 중 누구도 저를 후작 부인으로 인정하지 않았습니다."

사실 그 정도는 에반과의 결혼을 결심한 순간부터 각오했던 일이었다.

"심지어 천한 사생아를 후작 부인으로 모실 수 없다며, 저택의 고용인들까지 저를 무시했죠."

허울뿐이기는 해도, 후작 부인인 그녀에게 직접 손을 댈 수는 없었기에 그들은 에르샤를 철저하게 없는 사람 취급했다. 그녀가 어떤 명령을 내리던 이를 수행하지 않거나, 대충 성의 없이 흉내만 내는 데그친 것이다. 하지만 그 정도는 에르샤에게 우습지도 않은 일이었다. 어릴 적 마르아넬 공작가에서 생활했을 때부터 그보다 더한 일도 겪어 왔으니 무던하게 넘길 수 있었다.

아니, 그럴 수 있을 줄 알았다.

"그 상황을 견디다 못한 제가 조금 지친다. 적응이 쉽지 않다고 했을 때, 후작께서 제게 하신 말씀이 뭐였는지 기억하십니까?"

"……."

"다른 영애들은 다 할 줄 아는 걸 넌 왜 못한다고 징징대는 거지? 나이 많은 귀족 영감에게 팔려가지 않게 해 줬잖아. 그러니 어리광은 그만두고 네 본분을 다해."

몇 년이 지난 지금도 토씨 하나 틀리지 않고 기억할 만큼 그 말은 에르샤의 머릿속에 강하게 박혀 있었다. 그리고 아마 그날부터였을 것이다. 에르샤가 더 이상 에반에게 마음을 열지 않았던 것은.

"제가 너무 차갑고, 냉정해서 사람 같지 않다고 하셨죠? 그런데 저를 그리 만든 것은 후작이셨습니다."

그녀는 에반을 사랑한 적이 없다. 하지만 그럼에도 조금 전, 그가 한 말이 뼈아팠던 것은 에르샤를 그리 만든 것이 결국 에반이기 때문이다.

어느새 무서울 정도로 차분해진 어조로 그녀가 말을 이었다.

"후작께는 제가 그저 끔찍할 정도로 냉정한 여자였을지 모르나, 저는 당신의 말대로 본분을 다하기 위해 치열하게 살고 있었습니다."

"……"

"그러니 더 이상 과거의 기억에 허덕이며, 제 노력을 폄하하고 훼손하지 마세요. 당신은 그럴 자격이 없습니다."

냉정한 로젤의 말에 에반은 이번에도 끝내 침묵으로 일관했다. 그러다가 겨우, 그녀와 헤어지기 직전 한마디를 꺼냈다.

"……나는 결코 델티 왕녀와 뜻을 함께하지 않을 거야."

그것은 로젤에게 하는 약속이라기보단, 스스로에게 하는 다짐에 가까웠다. 이를 눈치챈 그녀가 에반을 향해 말했다.

"기대하죠."

그리고 그것이 만남의 전부였다.

에반은 로젤에게 도움이 될 만한 정보를 그 이상 알려 주지 않았다. 물론 에반이 뭔가를 알려 줬다고 해서 그 말을 순순히 믿지는 않았을 테지만, 그를 완벽하게 신뢰하기엔 여전히 조금 꺼림칙한 구석이 있었다.

차분히 생각을 정리하던 로젤은 이내 아르한을 떠올렸다. 더불어 그에게 지금의 상황을 알려야 하는가, 말아야 하는가에 대한 고민도 함께 떠올랐다.

다행스럽게도 고민은 길지 않았다.

'당분간은 비밀로 하자.'

조만간 자신과 델티가 다시 마주하게 될지도 모른다는 소식을 접한다면, 아마 아르한은 무리를 해서라도 서둘러 수도로 돌아오려 할 것이다. 그 과정에서 생기는 상처나 손해 따위는 신경도 쓰지 않겠지. 로젤은 결코 그것을 원치 않았다.

물론 그렇다고 해서 계속 아무 소식도 전하지 않는다면, 그것은 그것대로 의심을 살 수 있을 테니 조만간 크리스를 통해 적당히 근황을 전할 생각이었다.

* * *

아르한이 로젤의 편지를 받은 것은 수도를 떠나 전쟁터에 도착한지 나흘이 지나서였다. 이렇게 빨리 그녀의 소식을 받아 볼 수 있으리란 기대는 하지 않았기에 그는 조금 의아했다. 적어도 아르한이 아는 로젤은 이렇게 빨리 소식을 전해 올 사람이 아니었다. 오히려 전쟁터에 나와 있는 그가 심란하지 않도록 있는 소식도 감추려 들 사람이었다.

그런 의아함을 애써 가라앉힌 채, 편지를 끝까지 읽고 나니 의혹은 배가 되었다. 편지의 내용이 그다지 특별하지 않았던 탓이다.

편지에 따르면 로젤은 나름대로 잘 지내고 있으며, 조만간 황궁에서 열릴 사냥 대회에 참석할 예정이었다. 그것이 전부였다.

'이상하군.'

이상하다는 말로 다 표현할 수 없을 만큼 이상했다. 그리고 그는 금세 그 이유를 짐작할 수 있었다.

"전하, 분부하신 대로 펠른 경의 서신을 가져왔습니다."

"수고했다. 그만 나가 보도록."

"네."

짧막한 대답과 함께 아르한에게 편지를 가져나준 기사가 막사 밖으로 나갔다. 그와 거의 동시에 아르한이 편지를 열었다. 로젤에겐 말하지 않았으나 그는 정원에서 미행을 당한 직후, 곧장 두 왕녀에게 각각 사람을 붙여 두었다.

두 왕녀가 제 나라로 돌아간 이후에도 감시를 계속할 수 있도록 적당한 가짜 신분까지 만들어 주며 꽤 공을 들였다. 그리고 지금 받아 든 편지는 델티를 감시하기 위해 붙여 둔 펠른 경에게서 온 것이었다.

타깃이 일주일 이내에 제국을 방문할 것 같습니다.
제국에서 열리는 사냥 대회에 참석할 예정이라는군요.

조금 전 자스민을 감시하기 위해 붙여 둔 기사에게서 그녀가 별다른 움직임을 보이지 않는다는 보고를 받은 것과 상반되는 내용이었다.

'왜 하필 그녀인가.'

짧막한 의문이 스쳤다. 단순한 우연이라 치부하기엔 걸리는 점이 많았다.

만약 자스민의 제국행이 결정되었다면 아르한은 이렇게까지 의문을 품지 않았을 것이다. 그녀는 리페도라의 왕녀들 중 가장 큰 세력을 갖고 있었고, 왕의 총애까지 받고 있었으니까. 그러니 자스민을 제국으로 보내는 것은 그다지 이상한 일이 아니었다.

제국 견학은 타국의 왕족이나 고위 귀족들이라면 다들 한 번쯤은 해야 하는 절차 비슷한 것이었으니까. 하지만 델티의 경우는 달랐다. 그녀는 리페도라 왕국 내에서 은근히, 혹은 대놓고 무시를 당하는 처지였다. 그런 델티를 두 번씩이나, 그것도 이번에는 사냥 대회에 참석시키기 위해 제국으로 보낸다는 것이 조금 이상했다. 마치 누군가가 의도적으로 불러들인 것 같은 느낌이 들었다.

'가급적이면 빨리 돌아가는 편이 좋겠군.'

물론 그리 쉬운 일은 아니었다. 현재 아르한은 군사를 원조한 시트라 제국의 대표이자 제3국의 대표로서 이곳에 와 있다.

대외적으로는 제국에 군사를 원조받은 에이른 왕국과 에이른 왕국과 전쟁 중인 비른 왕국의 종전 협상을 돕기 위해. 그리고 조금 더 실질적인 이유는 황제의 명을 수행하기 위해.

'에이모른을 지켜라. 그곳을 감히 비른 왕국 따위가 넘보지 못하도록.'

그것이 황제의 명령이었고, 그가 아르한을 이번 협상에 보낸 진짜 목적이었다. 아니, 황제의 진짜 목적은 아마 아르한의 죽음일 것이다. 수도를 떠난 이후로 하루가 멀다 하고 찾아오는 자객들을 보면 이는 틀림없었다.

거기다가 골치 아프게도 지난 나흘 동안 협상엔 별 진전이 없었다. 두 왕국의 대표 모두 제국의 황태자인 아르한의 눈치를 보고 있음에도 그러했다.

"전하. 잠시, 급히 전해 드릴 말씀이 있습니다."

막사 밖에서 들려온 다급한 부름에 아르한이 생각을 멈췄다.

"일단, 들어오도록."

아르한의 대답이 떨어지기 무섭게 조금 전 편지를 전해 주고 갔던 기사가 막사 안으로 들어왔다. 이에 아르한이 일말의 여유도 없이 물었다.

"무슨 일이지?"

"……송구한 말씀이나, 비른 왕국 쪽에서 내일 있을 회담에 참석하지 못할 것 같다고 전해 왔습니다."

"하. 또 시작인가? 그래. 이번엔 또 무슨 이유를 댔지?"

"비른 왕국 대표인 왕자의 건강 상태가 좋지 않다고 합니다. 회담에 참석하는 것은 도저히 무리라고……."

이번 종전 협상에 대해 두 왕국은 전혀 다른 입장을 보이고 있었다. 에이른 왕국은 시트라 제국이 나서서 빠르게 상황을 정리해 주길 바랐고, 비른 왕국은 협상이 조금이라도 더 늦어지길 바랐다.

이번 전쟁 자체가 에이른 왕국에서 먼저 인정을 온 것이었기에 비른 왕국의 입장에서는 그냥 시간만 끌어도 이익이었다. 오랜 원정으로 인해 지친 군사들의 사기가 떨어지고, 불만이 커질수록 에이른은 점점 더 초조해질 것이다. 비른이 협상에서 우위를 점할 가능성 역시 높아질 테고.

아마 평소 같았으면 아르한은 두 왕국의 신경전 따위 관심도 없었을 것이다. 오히려 적당히 두 나라 사이를 휘저으며 챙길 수 있는 이익을 챙겼겠지. 하지만 이번에는 그럴 수 없었다. 하루빨리 수도로 돌아가야 했다. 그러니 왕자의 어쭙잖은 잔머리 따위를 두고 봐줄 생각은 없었다.

"전에 준비하라고 했던 것은 어찌 되었지?"

"지시하신 곳에 적당히 숨겨 두었습니다."

기사의 깔끔한 대답에 아르한은 잠시 뭔가를 생각하는 기색을 보이다가 이내 입을 열었다.

"비른 왕국 왕자에게 전해. 한 시간 후 내가 직접 막사로 찾아가겠다고."

"그쪽에서 응할까요?"

"아니. 응하지 않을 것이다. 그러니."

겨우 이 정도로 순순히 응할 생각이었다면, 아프다는 핑계도 대지 않았을 것이다. 그러니 이쪽에선 더 세게 나가는 수밖에.

"만약 받아들이지 않는다면, 제국과의 전쟁을 각오해야 할 거라고 전해."

전쟁이라는 두 글자의 여파는 대단했다.

전쟁터에 도착한 나흘 동안 단 한 번도 아르한의 눈앞에 나타나지 않았던 비른의 왕자가 모습을 드러낸 것이다.

"시트라 제국의 차기 태양이신 황태자 전하를 뵙습니다."

게다가 왕자는 꽤나 저자세로 나왔다. 비굴하다는 느낌이 들 만큼 깊이 숙인 허리는 그가 '전쟁'이라는 단어에 얼마나 민감하게 반응하고 있는지를 나타냈다.

"반갑습니다."

이를 무심하게 응시하던 아르한이 이내 매끄러운 웃음을 띤 얼굴로 물었다.

"건강 상태가 썩 좋지 않으시다고 들었는데. 몸은 괜찮으신가요?"

친절하게 웃는 얼굴과 달리, 은근한 어조로 자신이 댄 핑계의 진위를 캐려 드는 아르한을 보며 왕자는 조금 창백한 얼굴로 웃었다.

"송구하오나 지금도 썩 좋지는 않습니다. 하지만 에이른 왕국, 그리고 시트라 제국과의 원만한 관계를 위해서라면 그 정도는 감수해야 하지 않겠습니까?"

핑계에 불과하나 공식적으로 사람을 보내 아프다는 말을 전했음에도 이를 믿지 않고 막사로 쳐들어온 아르한을 은근히 질책하는 말이었다. 이를 가볍게 못 알아들은 척한 아르한이 여전히 반듯하게 웃는 얼굴로 주변에 있던 사람들을 물렸다. 왕자 역시 이를 딱히 저지하지는 않았다.

"에이모른을 원하신다고 들었습니다."

둘만 남은 시점에 아르한의 입에서 나온 것은 꽤나 중대한 사안이었다. 이번 협상의 가장 핵심이라고 할 수 있는. 그리고 그렇게 중요한 문제를 다짜고짜 늦은 시각에 막사에 쳐들어온 상황에서 들먹이는 것은 어찌 보아도 예의가 아니었다.

그것은 해석하기에 따라 아르한이 비른의 왕자, 나아가서 비른 왕국을 무시하고 있다고 볼 수도 있는, 상당히 민감한 문제였다.

"황태자 전하께서는 참으로 거침이 없으시군요. 조금 당황스러울 지경입니다."

왕자는 나름 최선을 다해 아르한의 무례를 돌려 지적하고 있었다. 그러자 아르한은 이내 가벼운 웃음을 띤 얼굴로 말했다.

"지난 나흘 동안, 병석에 누워 제게 얼굴 한 번 보여 주지 않으시던 왕자만 할까요."

생글생글 웃는 얼굴로 한 말이나, 아이러니하게도 그 말을 내뱉는 어조에 웃음기 따윈 없었다. 이를 자신을 향한 조롱이라 해석한 왕자가 딱딱하게 굳은 얼굴을 했다.

"지금 감히 저를 모욕하시는 겁니까?"

"고작 이 정도로 모욕이라니 비약이 심하시군요."

"이것은 명백히 저를 향한, 더 나아가 비른 왕국을 향한 모욕입니다."

"그러십니까?"

아르한이 순간적으로 아무것도 모르는, 마치 백치 같은 얼굴로 그리 묻자. 분개한 왕자가 무어라 따지려던 순간.

"제겐 지난 나흘이 그러했습니다."

"……."

담담하게 귓가에 꽂힌 아르한의 목소리는 어느새 조금 섬뜩할 정도로 낮아져 있었다. 그와 함께 두 사람 사이의 공기가 싸늘하게 얼어붙었다.

"왕자께서는 지금 황태자인 저, 그리고 더 나아가 제국을 모욕하고 계십니다."

자신이 조금 전에 했던 말을 그대로 돌려주는 아르한을 보며, 왕자는 멍한 얼굴을 했다.

"왕자의 목표는 에이모른이겠죠. 하나, 같잖은 꾀병 따위로 시간을 끈다고 해서 에이모른을 얻을 수 있다고 생각하십니까?"

"그럼 아닙니까?"

"……."

"비른 왕국이 에이모른을 가질 수 있는 이보다 더 확실하고, 편한 방법이 있습니까?"

조금 전까지 아르한을 향해 꽤 비굴한 태도로 고개를 숙이던 사람이라고는 생각하기 힘들 정도로 왕자가 자신만만한 얼굴을 했다.

"에이모른은 에이른 왕국의 최대 밀 생산지입니다. 그런 곳을 고작 이번 종전 협상을 대가로 가져가시겠다고요?"

"이대로 끝까지 종전 협상을 맺지 않은 채, 전쟁을 이어 가는 것과 순순히 에이모른을 넘겨주는 것."

"……."

"황태자 전하께서는 에이른 왕국이 어느 쪽을 택할 것 같으십니까?"

냉정하게 손익을 따져 계산한다면, 전쟁을 더 이어 가는 한이 있더라도 에이모른을 지켜야 했다. 하지만 이번 협상의 대표로 온 에이른 쪽 왕자의 유약하기 짝이 없는 성정으로 볼 때, 이는 불가능에 가까웠다. 아마 에이른의 왕 역시 에이모른을 넘겨주더라도 전쟁을 끝내는 쪽으로 마음을 굳혔을 것이다.

"에이른 왕족들의 마음은 이미 한쪽으로 기울었습니다. 그러니 조금만 더 버티면 제 조국은 에이모른을 얻을 수 있을 겁니다."

그리고 그 모든 사실을 알고 있는 듯, 비른 왕자는 자신만만한 태도를 보였다.

냉정하게 판단하자면 지금 두 사람 사이에 주도권을 잡고 있는 것은 비른 왕자였다. 그는 이대로 아무것도 하지 않은 채 가만히 있기만 해도, 에이모른을 손에 넣을 수 있다. 그러니 지금의 상황에서 뭔가를 해야 하는 것은 아르한이었다.

"그렇군요. 비른 왕자께서 그 모든 사실을 알고 계실 줄은 몰랐습니다."

돌아가는 상황에 비해 지극히 느긋한 태도로 입을 뗀 아르한이 이내 왕자의 막사를 가볍게 둘러보았다.

황제가 비른 왕국에 에이모른을 넘겨주지 못하게 하려는 것은 그곳에서 나는 밀의 절반 이상이 매년 제국에 공물로 바쳐지기 때문이다. 그런 에이모른이 비른 왕국으로 넘어간다면 제국은 꽤 많은 양의 밀을 잃게 될 것이다. 그것이 당장 제국에 큰 영향을 끼치지는 않겠지만, 그냥 이대로 잃어버리기엔 꽤 아까운 양이었다.

그렇기 때문에 만약, 에이모른을 지키지 못한다면 종전 협상의 제국 대표인 아르한에게 비난의 화살이 쏟아질 가능성이 높았다. 적당히 자객을 보내 생명을 위협하면서, 만약 이번 회담을 성공적으로 끝내지 못하면 지지 기반을 무너트릴 함정을 파두는 것.

죽어서 돌아오면 좋고, 살아 돌아오더라도 제 살을 조금이나마 깎아 먹도록 교묘하게 설계된 덫이었다. 아르한은 지금 황제가 만들어 둔 덫이 사방에 깔린 무대 위에 있었다.

"황태자께서 저를 머저리 취급하시는 것도 이해합니다. 당신에게 저는 약소국의 왕자에 불과할 테니까요."

언뜻 듣기엔 스스로를 비하하는 것처럼 들렸으나, 사실 그는 그런 약소국의 왕자도 당해 내지 못하는 아르한을 은근히 조롱하고 있었다. 이에 아르한은 눈썹 하나 까딱하지 않았다. 그저 이내 나긋한 음성으로 입을 열 뿐이었다.

"왕자께서는 차라리 아무것도 모르셨으면 좋았을 겁니다."

"무슨 의미입니까?"

"말 그대로입니다."

황제가 쳐 둔 덫을 피해 하루빨리 제국으로 귀환하려면 그저 옳은 방법만 사용해서는 안 됐다. 빠르게 결론을 내린 아르한이 생긋 웃었다.

"그렇다면 적어도 지금보다는 더 오래 사셨을 테니까."

그가 말을 마치기 부섭게 미론 왕자의 관자놀이에 차가운 금속이 닿았다. 언뜻 풍기는 화약 냄새는 그 물건의 정체가 총임을 바로 알 수 있게 해 주었다.

이내 왕자가 경악한 얼굴로 소리쳤다.

"……지금, 이게 무슨!"

"아, 이런. 움직이지 마세요."

나직하게 떨어진 아르한의 음성과 함께 철컥. 총알이 장전되는 소리가 들려왔다. 비른 왕자는 저도 모르게 숨을 들이켰다.

"제가 실수로 방아쇠를 당겨 버릴지도 모르지 않습니까."

"……."

그리 말한 아르한은 더없이 화사하게 웃고 있었다.

'이런 미친 새끼.'

비른 왕자는 목구멍까지 차오르는 욕설을 애써 삼켜 냈다. 전쟁터 한복판이라고는 하나, 이곳은 종전 협상이 한창인 비무장지대다. 그런 곳에서 그것도 이 야심한 시각에 왕자인 제 막사 안에 총을 들고 들어왔다는 것부터가 문제인데, 대놓고 제 머리에 총구를 겨누고 있다니.

아무리 생각해도 눈앞에 있는 황태자는 제정신이 아니었다. 방긋방긋 웃고 다니는 놈들이 제일 무섭다더니…….

사람을 모두 물리고 단둘만 남았으니, 만약 제 몸에 작은 상처 하나만 생겨도 책임을 피할 수 없을 것이다. 그런데 대체 어쩌자고 이렇게 무모한 짓을 벌이는 걸까.

"의아해하실 것 같아서 조금 덧붙이자면, 저는 이대로 방아쇠를 당겨도 아쉬울 것이 없습니다."

여전히 따스하게 웃으며 덧붙이는 말이 저 모양이니, 비른 왕자는 슬슬 불안해지기 시작했다. 눈앞에 있는 황태자가 정말 이성적인 사고가 불가능한 놈이라면 상황은 답이 없어진다. 협상에 성공해 부귀영화를 누리더라도, 일단 살아야 할 것 아닌가. 물론 그렇다고 해서 목숨을 구걸하자고, 에이모른을 포기할 수는 없었다.

"……이, 이런 식으로 저를 죽여 봤자 또 다른 대표가 이곳으로 올 겁니다! 그러면 제 목숨값까지 더해져 협상은 제국과 에이른에게 더욱 불리하게 돌아가겠지요!"

스스로가 듣기에도 발악에 가까운 외침이었으나, 틀린 말은 없다. 그러니 이 정도면 황태자도 어느 정도 납득하고, 못 이기는 척 총구를 내리지 않을까 싶었다.

"그럼, 다음 대표 역시 왕자와 똑같이 만들어 주면 되겠군요."

"……."

그리고 그런 생각은 이내, 진창에 처박히듯 고꾸라졌다. 결국 마지막 수단이었던 설득을 포기한 왕자는 빠르게 계획을 수정했다. 이런 미친놈을 정상인인 자신이 설득할 수 있을 리 없다.

그러니 이제 남은 것은…….

"먼저 이 모든 일을 자초하신 것은 황태자 전하이십니다."

단호한 한마디와 함께 비른 왕자가 품속에 있던 단도를 빼 들어 아르한을 향해 휘둘렀다. 검이 날카로운 궤적을 그리며 달려들자, 이를 피하기 위해 그가 순식간에 뒤로 물러났다.

상당히 숙련된 움직임이었음에도 불구하고 단검은 아르한의 왼쪽 뺨에 작은 상처를 냈다. 일직선으로 난 상처에서 피가 배어 나온다.

이를 가볍게 손등으로 훔쳐낸 아르한이 제 핏자국을 보며 픽 웃었다. 그 모습이 조금 섬뜩했으나, 왕자는 개의치 않았다. 먼저 총을 꺼내 든 것은 아르한이니, 그가 상처를 좀 입었다고 해도 상관없다. 제몸을 지키기 위해 어쩔 수 없이 한 행동이라고 포장하면 그만이니까.

애당초 이곳은 비른의 왕자인 자신의 막사였다.

분명 안으로 들어오기 전에 무기를 소지하고 있는지 철저하게 검사했을 텐데, 이를 피해 군이 총을 가지고 들어온 것 자체가 문제였다. 그러니 결국, 상황은 비른 왕자에게 유리하게 돌아가고 있었다.

"황태자 전하!"

"왕자 저하, 무슨 일이십니까?"

조금 전의 소란으로 인해 막사 바깥에서 웅성대는 소리가 들려왔다. 아마 곧 밖에 있던 기사들이 이상한 낌새를 느끼고 안으로 들어올 것이다.

그러니 그때까지만 버티면…….

"정말이지 왕자께서는 참으로 알기 쉬운 분이군요."

갑작스레 들려온 음성에 왕자의 시선이 자연스레 아르한에게로 향했다. 그는 조금 전처럼 옅은 웃음을 띤 상태였다. 지금껏 보아 왔던 것과 비슷해 보이면서도 어딘가 다른 느낌의 웃음에 왕자는 저도 모르게 뒷걸음질을 쳤다. 그것은 본능에 가까운 움직임이었다. 그렇게 하지 않으면 지금 당장 그의 손에 죽임을 당할 것 같은 기분이 들었다.

"가, 가까이 오지 마십시오!"

그리 말하며 되는 대로 단검을 휘둘러대는 왕자를 아르한이 무심한 눈으로 쳐다보았다. 그러다가 이내 그를 향해 다가섰다.

"오, 오지 마!"

비명에 가까운 소리와 함께 단검이 다시 한번 허공을 갈랐다. 이번 에야말로 아르한이 제 검을 피할 수 없도록 왕자는 아까보다 가까운 거리에서 검을 휘둘렀다.

휘릭! 검이 허공을 가르는 소리와 함께 왕자가 덜덜 떨며 두 눈을 감았다. 눈을 뜨면 선명한 붉은색 핏자국과 함께 눈앞에 있는 황태자의 몸이 무너져 내릴 것 같았다. 하지만 그런 왕자의 예상을 비웃듯, 턱! 하는 둔탁한 소리와 함께 손에 있던 단검이 날아갔다. 그리고 뒤 이어 단검이 어딘가에 부딪혀 뭔가가 깨지는 소리가 들려왔다.

"눈을 뜨시는 게 좋을 겁니다."

그와 함께 들리는 아르한의 목소리에 왕자는 파르르 떨리는 눈꺼풀 을 겨우 들어 올렸다. 그러자 그 눈 앞에 펼쳐진 것은 날아온 단검과 부딪혀 깨진 꽃병의 파편과 그로 인해 엉망이 된 바닥이었다.

"어쩜 이렇게 한 치의 예상도 벗어나질 않으시는지."

의미 모를 아르한의 중얼거림을 그가 제대로 인식하기도 전에 막사 의 천이 걷히고 바깥에 있던 기사들이 안으로 들어왔다.

"무슨 일이십니까!"

"두 분 다 괜……. 전하!"

그들 중 대부분이 경악한 얼굴로 아르한과 비른 왕자를 번갈아 가 며 응시했다. 점점 더 빠르게 굳어져 가는 분위기를 뒤집기 위해 왕자 가 서둘러 입을 열었다.

"황태자께서 먼저 내게 총을 겨눴다! 그래서 나는 어쩔 수 없이……!"

"총이라고요? 지금, 총이라고 하셨습니까?"

제 주군인 황태자의 얼굴에 상처를 낸 인물이 비른 왕자이기 때문인지 그리 말하는 제국 쪽 기사의 얼굴은 더없이 흉흉했다.

"황태자 전하께서는 분명 막사에 들어오기 전 무기를 소지할 수 없도록 몸수색을 받으셨습니다. 그런데 총이라니요? 당치도 않은 소리십니다."

"맞습니다. 그것은 저와 여기 있는 네 명의 기사들이 보증할 수 있습니다."

비른 왕국의 기사 중 나이가 지긋한 노기사가 그리 말을 보태자, 왕자는 더 이상 할 말이 없어졌다. 하나같이 비른 왕국에 오랜 시간 충성해 온 이들이었다. 그런 이들이 거짓을 말할 리가 없다. 결국, 생각할 수 있는 가능성은 단 하나였다.

황태자가 그들의 눈까지 속이고 교묘하게 총을 빼돌려 막사 안으로 들어왔다는 것.

"억지 주장은 그만하십시오."

"억지가 아니다! 나는 분명 총을……."

제국의 기사가 한 말에 맞서 소리치던 비른 왕자의 기세가 일순 멈췄다. 총이, 분명 총이 있어야 하는데……. 없었다.

그리 넓지 않은 막사 안 어디를 보아도 총이라곤 없었다. 그러고 보니 자신이 단검을 휘두른 이후로는 줄곧 총이 보이지 않았던 것 같다.

'……설마, 함정이었던 건가.'

뒤늦게 이를 깨달은 왕자가 입술을 짓씹으며 아르한을 노려보았다. 그리고는 무어라 소리를 치려던 순간.

"정 의심스러우시다면, 지금 이 자리에서 절 조사해 보셔도 됩니다."

냉정하고도 침착한 아르한의 목소리가 막사 안을 울렸다. 그는 어느새 반듯하고, 고고한 분위기로 주변을 압도하고 있었다.

아르한이 이내 단호하게 덧붙였다.

"단, 아무것도 나오지 않는다면, 저는 그 책임을 왕자뿐만 아니라, 비른 왕국의 모든 이들에게 물을 겁니다."

꽤나 무거운 의미를 가진 말이었다. 선뜻 그의 몸을 조사하겠다며 나서는 이가 없다는 사실이 그것을 증명했다.

"좋습니다. 그리하죠."

하지만 비른 왕자만은 달랐다. 그는 이곳에서 유일하게 아르한이 총을 가지고 있다고 주장하는 사람이었고, 실제로 총을 보았으니 당연한 일이었다.

"어서 해."

왕자는 제 곁에서 머뭇거리는 왕국의 기사 하나를 재촉했다. 그러자 기사는 명령이 떨어진 후에도 조금 망설이는 기색을 보이다가 이내 조심스레 아르한의 몸에 손을 댔다. 그리고 마침내 조사가 끝났을 때.

"황태자 전하께서는 그 어떤 총기류도 지니고 계시지 않습니다."

아르한에게서 총은 나오지 않았다.

이에 막사 안의 분위기는 급속도로 싸늘해졌다.

꽤 많은 수의 기사들 앞에서 얼굴에 상처를 입은 당사자인 데다, 황태자인 아르한은 몸수색까지 당했다. 그리고 그 상황에서 아무것도 나오지 않았다. 비른 왕국이 제국을 대놓고 모욕했다고 봐도 할 말이 없는 상황이었다.

"그럴 리가 없다! 절대로 그럴 리가……."

망연자실한 얼굴로 발악에 가까운 외침을 내뱉는 왕자를 물끄러미 바라보던 아르한에게 곁에 있던 기사가 뭔가를 건넸다.

하얀 가루가 들어 있는 작은 유리병이었다. 유리병을 잠시 이리저리 살펴던 아르한은 이내 그것을 들고 왕자에게로 다가갔다.

"왕자께서는 이게 무엇인지 아십니까?"

제 눈앞에 들이밀어진 것을 유심히 응시하던 그는 아주 잠깐 놀란 얼굴을 하다가 이내 고개를 저었다.

"……모릅니다."

"그렇습니까?"

"네. 저는 모릅니다."

"왕자 저하의 막사에 있던 꽃병에서 나온 것인데도 모르신다니. 그거참, 유감이군요."

반쯤 비아냥거리는 어조로 그리 말한 아르한이 이내 한쪽 입매를 가볍게 휘며 덧붙였다.

"뭐, 왕자께서 모르신다니 설명해 드리자면. 이것은 마약, 그러니까 환각제의 일종입니다."

"……"

"그것도 꽤 질이 나쁜 종류죠."

대수롭지 않다는 듯, 무심한 어투로 꽤나 중대한 내용을 말하는 아르한의 모습에 주변에 있던 이들의 시선이 단번에 그쪽으로 쏠렸다. 이를 놓치지 않고 아르한이 차분히 설명을 이었다.

"소량을 물에 타서 섭취하는 것만으로도 극도의 쾌락을 느낄 수 있지만, 부작용으로 환각이나 환청 등에 시달리게 되죠."

"……그 말은, 지금 제가 마약 따위로 인해 황태자께서 총을 든 환각을 보았다는 말씀이십니까?"

"글쎄요. 단언할 수는 없지만, 가능성은 열어 두는 편이 좋을 것 같군요."

"나는 마약 따위 하지 않았습니다! 그 병 역시 내 것이 아니고요!"

"그러십니까? 그렇다면."

여전히 차분한 태도로 말을 잇던 아르한이 곁에 있던 기사에게 가볍게 손짓을 했다. 그러자 그는 이내 제 품안에 있던 뭔가를 아르한에게 건넸다. 이를 그대로 받아 든 그가 입을 열었다.

"이걸 드실 수 있겠습니까?"

"……아몰이군요."

"네. 왕자께서도 아시다시피 아몰입니다. 아마, 이 정도 양을 섭취한다고 해서 그 효과가 나타나진 않을 겁니다. 아주 소량이니까요."

아몰은 몸의 감각을 무디게 하는 효과가 있어 주로 마취제로 사용하는 약초였다. 다만 지금 아르한이 들고 있는 양 정도로는 효과를 보기가 어려웠다.

"하지만, 만약 이 유리병에 담긴 마약을 흡입한 지 일주일도 지나지 않은 자가 아몰을 섭취할 경우엔."

반쯤 의도적으로 말끝을 흐린 아르한이 이내 덧붙였다.

"경우에 따라 다르겠지만 보통은 죽거나, 혹은 전신이 마비되거나. 둘 중 한 가지 결과가 나타나게 되죠."

"……."

"그러니 왕자께서 정말 이 마약의 주인이 아니시라면, 모두가 보는 앞에서 아몰을 드셔 주시기 바랍니다."

조금 전 스스로의 무고함을 증명하기 위해 몸수색까지 받았던 자신처럼 아몰을 삼켜 보라고. 아르한은 그를 향해 그리 말하고 있었다.

모든 이들의 시선이 왕자에게로 쏠린다. 제국 기사들의 적대적인 시선과 비른 왕국 기사들의 기대 어린 시선. 그리고 무심한 아르한의 눈을 마주한 채로 한참을 머뭇거리던 왕자는 결국.

"……저는, 그럴 수 없습니다."

끝까지 아몰을 입에 대지 못했다.

비른 왕자는 자신이 전쟁터에 도착하기 며칠 전 유리병에 담긴 것과 같은 마약을 흡입했다는 사실을 인정했다. 하지만 그것이 마지막이었으며, 제 막사 안에서 발견된 유리병은 결코 제 것이 아니라고 주장했다. 더불어 먼저 제게 총을 겨눈 것은 아르한이었으며, 자신은 그저 스스로를 지키기 위해 단검을 휘둘렀을 뿐이라고.

물론, 당연히 씨알도 안 먹힐 주장이었다.

"따로 다친 곳은 없으십니까?"

"없다. 그러니 이만 돌아가지."

한 기사의 물음과 아르한의 대답으로 인해 상황은 빠르게 종료되었다. 물론 그렇다고 해서 비른 왕자에게 아무런 죄도 묻지 않겠다는 것은 아니었다.

"비른 쪽 대표이기는 하나, 일단 시트라 제국의 황태자인 내 몸에 상처를 입힌 죄인이니. 왕자의 신병은 우리 쪽에서 확보하겠다."

단호하게 떨어진 아르한의 말에 비른 왕국의 기사들은 차마 반박하지 못했다.

그나마 왕자가 적극적으로 거부하는 기색을 보였으나, 결국엔 별수 없이 제국 기사들에 의해 끌려갔다.

이를 지켜보던 아르한은 이내 기사 한 명을 대동한 채, 막사로 돌아왔다.

"비른의 왕자는 어찌하실 겁니까?"

"일단 비른 쪽에 서신을 보냈으니 답이 올 때까지는 임시로 구금해 둬야겠지."

아마 답장이 오기까지는 그리 길지 않은 시간이 소요될 것이다. 비른이 이번 협상에 들인 공을 생각하면 더욱 그랬다.

"그럼 에이모른에 대한 선은 어찌 되는 겁니까?"

"확실한 것은 없으나, 적어도 더 이상 허울 좋은 구실로 시간을 끌지는 못할 것이다."

그리고 더 이상 시간을 끌지 않으면, 비른 왕국이 에이모른을 차지할 확률은 희박하다 못해, 없다고 봐야 했다.

원래 에이른의 입장에서는 빨리 협상을 끝내는 편이 나았으나, 지금은 상황이 달라졌다.

비른의 왕자가 황태자인 아르한을 건드린 탓에 협상의 주도권이 완전히 이쪽으로 넘어왔다. 덕분에 이제 애가 타는 쪽은 비른일 테니, 협상에서 우위를 점한 채로 전보다 빠르게 문제를 해결할 수 있게 된 것이다.

"그럼 조만간 제국으로 돌아갈 수 있을지도 모르겠군요."

"그럴 가능성이 크지."

기사의 물음에 짤막하게 답한 아르한이 이내 막사 한쪽에 마련된 책상에 앉았다. 최대한 빨리 제국으로 돌아가기 위해 처리해야 할 서류들이 산더미였던 것이다.

"뺨에 난 상처부터 치료하셔야 하지 않겠습니까?"

"별거 아니니 신경 쓸 필요 없다."

단호한 아르한의 대답에 기사는 속으로 한숨을 내쉬었다.

늘 저런 식으로 제 몸을 나중 순위에 두는 주군 때문에 괜히 자신 같은 아랫것들만 마음을 졸이게 된다. 저러다가 정말 큰일이라도 나면 어쩌시려고.

"전하께서 상처를 그대로 두신 채 귀환하시면, 약혼녀께서 속상해하지 않으실까요?"

그래서 무심코 오지랖을 떨어 버렸다. 이를 뒤늦게 깨달은 기사가 아차 싶은 얼굴로 서둘러 고개를 숙였다.

"죄, 죄송합니다. 제가 실언을……."

"그런가?"

"예?"

"경이 만약 내 약혼녀라면 내 뺨에 난 상처가……. 아니, 아니다. 그
만 물러가 보도록."

조금 미묘한 아르한의 표정을 미처 눈치채지 못한 기사는 그의 축
객령에 서둘러 막사를 나섰다.

덕분에 순식간에 혼자 남겨진 아르한은 잠시 고민에 잠긴 얼굴을
하다가, 이내 제 뺨에 난 상처에 손을 갖다 댔다. 아르한에겐 별거 아
닌 상처였으나, 귀족 영애로서 나름 곱게 자란 그녀라면 조금 걱정할
것 같았다. 그러니 가능하면 보여 주지 않는 편이 낫겠지.

그리 생각한 아르한이 상처를 가볍게 손으로 문지르자, 이내 그 자
리에는 아무것도 남지 않았다. 회복 마법이기는 하나, 지금처럼 작은
상처 정도는 생명력을 뽑아내지 않고도 치료할 수 있기 때문에 종종
사용하고는 했다.

마법을 쓸 수 있다는 사실은 꽤나 편리하다. 특히 모든 마법사들
이 사라졌다고 믿는 지금의 대륙에서는 더욱. 그런 면에서 환각제와
마법은 제법 훌륭한 조합이었다. 마법이라는 수를 떠올리지 못하는
상대에게, 마법보다 더 마법 같은 일이 가능하다고 믿게 할 수 있으
니까.

'아니었다면 비른의 왕자가 그리 쉽게 속아 넘어가지는 않았겠지.'

그리 생각하던 아르한이 이내 서류를 작성하기 위해 쥐고 있던 펜을 내려놓았다. 그리고는 손을 펴고 그곳에 힘을 집중했다.

그러자 30초도 채 지나지 않아 그의 손 위로 까만 권총이 모습을 드러냈다. 비른의 왕자가 보았던 바로 그 총이었다.

왕자는 거짓말을 하지 않았다.

막사에서 발견된 마약은 아르한이 미리 제 기사들 중 하나를 시켜 숨겨 둔 것이었고, 갑작스레 사라진 총은 그가 마법으로 만든, 애당초 존재하지 않는 물건이었다.

이 모든 것은 전부, 제국으로 돌아갈 날을 앞당김과 동시에 에이모른을 비른에게 넘겨주지 않기 위한 아르한의 계략이었던 것이다.

이튿날 비른 왕국에서 왕자에 대한 선처를 간곡히 부탁하는 서신이 도착함과 동시에 협상은 싱겁게 끝이 났다.

왕국의 유일한 후계자인 왕자의 죄를 무마시키는 대가로 비른은 에이모른을 포기했다. 게다가 시트라 제국에 매년 3톤의 밀을 비롯한 각종 공물을 바치겠노라고 먼저 뜻을 전해 왔다.

이를 황제는 흡족한 기색을 보이며 받아들였다.

겉으로 보기엔 아무 문제 없는 일이었다. 아르한 역시 원래의 의도대로 금세 제국으로 돌아갈 수 있게 되었으니 나쁠 것은 없었다. 그러나 조금만 차분히 생각해 보면, 황제는 제 아들인 황태자의 가치가 매년 바쳐질 공물 따위와 같다고 선언한 것이나 다름없었다.

아무리 많은 공물을 바친다고 해도 황태자의 몸에 이유 없이 상처를 입힌 상대를 전혀 벌하지 않고 눠준다는 것은 그런 의미였다. 이를 대부분의 사람들은 눈치채지 못했으나, 적어도 아르한과 황제는 알았다. 자신들의 관계가 결코 온건한 끝을 맞을 수 없으리란 사실도.

-2권에 계속-

공녀의
두 번째 시간 I

초판 1쇄 발행 2020년 3월 27일
초판 2쇄 발행 2021년 1월 18일

지은이 성지혜
펴낸이 이범상
펴낸곳 (주)비전비엔피 · 로맨티카

기획 편집 이경원 차재호 김승희 김연희 고연경 황서연 김태은 박승연
디자인 최원영 이상재 한우리
마케팅 이성호 최은석 전상미
전자책 김성화 김희정 이병준
관리 이다정

주소 우)04034 서울시 마포구 잔다리로7길 12 (서교동)
전화 02)338-2411 | **팩스** 02)338-2413
홈페이지 www.visionbp.co.kr
인스타그램 www.instagram.com/visioncorea
포스트 post.naver.com/visioncorea
이메일 visioncorea@naver.com
원고투고 romantica@visionbp.co.kr

등록번호 제2016-000153호

ISBN 979-11-958178-1-8 04810

이 도서의 국립중앙도서관 출판예정도서목록(CIP)은 서지정보유통지원시스템 홈페이지(http://seoji.nl.go.kr)와
국가자료종합목록 구축시스템(http://kolis-net.nl.go.kr)에서 이용하실 수 있습니다. (CIP제어번호 : CIP2020010667)